Jeanne Dennis und Sheila Seifert

Elisabeth – Aufbruch ins Land der Zarin

Roman

Über die Autorinnen

Jeanne Dennis ist Autorin und Herausgeberin der Onlinemagazine Barefoot Path und Barefoot Kids.

Sheila Seifert ist Autorin bzw. Koautorin von insgesamt 15 Büchern. Darüber hinaus unterrichtet sie kreatives Schreiben und Literatur an Schulen und Universitäten.

Jeanne Dennis und Sheila Seifert

Elisabeth
Aufbruch ins Land der Zarin

Roman

GerthMedien

FSC
Mix
Produktgruppe aus vorbildlich
bewirtschafteten Wäldern und
anderen kontrollierten Herkünften

Zert.-Nr. SGS-COC-1940
www.fsc.org
© 1996 Forest Stewardship Council

Verlagsgruppe Random House FSC-DEU-0100
Das für dieses Buch verwendete FSC-zertifizierte Papier
Super Snowbright liefert Hellefoss AS, Hokksund, Norwegen.

Die amerikanische Originalausgabe
erschien im Verlag Kregel Publications
unter dem Titel „Marta's Promise".

Aus dem Englischen übersetzt von Marianne Magnus.

Die Bibelzitate wurden, sofern nicht anders angegeben,
der folgenden Bibelübersetzung entnommen:
Gute Nachricht Bibel, revidierte Fassung, durchgesehene Ausgabe in neuer Recht-
schreibung, © 2000 Deutsche Bibelgesellschaft, Stuttgart (GN)

1. Auflage 2009
Bestell-Nr. 816 292
ISBN 978-3-86591-292-3

Covergestaltung: Hanni Plato
Coverfoto: Getty Images, Farhad J Parsa/
Getty Images, Claude Joseph Vernet
Satz: Mirjam Kocherscheidt; Gerth Medien GmbH
Druck und Verarbeitung: GGP Media GmbH, Pößneck
Printed in Germany

Für Axel und Beverly Johnson,
die mir deutlich gemacht haben,
wie wichtig die eigene Familie und Geschichte ist.
– Sheila Seifert –

Für meinen Mann Steve,
den Helden meines Herzens.
– Jeanne Dennis –

Historischer Hintergrund

1765 besaß der deutsche König Friedrich II. noch keine nennenswerte Macht. Der deutsche Staat bestand damals aus mehr als dreihundert eigenständigen Kleinstaaten, Königreichen, Ländereien und Provinzen, die jeweils von ihrem eigenen Reichsfürsten regiert wurden. Die Söhne der Bauern mussten auf Geheiß ihrer Fürsten in die Schlacht ziehen und deren Kriege austragen, so zum Beispiel den Hundertjährigen Krieg, den Ersten Schlesischen Krieg (1740-42), den Zweiten Schlesischen Krieg (1744/45) und den Dritten Schlesischen Krieg bzw. Siebenjährigen Krieg (1756-63). Die Kriege waren so zahlreich und es verloren so viele junge Männer ihr Leben, dass es den Fürsten schon bald an körperlich tüchtigen Arbeitskräften für die Landwirtschaft mangelte.

Ebenfalls in diese Zeitepoche hinein fielen die zahlreichen Kämpfe zwischen den papsttreuen Katholiken und den Anhängern Luthers. Diese lösten eine verheerende Welle der Gewalt aus. Viele Fürsten versuchten dem Blutvergießen ein Ende zu setzen, indem sie ihre Untertanen dazu zwangen, ihren jeweils eigenen Glauben anzunehmen. Diejenigen, die nicht konvertierten, wurden entweder verfolgt oder mussten ihre Heimat verlassen. Die Papsttreuen lebten vornehmlich in den südlichen Gebieten Deutschlands, die Lutheraner mehrheitlich im Norden. Daher waren die Lutheraner eher im Süden Schikanen ausgesetzt, während die Anhänger des Papstes eher im Norden unter Verfolgung zu leiden hatten.

Inmitten dieser Zeit der Umwälzungen gelangte Katharina II. (1729-1796), die einem deutschen Fürstenhaus entstammte und die später als Katharina die Große in die Geschichte eingehen sollte, nach der Ermordung ihres Gatten auf den russischen Zarenthron. Sie rief ihre deutschen Landsleute dazu auf, nach Russland zu kommen und dort die weiten und unwirtlichen

Steppengebiete an der Wolga zu besiedeln. Die neuen Siedler sollten nicht nur das Land bewirtschaften, sondern auch als Schutzschild fungieren zwischen dem russischen Volk und den wilden Nomadenstämmen, die die russischen Grenzen bedrohten. In den deutschen Staaten warb Russland mit Privilegien, darunter die Befreiung vom Militärdienst, kostenlose Landzuteilung, die Zuteilung von Häusern und Übernahme der Reisekosten für alle, die emigrieren wollten. Sogar ledige Frauen konnten diese Privilegien in Anspruch nehmen.

Doch auch der deutsche Adel hatte dringenden Bedarf an Bauern für die Arbeit in der Landwirtschaft. Daher setzte der Kaiser für Menschen, die auswandern wollten, schwere Strafen aus. Einige deutsche Fürsten leisteten dem Erlass Folge, andere wiederum taten es nicht. Trotz des gesetzlichen Verbotes und der Aussicht, eventuell aufgrund von dessen Missachtung getötet zu werden, siedelten in den Jahren 1765–1768 schätzungsweise 30 000Männer, Frauen und Kinder, d.h. ungefähr 8 000Familien, nach Russland um.

Die deutsche Einwanderung nach Russland wurde von russischen Beamten organisiert, die Werber (zumeist Franzosen) anheuerten, die die Sippen auf der Reise über die Ostsee nach Kronstadt, einer Stadt auf einer russischen Insel im Golf von Finnland, begleiteten. Um ihr Stück Land und ein Haus zu erhalten, mussten sich die Immigranten in Kronstadt registrieren lassen, ungeachtet dessen, wo sie sich anschließend niederließen. Einige Siedler mussten monatelang in notdürftigen Behausungen aus Sträuchern und Ästen ausharren, bis man ihnen endlich gestattete, nach Russland einzureisen.

Viele der Reisenden erhielten jedoch nach ihrer Registrierung keineswegs die versprochene Unterkunft, Werkzeug und Vieh. Auch allein reisende Frauen erhielten nichts, es sei denn, sie waren verheiratet. Mittlerweile waren jedoch die meisten so weit von zu Hause entfernt, dass sie entweder nicht die Mittel oder die Kraft zur Umkehr hatten. Russland schickte Soldaten aus, die diesen Gruppen Geleit geben sollten, um sie angeblich vor den einfallenden Nomadenstämmen zu beschützen; in Wirklichkeit aber wollte man sie davon abhalten, wieder in die deutsche Heimat zurückzukehren. Die Immigranten sahen sich den Widrigkeiten des rauen Klimas ausgesetzt, mussten Armut erdulden und standen der fremden Kultur mit Argwohn gegenüber, die ihnen barbarisch und primitiv erschien und die auf sie herabsah.

Auch wenn die folgende Geschichte und die darin vorkommenden Figuren rein fiktiv sind, so wird doch der Mut und die Entschlossenheit der deutschen Pioniere deutlich, die sich ein neues Leben an der südlichen Wolgaregion aufzubauen versuchten.

Die russischen Personen- und Ortsnamen variieren je nach Quelle. Der Name „Kronstadt" findet sich zum Beispiel auch als „Cronstadt" oder „Krohnstadt". Wir haben lediglich die Schreibweise gewählt, die wir bevorzugen.

1

1766

Der frostige Aprilwind peitschte eine Strähne ihres braunen, seidigen Haars über Elisabeth Ebels Wange, als wolle er sie dafür strafen, dass sie ihr Heimatland im Stich gelassen hatte. Äußerlich unterschied sie sich mit ihrem handgesponnenem braunen Gewand, der weißen Schürze, der weißen Haube und dem Mantel aus Wolle in nichts von den vielen anderen deutschen Frauen, die sich am Lübecker Pier zusammen drängten. Sie jedoch hatte keine Verwandten mehr, die ihr dabei hätten helfen können, ihre Habseligkeiten nach Russland zu bringen. Elisabeth tastete vorsichtig mit ihrer Hand nach den Dokumenten, die sie in den Bund ihres Rocks gesteckt hatte, und streckte ihr Kinn vor. Auch wenn sie die Buchstaben auf diesem Papier, das ihr ein neues Leben verhieß, nicht entziffern konnte, wusste sie, dass Russland unverheirateten Frauen eine ansehnliche Zukunft bot. In den einzelnen deutschen Fürstentümern hingegen genossen Frauen ohne Familie keinerlei Schutz und hatten nur ein elendes Leben in Knechtschaft oder Schande zu erwarten.

Warum sollte es Verrat sein, ein besseres Leben zu erstreben?, fragte sich Elisabeth, während sie auf den kleinen Hans Schulze hinabblickte, dessen kindliche dicke Fingerchen ihren Handrücken berührten. Sein blondes Haar wehte in der Brise und erinnerte sie an Wilhelm, ihren Bruder, als er noch ein Kind gewesen war. Wilhelm war von dem Landesfürsten ihrer Heimat entführt worden, damit er in einer seiner zahlreichen Schlachten für ihn kämpfte. Seitdem hatte sie ihren jüngsten Bruder nie wieder gesehen. Hans blickte sie strahlend an. Anscheinend ahnte er weder etwas von dem schmutzigen Fleck auf seiner Wange noch von den Gefahren der bevorstehenden Reise.

„Schauen Sie, Fräulein Ebel!“, sagte der Fünfjährige. Die freudige Erregung in seinen hellen, blauen Augen spiegelte die

Hoffnung in ihrem eigenen Herzen wider. Er deutete in Richtung Hafen, wo die turbulenten Wellen die Schiffe hin- und herschaukeln ließen. „Heute werden wir auf einem sooo großen Schiff segeln! Hoffentlich geht es bald an Bord!"

„Ja, das hoffe ich auch", stimmte Elisabeth zu. Sie blickten vom Pier hinab auf das Ruderboot, das sie zur *Maria Sophia* bringen sollte. Es knarrte verdächtig, als ein weiterer Passagier sich auf den hölzernen Planken niederließ. „In deinen stattlichen Stiefeln und deiner Jacke siehst du aus wie dein Vater!", sagte sie zu Hans.

Hans unterdrückte ein Lächeln und wischte mit einer Hand über seine weißen Manschetten. Er machte einen kleinen Schritt auf die Kante der Mole zu.

Elisabeth war ungeduldig. Für sie stand viel auf dem Spiel, und es fiel ihr schwer, vom Landungssteg aus zuzuschauen, wie die anderen Auswanderer einer nach dem anderen umständlich in das Ruderboot hinabstiegen. Ihr Blick glitt forschend über den Kai und die erwachenden Straßen Lübecks hinweg. Mit jedem Augenblick, der verstrich, schien ihre innere Anspannung größer zu werden.

„Na, wird's bald!", wollte sie fast schon rufen, als sich ein Mann umständlich in das schaukelnde Boot hinabließ. Doch sie schwieg.

Endlich warf Herr Schulze, unter dessen schwarzen, abgewetzten Hut helles Haar hervorguckte, sein Bündel ins Boot und machte Platz, damit seine Frau ebenfalls die Leiter hinabsteigen konnte. „Zuerst deine Mutter und dann du, Hans!", befahl er.

Frau Schulze schickte sich gerade an hinabzuklettern, hielt dann aber plötzlich inne. Es schien, als werde ihr erst jetzt bewusst, dass dies ihre letzte Berührung mit deutschem Boden sein würde. Sie war eine einfache Frau, deren große, einfühlsame Augen immer nur das Beste in einem Menschen zu sehen schienen. Wenn ihre Lippen sich zu einem Lächeln formten, was sie häufig taten, steckte sie andere mit ihrer Freude an. Sie ließ ihren

Blick ein letztes Mal über Lübeck streifen, bevor er auf ihrem Sohn und ihrem Mann haften blieb.

„Nur zu, Mutter!", rief Hans. Frau Schulze stieß ein kleines nervöses Lachen aus und setzte vorsichtig zuerst den einen, dann den anderen Fuß in das Boot. In diesem Moment schrie der Steuermann laut: „Ruder klar machen!" Ein hölzernes Ruder schlug gegen den Pier und versetzte dem Boot einen so plötzlichen Ruck, dass Frau Schulze das Gleichgewicht verlor und auf dem Schoß einer Mitreisenden landete. Elisabeth schaute nach unten auf das kleine Boot und blickte sich dann hastig nach den anderen Menschen auf dem Hafendamm um, die hinter ihr warteten. Die Ruderbewegungen der Seeleute waren sehr unregelmäßig.

„Auf! Zum Schiff!", rief der erste Steuermann.

Sobald Frau Schulze ihr Gleichgewicht wiedererlangt hatte, rief sie: „Kehren Sie um! Sie haben meinen Mann und meinen Sohn zurückgelassen!" Doch die Ruder tauchten in einförmigen und klatschenden Bewegungen in das Wasser ein und hoben sich wieder hinaus. Da die Männer keine Anstalten machten, auf sie zu hören, lehnte sich Frau Schulze vornüber, so als wolle sie gleich ins Wasser springen und zurück an den Pier schwimmen.

Herr Schulze schrie ihr zu: „Nein, Greta, bleib, wo du bist! Wir kommen zu dir."

„Mutter!", schrie nun auch Hans. Ein Mann mit grauem Haar und mit einem glasigen Blick – anscheinend war er betrunken – stieß Elisabeth zur Seite, sprang ins eiskalte Wasser und schwamm auf das Boot zu. Hans wandte sich an seinen Vater. „Warum schwimmen wir nicht auch zu Mutter?" Aber sein Vater hielt ihn zurück.

„Es ist zu kalt", erklärte Elisabeth. „Ihr würdet das Schiff nicht erreichen."

Kaum hatte sie ausgesprochen, hörte sie die Leute hinter sich flüstern: „Soldaten! Da kommen Soldaten."

In diesem Moment hörte sie das Platschen, als Frau Schulze ins Wasser sprang.

Herr Schulze schob Hans zu Elisabeth hinüber. „Pass auf Hans auf. Ich komme ihn später holen." Noch bevor sie zustimmen konnte, sprang auch er ins Wasser, um zu seiner Frau zu gelangen.

„Vater!", schrie Hans. „Mutter!"

Die anderen Auswanderer ergriffen ihre Habseligkeiten und stoben in alle Richtungen in die kopfsteingepflasterten Straßen Lübecks auseinander. In Elisabeths Kopf schwirrten die Gedanken wild durcheinander. Sie nahm alles auf einmal wahr: den schreienden Hans, polternde Schritte auf dem knarrenden hölzernen Pier, Flüchtende überall. Es war ihr, als ob sie die schrillen Angstschreie ihrer Mutter wieder hörte. Schlimmer noch: Sie sah das Bild ihres Vaters vor sich, der sich still in alle Ungerechtigkeiten fügte. Sie presste ihre Hand auf das Dokument in ihrem Rockbund, das ihr freies Land garantierte. *Sie* würde nicht aufgeben, wie ihre Mutter und ihr Vater es getan hatten. Sie würde durchhalten.

„Mutter ist in Sicherheit", erklärte ihr Hans. Die Matrosen hatten Frau Schulzes Rock aus der Riemendolle befreit und sie in das Boot zurückgehievt. Als Herr Schulze sah, dass seine Frau wieder im Boot war, machte er kehrt, um den betrunkenen Mann zu retten, der nun seinerseits um Hilfe rief.

Herr Schulzes Stimme war halb durch das Wasser erstickt, als er ihr zurief: „Elisabeth! Flieh! Versteck dich!"

Eilig schlang sich Elisabeth ihre Segeltuchtasche über die Schulter und packte den Rest der Taschen mit einer Hand, während sie Hans' Arm mit der anderen ergriff. „Schnell!"

Hans umklammerte sein Bündel. „Aber Vater –"

Es blieb keine Zeit für lange Erklärungen. Sie hasteten über die morschen Holzbohlen, wobei sie versuchten, nichts zu verlieren. Ihr Gepäck war alles, was sie besaßen. Am Rande des Stegs sah Elisabeth bereits die ersten roten Jacken und schwarzen, dreieckigen Hüte näher kommen.

Hans schnappte erschrocken nach Luft. „Soldaten!" Der Tross bewegte sich entlang des Flussufers auf sie zu. Elisabeth lockerte ihren Griff und ließ dann ihre Bündel fallen – die letzte Verbindung zu ihrer Vergangenheit und der Beweis dafür, dass sie eine Auswanderin war. Die Taschen glitten mit einem dumpfen Geräusch auf den Boden. Sie entriss Hans seine Siebensachen und warf sie weg. Hand in Hand eilten sie auf die engen Gässchen Lübecks zu und verschwanden darin.

Karl Müller stand vor einer Hufschmiede und biss genüsslich in ein noch warmes Brötchen, als er die flüchtenden Auswanderer bemerkte, die durch den Torbogen zum Hafen an ihm vorbei in die Stadt stürmten. Karl fuhr mit der Hand durch sein schwarzes Haar und kaute andächtig. Herr Schmidt hatte die Leute, die Emigranten anheuerten, mit bösen Namen belegt. Wenn Schmidt die Auswanderer erst einmal so weit hatte, dass sie die Verträge unterzeichnet hatten, scherte er sich nicht mehr um sie. Karl nahm einen weiteren Bissen von seinem Brötchen und fegte die Krümel von seiner braunen Seidenweste. Er konnte jetzt für keinen von ihnen mehr etwas tun. Außerdem hatte er mit sich selbst genug zu tun.

„Wir werden alle sterben!", schrie eine Frau, als sie an ihm vorbeieilte.

„Nein!", murmelte Karl vor sich hin. „Ihr werdet nicht sterben. Aber vielleicht werdet ihr bald noch wünschen, ihr würdet sterben." Es war grauenvoll, im Gefängnis eines Fürsten zu verschmachten und elendig zu Grunde zu gehen. Aus den Falten seines Hemdes zog er eine kleine goldene Schatulle, die er am Abend zuvor in einer Wette mit einem Offizier gewonnen hatte. Der Soldat hatte so getan, als ob er das Schmuckkästchen mit dem kunstvoll eingravierten S heiß und innig liebte. Karl dachte, dass er vielleicht seinen Nachnamen wieder ändern könnte, sodass er mit einem S begann. In Spanien hatte er sich schließlich Hernández und in England Moore genannt, während er in den deutschen Staaten Müller hieß. Sein eigentlicher Familienname war zwar französisch, doch seit seiner Kindheit hatte er ihn nicht mehr benutzt. Er würde sich Gedanken über einen russischen Nachnamen machen, der mit einem S anfing.

Der Geruch von Fisch wehte vom Eingang des Fischgeschäftes neben der Schmiede herüber und schien einen weißen Storch von einem nahe gelegenen Dach herbeizulocken.

Eine junge Frau mit geröteten Wangen bog um die Ecke und hielt mitten auf der Straße mit dem roten Kopfsteinpflaster an. Karl ließ das goldene Schmuckstück in seine Hemdtasche zurückgleiten und hob die Augenbrauen. Ihre Haare waren braun und so fein, dass es einem Mann sicher Spaß machen würde, ihr mit den Händen durchs Haar zu fahren. Bis auf ein paar wenige, lose herabhängende Strähnen war es streng zurückgekämmt und unter einer weißen Haube versteckt. Ihre Kleidung war schlicht; sie trug eine Schürze und einen wollenen Mantel von der Art, wie ihn die Auswanderer trugen, die aus den süddeutschen Staaten kamen. Sie war nicht sehr viel größer als das Kind, dessen Hand sie umklammert hielt.

Mit einem nervösen Rundumblick trat sie vor und sprach Karl mit sanfter, ruhiger Stimme an: „Ich brauche Ihr Fass. Was wollen Sie dafür haben?“

Karl schaute sich um. „Das neben der Kiste?“ Ausrangierte Taurollen hingen über den Rand des Fasses, was dazu führte, dass es etwas wackelig da stand.

„Ja.“

„Die Taue sind aber nichts wert!“, entgegnete er.

„Das tut nichts zur Sache“, antwortete sie. „Ich brauche nur das Fass.“

Karl fand ihre Bitte töricht, bis ihm klar wurde, was sie eigentlich wollte. Er warf den Rest seines Brötchens auf den Boden und griff nach dem Tauwerk. Während andere panikartig schrien und ziellos in Sackgassen rannten, hatte diese Frau einen Plan. Er ergriff noch einen Arm voller Taue und warf sie obenauf. Ohne um Erlaubnis zu fragen fasste er die Frau um die Hüfte und hob sie in das Fass hinein. Sie schenkte ihm ein flüchtiges Lächeln, bevor sie in dem großen Fass versank.

Flugs hob Karl das Kind ebenfalls hoch und setzte es auf den Schoß seiner Mutter. „Bleibt mit euren Gesichtern dicht am Spundloch, damit ihr atmen könnt." Er warf ein wettergegerbtes Stück Segeltuch über das Fass und legte einige der Trosse zurück an ihren angestammten Platz.

„Was treibst du denn da?", rief der Hufschmied und lugte aus seinem geöffneten Fenster heraus.

„Ich warte darauf, dass mein Pferd beschlagen wird", gab Karl zur Antwort.

„Bist du's, Müller?" Der Hufschmied streckte seinen Kopf noch ein wenig weiter aus der kleinen Fensterluke heraus. „Dachte schon, es wär einer von diesen verräterischen Auswanderern. Kann ich nicht hier brauchen. Werd meine Schmiede nicht von den Soldaten in Beschlag nehmen lassen für das Gesindel!"

„Ja, das wäre ein schlechtes Geschäft!", bekräftigte Karl. Unten an der Straße fielen die Türen zu den Häusern und Läden ins Schloss und schienen den fliehenden Auswanderern sagen zu wollen: „Ihr seid verraten und verloren!" Karl fuhr fort: „Steht mein Pferd schon bereit?" Der Hufschmied murmelte eine unverständliche Antwort und verschwand vom Fenster.

Karl lehnte sich gegen das Fass. Auch wenn es aussah, als ob es sich gefährlich zur Seite neigte, stand es doch fest zwischen einer mit Altmetall gefüllten Kiste und einem Ballen Stroh. Das Versteck war genial. Eine Frau, die unter Druck so klar denken konnte, und ein Junge, der so klug war, seine Angst zu unterdrücken und nicht viele Fragen zu stellen, mochten sich für ihn womöglich noch als sehr nützlich erweisen. Außerdem war die Frau … nun, sie war hübsch. Ihre großen blauen Augen hatten bereits seine Aufmerksamkeit erregt, noch bevor sie ihre Findigkeit unter Beweis gestellt hatte. Er hatte nach einer Möglichkeit Ausschau gehalten, wie er selbst möglichst gefahrlos nach Russland gelangen konnte. Und nun war er auf eine fertige Familie gestoßen. Er lächelte.

Der stramme Marschschritt der Soldaten hallte zwischen den Gebäuden wider. Das Hochgefühl des Risikos ließ seine

Stimmung steigen. Karl stand allein auf der menschenleeren Straße. Obwohl ihm klar war, dass er verschwinden sollte, blieb er stehen. Der Fischhändler schloss schließlich seine Pforten. Mit Sicherheit würde er erst wieder Verkäufe tätigen, wenn alle Auswanderer gefasst waren.

In der Ferne hörte Karl eine Frau weinend schreien: „Meine Babys! Gott schütze meine Babys!"

„Dreckige Verräter!", grölte eine Stimme aus einem Fenster im oberen Stockwerk. „Den Vögeln sollte man euch zum Fraß geben!"

Soldaten drängten in die schmalen Gässchen hinein. Eine Zeit lang schaute Karl zu, wie sie die Auswanderer grob auf Holzkarren zerrten, die eigentlich dafür bestimmt waren, Tiere zu befördern. Er presste die Lippen aufeinander. Russland würde Herrn Schmidt zwar für die paar armen Seelen bezahlen, die er aus dieser schlimmen Situation rettete, aber Karl würde man für all die Einreisenden, die er sicher nach Russland transportiert hatte, nichts geben. Er hielt die Nase schnuppernd in die Luft. Die Luft roch noch immer nach Fisch.

„Sie da!", rief ein junger Soldat, der sich ihm näherte. „Verlassen Sie sofort die Straße!" Karl reckte seinen langen Körper, sodass der Brokat und die feine Wolle seiner eleganten Kleidung dem jungen Mann, der ihn von oben herab anschaute, nicht entgehen konnten. „Halt!" Der Soldat sah sich um. „Wie kann ich sicher sein, dass Sie kein Auswanderer sind?" Der Gesichtsausdruck des Soldaten hatte sich nicht verändert, aber er stand nun viel strammer da. „Ich verhafte Sie im Namen des Fürsten!"

„Mich verhaften? Lübeck wird vom Hanseatischen Bund regiert, nicht von einem Fürsten." Karl wischte sich einen imaginären Fleck vom Ärmel seiner Jacke und ließ seinen Blick über den schlanken Körper des jungen Kadetten wandern, als ob er keinerlei Bedeutung hätte. Mit einem herablassenden Seufzer holte er die kleine goldene Schatulle aus den Falten seines Hemdes heraus. „Bringen Sie mich unverzüglich zu einem Offizier Ihres Regimentes!"

„Lübeck entließ meinen Fürsten nach ...“ Der Blick des Soldaten richtete sich auf die Schmuckkassette in Karls Hand. „Wo haben Sie das her?“

Karl warf dem jungen Burschen einen abfälligen Blick zu und wedelte zum Zeichen seiner Ungeduld mit der Hand in der Luft herum. „Ich bin ein Bürger Lübecks und ein enger Freund Ihres vorgesetzten Offiziers. Ich wünsche ihn umgehend zu sprechen.“

Der junge Kavallerist fuhr sich mit der Hand über die Lippen, als wolle er sein weiteres Vorgehen überdenken. Karl hatte fast schon Mitleid mit dem armen Jungen, aber er sah zu wohlgenährt und zu aufgeplustert aus ob seiner eigenen Wichtigkeit, als dass er viel Sympathie hätte erwecken können. In den vielen Jahren, in denen Karl sich allein, ohne Familie oder Freunde, hatte durchbringen müssen, hatte er gelernt, die Gesichter von Menschen zu lesen. Auch wenn der junge Mann als Zeichen seines Ranges eine Uniform trug, konnte er deutlich die Unsicherheit in den Augen des Soldaten sehen.

Karl wandte seinen Blick ab. Eine stämmige Frau mit einer großen Narbe auf der linken Wange wurde an ihm vorbei zu den hölzernen Fuhrwerken geschleppt. Sie ließ sich nicht, wie viele andere, widerspruchslos von den Soldaten abführen. Sie schlug um sich, spuckte ihre Entführer an und und überhäufte sie den ganzen Weg lang mit Schimpfnamen. Sie war eine Kämpfernatur mit dem Willen zum Überleben.

„Nehmen Sie mich fest und bringen Sie mich zu Ihrem Hauptmann!“, befahl Karl, als er seine Augen zu den dunklen Wolken emporrichtete, die über ihm dahintrieben, „oder kümmern Sie sich um Ihre eigenen Angelegenheiten!“

Der junge Bursche rührte sich nicht, noch ließ er seine Waffe sinken. „Ich dachte, Sie seien ein Auswanderer.“

„Ergreife ich etwa die Flucht?“

„Nein.“

„Trage ich etwa die Kleidung eines Kolonisten?“ Karl streckte seine Arme aus, um dem immer unsicherer werdenden jungen

Mann die goldene Taschenuhr und seine exquisiten, bestickten Manschetten zu zeigen.

„Nein."

„Also?" Karl verschloss die Goldschatulle und steckte sie zurück in die Falten seiner Kleider. „Es ist Zeit, dass Sie weiterziehen. Es gibt noch Auswanderer einzufangen. Und ich wünsche, meine Geschäfte mit dem Hufschmied zu beenden."

Mit einem flüchtigen Nicken, das fsst schon eine Verbeugung war, eilte der Rekrut davon. Karl versuchte, sein Lächeln zu verbergen. Der Bursche war vermutlich erleichtert, dass er so einfach davongekommen war.

Als niemand mehr in Hörweite war, sagte Karl leise: „Bleibt hier. Bewegt euch nicht, bis ich wiederkomme. Ich errege nur Aufmerksamkeit, wenn ich hier neben dem Fass stehen bleibe."

Er glaubte, ein leises „Vielen Dank" vernommen zu haben, war jedoch nicht sicher, ob es die Stimme der Frau oder nur ein Windhauch war.

Er rief durch das Fenster: „Hufschmied, ich werde wegen meines Pferdes wiederkommen, sobald die Straßen von den Verrätern gesäubert sind." Dann dachte er: *Vielleicht könnte ich mein Pferd jetzt, wo ich endlich eine Gelegenheit habe, nach Russland einzureisen, für einen guten Preis verkaufen.*

Beim Weggehen ließ Elisabeths Retter ein Pfeifen ertönen. Es schien Elisabeth, als wolle er ihr damit ein Gefühl der Sicherheit geben. Der feste Ton in seiner Stimme und seine Geistesgegenwart erinnerten sie an den Prinzen aus einem Märchen, das ihre Mutter ihr früher erzählt hatte. Vielleicht hatte sie ihm deshalb vertraut. Sie lehnte den Kopf gegen die Wand des Fasses. Aber was, wenn sie sich in ihm getäuscht hatte? Würde er sie gegen eine Belohnung verraten? Wie konnte sie einem völlig Fremden Vertrauen schenken? Ihr Kopf neigte sich nach vorne. Im Grunde aber wusste sie, warum sie ihm vertraut hatte. Es war sein Gesicht – sein kantiges, entschlossenes Kinn und seine einfühlsamen braunen Augen.

„Werden wir sterben?", flüsterte Hans.

„Nein!", zischelte sie zurück. „Sei still, sonst hören sie uns noch." Aber wieder beschlichen sie Zweifel. Auch wenn es so aussah, als ob dieser Mensch die einzige Person in Lübeck war, der es nicht gleichgültig schien, ob sie lebte oder starb – war es wirklich klug, diesem Fremden zu vertrauen? Nein. Es war ein zu großes Risiko. Sie musste ihr Versteck unverzüglich verlassen, bevor er zurückkehrte. Sie würde versuchen, Herrn Schulze zu finden. Er würde sicher wissen, was zu tun war.

Elisabeth hörte die gedämpften Schreie anderer Auswanderer, die gefangen genommen und auf hölzerne Wagen gezerrt wurden. Ihr Klagen und Jammern hallte durch die Straßen und beschwor vor Elisabeths geistigem Auge Bilder von sich windenden Körpern herauf, die in die Hölle geworfen wurden. Sie fröstelte und lugte aus dem Spundloch auf das Durcheinander und Getümmel draußen. Vielleicht sollten sie und Hans doch noch ein bisschen länger warten, bevor sie sich auf die Suche nach einem neuen Versteck machte.

Einige Lübecker, die an den Fenstern der oberen Stockwerke ihrer Häuser das Treiben mitverfolgten, fingen nun an, sich einzumischen. Ihre höhnischen Kommentare und ihr beißendes Gelächter waren so laut, dass sie sogar die Rufe der Soldaten übertönten. Elisabeth und Hans, die in dem faulig riechenden Fass eingesperrt waren, erging es besser als denen im Freien. Als sie sich ein wenig drehte, bekam Elisabeth eine bessere Sicht durch das Loch. Es sah ganz so aus, als sei mindestens die Hälfte der 200 Leute, mit denen sie in den Baracken außerhalb Lübecks überwintert hatte, gefangen genommen worden.

Die Luft im Inneren des Fasses war Ekel erregend. Es roch nach Dung und Moder. Wenn sie doch nur wieder frische Luft atmen könnte! Ihre Beine fingen an zu kribbeln. Sie atmete tief durch das Astloch ein und verschluckte dabei fast eine Fliege, die davor herumschwirrte.

Trotz der grauenvollen Ereignisse war sie wie gebannt und konnte den Blick nicht abwenden. Sie musste hilflos zusehen, wie ihre Mitauswanderer in die Wagen gepfercht wurden. Beim Anblick ihrer entsetzten Gesichter wurde Elisabeth von einem tiefen Mitgefühl erfasst. Bei diesen Männern, Frauen und Kindern hatte sich Hoffnung in Verzweiflung verkehrt. Plötzlich lenkte ein lautes Klappern die Aufmerksamkeit der Soldaten auf die gegenüberliegende Seite des Platzes. Im gleichen Augenblick sah Elisabeth ein Gerangel unterhalb eines der Karren und eine Gestalt tauchte aus dem Schatten auf. Als Licht auf das Gesicht fiel, erkannte sie Herrn Schulze. Er band gerade einige Gefangene in seiner Nähe los und bedeutete ihnen zu fliehen. Elisabeth erkannte in der stämmigen Frau mit der Narbe Frau Dönhof. Sie lief schneller, als Elisabeth sie je hatte laufen sehen, als sie mit den anderen losgebundenden Gefangenen in eine der Seitenstraßen einbog.

Aus voller Kehle schrien die Offiziere den Soldaten Befehle zu, aber als das Regiment sich anschickte, die Wagen vorwärtszuschieben, lenkte erneut ein Aufschrei mitten im Tumult und Lärm ihre Aufmerksamkeit ab. Wieder sah Elisabeth Herrn Schulze aus dem Schatten treten.

Er wollte sich gerade zurück zu den Karren schleichen, als eine raue Stimme aus einem Fenster brüllte: „Da ist er! Der elende Verräter!" Die Häftlinge in den Karren begannen laut zu rufen in dem Versuch, die Warnung zu übertönen, aber es war zu spät. Ein Soldat richtete seine Muskete auf Herrn Schulze und befahl ihm, stehen zu bleiben. Aber statt zu gehorchen lief er davon, aus Elisabeths Blickfeld hinaus.

Der Kapitän rief: „Volker! Erich! Schnappt ihn euch!" Sofort eilten die beiden Männer Herrn Schulze nach. Der Befehlshaber schrie: „Vorwärts!", und die Wagen setzten sich langsam in Bewegung. Ihr Ziel war höchstwahrscheinlich der Kerker des Landesfürsten.

„Was ist denn da draußen los?", flüsterte Hans. „Was sehen Sie?"

„Psst!", fuhr Elisabeth ihn schroff an. „Kein Wort mehr!"

Nachdem die Wagen verschwunden waren, wurde es bis auf gelegentliche Schreie und Rufe, wenn gerade ein verirrter Emigrant aufgespürt wurde, wieder ruhig auf der Straße. Hans' Körper war schwer wie Blei und sein Schweiß benetzte Elisabeths Hals. Er war eingeschlafen. Schweißperlen tropften herab auf ihre Brust.

Als sie versuchte, sich im Fass in eine bequemere Stellung zu bringen, hörte sie in der Nähe Schritte. Waren sie entdeckt worden? Kam der Fremde zurück? Die Seile über ihr fingen an sich zu bewegen; jemand versuchte hektisch, die Planen zur Seite zu schieben.

Furcht ergriff Elisabeths Herz. Das war das Ende! Sie konnte nirgends hinflüchten. Sie entzog Hans ihren Arm und machte sich bereit. Sie würde ihrem Angreifer die Augen auskratzen, wenn es sein musste. Er mochte den Kampf gewinnen, aber sie würde schon dafür sorgen, dass er den Tag nie vergessen würde, an dem er Elisabeth Ebel gefangen nahm. In dem Augenblick, in dem das Segeltuch abgedeckt wurde, schoss ihre Hand blitzschnell heraus.

Sie erkannte Herrn Schulze, der gerade noch rechtzeitig sein Gesicht wegdrehte. Ihre Hand hielt in der Luft inne. Herr Schulze sah Hans, schenkte Elisabeth ein flüchtiges Lächeln, legte das Tuch sofort wieder zurück an seinen Platz und schichtete die Taue wieder darüber. Sie beobachtete durch das Loch, wie er auf die andere Straßenseite eilte.

„Da ist er!“, rief eine sonore Stimme.

Schwere Stiefeltritte waren zu hören, die an dem Fass vorbeieilten. Sämtliche Muskeln in Elisabeths Körper waren angespannt. Herr Schulze hatte fast die Straßenecke erreicht. Er war beinahe in Sicherheit. Da hallte das Dröhnen eines Schusses durch die Straßen. Dann knickte Herrn Schulzes Körper nach vorne ein und er fiel mit dem Gesicht zuerst auf das Kopfsteinpflaster. Elisabeth unterdrückte einen Aufschrei. Das konnte doch nicht wahr sein! Sie schloss die Augen. Im Geiste sah sie Herrn Schulzes freundliche blaue Augen und seine ausgestreckte starke Hand, die die faltige Hand ihres Vaters festhielt. Der Gedanke an sein fröhliches Lächeln war für Elisabeth fast unerträglich. Sie wollte ihm helfen, ihm irgendwie zur Seite stehen.

Doch sie wusste, dass sie sich nicht bewegen durfte, wenn sie nicht seinen Sohn und sich selbst in Gefahr bringen wollte.

Als sie schließlich die Augen wieder öffnete, lag Herr Schulze reglos auf dem Boden. Sie spürte, wie ihr die Tränen in die Augen schossen und sich ein Kloß in ihrem Hals bildete, aber sie gestattete es sich nicht zu weinen. Auch damals hatte sie nicht geweint, als ihre Brüder einer nach dem anderen in die Schlacht abgeführt wurden. Sie hatte auch nicht geweint, als ihre Mutter im fernen Rheinland an gebrochenem Herzen starb oder bei der Beerdigung ihres Vaters vor den Toren Lübecks. Und sie würde auch jetzt nicht weinen.

Elisabeth war sich nicht sicher, wie spät am Nachmittag es war, als sie die Stiefel der Lübecker Bürger wieder die Kopfsteinpflasterstraße hinabmarschieren sah. Sie beobachtete, wie ein Soldat Herrn Schulze am Kragen packte und seinen leblosen Körper in Richtung Hafen zog. Ihre Arme umschlossen instinktiv Hans. Sie waren nun allein, und der Junge brauchte sie jetzt, wie sie selbst Hans' Eltern gebraucht hatte, als ihr eigener Vater im Sterben gelegen hatte. Sie erinnerte sich daran, wie fürsorglich und einfühlsam Frau Schulze ihren Vater während seiner Krankheit umsorgt hatte, als niemand sonst sich ihm nähern wollte aus Angst, sich bei ihm anzustecken. Die Fürsorge der Schulzes hatte ihr so viel bedeutet. Herr Schulze war es auch gewesen, der ein letztes Gebet über dem leblosen Körper ihres Vaters gesprochen hatte.

Sie fröstelte.

Und nun war Herr Schulze tot – getötet, als er sie und seinen Sohn hatte beschützen wollen. Sie wünschte, sie könnte jetzt ein Gebet für ihn sprechen, aber sie wusste nicht, wie. Herr Schulze betete anders als die anderen Lutheraner, die sie kannte. Elisabeth konnte deutlich Gottes Liebe in seinen Worten spüren.

Traurig, wie sie war, plagten Elisabeth viele Fragen. Sie war immer schon eine gute Lutheranerin gewesen und hatte ihrer Mutter geholfen, sich um ortsansässige Witwen und Waisen zu kümmern, aber bei Herrn und Frau Schulze schien es noch anders zu sein. Sie hatte vorgehabt, die beiden auf dem Schiff nach ihrem Glauben zu fragen, doch nun war es zu spät. Ihr Brustkorb hob und senkte sich, als sie wieder den Drang zu weinen unterdrückte.

Im Brustton der Überzeugung wisperte Elisabeth: „Ich werde alles in meiner Macht Stehende tun, um dich zu deiner Mutter zu bringen, Hans. Alles! Das verspreche ich." Sie lehnte ihr Gesicht gegen seine seidigen Haare. Nur durch schiere Willensanstrengung gelang es ihr, den entsetzlichen Gedanken an Herrn Schulzes Tod aus ihrem Kopf zu vertreiben. Sie musste klar denken. Sie musste sich darauf konzentrieren, Hans und sich selbst nach Russland zu bringen. Das war es, was Herr Schulze gewollt hätte. Elisabeth reckte ihr Kinn nach vorn. Nichts würde sie aufhalten können.

Allmählich drangen neue Geräusche durch die Stille. Händler kehrten zurück und schoben ihre Karren die holprigen Straßen hinunter. Stimmen wurden laut. Kaufleute beantworteten Fragen. Selbst die Amseln und Spatzen zwitscherten und trillerten. Elisabeth war dankbar, dass der Hufschmied und die Passanten den Haufen Gerümpel übersahen, der neben dem Fass stand, insbesondere als Hans anfing, sich zu bewegen.

Elisabeth hielt ihm den Mund zu und flüsterte: „Bleib ruhig liegen! Wir sind immer noch in unserem Versteck im Fass." Sie spürte, wie seine Anspannung nachließ. Kein Laut kam über seine Lippen.

Der Rest des Tages zog sich dahin. Irgendwann wurden Elisabeths Beine taub. Sie wusste nicht, ob sie in der Lage sein würde, ihren Körper aus dem engen Fass herauszuhieven, wenn der Zeitpunkt dafür gekommen war. Sie fragte sich, ob der Unbekannte wirklich zu ihnen zurückkommen würde, und horchte angespannt darauf, ob sich seine Schritte näherten. Ihr Mund zog sich zusammen, als sie sich bewusst wurde, was sie da dachte. Gleichgültig, ob er nun zu ihnen zurückkehren würde oder nicht – sie konnte sich nur auf sich selbst verlassen. Was immer getan werden musste, es war ihre Aufgabe, es zu tun.

Gegen Abend hörte Elisabeth das erste Donnergrollen. Sie machte sich bereit. Der Sturm polterte und brauste, kam immer näher und die Dunkelheit draußen nahm zu. Durch das Spundloch sah sie schwere Regentropfen auf das Kopfsteinpflaster niederprasseln. Das war der richtige Zeitpunkt.

„Hans, ich werde jetzt aufstehen." Sie zwang sich, ihre Beine zu bewegen. Dann richtete sie sich mit Hans in ihren Armen auf, wobei die Taue auf den Gerümpelhaufen fielen. Die Leute, die durch die hereinbrechende Dunkelheit liefen, um einen Unterschlupf zu finden, schenkten ihnen keine Beachtung. Elisabeth lehnte sich über die Kante des Fasses und hielt Hans fest, bis er in der Lage war, seine Füße auf eine nahe stehende Kiste zu setzen. Elisabeth gab ein Zeichen und Hans sprang über die Kiste hinab auf das Kopfsteinpflaster. Er fing mit der Zunge die Regentropfen auf.

Während das Kribbeln in ihren Beinen ihr anzeigte, dass sich allmählich wieder ein Gefühl einstellte, sah sich Elisabeth vorsichtig um. Dann zog sie sich hoch bis zur Kante des Fasses und schwang ein Bein darüber, wodurch sich das Fass noch weiter zur Seite neigte. Da sie nicht wollte, dass es komplett umkippte, warf sie schnell das andere Bein über die Öffnung und sprang auf den Boden. Als sie mit beiden Beinen sicher auf der Straße stand, fegte sie mit der Hand das Heu aus ihren Haaren und ihrer Kleidung.

„Wir müssen uns einen Unterschlupf suchen." Elisabeth versuchte, mit der Hand die Augen abzuschirmen, um sich vor dem Regen zu schützen. Das stetige Plätschern hatte sich in einen Platzregen verwandelt. Das Wasser war kalt, aber es tat gut nach ihrem langen Aufenthalt im Fass. Es dauerte jedoch nicht lange, bis ihre Kleider komplett durchnässt waren. Glücklicherweise schützte sie der dichte Regenschleier aber auch vor abendlichen Passanten. Der Regen würde außerdem den modrigen Geruch des Fasses aus ihren Kleidern vertreiben, dachte sich Elisabeth.

Sie nahm Hans an die Hand. Als sie ihm die folgenden Worte sagte, sprach sie nicht nur zu Hans, sondern versuchte sich auch selbst Trost zuzusprechen: „Wir müssen nur in einer unserer Kirchen Zuflucht suchen. Dort sind wir in Sicherheit."

Hans nickte zustimmend. „Ich sehe schon eine." Er zeigte auf eine majestätische Turmspitze, die zwischen den anderen Häuserdächern herausragte.

Elisabeth nahm keine Notiz von den vielen anderen prunkvollen Kirchen, die sich als Silhouette gegen den bedrohlich aussehenden Himmel abzeichneten. Allein an den Turmspitzen konnte Elisabeth nicht erkennen, welches Gotteshaus eine lutheranische Kirche war und welches eins der Katholiken. Da Hans' Vorschlag ihr so gut wie jeder andere erschien, ging sie darauf ein.

„Wir müssen schnell von hier fort." Als sie zur Kirche liefen, die Hans ausgemacht hatte, flüsterte Elisabeth: „Bitte, Herr, lass diese Kirche eine lutheranische sein!" Ihr Herz war voller Furcht, weil es ihr schien, als ob ihr Leben von der richtigen Wahl der Kirche abhinge. Und im Grunde wusste sie, dass das auch so war.

2

Elisabeth stand am unteren Ende der Steintreppe und blickte an der Fassade der Kathedrale hoch. Dieses Bauwerk war sehr wahrscheinlich durch die Hand von Katholiken erbaut worden, aber mittlerweile konnte man nicht mehr sicher sein, welche Art Gottesdienst darin stattfand, da die Kirchen ihre Zugehörigkeit wechselten, wann immer die jeweils herrschenden Regenten ihren Glauben änderten. Sie hob den Rocksaum, um die steilen Treppenabsätze zu der gewaltigen Kirche besser hinaufsteigen zu können. Der Regen, der gegen die groben, hölzernen Tore des Gotteshauses prasselte, formte sich vor ihrem inneren Auge zu Soldaten, die – das Schwert in der Hand – die Tür zu ihrem Elternhaus einrammten. Sie hielt inne aus Angst, sie könnte auf denselben rachsüchtigen Bischof von damals stoßen, der mit einer lodernden Fackel in der Hand das Haus ihrer Familie und ihren Weinberg niedergebrannt hatte.

„Meine Einbildung spielt mir wohl einen Streich!", murmelte sie. Sie ließ den Saum ihres selbst gesponnenen Rocks los, sodass das Material wieder locker um ihre schlanken Knöchel fiel. Der Regen stach ihr wie mit Nadeln ins Gesicht. Die tausend eisigen Schläge trieben ihr das Wasser in kleinen Rinnsalen in den Nacken, von wo aus es ihre Kleider hinablief. Gleichzeitig malten die Blitze helle Streifen an den Himmel und Donnergrollen hallte von dem steinernen Gebäude wider. Sie atmete die Mischung aus frischer Luft und Feuchtigkeit tief ein. Der Nebel war so dicht, dass sie meinte, darin ertrinken zu können.

„Fräulein Ebel?", rief Hans. „Was ist mit Ihnen?" Der Ausdruck in Hans' Augen zeigte Elisabeth, welche grauenvolle Angst der Junge empfand.

Sie wandte ihr Gesicht ab. Lübeck wurde nicht von einem Fürsten regiert, sondern vom Hanseatischen Bund. Aus diesem Grund lebten in der Stadt sowohl Lutheraner als auch Katholiken. Und doch stieg aus ihrem tiefsten Inneren ein Gefühl der Panik auf, das sie zur Flucht trieb.

„Fräulein Ebel?", wiederholte Hans fragend. Ein Pärchen, das vom Sturm ebenfalls ganz durchnässt war, hastete an ihnen vorbei und betrat die Kirche. Hans ließ seine nervösen Blicke durch die dunkler gewordene Straße schweifen.

„Sind die Tore nicht schön geschnitzt, Hans?" Mochte sie auch noch so viel Angst haben, sie wollte auf jeden Fall verhindern, dass Hans von der gleichen bodenlosen Furcht ergriffen wurde, die sie selbst empfand. Entschlossen drückte Elisabeth eine der schweren Türen auf.

Der Geruch brennender Kerzen strömte ihnen am Kircheneingang entgegen. Vor ihnen tat sich ein riesiges Kirchenschiff auf, das noch länger war als Lübecks Pier. Dunkle Schatten tanzten an den grob behauenen steinernen Wänden.

Aus dem schummerigen Innern hörte sie eine Frau in einer dunkelroten Pelerine mit gedrehter Goldkordel sagen: „Aber bis

Könburg ist es doch noch eine Tagesfahrt! Man sagt, dass die Straßen voller Schlamm sind."

Ein feiner Herr mit einem gelangweilten Gesichtsausdruck versicherte der gut gekleideten Frau: „Machen Sie sich keine Sorgen! Ich habe schon schlimmere Stürme erlebt. Dieser geht auch vorüber."

Elisabeth bemerkte, dass einige der anderen Leute genau wie Hans und sie durchnässt waren. Andere sahen so aus, als hätten sie hier rechtzeitig vor dem Sturm Unterschlupf gefunden.

Elisabeth hoffte, das ungute Gefühl, das sie empfand, sei entweder nur ihr Magen, der sich aus Hunger verkrampfte, oder ihr Herz, das ihr aufgrund des Verlusts von Herrn Schulze wehtat. Sie griff nach Hans' Arm, damit er nicht verloren gehen konnte, und zog ihn zur nächsten offenen Flügeltür, die vom Hauptschiff in den Altarraum führte.

Sie hörten, wie die schroffe Stimme eines Mannes alle anderen übertönte. „Wir haben bis jetzt schon mehr als einhundert von diesen dreckigen Verrätern gefasst!"

Elisabeth trat unwillkürlich einen Schritt zurück. Ein lauter Donnerschlag verhinderte, dass sie die weiteren Worte des Mannes verstand. Als sich das Grollen gelegt hatte, gingen die vielen Unterhaltungen um sie herum in ein einziges unbestimmbares Stimmengewirr über. Elisabeth hoffte, dass sie und Hans so wie die meisten anderen Leute aussahen, die hier ebenfalls Unterschlupf gesucht hatten. Sie ging ein Stück weiter nach vorne. Dabei suchte sie die Menge nach vertrauten Gesichtern ab, wurde jedoch enttäuscht. Sie entdeckte niemanden aus ihrer Auswanderergruppe.

Hans flüsterte ihr zu: „Ich mag diesen Ort nicht!"

Sie gab ihm einen leichten Klaps auf die Schulter, öffnete die Tür zum Altarraum und führte ihn hinein. Der untere Teil des höhlenartigen Raumes war von Kerzen erleuchtet, die kleine Inseln des Lichts in einem riesengroßen Meer aus Dunkelheit bildeten, das die oberen Wände und die Decke umgab. Elisabeth spürte, wie die grabesähnliche, abgestandene Luft ihre Sinne durchdrang. Sie fröstelte und schlang ihren Mantel enger um sich. Hans' eisige Finger berührten ihre, als er seinen Körper gegen ihren völlig durchnässten Rock presste, was bei ihr ein Zittern verursachte, das ihr bis hinauf in den Nacken lief.

Langsam gewöhnten sich ihre Augen an die Dunkelheit. Sie blickte sich um. Auf dem Steinboden standen keine Bänke. Im Vergleich zu dem rieseigen Altarraum erschienen selbst ihre Winterquartiere klein. Mehrere Alkoven auf beiden Seiten des Hauptraumes, von denen jeder groß genug war, um sämtliche reformierte Gläubige aus Elisabeths Heimatstadt aufzunehmen, reihten sich an der Wand auf. Das Echo gedämpfter Stimmen war je nach der Wucht des Sturmes lauter oder leiser. Irgendwo in der Dunkelheit lachte ein Kind.

Elisabeth ging, Hans hinter sich herziehend, in eine dunkle Ecke auf der leeren Seite eines der Alkoven. Bei jedem Schritt musste sie aufpassen, nicht auf dem feuchten Boden auszurutschen. Zumindest schützten die dicken Mauern sie vor dem Sturm, der sie bald gänzlich ausgekühlt hätte.

„Schauen Sie, die Kerzen dort drüben stehen hinter Gittern!", wisperte Hans und zeigte auf die Vorderfront des Gotteshauses.

„Die Gitter sind dazu da, dass sie nicht gestohlen werden", erklärte Elisabeth.

Hans kam näher. „Ist das ein Gefängnis?"

Elisabeth fröstelte es bei dem Gedanken daran, dass er damit wohl der Wahrheit sehr nahe kam, falls dies eine katholische Kirche sein sollte. Mit ruhiger Stimme antwortete sie: „In meiner Geburtsstadt können Durchreisende die ganze Nacht über in der Kirche bleiben. Alles, was von Wert ist, steht hinter Gittern." In einem leiseren Ton, der, so hoffte sie, nicht von den Steinwänden widerhallen würde, fügte sie hinzu: „Wir kommen nicht ins Gefängnis, Hans. Ich werde einen Weg finden, um dich wieder zu deiner Mutter zurückzubringen."

„Und zu meinem Vater?"

Sie legte ihren Finger an die Lippen und führte ihn zu dem Sockel einer riesengroßen Säule. „Wir werden uns hier ein wenig ausruhen." Elisabeth ließ sich auf den Boden sinken. Der Steinfußboden, der rot war wie der aller anderen Gebäude in Lübeck auch, war kalt, aber trocken, außer an den Stellen, an denen ihre nasse Kleidung feuchte Spuren hinterließ.

Hans setzte sich und zitterte, während er sich an sie schmiegte. „Fräulein Ebel", flüsterte er, „wird mein Vater uns denn hier finden können?" Seine dünne Stimme hallte im Raum leise wider, und seine Worte schwebten schicksalhaft in der Luft. „Werden wir Vater suchen, sobald der Regen aufhört?"

Als Elisabeth immer noch nichts sagte, wurde Hans' Stimme eindringlicher, sodass sie sogar das Wüten des Sturmes übertönte: „Wir müssen Vater finden!"

Als die letzten Worte des Kindes von den Wänden widerhallten, fühlte Elisabeth sich, als würde es ihr das Herz zerreißen. Behutsam legte sie ihre Arme um den zitternden Körper des Jungen. Wie sollte sie ihm die Wahrheit beibringen? Wenn sie jemals göttliche Weisheit gebraucht hatte, dann jetzt. Elisabeth versuchte, sich daran zu erinnern, wie Herr Schulze zuweilen gebetet und sich dann immer Gottes Frieden auf sie gelegt hatte. Wie sehr wünschte sie sich jetzt, sie hätte ihn nach dem Geheimnis seines Glaubens gefragt.

Sie atmete tief durch und sprach leise, damit sie nicht von anderen gehört wurde. „Hans, ich werde dir darauf gleich eine Antwort geben, aber du musst auf jeden Fall ganz leise sein, sonst sind wir in großer Gefahr. Verstehst du das?"

Er blickte zu ihr hoch und nickte. Seine Augen waren so voller Vertrauen und Unschuld, dass sie seinem Blick kaum standhalten konnte. Er war erst fünf. Fünf Jahre, die nun zu einem ganzen Leben ohne die Liebe und den Schutz seines Vaters werden würden.

„Du erinnerst dich daran, wie wir uns in dem Fass versteckt haben?"

Er nickte wieder.

„Dein Vater hat uns in dem Fass gefunden, als du schliefst. Er sagte nichts, aber ich weiß, dass er sich sehr gefreut hat, dich in Sicherheit zu sehen."

„Wohin ist er gegangen?“

„Die Soldaten kamen.“

„Nein! Haben sie ihn verhaftet?“

Elisabeth brachte die nächsten Worte nur mit Mühe heraus. „Nein, leider nicht.“ Der Junge sah verwirrt aus und sie fuhr fort: „Hans, ich habe deinen Vater einmal sagen hören, dass jemand, der seinen Glauben auf Jesus setzt, nie wirklich sterben wird.“

In seinem Blick stand plötzlich panische Angst. Elisabeth legte ihren Finger an ihre Lippen, um ihn an sein Versprechen zu erinnern. Als sie die stumme Frage, die in seine Augen geschrieben stand, nicht verneinte, vergrub er sein Gesicht in ihrem rauen Rock. Er zitterte am ganzen Körper und stieß kleine unterdrückte Schluchzer aus.

Sie zog ihn näher an sich und wiegte seine kleine Gestalt sanft in ihren Armen, so wie ihre Mutter sie nach ihrer Vertreibung von zu Hause im Arm gehalten und so wie sie ihren sterbenden Vater gehalten hatte. Sie konnte ihren Schmerz nicht länger ignorieren. Wieder spürte sie die unverminderte Trauer über den Verlust lieber Menschen. Wie sehr hatte sie sich nach dem Tod der Eltern nach Befreiung von dem erdrückenden Schmerz in ihrer Brust gesehnt!

Wie sollte Hans das nur ertragen? Er war doch noch so jung! Seine Mutter befand sich auf dem Weg nach Russland, sein Vater war tot. Hans hatte jetzt niemanden mehr außer ihr. Die zwei Waisen klammerten sich auf dem Steinfußboden aneinander. Hans' Tränen vermischten sich mit der Feuchtigkeit, die bereits ihre Kleidung durchnässt hatte.

Nach einer Weile lautlosen Zitterns übermannte ihn der Schlaf. Seine kleine Gestalt auf ihrem Schoß tröstete sie. Sie freute sich sogar ein wenig darüber, dass sie nicht mehr ganz allein war, auch wenn sie sich gleichzeitig für dieses Gefühl schämte. Sie hoffte, Gott möge ihr diese kleine Freude vergeben. Sie hatte jetzt noch ein anderes menschliches Wesen, das sie brauchte und dem es nicht egal war, ob sie lebte oder tot war, auch wenn es nur ein fünfjähriges Kind war.

Plötzlich schleuderte ein gewaltiger Blitz sein beängstigendes Licht durch die Buntglasfenster und erhellte den geweihten Ort. Die süßlich lächelnden Gesichter der Statuen in den Nischen schienen sie zu verspotten.

Entsetzliche Angste erfüllte Elisabeths Herz, als der Lichtstrahl ihre schlimmsten Befürchtungen bestätigte: Sie befand sich in einer katholischen Kirche.

Elisabeth starrte in die Dunkelheit und versuchte, allen Mut zur Flucht aufzubringen. Aber wohin konnten sie schon gehen? Wenn doch nur das Pochen in ihrem Kopf nachließe! Ihre Panik wurde noch größer, als sie das knirschende Geräusch einer Eisentür aus dem vorderen Teil des Altarraums hörte.

Ein Priester trat mit einer Kerze in der Hand in das Hauptschiff. Elisabeth hatte in ihrem Leben bereits viele Predigten gehört, und in ihnen wurden katholische Priester fast immer als Gehilfen des Teufels dargestellt. Sie wusste, dass sie eigentlich auf der Stelle fliehen musste, aber mit Hans, der halb auf ihrem Schoß lag und schlief, konnte sie sich nicht bewegen, ohne die Aufmerksamkeit des Geistlichen auf sich zu ziehen. Sie versuchte, ihren Körper gegen die Säule zu drücken, als sie beobachtete, wie sich das schwarze Gewand des Kirchenmannes von einer Menschengruppe zur nächsten bewegte.

Sie konnte sein Gesicht nicht sehen, aber sie hörte seine klare Stimme, als er mit jedem Einzelnen sprach und Dinge fragte wie: „Mein Sohn, wie geht es deinen Kindern?“, oder: „Tochter, bist du wohlauf?“ Das sich nähernde Licht seiner Kerze tanzte unheimlich im Dunkel. Der Priester grüßte gewissenhaft jeden Einzelnen, der in der Kirche Unterschlupf gefunden hatte. Dann fiel der Schein seiner Kerze auf Elisabeth.

„Guten Abend, meine Tochter!“ Sommersprossen bedeckten das Gesicht des weißhaarigen Alten.

„Guten Abend!“, antwortete sie. Seine blassen Augen unter buschigen rötlichen Brauen schienen sich direkt in Elisabeths Seele zu bohren. Sie wandte ihren Blick ab und starrte auf Hans’ schlafenden Körper. Elisabeth hörte den Regen auf das Dach prasseln. Doch dieses heftige Geräusch schien leise im Vergleich zu dem Pochen ihres Herzens.

Der Priester beugte sich zu ihr hinunter, und sie zwang sich, ihn anzuschauen. „Ich habe dich noch nie zuvor hier gesehen! Ich bin Pater Dominik." Sein Blick glitt zu Hans, als Elisabeths Magen hörbar knurrte. Sie suchte nach Worten, die sie sagen konnte und die katholisch klangen, sodass er keinen Verdacht schöpfte.

Der Priester lächelte. „Es wäre ein Segen, noch einmal so schlafen zu können wie dieses Kind."

„Ja." Elisabeths Stimmte war kaum hörbar. Vielleicht war es das Beste, so wenig wie möglich zu sagen.

„Du hast einen hübschen Jungen, meine Tochter", fuhr Pater Dominik fort. Hin und wieder entwich den Lippen des Jungen noch ein leises Schluchzen, wie es manchmal den bittersten Tränen folgt. Elisabeth legte ihre Hand schützend auf ihn und nickte.

Pater Dominik lächelte erneut, wandte sich von Elisabeth ab und ging davon. Nach ein paar weiteren Grüßen verließ er das Hauptschiff wieder. Erleichterung durchströmte Elisabeth.

„Hans!", flüsterte sie. Der heulende Wind und der Donner übertönten ihre Stimme. „Hans!", sagte sie nun eindringlicher. Der Knabe öffnete ein Auge und schloss es sogleich wieder. „Hans, wir sind in Gefahr! Wir müssen hier weg." Jetzt wusste sie, dass sie hier natürlich keine anderen Auswanderer entdecken konnte. Katholiken und Lutheraner lebten zwar in Lübeck Seite an Seite, aber kein Lutheraner würde freiwillig eine katholische Kirche betreten, weil dies mit großer Wahrscheinlichkeit Kerkerhaft und damit den sicheren Tod bedeutete. Sie mussten die Kirche umgehend verlassen, bevor der Priester sie anzeigte oder etwas Schlimmeres geschah.

Hans bewegte sich nicht. Elisabeth versuchte, ihn auf die Beine zu stellen, brachte es aber nicht fertig. Er war zu schwer und sie war zu müde. Ihr Körper wollte ihr nicht länger gehorchen. Um zu fliehen, hätte sie ohne Hans gehen müssen, und das kam für sie nicht in Frage. Sie lehnte sich an die Säule und schloss die Augen. Sie hatte nicht genug Kraft, um sich dem entgegenzustellen, was sicher als Nächstes kommen würde. Sie fragte sich, ob sich ihre Mutter wohl so gefühlt hatte, kurz bevor sie an gebrochenen Herzen starb, weil ihr der Landesfürst den letzten Sohn weggenommen hatte und sie wusste, dass sie ihn nie wieder zu Gesicht bekommen würde.

Nein, Elisabeth würde nicht zulassen, dass so etwas noch einmal passierte. Keine einzige Träne würde sie vergießen. Sie versuchte, Hans unter den Achseln zu nehmen und ihn hochzuheben, als sie hörte, wie sich die Tür zum Hauptschiff erneut knarrend öffnete und der Priester zurückkam. Sie ließ die Hände sinken und lehnte sich zurück. Am besten stellte sie sich schlafend. Gemessenen Schrittes bewegte der Priester sich geradewegs auf sie zu. Was konnte sie tun? Sie zog Hans näher an sich heran.

„Meine Tochter!", richtete der Priester das Wort an sie. Elisabeth biss die Zähne zusammen und nahm ihre letzte Kraft zusammen, da sie sicher war, nun dem Tod ins Auge zu blicken. Mit entschlossenem Blick schaute sie zu ihm auf.

Der Priester hielt ihr einen Laib Brot, eine Tasse Wasser und eine Wolldecke entgegen. „Nimm das hier!"

Elisabeth öffnete den Mund und schloss ihn gleich wieder. Sie war verwirrt. Tränen stiegen ihr in die Augen.

Der Priester fuhr fort: „Ich kann gut auf eine Abendration Brot verzichten. Du und dein Kind nicht."

Elisabeth, die ihrer Stimme nicht traute, konnte nur zum Dank nicken. Sie breitete die Decke über Hans und sich selbst aus und nahm dann den Laib und den Becher von dem Priester. Bestimmt hätte ihre Mutter sie dafür gescholten, dass sie von einem katholischen Priester etwas zu essen annahm, aber Elisabeth war zu aufgewühlt, um sich darüber Sorgen zu machen, welches Gesetz sie brach. Sie wusste ja nicht einmal, ob es überhaupt eins gab, das ihr das verbot. Der frische Duft des Brotes brachte ihre Bedenken zum Schweigen. Sie legte den Laib in ihren Schoß.

„Ihr stammt wohl nicht aus Lübeck?", fragte der Priester.

Sie versuchte, ihre Stimme unter Kontrolle zu halten, als sie antwortete: „Wir sind zu Besuch aus dem Rheinland." Zumindest das entsprach der Wahrheit. Sie hoffte, dass er nicht nachfragen würde, wohin sie wollten.

„Es hat viel Blutvergießen gegeben. Ihr könnt euch glücklich schätzen, im Süden zu leben. Wir sind nur wenige hier im Norden."

Elisabeth wandte ihren Blick ab. Er hatte sie für eine Katholikin gehalten. Was sollte sie jetzt tun? Wie verhielt sich ein Katholik? Sie schaute ihn wieder an. Die Augenbrauen des Geistlichen zogen sich zusammen, während er sie weiter musterte. Sie wurde unruhig unter seinem beharrlichen Blick.

Mit leiser Stimme erklärte er: „Einhundertundfünfzehn Lutheraner sind am heutigen Tag verhaftet worden. Einige wurden getötet."

Elisabeth starrte auf das Brot. Er wusste Bescheid. Sie war eine Aussiedlerin. Sie war eine Anhängerin Luthers. Und der Priester wusste das.

Pater Dominik sprach weiter: „Bleibt über Nacht hier! Heute Nacht seid ihr hier noch sicher."

Ihr Verstand suchte verzweifelt nach Worten, mit denen sie die Wahrheit umgehen konnte, denn sie konnte sich nicht zu einer Lüge durchringen. „Ich danke Euch. Die Kirche wird uns vor dem Sturm Schutz gewähren."

Pater Dominik schenkte ihr ein mildes Lächeln. „Ihr habt heute vielen Stürmen getrotzt. Ich werde die Türen bewachen, um all denen, die in meiner Kirche Zuflucht suchen, Schutz zu gewährleisten."

Nachdem Pater Dominik ihr eine gute Nachtruhe gewünscht und sich wieder entfernt hatte, um vor den Türen der Kirche Position zu beziehen, starrte Elisabeth auf die Stelle, an der er noch kurz zuvor gestanden hatte. Mit jedem Bissen von dem warmen, grobkörnigen Brot wuchs ihre Verwunderung. Ein katholischer Priester hatte sie versorgt. Ein Papist! Er war freundlich zu ihr gewesen, aber konnte sie ihm tatsächlich vertrauen? Wollte er die Türen bewachen, um die Soldaten abzuhalten oder vielleicht nur, um ihre Flucht zu verhindern?

Nichts ergab einen Sinn. In ihrem Verstand hämmerten schmerzliche, seltsame und womöglich ketzerische Gedanken. Konnte der Priester wirklich gut sein und nicht böse? Sie schüttelte den Kopf. Er war bestimmt ein Wolf im Schafspelz. Elisabeth versteckte die Reste des Brotes in einer Falte der Decke und schloss die Augen. Sie kämpfte nicht länger gegen den Schlaf an, der sie in eine benommene Leere entführte.

Im Traum sah sie sich selbst. Sie rannte, suchte nach etwas oder jemandem. Hinter jeder Ecke lag ein Soldat in Habachtstellung – bereit, sich auf sie zu stürzen. Da. Ein Donnerschlag. Herr Schulze fiel auf das Pflaster. Plötzlich hielt sie den kalten Körper ihres Vaters im Arm. Ein Schrei blieb ihr im Hals stecken. Die Hand eines Kindes streckte sich nach der ihren aus. Und plötzlich fuhr sie in die Höhe. Hans! Wo war Hans?

Elisabeth saß mit weit aufgerissenen Augen da. Es war immer noch dunkel. Eine knochige Hand hatte sich über ihren Mund gelegt. Sie versuchte, ihren Kopf wegzuziehen, als sie Pater Dominik erkannte, der sie festhielt. Was würde er mit ihr anstellen? Die gelegentlichen gedämpften Schnarcher anderer Schlafender drangen an ihr Ohr.

„Tochter!“, wisperte Pater Dominik. „Die Behörden werden nun, wo der Sturm vorüber ist, nach verstreuten Auswanderern suchen. Du bist in Gefahr.“ Der Priester lockerte seinen Griff. Elisabeth lehnte sich nach vorn und fühlte die kalte, feuchte Kleidung auf ihrer Haut. Mit leiser Stimme fragte der Pater die Person neben ihm: „Ist das deine Frau und dein Kind?“

Elisabeth blickte auf und sah im Kerzenlicht das Gesicht des Mannes, der ihr geholfen hatte, sich in dem Fass zu verstecken.

„Ja“, antwortete dieser. „Das ist meine Familie.“

Furcht jagte Schauer durch Elisabeths Körper, die schlimmer waren als die von der Kälte. Anscheinend träumte sie noch immer.

„Komm!“, forderte der Fremde sie auf. „Wir müssen uns beeilen.“

Wie um alles in der Welt hatten der Fremde und der Priester Eingang in ihre Träume gefunden? Der Fremde hob Hans ohne Anstrengung an seine Brust und entfernte sich. Irgendwie ergab das alles keinen Sinn für sie. Aber sie konnte nun jedenfalls nicht länger Hans’ Gewicht und Wärme spüren. Traum oder nicht – sie musste in Hans’ Nähe bleiben. Sie stand eilig auf, woraufhin der blecherne Becher des Kirchenmannes mit einem lauten Scheppern auf dem Boden aufschlug. Das Geräusch hallte durch den Alkoven und wurde dann von der Weite des Gotteshauses verschluckt.

Die beiden Männer hielten inne. Nun war auch Elisabeth wieder bei hellwachem Verstand. Dies war kein Traum! Das Schnarchen der Schlafenden um sie herum setzte sich in einem stetigen Rhythmus fort. Der Priester hob den Becher und das heruntergefallene Brot auf, drückte ihr den Laib in die Hand und bat sie, ihm zu folgen. Sie wünschte, sie könnte ihn fragen, warum er unter Einsatz seines eigenen Lebens einer Lutheranerin half. Doch er eilte ihnen voraus. Sie verstaute den Laib in ihrer Schürze und folgte ihm. Die Schultern des Klerikers waren unter seiner Priesterkluft zu einem Buckel gekrümmt. Im Gegensatz dazu erschienen die Schultern des Fremden stark und gerade.

Der Pater führte sie zu einer Seitentür, die in einer dunklen Nische verborgen war. Er schloss sie auf, bekreuzigte sich mit der Hand und sagte leise: „Möge Gott euch auf eurer Reise segnen und bewahren!“

Der Fremde prüfte mit einem schnellen Blick, ob die Gasse frei von Soldaten war, während Elisabeth das Gesicht des Priesters erforschte. Wie der Fremde schien auch der Priester irgendwie ihre Not zu sehen. Er schenkte ihr ein müdes Lächeln. Sie nahm seine trockene Hand in die ihre.

„Alles klar!“, erklärte der Fremde. Sie mussten fort. Sie wollte diese freundliche Seele nicht länger in Gefahr bringen. Sie ließ die Hand des Priesters los und trat in die Kälte hinaus, die nun nach dem Sturm herrschte. Die Tür fiel hinter ihnen ins Schloss. Elisabeth fühlte, wie sich erneut panische Angst in ihr breitmachte und sich ihre Gedanken überschlugen.

Wo konnte sie sich verstecken? Konnte sie Lübeck vor dem Morgengrauen hinter sich lassen? Wie weit konnten Hans und sie in Russland kommen, und würden sie es überhaupt je bis dorthin schaffen? Elisabeth schüttelte den Kopf. Sie würde nicht zulassen, dass Ungewissheit und Sorge sie niederdrückten.

Der Geruch von Regen hing in der Luft, als ein frostiger Wind ihr den Rock um die Beine peitschte. Elisabeth wappnete sich innerlich. Sie und Hans hatten es schon so weit geschafft. Sie würde eine Möglichkeit zur Überfahrt nach Russland finden.

Sie wandte an den Fremden und streckte ihre Arme nach Hans aus. „Sie sind heute mein freundlicher Retter in der Not gewesen! Ich danke Ihnen."

Anstatt ihr das Kind auszuhändigen, hielt der Mann Hans fest in seinem Arm und stürmte in eine dunkle Straße. Elisabeth schnappte nach Luft und hastete ihm nach. Sie lief zuerst hinter ihm und dann neben ihm her. Der Mann hielt den schlafenden Jungen fest umklammert. Elisabeth packte seinen Arm und zog daran. Er schien es nicht zu bemerken. Sie griff nach Hans' Bein und hielt sich daran fest, woraufhin das Kind sich bewegte, ohne jedoch aufzuwachen. Der Fremde hielt unvermittelt an, sodass sie fast in ihn hineingelaufen wäre. Er stellte sich ihr in den Weg und sah ihr direkt ins Gesicht: „Gönnen Sie dem Jungen etwas Ruhe!" Aus der Ferne war schon der vertraute Schritt der Soldaten zu vernehmen. Der Wind streifte mit seinen kalten Fingern Elisabeths Hals. Sie fröstelte. Der Mann beugte sich zu ihr. Sie spürte seinen Atem auf ihrem Gesicht. Im trüben Mondlicht blickte sie in seine dunklen Augen, die sie fixierten.

Er flüsterte: „Vertrauen Sie mir! Ich tue Ihnen nichts."

Sie fühlte sich haltlos und blieb starr, als warte sie darauf, dass etwas geschah. Dann verschwand der Mann ohne Vorwarnung mit Hans in den Armen in der Dunkelheit.

3

Elisabeth versuchte „Halt!“ zu schreien, aber es kam nur ein ersticktes Gurgeln aus ihrem Mund. Sie hatte keine Zeit, mehr zu sagen, weil sie dem Fremden und Hans nachjagte. Als sie durch die engen Straßen liefen, schalt sie sich selbst für die Dummheit, einem Mann vertraut zu haben, der sie offensichtlich angelogen hatte. Er bog in eine andere Straße ein. Sie folgte ihm, rutschte auf den nassen Pflastersteinen aus, fing sich aber sofort wieder und wandte sich in die entsprechende Richtung, um ihn nicht aus den Augen zu verlieren. Ihre Seite schmerzte bereits vom Laufen, aber sie versuchte, das Stechen zu ignorieren und schneller zu laufen, um mit den langen Schritten des Mannes mitzuhalten.

Wohin bringt er Hans?, fragte sie sich. Und warum wollte er überhaupt ein Kind entführen? Was auch immer der Grund war, sie wusste, dass sein Tun nichts Gutes bedeutete. Sie hoffte, dass Hans nicht aufwachen würde, damit er die Gefahr nicht erkannte, in der er sich befand.

Plötzlich war es still – sie hörte keine Schritte mehr. Alles, was Elisabeth hören konnte, war das Rascheln ihres Rockes. Sie blieb unsicher stehen. Wo waren sie hingegangen? Sie vernahm weder in der einen noch in der anderen Richtung irgendeine Bewegung, nur noch mehr Stille. Wo waren sie bloß? Sie ging den Weg zurück, den sie gekommen war. Sie musste die Zähne zusammenbeißen, damit sie nicht vor Kälte klapperten. Die raue frühe Morgenluft schien ihr direkt in die Knochen zu kriechen. Ihr Blick schoss verzweifelt von einer Seite zur anderen, um irgendeine Bewegung im Schatten zu erspähen. Dann zuckte sie zusammen, als sie den forschen Marschschritt von Stiefeln auf den Pflastersteinen hörte. Soldaten!

Karl blickte über die Schulter zurück. Die Frau war schon wieder außer Sichtweite. Er ging wieder ein paar Schritte zurück und brummelte atemlos vor sich hin. Soldaten waren im Anmarsch. Vorsichtig äugte er um eine dunkle Ecke. Da stand sie mitten auf der Gasse und sah sich panisch um. Sein Herz zog sich zusammen bei der naiven Unschuld, die er in ihrem Gesicht sah. Er gab einen Zischlaut von sich, und als sie sich umdrehte, suchte er Augenkontakt zu ihr und bewegte sich langsam weiter. Die Marschschritte kamen indes immer näher. Sie eilte zu ihm und sie huschten gemeinsam hinter die nächste Häuserecke. Vorsichtig setzten sie einen Schritt vor den anderen, um nicht zu viel Lärm zu machen. Sie bogen scharf nach rechts ab, schlängelten sich durch eine weitere dunkle Gasse und stießen dann auf eine breite Straße. Karl ging immer voraus. Als er die marschierenden Soldaten nicht mehr hören konnte, verlangsamte er seinen Schritt.

Plötzlich ergriff die Frau seinen Arm. „Bitte geben Sie mir das Kind zurück!"

„Das ist nicht notwendig." Er ging im Schutz des Schattens weiter bis zur Straßenecke und ihre zierliche Hand ließ von seinem Arm ab.

Er hörte, wie sie keuchte. „Ich weiß nicht, welche Art von Mann Sie sind, ich kenne weder Ihren Namen –"

„Karl Müller."

„... noch weiß ich, was Sie vorhaben –"

„Ich habe vor, Ihr Leben zu retten!" Er sprach bewusst leise und freundlich. Er legte den schlafenden Knaben nun an seine andere Schulter. „Dem Jungen geht es gut. Sie müssen sich leise verhalten, es sei denn, Sie wollen unbedingt die Aufmerksamkeit der Soldaten auf sich ziehen." Er bereute die Worte, kaum dass er sie ausgesprochen hatte.

„Geben Sie mir jetzt auf der Stelle Hans!", sagte sie nun bestimmter. „Ich werde ihn selbst tragen. Ich habe Sie nicht um Ihre Hilfe gebeten!" Ihre Worte hallten von der endlosen Reihe schmaler, zweistöckiger Häuser wider.

„Still!“ Sie waren in Gefahr. Er versuchte zu hören, aus welcher Richtung die Häscher im Anmarsch waren, denn dass sie kamen, war klar. Instinktiv zog er die Frau noch weiter in den Schatten und legte den Arm um ihre Schultern, das Kind zwischen ihnen. Er hörte, wie sie einen Schrei unterdrückte, gerade bevor zwei Soldaten um die Ecke bogen. Er spürte ihr heftig klopfendes Herz. Sie hatte große Angst. Er wünschte, er hätte Zeit, ihr die Angst zu nehmen und sie zu trösten.

Die Soldaten gingen vorüber, aber ihr Herzschlag verlangsamte sich nicht. Er fragte sich, warum. Da kam ihm ein unerwünschter Gedanke. Hatte sie womöglich mehr Angst vor ihm als vor den Soldaten?

Vielleicht packte er die Sache falsch an. Er war es gewohnt, schnelle Entscheidungen zu treffen und die Dinge auf seine Art zu erledigen. Sie sah doch hoffentlich ein, wie wichtig es war, dass sie sich beeilten? Er schalt sich selbst. Woher sollte sie das denn wissen? Sie dachte wahrscheinlich, dass die Soldaten immer noch hinter ihr her waren. Was konnte er sagen, um sie zu beruhigen, ohne lange Erklärungen zu geben?

Als die Soldaten vorbeimarschiert waren, brummte er leise: „Sie müssen mir einfach vertrauen!“

Er lockerte den Griff um ihre Schultern und hörte sie klar und deutlich sagen: „Das werde ich nicht tun!“ Sie blieben beide eine Weile reglos an die raue Ziegelwand gelehnt stehen, ohne dass Karl den Jungen losließ.

Seine Arme schmerzten allmählich von dem zusätzlichen Gewicht. Er wünschte, die Frau wäre in der Lage, den Knaben zu tragen und sich trotzdem schnell vorwärtszubewegen, aber sie war zu zierlich. Außerdem konnte sie vor ihm fliehen, was mit größter Sicherheit mit ihrer Inhaftierung enden würde. „Ich kann Sie und Ihren Jungen nach Russland bringen.“

Bis gerade eben hatte sie noch schwer geatmet, als sei sie schnell gelaufen, nun hörte er gar nichts mehr. Hatte er sie falsch eingeschätzt? Besaß sie doch nicht die Intelligenz und den Mut, die er ihr zugetraut hatte?

Elisabeth ließ die angehaltene Luft mit einem sanften Seufzer entweichen. „In Ordnung!“ Sie legte ihre Hand schützend auf Hans’ Rücken und neigte sich zu Karl hinüber, bis ihr Gesicht dicht an seinem Ohr war. „Enttäuschen Sie mich nicht!“ Ihre Worte klangen wie eine Warnung. Gut. Sie besaß Willensstärke. Die würde sie auch brauchen, dachte Karl.

Er zwinkerte ihr zu, auch wenn sie das in der Dunkelheit wahrscheinlich nicht würde sehen können. „Bleiben Sie immer dicht bei mir!“

Mit den Wolken, die heraufzogen und sich nun langsam vor den Mond schoben, wurde die Nacht dunkler. Elisabeth bemühte sich, mit Herrn Müller Schritt zu halten. Wieder einmal wünschte sie sich, dass die Schulzes da wären, um ihr zu helfen, zwei Gebete zu formulieren – eines zum Dank dafür, dass ihr dieser Mann geschickt worden war, und ein zweites als flehende Bitte zu ihrer beider Schutz.

Nach so vielen Rechts- und Linkskurven in den Straßen von Lübeck war sie verwirrt und wusste nicht, in welche Richtung sie überhaupt liefen. Eine plötzliche frostige Brise, die ihr ins Gesicht blies, trug den Geruch von nassem Holz und totem Fisch heran. Fast im selben Augenblick bestätigte der hohle Klang von Herrn Müllers Schritten ihren Verdacht. Sie hatten den Pier erreicht. Die Nacht war so schwarz, dass sie noch nicht einmal sagen konnte, wo das Land endete und der Pier begann. Sie tastete mit der Hand nach Herrn Müller, doch er war zu weit weg.

Was, wenn sie hinunterfiel? Was, wenn er Hans ins Wasser fallen ließ? Sie schauderte bei dem Gedanken.

Ein schwaches Licht flackerte unterhalb von ihr auf. Jemand befand sich unter der Landungsbrücke. Sie konnte nicht sagen, ob das Licht von einer Kerze oder einer Laterne kam, aber es erhellte die Umrisse von Herrn Müller, sodass ihre Anspannung etwas nachließ. Sie ging zu ihm an den Rand der Landungsbrücke und sah, dass ein anderer Mann sie in einem kleinen Boot erwartete, an dessen Bug das Licht angebracht war. Der schwache Schein erleuchtete die Silhouette von Hans' Körper, während Herr Müller eine Strickleiter hinabkletterte und den Jungen dem Mann im Boot herüberreichte.

„Kommen Sie! Sie sind die Nächste!", zischte er, als er zurück auf dem Anlegesteg war. Er nahm ihre Hand undhielt sie fest, als sie einen Fuß über die Kante setzte und damit nach der obersten Sprosse tastete. Sie griff nach der Leiter, hielt sie mit der Hand fest und kletterte hinunter. Dabei spürte sie, wie der Hauch von erst kürzlich getautem Eis an ihren Kleidern emporzog, bis ihr Fuß die Holzplanken unter ihr erreichte und das Boot unter ihrem Gewicht zu schaukeln begann. Sie sank auf eine schmale Bank und merkte erst jetzt, wie müde sie war.

Der Bootsmann berührte ihren Arm. „Dort rüber!"

Sie sah Hans' ruhig schlafenden Körper und tastete sich zu ihm hinüber. Gerade als sie Hans erreichte, hörte Elisabeth, wie der hölzerne Bootsrumpf knarrte, als sich Herr Müller geschickt in das Ruderboot fallen ließ. Elisabeth legte die Arme schützend um Hans und der Bootsmann löschte sein Licht. Dann zog er eine dunkle Segeltuchplane über sie, sodass sie zuerst kaum atmen konnte. Sie hörte, wie Soldatenstiefel im gedämpften Stechschritt herannahten.

Eine heisere Stimme ertönte: „Seid still! Mir fehlt noch einer, und dann schuldet ihr mir die größte Maß Bier, die in ganz Lübeck zu finden ist." Stiefel hämmerten über den Pier. Wegen des Segeltuchs konnte Elisabeth absolut nichts sehen. Die Schritte hielten inne.

„Seht ihr irgendwas?", brummte eine andere Stimme laut.

„Es ist zu dunkel."

„Gehen wir noch ein Stück weiter!"

„Sollen wir etwa hier ertrinken? Dafür ist die Geldbörse dieses Schurken zu wenig wert. Schau doch selbst nach!"

„Mein Durst steht mehr nach Bier als nach Wasser. Ist das nicht die goldene Schatulle des Kapitäns? Wo ist er eigentlich? Sie ist den ganzen Zinnober nicht wert."

„Sie ist jede Menge wert!“

„Nicht für mich.“

„Dann auf zur Schenke! Wir sind hier fertig.“

Elisabeth hörte, wie die Schritte sich entfernten und das Wasser gegen die kleine Jolle platschte. Was hatte eine goldene Schatulle damit zu tun, Auswanderer einzufangen? Alles war so verwirrend. Elisabeths einziger Trost war im Moment Hans' warmer Atem auf ihrer Haut. Zumindest hatte er die Grauen der Nacht verschlafen. Als der Bootsmann die Plane lüftete, schlug ihr die Kälte frostig entgegen, und sie musste mehrmals nach Luft schnappen. Hans begann sich zu räkeln. Die Laterne des Bootsmanns wurde nicht wieder entfacht.

Karl Müller ließ sich im Heck des Bootes nieder. Unverzüglich ließ der Bootsmann die Ruder ins Wasser gleiten und lenkte die Jolle auf den offenen Fluss hinaus, der Lübeck wie einen Ring umspannte. Sie befanden sich bald ein Stück weg von dem stechenden Geruch von Verwesung am Pier. Die rhythmisch knarrenden Geräusche des alten Bootes schienen sich im Rauschen des Flusses zu verlieren.

Hans rieb sich die Augen. „Wo sind wir?“

„Sei still!“, flüsterte der Bootsmann.

Elisabeth nahm Hnas fest in ihre Arme. Sie spürte, dass er Angst hatte. Der Junge legte seinen Kopf an ihre Brust.

Nach einer Weile flüsterte er: „Ich habe Hunger!“ Elisabeth holte das Brot heraus, das sie aufgespart hatte, und gab es ihm. Der Junge aß gierig.

Während sie sich weiter und weiter vom sicheren Land entfernten, hörte Elisabeth, wie der Fluss in der Dunkelheit rauschte. Die Kälte kroch unter ihre feuchten Kleider und breitete sich in ihrem müden Körper aus.

Plötzlich sagte der Bootsmann: „Dieses Mal hätten sie dich fast geschnappt!“

Karl Müller lachte. „Aber nur fast, Stoltz.“

„Du hättest dem Kapitän erlauben sollen, seine Schatulle zu behalten.“

„Ich habe sie auf ehrliche Weise gewonnen. Außerdem konnte ich dadurch deinen Lohn erhöhen, weil ich sie beim Kapitän gegen die Überfahrt eintauschen kann. Für ein bloßes Dankeschön hättest du mir sicherlich nicht deine Papiere gegeben oder gar dein Leben riskiert!"

„Das stimmt", sagte Stoltz mit einem leisen Lachen. Dann schwiegen die Männer. Elisabeth verstand nicht, worüber sie sich unterhalten hatten, aber sie wusste, dass sie diesem Müller bereits jetzt mehr verdankte, als sie jemals zurückzahlen konnte. Zum hundertsten Mal an diesem Tag wünschte sie sich, zu Hause am Rhein sicher im Haus ihres Vaters zu sein und ihr früheres einfaches Leben zu führen. Sie wusste nicht, ob es an der Kälte, der Trauer oder der Angst lag, aber ihr Körper fing an zu zittern. Die einzige Wärme, der einzige Trost, den sie hatte, kam von Hans.

Als die Nacht weiter voranschritt, wurde ihr Arm, den sie um die Schultern des Jungen gelegt hatte, taub. Sie verlagerte sein Gewicht auf ihre andere Seite. Hatte der Mann etwa vor, bis zur Ostsee zu rudern?

Die Ruder tauchten ins Wasser, kamen wieder heraus, tauchten ins Wasser und kamen wieder heraus. Die gleichförmigen Bewegungen wiegten sie in einen Halbschlaf. Nur wenn sich der Rhythmus einmal veränderte, wachte sie auf. Das Ruderboot glitt jetzt in einen dunklen Flussarm.

„Wo sind wir hier?", fragte sie.

„Sie haben weder Vorräte noch Kleider zum Wechseln, aber keine Sorge, in Russland bekommen Sie alles zur Verfügung gestellt." Die Worte von Herrn Müller waren so ruhig ausgesprochen, dass sich Elisabeth fragte, ob er die volle Wahrheit sagte. Er fuhr fort: „Das nächste Schiff segelt in zwei Tagen."

Elisabeth schluckte schwer und versuchte, ihre Angst nicht offen zu zeigen. Die Morgendämmerung würde bald anbrechen. Wie sehr hoffte sie doch, dass dieser Mann das Vertrauen, das sie in ihn gesetzt hatte, wert war. Herr Müller sprang aus dem Boot heraus und zog es ans Ufer. Er befestigte das Seil an einem großen Felsbrocken am Strand und beugte sich dann vor, um

Hans an Land zu tragen. Als er zurückkam, erwartete Elisabeth, dass er ihre Hand nehmen würde, stattdessen legte er seine Arme um sie und trug auch sie mühelos dorthin, wo der Sand trocken war.

Karl lächelte in sich hinein. Das war beinahe zu einfach gewesen! Als er die Frau hochgehoben hatte, hatte er das Dokument aus ihrem Rockbund genommen, ohne dass sie es bemerkte. Sie würde es erst vermissen, wenn es zu spät war. Er führte sie und den Jungen zu der kleinen Hütte, die im Unterholz versteckt lag. Solange die Frau das tat, was er ihr in den nächsten beiden Tagen sagte, würden seine Geschäfte rechtzeitig beendet sein und er konnte alle notwendigen Vorkehrungen für die Reise unter Dach und Fach bringen. Wenn sie erst einmal Russland erreicht hatten, würde er seine alten Beziehungen, die natürlich unehrenhaft waren, nutzen. Er grinste.

Als die ersten Morgenstrahlen die Dunkelheit durchbrachen, sah sich Elisabeth um. Sie fühlte sich an die Kirche erinnert, in der sie einen Teil der Nacht verbracht hatten. Rings um die Lichtung standen Bäume, die so stämmig waren und ein so dichtes Blätterdach über ihr bildeten, dass sie nicht erkennen konnte, was sich dahinter befand. Herr Müller führte sie über einen schmalen, sich dahinschlängelnden Pfad in den Wald hinein. Sie blieben stehen, als sie eine alte Hütte erreichten, die zum Teil hinter dicken Baumstämmen versteckt lag.

Müller öffnete mit Schwung die Tür. „Ihr werdet hier bleiben, bis ihr zum Verlassen aufgefordert werdet. Und macht keinen Lärm, wenn euch euer Leben lieb ist!“ Sein Gesichtsausdruck war so ernst, wie es der ihres Vaters gewesen war, als der Bischof sie zum Verlassen ihres Weingutes aufgefordert und dann den Befehl erlassen hatte, all ihre Weinreben und ihre kärglichen Besitztümer zu verbrennen.

„Warum?“, fragte sie zurück.

„Bald schon werden sich mir Händler, Schmuggler und andere, die nicht so vertrauenswürdig sind wie ich, anschließen. Wenn diese Männer euch sehen, kann ich für nichts garantieren." Er verbeugte sich vor ihr wie ein Mann, der einer Frau die Ehre erweisen will.

Elisabeth errötete. „Wir werden hier drin bleiben."

Mit einem Lächeln warf er einen Beutel aus Segeltuch auf den schmutzigen Boden. „Nahrung und Wasser findet ihr in dem Sack hier. Verriegelt die Tür hinter mir!"

Als er sich zum Gehen wandte, huschte Elisabeth mit Hans in die Hütte hinein und schloss die Tür hinter sich. Es dauerte nicht allzu lange, da hörte sie draußen noch andere Stimmen. Sie ging davon aus, dass Herr Stoltz immer noch da war, aber sie hatte ihn nicht so viel reden hören, dass sie seine Stimme unter den anderen wiedererkennen konnte.

Schwache Lichtstrahlen drangen durch die Ritzen in der Holzwand und ließen einen schmutzigen Fußboden und eine Bank aus einem einzigen Holzstamm erkennen. „Verstehst du, was Herr Müller von uns verlangt?", fragte sie den Jungen. Er sah sie mit großen Augen an. Sie legte ihre Hände auf seine Schultern. Seine Kleider waren immer noch klamm wie ihre eigenen auch. Sie würden sich glücklich schätzen können, wenn sie beide nicht vor Kälte starben. „Hans, hast du verstanden, warum wir hierher gekommen sind?"

Er nickte. Elisabeth atmete erleichtert auf. Es war nicht zu leugnen, dass Hans der Sohn von Herrn und Frau Schulze war. Sie gingen wortlos in dem kleinen Schuppen umher, um sich die Beine zu vertreten. Er war genau drei Schritte breit und fünf Schritte lang. Der lehmige Boden roch modrig und feucht. Elisabeth war sich sicher, dass es hier jede Menge Mäuse gab.

Den ganzen Tag über hörten sie, wie noch mehr Männer zu den anderen stießen. Hans hatte bald genug davon umherzulaufen, und so durchsuchten sie den Beutel nach etwas Essbarem. Als sie gegessen hatten, setzten sie sich auf die Bank und Hans döste ein. Die Stimmen außerhalb des Schuppens – eine Mischung aus Deutsch und andere Sprachen – wurden immer lauter, bis der Lärm in den Abendstunden zu lautem und ausgelassenem Gelächter und Geschrei wurde. Elisabeth und Hans aßen noch ein wenig Schiffszwieback aus dem Beutel. „Wann wird er uns wieder freilassen?“, flüsterte Hans.

„Er beschützt uns!“, sagte Elisabeth in der Hoffnung, dass ihre Worte sich als wahr erweisen würden und dass dieser Herr Müller sie nicht dem Meistbietenden als Sklaven verkaufen würde. Sie wusste nicht, warum sie ihm vertraute, aber sie tat es. Sie tastete nach dem beruhigenden Dokument in ihrem Rocksaum.

Es war verschwunden! Hatte sie es in den Straßen Lübecks verloren? War es in den Fluss gefallen? Sie versuchte, sich an alles Gesehene und Gehörte während ihrer Flucht zu erinnern. Würde sie ohne dieses Papier nach Russland einreisen können?

Im Laufe des Abends erkannte sie vereinzelt Herrn Müllers Stimme unter all den anderen wieder, auch wenn er eine andere Sprache, möglicherweise Französisch, zu sprechen schien, als sei es seine Muttersprache. Dann wiederum sprach er eine Sprache, die sie überhaupt nicht kannte. Elisabeth zitterte, während sie dicht an Hans gedrängt auf der schmalen Bank lag und sie beide versuchten zu schlafen.

Erst in den frühen Morgenstunden gelang es Elisabeth, in einen unruhigen Schlaf zu fallen, und als sie endlich aufwachte, schien der halbe Tag bereits vorüber zu sein. Es herrschte jetzt jedoch absolute Stille. Sie aßen wieder Schiffszwieback und tranken Wasser. Als sie mit dem Essen fertig waren, öffnete Elisabeth vorsichtig den Riegel der Hütte und spähte in den Wald. Die Lichtung war leer. Keiner, nicht einmal Herr Müller, war in Sichtweite, und es gab keinerlei Anzeichen, dass irgendjemand in der Gegend war. Hätte Elisabeth nicht am vergangenen Abend noch selbst die Stimmen gehört, hätte sie nie daran geglaubt, dass sich dort noch vor Kurzem eine große Gruppe Männer aufgehalten hatte.

Als Elisabeth und Hans sich aus dem Schuppen herausgewagt hatten und sich in Richtung Wasser davonmachen wollten, sprang ihnen plötzlich ein großer Hund mit grimmig gefletschten Zähnen entgegen und knurrte sie an.

„Lauf!“, rief Elisabeth Hans zu. Der Junge brauchte keine weitere Aufforderung. Sie hasteten zurück in die Hütte und verriegelten die Tür hinter sich. Elisabeth musste erst einmal tief durchatmen. „Leider kein Glück gehabt!"

Hans schüttelte den Kopf. „Nein."

Um Hans' Gedanken von dem wilden Tier und anderen Gefahren abzulenken, erzählte Elisabeth ihm Geschichten von ihren Brüdern und ihrer eigenen Kindheit. Sie genoss es sichtlich, Geschichten zu erzählen. Hans hörte ihr begierig zu, als sie erzählte, wie sich ihr ältester Bruder im Weinberg versteckt gehalten hatte, um nicht bestraft zu werden, weil er ein Ei nach ihr geworfen hatte; und wie der Nächstjüngere mit ihr „unsichtbare Kreaturen" aufspürte, unter der Bedingung, dass sie einige kleinere Arbeiten für ihn übernahm. Es war sehr lange her, seit sie das wunderbare freudige Lachen im Hause ihres Vaters gehört hatte.

Von Zeit zu Zeit versuchten Elisabeth und Hans, die Tür einen Spalt weit zu öffnen und hinauszuschauen. Wann immer sie das taten, bellte der Hund sie an, als ob sie seine einzige Unterhaltung wären. Der Tag schien endlos, und als die Nacht schließlich hereinbrach, konnten beide doch nicht einschlafen. Jedes Mal, wenn Elisabeth im Begriff war einzuschlafen, wurde sie von dem Rascheln von Mäusen geweckt oder von dem Krachen der Zweige, die im Wind gegen die Hütte schlugen. Aber als sie am zweiten Morgen erwachte, war es um sie herum wieder vollkommen still. Die beiden erschraken, als es überraschend an der Tür klopfte.

„Es ist Zeit zu gehen!", hörten sie Herrn Müller sagen.

Elisabeth holte tief Luft. Wenn sie die Hütte verließ, begann ein neues Leben; ob als Sklavin oder als freie Frau, das wusste sie bisher nicht. Sie entriegelte die Tür und folgte mit Hans an der Hand Herrn Müller durch das dichte Blätterwerk des Waldes hinaus ins Freie. Als Elisabeth endlich frei atmen konnte und sich umschaute, sah sie ein Ruderboot am Ufer und ein englisches Schiff, das auf dem Fluss wartete. Herr Müller ging bereits auf das Ufer zu.

„Ein Schiff!", rief Hans. „Mamas Schiff!"

Elisabeth schüttelte den Kopf. „Das glaube ich nicht. Ihr Schiff ist schon vor drei Tagen abgesegelt. Aber dieses Schiff wird uns nach Russland bringen, wo deine Mutter auf uns wartet."

Herr Müller half ihnen wortlos ins Ruderboot. Elisabeth beschloss, dass es das Beste war, ebenfalls still zu sein. Die Ruder schlugen dumpf gegen die Bootswand, als Müller sie aufnahm und zu rudern begann. Sein Kompagnon von vor zwei Nächten war nirgends in Sicht, ebenso wenig wie der Wachhund. Elisabeth gab sich Mühe, nicht auf die Muskeln zu starren, die sich unter Herrn Müllers Ärmeln abzeichneten, als er seine Fracht zum wartenden Schiff ruderte. Der einzige weitere Gegenstand im Ruderboot war ein großer Sack, der so aussah, als sei er mit Korn gefüllt.

„Saatgut für Ihr neues Leben in Russland!", erklärte Herr Müller beiläufig.

Elisabeth wandte ihre Aufmerksamkeit dem Schiff zu. Es sah sogar noch abgetakelter aus als das, auf dem Hans' Mutter weggesegelt war. „Kommt es aus Lübeck?", fragte sie.

„Aus der Umgebung", antwortete er und manövrierte ihr Ruderboot näher an das Schiff. „Die Route, die es genommen hat, war ein wenig umständlicher als die des anderen Schiffes. Dem Kapitän dieses Kahns ist mehr an der Sicherheit seiner Passagiere gelegen."

Als das Ruderboot das Schiff erreicht hatte, sagte Herr Müller zu Elisabeth: „Sie steigen als Erste hinauf!"

Sie presste noch einmal kurz zu seiner Ermutigung Hans' Arm und ging dann zur Strickleiter. Ihr Herz pochte heftig. Wie sehr hoffte sie, dass alles gut ging! Herr Müller vesuchte, das Boot im Gleichgewicht zu halten.

„Lassen Sie mich nicht allein!", rief Hans ihr nach.

Elisabeth hielt inne.

„Klettern Sie weiter!", forderte Herr Müller sie auf. Dann sagte er in einem beruhigenderen Tonfall: „Du bist als Nächster dran, mein Junge."

Elisabeth tat das Kind leid, da es eine ähnliche Szene zuvor schon bei seiner Mutter miterlebt hatte. Aber sie gehorchte. Die

Leiter schaukelte bei jedem Schritt, aber Elisabeth zwang sich, nicht an das eiskalte Wasser unter ihr zu denken und konzentrierte sich darauf, einen Schritt nach dem anderen zu machen. Erst als sie sicher über die Reling geklettert war, stieß sie einen Seufzer der Erleichterung aus.

Elisabeth konnte nicht zusehen, wie Hans mit Herrn Müller hinter ihm die Leiter heraufkletterte. Stattdessen sah sie sich auf dem Deck um. Englische Seeleute gingen ihrer Arbeit nach, machten sich am Tauwerk zu schaffen, wischten das Deck und riefen sich Dinge zu. Alles sah nach einer ganz normalen Seereise aus. Elisabeth verzog den Mund zu einem kleinen Lächeln.

Einer der Männer erwiderte ihr leichtes Lächeln mit einem Grinsen, das seine Zähne zeigte. Schnell schaute sie wieder weg. Der dumpfe Klang von Metall, das gegen Holz stieß, signalisierte ihr, dass der Anker gelichtet wurde.

Als nun auch Herr Müller über die Reling an Deck geklettert war, führte er Hans zu Elisabeth.

Sie nahm ihn in die Arme und er klammerte sich fest an sie. „Wir werden bald in Sicherheit sein", sagte sie ihm zum Trost. „Wir segeln jetzt nach Russland."

Karl kletterte nochmals runter ins Boot, um seinen Sack Getreide zu holen. Elisabeth wandte den Blick von den Seeleuten ab und schaute sich wachsam um, bis Herr Müller wieder sicher an Bord war, während ihr Ruderboot führerlos abdriftete.

„Sie sagten, wir würden genügend Vorräte haben", wagte Elisabeth zu sagen.

Herr Müller nickte. „Sie sind sogar schon unten verstaut."

Ein Mann eilte an ihr vorüber, als ob eine bestimmte Aufgabe seiner dringlichsten Aufmerksamkeit bedurfte, aber dann blieb er neben Herrn Müller stehen und sprach in einer fremden Sprache mit ihm. Er schien ungeduldig zu sein. Er schien auch derjenige zu sein, der das Kommando hatte.

Karl streckte seine Hand aus und der Mann nahm von ihm eine kleine goldene Schatulle in Empfang. „Ich hoffe, die ist auch was wert!", sagte dieser nun auf Deutsch.

„Verzeihen Sie, Käpitän", sagte Elisabeth, „fährt dieses Schiff nach Russland?"

Der Mann drehte sich mit einem anzüglichen Grinsen um. Er musterte sie von Kopf bis Fuß, bevor er mit hochgezogenen Augenbrauen näher an sie herantrat. Als er sich zu ihr vorbeugte, roch sie Knoblauch und Schweiß. „Fragen Sie doch Ihren Mann, Frau!", gab er zur Antwort.

Elisabeth trat einen Schritt zurück und berührte dabei unfreiwillig Herrn Müller mit ihrem Rücken. Der Offizier lachte über ihre Unsicherheit und ging davon.

Pater Dominiks Worte kamen ihr in den Sinn: *„Sind das Ihre Frau und Ihr Kind?"* Und die Antwort von Herrn Müller: *„Ja. Das ist meine Familie."* Elisabeth setzte Hans neben sich ab. Wenn doch nur der Druck in ihrem Kopf nachließe!

Hans presste sich dicht an sie und griff nach ihrer Hand. „Fahren wir jetzt nach Russland?"

Elisabeth drückte die Hand des Jungen und wandte sich ihm zu, dankbar dafür, dass sie so auch gleichzeitig Gelegenheit hatte, mehr Abstand zwischen sich und Herrn Müller zu schaffen. Ohne den Mann direkt anzuschauen, sagte sie: „Ich bitte Sie, mir zu sagen, wohin Sie uns bringen!"

„Nach Russland, wie ich versprochen habe, Frau."

„Frau? Wessen Frau soll ich sein?" Elisabeth sah einen amüsierten Blick auf Herrn Müllers Gesicht.

„Meine!", erwiderte er. „Ob es Ihnen gefällt oder nicht: Solange Ihr Ehemann nicht bei Ihnen ist, brauchen Sie meine Hilfe."

„Ich brauche niemanden." Fast unfreiwillig wich sie zurück. „Ganz besonders nicht Sie!"

„Und wie gedenken Sie, die Überfahrt zu bezahlen?" Er beobachtete, wie sie anfing, nach ihren Papieren zu suchen, aber aufhörte, als sie sich daran erinnerte, dass sie nicht mehr da waren. Er fuhr fort: „Ich habe mich mächtig ins Zeug gelegt, um für Sie eine Überfahrt auf diesem Schiff zu bekommen. Alles ist vorbereitet. Wir segeln mit Familienpapieren."

„Ich werde mich aber nicht als Ihre Frau ausgeben!"

Er grinste. „Beruhigen Sie sich. Es ist zu Ihrem eigenen Schutz. Ohne mich …“ Er zuckte mit den Achseln und ging hinüber zu den Seeleuten.

Elisabeth stand aufrecht da, aber trotz ihrer gespielten Tapferkeit überkam sie ein Gefühl der Hilflosigkeit. „Und wer beschützt mich vor Ihnen?“

Karl Müller lächelte und griff nach Hans, um ihn festzuhalten, als sich das Schiff plötzlich nach Steuerbord neigte. Seine Stimme wurde sanfter: „Ich werde Ihnen nichts antun. Ihr Mann … ist er tot?“ Als sie sich weigerte, ihm eine Antwort zu geben, sprach er weiter: „Wie sehen Ihre Pläne aus, wenn Sie erst einmal in Russland sind?“

„Ich werde Anspruch auf mein Land erheben.“

Er zuckte mit den Achseln. „Russland wird Ihnen ohne Papiere kein Land geben.“

Das Schiff richtete sich auf und Elisabeth verlor fast den Boden unter den Füßen. „Dann werde ich einen neuen Vertrag unterschreiben. Russland heißt Frauen willkommen, sogar solche, die allein reisen.“

Ein Seemann brüllte etwas zu ihnen herüber, aber Elisabeth konnte seine Worte nicht verstehen.

„Komm, Hans, wir suchen uns einen Platz, an dem wir uns ausruhen können.“ Elisabeth ging um eine Rolle Tauwerk herum und suchte nach einer Möglichkeit, unter Deck zu gehen. Sie war noch nie auf einem Schiff von solcher Größe gewesen. Ein Matrose lief an ihr vorbei, und sie konnte an dem Geruch, den er verströmte, ausmachen, dass er eine Leidenschaft für Bier und eine Abneigung gegenüber Seife hatte. Hans ergriff ihre Hand. „Es ist unheimlich hier, Fräulein Ebel!“

„Fräulein?“ Herr Müller war erstaunt. „Aber ich dachte … Sie haben also keinen Mann?“

„Ich bin nicht verheiratet.“

„Aber der Junge –“

„Das Kind von Freunden.“ Sie bemühte sich, in die Mitte des Schiffes zu gelangen.

„Aha." Müller hob den Sack mit dem Saatgut mit einer Hand hoch und griff mit der anderen nach der von Hans. „Du irrst dich, mein Sohn. Das ist nicht Fräulein Ebel, sondern Frau Ebel." Er legte eine bedeutungsvolle Pause ein, als Elisabeth ihn anschaute. „Und ich bin ihr Mann."

Hans blickte fragend erst Elisabeth und dann Herrn Müller an. Wieder rief eine Stimme irgendetwas, aber Elisabeth konnte wiederum die Sprache nicht verstehen. Ein weiterer Matrose schob sich an ihr vorbei.

„Wir müssen nach unten gehen!", befahl Karl und schob Elisabeth und Hans genau in die entgegengesetzte Richtung, die Elisabeth hatte einschlagen wollen. „An Bord des Schiffes müssen Sie so tun, als seien Sie meine Frau, ansonsten wird Sie der Kapitän sofort von Bord gehen lassen. Er hat bereits das Gesetz übertreten, als er uns an Bord genommen hat. Denjenigen, die keine Papiere vorweisen können, wird er weder Essen noch Wasser geben."

Elisabeths Worte sprudelten mit Schärfe aus ihr heraus: „Zu sagen ich sei Ihre Frau, wäre eine Lüge."

„Sie müssen wissen, dass Russland unverheiratete Frauen nur bis Kronstadt willkommen heißt. Ansonsten ist es Ihnen erst gestattet, zu den Siedlungen zu reisen und Ihr Land in Anspruch zu nehmen, wenn Sie geheiratet haben." Karl schob sie weiter. Er fragte sich wieder einmal, ob es nicht ein Fehler gewesen war, diese Frau und das Kind mitgenommen zu haben.

Auch wenn Elisabeth ihm nicht glauben wollte, so war sie sich doch sicher, dass Herr Müller ihr die Wahrheit sagte. Warum sollte Russland Frauen mehr Freiheiten einräumen als die deutschen Staaten? Als Unverheiratete hatte sie überhaupt keine Rechte. Recht auf Land hätte sie, wäre sie der vierte Sohn ihrer Eltern gewesen und nicht ihre einzige Tochter.

„Es tut mir Leid, die Rolle meiner Schwester ist schon vergeben, aber ich verspreche Ihnen, dass Sie, wenn Sie sich als meine Frau ausgeben, das nur dem Namen nach sein werden. Wenn Sie nicht mitspielen ... nun, dann kann ich Ihnen keine glückliche

Reise versprechen. Wenn Sie es nicht um Ihrer selbst willen tun wollen, so denken Sie doch wenigstens an das Kind."

Sie war in einer Zwickmühle. Warum nur hatte sie so fest an Russlands Versprechungen geglaubt? Warum hatte sie diesem Fremden vertraut? Elisabeth konnte nur sich selbst die Schuld an ihrer elenden Lage geben.

Sie ging einen Schritt auf den Treppenabgang zu. Gerade als sie im Begriff war, nach unten zu gehen, neigte sich das Schiff erneut bedenklich zur Seite. Sie wäre fast gestürzt, doch Herr Müller hielt sie an der Hüfte fest. Er zog aber gleich darauf seine Hände wieder weg, als hätte er gemerkt, dass diese Geste der Hilfsbereitschaft sie für einen Moment lang sprachlos gemacht hatte.

„Ich lege großen Wert auf Ehrlichkeit", erklärte Elisabeth. „Ich weiß, aufrichtige Menschen sind nur schwer zu finden. Doch ich werde keine Lügnerin werden, auch wenn das Gesetz, das die Auswanderung verbietet, mich zur Verbrecherin macht. Wir werden nur als Mann und Frau reisen, wenn wir auch Mann und Frau sind!" Sie drehte sich zu Hans um und half ihm die Leiter hinunter. „Was wir aber nicht sind."

Als Elisabeth in den Laderaum hinunterstieg, hatte sie das Gefühl, sie würde von einer grässlichen Dunkelheit verschluckt. Sie richtete sich auf, um noch einmal frische Luft zu schnappen, und stieg dann in die Schwärze hinab. Wie sollte sie ohne Papiere je an Nahrung und Wasser für Hans und sich selbst kommen?

Karl merkte, dass er sich wohl getäuscht hatte. Mit so viel Ehrlichkeit hatte er nicht gerechnet. Ihr entschlossener Gesichtsausdruck machte ihm deutlich, dass sie ihre Meinung nicht ändern würde. Um das Geld wiederzubekommen, das ihm gehörte, musste er mit einer Familie nach Russland einreisen ... und mit einem neuen Namen. Konnte er hoffen, es nur mit einer Schwester und ohne Ehefrau zu schaffen? Er bezweifelte das. Wollte er unerkannt bleiben, musste er für eine Einreise nach Russland eine Familie vorweisen.

Der Laderaum war voll mit schlafenden Auswanderern. Karl führte Elisabeth und Hans zu dem Platz, den er für sie freigehalten hatte: eine kleine Koje und der Platz auf dem Boden davor. Er biss die Zähne zusammen angesichts des Gestanks von Erbrochenem und Urin, der in der Luft lag. Als sie sich dem Schlafplatz näherten, nickte er Frau Dönhof zu, einer weiteren Frau aus der Gruppe der Auswanderer, die er gerettet hatte. Dann wandte er sich an Elisabeth. „Fräulein Ebel, ich möchte, dass Sie meine *Schwester,* Frau Dönhof, kennenlernen." Er betonte das Wort ‚Schwester' ganz besonders.

Elisabeth erkannte die Frau mit der auffälligen Narbe auf der Wange wieder. Von allen Auswanderern, die Elisabeth getroffen hatte, war diese Frau die letzte, die sie sich als Reisebegleitung gewünscht hätte. Nicht, dass sie keine ehrbare Frau gewesen wäre, aber sie schien in allem und jedem nur Schlechtes zu sehen. Und sie war genauso wenig Herrn Müllers Schwester, wie sie selbst seine Frau war.

Elisabeth musste sich zu den Worten „Frau Dönhof" zwingen.

Die Frau nickte grüßend, aber ihre Lippen waren fest zusammengepresst. Sie machte sich wieder daran, ihre Koje zu schrubben.

Elisabeth wandte sich zu Herrn Müller um, aber dieser hatte sich schon wieder auf Deck begeben.

Elisabeth schickte sich an, die wenigen Habseligkeiten, die Herr Müller hatte beschaffen können, durchzusehen. Sie fand für alles ein Plätzchen – selbst für den Sack mit Getreide. Frau Dönhof schrubbte weiter und sprach kein einziges Wort mit Elisabeth. Sie bearbeitete das Holz energisch und unerbittlich.

Um Hans von der Frau fernzuhalten, nahm Elisabeth den Jungen mit, als sie den Laderaum erkundete. Der niedrige Raum war gefüllt mit weiteren Auswanderern. Eine Schar Frauen hatte sich um den einzigen Kochofen platziert. Elisabeth fiel auf, dass in den Augen der Leute, an denen sie vorbeiging, immer noch Hoffnung lag. Ganze Familien waren in den winzigen Kojen untergebracht, und teilweise war es fast unmöglich, seinen Fuß auf freien Boden zu setzen. Elisabeth sagte zu sich selbst: Elf Tage. Es ist nur für elf Tage. *Wir sind hier auf allerkleinstem Raum zusammengepfercht, aber wenigstens sind wir am Leben.* Die Hoffnung auf die Zukunft würde sie durch jegliche Unannehmlichkeiten tragen. Zumindest hoffte sie das.

Karl kehrte gegen Abend zurück und blieb bei Elisabeth. Er versuchte, so hilfsbereit zu sein, wie er nur konnte, um sie von seinen guten Absichten zu überzeugen. Bei Einbruch der Dämmerung wusste er jedoch, dass Freundlichkeit allein nicht genügte, um Elisabeth umzustimmen. Wenn sie gefragt würde, würde sie abstreiten, dass sie Mann und Frau waren.

Hans gähnte lautstark.

„Müde?", fragte Karl.

Hans nickte.

Karl rollte die alte Flickendecke seiner Mutter aus und breitete sie über den kleinen, frisch gereinigten Schlafplatz. „Du kannst hier schlafen." Er führte Hans bis ans hintere Ende der Koje, wo er sich direkt neben Frau Dönhof, die bereits schlief, zusammenkauern konnte. Er forderte Elisabeth auf, sich neben den Knaben zu legen. Sie war viel zu erschöpft, um zu protestieren. Die Kinder in der Koje über ihnen schnarchten bereits. Das hölzerne Schiff knarrte, bebte und ächzte.

„Sie haben da einen interessanten Vorschlag gemacht", meinte Karl, als Elisabeth sich dicht neben Hans hinsetzte. „Einen, der für uns beide von Vorteil wäre."

„Welchen Vorschlag?", fragte Elisabeth gähnend. „Wie meinen Sie das?" Beim Sprechen fielen ihr schon fast die Augen zu.

Karl zog eine wollene Decke aus dem Beutel und deckte sie zu.

„Nun, jeder von uns hat eine Decke." Mit diesen Worten schob Karl ihr seine Decke unter den Kopf.

Er lächelte. Sie war schon eingeschlafen. Er saß neben der Koje und lehnte seinen Kopf gegen das verschimmelte Holz. Der Boden war nass, aber er beschloss, diese Tatsache zu ignorieren.

Mehrere Männer schnarchten und ein kleines Mädchen sprach im Schlaf.

Die ganze Nacht hindurch rang Karl mit seinem Gewissen. Wenn er Fräulein Ebel heiratete, konnte sie in seinem Namen – auch wenn es ein Deckname war – Land in Besitz nehmen. Aber wenn sie ihn nicht heiratete, hätte sie die Chance, den richtigen Mann zum Heiraten zu finden, einen Landsmann, und nicht jemanden wie ihn, einen aus der Heimat vertriebenen Franzosen. Er kam zu dem Schluss, dass es für Elisabeth besser war, wenn sie ihn nicht heiratete. Aber er fand kein vernünftiges Argument, um sie davon zu überzeugen. Er hatte nichts zu verlieren. Wenn sie auf einer Heirat bestand, würde er sie nicht davon abbringen. Er musste auf jeden Fall nach Russland kommen. Wie und unter welchen Umständen, war ihm egal.

Am nächsten Morgen wachte Elisabeth schon früh auf. Karl beobachtete, wie sie sich zurechtzufinden versuchte, bis ihre Augen auf seinem Gesicht haften blieben.

„Ich akzeptiere!", erklärte er mit leiser Stimme.

Sie hob die Augenbrauen. „Sie akzeptieren wen oder was?"

„Den Vorschlag, den Sie gemacht haben." Er lächelte. „Der Kapitän soll noch heute die Trauung vollziehen."

4

Die Sonne warf bereits helle Strahlen auf das Wasser, aber sie hatte die Luft noch nicht erwärmt, als das Schiff auf seiner Reise in Richtung Nordost das Wasser durchkreuzte. Elisabeth lehnte sich an die Schiffsreling und ließ sich die Brise ins Gesicht wehen. Seit dem Tod ihrer Mutter hatte sie wenig Grund zur Freude gehabt, aber heute konnte sie lachen. Sie war Deutschland entflohen und würde nun bald verheiratet sein. Es war zwar nur eine Zweckehe, aber dennoch erfüllte der Gedanke daran sie mit einem Gefühl der Sicherheit. Als verheiratete Frau hätte sie das Recht, in Russland ihr eigenes Land zu beanspruchen. Sie versuchte, alle Zweifel an der Heirat mit einem Mann, den sie kaum kannte, zu vertreiben, aber ganz gelang es ihr nicht. Seine letzten Worte hallten in ihrem Gedächtnis nach. „Ich werde nur so lange in Russland bleiben, bis ich alles Notwendige für Sie veranlasst habe, damit Sie den Anspruch auf Ihr Land geltend machen können."

Doch da blieben noch viele Fragen offen. Was sollte aus ihr werden, wenn Herr Müller Russland wieder verließ? War ihr ihre Ehre wirklich so wichtig? Verdammte sie sich durch diesen Schritt nicht zu einer frühen „Witwenschaft", ohne jede Chance, einen anderen Mann zu heiraten und eigene Kinder zu haben? Ihr wurde flau im Magen. Sie zitterte und ihr Hals schien sich zu verengen. Es blieb dabei: Sie wusste nicht, was die Zukunft für sie bereithielt, und sie musste nun einfach tun, was im Moment richtig erschien. Wenn Herr Müller wollte, dass sie mit ihm reiste, dann würde er sie heiraten müssen. Außerdem musste sie einen Mann haben, wenn sie in Russland Grund und Boden erhalten wollte. Ihre Finger schlossen sich fester um die Reling, als eine große Welle das Schiff zum Schaukeln brachte.

„Wo ist Hans?", hörte sie die Stimme von Herrn Müller hinter sich. Elisabeth schrak zusammen und drehte sich hastig um, wobei sie mit der Hüfte an die Reling stieß.

„Entschuldigung; ich wollte Ihnen keinen Schrecken einjagen", erklärte Herr Müller. „Wo ist Hans?"

Elisabeth rieb ihre Hüfte, die trotz der vielen Lagen ihres dicken Rockes empfindlich schmerzte. „Er schläft noch." Sie machte einen Schritt zurück, um mehr Raum zwischen sich und Herrn Müller zu bringen und stieß wieder gegen die Reling – dieses Mal mit dem Rücken.

„Nervös?"

Sie nickte, blickte aber nicht auf. Stattdessen starrte sie auf das Deck. Ihr Magen drehte sich mehr und mehr bei diesen schaukelnden Bewegungungen des Schiffes. Sie hatte gehört, dass die Ostsee tückisch sein konnte. Sie fragte sich, ob sie einen Sturm auf hoher See ertragen könnte.

„Frauen ist es nicht gestattet, allein auf Deck zu sein", erklärte Herr Müller. Er war nicht so modisch gekleidet, wie er es auf den Straßen Lübecks gewesen war. In seiner einfachen Bauernkleidung, einer dunklen Hose mit Jacke und einem weißen Hemd, sah er aus wie die anderen Reisenden an Bord, doch seine stolze Haltung und die Blicke, mit denen er während der Fahrt seine Umgebung musterte, verrieten, dass er nicht aus der Bauernschicht kam.

„Ich halte es nicht aus, die ganze Überfahrt im Laderaum zu verbringen." Ihr Magen krampfte sich erneut zusammen. „Ich brauche frische Luft."

„Die Regelung dient zu Ihrem eigenen Schutz", erwiderte er mit strenger Miene. „Ich möchte Sie nicht verärgern, aber dafür gibt es gute Gründe. Seeleute sind auch nur Menschen. Ich werde Sie an Deck begleiten, wann immer Sie wollen, aber kommen Sie nie mehr ohne mich hier herauf." Er machte eine Pause. „Geht es Ihnen nicht gut?"

„Ich ... ich fühle mich krank."

„Sie sind ja ganz grün im Gesicht geworden!"

„Ich muss mich hinlegen." Sie wandte sich zum Treppenabgang.

„Das wird es nur noch schlimmer machen." Er zog sie zurück an die Reling. „Lehnen Sie sich hier an und atmen Sie tief durch."

Sie gehorchte, schloss ihre Augen und versuchte, ihr Gleichgewicht wiederzuerlangen.

„Lassen Sie die Augen offen und schauen Sie auf den Horizont!" Seine schwieligen, aber sanften Finger hoben ihr Kinn an. Auch wenn sie sich zwingen musste, die Augen nicht zu schließen, tat sie, was er gesagt hatte. Sie konzentrierte sich auf die Linie, an der das Wasser und der grau-blaue Himmel aufeinandertrafen. Ihr Magen schien sich mit jeder neuen Welle umdrehen zu wollen, aber nach einer Weile ließ die Übelkeit allmählich nach.

Er musste dies an ihrem Gesichtsausdruck bemerkt haben, denn er fragte: „Sind Sie wieder so weit hergestellt, dass wir die Hochzeit durchführen können – auch wenn sie unnötig ist?"

„Sie ist von allergrößter Notwendigkeit!" Sie sog mit einem tiefen Atemzug feuchte Luft ein. Der Geruch erinnerte sie an den Frühling und ihr Zuhause im Rheinland. Sie lebte und sie hatte eine Zukunft in Russland. Das durfte sie nie vergessen. Vor allem durfte sie sich nie von den Umständen beeinflussen lassen.

Herr Müller lehnte an der Reling. „Es wäre für uns beide von sehr viel größerem Vorteil, wenn wir bis zu unserer Ankunft in Kronstadt nur so tun würden, als seien wir verheiratet. Betrachten Sie mich einfach als Ihren Beschützer! Als ehemaliger Anwerber für Aussiedler habe ich schon viele Menschen auf dem Weg nach Russland beschützt." Seine Stimme nahm einen tieferen, angenehmeren Tonfall an. Er klang überzeugend, als er zu ihr sagte: „Die Reise dauert nicht allzu lang. Wollen Sie nicht lieber warten und einen ehrbaren deutschen Mann ehelichen, der mit Ihnen in Russland bleibt?"

„Herr Müller, wir müssen heiraten!" Sie streckte ihr Kinn vor, als sie ihn anblickte, um ihre Entschlossenheit zu demonstrieren. „Ich werde nur als Ihre Ehefrau reisen, wenn wir auch wirklich verheiratet sind."

Er hob seine Hände in gespielter Bestürzung. „Wie können Sie nur so stur sein! Aber kommen Sie jetzt. Wenn wir Mann und Frau sein sollen, müssen Sie mich auch bei meinem Vornamen nennen."

„Das ist nicht nötig."

„Mein Name ist Karl. Und Ihr Name ist …?"

Elisabeth fühlte, wie ihr Magen erneut rebellierte. Sie drehte sich um und richtete ihren Blick wieder auf den Horizont. Die Reling drückte ihr in die Seite, als sie einen weiteren tiefen Atemzug nahm. „Elisabeth. Ich heiße Elisabeth."

„Elisabeth!“, wiederholte er. Obwohl sie es eigentlich nicht wollte, gefiel ihr die Art und Weise, wie er ihren Namen sagte. Für einen Moment sprach keiner von ihnen ein Wort. Elisabeth erschien die Zukunft auf einmal voller Verheißung, doch sie wusste, dass sie jetzt einen kühlen Kopf bewahren musste. Sie zitterte.

„Ist dir kalt oder hast du Angst?“

„Wahrscheinlich beides.“ Sie war überrascht, als sie merkte, wie nah Karl neben ihr stand. Er trat einen Schritt zurück. „Herr … Karl, wirst du auch dein Wort halten und mich nicht anfassen?“ Sie konnte nicht verhindern, dass sie rot wurde.

„Eigentlich sind die meisten Frauen gern in meiner Gesellschaft.“ Er neigte sich leicht vor, um sein Gesicht auf gleiche Höhe mit ihrem zu bringen. „Wie dem auch sei, du hast nichts zu befürchten. Wir sind nur ein Paar, damit ich wieder nach Russland einreisen kann und du dein Land in Besitz nehmen kannst. Du hast mein Wort darauf.“

„Und deinem Wort kann ich trauen?“

Er wandte sich um und lehnte sich wieder an die Reling, wobei er sich mit beiden Ellbogen aufstützte. „In diesem Fall kannst du es. Die Zeremonie ist nicht nötig. Ich werde sogar Frau Dönhof dafür bezahlen, dass sie mich vor dir beschützt und dich davon abhält, mich zu heiraten.“

Er lächelte sie verschmitzt an. Elisabeth schüttelte den Kopf. Warum Frau Dönhof? Warum von allen Leuten gerade sie? Und doch gab ihr der Gedanke ein gewisses Gefühl der Sicherheit. „Wir müssen heiraten, aber ich wünsche, dass Frau Dönhof dabei ist und du sie für ihre Dienste bezahlst.“

Er hielt sein Gesicht in die Brise und streckte seine Gliedmaßen, als ob es für ihn keine einzige Sorge auf der Welt gäbe. Elisabeth wünschte, sie wäre so unbesorgt wie er. „In Ordnung“, meinte er, „dein Wunsch ist mir Befehl. Du verstehst aber sicherlich, dass ich dich in Russland verlassen werde!“

„Was du tust, ist deine eigene Angelegenheit. Was ich tue, bleibt meine Sorge. Ich werde jedoch nicht behaupten, wir seien verheiratet, wenn wir es gar nicht rechtmäßig sind.“

„Ich wusste, dass du eine entschlossene Frau bist, als du mich gezwungen hast, dir in das Fass zu helfen", neckte er sie.

„Ich habe dich überhaupt nicht gezwungen ..." Elisabeth hielt inne. Karls Gesicht war ernst, doch seine Augen funkelten verschmitzt. „Du willst mich ärgern!"

Er schenkte ihr ein weiteres müdes Lächeln. „Wenn ich dich nicht umstimmen kann, dann müssen wir jetzt heruntergehen. Der Kapitän erwartet uns." Er verbeugte sich mit einer schwungvollen Bewegung und machte mit seiner Hand eine ausladende Geste, um sie zum Treppenabgang zu geleiten. Ihr Magen krampfte sich erneut zusammen, aber dieses Mal blickte sie weder auf den Horizont noch auf Karl. Sie musste sich darauf konzentrieren, dass ihr die Beine nicht wegsackten.

Das Schiff ächzte. Sie fröstelte erneut. *Das ist kein schlechtes Zeichen,* beschwichtigte sie sich selbst. Und doch klang selbst das Brausen des Windes so, als jammerte er ihretwegen, als sie die Treppe erreichte. Wenn sie das nächste Mal an Deck gehen würde, wäre ihre Zukunft bereits besiegelt.

Elisabeth blickte auf ein sich aufblähendes Leinensegel über ihr. „Wenn ich doch nur so frei wäre wie ein Segel im Wind!", stöhnte sie und merkte nicht, dass sie diese Worte laut ausgesprochen hatte, bis Karl ihr antwortete: „Selbst Segel sind am Mast befestigt!"

Sie suchte Blickkontakt zu Karl, als sie den ersten Schritt nach unten tat. Wieder einmal würde sie ihr Vertrauen in den Fremden setzen. Auch wenn sie wusste, dass sie das tun musste, fragte sie sich, ob sie es auch tatsächlich konnte. Das Schiff neigte sich nach Steuerbord. Sie rutschte weg und schlug mit ihrem Kopf gegen einen Balken. Sie wusste nicht, ob sie aufrecht stand oder hinfiel. Auch nicht, ob sie aufgeschrien hatte.

Wie aus weiter Entfernung hörte sie Karl sagen: „Bist du verletzt?"

„Mir geht es gut." Ihre Stimme war klar, aber schwarze Flecken tanzten vor ihren Augen. Sie hatte ein taubes Gefühl, als ob sie in einem Traum schwebte, aber sie roch ganz eindeutig die stinkende Feuchtigkeit der dunklen Gänge im Inneren des Schiffes. Plötzlich stand sie in der Kabine des Offiziers vor einem Mann in Uniform. Vielleicht war er der Kapitän.

Frau Dönhof stellte sich missmutig neben sie. Ihr verärgerter Gesichtsausdruck ließ die Narbe auf ihrer Wange noch stärker hervortreten. Sie war ein wenig größer als Elisabeth und hatte die Hände in ihre ausladenden Hüften gestemmt. Die anderen Gesichter um sie herum verschwammen vor Elisabeths Augen, bis der ganze Raum sich im Kreis zu drehen begann und dann in einem Schleier von Farben verschwand. Karls Gesicht erschien vor ihrem. Was sagte er da gerade?

„Das ist meine Frau."

Plötzlich jagte sie ihm durch die Straßen Lübecks nach. Nebelschwaden wirbelten um ihre Füße. Ein Schuss war zu hören. Die Straße wurde rot von Herrn Schulzes Blut. Die Sterne fielen auf sie herab und sie konnte ihnen nicht entfliehen. „Hans! Ich muss Hans finden!", schrie sie. Sie saß frierend in einem Ruderboot.

„Vater! Mutter!", hörte sie Hans rufen. Er fiel in die stürmische See. Kreisender Nebel stieg von den Wellen auf und umhüllte ihn wie ein eisiger Mantel.

„Nein!" Elisabeth sprang ins Wasser. Sie musste ihn retten, ihn zu seiner Mutter nach Russland bringen. Doch sie wurde nicht nass. Stattdessen stand sie auf einmal vor dem Schiffsoffizier.

„Wollen Sie diesen Mann für alle Zeiten, auf immer und ewig, zu Ihrem Ehemann nehmen?" Elisabeth legte ihre Hände an ihre Kehle in einem Versuch, den Angstschrei aufzuhalten, den sie aus ihrem tiefsten Innern hochsteigen fühlte.

Der Schrei entwich, aber er hörte sich eher wie ein atemloses „Ich will" an als wie ein Hilferuf.

Von weit her hörte sie Hans sagen: „Fräulein Ebel, wachen Sie auf! Bitte wachen Sie auf!"

„Frau Ebel!", korrigierte Karl ihn.

Elisabeth bemühte sich krampfhaft, die Augen zu öffnen. Sie spürte einen Druck in ihrem Kopf und den nachlassenden Schmerz in den pochenden Schläfen. Karl und Hans beugten sich über sie. Beide hatten die Stirn gleichermaßen sorgenvoll in Falten gelegt. Sie musste lächeln. Karl könnte Hans' Vater sein.

„Da bist du ja wieder!", sagte Karl. Er lehnte sich ein wenig zurück.

„Was ist passiert?", fragte Elisabeth. Das Schiff neigte sich zur Seite. Sie konnte am Kohlgeruch und am Kindergeschrei erkennen, dass sie mit den anderen Auswanderern zusammen im Laderaum war. Sie bemühte sich, die Augen ganz zu öffnen und berührte die Stelle an ihrem Kopf, an der sie gegen den Balken gestoßen war. Eine Beule hatte sich gebildet. Sie verzog das Gesicht und nahm ihre Hand weg.

„Du hast dir den Kopf härter angeschlagen, als wir dachten. Nach der Zeremonie wurdest du ohnmächtig und fielst in meine Arme. Du warst für einige Stunden bewusstlos."

„Sind wir verheiratet?", fragte Elisabeth. Sie versuchte, sich aufrecht hinzusetzen. Eine Welle der Benommenheit durchlief sie von Kopf bis Fuß.

„Erinnerst du dich etwa nicht?" Er drückte sie sachte an den Schultern hinunter. „Du solltest so schnelle Bewegungen noch vermeiden."

„Ich werde nicht ... das heißt, ich kann nicht –"

„Was für ein feiner Ehemann bin ich doch", neckte Karl sie, „dass meine Braut mich schon so schnell vergessen hat." Er fuhr sich mit der rechten Hand durch sein dichtes, schwarzes Haar.

Elisabeth sah Frau Dönhof hinter Karl stehen. Sie zitterte und wünschte sich, jemand anderes wäre da, um ihr zu helfen, aber sie musste jetzt die Wahrheit erfahren, selbst auf die Gefahr hin, dass die Wahrheit ihr wie ein Messer in die Seele schnitt. Elisabeth wandte sich an die Frau. Sie versuchte, sich auf ihre hellbraunen Haare zu konzentrieren und nicht auf ihre gerunzelte Stirn. „Waren Sie bei unserer Trauung anwesend?"

Frau Dönhof beugte sich vor. „Sie gehören jetzt zu ihm."

Elisabeth versuchte, Luft zu holen. Sie stützte sich auf einen Ellbogen, als sie wieder das schmerzhafte Hämmern in ihrer Stirn spürte. Das Atmen fiel ihr schwer.

Feste und zugleich sanfte Hände legten sich auf ihre Schultern. „Bleib noch einen Augenblick liegen!“, mahnte Karl. Elisabeth war gezwungen, sich zu fügen. Sie schloss die Augen. Karl fuhr fort: „Frau Dönhof versteht unsere besondere Lage. Ihre Anwesenheit wird mich als ehrbaren Mann erscheinen lassen und –“

„Sie werden kein Kind erwarten, wenn der Schurke sie in Russland zurücklässt“, zischte Frau Dönhof durch die Zähne.

Luft! Elisabeth brauchte Luft. Konnte sie die Nähe dieses unwirschen Weibes, dessen Schroffheit sie immer schon in den Baracken zu umgehen versucht hatte, ertragen? War sie auf Lebenszeit an einen Mann gekettet, dessen einziges Ziel darin bestand, sie wieder zu verlassen? Sie bot all ihre Willenskraft auf, um sich zu entspannen. Schließlich kam ein Atemzug. Sie lag auf den harten Holzplanken. Das Schnarchen eines Mannes drang an ihre Ohren.

„Fräulein Ebel, ich habe Durst!“, sagte Hans.

„Frau Ebel!“, korrigierte Karl wieder.

Elisabeth wünschte, sie könnte sich an die Trauung erinnern. Wenn sie doch nur lesen könnte, dann würde sie darum bitten, die Heiratseintragung im Logbuch einzusehen.

„Frau Ebel?“ Elisabeth war plötzlich verwirrt. „Du meinst Frau Müller!“

„Warum ist alles bloß so durcheinander? Hört mich denn keiner?“ Hans warf einen ihrer Töpfe auf den Boden. „Ich habe Durst!“

Das Scheppern ließ Elisabeth zusammenzucken. Im Moment war ihr alles zu viel, und sie wünschte sich nur, endlich wieder Ordnung in ihre wirren Gedanken bringen zu können.

„Hör auf mit dem Unfug!“ Mit einem einzigen Satz war Frau Dönhof an Hans’ Seite, ihr Arm ausgestreckt, als wolle sie ihm eine Ohrfeige geben, aber Karl erfasste die ausgestreckte Hand der Frau in der Luft und hielt sie auf. Sie warf Karl einen flüchtigen Blick zu, als befürchte sie, anstelle des Kindes geschlagen zu werden.

„Du bist nicht seine Mutter!“ Seine Stimme war ruhig – und klang doch gefährlich. Die Gefahr des Augenblickes war für Elisabeth noch nicht gebannt, da Frau Dönhof und Karl einander hasserfüllt anstarrten, jeder seinen Arm zum Kampf erhoben. Ein Zittern durchlief Elisabeth.

Karl löste seine Hand von Frau Dönhofs Arm und wandte sich Hans zu. „Du wirst dich sofort entschuldigen.“

Das Pochen an Elisabeths Schläfen wurde stärker. Sie rieb sich über die Stirn.

„Ich habe während der ganzen Zeit, als Frau Ebel geschlafen hat, nichts zu trinken bekommen“, sagte Hans.

„Entschuldige dich!“, befahl Karl.

Hans hob den Topf auf und legte ihn in den Beutel aus Sackleinen zurück. „Es tut mir Leid, dass ich ihn hingeworfen habe.“

„In Ordnung!“ Karls normaler Gesichtsausdruck – ein Mund, der jederzeit zu einem Lächeln bereit war, und Augen, die funkelten – kehrte zurück. An Frau Dönhof gewandt sagte er: „Bitte geh mit Hans zum Wasserfass.“

„Ich bin aber nicht seine Mutter!“ Der finstere Blick war aus ihrem Gesicht gewichen, als sei sie nun völlig erschöpft. Der Rumpf des Schiffes schlingerte.

Karl zog eine Augenbraue hoch, aber seine Stimme klang freundlich, als er sagte: „Und bring auch eine Kelle Wasser für meine Frau mit!“ Zu Elisabeths Überraschung nahm Frau Dönhof einen großen Löffel aus dem Beutel und blickte zu Hans hinüber, als lade sie ihn ein, mit ihr zu gehen, aber er sah nicht in ihre Richtung. In der Koje nebenan fing ein Kleinkind an zu weinen.

Sogleich legte sich wieder der für sie typische grimmige Ausdruck auf Frau Dönhofs Gesicht, als sie nach Hans' Hand griff. „Dass du dich ja benimmst!“

„Geh schon, mein Junge“, drängte Karl. „Du hast mehr von meiner Hand zu befürchten als von ihrer.“

„Ich habe gar keinen Durst mehr!“, sagte Hans, was Frau Dönhof in Rage zu versetzen schien. Sie packte ihn am Kragen und zog ihn hinter sich her. „Dafür ist es jetzt zu spät. Das nächste Mal denkst du gefälligst nach, bevor du den Mund aufmachst …" Frau Dönhofs Stimme ging im Stimmengewirr der Auswanderer um sie herum unter.

Karl merkte, dass Elisabeth ihn ansah. „Willst du dich aufsetzen? Ich helfe dir."

„Ja, vielen Dank."

Er legte seinen Arm sanft um sie und hielt ihren Hinterkopf in seiner hohlen Hand, um ihn davor zu schützen, gegen die niedrige Deckenwand der Koje zu stoßen. Dann half er ihr sich langsam aufzurichten.

Elisabeth hielt ihre Augen geschlossen, als er sie an die Holzwand anlehnte.

„Geht es dir wieder etwas besser?"

Sie blickte ihn an. „Ja."

Karl hatte seine Zweifel. „Ich erwarte nicht, dass du die Tapfere spielst. Ich möchte wissen, ob du wieder in Ohnmacht fallen wirst." Er zog seine Hand behutsam zurück, damit sie nicht ganz plötzlich ohne jegliche Stütze war. Elisabeth sah ihn mit trüben Augen an. Er sprach weiter: „So geht es nicht. Du rutschst ja an der Wand herunter. Lass es uns mal so versuchen." Er stellte sich hinter sie, sodass sie sich gegen seinen Oberkörper lehnen konnte. „Ich bin etwas weicher als das Holz."

Sie spannte für einen Augenblick alle Muskeln an, dann entspannte sie sich in seinen Armen. Sie ließen ihre Blicke durch den dunklen, überfüllten Laderaum wandern. Ein älterer Mann fing an, sich lauthals mit einer jungen Frau zu zanken, an deren Rockzipfel sich ein Kind klammerte.

Karl sprach leise und eindringlich auf Elisabeth ein: „Elisabeth, du musst daran denken, dass du Frau Ebel bist und ich dein Ehemann, Herr Ebel. Verstehst du? Wenn du unsere Namen vergisst, kann es mich das Leben kosten und dich dein Land."

„Frau Ebel? Wenn wir verheiratet sind, dann muss ich doch –"

„Ebel ist der Name, den wir benutzen müssen, um nach Russland einzureisen", unterbrach er sie schroff. „Ich bin Herr Ebel und du bist Frau Ebel. Das ist alles, was du wissen musst."

Er konnte Elisabeths Anspannung spüren. „Sind das die Namen auf unseren Auswanderungspapieren?“

„Ja.“ Seine Stimme wurde wieder sanfter. Er war erleichtert, dass sie selbst darauf gekommen war. „Das ist der einzige Weg.“

„Warum können wir nicht deinen Namen benutzen?“, fragte Elisabeth. „Hast du etwa ein Verbrechen begangen?“

Karl fragte sich, wie viel er ihr erzählen sollte. Der alte Mann und die junge Frau zankten sich weiter, während sie versuchten, ihre Mahlzeiten an der einzigen Stelle zu kochen, die im Laderaum zur Verfügung stand. Die junge Frau hatte zwar mehr Energie, aber der Alte würde nicht klein beigeben.

„Welche abscheuliche Tat hast du begangen, dass du Angst hast, deinen wahren Namen preiszugeben?“, beharrte Elisabeth.

„Ich wurde geboren ...“ Einem plötzlichen Impuls nachgebend, griff Karl nach der Flickendecke, die zusammengestopft in der Ecke der Koje lag. Er musste sie ablenken. Solange Elisabeth die Decke hatte, konnte er nicht belangt werden. „Ich weiß, dass wir nicht lange zusammen bleiben werden“, flüsterte er ihr ins Ohr, „aber ich wünsche, dass du die hier behältst, solange wir zusammen sind. Nimm. Hüte sie wie einen Schatz.“ Er legte die Decke aus schwarzen, blauen und roten Flicken über Elisabeths Beine. Sie war dick gefüttert, sodass die einzelnen Flicken aussahen wie sonderbar geformte Kissen. Sie war ungewöhnlich schwer. Elisabeth fragte sich, woran das lag. Ihr fiel auf, dass das in der Mitte liegende Stoffquadrat ein komplizierteres Muster hatte als die anderen.

„Sie gehörte meiner Mutter.“ Er räusperte sich.

„Ist das ein Hochzeitsgeschenk?“

Er ließ einen Seufzer entweichen. „Ja. Das ist es. Ein Hochzeitsgeschenk, das wir beide uns teilen können.“

Elisabeths Hand betastete das Material, als wäre es mit Juwelen umsäumt. Mindestens vier Tuchlagen waren von Hand zusammengenäht.

Karl blickte weg. „Das Saatgut, das ich mitgebracht habe, ist wertvoller als jeder andere Besitz, selbst diese Decke.“

Elisabeth versuchte sich vorzustellen, wie sie den Samen auf ihrem eigenen Land in Russland aussäte.

Er sprach weiter. „Wir müssen das Saatgut unter Einsatz unseres Lebens bewachen."

Elisabeth nickte, aber sie merkte, dass er etwas vor ihr verheimlichte. Wer war dieser Mann, den sie gerade geheiratet hatte? Sie sah, wie Frau Dönhof und Hans sich durch den vollen Gang schlängelten und mit einer Kelle Wasser zurückkehrten.

„Du musst dich hinlegen und ausruhen." Karl stand auf und half ihr zurück in die Koje. „Unsere Aufpasserin kommt zurück."

5

Elisabeth wachte auf, als sie Hans' gleichmäßige warme und feuchte Atemzüge an ihrem Ohr spürte. Die Übelkeit war von ihr gewichen. Sie tastete mit der Hand nach der Beule an ihrem Kopf. Sie war fast verschwunden. Neben ihr lagen, eng aneinandergeschmiegt, Hans und Frau Dönhof, die jetzt einen ganz friedlichen Eindruck machte. Elisabeth zog mit der Hand die Linien eines kissenähnlichen Quadrats auf der schweren Flickendecke nach, die über sie gebreitet war. Wenn dieses Stück Karls Mutter gehört hatte, musste er aus einer noblen Familie stammen. Einige der Stoffe, die in der Decke verarbeitet waren, wurden ganz bestimmt nicht von gewöhnlichen Leuten verwendet. Sie waren geschmeidig wie die Haut eines kleinen Kindes und sie leuchteten wie Wasser, auf das der Mond scheint. Sie verhielt sich still, um nicht ihre Kojen-Nachbarn zu wecken, und lugte aus ihrem Liegeplatz heraus auf den Boden, wo ihr vor sieben Tagen angetrauter Mann saß und auf einer Brotkruste herumkaute.

Karl lächelte zu ihr hinauf und Elisabeth spürte ihr Herz höher schlagen. Was war es, das sie an diesem Mann so anziehend fand, den sie nun noch nicht einmal vierzehn Tage kannte? Karl legte einen Finger an seine Lippen und bedeutete ihr dann, die Koje zu verlassen. Sie fragte sich, was er von ihr wollte, als sie sich von Hans wegrollte.

Das Holz knarrte und Hans stieß im Schlaf einen tiefen Seufzer aus. Sie wartete, bis er wieder gleichmäßig atmete, und richtete sich dann langsam auf, wobei sie darauf achtete, dass sie die Flickendecke nicht von seinem Körper zog.

Als sie sich befreit hatte, griff sie nach dem Kamm, den Karl bei ihren Vorräten verstaut hatte. Sie merkte, dass er sie beobachtete, konzentrierte sich aber auf das Kämmen und Zurechtstecken ihrer Haare. Als sie ihre einstmals weiße Haube aufsetzte, fingen auch andere im Laderaum an, sich zu regen. Elisabeth konnte hören, wie die Matrosen die Luke über ihnen öffneten. Sie war immer erleichtert, wenn den Auswanderern die Freiheit gewährt wurde herumzulaufen, egal, wie entmutigt sie ansonsten war.

Karl flüsterte ihr ins Ohr: „Lass uns nach oben gehen!"

Sie griff nach ihrem Wollmantel und versuchte, nicht daran zu denken, wie unordentlich ihr Kleid aussah, das sie Tag und Nacht tragen musste. Der Mantel würde die meisten Falten verstecken. Bei den Sachen in dem Beutel hatte sie ein Nachtgewand gefunden, aber in Gesellschaft von so vielen Leuten und von Karl, der immer in ihrer Nähe war, traute sie sich nicht, sich umzuziehen.

Elisabeth folgte Karl auf Deck. An ihm sah selbst zerdrückte Kleidung noch fein und ordentlich aus. Dicke Wolken hingen am Himmel und die feuchte, frostige Brise vertrieb den letzten Rest von Schläfrigkeit. Zusammen spazierten sie gemächlich über Deck, ohne ein Wort zu wechseln, ohne eine Berührung. Darüber war sie froh. Sprechen wäre ihr in dem Moment als zu viel Lärm vorgekommen. Die Rufe der Matrosen vereinigten sich mit dem Rauschen des Wassers zu einem harmonischen Duett.

Elisabeth erinnerte sich daran, wie sie mit ihrem Vater immer kaum hatte Schritt halten können, wenn sie gemeinsam durch den Weinberg gegangen waren. Karls Gang war etwas gemäßigter. Er passte gut zu ihrem. Ein gellender Vogelschrei durchbrach die Stille, aber Elisabeth konnte das Tier nicht ausmachen. Sie schlenderten zweimal wortlos auf dem Deck auf und ab, als sage das Holz, das mit seinem Stöhnen auf das hartnäckige Rufen des Meeres antwortete, mehr, als sie jemals zu sagen hätten. Schließlich folgte Elisabeth Karl zur Reling. Er legte seine Unterarme darauf und sie blickten gemeinsam auf die Unendlichkeit des Meeres.

„Das Meer ... es ist wie das Leben, immer in Bewegung, immer drauf und dran, dich auseinanderzureißen", sagte er. „Und doch sind wir Überlebende – wir beide." Sie mochte seine sonore Stimme. Als er offensichtlich merkte, dass sie ihn anstarrte, wandte Elisabeth ihren Blick ab, doch er redete weiter: „Du hast mir noch gar nicht deine Geschichte erzählt. Ich weiß gerne etwas über die Frauen, die ich heirate."

Elisabeth lachte. „Heiratest du öfter?"

„Ungern." Er rieb die Hände aneinander, als wolle er sie wärmen. „Ich vergleiche das Heiraten mit dem Schwarzen Tod, einer Krankheit, die unter allen Umständen vermieden werden muss – aber du hast mich in einem schwachen Moment erwischt." Wieder trieb er seinen Spaß mit ihr.

Elisabeth tat so, als ignoriere sie ihn, doch jede Faser ihres Seins hörte auf das, was er als Nächstes zu sagen hatte.

Er griff nach einem Teil der Takelage und ließ es dann wieder los. „Ich habe die Befürchtung, ich stehe in Gefahr, so fest an dich gebunden zu werden wie das Segel an dieses Tau. Je mehr es versucht, sich freizumachen, desto fester zieht sich der Knoten zusammen."

Seine Worte überraschten sie. Was meinte er damit? Zog er etwa in Betracht, bei ihr zu bleiben – als ihr Mann –, wenn sie in Russland waren? Auch wenn ihr Herz bei diesem hoffnungsvollen Gedanken höher schlug, gestattete sie es sich doch nicht, auf diese Möglichkeit zu hoffen. Im nächsten Augenblick wurde ihr Herz schon wieder betrübt. Vielleicht ärgerte er sich ja über das Band, das sie beide aneinander fesselte. Vielleicht wünschte er sich, frei von ihr zu sein? „Wünschst du dir denn so sehr, von mir freizukommen?", fragte sie und bereute ihre unbedachten Worte sogleich wieder. Warum verwirrte dieser Fremde sie so sehr? Sie musste aufhören, nach Trost zu suchen. Sie sprach weiter: „Mir ist genau wie dir daran gelegen, ungebunden zu sein, wenn ich mein neues Leben beginne." Eine Möwe kreiste über Elisabeth am offenen grauen Himmel und stieß einen Schrei aus. Wenn sie doch nur frei wäre, ihren eigenen Weg zu gehen, ihren eigenen Träumen über ihre Zukunft nachzugehen! Sie entfernte sich von Karl.

Karl versuchte, einem Mann auszuweichen, der sich der Reling näherte, doch der Mann stieß gegen Karls Arm, als er einen Eimer mit Exkrementen über Bord kippte. Der Gestank verbreitete sich in der Luft. „Lass uns auf die andere Seite des Schiffes gehen." Karl fasste Elisabeth am Ellenbogen, um sie zu führen, doch sie zögerte.

„Es ist Zeit für Hans aufzustehen. Ich sollte besser nach ihm sehen."

Es schien ihr nichts auszumachen, ihn hier stehen zu lassen, als wüsste sie nicht, dass die Augenblicke, die sie am Morgen zusammen verbrachten, der einzige Höhepunkt seines ansonsten eintönigen Tages waren. Er dachte angestrengt nach. Was konnte er sagen, um ihre gemeinsame Zeit zu verlängern? „Ich wünschte, ich müsste dich in Russland nicht verlassen."

Elisabeth drehte sich zu ihm um. „Wirklich?"

„Ja, aber es liegt nicht an mir, über die Zukunft zu bestimmen. Wir haben nur die Gegenwart. Bleib noch ein wenig und rede mit mir. Es gibt keine andere Gelegenheit, uns ungestört zu unterhalten. Der Lärm da unten raubt mir den Verstand."

„Hans wird mich brauchen", sagte sie, aber ihre Stimme klang unentschieden, als hoffe sie, vom Gegenteil überzeugt zu werden.

„Frau Dönhof kann nach ihm schauen." Er war froh, als sie weiter mit ihm über das Deck schlenderte. „Wie kommt es, dass du dich mit solch einer Hingabe um den Jungen kümmerst? Du hast mir erzählt, was mit seinen Eltern geschehen ist, aber viele Kinder sind vaterlos. Was ist der Lohn für deine Mühen?"

„Lohn?" Sie blickte übers Meer. „Es gibt keinen Lohn. Ich begleiche eine Schuld. Seine Eltern haben mir in Lübeck geholfen." Elisabeths Worte klangen nüchtern, aber sie ballte ihre Fäuste so fest, dass die Knöchel weiß wurden.

„Diese Schuld muss recht groß sein."

„Die meines Vaters war es. Aber es ist auch meine eigene."

Karl betrachtete das Wasser, das so viele Geheimnisse barg. „Was ist mit deinem Vater?" Wenn er nicht Angst gehabt hätte, dass sie wieder vor ihm zurückweichen würde, wäre er näher an sie herangetreten.

Sie umfasste die Reling, als brauche sie Halt. „Er erfror in den Baracken, während wir auf unser Schiff warteten."

Karl bemühte sich, den Fluch zu unterdrücken, der über seine Lippen kommen wollte. „Euer Werber sollte auf dem Scheiterhaufen verbrannt werden."

„Herr und Frau Schulze waren die Einzigen, die am Ende noch freundlich zu ihm und zu mir waren. Ich versuche, es ihnen zu vergelten. Ich muss Hans zu seiner Mutter bringen."

„Ich habe mich schon gefragt, was du tun willst ... wenn ich erst einmal weg bin. Hast du vor vor, bei Frau Schulze und Hans zu bleiben?" Er hatte nicht nachgedacht, bevor er den Mund aufgemacht hatte. Er hätte sie besser nicht auf ihre Zukunftspläne ansprechen sollen.

Sie ließ die Reling los und hob ihr Kinn – eine Geste, die er allmählich als Trotzreaktion erkannte. „Russland bietet mir eine solide Zukunft, vorausgesetzt, ich kann meine Ansprüche auf Land geltend machen."

Er hob eine Feder vom Deck auf und zerzauste sie, wobei er die flauschigen Härchen durch seine Finger gleiten ließ. „Und ich bin der Schlüssel, der diese Tür für dich öffnen soll."

„Nein.“ Sie wich vor ihm zurück. „Ich brauche nur die Bezeichnung ‚Frau‘ vor meinem Namen. Sobald du weg bist, wird es Frau Dönhof und mir gut ergehen.“ Ihre Augen funkelten verschmitzt.

„Du und die werte Frau wollt einen Haushalt führen und Getreide in den russischen Steppen anbauen?“

„Genau.“ Elisabeth hielt inne. „Mit der Zeit werde ich dann schon lernen, mich über alles und jeden zu beschweren, sodass eines Tages keiner mehr weiß, ob ich Frau Dönhof oder ich selbst bin.“ Sie fuhr mit der Hand über die Reling und folgte dabei der Maserung des Holzes, ohne dieses jedoch zu berühren.

„Meine Unwissenheit erschreckt mich! Ich war die ganze Zeit der Meinung, dass du meine neugierige Schwester nicht gerade magst.“

„Sie ist nicht deine Schwester.“

Karl legte seine Hand auf ihre und zwang sie mit sanftem Druck auf das Holz. „Sie fühlt sich mir fast wie eine Schwester für ihr Leben verpflichtet.“

Elisabeth zog ihre Hand unter seiner weg und trat einen Schritt zurück.

Eine raue Stimme ertönte von der Mitte des Schiffes. „Frau Ebel, Sie werden unten verlangt!“ Frau Dönhof kam zu ihnen herübergeeilt.

Karl flüsterte Elisabeth zu: „Du bist eine Frau, deren Anwesenheit von vielen begehrt wird. Wenige werden zur gleichen Zeit unter wie über Deck gebraucht.“ Ihre Wangen erröteten, was Karl ein Lächeln entlockte.

Elisabeth ging ein paar Schritte auf die Frau zu. „Was wollen Sie von mir?“ Sie bemühte sich, sich nicht anmerken zu lassen, dass sie sich über die Störung ärgerte – oder war sie vielleicht doch sogar erleichtert?

„Das Jüngste der Hummels hat dieselbe Krankheit, die der Großvater der Petrys hatte. Man braucht Sie. Ich bringe Sie hin.“

Die Augen der Frau blickten schockiert drein, als ob sie die Ammenmärchen über Frauen, die sich allein auf Deck aufhielten, und über die bösen Seeleute glaubte. Elisabeth nahm an, dass der finstere Gesichtsausdruck der Frau vor allem dazu dienen sollte, ihre eigenen Ängste zu verbergen. Mit Sicherheit hätte Frau Dönhof dem Kind genauso gut helfen können wie sie. Aber vielleicht auch nicht. Die Kinder fürchteten sich vor Frau Dönhofs Verdrießlichkeit und der furchtbaren Narbe auf ihrer Wange.

So leise, dass nur Elisabeth es hören konnte, wisperte Frau Dönhof: „Er wird dich noch am helllichten Tag verführen, wenn du so dämlich bist, das zuzulassen." Elisabeth riss entsetzt die Augen auf. Frau Dönhof sprach in einem etwas lauteren Ton weiter: „Beeilen Sie sich!"

Elisabeth verabschiedete sich mit einem Kopfnicken von Karl. Sein Lächeln erwärmte ihr Herz, während Frau Dönhof sie zum Laderaum zog. Die Berührung der Frau war eisig, als hätte ihr Körper beschlossen, seine Wärme nicht vollständig an die Umwelt abzugeben. Aber sie blieb gemeinsam mit Elisabeth an der Koje des Kindes, bis nichts mehr für es getan werden konnte.

Nachdem das Kind gestorben war, vergingen die Tage einer nach dem anderen ähnlich. Zuerst wurden die Kinder, dann die Alten und dann andere mit dem einen oder anderen Gebrechen dahinweggerafft. Aus den elf Tagen auf See waren bereits mehr als zwei Wochen geworden.

Elisabeth hatte vergessen, wie viele Tage nun schon vergangen waren, in denen sie sich über Menschen gebeugt hatte, die zwischen Leben und Tod schwebten, als sie Frau Zweigs Augen sanft zudrückte. „Das Fieber hat sie von uns genommen."

„Nein, nein!", rief der Ehemann der Frau, ein großer rothaariger Mann. „Das darf nicht sein!" Elisabeth wandte sich langsam von der Koje ab. Er ergriff ihre kleinen Hände mit seinen großen Pranken. „Nein, nein! Sie ist seit zwanzig Jahren meine Frau. Wir wollten in Russland gemeinsam alt werden. Wir haben keine

Kinder, die uns in unserem hohen Alter trösten könnten. Sie war alles, was ich hatte!"

Elisabeth entzog ihm sanft ihre Hände. „Herr Zweig, ich möchte Ihnen mein herzlichstes Beileid aussprechen."

Er warf sich über den Körper seiner Frau und weinte so bitterlich, dass seine Trauer tief in Elisabeths Herz sickerte. Ihr Rücken schmerzte, weil sie sich so lange über die Frau gebeugt hatte, und ihre Hände fühlten sich wund an von den kalten Lappen, die sie benutzt hatte, um ihre fiebrige Stirn zu kühlen. Nichts hatte gewirkt. Der Geruch verwesenden Fleisches, der Gestank, den der Tod hinterließ, machte sich breit. Sie musste weg hier, bevor sie ganz aufgezehrt war. Sie scherte sich nicht länger um die Regeln, die sie im Laderaum halten sollten. Sie musste einen Ort finden, an dem Herr Zweigs Trauer sie nicht weiter niederdücken konnte.

Sie stolperte zur Leiter und stieg hinauf an Deck. Dort ließ sie sich auf einer Rolle Taue nieder und atmete die frische Luft in tiefen Zügen. Sie wollte endlich wieder einmal das Leben in ihren Adern spüren.

Möwen. Luft. Wasser. Ausatmen. Einatmen. Die Matrosen ließen sie in Ruhe. Die Geräusche um sie her verebbten. Das Leben reduzierte sich auf das Notwendigste. Einatmen. Ausatmen.

Die Zeit verstrich und ihr erschöpfter Körper schien die Luft ganz von allein ein- und wieder auszuatmen. In der Stille fand sie Trost, der die Leere füllte, die sich in ihrer Seele breitgemacht hatte. Die Rufe der Seeleute und das Ächzen des Schiffes, als es durch das Meer glitt, mündeten in die Stille ein – eine Ruhe, die schließlich unsanft von den Männern unterbrochen wurde, die Frau Zweigs sterbliche Überreste aus dem Laderaum zur Reling trugen. Es folgten Herr Zweig und einige, die ihn begleiteten. Es waren weniger Personen als beim ersten Trauergefolge.

Elisabeth bemühte sich darum, die Herrschaft über ihre Beine zu behalten, als sie sich dem Zug zu einem Gebet anschloss. Aber dann wandte sie sich ab. Sie weigerte sich mitanzusehen, wie Frau Zweigs Gebeine ihrer kalten, nassen Ruhestätte übergeben wurden. Zwei Tage lang hatte Elisabeth um das Leben dieser Frau gekämpft, selbst als Frau Zweig sich schon selbst aufgegeben hatte. Elisabeth wollte sich die Niederlage nicht eingestehen, selbst in dem Moment nicht, als sie das Eintauchen des Leichnams ins das Wasser hinter ihr und Herrn Zweigs neuerliches Klagegeschrei vernahm.

Sie blinzelte, um ihre Tränen zu unterdrücken, und entfernte sich von der trauernden Gruppe. In der Nähe des Schiffsbugs fand sie einen neuen Platz, an dem sie sitzen konnte. Aber immer noch drangen Herrn Zweigs Klagerufe an ihr Ohr. Sie schlug mit der Faust auf die Schiffsplanken. Sie würde nicht um Leute trauern, die den Tod dem Leben vorgezogen hatten. Ihr Herzschlag beschleunigte sich. Ihr Atem wurde flacher. Sie versuchte, die kalte Luft in sich aufzunehmen, die sie von dem Ärger reinigen konnte, der sie zu überwältigen drohte. Sie musste ihren Beklemmungen und Begrenzungen entfliehen. Hastig sprang sie auf die Füße, ging nach vorne zum Bug und stellte sich in den Wind.

Sie blickte auf die tosenden Wellen, die in ihrem unersättlichen Appetit nach mehr Leibern gierig nach dem Schiff zu greifen schienen. Sie drehte ihnen den Rücken zu. Über ihr blähten sich die Segel und flatterten im stürmischen Wind. Ihr Herz sank. Sie alle auf diesem Schiff waren der Gnade des Windes und des Meeres ausgeliefert – und einem Kapitän, der ihre Reise absichtlich in die Länge zog.

Eine Frage ließ ihr keine Ruhe: Wie viele würden noch sterben müssen, bis die Reise zu Ende war? Sie hatte im Moment nichts zu tun, und so nahm sie wieder ihren Platz ein und blieb an Deck, bis die Sonne im Meer versank und das große blaue Ungetüm von Wasser mit tiefroten und orangeroten Schattierungen versah, die das Blut der Opfer, die es bereits verschlungen hatte, widerzuspiegeln schienen.

Auch wenn die Matrosen sie ignoriert hatten, während sie ihren Geschäften nachgegangen waren, so wagte Elisabeth nicht, alleine an Deck zu bleiben, nachdem die Sonne untergegangen war. Mit einem letzten Blick in Richtung Westen stieg sie in das dunkle, feuchte Verlies hinab.

Am unteren Ende der Leiter blieb Elisabeth stehen und blickte sich um. „Du wirst mich nicht besiegen!", murmelte sie. Sie ballte ihre Faust. „Welche Pfeile auch auf mich geschossen werden, mit Gottes Hilfe werde ich überleben." In dem Stimmengewirr, das um sie herum herrschte, waren Elisabeths Worte nicht zu hören, aber sie hatte sich selbst ermutigt. Sie straffte die Schultern und bemühte sich um einen entspannteren Gesichtsausdruck. Sie würde nicht über ihr Los jammern oder klagen, wie ihre Mutter das getan hatte. Niemand würde je von ihren inneren Kämpfen erfahren. Sie ging einen Schritt nach vorn.

Karl bemerkte Elisabeth in dem Moment, als sie den Frachtraum betrat. Ihre Wangen waren gerötet und ihr Blick war leer. Er wandte seine Aufmerksamkeit wieder dem Spiel zu, das er gerade mit Hans spielte. „Nein", sagte er. „Du musst den Stein fangen, bevor er den Boden berührt. Hier, schau!" Karl warf einen Stein in die Luft, hob zwei Steine vom Boden auf und fing seinen Stein mit derselben Hand.

„Das kann ich nicht. Das ist zu schwer für mich."

Frau Dönhof saß hinter dem Jungen und bekundete Interesse an dem Spiel. „Ich habe dich schon viel schwierigere Aufgaben meistern sehen."

Als Elisabeth näher kam, fragte Karl sie leise: „Noch ein Todesfall?"

Sie nickte.

„Das sind dann drei Tote in zwei Tagen. Wir werden alle sterben. Ich weiß es", jammerte Frau Dönhof. „Tagsüber bist du permanent mit ihnen in Berührung und abends bringst du ihre Krankheiten zu uns hinunter. Hast du denn kein Mitleid mit dem Kind und mit uns?"

Karl gab sich betont freundlich. „In meinen Augen siehst du ganz gesund aus, Frau." Als er an der Reihe war, warf er seinen Stein in die Luft und hob zwei andere auf. „Wir sollten nicht in Panik geraten. Ich habe bereits einige Gruppen begleitet, und bei manchen haben fast alle überlebt, bei anderen ist fast ein Viertel der Passagiere gestorben. Es gibt keine Möglichkeit vorherzusagen, wer sicher in Russland ankommen wird und wer nicht." Karl räusperte sich.

Frau Dönhof verschränkte die Arme. „Die verpestete Luft hier drin bringt den Tod mit sich. Der Junge braucht dringend frische Luft."

„Müssen wir wirklich hier sterben?", fragte Hans mit weit aufgerissenen Augen.

Frau Dönhof öffnete den Mund, um noch etwas zu sagen, doch Karl schnitt ihr das Wort ab. „Nein. Wir reisen nach Russland, und dort wartet die Zukunft."

Elisabeth nickte. „Das glaube ich auch."

Hans' sorgenvoller Gesichtsausdruck wich und machte einem Lächeln Platz. „Ich werde auch nicht sterben."

Frau Dönhof zog ein finsteres Gesicht. „Tapfere Worte werden euch in diesem schwimmenden Sarg auch nicht helfen."

Karl lachte auf. „Wir kommen erst in Kronstadt an, wenn der Kapitän endlich aufhört, nicht jede Nacht wieder heimlich zurück in Richtung Lübeck zu segeln."

„Das ist es also, was die Männer dir an Deck erzählen, während wir hier unten in diesem Loch der Verzweiflung sitzen?" Frau Dönhofs Mund sah verhärmt aus.

„Ich habe dem Kapitän schon die ganze Zeit nicht getraut", sagte Elisabeth.

„Warum sollte er jede Nacht wieder zurücksegeln?", fragte Hans.

Karl verzog das Gesicht. „Der Kapitän hat vor, die gesamte Nahrung an Bord zu verkaufen, bevor wir an Land gehen. Schlechtes Wetter und unehrliche Kapitäne verlängern die Reise."

„Habgierige Männer verursachen alle möglichen Probleme." Frau Dönhof starrte zornig auf Karl. „Alles dreht sich nur ums Geld."

Karl blickte ihr direkt ins Gesicht. „Genug!" Frau Dönhofs Augen verengten sich zu Schlitzen. Karl wusste, dass sie ihm ihr Leben verdankte, da er sie aus Lübeck herausgebracht hatte, nachdem Herr Schulze sie von dem Fuhrwerk befreit hatte. Sein Geheimnis zu hüten war ein kleiner Preis, den sie dafür bezahlen musste. Er schaute zu Elisabeth hinüber. Sie biss sich auf die Lippen und schlang sich die Arme um den Oberkörper, als versuche sie so ihre Gefühle unter Kontrolle zu halten, während die Klagelaute eines Mannes durch den Frachtraum zu ihnen herüberdrangen.

Elisabeth deutete mit dem Kopf in die Richtung, aus der die Schmerzensschreie kamen. „Nicht alle Dinge drehen sich ums Geld." Karl war erleichtert. Elisabeth hatte Frau Dönhofs Hinweis nicht verstanden. Eine Zeit lang sagte niemand etwas.

Schließlich brach Hans das Schweigen. „Können wir nicht alles Essen vom Kapitän kaufen? Dann kann er doch schnell weiterfahren. Können wir jetzt etwas zu essen kaufen?"

„Dein Hunger kennt aber auch gar keine Grenzen!", murrte Frau Dönhof, doch sie tätschelte seine Schulter und half ihm, die Steine des Spiels aufzulesen.

„Komm, mein Junge, wir gehen Essen kaufen", sagte Karl und nahm die Flickendecke von der Koje. Er griff in eine Öffnung an der Ecke eines der Flicken und legte die Steinchen hinein.

„Ich hatte mich schon gefragt, wo du auf dem Schiff Steine gefunden hast", sagte Elisabeth. „Nun ist es mir klar. Wie ist der Flicken denn aufgerissen?"

„Herr Ebel hat ihn aufgetrennt", erklärte Hans. Er drehte sich zu Karl um. „Wenn ich ganz lieb bin, darf ich dann auch die anderen Quadrate aufmachen und hineinsehen?"

„Was, glaubst du, wirst du darin finden?", fragte Karl amüsiert.

Hans nahm die Decke in die Hand und betastete sie, als wäre sie ein Schatz. „Noch mehr Spiele?"

Elisabeth lächelte. „Kein Wunder, dass sie so schwer ist. Da sind Steine in meiner Decke! Was ist sonst noch alles in meinem ‚Hochzeitsgeschenk' versteckt?"

Karl zwinkerte ihr zu und schaute dann Hans an. „Nun, wonach steht dir der Sinn zum Abendessen?"

„Zwieback", rief Hans.

Es war nur zu deutlich, dass Elisabeth müde war, aber sie machte um Hans' willen mit bei ihrem abendlichen Ritual. „Pökelfleisch."

„Wein", sagte Frau Dönhof mit bitter-saurer Miene, die keinen zu überzeugen vermochte.

„Ich werde alles aufkaufen", meinte Karl mit einem Lächeln.

„Den ganzen Proviant auf dem Schiff? Darf ich mitkommen?", bettelte Hans.

„Können wir denn so viel tragen?", fragte Karl zurück. Er zog Hans in seine Arme und begann, ihn unbarmherzig zu kitzeln.

Hans versuchte, das Lachen zurückzuhalten, aber er schaffte es nicht.

Karl war überrascht, wie sehr er die Vaterrolle in dieser „Familie" genoss. Er nahm Hans an der Hand. „Wir haben ein schönes Leben. Brauchen nicht zu kochen, kein Holz zu hacken. Und –"

„Müssen überhaupt nicht arbeiten", ergänzte Hans. Sie gingen an zwei sich streitenden Erwachsenen vorüber, an einer Familie, die auf ihrem Schlafplatz vor sich hinschnarchte, und an einem weinenden kleinen Kind. Zwei Männer, die vor der Leiter standen, wichen zur Seite, um sie durchzulassen. Einer schien den anderen – einen rothaarigen Mann – zu trösten.

Karl hievte den Jungen an Deck. „Unser Leben wird sich bald ändern, deswegen müssen wir die Zeit hier an Bord genießen, solange wir können." Als er das Deck erreichte, sprach er einen Mann mit Holzbein an.

„Hallo, Manchester. Wir hätten gern unsere letzte Mahlzeit für heute." Karl legte die Münzen auf den Tisch. Der Wind ergriff die kleinste und wehte sie über die Platte. Hans fing sie schnell auf und händigte sie dem Mann mit dem Holzbein aus. Der Matrose stellte ihre Portion gerade in dem Moment auf den Tisch, als ein Blitz in der Ferne den dunklen Himmel erleuchtete.

Karl blickte zu den sich wild aufblähenden Segeln hinauf. „Ein weiterer Sturm ist im Anzug", erklärte er Hans.

„Aber wir werden heute Abend trotzdem einen Festschmaus haben", meinte Hans.

Karl fuhr dem Jungen durch das blonde Haar. Er hatte nie viel mit Kindern zu tun gehabt, zumindest nicht lange. „Fertig?"

Hans rief: „Komm, lass uns wieder gehen."

Sie packten die Verpflegung ein und machten sich auf den Weg zurück zu den Frauen.

Karl musste Frau Dönhof Recht geben. Er war auch nicht glücklich darüber, dass Hans so viel Zeit im Frachtraum verbringen musste. Wenn es eine Möglichkeit gäbe, ihn an Deck zu beschäftigen, könnte er sich an der frischen Luft aufhalten, und das würde ihn vor Krankheiten schützen, die die Schiffspassagiere heimsuchten.

Karl hielt inne. „Ich vertrete mir gern die Beine, also habe ich beschlossen, jeden Teil des Schiffes zu inspizieren und aufzupassen, dass die Matrosen ihre Arbeit ordentlich verrichten. Wenn ich nur Hilfe hätte, wäre es für mich leichter."

Karl beobachtete das Gesicht des Kindes, als Hans vorschlug: „Vielleicht könnte ich dir helfen?"

Karl verschränkte die Arme vor der Brust. „Hmm. Bist du ein Knabe, der hart arbeiten kann?"

„Das bin ich!", erwiderte Hans. „Ich kann sehr hart arbeiten."

Karl rieb sich das Kinn und tat so, als müsse er das Angebot überdenken. „Aber du bist noch recht jung." Er musterte den Burschen von Kopf bis Fuß, als ob er sein Alter abwägen würde. Er konnte sehen, dass Hans den Atem anhielt und so stramm dastand, wie es ihm nur möglich war. „Ich nehme an, dass du schneller als die meisten anderen Jungen zum Mann geworden bist." Er schlug sich auf den Oberschenkel. „Ich habe mich entschieden. Als der Mann in der Familie bist du alt genug, um mein Helfer zu sein."

Der Junge strahlte. „Ich werde sehr hart arbeiten!"

„Ich weiß, dass du das tun wirst, mein Junge. Und am Ende der Reise werde ich dich fürstlich für deine harte Arbeit entlohnen. Morgen geht es los."

Karl genoss es, Hans' Begeisterung zu sehen, als sie zurück zu den Frauen gingen. Er blickte auf die magere Kost in seinen Händen. Es war Zeit, ein ernstes Wörtchen mit dem Kapitän zu reden. Er wollte nicht noch weitere zwei Wochen warten, bis sie endlich Russland erreichten.

Während sie beobachtete, wie Karl und Hans sich gemeinsam durch die Menge drängten, merkte Elisabeth, wie sich ein Lächeln auf ihre Lippen stahl. Hans lachte und auch Karl schien Spaß zu haben. Elisabeth bemerkte sogar, dass sich auch auf Frau Dönhofs Lippen ein Lächeln geschlichen hatte. Karls Optimismus steckte sie alle an, selbst inmitten von Krankheit, Entbehrung und Tod.

Elisabeths Blick war auf das Kind geheftet. Hans schien sich an das Leben mit ihnen zu gewöhnen. Er hatte nachts des Öfteren Alpträume gehabt und sich zwischen Frau Dönhof und ihr hin und her geworfen. Aber mittlerweile weinte er nur noch unmittelbar vor dem Einschlafen, dann, wenn er seine Eltern am meisten vermisste. Als er sich in der letzten Nacht an Elisabeth gekuschelt hatte, hatte er sogar zum ersten Mal keine einzige Träne vergossen.

Donner krachte, als Hans und Karl sie erreichten. Hans schaute hinauf, als könnte er durch das Deck zum Himmel blicken. „Frau Ebel, haben Sie schon von dem Schiff gehört, das Schiffbruch erlitten hat?"

„Willst du mir Angst machen?" Elisabeth warf Hans einen ernsten Blick zu.

„Es ist aber wahr. Die Ostsee war so stürmisch, dass das Schiff in lauter Stücke zerbrochen ist. Alle Auswanderer, die sich darauf befanden, fielen ins Meer."

„Unfug!", konterte Frau Dönhof. „Als Nächstes wirst du uns noch erzählen, dass die Leute von Seeungeheuern aufgefressen wurden!"

„Es ist aber die Wahrheit." Hans blickte Karl Hilfe suchend an.

„Der Junge hat recht. Ein Schiff ist gekentert."

„Welche Lügenmärchen erzählst du ihm denn da?", fragte Elisabeth. Es war für sie schon schlimm genug, dass der Tod Teil ihres Alltags geworden war, aber sie konnte es nicht ertragen, dass Karl Hans noch mehr Grund zu Alpträumen gab.

Hans legte eine Hand auf Elisabeths Arm. „Keine Angst, Frau Ebel. Alle Passagiere wurden gerettet und sind sicher nach Russland gekommen. Selbst wenn der Sturm dir Angst macht, werden wir ganz bestimmt alle sicher ankommen."

Elisabeth blickte Karl an. Er hatte diese Geschichte benutzt, um dem Kind seine Ängste zu nehmen. Lächelnd meinte sie: „Na, da bin ich ja erleichtert, dass wir nicht Schiffbruch erleiden werden." Sie berührte Karls Arm, um ihm schweigend zu danken. Er zwinkerte ihr zu und sie ließ ihre Hand fallen.

Sie aßen in aller Ruhe, ohne sich von den zahlreichen Geräuschen um sie herum stören zu lassen. Seekranke Leute stöhnten, Säuglinge weinten und die Erwachsenen befürchteten, dass der Kapitän in der Nacht wieder ein ganzes Stück zurücksegeln würde. Hin und wieder hörten sie, wie Herr Zweig um seine Frau weinte. Elisabeth biss auf ihrem Streifen gepökelten Fleisches herum und fragte sich, was wohl bei jedem einzelnen der Passagiere auf dem Schiff der Grund dafür gewesen sein mochte, die Heimat zu verlassen und auf fremdem Boden ganz von vorne anzufangen. Hatten diese Leute damals, als sie ihre Verträge unterzeichneten, geahnt, was für Strapazen und Opfer ihnen bevorstehen würden? Sie musterte Karl. Was hatte ihn wohl dazu bewogen, als Auswanderer nach Russland zu gehen und nicht weiter als Werber zu arbeiten? Ihr wurde klar, dass sie so gut wie nichts über ihn wusste.

Mitten in der Nacht wachte Elisabeth auf. Als sie den Gestank von Erbrochenem von erkrankten Passagieren wahrnahm, war sie froh, dass wenigstens die Reisenden in den Kojen über ihr nicht seekrank waren wie so viele andere.

Ein Kind weinte. Erwachsene stöhnten im Schlaf. Das Schiff wurde von den Wellen hin und her geworfen, wobei schlafende Körper über die Planken schlitterten. Sie hörte, wie ein paar Leute aus ihren Kojen fielen. Wenn sie, Hans und Frau Dönhof nicht so eng beieinander gelegen hätten, wäre vielleicht auch sie aus der Koje gefallen. Sie fragte sich, wie es Karl auf dem Fußboden erging. Das hölzerne Schiff ächzte, als ob der peitschende Sturm es auseinanderbrechen wollte. Elisabeth dachte an das Schiff, das untergegangen war, und betete, dass ihres heil blieb.

6

Karl starrte in die Dunkelheit und wünschte sich, er hätte seine Pfeife zur Hand. Mittlerweile befanden sie sich schon 42 Tage auf diesem elenden Schiff, eingepfercht mit so vielen Leuten. Es roch nach Exkrementen, und noch immer peitschte die Ostsee in tosenden und unbarmherzigen Wellen gegen die Schiffswand. Er rieb sich eine schmerzende Stelle an seinem Bein. In der Nacht war ein Fass auf ihn zugerollt und hatte ihn am Bein getroffen. Ihm war es nicht gelungen, den Kapitän davon zu überzeugen, den direkten Weg zu ihrem Ziel zu nehmen, da Karl nicht bereit gewesen war, ihm noch mehr Bestechungsgeld zu zahlen. Aber immerhin hatten ihm die Seeleute versichert, dass sie Kronstadt noch heute erreichen würden.

Die letzte Woche würde er nie vergessen: die vielen Toten und das allgegenwärtige unheimliche Klagen der Trauernden. Die meisten von ihnen waren von Armut gezeichnete Menschen, die eigentlich erleichtert hätten sein müssen, wenn ein Mund weniger zu stopfen war. Doch ihr Wehklagen machte ihm deutlich, dass sie ihren wertvollsten Besitz verloren hatten.

Wenn er an Deck mit den anderen Männern zusammenstand, hatte er manchmal beobachtet, wie die Matrosen einen Leichnam ins Wasser fallen ließen. Die leblosen Körper sahen so aus, als streckten sie sich noch ein letztes Mal aus ihrem hölzernen Gefängnis der Freiheit entgegen. Jedes Mal, wenn er sah, wie ein Toter in das dunkle Wasser sank, hatte Karl befürchtet, auch bald dasselbe Schicksal zu erleiden. Er hatte schon viele Widrigkeiten des Lebens überstanden, aber der Tod barg für ihn immer noch ein schreckliches Geheimnis, dem er nicht auf die Spur kommen konnte. Wann immer ihn schlimme Erinnerungen plagten, fühlte er die Wände des Schiffsrumpfes bedrohlich nahe kommen, und er nutzte jede Möglichkeit, um die engen unteren Räume zu verlassen und an Deck zu gehen.

Er schüttelte den Kopf. Nur während seiner frühen Morgenspaziergänge mit Elisabeth war sein innerer Frieden wiederhergestellt. Er kroch leise zum Schlafplatz hinüber, wo die Frauen und Hans schliefen, und legte eine Hand auf Elisabeths Schulter. Sie öffnete überrascht die Augen. Er deutete mit einer Kopfbewegung in Richtung Ausgang. Die Geste war eine Einladung, ihn nach draußen zu begleiten. Elisabeth ließ sich auf den Boden herabgleiten und kämmte wie jeden Morgen nach dem Aufstehen erst einmal ihre feinen, langen braunen Haare, bevor sie sie hochsteckte und ihre Haube aufsetzte. Sie warf ihm einen fragenden Blick zu. Die schlafende Frau Dönhof lag auf ihrem Mantel.

Karl nahm die wollene Decke vom Boden auf, mit der er sich in der Nacht zugedeckt hatte. Sie lächelte. Wie bescheiden und natürlich sie war!, dachte Karl. Er genoss ihre Unterhaltungen und schätzte es, dass sie nicht dazu neigte, über unbedeutende Themen zu brüten; allerdings sprach sie gern über ihren Glauben. Genau wie seine Mutter. Wahrscheinlich war eben keine Frau vollkommen. Aber wer war er, dass er sich darüber beschwerte? Er war vermutlich der unvollkommenste Mann von allen, die Elisabeth je kennengelernt hatte.

Gemeinsam gingen sie zum Treppenaufgang, wo Elisabeth sich nach ihm umdrehte und flüsterte: „Es ist zu früh! Ich glaube nicht, dass die Luke jetzt schon offen ist.“

„Sie ist offen", erklärte er. Er hatte einen Matrosen dafür bezahlt, dass er die Ausstiegsluke vor Sonnenaufgang aufschloss. „Ich habe eine Überraschung für dich."

Sie warf ihm einen weiteren fragenden Blick zu. „Wirklich?"

„Wirklich!"

Als sie an Deck waren, legte Karl die Decke um Elisabeths Schultern. Sie hakte sich bei ihm unter und er führte sie schweigend auf dem Deck umher. Das war ihr morgendliches Ritual, an das sie sich beide gewöhnt hatten. Vielleicht war es diese Stille und gar nicht so sehr Elisabeths Gegenwart, die ihn auf diesen frühen Morgenspaziergängen zur Ruhe brachte. Und doch genoss er die Berührung ihrer Hand auf seinem Arm und er mochte die Art, wie sie ihre Schritte den seinen anglich. Sie spazierten umher, ohne etwas sehen zu können, denn es war noch immer dämmrig. Doch sie kannten jeden Zentimeter auf dem Deck mittlerweile auswendig.

Auf ihrer zweiten Runde sagte Elisabeth: „Es ist immer noch so dunkel. Wie soll ich deine Überraschung sehen können?"

Karl lachte. „Ich bin enttäuscht. Ich dachte, ich hätte eine geduldige Frau geheiratet."

Sie stimmte in sein Lachen ein. „Ich hatte schon lange keine freudige Überraschung mehr. Trägst du die Überraschung bei dir?"

„Nein."

„Dann hast du sie hier an Deck versteckt? Muss ich nach ihr suchen oder wirst du sie mir zeigen?"

„Weder das eine noch das andere!"

„Wie kann ich wissen, was es ist?"

„Du wirst es wissen. Ich gebe dir mein Wort. Das habe ich dir schon einmal gegeben. Das tue ich nicht oft, aber wenn ich es tue, dann halte ich es auch. Und du hast mir schon einmal vertraut. Vertrau mir auch dieses Mal."

Er spürte, dass der Druck ihrer Hand auf seinem Arm nachließ. „Ich vertraue dir", sagte sie, „aber willst du mir nicht doch einen Hinweis geben, wenn es so weit ist?"

Er führte sie zur Reling und zeigte in Richtung Osten. „Schau in diese Richtung und du wirst eine der Ersten auf diesem Schiff sein, die den Sonnenaufgang über Kronstadt sieht." Wie auf Kommando erhob sich in diesem Moment ein glänzender Streifen am Rand des dunklen Horizonts.

Sie umfasste seinen Arm. „Meine Zukunft!"

Vielleicht war es die aufgehende Sonne, vielleicht aber auch die Reinheit der Hoffnung in ihren Augen, die ihn wünschen ließ, dass sie Kronstadt nie erreichten, dass Schmerz und Enttäuschung nicht die Möglichkeit haben würden, ihre Träume zu zerstören und ihre Augen mit dem hoffnungslosen Ausdruck zu erfüllen, den so viele hatten. Aber Elisabeth war aus einem anderen Holz geschnitzt. Er glaubte, dass sie durchkommen würde, wo andere keinen Erfolg hatten.

Er sah sie an und sprach leise, fast ehrfurchtsvoll: „Der Horizont ist trübe verglichen mit deiner Zukunft."

„Du machst dich über mich lustig." Ihr Blick blieb auf das Farbenspiel am Himmel gerichtet.

„Ich mache mich nicht über dich lustig. Ich habe dir ein Kompliment gemacht und ich mache dir noch eins: In diesem Licht bist du die schönste Frau, die ich je gesehen habe." Er hielt inne, bevor er sich ganz zum Narren machte. Er hatte kein Recht, ihre Schönheit zu preisen und mit ihrer Zuneigung zu spielen.

„Ich wünschte, ich könnte dir glauben", sagte sie leise, „aber das kann ich nicht."

„Denkst du etwa, ich sei ein Lügner? Ich dachte, du vertraust mir."

Sie drehte sich zu ihm um und lächelte schwach. „Ich weiß, dass du ein Lügner bist. Dir zu vertrauen und dir jedes Wort zu glauben – das sind zwei verschiedene Dinge. Wärst du ein Lutheraner, würdest du den Wert von Wahrhaftigkeit in Wort und Tat verstehen."

„Ich bin über die Reformation hinweg. Um zu konvertieren, müsste ich ein Gewissen haben, und das wäre höchst unbequem!“ Er wandte seinen Blick von ihr ab und schaute auf die wirbelnde Gischt unter dem Schiff hinunter.

„Es würde Hans viel bedeuten.“ Elisabeth nahm ihre Hand von seinem Arm. Sie wandte sich ganz dem herrlichen Morgenlicht zu. Er trat einen Schritt hinter sie, um sie nicht von der eindrücklichen Szenerie abzulenken.

„Ich habe dir einen Sonnenaufgang geschenkt, und statt mir zu danken, versuchst du mich zu bekehren.“ Karl wusste, dass seine Worte ihre Wirkung nicht verfehlt hatten, als sie sich zu ihm umdrehte. Er spürte leichte Gewissensbisse. Das war gemein gewesen.

„Ich wollte nicht … Es ist nur, dass … Es kann sein, dass wir einander nie wiedersehen.“ Ihre Haut wirkte im morgendlichen Licht ganz weich. Er konnte nicht anders, als mit einem Finger über ihre Wange zu streichen. Es war lange her, dass er das letzte Mal eine Frau so berührt hatte.

Er ließ seine Hand wieder sinken. „Nur um Hans' willen könnte ich nicht Lutheraner werden.“

Sie biss sich auf die Lippen. „Mir würde es aber auch viel bedeuten.“

„Und warum würde dir das viel bedeuten?“ Er nahm weder das Schiff noch die derben Seeleute um sich herum wahr. Er sah nur Elisabeth, die ihn anblickte, und hinter ihr den herrlichen Sonnenaufgang. Er machte einen Schritt auf sie zu. Jetzt stand er so dicht vor ihr, dass er ihren Atem auf seinem Gesicht spürte. Er strich eine Haarsträhne aus ihrem Gesicht. Was tat er da eigentlich? Schnell trat er wieder zurück.

„Auch wenn du vorhast, mich zu verlassen, du bleibst immer noch mein Ehemann. Da ist es doch verständlich, dass ich mir wünsche, dass du meinen Glauben teilst.“ Sie seufzte leise auf, als sei sie frustriert über ihre eigenen Bemühungen. „Ich wünschte, Herr Schulze wäre hier. Ihm wäre es ein Leichtes, die Worte zu finden, die mir fehlen.“

„Bloße Worte werden mich nie überzeugen.“ Ihr enttäuschter Blick erinnerte ihn an den seiner Mutter. Er nahm sie am

Arm und drehte sie um, sodass sie die aufgehende Sonne sehen konnte. Er hatte ihr nichts zu bieten – keinen Trost, keine Hoffnung, keine Zukunft. „Vielleicht weiß ja Frau Schulze, wie man meinen Charakter bessern kann. Wollen wir sie suchen?"

„Du machst dich schon wieder über mich lustig."

„Nein", erwiderte Karl. „Die Wahrheit ist, dass ich zu viele unbeantwortete Fragen habe: Immer wieder behauptet eine Gruppe, dass ihr Glaube einer anderen anderen Glaubensrichtung vorzuziehen sei. Ich habe Katholiken, Mennoniten und Lutheraner nach Russland eskortiert. Ich mochte sie alle. Aber sie können nicht alle Recht haben, nicht wahr?"

„Mich kannst du nicht täuschen", sagte sie. „Du bist gar nicht so ein schlechter Kerl, wie du mich glauben machen willst. Du hast ein gutes Herz. Eines Tages wirst du noch an Jesus Christus glauben."

„Nein, das werde ich nicht. Ich kann nicht glauben." Er holte tief Luft. „Du hast mich einmal gefragt, welches Verbrechen ich begangen habe, das mich dazu gebracht hat, deinen Namen anzunehmen, um nach Russland einreisen zu können." Karl versteifte sich spürbar. „Mein Verbrechen ist ein gravierendes: Ich wurde als Jude geboren."

Nun hatte er es ausgesprochen. Nun kannte sie die Wahrheit. Die Distanz zwischen ihnen würde mit der Zeit größer werden, so wie es sein sollte und für sie beide gut war. Ihre gemeinsame Zeit war schön gewesen, aber nun war sie vorüber.

Sie blickte ihn mit weit aufgerissenen Augen an. „Du bist Jude?"

„Nur der Herkunft nach. Ich kann an keinen Gott glauben, sei er der der Juden oder der der Christen."

Die Worte gingen ihm leicht über die Lippen, als bedeuteten sie ihm nur wenig. Doch Elisabeth ließ sich nicht täuschen. Sie beobachtete, wie sich sein freundliches Gesicht verfinsterte wie ein Himmel, der gerade noch blau war, an dem jetzt aber Sturmwolken aufzogen. Sie spürte, dass er in seinem Inneren mit sich rang. In Gedanken hörte sie die Stimme ihrer Mutter: „Mörder

Christi!“ Sie sah das wütende Gesicht ihres Vaters vor sich, der rief: „Abschaum!“ Als sie ihre Stimme wiederfand, sagte sie: „Das kann nicht dein Ernst sein!“

„Hasse mich, wenn du willst, aber erwarte nicht von mir, dass ich an deinen Jesus glaube. Ich habe zu viel Leid gesehen, das in seinem Namen geschehen ist.“ Einen Augenblick lang wirkte er verletzlich wie ein kleines Kind; verletzt von Hass, Vorurteilen und Stolz. Doch kurz darauf war alles Kindliche aus seinem Blick verschwunden und der entschlossene Ausdruck des Retters und Beschützers kehrte zurück. Doch nun wusste sie, dass dieser Gesichtsausdruck nur eine Maske war.

Sie versuchte, die Angst, die in ihr hochstieg, zu ignorieren. Sie hatte einen Juden geheiratet! Wenn irgendjemand aus ihrer Gruppe das auch nur ahnte, würde sie als Karls Frau zusammen mit ihm als Verräter Christi geächtet und aus der Gemeinschaft ausgestoßen werden. Sie legte Karl eine Hand auf den Arm, als wolle sie die tiefe Kluft überbrücken, die sich zwischen ihnen aufgetan hatte. Sie wünschte, sie könnte sich an all das erinnern, was ihre Eltern sie gelehrt hatten, insbesondere an die Dinge, die ihr halfen, sich in dieser schwierigen Situation richtig zu verhalten, aber das alles schien so lange her. Sie war sich sicher, dass Gott die Antwort auf Karls Fragen hatte, aber sie wusste nicht, wie sie ihn davon überzeugen konnte.

Der Geruch von nassem Holz, Nebel und Fisch brachte sie in die Wirklichkeit zurück. Sie konnte es immer noch nicht fassen: Sie hatte einen Juden geheiratet! Sie fühlte sich zu Karl hingezogen, vielleicht war sie sogar gerade dabei, sich in ihn zu verlieben. Einerseits wünschte sie sich, dass er mit ihr in Russland blieb – nicht als Freund oder Beschützer, sondern als ihr Ehemann. Aber er war Jude. Ihre Ehe konnte nie zu einem echten Ehebündnis werden. Was hatte sie da in dem Bemühen darum, das Richtige zu tun, angerichtet! Es schien ihr, als seien ihre guten Absichten genau ins Gegenteil verkehrt worden.

In der Morgenstille erhob sich die Sonne langsam zu einem großen, runden Ball über dem Horizont und warf ihre Strahlen auf die eine Seite von Karls Gesicht, während die andere im Schatten lag. Gehörte ihre Ehe und seine Religion nun zur hellen oder dunklen Seite seiner Seele? Sie spürte ein Gefühl der Verzweiflung, das in ihr Bewusstsein drang und versuchte, ihr jede Hoffnung zu nehmen, wie es auch bei ihrer Mutter geschehen war. Nein! Ihr sollte es nicht genauso ergehen.

„Nein!", wiederholte sie laut und hob wieder einmal das Kinn. „Gott ist Gott und du bist mein Ehemann."

Er zwinkerte ihr zu. Dann legte er zum ersten Mal seit der Hochzeit seine Arme um ihre Hüften und drückte sie an sich. Ihr Herz schlug schneller. In ihrer beider Leben hatte es viele Ungerechtigkeiten und viele schlimme Erfahrungen gegeben. Doch hier standen sie nun beide vereint, und sie spürte den sicheren Schutz seiner Arme.

Er würde sie verlassen, trotz der Sehnsüchte, die diese Umarmung in ihr wachgerufen hatte. Er war nicht der vollkommene Mann, für den sie ihn anfangs gehalten hatte, aber diese Umarmung war ein schönes Gefühl. Sie schlang die Arme um seinen Hals und legte ihren Kopf an seine Brust.

Als das Schiff am späten Nachmittag schließlich in den Kanal einfuhr, der nach Kronstadt führte, durchlebte sie in der Erinnerung noch immer diese gemeinsamen Augenblicke mit Karl an Deck. Sie spürte Wärme, aber gleichzeitig war sie auch verwirrt. Eine gewisse Vertrautheit und Verbundenheit hatte sich zwischen ihnen eingestellt, aber Elisabeth hatte keine Ahnung, was das bedeutete. Sie fürchtete sich nun vor dem Moment, wenn sie in den Hafen einlaufen würden. Und doch hielt die Aufregung darüber sie auch davon ab, zu sehr an die Ereignisse am Morgen zu denken.

Als Elisabeth mit ihrer Gruppe und all ihren Bündeln und dem Gepäck – darunter auch die Flickendecke – auf dem Dock stand, beschloss sie, nie wieder irgendein Schiff zu betreten. Und sie wollte niemals mehr irgendwo hingehen, ohne dass Karl an ihrer Seite war.

Im Seehafen von Kronstadt herrschte geschäftiges Treiben. Während Karl ein Schiff beobachtete, das nicht weit von ihrem angelegt hatte, erkannte er einen dunkelhaarigen Mann. Es war Quentin. Quentin war ein englischer Kapitän, der in der Vergangenheit mehrmals Auswanderergruppen für ihn befördert hatte. Quentin musste wohl gerade für einen anderen Werber eine Ladung Auswanderer zu dem russischen Hafen gebracht haben.

Karl zog seine Mütze tiefer in die Augen und fühlte seinen Vierzig-Tage-Bart, der nun einen Großteil seines Gesichts bedeckte. Er musste jetzt klug handeln. Er war hier, im Lager des Feindes, geschäftlich tätig. Niemand durfte ihn wiedererkennen.

Elisabeth stand neben Karl auf dem Kai. Sie sehnte sich danach, ihre Kleider, die vor Dreck und dem Gestank der langen Reise starrten, endlich ausziehen zu können und sie einmal gründlich durchzuwaschen. Sie wusste, dass das aber vielleicht nicht möglich war, bevor sie nicht ihr endgültiges Ziel erreicht hatten, da sie nur das eine gute Kleid besaß.

Hans lachte. „Schaut mal!" Er versuchte zu gehen. Seine Beine sackten ihm weg und er verlor das Gleichgewicht. Er musste lachen, als er der Länge nach auf den Boden fiel.

„Vorsicht! Du bist durch die lange Seereise wackelig auf den Beinen", meinte Karl. Hans sprang wieder auf, doch seine Beine knickten erneut ein und er fiel lachend hin.

Frau Dönhof, die in dem Getümmel kleiner wirkte und daher auch weniger tyrannisch, blieb plötzlich wie angewurzelt neben Hans stehen und zeigte auf das Ende des Docks. „Wer sind die denn?"

Männer mit langen Bärten und mit großen, von Pferden gezogenen Wagen säumten die Uferlinie vor ihnen. Elisabeth hatte noch nie zuvor Pelzmäntel oder -mützen wie diese gesehen. Statt aus Schafswolle waren diese Kleidungsstücke scheinbar aus einem ganzen Schaffell gearbeitet worden. Das derbe Rufen der Männer bewirkte einen solchen Tumult, dass sie sich wunderte, dass ihre Tiere sich so ruhig verhielten.

Die Auswanderer kletterten über die Räder der Wagen und sprangen dann über die Seitenwände auf den Boden des Karrens. Sobald ein Wagen voll war, fuhr ein anderer vor. Dieses rege

Treiben war ganz anders als die geheime Aktion, mit der sie ihre deutsche Heimat verlassen hatte.

„Müssen wir mit ihnen gehen?“, fragte Hans, wobei er sich an Karls Hand festhielt. Mit seiner anderen Hand hielt Karl den Sack mit Getreide.

„Ja. Sie bringen uns an den Ort, an dem wir uns registrieren lassen müssen.“

„Ich nehme an, dass wir ihnen noch Geld dafür zahlen müssen; Geld, das der Kapitän uns noch nicht gestohlen hat“, sagte Frau Dönhof mit ungewöhnlich leiser Stimme.

Karl berührte den Arm der Frau. „Die Leute hier sind nicht so grob, wie sie aussehen. Sie sprechen Russisch, wir sprechen Deutsch. Das erschwert die Situation. Nein, wir müssen nicht dafür bezahlen. Diese Fahrt ist ein Begrüßungsgeschenk der Zarin von Russland.“ Er manövrierte sie durch die Menge der Leute hindurch zu den klapprigen Wagen. Herr Zweig trat zur Seite und nahm die Mütze vom Kopf, als er ihnen Platz machte.

„Ich danke Ihnen“, sagte Elisabeth ruhig. Herr Zweig gab ihr immer das Gefühl, als hätte sie ihm einen Dienst erwiesen, den er ihr nie zurückzahlen konnte. Einer der Russen zeigte auf Elisabeth und fing an, sie mit lauter Stimme anzubrüllen.

„Warum schreit er so?“, wollte sie wissen. Karl, Hans und Frau Dönhof sahen den Mann verständnislos an. Der Fuhrmann hob die Arme, als sei er ungeduldig. Dann redete er in seiner Muttersprache sogar noch lauter und schneller weiter. Schließlich dirigierte er Elisabeth mit übertriebenen Armschwüngen zu seinem Fuhrwerk.

„Er bittet uns einzusteigen“, sagte Hans.

„Der Junge hat recht“, meinte Karl.

Frau Dönhof erstarrte. „Es ist mir egal, was er sagt. Ich werde nicht in eines dieser wackeligen alten Dinger steigen. Sie erinnern mich an den Karren, der mich in den Kerker führen sollte.“

Elisabeth sah, wie Karl Frau Dönhofs Ellbogen nahm, konnte jedoch seine Worte in dem Getöse nicht hören, bis er sich zu

Elisabeth umdrehte und sie fragte: „Warum gehst du nicht als Erste?“ Als sie einen Schritt vorwärts ging, war er wieder an Frau Dönhof gewandt. „Sehen Sie? Es gibt nichts zu befürchten.“

Der Fuhrmann bedeutete Elisabeth noch einmal einzusteigen und zog eine Grimasse, als sei sie die dümmste Kreatur in Russland. Karl half ihr über die Seitenwände in den morschen Holzwagen hinein, bevor er auch Frau Dönhof und Hans hineinhalf. Im Inneren des Wagens konnte Elisabeth kaum über die Seiten des Gefährts blicken. Zu Elisabeths Überraschung saß Hans auf Frau Dönhofs Schoß. Die Augen der Frau blinzelten, als müsste sie Tränen zurückhalten.

Frau Dönhof drehte ihren Kopf zur Seite, aber Elisabeth war sich sicher, dass sie die Frau hatte leise sagen hören: „Du bist so wie dein Vater!“

Karl sprang ebenfalls in den Wagen und setzte sich zu ihnen. Hans rutschte nun von Frau Dönhofs Schoß auf den von Karl. Elisabeth drückte ihre Habseligkeiten fest an ihre Brust. Das Gewicht der Flickendecke gab ihr Trost in dieser fremden neuen Welt. Es machte ihr nichts aus, die Steinchen und alle anderen Geheimnisse, die die Decke noch barg, zu tragen. Sie gehörten Karl. Sie musste nicht wissen, worum es sich handelte, um gut auf sie aufzupassen.

Auch wenn die Wagen ganz anders gebaut waren als die in ihrer Heimat, erinnerten sie Elisabeth doch an jene, die sie ursprünglich zum Dock in Lübeck gebracht hatten, und nicht an die, die ihre Mitauswanderer weggekarrt hatten. Sie flüsterte ein Gebet für diejenigen, die gefangen genommen worden waren, und ein Wort des Dankes für die sichere Ankunft ihres Schiffes. Der Fahrer des Karrens befahl immer mehr Auswanderern, in sein Fuhrwerk zu steigen, bis die Passagiere beinahe übereinander saßen. Elisabeths Rücken wurde gegen die harte Seitenwand gepresst.

Bisher hatte sie alle ihre Bemühungen darauf konzentriert, nach Russland zu gelangen. Nun war sie angekommen. Aber nun wurde ihr schmerzlich bewusst, dass ihr Traum noch nicht wahr geworden war, sondern dass sie erst am Anfang ihrer Reise stand.

Der Fuhrmann, der noch mehr unverständliche Worte in die Menge rief, trieb seine Pferde zum Trab an. Elisabeth fiel gegen Frau Dönhof, die sich mühsam aufrecht hielt. Statt sie zu schelten, ergriff Frau Dönhof Elisabeths Hand, und die beiden Frauen wappneten sich so gemeinsam für den Weg auf der holprigen Straße. Elisabeth fühlte sich fast so, als sei sie wieder zurück im Innern des Schiffes und würde von einem Sturm hin und her geworfen. Gegenüber von Frau Dönhof saß Karl über Hans gebeugt.

Als der Karren sich langsam von den Menschenmassen am Dock entfernte, bemerkte Elisabeth aufgestapelte Kisten und Fässer. Hätte sie die fremde Sprache darauf entziffern können, hätte sie gewusst, was darin war. Aber selbst die Buchstaben sahen unförmig aus und erinnerten nicht annähernd an die Buchstaben in ihrer eigenen Sprache. Kronstadt mit seinen weiten, offenen Feldern und vereinzelten Gebäuden neben dem Dock schien eher ein Militärposten als ein Ort für die Zivilbevölkerung zu sein. Weiter zum Inland hin öffnete sich die Insel zu einer flachen Landschaft, die vereinzelt von Birkendickicht und Nadelbäumen gekennzeichnet war, das die Erde dicht überzog. Sie sog die kalte Luft ein und schnupperte die ungewohnten Düfte dieses neuen Landes.

Gerade, als Elisabeth glaubte, jeden einzelnen Knochen im Leib spüren zu können, hielt der Wagen auf einem weiten, offenen Feld an. Hunderte von deutschen Einwanderern versammelten sich um ernst dreinblickende Männer, während sich andere zu den primitiven Holzunterkünften begaben, die das Land bedeckten, so weit das Auge reichte. Karl hob Hans aus dem Wagen und half dann Frau Dönhof herunter.

„Willkommen in Kronstadt!“, sagte er mit leiser Stimme zu Elisabeth, als sie sich vom Karren gleiten ließ.

„Aus der Entfernung sah es besser aus“, sagte sie mit einem munteren Lächeln, obwohl sie sich keineswegs so fühlte. Er blinzelte ihr verschwörerisch zu. Der Fuhrmann sprach ungeduldig und deutete auf die Beamten, bevor er sich mit seinem Wagen entfernte. Elisabeth vermutete, dass niemand außer Karl verstehen konnte, was der Mann gesagt hatte. Die Mitreisenden aus den anderen Fuhrwerken eilten in die Richtung, die der Fuhrmann angezeigt hatte.

Überall waren russische Soldaten. Die meisten schrien den Leuten wilde Befehle entgegen. Diese wussten ganz offensichtlich nicht, was man von ihnen wollte. „Bleibt dicht hinter mir!", wies Karl seine Schützlinge an und trieb sie von den anderen weg.

„Sie können doch Russisch!", sagte Frau Dönhof laut, wieder in ihre Keifstimme verfallend. „Sagen Sie uns lieber, was wir jetzt tun sollen!"

Karl schleuderte ihr einen strengen Blick entgegen. „Was ich weiß und was ich andere wissen lassen will, sind zwei verschiedene Dinge."

„Sagen Sie uns Bescheid, bevor unsere Arme abfallen und unsere Füße Wurzeln schlagen." Elisabeth war froh, dass der Unmut der Frau sich gegen Karl richtete und nicht wie üblich gegen sie.

„Ich mache es so, wie es mir beliebt. Schließlich darf niemand wissen, dass ich Russisch verstehe. Entweder folgt ihr meinem Beispiel oder ihr geht euren Weg allein." Sein drohender Tonfall machte Elisabeth nervös, und sie konnte sehen, dass Hans Angst hatte. In Frau Dönhofs Augen spiegelte sich Wut, aber sie verstummte. Elisabeth fragte sich, was wohl der Grund für die Feindseligkeit zwischen den beiden sein mochte.

Karl beruhigte sich und nickte einer Reihe von Auswanderern zu, die darauf warteten, dass die Beamten ihre Dokumente einsahen. „Wir schließen uns dieser Gruppe an." Er griff in sein Hemd nach den Papieren, die er für sie vorbereitet hatte. Mit leiser Stimme, die nur von den Frauen und von Hans gehört werden konnte, sagte er: „Egal, was auch passiert, seid still! Ich allein werde reden." Elisabeths Augen wurden groß und verengten sich dann, als misstraue sie seinen Motiven. Ihr Gesichtsausdruck amüsierte ihn. Er spürte, wie seine Anspannung etwas nachließ. Alles würde nach Plan laufen.

Sie gingen zu einer Gruppe hin, der man anscheinend gar keine Anweisungen gegeben hatte. Die Leute standen um den verantwortlichen Beamten herum. Als sie näher herankamen, erkannte Karl in einem der Männer einen Agenten, die Goralski, sein früherer Auftraggeber, beschäftigte. Karl senkte den Kopf und blickte verstohlen hinter sich. Die Gruppe war zahlenmäßig gewachsen.

Er durfte nicht zulassen, dass der Mann ihn erkannte. Von dem Ort aus, wo sie standen, konnte der Agent möglicherweise Karl sehen, wenn er von den Dokumenten aufsah, die er bearbeitete. Dann wäre alles aus. Karl zog Elisabeth und Hans leicht hinter sich. Frau Dönhof folgte.

Er sprach mit sanfter Stimme. „Kein Grund zur Eile! Lasst einige unserer Mitreisenden zuerst vorgehen. Wir sind angekommen. Das reicht für den Moment." Hans schaute, als wolle er jeden Augenblick protestieren, aber glücklicherweise gehorchte er ohne Widerworte. Er griff nach Karls Hand.

„Ihr dort!", dröhnte plötzlich eine Stimme, und Karl blickte in die Augen eines russischen Soldaten.

7

Karls verkrampfte Hände packten seine Habseligkeiten noch fester. Er würde sich nicht kampflos ergeben, sollte sich dieser Kerl als einer der Männer Goralskis erweisen. Er wünschte, der Soldat hätte auf Russisch statt auf Deutsch gesprochen. Dann hätte Karl so tun können, als hätte er ihn nicht verstanden. Der Soldat war kleiner als Karl, aber dennoch groß und muskulös und hatte dunkles, lockiges Haar. Er beugte sich nach vorne. Mit seinem markanten Gesicht starrte er Karl an. Karl fand ihn auf Anhieb unsympathisch.

„Ja?“, fragte Karl ihn so pathetisch, wie er nur konnte.

„Haben Sie denn keinen Respekt vor Ihrem neuen Zuhause und den großzügigen Geschenken? Sie hinterlassen mit Ihren Sachen eine Spur. Heben Sie sofort alles auf!“

„Ja!“ Karl sah auf die Gegenstände, die aus Hans' Packen gefallen waren. Dieser Soldat stellte keine Bedrohung dar. Aber er hoffte, dass dies nicht die Aufmerksamkeit der anderen erregt hatte.

Ein weiterer Beamter brüllte den Uniformierten auf Russisch an. „Sergei! Hierher!“ Er fuchtelte mit seinen Armen in der Luft herum, als kapituliere er vor den beiden wütenden deutschen Frauen, die vor ihm standen. Offensichtlich war er nicht in der Lage, sie zu verstehen. Karls Schultern entspannten sich, als Sergei dem anderen Mann zu Hilfe eilte.

„Hans“, bemerkte Karl in freundlichem Ton, „du hast ein Loch in deinem Bündel.“ Hans schien ihn nicht zu hören, da sein Blick die Menschentrauben um ihn her absuchte. Elisabeth gelang es, einen dreckigen Fetzen, der Hans' Nachtgewand darstellte, und einen Löffel in Gewahrsam zu nehmen.

„Aber die sind doch völlig verdreckt“, entrüstete sich Hans, als sie die Sachen in sein Bündel stopfte.

Karl knotete sofort das Loch zu. „Ist wieder so gut wie neu!“ Sie wandten sich wieder zu der Menge von Leuten um, hinter denen sie gewartet hatten, und Karl ließ noch zwei weitere Familien vor ihnen passieren.

„Es ist zu schwer!“, jammerte Hans. Karl klopfte dem Kind aufmunternd auf die Schulter. Hans war müde. Karl wusste, was in ihm vorging. Hans wollte natürlich seine Mutter wieder finden. Karl hatte wohl vor, mit jemandem in Kontakt zu treten, der ihm dabei behilflich sein konnte. Aber er konnte nichts tun, bis sie Oranienburg erreicht hatten, und Hans konnte nichts tun, bis sie registriert waren.

Stetig kamen weitere Wagenladungen mit Menschen an. Auf Karls Drängen hin reihten sich Elisabeth und ihre Mitreisenden wieder in die Gruppe Auswanderer ein, die sich Stück für Stück vorwärts schob, um sich registrieren zu lassen. Elisabeth wedelte mit dem Rocksaum, um sich ein bisschen Luft zu verschaffen. Der Mantel war für die Frühlingssonne eigentlich zu warm, aber sie hatte sich wie die meisten anderen Frauen dazu entschlossen, möglichst viele Kleider anzubehalten, anstatt noch mehr Gegenstände mit sich herumzutragen.

Karl war froh gewesen, dass sie Kronstadt erreicht hatten und schnell von Bord gehen konnten, aber nun schien er damit zufrieden zu sein, einfach nur zu warten. Elisabeth versuchte, einen Blick von dem Beamten mit dem langen Bart zu erhaschen, der die Papiere bearbeitete.

„Ist der unser Problem?", fragte sie mit leiser Stimme und hoffte, dass auch Dönhof diesmal nicht zuhörte.

Karl zog die Augenbrauen hoch, wobei er ihr einen schroffen Blick zuwarf. „Er wird uns nicht so abfertigen, wie es vorgeschrieben ist. Siehst du die da vorne?" Elisabeth blickte sich um. Fünf Leute sprachen wild gestikulierend auf einen ausdruckslos dreinblickenden Soldaten ein.

„Uns soll es nicht so ergehen wie ihnen", meinte er. „Wir warten noch ein bisschen."

Eine vierköpfige Familie stieß mit Elisabeth zusammen, als sie sich an ihr vorbeischoben. „Es gibt noch mehr Beamte da drüben." Sie deutete mit dem Kopf nach rechts.

„Es ist besser, in einer großen Menge unterzutauchen, als sich von einer Reihe zur nächsten zu schieben." Karl blickte von ihr weg, als wolle er damit andeuten, dass ihre Unterhaltung nun beendet sei.

Besser für wen?, dachte Elisabeth bei sich. Sie wusste, dass Hans in der Nacht zuvor vor Aufregung, seine Mutter bald wiederzusehen, nur wenig geschlafen hatte. Seine Arme waren müde vom Tragen des schweren Bündels. Es würde nicht mehr lange dauern, dann würde er sich nicht mehr halten können.

Zwei Russen, die nach Beamten aussahen, näherten sich dem bärtigen Mann an der Spitze ihrer Gruppe. Karl kochte innerlich vor Wut und zog seine Mütze tiefer ins Gesicht. Nach einem kurzen Wortwechsel übernahm ein neuer Mann die Bearbeitung. Die beiden anderen gingen davon.

„Nun sind wir an der Reihe", sagte Karl mit beherrschter Stimme. „Wir sind zuvorkommend genug gewesen. Hans, führ uns an!"

Bestimmt schob Karl sie vorwärts, bis sie vor dem neuen Mann standen.

„Karl und Elisabeth?", fragte dieser mit russischem Akzent. Karl nickte. Er sprach weiter: „Sie reisen mit Ihrem Sohn und Ihrer verwitweten Schwester?" Ein weiteres Nicken. Sie standen stocksteif da, während der Mann weiterlas.

„Es scheint alles in Ordnung zu sein." Er händigte Karl ein paar Münzen aus.

Karl versuchte, keine Miene zu verziehen. Der Beamte hatte sie um den vollen Betrag geprellt, der ihnen zugesagt worden war. Kein Wunder, dass die Leute auf der anderen Seite so aufgebracht waren. Hätte er tatsächlich seine Familie mit diesem kümmerlichen Betrag durchbringen müssen, wäre er genauso beunruhigt gewesen.

„Stimmt etwas nicht?", fragte der Beamte.

„Nein", erwiderte Karl.

Der Mann beugte sich hinüber zu einem Soldaten und sprach auf Russisch: „Nemzy! Diese Idioten merken noch nicht einmal, wenn man sie betrügt. Ich habe keine Geduld mit ihnen." Auf Deutsch sagte er: „Sie können sich Pfähle und Seile nehmen und dort drüben eine Unterkunft bauen. Morgen werden Sie einer Gruppe zugeteilt." Er händigte ihnen ihre Papiere aus.

Eine Ansammlung von Behausungen aus grobem Astwerk erstreckte sich vor ihnen. Karl musste nicht erst fragen, um zu erkennen, dass sie hier wohl einige Tage warten mussten.

„So haben wir etwas Beschäftigung, solange wir warten müssen", wisperte Elisabeth, während sie so viele Zweige und so viel

Schnur aufhob, wie sie tragen konnte, bevor sie zu einem Areal gingen, auf dem andere Unterkünfte standen.

Am folgenden Abend waren Elisabeths Hände so steif, dass sie sie gewaltsam aufdrücken musste, um sie zu öffnen. Die Unterkunft war fertig, aber sie war wohl kaum mehr als ein kleiner Schutz vor Wind und Wetter. Bei Regen würden sie ihre Mäntel über dem Dach ausbreiten müssen, um nicht nass zu werden. Glücklicherweise spürte sie keinen kalten Lufthauch und sah keine Wolken am Himmel. Sie blickte über die Stadt mit den Notunterkünften hinweg. Wie sollte sie unter so vielen gleich aussehenden Behausungen bloß die von Frau Schulze finden?

Hans fragte: „Können wir jetzt meine Mutter suchen gehen, Frau Ebel?"

Karl schaltete sich ein: „Heute Abend noch nicht." Er legte den Rest Schnur an die Seite des Unterschlupfes.

Frau Dönhof räusperte sich lautstark: „Ich nehme wohl an, dass ihr hungrig seid. Ich habe ebenso hart gearbeitet wie ihr, aber nun erwartet ihr wohl von mir, dass ich euch euer Essen auftische. Meine Güte!" Sie griff nach ihrem einzigen Topf und ging davon.

„Morgen, Hans", fuhr Karl fort, „kannst du mit Frau Ebel deine Mutter suchen gehen."

„Aber es ist doch immer noch helllichter Tag!", beklagte sich Hans.

Elisabeth legte ihren Arm um Hans' Schultern. „Du weißt doch, dass es bis weit in die Nacht hinein hell bleibt. Das ist hier so um diese Jahreszeit."

„Morgen kannst du den ganzen Tag lang auf die Suche gehen, so lange, bis du sie gefunden hast oder weißt, wo sie sich aufhält." Karl lachte, als Hans seine Arme um ihn schlang. „Du bist doch ein geduldiger Bursche, Hans. Ein Mann muss zuerst arbeiten, bevor er das tun kann, wonach ihm sein Herz steht."

Elisabeth beobachtete Karls Miene. Unwillkürlich fragte sie sich, ob diese Botschaft nicht auch für ihre Ohren bestimmt war. Karl würde sie vielleicht jetzt noch nicht verlassen, aber er würde hier seinen Geschäften nachgehen.

Frau Dönhof kam mit einer Pfanne Gemüse zurück, die sie mit Karls Geld von den russischen Beamten hatte kaufen können.

„Ich werde die Schnur zurückbringen, damit andere sie noch verwenden können“, erklärte Elisabeth und schickte sich an, ihre Behausung zu verlassen.

„Nein!“ Karl räusperte sich. „Ich habe selbst noch Verwendung dafür.“

„Auch gut. Dann werde ich Frau Dönhof helfen, eine besondere Mahlzeit zuzubereiten, denn wir wissen nicht, wie viele wir noch zusammen einnehmen können.“

Nachdem die Kohl- und Rübensuppe aufgegessen war, sah Elisabeth Karl genau an. Er saß zwar direkt vor ihr auf dem Boden in der Nähe ihrer Hütte, aber es schien so, als sei er mit seinen Gedanken schon wieder auf seinem Weg zurück über die Ostsee. Aber jedes Mal, wenn ein russischer Soldat vorüberging, sah sie, wie er sich anspannte. Dann schaute er immer leicht nach oben und starrte auf die Stelle, an der die Stiefel des Beamten vorbeimarschiert waren.

Es gab so vieles, worüber sie ihn gern befragt hätte. Aber sie war zufrieden gewesen, mit ihm zusammen zu sein. Nun war es zu spät. Sie konnte nichts tun, um ihm zu helfen, es sei denn, er entschloss sich dazu, sich ihr anzuvertrauen.

Elisabeth war dankbar für die heiße Suppe, die zum ersten Mal nach langer Zeit aus frischen Nahrungsmitteln zubereitet war. Das Essen half, die Leere zu füllen, die sie empfand. Als das Essgeschirr gereinigt und das Feuer vor ihrer Hütte gelöscht war, verstummten die Geräusche des Tages allmählich. Der Abend brach herein, auch wenn die Sonne immer noch so hell wie am Nachmittag schien. Töpfe klirrten und die Leute unterhielten sich, aber die Geräusche drangen lediglich wie ein sanftes Murmeln an Elisabeths Ohr.

Sie krabbelte hinter den anderen in ihre Behausung hinein. Hans kuschelte sich an sie. Sie konnte seine Aufregung spüren.

Um seine Spannung zu lösen, rieb sie ihm den Rücken. Langsam entspannte auch sie sich, und als es endlich zu dämmern anfing, stellte sich bei Hans der Schlaf ein.

Während sie dem stetigen Rhythmus von Frau Dönhofs Atem lauschte, wanderten Elisabeths Gedanken hin und her. Morgen oder übermorgen oder vielleicht am Tag darauf würde Hans fort sein. Dann würde Karl sie verlassen und sie würde mit Frau Dönhof allein zurückbleiben. Was hielt dieses Land wohl für zwei schutzlose Frauen bereit? Für zwei Frauen, von denen eine versuchte, der ganzen Welt die Stirn zu bieten, und die andere so gut wie gar keine Kenntnis von der Welt hatte? In diesem Moment bewegte sich etwas auf der anderen Seite von Frau Dönhof. Elisabeth konnte nicht erkennen, ob es Karl war oder ob ein Tier in ihren offenen Unterschlupf eingedrungen war. Langsam tastete sie nach ihrem schweren Metalllöffel. Sie würde dafür sorgen, dass Hans nichts geschah, solange er in ihrer Obhut war.

•◆•

Karl schob behutsam seine Decke beiseite. In der Hütte war kein Laut zu hören. Er hätte schwören können, dass Elisabeth wach war, aber er wusste, dass sie ihn nicht verraten würde. Er hielt reglos inne. Er konnte den Schritt eines Soldaten auf dem Pfad vor ihrer Hütte hören. Nun würde es eine Weile dauern, bis der nächste Soldat in ihrer Gegend patrouillierte. Er hatte sich ihre Gewohnheiten während des Abendessens ganz genau eingeprägt.

Nachdem der Mann weitergegangen war, huschte Karl in die Dunkelheit hinaus, die aus dem Schatten ihres Unterschlupfs entstanden war, und nahm das übrig gebliebene Seil an sich. Er legte kunstvoll eine große Schlinge an einem Ende des Seils und drapierte dann die Schnur um seine Schulter und seinen Arm. Er vergewisserte sich, dass die Luft rein war, und kroch von der Hinterseite einer Zweigbehausung zur nächsten. Die Glut vor jeder der Hütten war bereits zu Asche verbrannt. Am entfernten Ende des Lagers – eine Wegstunde weit weg von den Reisighütten – wärmten Soldaten ihre Hände am Feuer. Er ging so nahe heran, wie es die fahle Dunkelheit erlaubte.

Der Soldat mit Namen Sergei streckte seine Hände über das Feuer. Karl hörte ihn in seiner russischen Muttersprache sagen: „Es dauert nicht mehr lange, dann habe ich noch eine deutsche Stute gezähmt!"

Der andere Mann lächelte in sich hinein: „Du und die Frauen!"

Karl wich dem Schein aus, den das Feuer der Soldaten verbreitete, und schlich sich in Richtung der Docks davon. Er rannte von Schatten zu Schatten, bis er Seitenstechen bekam, und auch dann bewegte er sich immer noch schnell. Als er schließlich am Dock anlangte, war er nass geschwitzt. Er war wegen Goralski zurückgekommen. Doch als er Quentin, den englischen Kapitän, auf seinem Schiff gesichtet hatte, hatte Karl einen Entschluss gefasst. Quentins Schiff war an seiner kunstvoll geschnitzten drachenförmigen Gallionsfigur zu erkennen. Es lag nur zwei Schiffe entfernt von dem Segelschiff, das Karl hierher transportiert hatte.

Karl ließ sich in eines der kleinen Boote hinab, das am Dock festgezurrt war, und paddelte lautlos am Schiff entlang. Die Mannschaft hatte ihre Jakobsleiter an Ort und Stelle belassen, wie es bei den Seeleuten in diesem russischen Hafen üblich war, damit Seeleute, die sich entfernt hatten, unbemerkt wieder zurückkehren konnten. Als er näher heranruderte, kam der Name des Schiffes, „Lativia", in Sicht.

Karl zog sich gegenüber vom Wachposten hoch an Deck. Lautlos schlich er sich zur Kajüte des Kapitäns, schlüpfte hinein und verriegelte die Tür. Dann nahm er die Schlinge von seinem Hals und legte sie um den Kopf des schnarchenden Kapitäns.

„Was? Was ist das?", schrie der verdutzte Mann auf.

„Guten Morgen, Quentin!", sagte Karl in perfektem Englisch.

„Ach, du bist es!", knurrte der Kapitän. Er griff nach seinem Messer, aber Karl zog die Schlinge fester. Quentins Hand fuhr instinktiv an seine Kehle. Jetzt erst war er sich der Lage vollkommen bewusst. „Mir ist zu Ohren gekommen, dass du dich hier herumtreibst“, murmelte er. „Was willst du?“

„Deine rechte Hand!“, erwiderte Karl. Als Quentin nicht sofort reagierte, zog Karl die Schlinge enger, sodass das Seil sich in den Hals des Mannes eingrub. Quentin streckte seine rechte Hand nach Karl aus. Die Schlinge lockerte sich.

„Das ist schon besser.“ Karl band die Hand des Mannes an die Kante des Bettes. „Und nun deine linke.“ Der linke Arm des Kapitäns schnellte in die Höhe. Karl band ihn an die andere Kante des Bettes und ging dann an das Bettende.

„Damit wirst du niemals durchkommen!“, drohte ihm Quentin.

Karl unterdrückte ein leises Lachen. „Ist das nicht das, was ich dir prophezeit habe, als du mich mit den gleichen Knoten festbandest? Ich stehe nur zu meinem Wort. Ich bezweifle, dass du deines halten kannst.“

Quentin hielt seine Beine hin, die Karl ebenfalls festband. „Ich brauche nur meine Männer zu rufen, dann bist du mir auf Gedeih und Verderb ausgeliefert!“

„Ich wäre auf die Gnade deiner Männer angewiesen, aber nicht auf deine!“, raunte Karl. „Du könntest dann bereits tot sein. Deine Kehle ist aufgeschlitzt, lange bevor sie die Tür eintreten!“ Nachdem er Quentins Beine angebunden hatte, ging Karl zurück an die Seite des Mannes. „Solange du deine Gliedmaßen ruhig hältst, wird die Schlinge um deinen Hals so bleiben, wie sie ist.“

„Wie hast du es geschafft zu entkommen? Niemandem ist es je gelungen, die Knoten zu lösen, die ich festgemacht habe!“, sagte Quentin ganz ruhig.

„Ich bin eben schlau“, erwiderte Karl. „Nun - wollen wir uns dem Geschäftlichen zuwenden?“ Als Quentin knurrte, ging Karl zur Geldkassette des Kapitäns. Er nahm die Schlüssel des Mannes von seinem Sekretär und öffnete sie.

„Großartig!“ Karl nahm das russische Geld und die Goldstücke heraus und verstaute sie dann in einem Stück Stoff, das er sich um die Taille band.

„Jetzt bist du also zum gewöhnlichen Dieb geworden."

„Ist es Diebstahl, wenn ich mir das zurückhole, was mir rechtmäßig zusteht? Goralski ist zu gut bewacht, als dass man an ihn herankäme, und für Iwanow ist bereits gesorgt", log Karl. „Du bist alles, was mir bleibt." Unwillkürlich stieg Elisabeths enttäuschter Blick in Karls Gedanken auf, als verfolge sie missbilligend seine Lügen. Glücklicherweise verschwand ihr Bild, bevor er Zeit hatte, zu realisieren, dass es überhaupt da gewesen war.

„Du hattest also gut zu tun!", knurrte Quentin.

„Nein", sagte Karl. „Es hieß, dass ich Russland verlassen hätte, nachdem ich deinen Knoten und Iwanows Verrat entkommen war."

„Du warst die ganze Zeit hier?" Quentins Worte endeten in einem würgenden Hustenanfall.

„Beweg dich nicht, sonst strangulierst du dich noch selbst!", ermahnte ihn Karl. Eine Münze fiel klirrend zu Boden. Er machte keine Anstalten, sie aufzuheben.

Die Geldkassette enthielt auch eine Reihe von Juwelen. Vermutlich hatte Goralski sie einer russischen Prinzessin von Goralski gestohlen und Quentin zur Aufbewahrung übergeben. Karl steckte sich einige ausgesuchte Steine in die Hosentaschen, von denen er glaubte, dass sie Elisabeth gut stehen würden.

„Was hast du Iwanow angetan?", fragte Quentin.

„Was ich getan habe, war sehr geschickt, mehr noch: Es war brillant!", erwiderte Karl. „Es war so gut, dass sogar nur er weiß, was ich getan habe. Jeder andere wird glauben, dass es einfach nur ein Unglück war." Noch eine Pause. Karl setzte ein Grinsen auf. Er hoffte, dass Quentin sich wenigstens an irgendeine kleine unglückselige Begebenheit erinnern konnte, die Iwanow in jüngster Zeit zugestoßen war und die er Karl zuschreiben würde.

„Nicht doch, die Kutschenräder und Schlittenkufen!", sagte Quentin ungläubig. „*Du* hast sie zerstört?"

Karl lachte. „Er hat jeden Penny verloren, so wie er es verdiente, als er mich verriet. Ich brauche sein russisches Geld nicht, solange es auch nicht wirklich seines ist. Ich gebe lieber deines aus. Du hast Goralski von meinem Erbe erzählt! Ich hätte mehr Loyalität von dir erwartet."

„Du bist nichts weiter als ein verkommener Jude!", sagte der Kapitän.

„Das ist gut möglich." Karl schnitt einen Streifen von der Decke ab, um einen Knebel für den Mund des Kapitäns herzustellen. „Und du solltest dankbar sein, dass ich ein Jude bin und kein verdammter Engländer. Zumindest werde ich dich hier in deinen Kleidern belassen – ein Akt der Höflichkeit, den du mir nicht erwiesen hast. Da ich dieses gastfreundliche Land heute Abend noch verlassen werde, sage ich dir jetzt schon Lebewohl und freue mich, dich loszusein."

Als Karl zu ihrer behelfsmäßigen Hütte zurückkehrte, war er erschöpft. Er hatte seinem Feind den Krieg erklärt und das wusste er. Wenn Quentin von seinen Leuten gefunden wurde, was vermutlich nicht lange dauern würde, würde Goralski informiert werden. Er würde eine generelle Durchsuchung aller in der Nähe liegenden Gebiete anordnen und sich mit größter Wahrscheinlichkeit auf den Hafen konzentrieren. Was noch wichtiger war, Goralski würde sich für zu gewitzt halten und nicht annehmen, dass Karl einen persönlichen Angriff gegen ihn startete. Er würde unvorsichtig werden. Das hieß, dass Karl nur noch auf seine Stunde warten musste.

„Karl?", flüsterte Elisabeth in das graue Licht des frühen Morgens hinein.

Er hätte fast geantwortet, aber ihre Stimme klang so süß, so vertrauensselig und fast liebevoll. Das konnte er nicht gebrauchen. Er blieb still. Je weniger sie wusste, desto besser für sie und desto eher konnte er sie schützen. Er musste ihr liebliches Gesicht und ihre naive Unschuld endlich aus seinen Gedanken verbannen. Und zwar sofort.

„Karl?", fragte sie noch einmal.

Nein, Fräulein Ebel! dachte er und nannte sie im Geist bei ihrem richtigen Namen. Sie musste lernen, ohne ihn auszukommen. Er würde ihr eine Auswanderergruppe beschaffen, mit der sie weiterreisen konnte. Sie bekäme die Zusicherung auf ihre Landzuteilung, und dann würde er sie verlassen. Fräulein Ebel hatte ihr Leben zu leben und er seines.

Das Lager war ruhig, nur gelegentlich schrie ein Kleinkind oder die Schritte oder Rufe eines vorbeipatrouillierenden Soldaten waren zu hören. Elisabeth hörte, wie Hans sich räkelte. Sie schloss wieder die Augen und wartete, bis er ganz erwacht war. Dabei versuchte sie, nicht mehr an den Schmerz über Karls Zurückweisung zu denken. Bald schon wäre alles vorüber. Karl war nur bei ihnen, um ihr ihr Land zu beschaffen. Nicht mehr und nicht weniger.

„Frau Ebel!", flüsterte Hans. „Es ist jetzt Morgen. Können wir nun meine Mutter suchen gehen?"

Elisabeth lächelte. „Wir wollen uns erst mit einer Mahlzeit stärken. Danach werden wir uns auf den Weg machen." Sie würde den Kleinen vermissen.

Hans huschte unter ihrem Unterschlupf hervor. „Ich hole Wasser." Sie hörte ein Krachen.

„Pass auf, wo du rennen hin!", mahnte eine schroffe Stimme in gebrochenem Deutsch.

Elisabeth kroch aus ihrer Behausung heraus. Ein russischer Soldat stand direkt vor ihr. Er trug schwarze Stiefel, die fast bis zu seinen Knien reichten, hautenge Hosen, darüber eine rote Regimentsjacke und einen hohen schwarzen Hut. Noch mehr Soldaten standen hinter ihm. Sie alle richteten ihre ausgestreckten Waffen auf Hans. Der Junge schaute verwirrt drein.

Der Soldat redete in seinem fehlerhaften Deutsch weiter: „Unverschämtheit! Ich dich auspeitschen lassen!"

„Was hat er denn getan?", fragte Elisabeth mit fester Stimme. „Gehört es auch zu Ihren Pflichten, auf kleine Kinder zu schießen?"

Der strenge Blick des Soldaten richtete sich auf Elisabeth. Sie erkannte in ihm den Soldaten, der sie am Tag zuvor angehalten hatte. Obwohl sie immer noch dasselbe Kleid anhatte, da sie ja keine Gelegenheit zum Umziehen gehabt hatte, fühlte sie sich, als sei sie nur notdürftig bekleidet. Instinktiv strich sie sich mit einer Hand über ihr zerzaustes Haar.

„Verzeihen mir, gute Frau“, sagte Sergei mit seinem harten Akzent. „Ich habe viel Temperament, und es geht schnell mit mir durch.“

Elisabeth nickte zustimmend und streckte die Hände nach Hans aus. Der Junge stürmte schutzsuchend in ihre Arme.

„Was geht hier eigentlich vor?“, verlangte Frau Dönhof zu wissen, die sich endlich auch mühsam aus der engen Behausung befreit hatte.

„Wir müssen die Ordnung wahren und alle Personen überprüfen. Wir sprechen jetzt mit Ehemann von dir!“, sagte Sergei nun drohend.

„Ja,“ meinte Frau Dönhof, „ich hätte auch gerne ein paar Dinge mit dem nichtsnutzigen Schurken besprochen, aber er trank sich vor Jahren schon zu Tode.“

„Wir dann mit Ehemann von dir sprechen!“, verlangte Sergei an Elisabeth gewandt.

„Das ist nicht möglich“, erklärte sie.

„Warum nicht? Er ist doch hier!“, warf Frau Dönhof ein. „Herr Ebel, stehen Sie auf! Diese Soldaten wollen mit Ihnen sprechen.“

„Genug!“, sagte Elisabeth in dem Ton, den Karl Frau Dönhof gegenüber schon einmal angeschlagen hatte. „Während du schliefst, lag ich noch wach. Er war gestern Nacht nicht auf der Höhe.“

„Was!“, schrie Frau Dönhof. „Mit all deinem Getue, deiner Pflege der Kranken und Elenden hast du jetzt auch noch deinem Mann und uns die Pest auf den Hals gehetzt! Wie konntest du das nur tun?“

„Deinem Mann gehen es nicht gut?“, fragte Sergei verwirrt.

„Er braucht Ruhe“, erwiderte Elisabeth. „Er ist nicht in der Lage, seinen Kopf zu heben. Aber wenn Sie sich selbst davon überzeugen wollen ....“

„Stören den kranken Mann du nicht!“, meinte Sergei. „Lass du ihm Schlaf. Wir suchen nach Mann von Verbrechens, nicht von Krankheit.“

„Wasser. Wir brauchen Wasser!“, rief Frau Dönhof. „Hans! Beeil dich. Wir müssen diese Krankheit aufhalten. Mach schon!“ Sie ergriff die Hand des Kindes und fegte durch die Gruppe der Soldaten, als hätte sie mehr Angst vor der Krankheit als vor deren Waffen.

„Verzeihen bitte die Störung“, entschuldigte sich Sergei. Mit einem letzten Blick, der Elisabeth von unten bis oben maß, kommandierte er die Soldaten zur nächsten Hütte.

Elisabeth wandte sich ab und machte sich am Feuer zu schaffen, so als würde sie den Worten der Soldaten keinerlei Beachtung mehr schenken. Aber in ihrem Kopf ging alles durcheinander. Sie musste sich dazu zwingen, nicht sofort hineinzugehen und Karl zu fragen, warum er sich in so große Gefahr gebracht hatte.

Als das Feuer ordentlich brannte, kroch sie zurück in ihre Hütte, um ihr Haar zu kämmen. „Die Soldaten sind verschwunden.“ Sie steckte ihre Haare sorgsam auf, setzte ihr Häubchen auf und wartete. Als Karl ihr keine Antwort gab, redete sie weiter: „Du warst letzte Nacht nicht hier.“

Er öffnete die Augen. „Was ich tue, geht dich nichts an.“

Elisabeth ignorierte den Stich, den ihr seine Bemerkung gab. „Es geht mich sehr wohl etwas an, wenn es Hans oder mich in Gefahr bringt.“ Sie legte ihre Hand auf seine Stirn, als wolle sie prüfen, ob er Fieber hatte. Es gab viele Lücken in dem Geäst ihrer Behausung, durch die man hindurchschauen konnte. Deshalb hielt sie es für das Beste, den Eindruck zu erwecken, als ob Karl krank wäre, für den Fall, dass irgendjemand sie beobachtete.

Er fegte ihre Hand weg. „Je weniger du weißt, desto weniger Gefahr besteht für dich.“ Es folgte eine Pause, bevor er sagte: „Du hast denen da draußen eben nicht ganz die Wahrheit gesagt.“

„Ich *habe* die Wahrheit gesagt!", bekräftigte sie. „Sie haben sie nur falsch interpretiert."

Sanft nahm er ihre Hand in seine. „In Ordnung. Was auch immer du getan oder nicht getan hast, ich danke dir dafür." Dann ließ er ihre Hand wieder los.

„Schon gut", meinte sie. „Sag mir nur eines: Wieso behauptest du, dass die Tatsache, dass du Jude bist, dich zum Kriminellen macht?"

Karl blieb einen Augenblick still. Dann erklärte er: „Die Gesetze der Zarin besagen, dass keinem Juden Geld gezahlt oder Land gegeben werden darf. Wenn jemand einem Juden doch Lohn bezahlt, dann gelten sowohl der Jude als auch die Person, die ihn bezahlte, als Verbrecher."

„Damit hast du also bereits als Werber das Gesetz gebrochen, als du Geld empfingst, das Russland dir schuldig war. Jetzt wird mir alles klar!" Karl nickte und da berührte Elisabeth leicht seine Hand. „Schlaf! Du brauchst jetzt erst einmal Ruhe." Sie kroch nach draußen und kümmerte sich weiter um das flackernde Feuer.

Könnte sie doch Karl genauso schnell vergessen, wie er sie anscheinend bereits vergessen hatte! Wenn sie ehrlich war, sehnte sie sich danach, jemanden an ihrer Seite zu haben, der für sie sorgte. Wahrscheinlich liebte sie ihn gar nicht. Ihr Ziel war es aber eigentlich, von niemandem abhängig zu sein und den Lebenskampf allein zu bestehen. Sie wollte und durfte sich nicht an irgendetwas oder irgendjemanden klammern. Ihr war klar, dass sie ihren Gefühlen keinen freien Lauf lassen durfte, aber ihr war auch bewusst, dass ihre Entschlossenheit und ihr Widerstand mit jedem neuen Tag ein Stückchen abnahm. Sie sehnte sich danach, endlich ihr neues Zuhause zu erreichen und ihr Leben in Angriff zu nehmen.

Frau Dönhof kehrte mit tränenüberströmtem Gesicht und einem tropfnassem Hans zurück, um sich am Feuer zu wärmen. Umgehend begann sie damit, die Morgenmahlzeit zuzubereiten. Sie tat das mit solch einer Ruhe und Gelassenheit, dass

Elisabeth annahm, dass ihr Gezeter vorhin nur vorgetäuscht gewesen war.

Karl war erschöpft, konnte aber keinen Schlaf finden. Er spürte noch Elisabeths Berührung auf seiner Hand. Sie hatte ihn und all seine Listen und Täuschungsmanöver nicht verdient. Sie brauchte einen anständigen, soliden und fähigen Mann, der sie so liebte, wie sie es verdient hatte. Sie brauchte einen Mann, der sich um sie und ihre Kinder kümmerte und der kräftig anpacken konnte. Sie brauchte jemanden, der ihr dieses Lächeln auf das Gesicht zauberte. Jawohl, sie brauchte einen Ehemann.

Richtig! Warum hatte er nicht schon früher daran gedacht? Als er sich mit einem Ruck aufsetzte, stieß er mit dem Kopf an das Zweigdach. Er musste für sie das tun, was sie selbst nicht tun wollte. Als er seinen Kopf erneut auf das Lager bettete, dachte er genauer über seinen Plan nach. Heute würde er noch hier bleiben und sich ausruhen, aber gleich morgen würde er sich auf die Suche nach einem guten Ehemann für Elisabeth machen.

8

Elisabeth steckte eine Strähne ihres feinen Haares, die sich immer wieder löste, unter die Haube zurück und schaute sich um. Sie hatte das seltsame Gefühl, beobachtet zu werden. Das aus dem Boden gestampfte Dorf erwachte langsam. Sie hörte das Klirren von Metalltöpfen, einige Stimmen wünschten verschlafen „Guten Morgen“ und ein Vogel in der Ferne kündigte den neuen Morgen an.

Frau Dönhof erschien zerzaust vor der Tür der Hütte. Sie schimpfte Hans aus: „In diesem Aufzug wirst du deine Mutter nicht aufsuchen! Geh und kämm dich erst einmal!“ Mit Elisabeths Kamm versuchte sie dann, Hans' widerspenstige Borsten zu glätten, und ließ den Kleinen kaum in Ruhe frühstücken.

Hans wusch sein Schälchen aus. „Können wir jetzt los?" Er versuchte, Frau Dönhof seinen Haarschopf zu entwinden. „Heute werde ich endlich meine Mutter wieder sehen!"

Frau Dönhof räusperte sich. „Ich werde dich erst gehen lassen, wenn du manierlich aussiehst." Sie las heruntergefallene Zweige vom Boden auf.

Elisabeth schauderte. Da war es wieder. Eine Gänsehaut lief ihr über den Rücken. Irgendjemand war hier in der Nähe und beobachtete sie. Sie schaute sich um, sah aber niemanden.

Mit den aufgelesenen Zweigen klopfte Frau Dönhof den Staub von Hans' Kleidern. Dann trat sie zurück und begutachtete ihr Werk.

„Weinen Sie doch nicht, Frau Dönhof!" Hans wischte seine Nase mit dem Ärmel ab. „Ich werde Sie auf jeden Fall besuchen."

„Das hoffe ich auch!", erwiderte sie mit rauer Stimme.

Elisabeth wischte die Getreideklümpchen, die den großen Löffel überkrusteten, ab, während Hans unruhig von einem Fuß auf den anderen trat. „Frau Ebel, beeilen Sie sich! Mutter wartet auf mich."

„Geht ihr schon los. Ich wasche ab", erklärte Frau Dönhof. „Passen Sie schön auf unseren Jungen auf!"

Elisabeth stand auf und wischte sich das Kleid ab. Ihre Fantasie hatte ihr wohl einen Streich gespielt. Hier war niemand. Wahrscheinlich träumte sie zu viel und beschäftigte sich zu sehr mit den vielen Fragen, die sie in letzter Zeit kaum in Ruhe ließen: der Frage nach Hans' verschollener Mutter und Karls nächtlichen Abenteuern.

Hans hüpfte ungeduldig umher. „Können wir jetzt endlich gehen?"

Elisabeth nickte, bevor sie noch einen letzten Blick in die Runde warf. Der Himmel war von einem leuchtenden Blau und die Sonne erwärmte bereits den Boden. Sie hoffte, dass die

Sonne auch ihre seltsamen Gedanken und eingebildeten Beobachter zu vertreiben mochte.

„Wo sollen wir mit der Suche anfangen?", fragte sie.

„Hurra!" Hans hüpfte mit erhobenen Armen um Elisabeth und Frau Dönhof herum. Elisabeth fing Frau Dönhofs Blick auf und zum ersten Mal zwinkerten sich beide verständnisvoll zu. „Nun bist du aber derjenige, der Zeit verliert, Hans", schimpfte Frau Dönhof. Elisabeth fühlte sich zwar immer noch müde, aber es war gut, dass sie etwas zu tun hatte, was für jemanden wichtig war. Frau Dönhof wartete, bis Hans ruhig war, damit sie auch die letzten widerspenstigen Haarsträhnen glätten konnte. Hans umfasste die Frau an der Taille: „Danke!" Elisabeth bemerkte, wie sich Tränen in Frau Dönhofs Augen bildeten.

Hans deutete mit ausgestrecktem Finger auf die andere Seite des Lagers. „Am besten fangen wir dort hinten an."

„In Ordnung. Aber bleib in meiner Nähe. Renn' mir nicht so weit voraus!" Elisabeth versuchte, ihre verspannten Muskeln und steifen Gelenke zu ignorieren. „Du führst uns an!"

Als sie eine Strecke gelaufen waren und an Hütten vorbeikamen, deren Bewohner sie nicht mehr kannten, hielt Hans an und schrie, so laut er konnte: „Mutter! Mutter!"

„Lass das Geschrei!" Mit einem Satz war Elisabeth an seiner Seite.

„Aber wenn ich rufe, können mich mehr Leute hören", meinte er.

„Vielleicht können sie dich hören, aber sie können deine Worte nicht verstehen", erwiderte sie.

„Meine Mutter kann es aber!" Hans zog einen Schmollmund. Die Luft roch nach dem schwelenden Holz der verlassenen Feuerstellen.

„Fangen wir mit dieser Hütte an!", schlug sie vor sie. Hans' Gesichtsausdruck verwandelte sich in ein Lächeln. Er eilte voran, als erwarte er, dass ihn seine Mutter augenblicklich begrüßen würde.

„Guten Morgen!"

„Einen guten Morgen Ihnen." Eine Frau kam gebückt aus der Hütte heraus, die geräumig genug erschien, um zwei Personen Schlafplätze zu bieten. Wie Elisabeth trug sie ein Kleid aus grobem Stoff in einer unauffälligen Farbe. Ihr freudiger Blick fesselte sogleich Elisabeths Aufmerksamkeit.

„Verzeihen Sie die Störung, gute Frau", sagte Elisabeth. „Wir suchen Frau Schulze, die Mutter dieses Jungen hier. Sie wurde in Lübeck von ihm getrennt."

„Der arme Kleine!", sagte die Frau und umarmte Hans kräftig. Er machte sich behutsam los. Sie legte den Kopf nachdenklich in den Nacken. „Mir ist keine Frau Schulze bekannt. Ich habe nur von einer Frau Bender gehört. Sie wohnt mit ihrem neuen Mann da drüben. Es tut mir Leid, dass ich Ihnen nicht helfen kann. Ich werde für Sie und den Erfolg Ihrer Suche beten."

Als Elisabeth sich von der Siedlerin abwandte, stand Hans schon vor der nächsten Unterkunft.

Die Stimme eines Mannes knurrte. „Warum brüllst du so, Junge? Geh fort!"

„Ich suche meine Mutter", sagte Hans mit kleinlauter, piepsiger Stimme.

„Bist du blind? Glaubst du vielleicht, ich bin eine Frau?"

Elisabeth eilte zu Hans, der bewegungslos dastand, als wisse er nicht, was er als Nächstes tun solle. Vor der Behausung des Mannes stach ihr der Geruch von starken alkoholischen Getränken in die Nase. Als der Mann anfing, wie ein Seemann zu fluchen, wurde Hans kreidebleich.

Elisabeth legte ihren Arm um seine Schultern und führte ihn schnell zur nächsten Hütte. „Nicht alle Menschen sind freundlich oder willens, uns zu helfen. Deshalb müssen wir zusammenbleiben und so höflich sein, wie wir können."

„Sie können ja mit den Erwachsenen sprechen und ich mit den Kindern." Er ergriff ihre Hand und sie drückte sie.

„Eine gute Idee!"

Der Mann, den sie als nächstes antrafen, war die Freundlichkeit in Person. „Nein, ich kenne keine Frau Schulze, aber meine

Schwägerin wurde auch von einem geliebten Menschen, ihrem Mann, getrennt. Ich werde ihr eure Geschichte erzählen. Das wird ihr Herz mit Hoffnung erfüllen." Der Mann hastete davon.

„Ich weiß nicht, warum Sie sich so lange bei den Leuten aufhalten und so viel erzählen", meinte Hans, nachdem sie die Bewohner von acht Unterkünften befragt hatten. „Die Sonne steht schon hoch, und es gibt noch viele Orte, an denen wir sie suchen können."

„Wir können doch nicht nur nach ihr fragen und dann weitergehen", sagte Elisabeth. „Sei ohne Sorge. Wir nehmen uns alle Zeit der Welt, um deine Mutter zu finden."

„Bitte erzählen Sie diesmal nicht so viel!", bat Hans vorauslaufend.

Gegen Mittag fing Elisabeths Rücken vom vielen Bücken an zu schmerzen. Insgeheim fragte sie sich, wie sie, selbst wenn sie Frau Schulze fänden, es fertig bringen sollte, ihr den Tod ihres Mannes beizubringen. Noch viel schlimmer war der Gedanke, bald von Hans Abschied nehmen zu müssen, der für sie inzwischen zur Familie gehörte. Als sie bei Einbruch der Nacht Frau Schulze immer noch nicht gefunden hatten, tröstete sie Hans mit dem Versprechen, am Morgen von Neuem auf die Suche zu gehen.

Nach einer guten Nachtruhe kroch Karl am nächsten Morgen aus dem Unterschlupf und drehte sich dann noch mal um, um seinen schwarzen Hut zu holen. Er blickte auf die schlafende Elisabeth, auf deren schlanker Figur ein Sonnenstrahl tanzte.

„Du darfst nicht zurückblicken!", mahnte er sich selbst. Er fühlte sich schuldig. Wenn er erst einen Beschützer für sie gefunden hätte, könnte er sich ohne Gewissensbisse aus dem Staub machen. Zwar nicht ohne Bedauern, aber zumindest ohne Schuldgefühle. Er nahm sich einen Zwieback. Der trockene Bissen blieb ihm fast in der Kehle stecken, und zum Hinunterspülen hatte er nur ein wenig Wasser. Er sehnte sich nach einer heißen Tasse Tee. Es würde ein guter Morgen werden, sagte er zu sich selbst. Er bummelte durch das Lager, um seinen Plan in die Tat umzusetzen und Ausschau nach einem geeigneten Ehemann für Elisabeth zu halten.

Der erste ledige Mann, den er in ein Gespräch verwickelte, machte einen guten Eindruck. Aber was Karl abstieß, war die ungeheure Furcht des Mannes vor den Tartarenstämmen, die die neuen Siedler möglicherweise angreifen könnten, wenn sie sich erst auf ihrem neuen Land niedergelassen hätten. Mit dieser Angst würde der Mann kaum den ersten Winter in den kargen Steppen überleben. Ein zweiter Kandidat schien stämmig und kräftig. Karl war drauf und dran, ihn anzusprechen, als der Mann einer Katze, die das Lager auf der Suche nach Futter durchstreifte, einen kräftigen Tritt gab. Nein, ein solcher Mann wäre nichts für eine Frau wie Elisabeth. Sie verdiente jemanden, der alle Kreaturen freundlich und mit Respekt behandelte.

Ein dritter Mann, der stark nach Alkohol roch, lallte: „Wie wär's mit einem Schluck Bier?"

Karl schüttelte verneinend den Kopf. Es war noch nicht einmal heller Morgen. Er ging von einem Mann zum nächsten und strich im Geiste einen nach dem anderen von der Liste möglicher Kandidaten. Nach stundenlangem Suchen stellte Karl fest, dass der Morgen ein kompletter Reinfall gewesen war. Er hatte gedacht, noch vor der Mittagsmahlzeit einen geeigneten Mann für Elisabeth gefunden zu haben. Doch die Angelegenheit war viel schwieriger, als er angenommen hatte. Vielleicht brauchte er dazu einfach noch ein paar Tage mehr. Das Problem war, dass er noch anderes zu erledigen hatte.

Elisabeth bereitete sich auf den zweiten Tag der Suche nach Frau Schulze vor. Nach der Morgenmahlzeit legte sie eilig die Utensilien weg und säuberte die Decken in ihrem Quartier. Frau Dönhof kehrte mit einem Vorrat an Wasser zurück. „Nun, du machst dich am besten gleich auf den Weg."

„Wir werden sie sicher heute finden", bekräftigte Hans. „Wo ist denn Herr Ebel hingegangen?"

„Als der Mann in der Familie hat er viele Aufgaben, die er erfüllen muss, bevor wir unsere Reise fortsetzen können." Elisabeth hoffte, dass ihre Worte überzeugend klangen, aber innerlich fühlte sie die gleichen Zweifel wie Hans. Jedes Mal, wenn sie Karl weggehen hörte, fragte sie sich, ob sie ihn wiedersehen würde. Sie wandte sich Hans zu. „Wo sollen wir heute mit unserer Suche beginnen?"

Hans antwortete nicht sofort. Er kniff die Augen zusammen und faltete die Hände. „Lieber Gott, du weißt, wo meine Mutter wohnt. Bitte führe uns zu ihr. Amen."

„Amen!", fügte Elisabeth mit leiser Stimme hinzu. Dieses Kind hatte mehr Glauben als sie. Sie wollte ihn gerade ermahnen, den allmächtigen Gott ein bisschen respektvoller anzusprechen, als sie sah, dass Hans schon wieder ganz mit der Suche nach seiner Mutter beschäftigt war. Außerdem erinnerte Hans' Gebet sie an Herrn Schulzes Gebete. Sie fragte sich, woher Hans so genau gewusst hatte, was er sagen sollte.

„Lassen Sie uns da drüben anfangen!", schlug Hans vor und zeigte auf eine Ansammlung von Schlafstellen in der nächsten Hüttenreihe. Als Elisabeth nickte, führte er sie an. Sie gingen von einer ärmlichen Behausung zur nächsten.

„Lassen Sie uns dort drüben nachschauen", sagte Hans immer wieder, bis Elisabeths Füße schmerzten. Der Geruch von Rüben und Kohl, die in den Töpfen köchelten, erfüllte die Luft. Elisabeths Magen knurrte. Eine Familie hatte sogar Kartoffeln in Fleischbrühe gekocht.

Als Hans auf ein besonders dicht besiedeltes Gebiet des Lagers zuging, meinte Elisabeth: „Das muss jetzt fürs Erste reichen, Hans. Frau Dönhof wird unser Mittagessen wohl nicht viel länger warm halten. Wir werden weiter nach deiner Mutter suchen, wenn wir gegessen haben." Etwas im Bauch war alles, was sie brauchte, redete sie sich selbst ein. Ein paar Bissen würden sie wieder stärken. Nachdem Hans das Gelände mit Blicken abgesucht hatte, nahm er widerwillig Elisabeths Hand und lief mit ihr zurück zu ihrer Hütte. Doch als sie um die Ecke bogen, hielt er an und legte den Kopf auf die Seite.

„Was ist los mit dir?", fragte Elisabeth ihn.

Ohne ein Wort zu sagen ließ er ihre Hand los und zwängte sich durch die Menge, drückte sich an Menschen vorbei und kroch unter den Beinen eines großen Mannes hindurch.

„Mutter! Mutter!", schrie er.

„Hans!" Elisabeth konnte sich nicht so schnell durch die Menschenmenge schlängeln wie Hans. Sie verlor ihn fast sofort aus den Augen. Panik stieg in ihr auf und schnürte ihr die Kehle zu.

„Hans! Hans!" Sie blickte über die Leute hinweg und schob sich, so schnell sie konnte, durch die Menschenmenge. Überall drehten sich Gesichter zu ihr um, aber sie bewegten sich langsam – fast wie im Traum. „Hans!"

Da sah sie ihn. Er stand mutterseelenallein da und blickte sich mit einem wirren, orientierungslosen Ausdruck auf dem Gesicht um.

Als Elisabeth sich näherte, sagte er: „Frau Ebel, ich habe Mutter gehört!"

„Bist du ganz sicher?" Sie versuchte, wieder zu Atem zu kommen und ihr pochendes Herz zu beruhigen.

„Ich habe ihre Stimme gehört. Sie hat gesungen", erklärte er.

Sie lauschten angestrengt. Überall um sie herum rempelten sich die Leute an und beschwerten sich. Zwei Männer waren mitten in eine hitzige Auseinandersetzung geraten, die erst beendet wurde, als eine Frau aus ihrer Behausung herauskroch und sie anbrüllte. In einem Moment der Stille meinte Elisabeth liebliche Klänge zu hören. Es war eine weiche, weibliche Stimme, die ein Schlaflied sang.

„Das ist Mutters Stimme!" Hans drehte sich in die Richtung um, aus der sie gekommen waren, umrundete Behausungen und hielt alle paar Sekunden inne, um zu lauschen. Elisabeth blieb ihm dicht auf den Fersen.

Hans wurde zusehends trauriger. Er hielt zwischen einem Mann, der eine Pfeife rauchte, und einer Frau, die Wasser schleppte, an. Er erhob seine Stimme und rief wiederholt: „Mutter, ich bin's, Hans! Wo bist du? Ich bin's, dein Sohn Hans!"

Plötzlich sah Elisabeth den Kopf einer Frau aus dem Inneren einer kleinen Behausung gucken. Mit einer einzigen Bewegung stand sie auf und rannte zu ihnen herüber. „Hans! Hans!" Ihre Arme waren ausgestreckt und ein Blick ungetrübter Freude erhellte ihr Gesicht. Frau Schulze!

Hans flog förmlich in ihre Arme und ließ seinen Tränen freien Lauf. „Mutti, Mutti! Sie haben Vater umgebracht! Sie haben ihn umgebracht!"

Frau Schulze wurde kreidebleich. Ihre Augen wanderten zu Elisabeth, als wolle sie die schreckliche Nachricht von ihr bestätigt sehen. Elisabeth nickte bedächtig. Frau Schulzes Beine gaben nach, sodass sie sich auf den Boden setzen musste. Sie zog den Jungen auf ihren Schoß und beide weinten gemeinsam.

In diesem Bereich des Lagers herrschte geschäftiges Treiben. Leute gingen an ihnen vorbei: Einige schauten betroffen drein, andere ignorierten sie völlig. Elisabeth wünschte, sie könnte eine Stelle finden, wo sie nur unter sich sein konnten, aber sie wusste, dass die Frau in ihrem Schmerz nicht weit kommen würde.

Sie legte einen Arm um Frau Schulze, die ihren Sohn gar nicht loslassen wollte. Sie half ihr, sich aufzurichten und führte sie behutsam zu der Unterkunft, aus der Frau Schulze gekommen war. Anstatt aber dort anzuhalten, ging Frau Schulze weiter zu einem schlecht gezimmerten Unterschlupf, der aus Unterholz und ein paar Zweigen zusammengeflickt war. Elisabeth schauderte. Sie konnte sich nicht vorstellen, wie die Frau darin seit über sechs Wochen gehaust haben mochte. Sie bezweifelte, dass das Gerüst viel dazu beitrug, sie vor dem Wetter zu schützen. Es war zu niedrig, um darin zu sitzen, und fast zu schmal für eine Person, um sich hinzulegen. Frau Schulze saß vor ihrer Behausung und drückte Hans auf ihrem Schoß noch einmal fest an sich.

„Du lieber Himmel!“, sagte eine Stimme aus einer anderen Hütte. Elisabeth wandte sich um. Eine ältere Frau mit einem fröhlichen Lächeln meinte: „Der verlorene Sohn ist heimgekehrt. Wo ist Herr Schu …?“ Sie hielt inne, wohl weil sie Frau Schulzes rot verweintes Gesicht sah.

Elisabeth schüttelte den Kopf. Das Strahlen in den Augen der Frau wurde schwächer.

„Ist ja gut!“, sagte sie beruhigend und legte ihren Arm um Frau Schulzes Schultern. „Nur ruhig!“ Frau Schulze drehte sich zu der Frau um, als ziehe sie Trost aus ihrer Nähe.

Elisabeth blickte weg. Sie wünschte, sie könnte helfen, aber sie hatte schon so lange nicht mehr geweint, dass sie noch nicht einmal wusste, wie sie Weinende trösten konnte.

Die ältere Frau meinte: „Gott verlässt Sie nicht! Er ist hier bei Ihnen. Geben Sie den Schmerz an ihn ab. Er weiß um alles. Er hat uns seinen seinen einzigen Sohn geopfert.“ Ein kleines Kind in der Unterkunft nebenan fing an zu wimmern, und eine junge Stimme ahmte Frau Schulzes Schlaflied nach.

Mit einem raschen „Ich werde morgen wiederkommen“, von dem sie hoffte, dass niemand anders es mitgehört hatte, wandte sich Elisabeth ab und eilte davon. Sie konnte den Gefühlen, die sie tief in ihrem Inneren verborgen hatte, nicht länger standhalten.

Als Elisabeth zur Hütte zurückkam, war Frau Dönhof gerade dabei, in einem großen Topf verschiedene Gemüsesorten zu kochen. „Haben Sie den Jungen verloren?“

Elisabeth schüttelte verneinend den Kopf. „Wir haben seine Mutter gefunden.“

„Dann wird Hans also nicht mehr bei uns wohnen?“, wollte Frau Dönhof wissen und presste ihre Lippen zusammen. „Ein Mäulchen weniger zu füttern.“ Sie drehte sich zum Feuer um. Elisabeth konnte nicht sagen, ob es Traurigkeit oder der Rauch des Feuers war, der der Frau das Wasser in die Augen trieb. „Wenn du dein Herz verschließt …“ Sie stockte, während sie heftig umrührte, „… dann tut es nicht so weh.“

Ein heftiges Gefühl der Einsamkeit überkam Elisabeth. So würde es auch sein, wenn Karl gegangen war. Sie würde allein mit Frau Dönhof zurückbleiben, mit der sie nicht viel gemeinsam hatte. Elisabeth schüttelte heftig den Kopf, als wolle sie sich von ihren trüben Gedanken befreien. Anstatt ihre Hilfe bei der Essenszubereitung anzubieten, verließ Elisabeth die Hütte. Ihr war es gleichgültig, wohin ihre Schritte sie lenkten. Sie wollte nur mit ihrem Schmerz allein sein, der ihr das Herz fast abschnürte.

Sie ging an den Hütten entlang, vorbei an zahllosen Familien, aber ihre Gedanken wollten nicht zur Ruhe kommen. Frau Schulze hatte eine freundliche Nachbarin, die ihr half, über den Schmerz hinwegzukommen. Die Frau war wahrscheinlich schon die ganze Zeit über, als sie auf ihre Familie wartete, für Frau Schulze da gewesen. Elisabeth aber hatte nur die verbitterte Frau Dönhof.

Gott kümmerte sich um alle anderen; warum nicht auch um sie? Anstatt ihr jemanden an die Seite zu stellen, der sie verstand und für sie sorgte, hatte Gott ihr Frau Dönhof gegeben und einen „Ehemann", der sie bald sowieso verlassen würde.

Elisabeth senkte den Kopf und seufzte tief. Frau Dönhof glich ihrer Mutter, die in ihren letzten Tagen so enttäuscht vom Leben gewesen war. An dem Tag, an dem Frau Dönhof keine Kraft mehr zum Kämpfen hatte, würde sie sicher ebenso wie ihre Mutter eingehen wie eine Primel. Ihre Mutter hatte sich ganz ihrem Schmerz hingegeben und einfach aufgehört zu leben. Genauso würde es auch Frau Dönhof ergehen. Und doch musste ihre Mutter früher einmal gelacht und Freude am Leben empfunden haben. Frau Dönhof war wahrscheinlich früher auch lebensfroh gewesen und hatte mit anderen Frauen zusammen gelacht und gescherzt. Musste sie erleben, wie auch diese Frau an gebrochenem Herzen starb? Mit einer schnellen Kehrtwendung, als wolle sie ihren eigenen Gedanken entfliehen, marschierte sie weiter. Plötzlich fand sie sich auf unbekanntem Boden wieder. Vor ihr stand der Soldat, der Hans am vorangegangenen Morgen angeschnauzt hatte.

Sergeis Augen musterten sie von Kopf bis Fuß. „Wie geht es dem Mann heute? Er noch leben?“, fragte er in seinem holprigem Deutsch. In seiner Gegenwart fühlte sie sich unwohl. Sie trat schnell einen Schritt zurück.

„Danke der Nachfrage!“ Sie war froh, dass noch viele Leute um sie herum waren.

„Ein Mann darf seine Frau nicht allein gehen lassen.“ Er trat einen Schritt auf sie zu. „Besser, ich kümmere mich um Sie.“

Sie wich zur Seite aus und eilte, ja, rannte fast schon an ihm vorbei. Wie konnte er es nur wagen, in solch einem Ton mit ihr zu sprechen! Sie fühlte erneut Kampfesgeist in sich, dem das Selbstmitleid Platz machte.

Ich bin zwar allein, dachte sie bei sich, *und die Leute in meiner Umgebung sind vielleicht auch nicht so, wie ich es gerne hätte, aber ich bin verantwortlich für die Art und Weise, wie ich mein Leben lebe. Das ist meine Aufgabe.*

Als sie zu ihrer Behausung zurückkehrte, konnte sie sogar die Gemüsesuppe genießen und Frau Dönhofs Schmollen ertragen.

„Wie geht es meinen zwei Herzensdamen?“ Karl trat auf sie zu, als sie gerade die Teller abwuschen. Er blickte sich um. „Wo ist Hans?“

Elisabeth überging seine erste Frage. „Hans und ich haben Frau Schulze gefunden. Die beiden sind jetzt glücklich vereint.“

„Sicherlich sind Tränen geflossen“, meinte Karl.

Elisabeth nickte. „Frau Schulzes Unterschlupf besteht nur aus ein paar Zweigen, die notdürftig zusammengesteckt sind.“

„Nun, sie war allein und kann kein Russisch“, meinte Karl.

Frau Dönhof fügte trocken hinzu: „Und: Ihr Herz hat sie in Lübeck verloren.“

„Ich habe sie kaum wiedererkannt. Sie sieht viel älter aus und besteht nur noch aus Haut und Knochen.“

„Das ist ein Mangel, der durch die richtige Kost schnell wieder behoben werden kann“, bemerkte Frau Dönhof. „Du hättest sie zum Abendessen einladen sollen. Natürlich gibt es hier kein gutes Essen. Wie können die Leute hier nur denken, dass wir mit dem russischen Zeug überleben können – nur Kohlsuppe, Hirsebrei und Rüben. Wir brauchen Eier, Käse, Butter und frisches Fleisch!" Sie wandte sich an Karl. „Wann werden wir endlich von diesem Ort verschwinden?"

„Bald. Sobald wir Nachricht erhalten, werden wir unsere Behausung hier abreißen und nach Oranienbaum weiterreisen. Dort werden wir in Gruppen eingeteilt. Es sind so viele Einwanderer angekommen, dass sich die Dinge etwas verzögert haben. Die ersten Einwanderer sind direkt vom Schiff nach Oranienbaum gegangen, aber leider ist das nicht länger möglich." Er beugte sich über die Suppe. „Das riecht ja fantastisch!"

„Diese Gauner haben uns schon wieder das Geld gekürzt. Ich bekam heute nur die Hälfte des Betrages, um Vorräte einzukaufen."

„Die wollen nicht, dass Sie gehen, Frau Dönhof. Es kommen so wenige große Köche nach Kronstadt", neckte Karl sie.

„Machen Sie nur so weiter!" Auch wenn Frau Dönhof nicht lächelte, konnte Elisabeth sehen, dass ihre Augen funkelten. Sie wunderte sich über Frau Dönhofs und Karls Beziehung, die sich oft im Verlauf eines einzigen Gespräches von Feindseligkeit in Sympathie verkehrte, besonders, wenn Karl seine Wertschätzung für ihre Kochkünste zum Ausdruck brachte. Vielleicht hatte das Leben die beiden hart gemacht, und der eine erkannte in dem anderen sein Spiegelbild. So verstanden sie sich. Gleichzeitig war das ein Schutzmechanismus, der verhinderte, dass andere ihnen zu nahe kamen.

„Wenn man Ihnen den vollen Betrag des versprochenen Geldes ausgezahlt hätte, hätten Sie sich davongemacht und einen russischen Grafen geheiratet. Was sollte dann aus mir werden?", zog er sie weiter auf.

„Nun hören Sie aber mit dem Unsinn auf, sonst bekommen Sie von mir kein Essen mehr", sagte sie in einem viel unbeschwerteren Tonfall als sonst.

Auch Karl erschien Elisabeth recht unbekümmert. Hatte er sein Ziel etwa erreicht? War er im Begriff, sie zu verlassen?

Umso besser; dann wäre ich ihn los, redete sie sich ein. Da sie nie wusste, wann der Abschiedsmoment gekommen war, war sie immer in Unruhe, und es fiel ihr immer schwerer, diese Ungewissheit zu ertragen. Woher sollte sie wissen, ob nicht der nächste Moment, den sie mit ihm verbrachte, schon der letzte sein würde?

„Benötigen Sie diese Zweige hier noch oder sollen wir sie mitnehmen?", fragte sie.

Karl drehte sich um und betrachtete aufmerksam Elisabeths Gesicht. „Ich bezweifle, dass sich die Dinge so schnell regeln lassen. Es wäre mir lieber, wenn wir uns aus Ästen, Zweigen und Unterholz ein Dach bauen könnten, unter dem wir Schutz finden, wenn wir zusammen in Oranienbaum warten."

Trotz ihrer Entschlossenheit fühlte Elisabeth bei seinen Worten eine Welle der Erleichterung. Er würde sie verlassen, aber wenigstens nicht sofort. Sie würde Zeit noch Zeit haben, sich an den Gedannken der Trennung zu gewöhnen.

Sie zögerte und streckte dann die Hand aus, um Karls Arm zu berühren. „Was soll aus Frau Schulze und Hans werden?"

Er zuckte mit den Achseln, entfernte sich aber nicht von ihr. „Frau Schulze muss entweder hier ausharren oder in Oranienbaum warten, bis sie einen Mann findet."

Frau Dönhof schnaubte. Elisabeth rief ein abwehrendes „Nein!" aus. „Man kann sie hier doch nicht zu einer neuen Heirat zwingen! Ihre Wunden sind noch nicht verheilt. Warum können Frau Schulze und Hans nicht mit uns kommen?"

Karl riss die Augen in gespielter Verzweiflung auf. „Soll das etwa heißen, dass ich mir noch eine weitere Frau aufhalsen soll?"

„Genau das!", erklärte Frau Dönhof. „Das wussten Sie doch von Anfang an!"

Karl warf seine Hände absichtlich bestürzt in die Luft. „Aha, Gedanken lesen kann ich also auch?! Wie soll ich nur mit so vielen Frauen zurechtkommen? Ich bin nur froh, dass ich wenigstens Hans zur Verstärkung habe."

„Was ist mit ihren Papieren? Wird man ihr gestatten, mit uns zu reisen?", bohrte Elisabeth nach.

Karl nickte. „Ich werde alles Nötige veranlassen." Er würde ihre Papiere ändern lassen, sobald er das Vorhaben mit Frau Schulze besprochen hatte.

Als sie gegessen und den Abwasch gemacht hatten, schimpfte Frau Dönhof: „Sie hätten darauf drängen sollen, dass sie hier mit uns essen! Jeder muss essen. Wir haben doch genug. Warum können wir uns nicht wenigstens ein klein wenig gegenseitig helfen?"

„Frau Schulze wollte heute Abend mit Hans allein sein", erwiderte Elisabeth. Sie kroch in ihre Behausung.

„Ich grüße dich, schöne Frau!", meinte Karl, als er sich neben ihr in der Hütte niederlegte. „Wir werden wohl in unserer Ehe kaum je näher zusammenliegen."

„Richtig!", war plötzlich Frau Dönhofs Stimme zu vernehmen, die sich zwischen Karl und Elisabeth ihr Lager bereitete. „Näher werden Sie nicht an Elisabeth herankommen!"

Karl lächelte verschmitzt. Elisabeth würde ihrem künftigen Ehemann eine gute Frau sein. Dann dachte er erneut über seine eigenen Pläne nach. Jetzt hatte er endlich die Gelegenheit, auf die er so lange gewartet hatte. Goralski musste annehmen, dass er das Land bereits verlassen hatte.

Viel später, als die Frauen schon tief und fest schliefen, steckte Karl seinen Kopf aus dem Unterschlupf raus. Die Nacht war still. Da sah er einen großen schwarzen Hut hinter einer benachbarten Hütte hervorlugen. Er sah aus wie die Kopfbedeckung eines Soldaten. Die Patrouille war doch hier schon vor einiger Zeit vorbeigekommen; es sollte daher eigentlich in nächster Zeit kein weiterer Soldat in diese Gegend kommen. Wen belauerte dieser Kerl? Karls Herz begann aufgeregt zu schlagen. Sein Mund wurde trocken. Er sah, wie die langen schwarzen Stiefel des Soldaten vorwärts schritten. Es schien, als käme er direkt auf ihn zu.

Karl versteckte sich so, dass er zwar immer noch den Soldaten genau ins Visier nehmen konnte, dieser aber nicht bemerkte, dass er ihn bereits entdeckt hatte. Vielleicht war es Karl doch nicht gelungen, Quentin so leicht zu entkommen, wie er es sich vorgestellt hatte. Der Soldat spähte wieder aus seinem Versteck hervor. In diesem Moment erkannte ihn Karl. Das Blut schien ihm in den Adern zu gefrieren. Es war Sergei!

9

Die Morgensonne, die noch nicht ganz die Kühle zu vertreiben vermocht hatte, warf ihre ersten Strahlen auf Elisabeth. Jetzt, wo sie ausgeruht war, schien ihr ihr Schicksal nicht mehr ganz so hart. Als Karl mit einem Eimer Wasser zu ihrer Hütte zurückkam, spürte Elisabeth, wie Frau Dönhof ihren Arm berührte.

„Er sieht aus, als hätte er ein Gespenst gesehen."

Karls Gesichtsausdruck war tatsächlich wesentlich ernster als am Abend zuvor. Offenbar machte ihm etwas schwer zu schaffen. Bei einer Behausung nicht weit von der ihren hielt Karl inne, als ob er etwas ganz genau inspizieren wolle.

„Gestern Abend schien er noch ganz guter Dinge." Elisabeth runzelte die Stirn. War Karl diese Nacht wieder unterwegs gewesen? Sie hatte so tief und fest geschlafen, dass sie gar nichts bemerkt hatte.

Frau Dönhof stemmte die Hände in ihre breiten Hüften und blickte Elisabeth an. „Das würde ihm ähnlich sehen – sich eine Krankheit holen und uns unter den Händen wegsterben!"

„Dann sollte ich mein Bestes tun, dass dieser Fall nicht eintritt", hörte Elisabeth Karl sagen, der in diesem Moment zu ihr trat. Sie wich nicht zurück. „In der Zwischenzeit …", sagte er an Elisabeth gewandt, „solltest du mich vielleicht zu Frau Schulze führen, damit wir ihr unseren Vorschlag unterbreiten können!"

„Ich mache hier alles allein fertig", sagte Frau Dönhof. „Geht nur!"

Mit Karl an ihrer Seite versuchte Elisabeth den Weg zu Frau Schulzes Behausung wiederzufinden. Sie fanden Hans und seine Mutter, die auf dem Boden saßen und ihr kärgliches Frühstück, bestehend aus einigen Brotresten, zu sich nahmen.

„Frau Ebel! Herr Ebel!" Hans rannte auf sie zu und umarmte Elisabeth fest. Dann eilte er in Karls ausgestreckte Arme. „Mutter, darf ich vorstellen? Das ist Herr Ebel, von dem ich dir erzählt habe. Er kann alles. Er ist größer als Vater, aber er ist fast genauso nett. Er hat Fräulein Ebel geheiratet."

Hans' Mutter stand auf und reichte Karl die Hand. „Danke, dass Sie sich um meinen Sohn gekümmert haben." Sie wandte sich Elisabeth zu. „Vergeben Sie mir. Ich habe Ihnen gestern gar nicht richtig gedankt." Mit einer leichten Drehung ihres Kopfes blickte sie fragend auf Karl. „Herr Ebel?"

„Ja", meinte Elisabeth. „Wir sind gekommen, um Sie und Hans einzuladen, mit uns zu reisen. Karl wird unser Beschützer sein." Frau Schulze blickte unsicher. Elisabeth fuhr fort: „Bitte! Sie müssen mit uns kommen. Bitte!"

„Sie wollen uns retten und sagen: ‚Bitte!' Natürlich werden wir mit Ihnen gehen!"

Elisabeth lächelte, aber etwas war anders an Frau Schulze, und das beunruhigte sie. Vielleicht war die Zeit, in der sie ohne ihre Familie gewesen war, härter gewesen, als sie gedacht hatte.

Elisabeth schüttelte den Kopf, um sich von dem unangenehmen Gedanken zu befreien. Zu drei Frauen und einem Kind an der russischen Grenze zu sein wäre viel besser, als allein mit Frau Dönhof die Einwanderung zu wagen. So wären sie eine große Familie.

Karl unterbrach ihre Gedanken. „Wir gehen noch heute nach Oranienbaum. Hans, hilf deiner Mutter, die Hütte abzubauen. Wir treffen uns dann bei uns zum Mittagessen." Elisabeth sah zu Karl hinüber. Was hatte er da gesagt? Sie brachen heute noch auf?

„Wird gemacht!", bekräftigte Hans.

„Ich werde mich sofort um alle weiteren Vorbereitungen kümmern", erklärte Karl.

Noch bevor Elisabeth ihn befragen konnte, ging er schnellen Schrittes davon. Sie winkte den Schulzes zu und ging dann langsam zurück zu ihrer Behausung, wobei sie sich fragte, was es mit Karls plötzlicher Aufbruchstimmung, Hans' bedingungslosem Gehorsam und dem Zeitplan ihrer Reise auf sich hatte.

„Wir müssen unsere Sachen zusammenpacken", informierte Elisabeth sogleich Frau Dönhof. „Wir brechen bereits nach dem Mittagessen nach Oranienbaum auf."

Karl setzte sich unter eine Birke und trug Frau Schulzes Namen in ihre Dokumente ein. Sergeis Überwachung machte es jetzt dringend erforderlich, dass sie sofort aufbrachen. Er beobachtete die Beamten, die die Leute für die Bootsüberfahrt nach Oranienbaum abfertigten, und wählte sich in Gedanken einen aus, der besonders träge aussah.

„Heute herrscht hier ganz schön viel Betrieb", sagte Karl, als er auf den Mann zutrat.

„Hier herrscht jeden Tag viel Betrieb. Bringen Sie Ihr Anliegen vor!"

„Ich erbitte noch heute die Überfahrt nach Oranienbaum für fünf Personen."

„Unmöglich!"

Karl schob ihm unauffällig eine Goldmünze hin. „Oh, das ist aber schade."

Der Mann sah sich verstohlen um. Keiner schien ihn zu beobachten. Er griff nach der Münze und steckte sie in sein Gewand. „Ihre Papiere bitte!" Ohne überhaupt einen Blick darauf zu werfen, sagte der Beamte: „Da kann ich nichts machen." Karl gab ihm noch ein weiteres Goldstück. Nachdem der Beamte es in seine Jacke hatte gleiten lassen, schrieb er Karls Namen auf. „So ist es besser. Seien Sie vor dem Ende der nächsten Wache am Kai!“

•◆•

Ein Kloß saß Elisabeth im Hals, als sie mit den anderen ihre Hütte abbaute. Heute Abend schon würde sie ihrem Ziel, Land zu besitzen, einen Schritt näher sein – aber auch dem Abschied von Karl. Nachdem Frau Schulze und Hans gekommen waren, nahmen sie gemeinsam ihre einfache Mahlzeit, bestehend aus Zwieback und getrockneten Früchten, ein. Selbst Hans war während des Essens ungewöhnlich still.

„So, ich glaube, jetzt sind wir so weit“, sagte Karl, als wolle er die Spannung etwas lindern. Ohne auf eine Antwort zu warten, packte er sich das Bündel von Zweigen, Frau Schulzes kleine Sammlung eingeschlossen, auf den Rücken. Auf seine Anweisung hin schlugen die Frauen ihre Kleidungsstücke und Kochutensilien in Decken ein. Hans schleppte wie zuvor sein eigenes Bündel, blieb aber dicht bei seiner Mutter und ließ sie nie aus den Augen. So zog die kleine Gesellschaft in einer Prozession in Richtung Kai, wobei nur Frau Schulzes gelegentliches Husten das Schweigen unterbrach.

„Ich werde klären, ob alles in Ordnung ist.“ Karl legte seinen Packen Holz ab. „Wartet hier!“

„Kann ich mitkommen?“, fragte Hans. Karl nickte und sie gingen zusammen davon. Elisabeth sah, wie Karls Hand auf der Schulter des Kindes ruhte und Hans ihn lächelnd anblickte und auf ihn einplapperte. Sie sahen mehr denn je aus wie Vater und Sohn.

Karl war erleichtert, dass er den Beamten nicht kannte, der die Überfahrt nach Oranienbaum organisierte. „Ich bin Herr Ebel und das ist mein Sohn Hans“, erklärte er auf Deutsch.

Der Mann überprüfte Karls Papiere und antwortete ihm ebenfalls auf Deutsch. „Sie reisen mit Ihrer Frau, Ihrer Tante und der Schwester Ihrer Frau. Richtig?“

Karl räusperte sich. „Ja.“ Der Beamte verglich die Papiere mit seiner Passagierliste.

„Als sie sich registriert haben, waren sie nur zu viert. Also dürfen nur vier Personen nach Oranienbaum fahren. Einer muss dableiben.“

Karl überlegte und versuchte, den Mann einzuschätzen. Sollte er zornig werden oder sich dumm stellen? Der Beamte sah müde aus. Er schien eher jemand zu sein, der Humor besaß und sich nicht so leicht einschüchtern ließ.

„Nein. Nein. Wir sind vier.“ Karl hielt beim Zählen die Finger hoch. „Ich, meine Frau, mein Sohn und die Tanten.“ Er hielt vier Finger hoch. „Sie sehen, es gibt kein Problem!“ Der Russe warf Karl einen verächtlichen Blick zu.

Bevor der Mann weitersprechen konnte, warf Hans ein: „Nein, Vater! Wir haben zwei Tanten, deine Tante und meine.“ Er zog an Karls Daumen. „Das macht fünf, nicht vier.“ Karl zählte absichtlich ungläubig die Familie nochmals still an den Fingern ab.

Der Mann richtete nun seine Aufmerksamkeit auf Hans. „Wie lautet der Name der anderen Tante?“

„Frau Schulze, mein Herr.“

Der Beamte schrieb Frau Schulzes Namen auf das Dokument und händigte Hans die Papiere aus. „Wenn er richtig lesen und schreiben kann, geben Sie ihm diese Dokumente.“ Der Beamte winkte sie fort.

Karl und Hans entfernten sich so schnell sie konnten. Er sollte Hans' Kichern nicht hören.

„Meine Mutter ist meine Tante“, flüsterte Hans.

„Und Frau Dönhof ist meine“, setzte Karl mit einem leisen Lachen hinzu.

Nachdem sich das Kind genug amüsiert hatte, beugte sich Karl zu Hans hinunter. „Du warst eben sehr gewitzt. Am besten, wir behalten den Vorfall für uns. Es gibt keinen Grund, den Frauen Anlass zur Sorge zu geben.“ Er nahm einen kleinen Lederbeutel mit Münzen von seiner Taille und händigte ihn Hans aus. „Ich habe dich nie für die Arbeit bezahlt, die du für mich auf dem Schiff getan hast. Das musst du gut verstecken und aufbewahren für den Zeitpunkt, an dem du es am dringensten brauchst."

Der Junge lächelte. „Danke, mein Herr."

Karl zog noch einen weiteren kleinen Beutel aus dem Inneren seiner Weste. „Diese Steine gehören jetzt dir."

Hans löste die Kordel des Beutelchens, schaute hinein und lächelte Karl dankbar an. Dann befühlte er die glatten Steine, die in Frau Ebels Flickendecke aufbewahrt gewesen waren.

„Danke!" Hans warf seine Arme um Karl, der seine Umarmung erwiderte. Dann half Hans Karl, die beiden Säckchen an seine Kleider zu binden, damit keiner die Schätze vermuten würde, die sich darin verbargen.

„Frau Ebels Flickendecke wird jetzt ganz leicht sein", bemerkte Hans, als sie ihren Weg fortsetzten und zu den Frauen zurückgingen.

„Nein", meinte Karl. „Ich habe deine Steine durch andere ersetzt, die ihr wahrscheinlich besser gefallen werden. Aber verdirb mir meine Überraschung nicht. Sie weiß nämlich nichts davon."

Hans grinste und Karl wusste, dass sein Geheimnis bei ihm gut aufgehoben war.

Nicht lange, und Elisabeth und die anderen kletterten an Bord des Schiffes, das sie nach Oranienbaum befördern sollte. Elisabeth kam es so vor, als sei der Schoner schon für 20 Personen zu eng; es sollten darin aber mehr als 100 Menschen mit all ihren Habseligkeiten transportiert werden. Sie versuchte, sich ganz auf die beiden großen Segel über ihr zu konzentrieren, um das Knarren und Ächzen der alten Balken nicht hören zu müssen. Zu Zeiten der Herrschaft Peters des Großen war dieses Boot vielleicht in großartigem Zustand gewesen, doch jetzt sah es dem heruntergekommenen Schiff ähnlich, das sie nach Russland gebracht hatte.

Die russischen Seeleute sahen mit ihren langen Bärten und den hohen Pelzmützen genau so aus wie die Fuhrmänner, die sie zu dem Lager in Kronstadt gebracht hatten. Zumindest war heute kein hoher Seegang; es gab nur ein paar kleine Wellen dort, wo die See vom Wind aufgewühlt wurde. Als das Schiff in Kronstadt ablegte, hellte sich Karls Stimmung merklich auf.

„Wir werden bald da sein", sagte er zu Elisabeth, als er hinter ihr an die Reling trat. „Schau nur!" Er zeigte auf einen kleinen Punkt in der Ferne. „Man kann genau sehen, wohin wir fahren."

Elisabeth spürte, wie sich Wärme in ihrem Körper ausbreitete. Sie wusste nicht, ob das durch die Gewissheit kam, dass sie bald wieder Land erreichen würden oder ob es Karls Nähe war. Er schien ihr in letzter Zeit wenig Beachtung zu schenken. Und doch schien er zu wissen, was sie fühlte. Er hielt ein wenig Abstand zu ihr, sodass sie verstohlen von der Seite sein schönes Profil betrachten konnte. Wenn er sie so genau beobachtet hatte, interessierte er sich vielleicht auch mehr für sie, als er zugeben wollte oder nach außen hin zeigte. Vielleicht lernte er sie doch noch lieben und würde sie nicht verlassen?

Als sie an dem Ort ankamen, wo die Einwanderer registriert wurden, bemerkte Elisabeth kaum einen Unterschied zwischen ihrem neuen Lager und dem alten. Weiße Birken, versetzt mit Kiefern und einer gelegentlichen Fichte oder Tanne, dominierten das bewaldete Gebiet nahe des Lagers. Eine dichte Bodenvegetation von kleinen, wild wuchernden, stacheligen Büschen breitete sich unter den Bäumen aus. Elisabeth sog den frischen Waldgeruch ein. Sofort machte sich das kleine Grüppchen daran, frisches Holz zu sammeln und zu ihren mitgebrachten Zweigen zu legen.

Als sie ihre neue Unterkunft fertiggebaut hatten, sah sie genauso aus wie ihre alte, nur etwas größer, sodass fünf Personen darin Platz finden konnten. Weil hier mehr Baumaterial zur Verfügung stand, waren auch die Behausungen der meisten anderen Siedler groß genug, dass man darin sitzen konnte.

„Jetzt heißt es abwarten und Tee trinken", meinte Karl mit einem verschmitzten Lächeln.

Elisabeth wandte sich an ihn. „Werden wir lange warten müssen?"

„Die Formalitäten für die Registrierung werden sicher einige Zeit in Anspruch nehmen", sagte er zu ihrer großen Enttäuschung.

Am zweiten Morgen in Oranienbaum verschwand Karl, ohne ein Wort zu sagen. Nach dem Mittagsmahl forderte Hans Frau Dönhof zu einem Spiel mit seinen Steinchen auf und Elisabeth und Frau Schulze hatten Gelegenheit, gemeinsam einen Spaziergang zu machen. Elisabeth hatte sich vor dem Augenblick, in dem sie mit Frau Schulze allein sein würde, gefürchtet, aber sie hatte auch gewusst, dass dieser Moment irgendwann kommen musste.

Nicht weit von ihrer Hütte entfernt fragte Frau Schulze: „Wie ist mein Mann eigentlich gestorben? Ist er etwa ... ertrunken?" In ihren Augen standen Tränen.

„Nein, er ist nicht ertrunken. Nachdem Ihr Schiff den Hafen verlassen hatte, beobachtete ich, wie Herr Schulze einige Menschen retten, die man verhaftet hatte. Er war ein tapferer Mann, und er starb in dem Wissen, dass sein Sohn sich in Sicherheit befand."

Frau Schulzes Blick wurde weicher. „Was geschah genau?"

„Hans und ich hatten uns in einem hölzernen Fass versteckt. Er fand uns dort und verhinderte, dass wir entdeckt wurden, indem er die Aufmerksamkeit auf sich selbst lenkte. Er war schon fast entkommen, da schoss ihn ein Soldat nieder."

Frau Schulze sah so aus, als hätte jemand ihr einen Hieb versetzt, und Elisabeth legte die Hand auf ihren Arm.

„Er starb also auf offener Straße?"

„Ja", sagte Elisabeth. Sie wünschte, sie könnte die Wahrheit für Frau Schulze erträglicher machen, aber sie wusste nicht, wie. „Er starb, weil er andere rettete – darunter Hans und mich."

Frau Schulze nickte. Sie ließ ihren Tränen freien Lauf. „Das überrascht mich nicht. Er hat immer geholfen, wo er nur konnte ... egal, unter welchen Umständen. Vielleicht ... hatte ich deshalb ... so lange Zeit noch Hoffnung." Sie ergriff Elisabeths Arm und lehnte sich an die junge Frau.

Nachdem sie sich wieder gefasst und ihre Stimme wiedergefunden hatte, sagte sie: „Bitte nenn mich Greta. Ich werde dich Elisabeth nennen. Wir sind jetzt schließlich eine Familie."

Elisabeth unterdrückte ihre Tränen. „Das ist das Schönste, was ich gehört habe, seit mein Vater gestorben ist." Sie blickte auf. Sie waren an einem Hüttchen angelangt, vor dessen Eingang ein Paar zerlumpte Hosen hingen. Die Hütte daneben hatte ein völlig flaches Dach und war an drei Seiten offen. Ein dicker Ast stützte die Konstruktion. Das untere Ende des Astes war tief in den Boden eingegraben.

„Frau Schulze!", rief eine vergnügte Stimme.

„Frau Kassel!", entgegnete Greta mit offenkundiger Freude. Die zwei Frauen umarmten sich. „Frau Ebel, das ist Frau Kassel." Elisabeth nickte der Frau zum Gruß zu.

Frau Kassel lächelte. „Es freut mich, Ihre Bekanntschaft zu machen."

Fast augenblicklich begannen Frau Schulze und Frau Kassel eine Unterhaltung über alles, was ihnen in den letzten paar Tagen zugestoßen war. Auch wenn sie versuchten, Elisabeth einzubeziehen, kam sie sich doch wie ein Eindringling vor. „Hättest du etwas dagegen, wenn ich ein wenig allein weitergehe, Greta? Wir treffen uns dann wieder an der Unterkunft."

Greta war einverstanden. Sie und ihre Freundin machten sich – bereits tief ins Gespräch vertieft – davon. Elisabeth spazierte ein paar Minuten ziellos zwischen den Siedlern und ihren Unterkünften umher. Eine Behausung sah aus wie ein quadratischer Tisch, bei wieder einer anderen waren noch Blätter an den Zweigen. Jeder musste mit dem arbeiten, was er zum Überleben finden konnte.

Als Elisabeth versuchte, den Weg zurück zu finden, wurde ihr bewusst, wie sehr sich die Behausungen glichen. Sie wusste, dass sie verloren war, wenn sie das Lager verlassen wollte. Als sie sich umdrehte, um wieder auf den richtigen Weg zu gelangen, stand plötzlich Sergei mit einem selbstgefälligen Lächeln vor ihr.

„Wieder mal allein?!“ Sein Blick wanderte schamlos über ihren Körper. Sie konnte nicht vor ihm weglaufen. Sie war bereits am Ende des Lagers. Sie versuchte, an ihm vorbeizukommen, aber er trat ihr in den Weg. Sie fragte sich, wie er nach Oranienbaum gekommen war. Er war nicht auf ihrem Boot gewesen; das hätte sie bemerkt. Ihn hier anzutreffen war wirklich das Letzte, was sie sich gewünscht hätte!

„Haben Sie das hier fallen lassen?“ Er hielt ihr eine Münze entgegen.

„Nein, das gehört nicht mir.“ Sergei wusste genau, dass sie keine Münze von derart großem Wert besitzen konnte. Elisabeth errötete angesichts der Unterstellung, dass sie bestechlich sein könnte. Sie versuchte ein zweites Mal, an ihm vorbeizukommen.

„Ich glaube aber doch, dass sie Ihnen gehört oder zumindest Ihnen gehören könnte.“ Sein Deutsch schien sich merklich verbessert zu haben. „Ist Ihr Mann wieder mal krank?“

Sie wich zur Seite, als sie erklärte: „Es geht ihm gut.“ Schnell wandte sie sich um und rannte, immer am Rande des Lagers entlang, davon. Ihr Herzklopfen rauschte so laut in ihren Ohren, dass sie alle anderen Geräusche um sich herum nicht wahrnahm; sie hörte in ihrem Inneren nur tausend kleine Warnungen vor den bösen Absichten des Soldaten.

Es war Karl nicht leicht gefallen, sich Elisabeth zu entziehen; aber es musste sein. Er war seit dem frühen Morgen unterwegs gewesen und nun, wo die Sonne sich dem Zenit näherte, gelangte er zu dem Anwesen, wo er früher immer seine Geschäfte getätigt hatte. Er hoffte, dass hier immer noch derselbe bestechliche Gutsverwalter wohnte wie früher. Da der Besitzer des Guts schon seit langem krank war und dessen Bruder im Ausland unterwegs war, hatte sich der Gutsverwalter die Freiheit genommen, Teile des Besitzes nach und nach zu verkaufen, wann immer er dafür einen guten Preis zu erwarten hatte. Das war der Grund, weshalb Karl hier war.

Auch wenn das Anwesen einen hochherrschaftlich klingenden Namen hatte, fehlte den heruntergekommenen Gebäuden die Größe, die der Name andeutete. In Karls Augen erschienen sie primitiv – und das waren sie vermutlich auch bereits in ihren besten Jahren gewesen. Es handelte sich eher um ein Bauernhaus mit Nebengebäuden als um ein Landgut. Die Fliederbüsche am Eingang und die blauen Hyazinthen entlang der Auffahrt waren der einzige Hinweis auf einen gewissen Wohlstand.

„Geht es deinem Herrn besser?", fragte Karl. Der Geruch von Kiefernbäumen lag schwer in der Luft.

Der Verwalter lächelte. „Nein, er siecht dahin."

„Und sein Bruder?", fragte Karl.

„Er bereist die Welt – wie immer", sagte der Mann mit einem Grinsen, das seine schwarzen Zähne offenbarte. Die geplante Transaktion ging so einfach vonstatten, wie Karl es sich erhofft hatte. Karl händigte dem Mann einen Geldbeutel aus und dieser gab ihm dafür die Zügel eines Apfelschimmels in die Hand.

Die Augen des Verwalters funkelten, als er das Geld in Händen hielt. Karl wusste, dass er ihm viel zu viel gegeben hatte, doch war es ja gerade die Habgier des Verwalters, die Karl bereits wiederholt für seine Zwecke ausgenutzt hatte.

Sobald er sich von dem Gutshof entfernt hatte, ritt Karl vorsichtig durch das Unterholz, auf alles lauschend, was sich um ihn her regte. Er beobachtete den Flug der Vögel in der Luft, prüfte die Windrichtung in den tiefgrünen Kiefernästen, sah die flatternden Birkenblätter und das Scharren eines Nagetieres, das sich bei Karls Auftauchen eilig davonmachte. Karl war eine lange Strecke geritten, als er wieder zu dem Mann zurückkehrte, ihm das Tier zurückbrachte und dem Mann wiederum einige von den Goldmünzen gab, die er Quentin abgenommen hatte.

„Ich komme später wieder. Das sollte für den Unterhalt des Pferdes genügen."

Der Mann nickte begierig mit dem Kopf. Es würde Nachmittag werden, bevor Karl das Lager erreichte. Dann musste er sich wieder hineinschleichen, ohne dass es jemandem auffiel. Vor allem die Soldaten durften nichts merken.

Als er das eine Ende des Lagers erreicht hatte und sich wieder frei bewegen konnte, bemerkte er eine Frau, die am Lagerrand entlang huschte. Ihr schneller Schritt ließ darauf schließen, dass sie vor etwas davonrannte. Sie sah aus wie Elisabeth.

Karl beeilte sich und hatte sie bald eingeholt. Als er ihre Schulter berührte, drehte sie sich ruckartig mit erhobener Hand um. Als sie ihn erkannte, blieb ihr Arm auf halber Höhe in der Luft stehen und ein Anflug von Erleichterung huschte über ihr Gesicht. Anstatt die Arme sinken zu lassen, warf sie sie um seinen Hals. Sie zitterte.

„Was ist los?", fragte er. Ihre Berührung jagte ihm warme Schauer über den Rücken.

„Ich … Greta und ich gingen durch das Lager … dann kam Frau Kassel … ich ging weiter … ich verirrte mich … und da stand er … er ist überall, wo ich hingehe …" Sie holte tief Luft. „Du denkst sicher, ich bilde mir das nur ein, aber ich fühle mich auf Schritt und Tritt von ihm verfolgt."

Karl spürte, wie Wut in ihm hochstieg. „Wen meinst du, Elisabeth? Wer verfolgt dich?"

„Dieser Soldat!", antwortete sie. „Dieser entsetzliche russische Soldat!"

Auch wenn er sie am liebsten noch länger umarmt hätte, schob er sie behutsam ein Stück von sich und beugte sich zu ihr herunter, sodass er ihr direkt in die Augen schauen konnte.

„Sergei? Ist es Sergei, der dich bedroht?"

„Ja, so heißt er", bekräftigte sie.

Erleichterung erfasste Karl. Wenn Sergei Elisabeth hinterherlief, dann kümmerte er sich nicht darum, was Karl tat. Er zog sie wieder an sich, damit sie seinen erleichterten Gesichtsausdruck nicht bemerkte. Sie gab ihm das Gefühl, ein anständiger Mann zu sein, der ihrer Liebe wert war, aber er wusste es besser. Bisher hatte er sich nur um seine eigenen Belange gekümmert. Seit er sein Elternhaus verlassen hatte, hatte er sich immer allein durchgeschlagen, oft ohne Rücksicht auf Verluste. So hatte er in der unbarmherzigen Welt überlebt.

„Dieser Mann ist gefährlich“, meinte er endlich. „Geh nirgendwo mehr alleine hin! Verstehst du?“

Er konnte ihr Nicken an seinem Brustkorb spüren. Wie sehr wünschte er sich doch, er wäre der Mann, den Elisabeth brauchte. Wäre er ein Mann Gottes, wäre er das, wofür er sich ausgab, dann würde er dafür beten, dass er sie für sich haben könnte. Aber er war kein Mann Gottes – nicht mehr. Er tröstete Elisabeth, so gut er konnte, und schließlich kehrten sie gemeinsam zu ihrer Unterkunft zurück.

Elisabeth hatte sich schon lange nicht mehr so aufgewühlt und ungeschützt gefühlt. Durch Karls Nähe und den neuen Familienanschluss hatte sie sich wieder stark und tapfer gewähnt, doch das Zusammentreffen mit Sergei hatte ihr deutlich gemacht, wie abhängig sie war. Sie hasste dieses Gefühl. Früher als gewöhnlich krabbelte sie in ihren Unterschlupf.

Elisabeth versuchte das niedergeschlagene Gefühl, das sich ihrer bemächtigte, zu ignorieren. Sie durfte ihren Gefühlen nicht nachgeben. Sie musste allein zurechtkommen. Karl hatte ihr wiederholt zu verstehen gegeben, dass er sie verlassen würde, und trotzdem hoffte sie immer noch inständig, dass er bei ihr blieb. Sie wollte sich nicht länger von Sergeis Nachstellungen, ihrer unsinnigen Hoffnung auf ein Leben mit Karl und ihren eigenen Ängsten niederdrücken lassen. Sie würde dahin gehen, wo sie sich niederlassen wollte. Niemand sollte ihrer Freiheit Grenzen setzen.

Der nächste Morgen dämmerte warm und sonnig. Elisabeth spürte das Bedürfnis, sich zu beschäftigen. Sie konnte nicht den ganzen Tag tatenlos herumsitzen.

„Ich werde heute Wäsche waschen“, verkündete sie, nachdem sie die Morgenmahlzeit beendet hatten. Sollte Sergei auftauchen, würde sie ihm einfach auftragen, ihr schrubben zu helfen. Der Gedanke zauberte ein Lächeln auf ihr Gesicht.

Karl und Hans fingen an, mit den Steinen zu spielen.

„Frau Dönhof!", wies Elisabeth die Ältere an. „Sie müssen sich umziehen, damit ich alle Krankheitserreger aus Ihren Kleidern waschen kann."

Die Frau drehte sich mit einem zornigen Blick um, aber Elisabeth wusste, dass sie ihre Worte gut gewählt hatte, als Frau Dönhof antwortete: „Endlich sprechen Sie vernünftig!"

„Darf ich mir dein Ersatzkleid ausleihen, Greta?", fragte Elisabeth.

„Sicher! Nimm das Waschbrett und meinen letzten Riegel Laugenseife."

„Danke. Ich habe ein Nachthemd, das du tragen kannst, und Frau Dönhof kann ihres anziehen. So kann ich auch dein Kleid waschen."

„Und was sollen wir tun, während Sie mit unseren Kleidern herumspazieren?", fragte Frau Dönhof.

„Vielleicht können wir uns ein bisschen besser kennenlernen", meinte Greta.

„In der Hütte", fügte Elisabeth hinzu.

Obwohl Frau Dönhof wenig begeistert wirkte, half sie Elisabeth und Greta dabei, ihre Habseligkeiten vor ihrer Unterkunft so aufzuhäufen, dass sie sich vor Blicken geschützt umziehen konnten. Als Greta an der frischen Luft stand, fing sie an zu husten.

„Es wird dir guttun, dich drinnen auszuruhen", meinte Elisabeth.

„Sie dürfen heute nicht reden", wies Frau Dönhof Greta an. „Dazu ist später noch genug Zeit."

„Mir geht es gut", widersprach Greta. „Das ist nur die plötzliche kalte Luft."

Gretas Kleid war zu lang für Elisabeth, aber sie raffte den überschüssigen Stoff zusammen und band ihn sich als Schürze eng um die Hüfte.

„Und ihr Männer kommt uns ja nicht in die Quere, bis wir wieder ordentlich angezogen sind!“, knurrte Frau Dönhof.

Karl und Hans schauten vom Boden auf, wo sie spielten.

„Das würde mir doch nicht im Traum einfallen!“, meinte Karl langsam. Sie spielten weiter. Hans stieß ein triumphierendes Lachen aus, als es ihm gelang, mit einer Reihe von seinen Steinen den ersten großen Stein von Karl zu treffen.

„Hans, hast du gewonnen?“ Gretas Stimme ging in ein Husten über, das tief aus ihrer Brust zu kommen schien.

Elisabeth fühlte einen Stich in der Magengegend. Greta war blass und mager. Sie sah genauso krank aus wie die Leute, die Elisabeth auf dem Schiff umsorgt hatte. Die meisten von ihnen hatten sich nicht mehr erholt. Der Gedanke daran, dass Greta sie verlassen könnte, nahm ihr beinahe den Atem.

„So, Hans, nun sind wir beide allein“, sagte Karl, als er die letzten Steinchen vom Boden aufsammelte.

„Ja, wir Männer ganz unter uns.“

„Warum übst du nicht eine Weile allein mit den Steinen, während ich mich ausruhe? Danach können wir noch ein Spiel spielen.“ Karl versuchte, sich nicht anmerken zu lassen, dass Elisabeths Absicht, auf eigene Faust loszuziehen, ihn störte. Er hatte ihr doch gesagt, dass sie nirgendwo alleine hingehen sollte. Und jetzt wollte sie doch wieder allein losziehen und Wäsche waschen.

Hans spielte allein weiter, während Karl sich hinlegte und den Hut ins Gesicht zog. Karl schloss die Augen. Dann musste Elisabeth eben ihre eigenen Erfahrungen machen. Er würde sich nicht mehr freiwillig anbieten, ihr Begleitschutz zu gewähren, es sei denn, sie fragte ihn. Warum dachte er überhaupt so viel über diese Frau nach? Heute Nacht würde er seinen Plan in die Tat umsetzen. Alles war vorbereitet. Es würde Goralski noch leidtun, dass er ihn damals betrogen hatte.

10

Als Elisabeth die verschmutzte Wäsche in ihre Flickendecke band, fühlte sich das Bündel viel schwerer an, als sie gedacht hatte. Hans hatte seine Steine herausgenommen, aber es waren noch viele Unebenheiten in dem Quilt. Die Risse waren aber wieder sauber vernäht worden. Sie fragte sich, ob sie eine andere Decke nehmen sollte, eine ohne das zusätzliche Gewicht von Karls verborgenen Schätzen, vielleicht so eine wie die von Frau Dönhof.

„Frau Dönhof!", rief Elisabeth.

„Was ist denn?"

Elisabeth entschloss sich, ihre Frage doch nicht zu stellen. „Ach, nichts. Es ist nicht wichtig."

Sie wandte sich an Hans und Karl. „Habt ihr noch andere Sachen, die ihr euch anziehen könnt? Dann könnte ich euch die Kleider waschen, die ihr jetzt anhabt."

„Nein. Wenn du diese mitnehmen willst, muss ich so herumlaufen, wie ich geboren bin", witzelte Karl, den Hut noch immer tief ins Gesicht gezogen.

„Ich habe auch nichts anderes anzuziehen", erklärte Hans.

Greta rief ihm zu: „Was ist denn mit deinem Schlafanzug, H–?" Ein Hustenanfall schüttelte sie.

„Sie sind krank!", sagte Frau Dönhof mit gedämpfter Stimme. „Jetzt werden wir uns noch alle anstecken. Der Himmel möge uns helfen!" Die Worte waren hart, aber ihr Tonfall war weich, fast mütterlich. Elisabeth blickte zur Hütte hinüber. Die Frau war tatsächlich noch zu jemand anderem als Hans freundlich. Frau Dönhof fuhr fort: „Sie haben sich über Gebühr um andere gekümmert – zu Ihrem eigenen Schaden. Es ist kein Wunder, dass Sie krank geworden sind."

Obwohl der Husten nicht aufhören wollte, bemerkte Greta trotzig und mit angespannter Stimme: „Mir geht es gut!"

„Es wird Ihnen aber nicht mehr lange gut gehen, wenn Sie so weitermachen. Sie brauchen Ruhe und eine heiße Suppe, um Ihre Knochen aufwärmen. Wann haben Sie das letzte Mal eine gute Mahlzeit zu sich genommen? Ich rede selbstverständlich nicht von dem Zeug, das Frau Ebel gestern Abend für uns gekocht hat."

Elisabeth ignorierte Frau Dönhofs Worte und wies Hans an: „Zieh deinen Schlafanzug an, damit ich deine Kleider waschen kann."

„Meine Sachen sind aber ganz schlimm dreckig."

„Dann hol sie mir und ich werde sie waschen."

Hans machte sich daran, in die Hütte zu gehen, aber Frau Dönhof hielt ihn auf. „Oh nein! Du bleibst, wo du bist. Ich werde sie dir geben."

„Anscheinend ist mir hier kein Schlaf vergönnt!", meinte Karl und schob seinen Hut zurück. Er stand auf und klopfte seine gewöhnlichen, grob gesponnenen Hosen und seine Jacke ab. „Ich werde uns jetzt registrieren gehen!", verkündete er.

„Aber wir sind doch schon angemeldet", erwiderte Hans.

Elisabeth sah, wie Karl ein Auge auf das Bündel in ihren Händen warf. „Zuerst haben wir uns eintragen lassen, um zu erklären, dass wir in Russland angekommen sind. Dann mussten wir uns zur Überfahrt nach Oranienbaum anmelden. Dieses Mal werden wir einer Gruppe zugeteilt, mit der wir mitreisen können. Es wird nicht mehr lange dauern und ihr seid auf dem Weg zu eurem neuen Zuhause."

„Hurra!", rief Hans und hüpfte vor Freude von einem Bein aufs andere.

Karl deutete auf die Decke in Elisabeths Händen. „Diese Decke ist empfindlich. Du hast nicht etwa vor, sie zu waschen, oder?"

Elisabeth betrachtete das feine Material. „Ich werde sie nicht waschen, wenn du es nicht willst."

„Genau das will ich nicht!", bekräftigte er.

Hans fragte: „Darf ich mit dir zur Anmeldung kommen? Als der Mann in unserer Familie sollte ich doch derjenige sein, der für meine Mutter und mich unterschreibt?!"

Karl wuschelte dem Kind durch die Haare. „Du hast völlig recht. Frau Schulze, ich nehme Hans mit."

Karl wandte sich an Elisabeth. „Die Flickenkdecke ist viel zu empfindlich, als dass man sie waschen könnte." Noch bevor sie antworten konnte, ging er mit Hans an seiner Seite davon. Elisabeth schüttelte den Kopf. Wie sehr wünschte sie sich doch, Hans' kindliche Begeisterung selbst noch einmal zu erleben!

Elisabeth seufzte und hievte das Bündel verschmutzter Wäsche auf ihren Rücken. Karl vertraute ihr all die geheimen Dinge an, die in die alte Decke gewickelt waren, aber er verriet ihr nicht den wahren Grund, warum er nicht wollte, dass die Flickendecke gewaschen wurde. Wenn sie sich doch nur sicher sein könnte, dass er das nur tat, um sie zu schützen ....

„Schäm dich!", schalt sie sich selbst. „Mach dir keine Sorgen darüber, was werden wird." Was nützte es schon, sich den Kopf zu zerbrechen? Sie reckte das Kinn und marschierte los.

Karl und Hans schlossen sich der Menge an, die darauf wartete, in Gruppen eingeteilt zu werden. Sie gingen von einem Bereich zum anderen, doch Karl erkannte alle Regierungsbeamten wieder, die heute da waren. „Die Schlangen sind zu lang. Wir sollten uns ein andermal registrieren lassen", sagte er. „Lass uns stattdessen ein Verstell-Spiel spielen."

„Wie spielt man das?", wollte Hans wissen und legte seine Hand in Karls, während sie sich von der Menge entfernten.

Karl war froh, dass Hans noch zu jung war, um zu verstehen, warum er sich nicht registrieren lassen wollte. „Wenn ich nicht hier wäre", erklärte er, „müsste jemand meinen Platz einnehmen. Er müsste Frau Ebels Mann und dein Vater sein. Lass uns mal sehen, ob wir einen passenden Ersatz für mich finden können."

Karl zeigte auf einen Mann, der sich selbst das Essen zubereitete. „Der sieht aus, als wäre er ein netter Kerl. Was meinst du?"

Hans rannte zu dem Mann hinüber. „Entschuldigen Sie, mein Herr, ich bin Hans."

„Mach, dass du fortkommst, du Lümmel!", rief der Mann und warf einen Stock nach ihm. Hans rannte zu Karl zurück und klammerte sich an ihn.

„Das würde ein guter Mann nie tun", sagte Karl. „Wir müssen jemand anderen finden."

Sie sprachen mit einem Mann nach dem anderen und gingen den größten Teil des Vormittags von Unterkunft zu Unterkunft. Im Geiste strich Karl jeden Kandidaten von seiner Liste. Keiner der in Frage kommenden Männer hatte den Test bestanden. Entweder mochten sie keine Kinder oder sie tranken zu viel. Und wenn es keines von diesen beiden Dingen war, dann gefielen Karl ihre Ansichten nicht. Er musste also seinen Plan für Elisabeth überdenken. Wenn er einen Beschützer für sie finden wollte, musste er auf Bestechung zurückgreifen. Die Zeit, die er noch hatte, bis die Weiterreise begann, wurde knapp.

„Herr Ebel?", fragte Hans. „Können wir ein anderes Spiel spielen? Das hier mag ich nicht mehr spielen."

„Ich auch nicht." Karl hob seine Arme und streckte sich. „Lass uns mal schauen, wie viele Soldaten wir zählen können."

„Ich bin zuerst an der Reihe", sagte Hans. „Dort drüben ist ein Soldat. Das ist schon mal einer."

Gretas dunkelblaues Kleid erschien Elisabeth als etwas Besonderes, nachdem sie so lange ihr selbst gesponnenes braunes Kleid getragen hatte. Sie kam auf ihrem Weg zur Waschstelle an unzähligen Notunterkünften vorbei. Hier lebten hunderte von entwurzelten Existenzen wie sie. Es waren schon viele Frauen da, die bereits fleißig an der Wäsche arbeiteten und die Kleider auf den Felsen ausschlugen. Sie schenkte den Umstehenden ein Lächeln zur Begrüßung und konzentrierte sich dann auf ihre Aufgabe. Es war ein gutes Gefühl, einmal nicht in der Unterkunft zu sein und eine wertvolle Arbeit zu verrichten.

Die Gespräche der anderen Frauen waren unüberhörbar, auch wenn sie eigentlich nicht lauschen wollte. „Machen Sie sich keine

Sorgen! Wenn Sie sich als Bauer registrieren lassen, können Sie diesen Ort bereits in wenigen Tagen verlassen und müssen nicht wochenlang warten. Wir sind erst gestern angekommen und sind bereits der Gruppe ‚Baumgarten' zugewiesen. Sobald wir unsere Vorräte erhalten haben, werden wir zu unserem neuen Zuhause aufbrechen."

Elisabeths Herz machte einen Sprung. „Verzeihen Sie! Aber warum sollen wir angeben, dass wir Bauern sind?"

„Sieh an, Sie können ja sprechen!" Die Frau lachte gutmütig. „Die Zarin möchte, dass die Steppen entlang der Wolga bewirtschaftet werden. Und dorthin schicken sie uns."

Die andere Frau warf ein: „Aber ich dachte, wir können in jedem Gebiet dieses großen Landes leben, das wir uns aussuchen!"

„Nein, nein, Sie müssen Landwirt sein. Und Sie lassen sich entweder an der Wolga nieder, oder sie kommen von hier überhaupt nicht mehr weg."

Elisabeth packte ihre sauberen, aber noch nassen Kleider in die etwas schmuddelige Flickendecke. „Ich wünsche Ihnen beiden viel Glück auf der Reise." Die Frauen dankten ihr, und Elisabeth beeilte sich, zur Hütte zurückzukommen. Auf ihrem Weg zurück bemerkte sie, dass viele Leute ihre gewaschene Kleidung auf den Hüttendächern ausgebreitet hatten, wo sie in der heißen Sonne trocknete. Ihre Mutter wäre wahrscheinlich mit dieser öffentlichen Zurschaustellung ihrer Kleider nicht einverstanden gewesen, aber hier war das etwas anderes. Elisabeth legte wie die anderen Siedler alle Sachen über das Hüttendach.

Greta und Frau Dönhof rief sie zu: „Eure Kleider werden bald trocken sein. Bei dieser Hitze sollte es nicht lange dauern, bis ihr sie wieder anziehen könnt."

„Pssst! Greta schläft!", flüsterte Frau Dönhof.

Elisabeth bereitete eine Suppe zu. Sie bot Frau Dönhof davon an, doch die wollte lieber trockene Kekse. Greta schlief immer noch. Als Karl und Hans nicht zurückkehrten, nahm Elisabeth ihre Mittagsmahlzeit allein ein.

Die Flickendecke war nur etwas feucht, weil sie die nassen Kleidungsstücke darin eingewickelt hatte. Deshalb war sie das erste Teil, das trocken war. Elisabeth hob sie auf, schüttelte sie aus, faltete sie in der Mitte zusammen und legte sie dann nochmals zusammen. Plötzlich fühlte sie harte Gegenstände in ein paar der Flicken-Quadraten. Sie war sicher, dass die auf dem Schiff noch nicht in der Decke gewesen waren. Sie fühlten sich an wie Münzen.

Als sie die Decke auf dem Leinensack mit dem Saatgut ausbreitete, fühlte sie einen weiteren harten Gegenstand an der Seite des Sacks. Sie kniete sich hin und betastete den Gegenstand. Er fühlte sich an wie eine Pistole! Vor Schreck sprang sie zurück, als sei der Sack in Brand geraten. Wenn Karl die Pistole für die Jagd gekauft hätte, hätte er sie offen liegen lassen. Aber anscheinend spielte er ein gefährliches Spiel. Kein Wunder, dass er diesen Sack Weizen die ganze Zeit so gut bewacht hatte.

Als Karl und Hans am frühen Nachmittag zurückkehrten, fanden sie Elisabeth allein vor, die in die kalte Asche der Feuerstelle starrte.

„Sind wir nun registriert?“, fragte sie mit teilnahmsloser Stimme.

„Die Anmeldung braucht Zeit“, entgegnete Karl.

Ihre Augen schweiften nicht von der grauen Asche ab. „Was meinst du damit?“

„Die Sache ist kompliziert“, erwiderte Karl. „Das gesamte Verfahren kann bis zu sieben Tagen dauern.“

Sie zuckte, als hätte sie einen Schlag bekommen. „Wenn man angibt, dass man von Beruf Bauer ist, darf man auf der Stelle weiterreisen!“ Sie wandte ihm ihr Gesicht zu und blickte langsam zu ihm hoch. Karl war überrascht, wie müde sie aussah.

„Das werde ich ausprobieren, sobald wir etwas zu essen bekommen haben.“

Nachdem sie beide eine Schüssel von Elisabeths kalter Suppe gegessen hatte, kehrten Karl und Hans zum Anmeldebereich zurück. Neue Beamte, die Karl nicht kannte, hatten die anderen abgelöst.

„Die Menge scheint kleiner geworden zu sein“, sagte er zu Hans, auch wenn es nach genauso vielen Leuten aussah wie zuvor. „Lass uns eine Gruppe finden, mit der wir diese Reise antreten können.“

Als er an der Reihe war, sagte Karl: „Ich bin Herr Ebel. Ich reise mit meiner Frau, der Schwester meiner Frau, einer Tante und meinem Sohn Hans hier.“

„Was ist Ihr Beruf?“, forschte der stämmige Russe auf Deutsch.

„Was für einen Beruf muss ich denn haben, damit ich in eine Gruppe eingeteilt werde?“

Der Mann lächelte. „Wir behandeln keine Berufsgruppe besser als eine andere.“

„Natürlich nicht“, meinte Karl, „aber ich meine: Wie kann ich Russland am besten dienen?“

„Wenn Sie ein Bauer sind.“

„Dann bin ich ein Bauer.“

„Wir werden gute Bauer sein und viel Nahrung für Russland anbauen!“, fügte Hans hinzu.

„Ich wünschte, wir hätten hier mehr Deutsche wie Sie“, sagte der Mann. „Schreiben können Sie?“ Karl nickte und der Mann fuhr fort: „Dann unterschreiben Sie hier und geben Ihren Beruf an.“

Während Karl das tat, hörte er einen Mann neben ihm sagen: „Ich bin kein Bauer, sondern Schuhmacher. Ich kann für euch Russen sehr nützlich sein. Ich werde aber sicher nicht Bauer neben meinen Namen schreiben, wenn ich kein Bauer bin.“

„Dann bleiben Sie eben hier!“, ertönte barsch die Stimme des Beamten. „Der Nächste!“

Der Beamte händigte Karl einen Zettel aus. „In drei Tagen wird Herr Zweigs Gruppe abreisen. Ich wünsche Ihnen eine gute Reise.“

„Danke schön!“, sagte Karl. Er nickte zu dem anderen Mann, der anfing, Unruhe zu verbreiten. „Was wird aus ihm?“

„Er wird so lange hier bleiben, bis er bereit ist, zu gehen.“

„Und wenn er nie dazu bereit ist?“

„Wir werden schon einen Weg finden, ihn bereit zu machen!“, erwiderte der Mann grinsend.

Karl wandte sich an den unglücklichen Deutschen. „Wenn Sie sich niedergelassen haben, können Sie Ihren Mitsiedlern Ihre Dienste ja immer noch anbieten. Sie sollten aber nicht zulassen, dass unwichtige Formalitäten Ihnen Ihre Träume rauben!“

Der Mann starrte Karl einen Moment lang an und nickte dann. „In Ordnung. Ich bin also Bauer. Wo soll ich unterschreiben?“

Der Beamte klopfte Karl auf den Rücken. „Guter Mann! Guter russischer Mann!“

Hans lächelte. „Ich bin auch ein guter russischer Mann. Wenn mein Vater uns verlässt, werde ich das Oberhaupt der Familie sein.“

Der Beamte lachte. „Ein guter kleiner russischer Mann.“

Hans machte ein wichtiges Gesicht und streckte sich.

Karl beugte sich zu dem Beamten herüber und flüsterte: „Könnten wir nicht seinen Namen als Familienoberhaupt eintragen? Es würde ihm das Gefühl geben, ein echter Russe zu sein.“

Der Beamte blickte amüsiert drein, besonders, als Karl eine Anzahl Münzen in seine Hand legte.

Karl blinzelte. „Da?“

Der Mann kicherte. „Da!“ Er trug Hans' Namen auf der offiziellen Liste ein. „Herr Hans, Sie sind jetzt ein russischer Mann und der Beschützer Ihrer Familie.“

Es war später Nachmittag, als Karl und Hans zur Behausung zurückkehrten. Frau Dönhof trug bereits ihr sauberes Kleid und kochte gerade das Abendessen. Elisabeth besserte einen ausgefransten Saum an Gretas blauem Kleid aus. Diese saß mit einem Tuch über ihrem Alltagskleid am Feuer.

Hans wartete nicht auf Karl, sondern rannte zu den Frauen hin. „Ich bin jetzt ein russischer Mann!"

Greta umarmte ihren Sohn. „Natürlich bist du das."

„Und wir werden in drei Tagen ablegen."

Elisabeth wandte sich an Karl. „Ist das wahr?"

„Ich bin froh, dass du mir gesagt hast, dass man sich als Bauer eintragen lassen kann", meinte Karl in dem Versuch, die Unstimmigkeit wieder gut zu machen, die er verursacht hatte, indem er Elisabeth nicht beachtet hatte."

Elisabeth lächelte ihn an, so wie sie ihn immer angelächelt hatte, als sie noch auf dem Schiff gewesen waren. „Welcher Gruppe wurden wir zugeordnet?"

„Der von Herrn Zweig."

Frau Dönhof schaute von ihrem Kochtopf hoch. „Der Herr Zweig vom Schiff?"

„Ja, der Witwer."

Aus dem Augenwinkel heraus bemerkte Karl Sergei, der sie beobachtete. Der Mann wurde langsam immer dreister und bespitzelte sie nun schon sehr offen aus einer gewissen Entfernung.

Karl schüttelte den Kopf. Sergeis Neugier kam ihm heute besonders ungelegen. Er ging zu dem Soldaten hinüber.

„Ist alles in Ordnung?", fragte Karl.

„Da, gut", sagte Sergei mit einem herablassenden Lächeln. Karl war verärgert über Sergeis Gesichtsausdruck, zwang sich aber auch zu einem Lächeln. Die zwei Männer starrten sich einen Moment lang an, bevor Sergei lässig davon spazierte.

Karl kehrte zu seinen Reisegefährten zurück. „Ich musste gerade eine lästige Fliege loswerden." Elisabeth grinste, aber die anderen hatten nichts gemerkt und unterhielten sich weiter über ihr bevorstehendes Abenteuer.

„Möchtest du etwas essen?", fragte Elisabeth.

„Später." Er musste schnell handeln, bevor der Mann es sich anders überlegte und eventuell zurückkehrte. Der Sack mit Weizen befand sich unter der Flickendecke in der Nähe des Hütteneingangs. Karl kroch hinein. Er entwirrte die Schnur, die den Sack zuhielt, nahm mit, was er brauchte, und schloss den Sack wieder. Dann trennte er eines der Flickenquadrate der Decke auf und holte mehrere Goldmünzen heraus.

Er blickte nach draußen. Elisabeth gab Hans gerade noch etwas mehr Suppe. Nun war der richtige Zeitpunkt. In dem Versuch, keine Aufmerksamkeit zu erregen, entschlüpfte er auf der Rückseite der Hütte. Je weniger die anderen wussten, desto besser.

Elisabeth folgte Karl mit ihrem Blick, während er sich durch das Gestrüpp davonmachte. Er ging ganz lässig, als hätte er keine Sorgen und kein Ziel, aber sie wusste es besser. Er verschwand in der Ferne, ohne dass ihn jemand außer ihr bemerkt hätte. Karl hatte noch viel mehr Geheimnisse als die in seiner Flickendecke.

„Möchtest du noch einen dritten Löffel Suppe?", fragte Elisabeth Hans, während ihre Augen Karl nachblickten.

„Ich habe erst einen gehabt", erkärte Hans. „Also darf ich noch zwei Kellen Suppe haben."

Elisabeth blickte zu ihm herab. „Das ist eine Lüge, Hans. Du hast bereits zwei Löffel gehabt. Möchtest du noch einen oder keinen mehr?"

Hans schenkte ihr ein entwaffnendes Lächeln. „Ich kann nicht sehr gut zählen. Ich nehme noch einen. Bitte!"

Bevor Elisabeth ihm noch mehr Suppe geben konnte, nahm Greta ihren Sohn beiseite, um mit ihm ein ernstes Wörtchen zu reden. Elisabeth nahm an, dass es wegen seiner Lüge war. Sie rührte kräftig in dem Topf. Karl hatte Hans offensichtlich einiges beigebracht, was nicht besonders gut war.

* * *

Karl holte sein Pferd bei dem Gutsverwalter ab. Der Tag war warm und der Himmel in ein brillantes Blau getaucht.

„Das Tier wird Ihnen gute Dienste erweisen", saagte der Gutsverwalter auf Russisch.

„Ganz bestimmt!“, bekräftigte Karl. Er schaute sich auf dem heruntergekommenen Anwesen um. „Meinen Sie, Ihr Herr hat eine Abendgarderobe, die er mir ausleihen würde?“

„Schon möglich.“ Der Gutsverwalter rieb sich die Hände.

„Ich brauche eine vollständige Abendgarderobe“, wiederholte Karl. „Ich suche aber auch solche Kleidung, wie Sie sie gerade tragen.“

„Oh, dieses Gewand ist für mich von großem Wert“, meinte der Gutsverwalter abwinkend.

„Ich verstehe!“, sagte Karl. Er holte doppelt so viele Rubel aus seinem Beutel, wie die Kleider wert waren.

Sobald der Handel perfekt war, zog Karl die Sachen des Gutsverwalters an und ritt davon. Weniger als einen Kilometer vom Haupthaus entfernt traf er auf eine Bauersfrau, die in ihrem Garten Unkraut jätete.

„Gute Frau!“, sprach Karl sie an. „Sie haben doch sicher ein Zimmer, das Sie mir für eine gewisse Summe überlassen könnten, oder?“

„Ich nehme keine Bettler auf“, erwiderte die Frau und die Falten in ihrem Gesicht vertieften sich.

Karl lächelte. Er war schon einmal bei dieser Frau abgestiegen. Wieder durchlief er das Ritual, das notwendig war, um sich das Zimmer zu verschaffen, wobei sie ihm versicherte, dass ihr Herr und Meister niemals herausfinden würde, dass sie bei diesem Handel zusätzliches Geld verdient hatte. Er trat durch die Hintertür ein und verstaute seine Auswandererkleider und seine Abendgarderobe in dem Zimmer. Dabei vergewisserte er sich, dass das Fenster entriegelt war. Dann ritt er in flottem Tempo in Richtung Sankt Petersburg.

Als er in dem unheimlichen Abendlicht durch die Kiefernwälder und an Seen vorbei ritt, achtete er nicht auf die Zeit. Er dachte lediglich an den Triumph süßer Rache. Wie hatte sich Goralski gegen ihn wenden können, nachdem er so viele Einwanderer für den Mann nach Russland gebracht hatte ? Karl zog eine Grimasse. Wegen Geld natürlich.

Die galoppierenden Hufe seines Pferdes schienen den Satz zu wiederholen: „Wegen Geld – wegen Geld – wegen Geld." Alles hatte seinen Preis auf dieser Welt. Goralski hatte von Anfang an gewusst, dass Karl Jude war. Zuerst war das für Goralski kein Problem gewesen, weil er dem Mann eine Menge Geld einbrachte. Doch Goralski hatte abgewartet, bis Karl einmal eine besonders große Gruppe an Einwanderern ablieferte, die größte, die je ein Werber gebracht hatte. Dann hatte sich der Russe plötzlich geweigert, ihm seinen Lohn zu zahlen, und ihn anschließend wie einen gewöhnlichen Kriminellen deportieren lassen.

Eine dunkle Wolke schob sich vor die Sonne, die wie ein großer runder Ball am Horizont hing. Karl gab seinem Pferd die Sporen. Quentins Verrat war sogar noch schlimmer als Goralskis gewesen. Er wollte Karl ganz einfach aus dem Weg schaffen, um dadurch das Geld für seine Kost auf der Rückreise zu sparen. Als Quentin Karl an seine Koje band, in der Absicht ihn über Bord zu werfen, sobald das Schiff weit draußen auf See war, erfuhr Karl, dass der Russe und der Engländer sich verbündet hatten. Goralski hatte Quentin dafür bezahlt, dass er alle Vorkehrungen traf, die nötig waren, damit Karl nie wieder nach Russland einreiste. Goralski war es völlig gleichgültig, was Quentin mit Karl anstellte, solange er ihn nur nie wieder zu Gesicht bekam. Karl fragte sich, warum er dem Engländer überhaupt je vertraut hatte.

Karl richtete seine Gedanken wieder auf die Gegenwart. Er war an seinem Bestimmungsort angekommen. Im Schatten eines baufälligen Holzschuppens stieg er vom Pferd und horchte angestrengt, ob er irgendetwas wahrnehmen konnte. Dann band er das Pferd mit den Zügeln an einen Strauch. Erst als er sicher war, dass er nicht beobachtet oder verfolgt worden war, ging er zur Hintertür und klopfte. Zweimal kräftig, einmal leise. Eine Pause. Dann dreimal kräftig.

Die Tür knarrte und sprang auf. Ein Gesicht, das von einer großen Nase und eingesunkenen Augen beherrscht wurde, lugte hervor.

„Was haben Sie mir anzubieten?“, fragte eine raue Stimme.

„Den Kandelaber Goralskis.“

Die Tür öffnete sich weit genug, dass Karl den fensterlosen Raum betreten konnte, der nur vom Schein eines ersterbenden Feuers im Kamin beleuchtet war. Nachdem er die Tür wieder versperrt hatte, ging der Mann zu einem Stuhl hinter einem wackeligen Tisch und winkte Karl zu einer Bank ihm gegenüber.

„Der Kandelaber Goralskis, sagen Sie.“ Der Blick des Mannes war direkt und schien selbst im Dämmerlicht alles in sich aufzunehmen. „Sie meinen den Leuchter, der ihm von der Zarin Katharina zum Dank dafür überreicht worden war, dass er so viele Einwanderer hergebracht hatte?“

„Genau der.“ Karl drehte sich der Magen um bei dem Gestank verfaulten Obstes und vergammelter Fleischreste, die auf dem Tisch lagen und die nicht einmal ein Hund fressen würde. Er wünschte, er hätte die Schüssel Suppe gegessen, die Elisabeth ihm vor seiner nächtlichen Unternehmung angeboten hatte.

Der Mann rieb seine knochigen Hände. „Ist er in Ihrem Besitz?“

Karl nickte.

„Zeigen Sie ihn mir!“

„Was wollen Sie dafür geben?“

Der Mann zog einen kleinen Beutel aus seinem lose herabhängenden Hemd und leerte mehrere Goldmünzen auf dem Tisch aus.

Karl war zufrieden. Es war ungefähr der gleiche Betrag, den Goralski ihm schuldete. „Ich schlage ein.“

„Abgemacht!“, sagte der Mann. „Ich muss ihn sehen.“

„Ich werde Sie morgen Abend treffen“, meinte Karl, „und zwar auf halbem Weg zwischen hier und dem Anwesen Goralskis.“

„Bringen Sie ihn nach Einbruch der Nacht an die Weggabelung. Wissen Sie, welche ich meine?“

Da die Sonne erst untergehen würde, wenn die Nacht bereits halb vergangen war, hatte Karl genug Zeit, die Beute an sich zu bringen. Er nickte. „Bis morgen nach Sonnenuntergang!"

Sobald das Geschäft abgeschlossen war, konnte Karl das Haus des Mannes nicht schnell genug verlassen. An der frischen Luft musste er erst einmal krampfhaft schlucken in dem Versuch, den üblen Geruch in der Hütte loszuwerden. Nach einem beschwerlichen Ritt zurück zu dem Ort, an dem er die Nacht zu verbringen gedachte, versorgte er sein Pferd mit Wasser, striegelte es ordentlich und gab ihm frisches Futter.

„Du hast dich heute Nacht prächtig gehalten, mon cheval." Dann ging Karl durch die Hintertür in sein Zimmer und versuchte, das Knurren seines Magens zu überhören.

Am folgenden Morgen zog Karl seine Bauernkleider an und überredete seine Gastwirtin dazu, ihm etwas zu essen zuzubereiten, bevor er zu Goralskis Anwesen ritt. Die attraktive Herrin des Anwesens genoss es, auf den Feldern des Besitzes auszureiten. Karl zählte auf Goralskis Gewohnheit, seine Frau aus all seinen Geschäften herauszuhalten. Sie würde nicht mitbekommen haben, dass Karl nicht mehr die Gunst ihres Mannes genoss.

Als er um eine Biegung zum Anwesen ritt, machte er eine Reiterin aus, die auf ihn zukam.

„Gräfin Goralski, was für eine angenehme Überraschung!"

„Herr Müller! Guten Tag! Sind Sie wieder aus den deutschen Staaten zurückgekehrt?" Es amüsierte Karl, dass die Gräfin versuchte, alles Europäische zu imitieren. Sie war in England zur Schule gegangen. „Ich erkenne Sie ja kaum wieder mit Ihrem neuen Bart!", fuhr sie fort. „Er steht Ihnen sehr gut."

Als er nahe genug herangekommen war, küsste Karl ihre behandschuhte Hand. „Es ist wirklich lange her."

Sie lächelte und errötete dabei. „Ich bestehe darauf, dass Sie zu uns nach Hause kommen und uns besuchen. Ich langweile mich ja so! Ich zitterte vor Freude bei Ihrem Anblick, wie auch mein Mann das tun wird, wenn er von Ihrer Ankunft erfährt."

„Ich bedauere, dass ich Ihre freundliche Einladung nicht annehmen kann. Ich bin auf dem Weg zu einer Verabredung." Was hatte er für ein Pech! Er hatte geglaubt, Goralski befände sich noch in Oranienbaum und nicht auf seinem Landsitz. Wenn den Mann in der Nähe war, erschwerte das seine Aufgabe ungemein. „Vielleicht werden Sie mir gestatten, Ihnen heute Abend meine Aufwartung zu machen."

„Das wäre sogar noch viel besser. Ich werde heute Abend einen großen Empfang geben und Sie sind hiermit eingeladen. Ich werde Alexei mit Ihnen überraschen. Was für ein amüsantes Vorhaben! Es kursieren sogar Gerüchte, dass die Zarin selbst uns womöglich mit ihrer Anwesenheit beehren wird. Oh, was für einen wunderbaren Abend wir haben werden! Natürlich werden Sie mich auch zum Tanz auffordern."

Sie trieb ihr Pferd an. „Auf Wiedersehen dann, bis heute Abend."

Karl grinste. Die Dinge liefen sogar viel besser, als er geplant hatte. Bei dem Empfang würden sich französische, englische und deutsche Aristokraten die Ehre geben. Sobald die Gräfin außer Sichtweite war, wendete Karl sein Pferd und kehrte zu seiner Herberge zurück, um die Ereignisse des bevorstehenden Abends zu Ende zu planen.

Elisabeth probierte Frau Dönhofs Eintopf. Sie musste zugeben, dass die Frau eine weitaus bessere Köchin war als sie selbst.

Frau Dönhof schimpfte: „Hören Sie auf mit dem Schmollen. Sie sollten dem morgigen Tag mit Freude entgegensehen. Nur wenige Leute haben die Gelegenheit, eine Königin zu sehen."

„Wovon reden Sie überhaupt?" Elisabeth war so beunruhigt darüber, dass Karl in der vorangegangenen Nacht nicht zurückgekehrt war, dass sie kaum einen anderen Gedanken fassen konnte. Vielleicht war ihm etwas zugestoßen.

„Die Zarin Katharina natürlich! Wo haben Sie nur Ihren Kopf gelassen, dass Sie die größte Kunde des Tages verpasst haben?", mokierte sich Frau Dönhof, als Elisabeth sie verständnislos anstarrte. Frau Dönhof warf die Hände entrüstet in die Höhe. „Am Morgen werden Fuhrwerke uns zu Katharina bringen. Sie selbst wird uns begrüßen. Würden Sie sich ein bisschen mehr umhören, wüssten Sie das." Elisabeth hatte eine scharfe Antwort parat, doch sie hielt sich zurück.

Später an diesem Abend, als Karl noch immer nicht zurückgekehrt war, fragte Greta: „Wo bleibt denn Herr Ebel?"

„Er geht seinen Geschäften nach", meinte Elisabeth und tat unbesorgt, auch wenn ihr Herz sich bei dem Gedanken, ihm könnte etwas passiert sein, zusammenkrampfte.

Hans warf ein: „Keine Sorge! Ich bin der Mann in der Familie, wenn Herr Ebel nicht mehr da ist."

Greta versuchte, ihren Sohn zu umarmen, aber er schüttelte sie ab. „Ich bin kein kleines Kind mehr."

„Nein, du bist kein kleines Kind mehr", meinte Greta. „Du schlägst von Tag zu Tag mehr nach deinem Vater."

„Gestern Nacht habe ich mich bis nach Sonnenuntergang um Mitternacht wach gehalten", meinte Hans. „Da ich ja jetzt ein Mann bin, werde ich die ganze Nacht lang wach bleiben."

Elisabeth starrte Hans verwirrt an. Er war gestern lange vor dem Dunkelwerden eingeschlafen.

„Hör auf mit diesem Gerede!", bremste ihn Frau Dönhof. „Du wirst das tun, was deine Mutter von dir verlangt."

Da Elisabeth in der kalten Abendluft fröstelte, zog sie die Flickendecke enger um sich. Es war ihr, als zöge sie Karl selbst an ihre Seite. Die Decke fühlte sich auf einmal leichter an und die Quadrate in drei verschiedenen abgenähten Bereichen wiesen aufgegangene Nähte auf. Sie würde sie morgen flicken. Ihre Hand tastete nach dem Weizensack. Die Pistole, die sie am Vortag erfühlt hatte, war nicht mehr da. Ein Schauer rann ihr den Rücken hinunter, der nichts mit der Kälte draußen zu tun hatte.

Karl zog seine Abendgarderobe an und stieg wieder auf sein Pferd. Zweimal wäre er beinahe wieder umgekehrt. Er war wütend auf sich selbst, aber sein Triumph stand zu nahe bevor. Karls Herz pochte, während sein Pferd unter den Bäumen hindurchgaloppierte. Das Risiko verstärkte nur noch sein Hochgefühl. Er musste es einfach erleben, Goralski in seinem eigenen Haus gegenüberzustehen.

Er band sein Pferd in einem dichten Birkenhain nahe beim Anwesen an einen Baum. Während er sich langsam zum Vordereingang von Goralskis stattlichem Gut voranpirschte, machte er möglichst wenig Lärm. Auch wenn das Anwesen aus europäischer Sicht etwas grob und roh erschien, wusste Karl, dass Goralski sehr stolz darauf war, den englischen Lord zu spielen. Das Gut lag zu weit nördlich, als dass die Goralskis einen englischen Garten hätten haben können, aber sie konnten ein Labyrinth aus Büschen und ein kleines Blumenbeet vorweisen, das das liebste Kind der Gräfin war und das sie persönlich hegte und pflegte. In der Mitte stand gut geschützt vor dem Wind ein Rosenbusch, den sie zu ihrem Hochzeitstag geschenkt bekommen hatte und den sie sehr liebte. Auf der anderen Seite des Gartens standen einige baufällige Hütten.

Karl wappnete sich innerlich. Dann ging er durch die Flügeltüren auf der Vorderseite des Hauses vorbei an den Dienern in Livree, die auf beiden Seiten der Tür Wache standen. Trotz ihrer roten Jacken mit Messingknöpfen konnte es einem Europäer nicht verborgen bleiben, dass sie nur einfache Bauern waren, die für diese Abendgala festlich herausgeputzt worden waren.

In der von Kerzen erleuchteten Vorhalle unterhielt sich die Gräfin leutselig mit einer Gruppe von elegant gekleideten Damen. Karl fiel wieder auf, dass ihr Kleid aus leichterem Stoff und farbenprächtiger war als die Mode von englischen Aristokratinnen. Das konnte sie sich leisten, da man in Russland die Häuser gewöhnlich überaus stark beheizte. Goralski stand neben seiner Frau. Karl blieb zunächst am Eingang stehen, um sich einen Eindruck vom Inneren des Hauses zu verschaffen.

Seit er das letzte Mal hier gewesen war, waren einige Veränderungen durchgeführt worden. Ein großer Treppenaufgang erhob sich mitten im Flur, und die Türen zum Ballsaal zu seiner Rechten waren weit geöffnet. Zwei Korridore verliefen auf jeder Seite des Flures parallel zueinander. Links gab es eine Garderobe, an der Gäste ihre Mäntel abgeben konnten und dann von den Goralskis begrüßt wurden. Die Aufteilung als Ganzes hatte sich jedoch nicht verändert.

„Ah, da sind Sie ja!“, rief die Gräfin plötzlich. Sie winkte ihm zu. „Schon mehrmals hätte ich beinahe die Überraschung ausgeplaudert und Alexei von Ihrem Kommen erzählt.“ Sie wandte sich an ihren Gemahl. „Schau, wen ich eingeladen habe! Bist du nicht überrascht!?“ Goralskis schockierter Blick amüsierte Karl. Er bemerkte einige von Goralskis Drahtziehern in der Menge – jene, die in seinem Haus lebten und die Karl bei seinen vorherigen Besuchen getroffen hatte.

Ohne auf die Antwort ihres Mannes zu warten, drehte sich seine Frau zu den Damen in ihrer Runde um. „Darf ich Ihnen Karl Müller, Alexeis treuen Freund, vorstellen?“

Goralski konnte ihn jetzt nicht mehr öffentlich angreifen, ohne sich und seine Frau zu blamieren. Sollte er es wagen, Karl als Juden bloßzustellen, würde Goralski möglicherweise Gefängnis oder Tod, mindestens aber Ungnade dafür in Kauf nehmen müssen, dass er ihn angeheuert und in seinem eigenen Haus als „Freund“ bezeichnet hatte.

Goralski hatte sich schnell wieder gefasst und rang sich zu einem steifen: „Tja, lange ist es her ...“ durch.

„Zu lange!“, konterte Karl. Er begrüßte Goralskis Leute und begab sich danach in den Ballsaal, da nach ihm andere Gäste schon darauf warteten, begrüßt zu werden.

Der Abend war großartig. Karl probierte alle Köstlichkeiten, die angeboten wurden, und tanzte mit der Gräfin Goralski und mehreren ihrer Freundinnen. Sie stellte ihn weiterhin allen als Goralskis treuen Freund vor. Aber er spürte, dass Goralski ihn argwöhnisch beobachtete; und aus den Blicken, die ihm andere

Herren zuwarfen, schloss er, dass er sich in einer gefährlichen Lage befand.

Zweimal versuchte er, sich in einen anderen Raum zu schleichen, merkte aber sofort, dass man ihm folgte. Es wurde immer später, und er musste endlich handeln.

„Hat es Sie heute Abend erfreut, an meinem Empfang teilzunehmen?“, fragte ihn die Gräfin, als er sich wieder einmal in ihrer Nähe befand.

„Sie haben Ihr Fest glänzend vorbereitet, aber Ihre Anwesenheit allein ist es, die mir ein Lächeln aufs Gesicht zaubert“, meinte Karl. Sie lachte. Karl fuhr fort: „Darf ich Sie zur Tafel mit den Erfrischungen geleiten?“

„Es wäre mir ein Vergnügen!“, antwortete sie. Sie legte ihre Hand auf seine. „Sollte die Zarin erscheinen, so müsste sie jetzt bald eintreffen.“

„Dann sollten wir uns bereithalten.“

Sie schlenderten in den Speisesaal, den einzigen Saal mit Fenstern, in dem Essen gereicht wurde. Karl hatte den Zeitpunkt gut gewählt. Nur ein einziger Diener war im Raum. Der Kandelaber war auf einem Seitentisch vor einem Fenster platziert, das offen gelassen worden war, um den Ausblick auf die Gärten der Gräfin zu ermöglichen. In dem Kandelaber steckten Kerzen, doch sie waren nicht angezündet. Wenn der Gräfin etwas an dem Kerzenleuchter gelegen hätte, hätte Karl nicht in Erwägung gezogen, ihn ihr zu entwenden. Er wusste aber, dass sie ihn protzig und hässlich fand und ihn nur duldete, weil ihr Mann so stolz darauf war.

„Was darf ich Ihnen bringen?“, fragte Karl.

„Verzichten wir auf die Etikette!“, erwiderte sie. „Sie gehen auf diese Seite vom Tisch und ich werde jene Seite nehmen.“

Karl lachte. Sobald sie ihren Kopf über den Teller in ihrer Hand gebeugt und der Diener am Ende des Saales sich entfernt hatte, um eine Schüssel neu zu befüllen, ging Karl zur anderen Seite des Tisches hinüber. Der Kandelaber war jetzt in seiner Reichweite. Mit einer einzigen raschen Bewegung warf er ihn aus dem offenen Fenster in einen dichten Busch und füllte sich dann den Teller.

„Was war denn das eben?“, fragte er die Gräfin.

„Ich habe auch etwas gehört“, sagte seine Gastgeberin. „Ist vielleicht die Zarin angekommen?“ Beide eilten aus dem Saal, bevor einer von Goralskis Männern ihnen in den Speisesaal folgen konnte.

„Nein, die Zarin ist noch nicht da“, sagte die Gräfin sichtlich enttäuscht.

„Meine liebe Gräfin, ich möchte nicht, dass die Enttäuschung Ihnen ihr bezauberndes Lächeln stiehlt! Lassen Sie uns auf der Terrasse weiter essen, von wo aus wir Ausschau nach der königlichen Kutsche halten können.“

„Ein ausgezeichneter Gedanke!“, bekräftigte die Dame. Sie spazierten durch den hinteren Teil des Ballsaales zur Terrasse, wo sie sich an den erlesenen Speisen auf ihren Tellern gütlich taten. Das Licht der abendlichen Sommersonne warf lange Schatten auf das Gelände darunter.

„Was für einen schönen Garten Sie doch haben!“, meinte er.

Sie schien zufrieden. „Danke schön! Bei diesem Wetter gedeihen meine Rosen prächtig. Möchten Sie sie sehen?“

„Sehr gern, aber ich möchte Sie nicht von Ihren anderen Gästen fernhalten.“

„Das stimmt, ich muss mich um sie kümmern, aber Sie können ja in der Zwischenzeit selbst im Garten spazieren gehen und sich die Rosen ansehen, wenn Sie möchten.“

Karl hatte mittlerweile einen Mann auf der anderen Seite der Terrasse erspäht. Er war wahrscheinlich einer von Goralskis Leuten, die den Auftrag hatten, ihm zu folgen. Karl machte die Gräfin auf ihn aufmerksam.

„Ich bin ein sehr egoistischer Mann. Dieser Herr hat mit äußerster Geduld auf Sie gewartet und möchte Sie bestimmt zum Tanz auffordern. Schon um seinetwillen bedauere ich, dass ich Ihre Aufmerksamkeit beansprucht habe.“ Karl küsste ihre Hand und winkte dann dem Mann zu. „Kommen Sie, guter Mann, unsere schöne Gastgeberin steht für Sie zum nächsten Tanz bereit." Er verbeugte sich vor ihr und nickte dem Mann zu.

„Borotow! Ich habe Sie gar nicht bemerkt. Natürlich würde ich mich sehr freuen, mit Ihnen tanzen zu dürfen. Wenn Sie mich bitte entschuldigen würden, Herr Müller?"

„Nur sehr ungern, da ja Ihre Schönheit die krönende Blüte dieses Festes ist."

Sie errötete und zwinkerte ihm zu, als Borotow sie wegführte. Karl stellte seinen Teller ab. Sobald das Paar außer Sichtweite war, sprang er über das Geländer und verschwand im Schatten des Gebüschs, um Goralskis Schatz zu bergen. Mit dem Kandelaber in der Hand eilte er zu seinem Pferd, saß auf und jagte in Richtung des abgemachten Treffpunktes davon.

Er trieb sein Pferd immer weiter durch die mittlerweile mondbeschienene Nacht, bis er sich der Stelle näherte, an der er den Kandelaber gegen Bargeld eintauschen wollte. Plötzlich überfiel ihn das Gefühl drohender Gefahr. Er schaute sich mehrfach um und lauschte in die Nacht hinein. Endlich war die Dunkelheit ganz hereingebrochen und markierte den Höhepunkt der Nacht. Der Wind strich durch die Zweige, und die Bäume schienen ihm Antwort zu geben. In langsamem Trab ritt Karl weiter.

Als er die Weggabelung erreichte, sah er bereits den Mann mit der gekrümmten Nase mit einer Laterne in der Hand auf ihn warten. Während er das Licht für Karl hochhielt, lag ein höhnisches Lächeln auf seinem Gesicht. Karl zögerte. Er würde nicht absteigen.

„Haben Sie die vereinbarte Bezahlung?"

Der Mann hielt ihm einen kleinen Sack hin.

„Zeigen Sie mir seinen Inhalt!"

Der Mann übergab Karl die Laterne und leerte einige Goldstücke in seine eigene Hand. Als Karl danach griff, zog der Mann seine Hand jedoch wieder weg und steckte die Münzen zurück in das Säckchen.

„Ich möchte zuerst den Kandelaber sehen!"

Karl gab die Laterne wieder zurück, griff in den Sack, der von seinem Sattel herabhing, und zog den Schatz heraus. Der mit Juwelen besetzte Leuchter glitzerte im Licht der Lampe. Jetzt erst händigte der Mann Karl das Gold aus, ergriff den Kandelaber und verschwand zwischen den Bäumen.

Als er wieder allein war, wollte Karl so schnell wie möglich diese unheimliche Stelle verlassen. Er wendete sein Pferd, das ihn in wildem Galopp davontrug. Eine Zeit lang ließ er das Pferd laufen, aber dann war es Zeit, seinen Plan zu Ende zu bringen. Er zog die Zügel an und das Pferd wechselte in einen leichten Trab.

„Brrr! Brrr! Ruhig, mein Kleiner, ruhig!" Er ritt den Weg zurück bis zu einem schmalen Pfad, von dem aus er sein Pferd zu einer verfallenen Mauer führte, die eine kleine, verlassene Hütte umgab. Er stieg ab und kniete sich hinter einem Busch hin, um einen Stein aus der Mauer zu ziehen. Erst nachdem er den Sack in die Lücke gelegt und den Stein wieder an seinen Platz gelegt hatte, beruhigte sich sein Herzschlag. Er überlegte. Selbst wenn er gefangen genommen wurde – was keinesfalls geschehen durfte –, würde Goralski nie das Geld finden, das Karl für den Kandelaber erhalten hatte. Als er gerade wieder auf den Hauptweg einbog, hörte er sich nähernde Hufschläge aus der Richtung von Goralskis Anwesen. Man suchte also bereits nach ihm. Ohne lange nachzudenken ritt er zurück in den Seitenweg, in dem er den Handel abgeschlossen hatte, stieg vom Pferd und zog es ins dichte Buschwerk. An der Weggabelung schwärmten seine Verfolger in mehrere Richtungen aus.

Karl bestieg sein Pferd wieder, holte seine Pistole hervor und stob in die entgegengesetzte Richtung davon. Das Pferd atmete schwer. Karls Gewicht und die eilige Flucht machten ihm zu schaffen.

Fast augenblicklich hörte er erneut die Reiter hinter sich. Ein Pistolenschuss ertönte, und Karl stöhnte auf vor Schmerzen. Ein brennender Schmerz durchfuhr seine Schulter. Er drängte sein Pferd, noch schneller zu laufen. Dabei führte der Weg immer wieder abwechselnd in den Wald hinein und wieder hinaus.

Der Weg machte eine Biegung. Ein herabhängender Ast streifte Karl und schlug ihm mit einem Ruck die Pistole aus der Hand. Er hielt an und ließ sich vom Rücken des Pferdes gleiten. Dann versetzte er dem Tier einen Schlag und es stürmte weiter. Karl lag flach auf den Boden gepresst im Gestrüpp, während die Reiter dem Pferd nachjagten.

Als er nichts mehr hörte, tastete er in der Schwärze der Nacht nach seiner Pistole, aber es hatte keinen Zweck. Die Vegetation war zu dicht und würde seine Waffe nicht mehr hergeben.

11

Karl wusste nicht, wie lange er im Gebüsch ausgeharrt und angestrengt auf Geräusche seiner Verfolger gelauscht hatte. Erst als er ganz sicher war, dass niemand ihn verfolgte, ging er vorsichtig durch das bewaldete Gelände zu dem Haus, in dem er die Nacht verbringen wollte. Er war völlig erschöpft, aber er nahm darauf keine Rücksicht. Schiere Willenskraft trieb ihn weiter. Es war bereits früher Morgen, als er die Rückseite des Bauernhauses erreichte.

Dort angekommen wartete er hinter einem großen Strauch, bis er sicher war, dass sich im Haus nichts regte. Die Fensterläden in seinem Zimmer waren offen. Mit letzter Kraft zog er sich über den Fenstersims. Dies wäre einfach gewesen, wäre da nicht die Schulterverletzung gewesen. Erleichtert setzte er seine Füße auf die rauen Holzbohlen. Er lauschte erneut. Immer noch war kein Laut zu hören. Geräuschlos sperrte er die Läden zu, wankte zum Bett und ließ sich auf die Decke fallen, wobei ihm der Schweiß aus jeder Pore tropfte und das Blut aus der Wunde sein Hemd befleckte.

Seine Lage war nicht aussichtslos, redete er sich ein. Er hatte schon viel Schlimmeres mitgemacht. Doch weiter konnte er nicht mehr denken, bevor der Schlaf ihn übermannte.

An diesem Morgen war Elisabeth noch schwermütiger. Karl war immer noch nicht zurückgekehrt. Er war nun schon zwei Nächte lang fort. Hans lag an der Stelle ausgestreckt, wo Karl hätte liegen sollen. Langsam beschlich ein beklemmendes Gefühl ihre Seele. Warum hatte sie es je so weit kommen lassen? Sie empfand viel zu viel für ihn. Sie hatte doch gewusst, dass sie lediglich ein Abkommen auf Zeit geschlossen hatten. Ihre Faust verkrampfte sich. Er war ihr gegenüber ehrlich gewesen, aber sie hatte sich selbst belogen.

Greta hustete. Nachdem sie die Flickendecke über Greta gebreitet hatte, kroch Elisabeth aus ihrem Unterschlupf. Es gab viel zu tun. Innerhalb von wenigen Augenblicken folgte Hans ihrem Beispiel. Während sie sich am Feuer zu schaffen machte, nahm er den Eimer und ging Wasser holen. Er wirkte so winzig.

In Kürze kam auch Frau Dönhof mit einem Kochtopf in der Hand zum Feuer. „Es gibt eine Abmachung, an die Sie sich besser halten sollten. Ich erwarte, dass Sie Ihren Teil tun, aber eines sollte klar sein: Die Köchin hier bin ich."

Elisabeth konzentrierte sich auf das Anfachen des Feuers, damit Frau Dönhoff ihr Lächeln nicht sehen konnte. „Ich werde mich selbstverständlich nach Ihren Wünschen richten."

„Gut." Frau Dönhof ging mit einem Topf in der Hand zu den Vorräten hinüber. „Gieß mir hier Wasser ein, Hans!", befahl sie, als der Junge zurückkehrte.

Während das Feuer flackerte und Frau Dönhof emsig mit dem Essen beschäftigt war, lehnte sich Elisabeth zurück. Trotz der Schwermut, die sie befallen hatte, seit sie wusste, dass Karl sie verlassen hatte, fühlte sie ein wenig Zuversicht. Sie würde es schon schaffen. Sie alle würden es schaffen.

Hans scharrte mit den Füßen auf dem Boden.

„Hör auf, Hans!“, sagte Elisabeth, die zu husten begann. „Oder geh hinter die Hütte, wo der Staub mir nicht in die Kehle dringt.“

Hans stand still. „Frau Ebel, wird es meiner Mutter bald wieder besser gehen? Sie war noch nie so krank.”

Elisabeth legte ihren Kopf zurück und richtete den Blick auf den Morgenhimmel. „Weißt du, Hans, deine Mutter hat in letzter Zeit viel Schweres durchgemacht. Ihre Liebe zu deinem Vater war sehr groß. Den Verlust eines geliebten Menschen ertragen zu müssen schwächt nicht nur die Seele, sondern auch den Körper.” Elisabeth suchte nach Worten, mit denen sie Hans aufmuntern könnte, ohne zu lügen. „Wenn du ihr heute Gesellschaft leistest, heiterst du sie sicher auf. Denn wenn ein trauriges Herz einen krank machen kann, dann kann ein frohes einem auch helfen, sich wieder besser zu fühlen.”

„Das werde ich machen”, sagte Hans. „Ich weiß, wie ich meine Mutter zum Lächeln bringe.”

Während der Morgenmahlzeit setzte sich Greta zu den beiden anderen Frauen. Frau Dönhof fuhrwerkte um Greta herum, als sei sie ein Kleinkind, das nichts selbst tun könne, und Hans weigerte sich, auch nur einen Schritt von ihrer Seite zu weichen. Er unterhielt seine Mutter mit allerlei lustigen Geschichten über all die Leute, die er gesehen hatte, seit sie Lübeck verlassen hatten. Gretas Augen glänzten vor Freude. Weil sie nicht zu reden brauchte, hustete sie auch nicht mehr so oft.

Im Lauf des Morgens fühlte sich Elisabeth den anderen drei Frauen so nah, als seien sie Teil ihrer Familie. Sie alle bestiegen das Fuhrwerk, das sie zu Katharina der Großen bringen sollte. Die Fuhrwerke mit ihren hohen Seitenwänden waren nicht so vollgestopft wie damals, als sie hierher gekommen waren. Und Elisabeth freute sich, mehr von ihrer neuen Heimat zu sehen. Auch wenn es seit ihrer Ankunft nicht geregnet hatte, mussten die Wagen viele sumpfige Gebiete passieren, in denen es von Insekten nur so wimmelte. Seltsame Vögel mit weißer Brust zwitscherten einander fröhlich zu. Elisabeth war erstaunt über die große Zahl von Kiefern, die hier standen, und die sich auf dem weiten, offenen Gelände mit Birken abwechselten.

Schließlich hielten die Fuhrwerke in der Nähe einer großen Bühne an. Elisabeth und die anderen kletterten herunter und gingen auf ein angrenzendes Feld. Hier standen sie einige Zeit in der heißen Sonne, bevor ein Gefolge von herrschaftlichen Wagen sichtbar wurde. Der hohe, geschlossene Wagen in der Mitte sah majestätisch aus. Er war ganz golden und mit kunstvoll geschnitzten Ornamenten versehen. Elisabeth wünschte, sie befände sich näher an der Prozession, um den Prunk der Zarin besser bestaunen zu können, aber sie und die anderen befanden sich eher im hinteren Teil der Gruppe.

Elisabeth stellte sich auf die Zehenspitzen und strengte ihre Augen an, um einen Blick auf ihre neue Monarchin in ihrem goldenen Gewand mit den vielen Juwelenbesätzen zu erhaschen. Die Zarin sprach in ihrer deutschen Muttersprache zu ihnen, aber Elisabeth konnte die Worte nicht verstehen, die auf der offenen Fläche davongetragen wurden. Als die Frau aufhörte zu reden, fingen die Menschen um Elisabeth herum an, ihre Worte zu wiederholen. Es hörte sich wie ein Eid an. Anscheinend schworen sie, loyale russische Bürger zu sein.

Elisabeth lauschte auf das, was die Leute um sie herum sprachen, und fiel mit ein, auch wenn ihre eigenen Worte erst mit etwas Verzögerung folgten. Sie sah, dass Frau Dönhof ihre Lippen bewegte, aber sie hörte keinen Ton. Wie auch Elisabeth konnte sie vermutlich nicht richtig verstehen, was da gesagt wurde. Elisabeth sprach lauter, um ihr zu helfen, bis sie bemerkte, dass viele andere das Gleiche taten wie Frau Dönhof.

Als der Schwur beendet war, erfüllte Elisabeth Stolz, jetzt Bürgerin eines solch großen und großzügigen Landes zu sein. Sie genoss das neue Zugehörigkeitsgefühl, während die Zarin und ihr großes Gefolge sich zur Rückreise bereit machten.

Als Frau Dönhof und Greta später das Essen zubereiteten, meinte Elisabeth: „Unser Eid auf Russland macht uns zu wahren Russen. Wir haben allen Grund zur Freude, nicht wahr?"

„Von welchem Eid sprechen Sie?" Frau Dönhof knallte ihren Löffel in den Topf. „Ich habe keinen Eid geschworen."

Elisabeth zog die Augenbrauen zusammen. „Natürlich haben Sie das."

„Ich habe meine Lippen bewegt, habe aber kein Wort gesagt", erwiderte Frau Dönhof stolz. „Ich behalte mir das Recht vor, dieses Land wieder zu verlassen, wenn es mir hier nicht gefällt."

Greta lachte. „Glaubst du, die Russen lassen zu, dass jemand ihr Land wieder verlässt, nachdem sie sich so viel Mühe gemacht haben, um uns hierher zu bringen? Hast du dich nicht gefragt, warum hier so viele Soldaten stationiert sind? Sie sind nicht da, um uns vor Nomadenstämmen zu beschützen, wie gesagt wird, sondern um jeden Fluchtversuch zu verhindern."

„Warum sollte jemand dieses Land verlassen wollen?", fragte Elisabeth, aber sie bekam keine Antwort.

Nach ein paar Stunden Schlaf fühlte Karl sich so weit gestärkt, dass er seinen Plan zu Ende bringen konnte. Er reinigte notdürftig seine Wunde, zog wieder seine Einwandererkleider an, gab dem Bauern etwas mehr Geld für den Fall, dass er zurückkommen müsste, und machte sich auf den Weg. Sein erster Halt war das Anwesen, bei dem er das Pferd gekauft hatte. Das Pferd war wie vermutet dorhin zurückgelaufen und befand sich sicher in seinem Stall.

„Das Biest hat mich abgeworfen!", erklärte Karl zur Erheiterung des Besitzers. Er gab dem Mann ein paar Münzen. „Ich kann mich jetzt nicht mehr um das Tier kümmern. Ich werde in ein paar Tagen zurückkommen, wenn ich denke, dass er meine Zeit wert ist. Nehmen Sie den Schimmel solange bei sich auf und pflegen Sie ihn gut."

Der Mann sagte zu und Karl ging. In dem Wald, der den Bauernhof umgab, grub Karl ein Loch, legte seine russische Kleidung und sein blutverschmiertes Abendgewand hinein und rollte dann einen Stein darüber. Mit etwas Glück würde er die Sachen nie wieder brauchen. Schließlich ging er zu der Stelle, wo er seine Münzen in der Mauer verstaut hatte. Er nahm das Säckchen heraus und küsste es. „Das sollte Goralski eine Lehre sein!"

•◆•

Als Vorbereitung auf die nächste Etappe ihrer Reise flickte Elisabeth Kleider, sammelte Essensvorräte und besserte die Risse aus, die Karl in der Flickendecke hinterlassen hatte. Es fiel ihr schwer zu glauben, dass sie endlich nach Sankt Petersburg gelangen würde und von dort aus weiter zu dem Land – *ihrem* Land, ihrer Heimat und ihrer Zukunft. Sie war gespannt, Sankt Petersburg zu sehen, nachdem sie von Karl und anderen Einwanderer so viel von der Größe und Schönheit dieser Stadt gehört hatte.

„Frau Ebel", sprach Hans sie an. „Ich werde zum Wasser gehen, um mich dort etwas abzukühlen."

„Nein, Hans; nicht ohne Frau Dönhof oder mich." Sie rührte noch einmal für Frau Dönhof den Inhalt des Topfes um. Aus dem Augenwinkel beobachete sie Sergei, der ihr hinter einer benachbarten Hütte auflauerte.

„Meine Mutter hat mir aber gesagt, dass ich gehen kann!", wand er ein.

„Das glaube ich nicht", erwiderte Elisabeth. „Sie ist doch heute noch gar nicht aufgestanden." Sie sah, wie Sergei sie erneut beobachtete, und warf ihm einen trotzigen Blick zu. Dann kehrte sie ihm den Rücken zu.

Ihre Stimme wurde leiser. „Hans, es ist falsch, die Unwahrheit zu sagen. Dein Vater war immer ehrlich."

„Herr Ebel ist auch nicht immer ehrlich. Unwahrheiten können uns bei den Russen helfen."

„Nein, Hans. Lügen helfen auf lange Sicht nie. Werde ein guter Mann wie dein Vater! Die Wahrheit zu sagen ist immer die beste Lösung." Elisabeth hoffte, dass das Kind über ihre Worte nachdachte, als es anfing, mit seinen Steinen zu spielen.

•◆•

Nachdem er so viele Nebensträßchen und Umwege genommen hatte, wie er nur konnte, betrat Karl vor dem Mittagsmahl den Dienstboteneingang von Sascha Iwanows Haus. Niemand hatte ihn bemerkt. Er ging an dem Schrank mit den Schwertern und Messern seines Freundes vorbei und hielt an, um ein kleines Messer mit einem Elfenbeingriff zu inspizieren, das nicht so recht zu den anderen mit längeren Klingen zu passen schien.

Er war noch nicht bis zum Esszimmer gekommen, als eine tiefe Stimme hinter ihm ertönte: „Ich wusste, dass du mir bald einen Besuch abstatten würdest!“ Sascha begleitete ihn in die Bibliothek, und sobald sie vor den Blicken anderer sicher waren, schüttelten sie einander herzlich die Hände.

„Goralski und seine Leute behandeln mich nun wie einen von ihnen“, berichtete Sascha. „Er hat mich sogar gestern Abend zu seinem Empfang eingeladen, aber leider hatte ich bereits eine Verabredung. Ich frage mich, warum ich so hoch in seiner Gunst stehe.“ Er goss Karl ein Glas Wodka ein.

„Man erzählt sich, du hättest mich verraten und ich hätte mich an dir gerächt.“ Karl nahm das Glas und setzte sich in einen Sessel, den er bereits oft in früheren, besseren Tagen benutzt hatte. Sascha war einer der wenigen Männer auf der Welt, denen Karl völlig vertraute. Er war es allmählich leid, sich ständig verteidigen zu müssen. Es tat gut, endlich einmal im Haus eines Freundes zu sein.

Eine Zeit lang sprach keiner der beiden Männer. Karls Gedanken wanderten in die Vergangenheit. Sascha und er hatten viel gemeinsam durchlebt, seit Karl in Frankreich zwei Männer davon abgehalten hatte, Sascha zusammenzuschlagen und auszurauben. Damals hatte er sich als jugendlich-übermütiger Bursche noch auf einen Kampf gefreut, und diese Situation hatte ihm die Gelegenheit geboten, seinen Mut zu zeigen. Aus dieser Tat wurde eine tiefe Freundschaft, die ihm mehr wert war als alles, was er besaß. Er bedauerte nur, dass er Sascha nicht mehr wiedersehen würde, wenn er Russland verließe.

Sascha schenkte sich ebenfalls etwas zu trinken ein. „Es war nicht sehr klug von dir, den Kandelaber zu stehlen. Das spricht sich schnell herum. Goralski behauptet, das Ding sei eine Menge wert. Sei vorsichtig, mein Freund! Du bist jetzt der Gejagte."

„Ach! Sollen sie mich doch jagen! Ich bin eine unerreichbare Beute, und das zum größten Teil dank deiner Hilfe." Karl stellte das Glas ab und zählte ein Drittel der Münzen aus dem an seiner Taille versteckten Säckchen ab. „Ich möchte meine Schulden bezahlen."

„Du schuldest mir nichts", meinte Sascha.

„Noch nicht!", erwiderte Karl.

Als Karl sich verabschiedete, bemerkte er, wie Sascha nickte, als wolle er damit jemanden anweisen, ihm zu folgen. Doch Karl konnte niemanden sehen. Er schüttelte den Kopf. Hatte er so sehr das Vertrauen in die Menschheit verloren, dass er nun glaubte, er müsse sich auch vor Sascha in Acht nehmen? Sascha hatte ihm immer nur Gutes getan. Er musste Ruhe bewahren und seinen Plan zu Ende führen.

Auch wenn sie so spät am Abend eigentlich kein Wasser mehr brauchte, machte sich Elisabeth auf den Weg zum Brunnen. Sie musste etwas tun, um nicht zu sehr über Vergangenheit oder Zukunft nachzudenken. Unterwegs winkte sie der Frau zu, die für Hans gebetet hatte, damit er seine Mutter fand.

Die Luft war kühl und erfrischend. Sie gewöhnte sich allmählich an die großen schwarzen Vögel, die ständig über dem Lager kreisten und auf die die Siedler schimpften, weil sie in ihr Gebiet eindrangen. Heute ignorierte sie das Schelten.

Auf dem Rückweg sah sie bereits von weitem Sergei, der sich bei ihrer Unterkunft vor Greta, Frau Dönhof und Hans aufgebaut hatte. Ohne darauf zu achten, dass sie das Wasser verschüttete, eilte Elisabeth auf die Gruppe zu.

„Was haben Sie hier zu schaffen?", wollte sie wissen. Ihr Tonfall war fordernd. Sie versuchte, das verbliebene Wasser auf Sergeis Rücken zu kippen, bevor dieser sich umdrehen konnte.

„Wo ist Ihr Mann denn jetzt wieder, Frau?", fragte er mit kühler, verächtlicher Stimme.

„Das geht Sie gar nichts an!", entgegnete Elisabeth. Frau Dönhof riss die Augen auf und Greta fing an zu husten. Elisabeth ging an Sergei vorbei und versuchte, nicht zu zittern, als sie Greta einen Löffel voll Wasser reichte.

„Das geht mich sehr wohl etwas an!", sagte Sergei. „Ihr Mann war schon zwei Nächte nicht hier. Er versucht etwa zu fliehen?"

„Ja, natürlich!", sagte Elisabeth. Frau Dönhof schnappte nach Luft.

„Ins Heimatland zurückzukehren ist ein Verbrechen. Kommen Sie mit!" Sergei griff grob nach ihrem Arm, doch Elisabeth schüttelte ihn ab. Sie gab Hans den Eimer und wandte sich mit den Händen in die Hüfte gestämmt Sergei zu.

„Da Sie uns ständig auflauern, sage ich Ihnen die Wahrheit: Herr Ebel flieht vor meiner scharfen Zunge. Wenn Sie die Augen aufmachen, werden Sie feststellen, dass er ganz in der Nähe ist. Er hat sich wie eine Maus vor mir versteckt. Sie können ihm ausrichten, dass ich froh bin, ihn los zu sein. Je weiter er von mir weg ist, desto besser!"

Sergei blickte bei ihrem Zornesausbruch erstaunt drein, als hätte er nicht erwartet, dass eine Frau es wagen könnte, ihm die Stirn zu bieten – zumal eine so junge Frau.

„Sie kommen sofort mit!"

„Nein!" Elisabeth reckte trotzig das Kinn in die Höhe. „Ich werde weder mit Ihnen noch mit irgendeinem anderen Mann mitgehen!" Die Worte blieben ihr fast im Hals stecken. Ihr war, als bekäme sie keine Luft mehr. Sie blinzelte. Täuschten ihre Augen sie etwa?

Karl trat hinter einer benachbarten Hütte hervor. Er hatte das Ende des Gespräches mitbekommen. Mit schnellen Schritten trat er auf Sergei zu.

„Versuchen Sie etwa, mir meine Frau auszuspannen?“, fragte er in lässigem Ton. In dem Moment, in dem Sergei sich umdrehte, flog Elisabeth in Karls Arme. Sie weinte so heftig, dass ihre Tränen sich mit dem Staub auf Karls Weste vermischten, während sie sich an ihn klammerte. Karl hatte eine Hand um ihre Taille gelegt, ließ aber die andere Hand an der Seite hängen, um einen lässigeren Eindruck zu machen. Elisabeths Nähe und ihre Wärme überwältigten ihn beinahe.

„Sie!“, forderte Sergei. „Wo Sie waren die letzten beiden Tage?“

„Sie sind nicht der Einzige, der meine Frau von Ferne beobachtet“, erwiderte er und blickte dem Mann direkt in die Augen. „Sie hat sehr viel Temperament. Oft muss ein Mann seine Frau für einige Zeit verlassen, damit sie es wieder schätzen kann, wenn er bei ihr ist.“

Widerwillig lächelte Sergei. „Wir beide sind uns sehr ähnlich.“

Karl nickte ihm bedächtig zu. „Sie haben mich gelehrt, dass ich nicht annehmen darf, Sie seien verschwunden, nur weil ich Sie nicht sehe. Vielleicht ist es an der Zeit, dass Sie mir dieselbe Höflichkeit erweisen?!“ Sergeis Lächeln wurde breiter, und Karl wusste, dass er die richtigen Worte gewählt hatte. Er fuhr fort: „Ich lasse mich von niemandem herumkommandieren, insbesondere nicht von einer Frau.“

„Sie haben Sie gut im Griff“, fügte Sergei hinzu.

„Wenn Sie mich nun bitte entschuldigen würden! Meine Frau muss noch eine weitere Lektion lernen.“

Sergei lachte, als er wegging, und sagte zu sich selbst: „Guter Mann!“

Karls freier Arm umfasste Elisabeth fester.

„Du?“, fragte Frau Dönhof, während Hans auf Karl zurannte.

„Ich musste eine Reise vorbereiten“, erklärte er. „Das hat Elisabeth dir vermutlich mitgeteilt.“ Er schob Elisabeth behutsam von sich und hob Hans mit seinem gesunden Arm auf. „Du warst hier der Mann in der Zeit, in der ich unterwegs war. Du hast deine Sache gut gemacht."

„Ich habe dich vermisst!", sagte Hans und barg seinen Kopf an Karls Brust.

Mit Hans auf seiner Hüfte legte Karl vorsichtig seinen anderen Arm um Elisabeths Schultern. Zum ersten Mal fragte er sich, ob er wirklich seine Pläne so durchführen sollte, wie er es vorhatte. War es nicht viel besser, das Oberhaupt dieser kleinen Familie zu bleiben?

Nach dem Abendessen spülte Elisabeth das Essgeschirr ab, als Hans auf sie zukam. „Frau Ebel, haben Sie heute nicht auch die Unwahrheit gesagt?"

Elisabeth zog eine Grimasse, als sie sich an die Worte erinnerte, die sie zu Sergei gesagt hatte. Karls Geheimnistuerei hatte wohl mittlerweile nicht nur das Kind, sondern auch sie angesteckt. „Ja, das habe ich, Hans. Das war falsch von mir. Bitte vergib mir."

Hans zögerte. „Ist es manchmal nicht besser, die Unwahrheit zu sagen?"

Elisabeth ließ den Kopf sinken. „Nein, Hans. Wir dürfen niemals lügen. Im Notfall ist es besser, still zu sein. Lass uns beide neu anfangen, ja?"

Hans lächelte. „Sie sind eine nette Frau, wie meine Mutter. Und ich möchte werden wie mein Vater!"

Elisabeth beugte sich zu ihm hinunter und sagte: „Das ist gut, Hans." Sie schloss ihn in ihre Arme. „Nun aber ab ins Bett mit dir!"

Als Elisabeth in der Dämmerung des Morgens ihrer Abreise aufwachte, hörte sie Karls stetiges Atmen auf der anderen Seite von Frau Dönhof. Er war tatsächlich zurückgekehrt. Sie sog die frische Morgenluft ein und kroch aus der Hütte. Sie war zu aufgeregt, um weiterzuschlafen. Heute endlich würden sie ihre Notunterkünfte hinter sich lassen und zu ihrem neuen Zuhause reisen. Das war Grund zur Freude. Die wahre Usache ihrer Freude aber wollte sie sich nicht eingestehen.

Nachdem die anderen aufgestanden waren, wickelte Elisabeth ihre Habseligkeiten in ihre Decken.

„Auf diese da musst du eine Weile verzichten!", meinte Karl und deutete auf die Flickendecke. „Ich muss da noch ein paar Risse flicken."

„Das habe ich schon getan", erwiderte sie mit einem Lächeln.

„Es gibt aber neue Risse!", meinte er. Sie spürte, wie ihr Lächeln langsam wich. Er wollte anscheinend das letzte Geheimnis aus ihrem Hochzeitsgeschenk entfernen.

„Ich verstehe", sagte sie. Während Frau Dönhof den Lagerplatz säuberte und Hans sich um seine Mutter kümmerte, packte Elisabeth alles ein außer den Sachen, die in der Flickendecke verstaut werden sollten. Beim Hinauskriechen aus der Hütte versuchte Karl seine linke Seite zu schonen. Elisabeth sah ihn fragend an, doch erschwieg, so wie er über seine Abenteuer während der letzten drei Tage geschwiegen hatte, obwohl Frau Dönhof alles versucht hatte, um Informationen aus ihm herauszulocken. Er atmete tief durch, bedeutete Elisabeth, ihm zu folgen, und führte sie an die Seite der Hütte.

Hier übergab er ihr ihre Papiere. „Ich denke, es ist am besten, wenn du und die anderen zuerst auf das Schiff gehen."

Sein Blick war ernst. Sie nahm die Papiere an sich. Das war also der Abschiedsmoment. Sie würde ihn nie wiedersehen.

„Ich danke dir." Sie wusste nicht, was sie sonst sagen sollte. Wie konnte sie ihre Gefühle mit Worten zum Ausdruck bringen? Sie breitete die Arme aus und er drückte sie fest an sich. Genauso schnell ließ er sie wieder los. Obwohl sie sich nicht von der Stelle gerührt hatte, hatte sie den Eindruck, als rutschte sie langsam auf einen Abgrund zu.

„Sind deine Pläne das Risiko wert?", fragte sie mit leiser, kaum hörbarer Stimme.

„Ich würde euch nur in Gefahr bringen, wenn ich bei euch bliebe", antwortete er.

„Ich wäre gewillt, dieses Wagnis einzugehen!" Ihre Stimme war ruhig. „Wie die anderen auch." Sie räusperte sich. Sie musste es jetzt einfach sagen, während sie noch die Gelegenheit dazu hatte. „Ich wäre sogar bereit, mein Land aufzugeben, wenn … was ich sagen will, ist … die anderen würden mich nicht vermissen.“ Aus Angst vor seiner Ablehnung wagte es Elisabeth nicht, ihm in die Augen zu sehen.

Nun war es an Karl, sich zu räuspern. „Glaub mir, ich habe die ganze Nacht darüber nachgedacht, wie wir unser Schicksal ändern könnten, aber es nützt nichts. Wenn du wüsstest, wer ich wirklich bin, wenn du wüsstest, was ich getan habe und wie ich gelebt habe … ich möchte, dass du mich so in Erinnerung behältst, wie du mich jetzt siehst. Ich möchte dieses bezaubernde Lächeln in deinem Gesicht bewahren. Du nimmst mich so an, als ob ich es verdient hätte, von dir geliebt zu werden. Ich weiß nicht, ob ich weiterleben könnte, wenn ich befürchten müsste, dass du mich verschmähst; und Elisabeth, da bin ich ganz sicher, du würdest mich verachten, wenn du wüsstest, wie ich in Wahrheit bin.“

Sie würde ihn verlieren, und das wusste sie. Aber was hatte sie erwartet? Er hatte sie gewarnt. Nur … Sie hatte nicht damit gerechnet, dass sie sich in ihn verlieben würde.

„Habe ich nicht das Recht, gegen deine Absicht zu protestieren?“, fragte sie.

„Ich bin nie ein Held gewesen, und auch jetzt wähle ich wieder den feigen Weg.“

„Heute geht es los! Heute geht es los! Hurra!“, schrie Hans und drängte sich zwischen Karl und Elisabeth in Karls Arme. Elisabeth versuchte, sich ihr Bedauern nicht anmerken zu lassen und sich auf den Tag zu konzentrieren, der ihr aber plötzlich grau und dunkel erschien. Sie beobachtete, wie Hans sich an Karls Arm hängte. Ein letztes Mal würde Hans sich wie ein Junge verhalten können; von nun an war er der Mann in der Familie.

Als alles gepackt war, sagte Karl: „Ich werde euch auf dem Schiff treffen. Ich muss noch einige Dinge erledigen.“ Er drehte sich um und ging davon.

„Herr Ebel!“, rief Hans und rannte ihm nach. Karl kniete sich vor ihm hin. Elisabeth beobachtete, wie die beiden leise miteinander sprachen. Karl fuhr dem Kleinen mit einer fahrigen Bewegung durch die zerzausten Haare und holte ein Säckchen hervor, das er in die Hand des Jungen drückte. Dann ging er davon, ohne zurückzuschauen.

„Unverschämt! Warum hilft er uns nicht dabei, die Sachen zu tragen?“, beschwerte sich Frau Dönhof.

„Er hat noch einige Geschäfte zu erledigen“, antwortete Elisabeth. Sie drehte sich zu Greta um. „Lass mich das für dich tragen.“

„Das sieht dem Mann ähnlich!“, murmelte Frau Dönhof. „Nie ist er zur Stelle, wenn es Arbeit gibt. Hans, komm, hilf mir hier mal!“ Hans mied Elisabeths Blick, als er Frau Dönhof half, ihre Habseligkeiten einzusammeln.

Greta legte einen Arm um Elisabeths Taille. „Ist alles bereit?“

„Ja, wir sind fertig. Es ist Zeit zu gehen.“ Sie wollte keinen Blick zurückwerfen auf die Unterkunft, in der sie nun so viele Wochen gelebt hatten. Sie würde diesen Ort immer als den Platz in Erinnerung behalten, an dem sie Karl so nahe wie nie gekommen war. Ihr war schwer ums Herz. Sie war froh, dass sie sich jetzt mit der Reise beschäftigen konnte. Ein Kapitel in ihrem Leben war zu Ende. Am liebsten hätte sie geweint, doch sie zwang sich, sich auf die Aufgaben zu konzentrieren, die unmittelbar vor ihr lagen. Sie wollte nach vorne blicken und nicht mehr zurückschauen. Niemals.

Nach ein paar Schritten nahm Elisabeth auch Gretas Sack. „Du wirst eine freie Hand benötigen, um Hans zu helfen.“ Gretas Zustand drohte ihre Abreise zu verzögern. Elisabeth wollte das verhindern. Sie fühlte sich für Greta verantwortlich, und sie würde alles dafür tun, dass sie alle vier es schafften, gesund und unversehrt zu ihrem neuen Zuhause zu gelangen. Nur der Himmel konnte sie aufhalten.

12

Mit festem Blick übergab Elisabeth die Papiere dem Beamten, der die Einschiffung der Einwanderer überwachte. Sie hoffte, dass er das Zittern ihrer Hände nicht bemerkte.

„Wo ist Ihr Mann?“, fragte er in einwandfreiem Deutsch.

Ein weiterer Beamter kam herüber und warf einen Blick auf die Papiere. „Der ist schon an Bord. Lass sie passieren!“ Als der erste Beamte die Papiere zusammenfaltete und sie Elisabeth zurückgab, zwinkerte der zweite Mann ihr vielsagend zu. Elisabeth senkte den Kopf. Sie wusste, dass er log, und sie zögerte. Sollte sie etwa unter Vorspiegelung falscher Tatsachen an Bord gehen? Sie wollte protestieren, doch Frau Dönhof schob sie vorwärts.

„Aber ... ich ... mein Mann ist nicht ...“, war alles, was Elisabeth herausbrachte, bevor der Beamte sich der nächsten Gruppe zuwandte.

„Steigen Sie schon ein!“, befahl Frau Dönhof barsch.

Ein Schritt. Und der nächste. Und der nächste. *Geh weiter!*, sagte Elisabeth innerlich zu sich selbst. Sie fragte sich, ob sie Karl begegnen würde, wenn sie jetzt umkehrte und in die Menge der Einwanderer zurücklaufen würde. Mit einer Halbwahrheit und ohne Karl wollte sie Oranienbaum nicht verlassen. Sie versuchte noch einmal, das Missverständnis richtig zu stellen, aber die Leute, die nach ihr kamen, schoben sie nach vorne. Elisabeth wusste, dass Karl nicht an Bord war. Nur sein Geld und seine glatte Zunge waren ihm vorausgeeilt. Es würde ihr besser gehen, wenn sie allein war, so redete sie sich immer und immer wieder ein. Karls Lügen hatten sie bereits beeinflusst, und das gefiel ihr nicht.

„Am besten, wir suchen uns erst einmal einen guten Platz, an dem wir unsere Sachen abstellen und uns ein bisschen ausruhen können“, schlug Greta vor, als sie an Bord waren.

„Es könnte sein, dass Herr Ebel schon einen Platz reserviert hat", sagte Frau Dönhof. Hans blickte ernst zu Elisabeth hinauf und schüttelte den Kopf. Er zupfte an ihrem Ärmel, um sie dazu zu bewegen, sich zu ihm herunter zu beugen.

„Ich bin jetzt der Mann in der Familie!", sagte er und gab Elisabeth die Tasche, die Karl ihm gegeben hatte. Darin befand sich ein kleines Vermögen. Es war ungefähr so viel Geld, wie die Russen ihnen für ihr tägliches Essen bezahlt hatten, seit sie in Lübeck an Bord gegangen waren.

Die Münzen wogen schwer in Elisabeths Hand. Karl hatte auch Frau Dönhof regelmäßig Geld gegeben, um Essen für sie zu kaufen. Er hatte also aus eigener Tasche für sie gesorgt. Tränen bildeten sich in ihren Augen, die sie schnell wegblinzelte. Karl hatte gewusst, dass sie nicht von dem mageren Unterhalt leben konnten, den Russland ihnen zahlte. Mit diesem Geld von Karl hatten sie auf jeden Fall weit mehr als andere anderen Siedler hier.

Hans wartete noch immer auf eine Reaktion von ihr. Sie stieß ein leises „Danke" hervor und ließ das Geld schnell in ihr Bündel gleiten, sodass es vor neugierigen Blicken sicher war. Hans nickte und kehrte an die Seite seiner Mutter zurück. Er sah viel erwachsener aus als noch am Morgen.

Herr Zweig und ein anderer Mann, der, wie sich herausstellte, Pastor war, kamen auf ihre kleine Gruppe zu. „Willkommen! Das ist ein guter Tag."

„Das ist ein sehr guter Tag, mein Herr. Wir sind unter Freunden", sagte Frau Dönhof.

„Ja, bei diesem letzten Teil unserer Reise sind wir mit Freunden vereint", sagte er. „Und wer ist das hier?", fragte er und lächelte Greta an.

„Frau Schulze", sagte Frau Dönhof. An Greta gewandt erklärte sie: „Herr Zweig ist der Leiter unserer Gruppe."

Herr Zweig verbeugte sich leicht. „Angenehm. Ich möchte, dass Sie Herrn Jäger kennenlernen, der unserer neuen Siedlung vorstehen soll."

Nachdem sie sich gegenseitig begrüßt hatten, wurde Herr Jäger zu einer anderen Gruppe von Siedlern gerufen. Er verabschiedete sich mit einer Entschuldigung. Elisabeth beobachtete ihn, wie er sich behutsam seinen Weg durch die Menschenmenge bahnte.

Herr Zweig räusperte sich und sprach Elisabeth an. „Ich habe mich eigentlich noch nie richtig bedankt für ..." Seine Stimme versagte. Er räusperte sich noch einmal.

„Sie schulden mir keinen Dank!", meinte Elisabeth. „Es war mein eigener Wunsch, Ihrer Frau zu helfen." Eine Weile betrachteten sie beide schweigend die überfüllten Docks. Dann fügte sie teilnahmsvoll hinzu: „Ich wünschte, ich hätte ihr helfen können."

Hans drängte sich zwischen die beiden. „Herr Zweig, stimmt es – werden wir den ganzen Weg mit dem Schiff reisen?"

Herr Zweig lachte. „Ja, den größten Teil, mein Junge."

Elisabeths Blick trübte sich. „Fürchterlich! Ich habe das Wasser satt. Ich hätte es lieber gehabt, man hätte uns der Überlandstrecke zugeteilt."

„Ich habe gelernt, nur nach vorne zu blicken", sagte Herr Zweig. „Das Schiff wird uns noch vor Ende des Sommers zu unserem neuen Zuhause bringen. Auf dem Landweg würden wir unser Siedlungsgebiet nicht vor dem nächsten Frühling erreichen."

„Dann ist es natürlich besser, auf dem Seeweg zu reisen." Elisabeth war aber dennoch unglücklich. Sie mochte keine Schiffsreisen. Sie erinnerten sie an Karl. Das Schiff schaukelte bedenklich.

„Sollen wir unsere Sachen unter Deck verstauen?", fragte Frau Dönhof.

„Nein, nein", antwortete Herr Zweig. „Es dauert nicht lange bis Sankt Petersburg. Behalten Sie Ihr Gepäck lieber bei sich."

„Auch gut." Frau Dönhof setzte ihre Sachen ab und fing an, die Säcke so anzuordnen, dass Greta sich darauf ausruhen konnte. Herr Zweig ging weiter, um andere Passagiere zu begrüßen.

Elisabeth blickte suchend den Kai hinab, um vielleicht einen letzten Blick auf Karl zu erhaschen. Er war ganz bestimmt irgendwo da draußen in der Menge und beobachtete sie, um sicher zu gehen, dass alles in Ordnung war. Sie hoffte nur, dass ihm die Tatsache, dass sie ihm durch die Heirat den Namen ihres Vaters gegeben hatte, eine ebenso große Hilfe war wie für ihre kleine Gesellschaft der Schutz, den Karl ihnen während der Reise gegeben hatte. Elisabeth warf noch einen letzten prüfenden Blick in die Runde, dann wandte sie sich vom Kai ab und schaute auf den Horizont im Osten. Sie hatte jetzt weder Mutter noch Vater und auch keinen Ehemann mehr, aber sie hatte zwei andere Frauen und ein Kind, um die sie sich kümmern musste. Im Osten lag ihre Zukunft. Dorthin musste sie den Blick richten.

Karl ließ seinen Blick ein letztes Mal über Elisabeths Silhouette schweifen. In seinem Hals formte sich ein Kloß. Ihr und Hans Lebewohl zu sagen war ihm schwerer gefallen, als er es sich vorgestellt hatte. Die Dinge waren so, wie sie sein sollten. Die Bestechungsgelder, die er den Seeleuten gezahlt hatte, würden dafür sorgen, dass es den Frauen und Hans gut ging.

„Gott Abrahams!“, betete er im Stillen. „Wenn es dich wirklich gibt, dann warst du es, der über mein Volk gewacht hat, als es in der Wüste war. Bitte wache ebenso über Elisabeth und Hans. Sie bedeuten mir viel. Tue für sie, was ich nicht für sie tun kann.“

Er hatte sich nicht mehr so elend gefühlt seit dem Tag, an dem er das Haus seiner Mutter verlassen hatte. Deshalb war es gut, dass Elisabeth und er nicht mehr zusammen waren. Sie machte ihn schwach, brachte ihn dazu, sich an Dinge zu erinnern, die er als kleiner Junge erlebt und die er tief in seinem Gedächtnis begraben geglaubt hatte.

Er blickte dem Boot nach, das sich auf seinem Kurs auf das offene Meer zu bewegte. Er musste darauf achten, nicht aufzufallen, für den Fall, dass Sergei in der Gegend herumspionierte.

Jetzt kam alles nur noch auf den richtigen Zeitpunkt an. Als im Lager der Wachwechsel erfolgte und die Abendschicht eingesetzt wurde, schlich Karl sich davon. Erstaunlich, wie einfach das war. Sergei hatte er nicht mehr zu Gesicht bekommen. Vielleicht war er ja krank. Karl seufzte. Sergeis Abwesenheit beunruhigte ihn genauso wie seine Gegenwart.

Elisabeth gelang es, eine Stelle nahe der Reling ausfindig zu machen, von der aus sie alles gut beobachten konnte, während sie in die weite Mündung des Neva-Flusses hineinfuhren. Sankt Petersburg lag vor ihnen. Auf einem Inselvorsprung erhob sich eine große Festung zum Schutz für die Stadt. Im Innern der Mauern ragte ein Turm mit einer großen goldenen Spitze in den Himmel. Flussabwärts gegenüber der Festung überragte ein großes Gebäude mit Hunderten von Fenstern die Uferlinie. Das musste der Winterpalast sein, den Karl ihr auf einem ihrer Spaziergänge an Bord beschrieben hatte. *Russland ist ein großartiges Land!,* dachte sie und war stolz, dass dieses Land nun ihre neue Heimat war.

Bald kletterten Elisabeth, Greta und Frau Dönhof den Landungssteg hinab. Sie wurden von der Menge mit an Land getragen. Erneut mussten sie sich in ihrer Gruppe zusammenfinden, dann wurden sie mit Vorräten für die Weiterreise ausgestattet. Darunter befand sich auch ein Schaffellmantel für jeden, ohne den sie den russischen Winter nicht überstehen würden. Elisabeth fröstelte allein schon bei dem Gedanken an die Kälte, die so ein schweres Kleidungsstück erforderlich machte.

„Das ist doch nicht zu glauben!“ grollte ein Mitreisender. „Die haben unsere Zuteilung um drei Groschen gekürzt! Wie sollen wir da bloß überleben?“

Greta sagte freundlich: „Wir müssen, wie zuvor, unser Vertrauen in den Herrn setzen.“

Nach den langen Wartezeiten in Kronstadt und Oranienbaum war Elisabeth erstaunt, wie schnell ihnen zusätzliche Vorräte gegeben und an Bord des Schiffes verstaut wurden, das sie nun zu ihrem endgültigen Bestimmungsort bringen sollte.

Während sie an der Stadt entlang auf den offenen Fluss hinausfuhren, fand Elisabeth eine Stelle an der Reling, wo sie allein sein konnte. Sie starrte hinunter in das wirbelnde Wasser. Karl hatte es immer mehr gemocht, das Wasser zu beobachten, als die herrliche Schönheit des Himmels über ihnen zu genießen. Jetzt konnte sie sich in ihrem Schmerz und ihrer Traurigkeit mehr mit den wirbelnden Strudeln identifizieren. Vielleicht schaute Karl immer aufs Wasser, weil auch er Wunden hatte, die er verstecken musste.

„Genug!", ermahnte sie sich selbst. Sie musste Karl vergessen und nach vorn blicken. Wie weit waren sie schon gekommen! Und trotzdem war es erst der Beginn ihrer Reise. Elisabeth versuchte zu beten.

„Ich danke dir, Herr, Gott im Himmel, für deine Fürsorge. Und ich bitte dich um eine sichere Reise."

Aber diese Worte, die sie gesprochen hatte, sagten noch längst nicht alles, was in ihrem Herzen war. Sie wünschte sich mehr als einen Gott, der sie versorgte. Sie brauchte einen Freund, einen Gefährten, jemanden, der sie tröstete und der ihr in dieser unsicheren Zukunft, die ihr bevorstand, Mut und Hoffnung geben konnte. Einem Menschen konnte sie ihre Ängste nicht anvertrauen. Auch wenn sie Christin war, hatte sie wie Karl doch noch viele Fragen. Dieser Gedanke beunruhigte sie. Durfte sie als Lutheranerin Dinge in Frage stellen, genau wie Karl, der nicht an Gott glaubte? Allerdings hatte sie diese Fragen auch schon gehabt, bevor ihr der katholische Priester zu essen und warme Kleidung gegeben hatte und bevor der Jude Karl in ihr Leben getreten war.

Sie verspürte ein Prickeln im Nacken und sah sich um. Was sie sah, entsetzte sie. Sergei war an Bord des Seglers! Ihr wurde schwindelig. Es war mittlerweile spät geworden. Sie war allein inmitten einer Gruppe von Fremden. Sie sah, wie Sergei mehrere Leute zur Seite schob und auf sie zukam. Sofort machte sie sich auf die Suche nach Frau Dönhof, Greta oder irgendjemand anderem, der sie beschützen konnte.

•◆•

Karl trat durch die offenen Türen der Bibliothek in Sascha Iwanows Haus. Schnell zog er die Kleider an, die sein Freund für ihn bereit gelegt hatte. Diejenigen, die ihm auf den Fersen waren, würden nach einem Mann Ausschau halten, der entweder Auswandererkleider anhatte, in denen Quentin ihn gesehen hatte, oder die Abendgarderobe, die er in Goralskis Haus getragen hatte.

„Lebewohl, mein Freund!", meinte Sascha. Als Karl die Hand seines Freundes nahm, wusste er, dass dieser Abschied wohl für immer sein würde.

„Ich hoffe, dass wir uns wiedersehen", erwiderte Karl. Dann stahl er sich aus dem Haus. Als er sich umsah, erkannte er den Freund, wie er noch einmal in seine Richtung nickte, als wolle er jemanden hinter ihm herschicken. Karl hielt an und sah sich genau um. Niemand verließ das Haus. Nichts bewegte sich. Er machte sich auf zum Hafen.

Nachdem er sich versichert hatte, dass alles in Ordnung war, eilte er ans andere Ende des Kais und mischte sich unter die Menge. Unbehelligt fand er das Schiff, auf dem Iwanows Gehilfe ihm einen Platz für die Überfahrt gesichert hatte.

Er drückte den kleinen Beutel mit Münzen an sich und dachte zufrieden an die anderen, die er in seine Kleider und Schuhe eingenäht hatte. Das Geld müsste für die Reise reichen, selbst wenn der Kapitän drei Monate benötigte, um die Ostsee zu durchqueren. Er hatte sogar genug, um sich eine Weile durchzubringen, bis er eine andere Möglichkeit gefunden hatte, seinen Lebensunterhalt zu verdienen.

Sobald er an Bord des Schiffes war, begrüßte er den Kapitän und schickte sich an, unter Deck zu gehen. Unmittelbar darauf hörte er das Klappern von Soldatenschritten. Eine Durchsuchung? Er blickte auf den Kapitän. Hatte er vielleicht jemandem von seinen Geschäften mit Iwanow erzählt? Das Gesicht des Mannes ließ nichts erkennen.

Karl ließ seine Habseligkeiten unauffällig hinter eine Seilrolle fallen und ging zur anderen Seite des Decks hinüber. Er griff in seinem Hemd nach den Ausweispapieren, die er in den deutschen Staaten gekauft hatte. Als die Soldaten an Deck kamen, versuchte Karl, ruhig zu wirken, aber in Wirklichkeit wusste er genau, was los war: Die Seeleute hier taten so, als arbeiteten sie, aber sie beobachteten ihn, während andere Passagiere nervös ihre Papiere aus ihren Säcken nahmen und der Kapitän regungslos an Deck stand. Karl hatte ähnliche Inspektionen bereits viele Male miterlebt.

Der Offizier wies seine Soldaten an, die männlichen Passagiere auf eine Seite zu stellen, von wo aus er sie im abendlichen Dämmerlicht sehen konnte. Zunächst glitten seine Augen über Karl hinweg, doch dann bewegten sie sich zurück und blieben auf ihm haften. Unter dem forschenden Blick des Soldaten stand Karl wie angewurzelt da. Er sah dem Mann direkt in die Augen.

„Überprüft alle Papiere!", kommandierte der Soldat.

Ein jüngerer Soldat ging auf einen Mann zu, der einige Meter von Karl entfernt stand. Er inspizierte seine Dokumente eingehend und wandte sich dann an den Mann direkt neben Karl. „Haben wir einen Werber namens Flegel auf der Liste?", fragte der Inspektor einen anderen Soldaten, der ein Papier in der Hand hielt, das wie eine Passagierliste aussah.

Ein triumphierendes Lächeln formte sich auf seinen Lippen. „Nein!"

Der Mann namens Flegel versuchte wegzurennen, wurde aber sofort kampflos gefangen genommen.

Der Beamte brüllte: „Wie Sie alle sehen können, kommt kein Einwanderer an uns vorbei. Der Treueschwur auf die Zarin ist uns heilig und muss gehalten werden!" Flegel wurde von zwei Soldaten unter die Achseln genommen und vom Schiff geschleift.

Der junge Soldat nahm Karls Papiere an sich.

„Stoltz?“, richtete der junge Soldat seine Frage an seine Kameraden. Karl hoffte, dass sein Freund aus Lübeck es sich nicht anders überlegt hatte und noch ein letztes Mal mit Einwanderern nach Lübeck zurückkehren wollte. Er hatte ihm viel Geld für die Papiere und seine Hilfe auf dem Ruderboot bezahlt.

„Er steht auf der Liste“, erklärte der andere.

Karl nahm erleichtert seine Papiere wieder in Empfang. Die Inspektion war fast vorüber, als ein weiterer Mann an Bord kam. Karl erkannte ihn sofort. Es war Quentin. Er flüsterte dem diensthabenden Soldaten etwas ins Ohr, woraufhin dieser nickte. Karl saß in der Falle. Man spielte Katz und Maus mit ihm. Er hatte keine Chance, unerkannt zu bleiben.

Qentin entdeckte ihn und kam mit einem breiten Grinsen auf ihn zu. Dann hob er Karls Sack auf und leerte ihn auf Deck aus. Karl konnte weder fliehen noch sich auf einen Kampf einlassen. Seine Gegner waren weit in der Überzahl. Er trat einen Schritt zurück an die Reling.

„Was ist das da?“, fragte Quentin und benutzte die Spitze seines Schwertes dazu, einen Sack, gefüllt mit seinen eigenen Juwelen, hochzuhalten. Karl wünschte, er hätte die wertvollen Steine, die ihn jetzt belasten würden, Elisabeth gegeben, wie er es zuerst geplant hatte. „Wenn ich mich recht entsinne, wurden diese Steine einem Mann namens Müller gestohlen, einem jüdischen Verräter des russischen Reiches.“

Als Quentin sich den Soldaten ausguckte, der Karl gefangen nehmen sollte, traf Karl seine Entscheidung.

Mit einem Satz sprang er über die Reling ins eisige Wasser. Stiche wie von Millionen von Messern trafen ihn, aber er tauchte unter und schwamm, bis er glaubte, weit genug von dem Schiff entfernt zu sein. Andere Boote in dem geschäftigen Hafen würden ihn verdecken. Die Eiseskälte durchdrang seinen Körper und betäubte ihn beinahe. Die Münzen, die er in seine Kleidung eingenäht hatte, wogen schwer und zogen ihn nach unten. Er konnte nicht mehr lange die Luft anhalten. Gleich würde er zum Luftholen nach oben kommen müssen. Die Kälte lähmte jede seiner Bewegungen. Er musste aus dem Wasser heraus – und zwar schnell.

•◆•

Elisabeth schob sich blitzschnell zwischen Frau Dönhof und Herrn Zweig, die ins Gespräch vertieft waren. Sie wusste, dass das unhöflich war, aber sie sah keine andere Möglichkeit.

„Du liebe Zeit! Was hast du denn?“, fragte Frau Dönhof.

„Frau Ebel!“, rief Herr Zweig, der anscheinend erfreut war, sie zu sehen.

„Ich … ich …“, Elisabeth konnte nur stammeln. Sergei kam immer näher.

„Na, so was!“, sagte Frau Dönhof, aber sie legte einen Arm um Elisabeths Taille.

•◆•

Karl hörte eine schwache Stimme von ferne. „Où? Où suis-je?“ Er zitterte am ganzen Körper. Eine Stimme antwortete, aber auf Russisch. Dann sagte die erste Stimme noch einmal: „Où suis-je?“ Auf einmal wurde ihm klar, dass das seine eigene Stimme war. Er war in seine französische Muttersprache zurückverfallen. Außer der beißenden Kälte in seinem Körper spürte er den Schrecken des Alleinseins und des Ausgeliefertseins. Es war das gleiche Gefühl, das er als junger Mann empfunden hatte, bevor er sich ein besseres Leben für sich selbst aufgebaut hatte. Er versuchte, die Augen zu öffnen. Er befand sich in einem kleinen Ruderboot.

Ein bärtiger Mann saß neben ihm. „Sprichst du Russisch?“

„Da.“

Der Mann lächelte. „Gut. Gut. Dein Glück, dass ich dich rechtzeitig aus dem Wasser fischen konnte. Ich bin ein guter Fischer, nicht wahr? Meinst du nicht auch, mein feiner Fisch?“

„Ja“, antwortete Karl.

„Noch ein bisschen länger, und aus dir wäre Fischfutter geworden. Du bist zwar nicht der dickste Fang, den ich je aus dem

Wasser gezogen habe, aber mit Sicherheit der wertvollste", fuhr der Mann fort, als er weiter ruderte.

Karl versuchte, sich aufzusetzen, um zu sehen, wo er sich befand. War er Quentin entkommen? Wurde er verfolgt?

Der Fischer sagte: „Ich habe mir selbst gesagt: ‚Du kannst dich glücklich schätzen.' An manchen Tagen fange ich überhaupt keinen Fisch. Und heute erwische ich dich. Das ist ein sehr guter Tag, nicht nur für dich, sondern auch für mich."

Karl gewann allmählich die Fassung wieder, während der Mann zu einem entfernten Kai ruderte, der als Anlegestelle für kleinere Boote diente. Karl nahm an, dass er weit genug geschwommen war, um unbemerkt zu entkommen. Wenn er nur das Gefühl in seinen Hände und Füßen wiedererlangte, könnte er fast den Triumph seiner Flucht genießen. Sein Retter hatte eine große Pelzdecke um ihn gelegt. Trotzdem fror er noch immer.

„Wir sind gleich im Hafen. Das Meer war uns gewogen. Wir werden viele Fische verkaufen können und mehr als genug zum Essen haben. Ich werde dir auch welche geben, die du mit nach Hause nehmen kannst. Du wohnst wohl in Sankt Petersburg? Das ist ein schöner Ort zum Leben. Es ist kalt im Winter, aber im Sommer haben wir Tag und Nacht Sonnenschein."

„Es ist eine schöne Stadt", bestätigte Karl, zitternd wie Espenlaub.

Er legte den Pelz so über sich, dass er ihn fast vollständig verbarg, als das Ruderboot in einen kleinen, versteckten Flussarm einbog. Den Geräuschen um sie herum nach zu urteilen schien niemand ernsthaft an dem kleinen Boot interessiert zu sein. Der stramme Marschschritt einiger weniger Soldaten erklang in der Nähe, aber sie gingen vorbei.

Er hörte, wie der Mann sein Boot festband und rief: „Kommt mal her! Schaut euch nur meinen Fang an!"

Karl hatte das unbestimmte Gefühl, dass etwas nicht stimmte. Die Kälte in seinen Gliedern machte ihm das Denken schwer. Plötzlich fiel ihm auf, dass der Mann ihm überhaupt keine Fragen gestellt hatte. Die meisten Fischer hätten ihn darüber ausgefragt, was er im Wasser zu suchen hatte. Nur ein Mann, der die Antwort schon wusste, würde nicht fragen!

Karl versuchte, sich zu bewegen. Da hörte er den Mann lachend ausrufen: „Schaut alle her! Ich habe einen tollen Fang gemacht! Es ist der seltene und begehrte Müllerfisch!“

13

Elisabeth starrte an Frau Dönhof vorbei. Niemand zu sehen. Sie blickte in die andere Richtung. Auch hinter Herrn Zweig konnte sie niemanden entdecken. Sie versuchte ihre Angst zu bezwingen, doch ihr Herz schlug immer noch wie rasend und sie war außer Atem. Sergei schlich sicher noch irgendwo in der Gegend herum und wartete nur auf den richtigen Moment.

„Ein schöner Abend heute!“, verkündete Herr Zweig.

„Ein sehr schöner Abend“, bekräftigte Elisabeth, doch in ihrer Stimme schwang immer noch Furcht mit. Frau Dönhof drückte sanft ihren Arm.

„Beunruhigt Sie etwas?“, fragte Herr Zweig, wobei er sich leicht zu ihr vorbeugte und besorgte Falten auf seiner Stirn erschienen. Elisabeth war es peinlich, ihm von Sergeis Annäherungsversuchen zu erzählen, doch ihr fiel nichts ein, was sie stattdessen hätte sagen können. Sie blickte Frau Dönhof an, die in die Richtung schaute, aus der Elisabeth gekommen war. Der Wind an Deck zerzauste der Frau das Haar. Elisabeth wandte sich Herrn Zweig zu und zuckte mit den Achseln.

Herr Zweig lächelte. „Ah, ich weiß, was Ihnen fehlt. Wo ist denn Ihr Mann? Seine Anwesenheit zaubert ein Strahlen in Ihre Augen, auch wenn Ihre Lippen nicht lächeln.“

Elisabeths Mund wurde trocken und in ihrer Kehle begann es zu kratzen. Sie hüstelte.

„Woher soll sie wissen, wo ihr Mann steckt, wo wir doch wie Tiere auf diesem Schiff zusammengepfercht sind und keiner etwas vom anderen weiß?“ Frau Dönhofs Bemerkung tat ihr wohl wie heiß ersehnter Regen nach einer langen Dürre.

„Das stimmt, aber ich habe nun einmal eine Begabung dafür, verlorene Dinge wieder aufzufinden“, bemerkte Herr Zweig. „Sagen Sie mir, wo Sie ihn zuletzt gesehen haben, und ich werde ihn geradewegs zu Ihnen bringen. Ich tue Ihnen gerne diesen Gefallen.“

Plötzlich war Sergeis Stimme zu vernehmen. „Ja, wo haben Sie Herrn Ebel zuletzt gesehen?“ Sein Tonfall war verdächtig sanft. Elisabeth wandte sich um. Sie hatte seinen forschen Schritt auf dem verwitterten hölzernen Deck nicht gehört. Sergeis hochgewachsene Gestalt stand nun abwartend und drohend vor ihr.

Elisabeth holte tief Atem und wappnete sich für den Angriff. Selbst wenn es das Letzte auf Erden war, was sie tun würde, sie würde nicht kampflos aufgeben.

„Was mein Mann tut, geht Sie gar nichts an!“, fauchte sie.

„Sie irren, Frau!“, entgegnete Sergei. „Ihr Mann mich sehr viel angeht.“ Sergei griff mit seinen großen Händen nach Elisabeths Arm.

„Aber, aber!“, mischte sich Herr Zweig ein. „Was soll denn das werden?“

Elisabeth riss sich von Sergei los. Sie fühlte sich von seiner Nähe abgestoßen.

„Herr Sergei“, fuhr Herr Zweig fort, „Sie interessiert doch nur, ob er auf diesem Schiff ist. Ihr Mann ist doch auf diesem Schiff, Frau Ebel, nicht wahr? Ihr Wort genügt.“

Elisabeth wusste, dass sie diesmal nicht mehr für Karl einstehen konnte. Sie war eine alleinstehende Frau und völlig schutzlos, aber sie würde auf keinen Fall zulassen, dass dieser Wichtigtuer von Soldat sie schikanierte. Elisabeth wollte gerade etwas entgegnen, da sagte Frau Dönhof zu ihrer Erleichterung:

„Sie haben sich gestritten.“ Elisabeth legte dankbar ihren Arm um Frau Dönhofs Hüfte und war überrascht, dass die Frau zitterte. Unter der rauen Schale befand sich anscheinend ein weicher Kern.

Mit fester Stimme fügte Elisabeth nun erklärend hinzu: „Ich habe Herrn Ebel seit Oranienbaum nicht mehr gesehen.“

Sergei schaute überrascht drein. Anscheinend hatte er nicht erwartet, dass man ihm die Wahrheit sagen würde. „Seit Oranienbaum?“, wiederholte er ungläubig.

Elisabeth nickte kurz.

„Sie müssen ihn finden!“ Sergei stieß die Worte mit leiser, aber drohender Stimme hervor. „Oder bekommen Schwierigkeiten!“ Obwohl Elisabeth nach außen hin ruhig blieb, wurden ihr die Knie weich. Sergei blieb abwartend stehen, als erwarte er Tränen oder ein Flehen um Gnade, doch als Elisabeth ihn nur weiterhin kalt anstarrte, drehte er sich schließlich um und ging wortlos davon.

Eine einsame Wolke am Himmel entlud einen leichten Regenschauer über dem Schiff. Elisabeth reckte ihr Gesicht hoch und hielt es in das kühlende Nass. Sie genoss das prickelnde Gefühl auf ihrer Haut. Ja, sie wollte ihr Leben selbst in die Hand nehmen und sich nicht durch Menschen wie Sergei einschüchtern lassen, mochte er vorhaben, was er wollte. Genauso schnell, wie die Wolke gekommen war, zog sie wieder ab und nahm den erfrischenden Regen mit sich.

Elisabeth wandte sich an Herrn Zweig. „Wir sind jetzt nur drei Frauen und ein Junge. Was sollen wir tun?“

„Was Sie tun sollen?“, wiederholte Herr Zweig, als versuche er immer noch, das eben Geschehene zu begreifen.

„Wir werden jetzt sicher kein Land bekommen“, stellte sie fest. Mit ihrem Vertrauen auf Karl hatte sie das zerstört, was sie sich am meisten wünschte. Nun würde sie schlechter dastehen als jemals zuvor. Trotz dieser ernüchternden Tatsache wollte sie sich nichts anmerken lassen. Sie würde auch ohne eigenes Land überleben.

„Hans ist jetzt derjenige, der Ihrem Haushalt vorsteht“, erklärte Herr Zweig.

„Er ist erst sechs und wohl kaum ein Mann“, sagte Frau Dönhof. „Aber Sie brauchen sich um uns keine Sorgen zu machen. Wir werden schon für uns selbst sorgen.“

Elisabeth nickte. Ja, sie würden sich durchbeißen, was auch immer das Schicksal an Lasten für sie bereithielt.

„Sie brauchen aber unbedingt einen Mann, um Ihr Land und Vorräte zu bekommen“, meinte Herr Zweig. „Hans ist zwar noch kein Mann, aber in den Augen der Russen ist er jetzt Ihr Beschützer.“

„Was?“, riefen beide Frauen aus.

„Ich hatte vor, das bei Herrn Ebel anzusprechen. Ich dachte erst, es sei ein Versehen.“ Herr Zweig zog ein Taschentuch hervor und wischte sich den Schweiß von der Stirn. „Hans ist als der Familienvorstand registriert, nicht Herr Ebel.“

„Und das sollen wir glauben?“, fragte Frau Dönhof.

Der Hauch eines Lächelns formte sich auf Elisabeths Lippen. „Dann werden wir also doch unser Land bekommen! Es hat sich nichts geändert.“

„In der Tat.“ Herr Zweig wandte sich Frau Dönhof zu, die immer noch sprachlos dreinblickte. „Ich weiß nicht, wie es dazu gekommen ist, aber Ihre Familie ist unter Hans' Namen registriert. Aber natürlich bleibt es eine Tatsache, dass sie nur drei Frauen und ein kleiner Junge sind. Zu Ihrem eigenen Schutz sollten Sie alle wieder heiraten.“

Elisabeth war von diesen Worten mehr schockiert, als sie zeigen wollte. Herr Zweig meinte es sicher gut mit ihnen, aber diese Lösung kam für sie überhaupt nicht in Frage. Sie wollte nicht an einen anderen Ehemann denken. Karl hatte bisher Wort gehalten. Ihr wurde warm ums Herz, wenn sie daran dachte, dass Karl sich bis zum letzten Moment um ihr Wohlergehen gekümmert hatte.

Bevor der undurchsichtige Fischer sich mit einer weiteren triumphierenden Bemerkung an sein Publikum wenden konnte, schob Karl die von Motten zerfressene Decke zur Seite und erklärte: „Ich bin kein Dummkopf! Sagen Sie schon: Für wen arbeiten Sie?"

Der Mann grinste Karl an, sodass seine schlechten Zähne zum Vorschein kamen. „Wir gehören zur selben Sorte."

„Sie arbeiten also für Goralski?", fragte Karl.

„Nein, für diesen Schurken arbeite ich nicht."

„Für wen dann? Für Iwanow?" Als der Mann nicht antwortete, stieß Karl im Stillen einen Fluch aus. Sein Freund Sascha spielte wohl ein Doppelspiel. Die Frage war: Tat er das zu Karls Nutzen oder zu seinem Schaden?

„Bin ich Iwanows Gefangener?"

Der Fischer antwortete so leise, dass die Leute auf dem Kai es nicht hören konnten. „Gefangener ist ein hartes Wort. Es gibt keinen besseren Menschen als Iwanow. Wenn er nicht gewesen wäre, wären Sie ertrunken."

Karl beobachtete den Mann genau. „Bin ich jetzt etwa besser dran?"

Der Mann nahm Karl die Decke ab. „Die wird noch gebraucht." Er faltete sie zusammen und legte sie beiseite. „Iwanow hat Ihnen die Chance gegeben, auf eigene Faust zu entkommen, aber Sie haben alles vermasselt."

Karl holte tief Luft. „Was soll das heißen? Was soll jetzt mit mir geschehen?"

Der Mann fuhr fort: „Ich werde Sie natürlich Goralskis Männern übergeben. Das ist das Beste."

Das Beste für wen?, dachte Karl im Stillen. Laut aber fragte er: „Warum wollen Sie mich überhaupt ausliefern? Ich bin ganz regulär mit einer Einwanderergruppe eingereist ..."

„Ja, ja, mit der von Herrn Zweig. Ich weiß. Ich bin Ihnen und Ihrer schönen Frau gefolgt. Ich verfolge Sie schon, seit Sie meinem Herrn ein so großzügiges Geschenk gemacht haben." Er zerrte Karl grob hoch.

Karl war noch immer steif vor Kälte und er konnte seine Gliedmaßen kaum bewegen. Er zitterte, aber nun eher aufgrund der neuen Gefahr, die ihm bevorstand, als aufgrund des kalten Windes, der seine nassen Kleider durchdrang. „Warum schicken Sie mich nicht einfach zurück zu den Siedlern? Sie können noch nicht weit gekommen sein. Ich tauche einfach unter."

Der Seemann lachte. „Dazu ist es nun zu spät. Goralski weiß, dass Iwanow Sie gefunden hat." Er gab den umstehenden Soldaten einen Wink, und vier grobe Hände packten Karl und zogen ihn mit einem Ruck vom Boot auf den Kai, dicht gefolgt von dem Fischer. Karl schauderte, als der Mann sich für ihn unhörbar mit den Männern unterhielt. Er musste so schnell wie möglich fliehen. Karl drehte sich um und rannte drauflos, doch schon nach wenigen Schritten holte ihn ein fluchender Soldat ein und warf ihn zu Boden. Sein Körper war immer noch so betäubt, dass er bei dem harten Aufprall kaum Schmerz empfand. Mehrere Soldaten traten jetzt abwechselnd auf ihn ein.

„Du elender Jude!", sagte einer und Karl fühlte einen besonders schweren Fußtritt gegen seine Rippen. Gerade als Karl glaubte, gleich das Bewusstsein zu verlieren, hörten die Männer auf. Er blieb reglos liegen, unfähig sich aus eigener Kraft aufzurichten. Jemand hob seine Hände hoch und band ein grobes Seil um seine Handgelenke. Er hörte, wie die Soldaten lachten und spürte, wie das Seil festgezogen wurde. Farben und Klänge verwischten sich. Er schmecke Blut und atmete den strengen Geruch des Erdbodens unter sich ein. Die Soldaten zerrten ihn hoch und schleiften ihn durch die Straßen. Er hörte, wie seine Kleidung zerriss und fühlte den stechenden Schmerz, als seine Haut blutig gerieben wurde. Er bemühte sich, sich so zu drehen, dass die verletzte Haut nicht weiter auf der Straße schleifte. Dabei zerriss seine Kleidung noch mehr und er spürte seine Haut an anderer Stelle am Untergrund schaben. Seine Beine gehorchten ihm nicht, und er konnte trotz aller Willensanstrengung seine Füße nicht auf den Boden stellen. Endlich wurde er in einen dunklen Raum in einem Haus geworfen, das er für Goralskis Stadthaus in Oranienbaum hielt. Mittlerweile fühlte er sich mehr tot als lebendig.

Das Schiff der Siedler überquerte einen riesigen See und fuhr die Neva hinauf, dann bog es in einen weiteren Flussarm ein. Elisabeth und ihre Reisegefährten versuchten, sich in der Enge so gut wie möglich einzurichten. Eine gewisse Routine hatte sich unter den Frauen eingestellt. Morgens kümmerte sich Frau Dönhof um den Jungen und bereitete alle Mahlzeiten. Elisabeth blieb bis zum Mittag bei Greta; in der Mittagspause ruhten sowohl Greta als auch Frau Dönhof sich aus. Nachmittags spielte Elisabeth mit Hans. Ab und zu versuchten sie, Fische zu fangen. Der Schoner, der die Einwanderer zu den Wolgagebieten bringen sollte, war noch kleiner als der vorherige und vollkommen überfüllt. Besonders eng war es an der Ecke, wo Elisabeth und ihre Gefährten schliefen. Es gab keinen Platz zum Herumspazieren, denn alle mussten sich an Deck aufhalten. Tagsüber brannte die heiße Sonne unbarmherzig auf sie nieder, nachts wurde es feucht und kalt.

Auch wenn Herr Zweigs Vorhersage, dass sie ihr Ziel noch vor Wintereinbruch erreichen würden, erreichbar erschien, wunderte sich Elisabeth, dass sie mehrere Tage lang kaum vorwärts zu kommen schienen. Andauernd mussten sie anhalten, um Nachschub aufzuladen und auf den Kapitän zu warten, der in den verschiedenen Häfen seinen Geschäften nachging. Darüber hinaus mussten die während der Überfahrt Verstorbenen begraben werden. Elisabeth war der Kapitän, der sie über die Ostsee gebracht hatte und dabei in der Nacht immer ein Stück zurückgesegelt war, immer noch lieber gewesen. Zumindest war seine Tücke berechenbar gewesen. In Elisabeths Gedächtnis verblasste allmählich die Erinnerung an Karls Fürsorge und sie fühlte sich einsam, leer und verlassen.

„Geht es dir nicht gut?“, fragte Greta Elisabeth eines Morgens.

Elisabeth zuckte mit den Schultern. „Das Gleiche sollte ich dich fragen."

„Meine Gebrechen sind körperlicher Art. Deine nicht."

„Wir haben beide unsere Männer verloren." Elisabeth strich über die schwere Flickendecke, die Greta bedeckte. Das Material selbst musste schwer sein, denn nachdem Karl all seine Schätze herausgenommen hatte, war die Decke nicht leichter geworden.

„Ja, das haben wir. Manchmal vermisse ich meinen Mann so sehr, dass es hier schmerzt", erklärte Greta, während sie ihre Hand auf ihren Unterleib drückte.

„Friedrich war ein sehr guter Mann", nickte Elisabeth. „Karl dagegen ist ein Gauner. Und doch muss ich oft daran denken, wie es ihm wohl inzwischen ergangen ist. Ich frage mich, ob er entwischen konnte und ob er sicher in Lübeck angekommen ist. Tief in meinem Innersten wünsche ich mir, etwas für ihn tun zu können. Aber meine Gebete reichen nur bis zur Wand. Ich wünschte, sie würden geradewegs zu Gott fliegen wie die deinen."

„Auch ich habe für meinen Mann gebetet, und doch ist er gestorben."

Elisabeth starrte Greta an. Hatte sie etwa die Hoffnung aufgegeben?

„Schau mich nicht so an. Ich habe meinen Glauben nicht verloren. Ich wollte damit nur sagen, dass uns nicht immer das gegeben wird, worum wir in unseren Gebeten bitten. Ich verstehe zwar nicht, warum Friedrich sterben musste, aber ich weiß, dass der Herr bei mir ist und mich hält, auch wenn der Schmerz über seinen Verlust mich manchmal fast zerreißt."

Elisabeth nahm Gretas Hände in ihre. „Ich verstehe deinen Schmerz und deine Trauer. Wenn ich doch nur deinen Glauben hätte! Du und dein Mann strahlten eine Ruhe und einen Frieden aus, den ich nicht habe. Es ist so, als hättest du eine direkte Verbindung zu Gott. Du bist eine Lutheranerin so wie ich, aber dein Glaube ist anders."

Greta studierte Elisabeths Gesicht. „Ich freue mich an Gottes Frieden, weil sein Geist in mir lebt. Der Heilige Geist wohnt in allen, die an Gottes Sohn glauben."

„Warum empfinde ich dann nicht diesen Frieden?"

„Jesus klopft an deine Herzenstür. du musst ihn nur hineinlassen."

„Ich verstehe nicht, was du meinst. Ich glaube an Jesus – so wie alle Reformierten."

„Bist du bereit, ihm dein Leben zu geben, das heißt, ihm die Führung deines Lebens anzuvertrauen und ihm zu folgen, wohin auch immer er dich führen mag? Selbst wenn das heißen sollte, dass du deine eigenen Pläne aufgeben musst?"

„Du meinst zum Beispiel einen Ehemann und eine Familie? Oder mein Land?"

„Genau. Er muss der alleinige Herr in deinem Leben sein, und du musst lernen, ihn über alles zu lieben." Greta bekam einen Hustenanfall und setzte sich auf, um etwas Wasser zu trinken.

Elisabeth klopfte ihr auf den Rücken und stützte sie.

Greta fuhr fort: „Durch seinen Sohn Jesus Christus lädt Gott dich ein, mit ihm eine engere Beziehung aufzubauen, als es selbst in einer Ehe möglich ist."

Elisabeth schluckte. „Was passiert, wenn ich die Einladung annehme?"

„Aus dir wird eine ganz neue Kreatur. Er wird kommen und in dir wohnen und du wirst nie mehr allein oder schutzlos sein." Greta lehnte sich erschöpft zurück und schloss die Augen.

Elisabeth dachte nach. Würde sie Jesus so lieben ... ihm alles überlassen können? War sie dazu bereit? Bisher wollte sie immer unabhängig sein und die Kontrolle behalten – zumindest so weit, wie es ihr als Frau möglich war. Welche Veränderungen würde diese Entscheidung mit sich bringen? Konnte sie Gott wirklich so vollkommen vertrauen, dass sie alle eigene Kontrolle über ihr Leben abgeben konnte?

Gretas Worte klangen in ihren Gedanken nach: „Du wirst nie mehr allein oder schutzlos sein." Das genau war ihr tiefster

Wunsch. Wie wunderbar wäre es doch, dieses Gefühl der Einsamkeit und der Angst, das ihr zur zweiten Natur geworden war, loszuwerden. Sie stieß einen Seufzer aus, und ohne ein hörbares Wort kam ein Gebet aus der Tiefe ihrer Seele: „Ja, ich will."

Nichts passierte. Sie atmete gleichmäßig. Greta schlief. Der Krach um sie herum war deutlich zu hören, und doch fing Elisabeth an, langsam innerlich ruhiger zu werden, als ob die Fesseln der Angst, die sie gefangen gehalten hatten, auseinander brechen würden. Sie spürte einen tiefen inneren Frieden. Nichts hatte sich geändert, und doch fühlte sich Elisabeth wie verwandelt. In ihre Augen traten Tränen, und ein paar liefen in einem kleinen Rinnsal an ihren Wangen hinab. Sie versuchte nicht, sie wegzuwischen.

Hans rief: „Frau Ebel, ich habe einen Fisch gefangen!"

„Der muss ausgenommen werden, bevor ich ihn zubereiten kann", erklärte Frau Dönhof und stapfte hinter ihm her.

„Ich werde Ihnen helfen", meinte Hans.

„Das erwarte ich auch", sagte Frau Dönhof in barschem Ton. „Dann machst du dich wenigstens nützlich."

Sie blickte Elisabeth erstaunt an. „Was ist denn mit dir los?"

„Nichts", erwiderte Elisabeth, und zum ersten Mal seit langem meinte sie es auch so.

Karl wusste nicht mehr, wie viele Tage oder Nächte er bereits in der Dunkelheit seines Gefängnisses zugebracht hatte. Er war nur zeitweise bei Bewusstsein, lag auf dem schmutzigen Stroh in einer Ecke und versuchte, sich von den Verletzungen zu erholen, die ihm die Soldaten zugefügt hatten. Außer einem Aufseher, der einmal am Tag mit Brot und Wasser zu ihm kam, sah und hörte Karl niemanden.

Eines Morgens nach dem Aufwachen wurde er gewahr, dass er die ganzen Strapazen überlebt hatte und dass er wieder auf die Beine kommen würde. Er versuchte aufzustehen und tappte in der feuchten Zelle so weit umher, wie es die Fußketten zuließen, die ihn an die Wand fesselten. Von diesem Zeitpunkt an versuchte er, seine Muskeln in Bewegung zu halten, wann immer er wach war. Er wollte einerseits müde genug sein, um schlafen zu können, ohne sich von den Ratten und anderem Getier in der Zelle stören zu lassen; andererseits wollte er auch auf jedwede Gelegenheit zur Flucht vorbereitet sein. Es war schwierig, diesen Plan durchzuführen, denn ohne Licht verschmolzen Tag und Nacht zu einer einzigen langen Dunkelheit.

Während seiner Übungen musste er immer wieder an Elisabeths Lächeln denken – viel öfter, als ihm lieb war. Und doch beruhigte diese Erinnerung sein Herz und gab ihm Hoffnung – auch wenn sich dadurch für ihn nichts änderte. Sein Bart wurde immer länger und er magerte immer mehr ab. Wenn er gerade nicht an Elisabeth dachte, glitten seine Gedanken fast unwillkürlich zu Gott und den Geschichten über das Volk Israel, die ihm seine Mutter immer erzählt hatte. Diese Gedanken an seine Mutter führten wiederum zu Gedanken an Jesus, der der Anlass allen Streits zwischen Karl und seiner Mutter gewesen war. Fast gleichzeitig kam der Ärger auf seinen Vater in ihm hoch. Dann zwang er sich, wieder an Elisabeth zu denken und an manches, was sie gesagt oder getan hatte. Das brachte ein Lächeln auf sein Gesicht zurück.

Inmitten einer seiner schönen Erinnerungen an Elisabeth schreckte ihn plötzlich das Geräusch von Soldatenstiefeln auf. Die Tür zu seiner Zelle wurde aufgestoßen. Obwohl diese Unterbrechung ihm hätte willkommen sein sollen, irritierte der ungewohnte Klang seine Ohren.

„Tritt vor, du Mistkerl“ zischte ein Soldat.

Karl räusperte sich. „Was verschafft mir diese Ehre?“

„Goralski will dich sehen.“ Der Mann löste Karls Ketten von der Wand und stieß ihn dann ruckweise vorwärts durch dunkle, enge Gänge. Karl stolperte, wobei die Ketten um seine Hand- und Fußgelenke klirrten. Seine Augen hatten keine Zeit, sich an die Dunkelheit zu gewöhnen, bevor er in den hellen Glanz des Tageslichtes hinausgestoßen wurde. Er musste blinzeln und senkte den Kopf.

Er befand sich in einem riesigen Raum, in dem blitzende goldene Ornamente Wände und Decke zierten. Er hörte Stimmen. Allmählich erkannte er zwei Schatten, die nach und nach zu zwei Männern wurden. Vor einem riesigen Kamin standen Goralski und Iwanow vertieft in eine verschwörerische Unterredung. Sie taten, als ob sie das Klirren von Ketten, die Karls Eintritt begleiteten, gar nicht hörten.

Als Karl sich in einem Spiegel sah, erschrak er. Er sah einen ausgemergelten, bärtigen Mann mit struppigem Haar, das in alle Richtungen abstand. Die Fetzen auf seiner Haut konnte man nicht mehr Kleidung nennen, und er starrte nur so vor Dreck und Wunden. Er wandte sich von seinem Spiegelbild ab und versuchte herauszufinden, wie viele Soldaten sich im Raum befanden. Dann war er und einen Blick auf die großen Fenster entlang der Wände. Er könnte eventuell seine Hände befreien, aber die Fußschellen waren ein unüberwindliches Problem. Er schaute noch einmal zu den drei Soldaten. Einer von ihnen musste den Schlüssel zu seinen Fesseln besitzen.

„Immer auf der Suche nach einem Fluchtweg, wie?", sprach Iwanow ihn plötzlich an. Nun blickten ihn beide Männer an.

„Ohne Freunde ist man eben ganz auf sich allein gestellt."

„Ach, sei still, du Jude!", fauchte Goralski.

„Ich bin der Jude, den Sie angeheuert haben", erwiderte Karl.

Goralski durchmaß den Raum mit schnellem Schritt und blieb direkt vor Karl stehen. Dann schlug er ihm mit der flachen Hand ins Gesicht. Karl schmeckte sein eigenes warmes Blut, das aus seinen aufgeplatztzen Lippen hervorquoll.

„Wir sollten ihn töten!", schlug Iwanow vor.

„Er verdient etwas Schlimmeres als den Tod", sagte Goralski, der rot im Gesicht geworden war. „Du wirst dafür bezahlen, dass du in mein Landhaus eingedrungen bist!"

Karl reagierte mit einem schwachen Lächeln, von dem er wusste, dass es Goralski wütend machen würde. Es war ein

Lächeln, das besagte: „Trotz meines beklagenswerten Zustandes wirst du schon noch sehen, wer gewinnt."

Goralski schlug ihn noch einmal. „Los, sag schon! Wo hast du mein Geld versteckt? Du kannst doch wohl noch nicht den vollen Preis für meinen Kandelaber ausgegeben haben! Der Betrag, den du bei dir hattest, war zu gering." Er bebte, als er ohne Erfolg versuchte, seinen Ärger hinunterzuschlucken. Karl hätte ihm am liebsten ins Gesicht gespuckt, um ihm seine ganze Verachtung zu zeigen.

„Wir können es nicht wagen, ihn hier zu töten. Zu viele Zeugen." Iwanow nahm ein kleines Gebäckstück von einem silbernen Tablett, setzte sich auf einen Brokatstuhl und lehnte sich zurück. „Dein Landhaus ist ganz in der Nähe. Können wir auf die Loyalität deiner Leute vertrauen?"

„Selbstverständlich!", knurrte Goralski.

„Ich habe das perfekte Transportmittel. Es ist ein geschlossener Wagen ohne Fenster und mit nur einer Tür, die von außen verschlossen werden kann."

„Wie schnell kannst du es herschaffen?", fragte Goralski.

„Wie schnell brauchst du es?", erwiderte Iwanow mit einem grausamen Lächeln.

Goralski stolzierte um Karl herum wie ein Löwe, der gerade eine fette Beute gemacht hatte. Dann spürte Karl einen harten Schlag auf den Kopf, und ihm wurde schwarz vor Augen.

14

Karl spürte, wie er hin- und hergeworfen wurde, aber wie sehr er sich auch bemühte, er konnte nicht herausfinden, wo er sich befand. Er wollte einen Arm heben und sich mit der Hand über seine hämmernde Stirn reiben, aber es ging nicht. Das Geräusch einer Kette rasselte in seinem Bewusstsein. Stimmt. Goralski hatte ihn geschlagen. Seine Hände waren gebunden. An seinen Füßen befanden sich Fesseln. Als er mühsam die Augen öffnete, fand er sich der Länge nach hingestreckt auf einem rüttelnden, harten Holzboden wieder, umgeben von fensterlosen Wänden. Es gab weder Sitze noch Bänke, nur eine Tür, die vermutlich von außen verschlossen war.

Das schwache Licht, das zwischen den Brettern hindurchsickerte, reichte aus, um zu erkennen, dass sein schaukelndes Gefängnis eine vollständig leere Kammer war. Nur in einer Ecke befand sich ein dunkler Klumpen. Er schob sich langsam hinüber. Es war ein Leinensack. Mit Mühe schnürte er das Bündel auf. Sein Magen zog sich vor Hunger zusammen. Vielleicht hatte ihm ja jemand zufällig eine Brotkruste hinterlassen.

Er tastete sich mit der Hand in dem Sack vor und zog den Inhalt heraus: ein Messer, eine Karte, ein kleines Säckchen mit Münzen, ein Stück Brot und – kaum zu glauben – einen Schlüssel. Gierig biss er in das Brot und genoss den lang entbehrten Geschmack. Dann nahm er langsamer noch einen Bissen.

Trotz seiner körperlichen Schwäche gelang es Karl, den mächtigen Schlüssel in das Schlüsselloch zu zwängen, die Kette um seine Füße zusammenhielt. Er spürte den Luftzug über seinen Hand- und Fußgelenken und wusste, dass er frei war. Während er den Schlüssel einsteckte, stopfte er sich einen weiteren Bissen Brot in den Mund. Die Hälfte des Brotes war schon in seinem Magen verschwunden.

Er griff nach dem Messer mit dem Elfenbeingriff. Es sah genauso aus wie das, das er in Iwanows Haus bewundert hatte – wieder ein sichtbares Zeichen dafür, dass Sascha ein wahrer Freund war. Der Mann hatte in dem Bemühen, ihn zu retten, ein gefährliches Doppelspiel getrieben. Karl wünschte, er wäre ein Mann des Gebets. Dann hätte er jetzt Gottes Segen für seinen Freund erbeten, der ihm so treu zur Seite gestanden hatte.

Karl wusste nicht, wie lange er ohne Bewusstsein gewesen war. Er musste schnell handeln, um sich und Sascha nicht in Gefahr zu bringen. Wenn Sascha ihm den Wagen und die Sachen in dem Sack besorgt hatte, hatte er vermutlich auch andere Vorkehrungen für Karl getroffen haben. Karl begann, die Wände und Bodenbohlen genauer zu untersuchen. Er fand ein großes, quadratisches Brett auf dem Boden, das lose war und leicht mit dem Messer aufgebrochen werden konnte. Er hob es an. Ein Strahl schwachen Lichts erfüllte den Wagen. Die beiden Bretter links und rechts davon waren ebenfalls lose. Er blickte durch die Öffnung hindurch und hielt sich fest, um nicht hinausgeschleudert zu werden. Unter ihm flog der Boden vorbei, während die Pferde den Wagen immer näher zu Goralskis Anwesen und damit Karls zu unweigerlichem Tod brachten.

Er steckte seinen Kopf durch das Loch und beobachtete die Hufe der dahingaloppierenden Pferde. Ein Gespann von mindestens zwei Pferden zog die Kutsche und zwei weitere hielten auf jeder Seite Schritt – eines davon genau neben der Tür. Niemand schien dem Gespann zu folgen.

Er wusste, dass er noch nicht herauskonnte. Er musste geduldig sein und warten, bis die Pferde langsamer wurden. Nachdem er versucht hatte, die Karte zu lesen, die er im Dunkeln jedoch nicht entziffern konnte, wickelte er sie mit den Münzen und dem Messer in den Sack und band ihn an seinen Gürtel. Er war bereit. Durch die Öffnung ließ er zunächst die Kette fallen, die seine Hände gebunden hatte. Er wartete. Niemand schien Notiz davon zu nehmen. Als Nächstes ließ er die Fußschellen fallen und wartete. Wiederum tat sich nichts.

Der Reiz des Unbekannten und die Faszination des Abenteuers erfassten Karl erneut, als er merkte, dass der Wagen immer langsamer wurde. Anscheinend kamen sie an eine Weggabelung. Als die Kutsche die Kurve nahm, ließ er sich durch die Öffnung im Boden fallen, bevor die Pferde ihr schnelles Tempo wieder aufnehmen konnten. Er landete hart auf dem kalten Untergrund. Er rollte sich zu einem Ball zusammen und blieb regungslos liegen, bis die Soldaten und das geschlossene Fuhrwerk die Biegung ganz umrundet hatten und außer Sichtweite waren.

Sobald die Straße frei war, kroch Karl in das dichte Laubwerk am Wegesrand. Er band sein Päckchen auf und holte seine Habseligkeiten heraus. Vor allem interessierte ihn die Karte. Sascha hatte eine Markierung angebracht, die Goralskis Anwesen kennzeichnete. Von diesem Punkt führte eine Linie südostwärts durch eine Reihe kleiner Ortschaften, bis sie schließlich in einer Stadt am Fluss Twersta endete. Vermutlich musste er dort den Winter verbringen, bevor er mit einem Boot, das Iwanow ebenfalls eingezeichnet hatte, der Linie an der Wolga folgte. Bei einer Biegung des Flusses brach die Linie ab und verlief von dort aus in westlicher Richtung über Land hin zum Don und Schwarzen Meer. Offensichtlich dachte Sascha, dass der sicherste Weg aus Russland heraus der gen Süden wäre. Er bemerkte, dass seine Route sich mit der kreuzen würde, die Elisabeths Siedlertruppe eingeschlagen hatte. Karl spürte eine große Erleichterung. Er würde der Linie folgen, bis er die Auswanderer erreicht hatte. In der Gruppe würde er als neuer Siedler nicht auffallen. Schließlich würde er dann in Richtung Westen und damit außerhalb von Goralskis Reichweite weiterreisen.

Zunächst blieb Karl im sicheren Schutz der Wälder und suchte den Weg zurück zu dem Ort, an dem er die Ketten hatte fallen lassen. Er sammelte sie auf, verwischte ihre Abdrücke im Staub und versteckte sie unter einem wild wuchernden Kieferngestrüpp.

Dann überlegte er, was als Nächstes zu tun war. Wenn er in der Nähe von Goralskis Anwesen war, bedeutete dies, dass er in der Nähe des Ortes war, an dem er seine Kleider vergraben hatte. Nachdem er seinen ungefähren Standort bestimmt hatte, suchte und fand er tatsächlich die vergrabenen Kleidungsstücke und grub sie aus. Der Abendanzug war von Insekten zerfressen und es klebte noch sein getrocknetes Blut daran. Seine Bauernkluft war zwar verdreckt, aber noch tragbar. Er zog seine zerlumpten Sachen aus und vergrub sie zusammen mit der Abendgarderobe.

Dann ging er zu einem nahe gelegenen Fluss und wusch sich das verkrustete Blut aus Gesicht und Haaren. Er versuchte, sich mit Saschas Messer die Haare und den Bart zu stutzen. Goralskis Männer würden nach einem verkommenen Juden in zerfetzter Kleidung suchen, nicht aber nach einem russischen Bauern. Karl wusste, dass er eigentlich um sein Leben bangen sollte, aber er konnte sich ein leichtes Grinsen nicht verkneifen. Trotz aller Gefahr liebte er die Herausforderung; es gefiel ihm, allen Widrigkeiten zu trotzen, und er genoss den Reiz des Spiels zwischen Leben und Tod.

Als er sein Äußeres instandgesetzt hatte, marschierte er den Weg bis zu dem Anwesen, auf dem sein Pferd im Stall stand. zunächst versteckte sich hinter einem Baum. Als er sich davon überzeugt hatte, dass niemand nach ihm suchte, schlenderte er zu dem Gutsverwalter hinüber.

„Ich hoffe, Sie haben in der Zwischenzeit gut für mein Pferd gesorgt“, meinte er.

„Ich behandle alle Tiere gut“, erwiderte der Gutsverwalter. „Sie waren lange fort.“

„In der Tat. Ich wäre beinahe auch nicht zurückgekehrt.“ Karl blickte sich um. „Ich werde mit dem Pferd noch eine Sache unternehmen. Wenn es danach wieder zu Ihnen zurückkehrt, soll es Ihnen gehören.“

„Ich verstehe“, meinte der Mann.

„Ich gehe auf eine vierzehntägige Jagd. Was für Vorräte können Sie mir dafür beschaffen?“ Karl hielt dem Mann eine Handvoll Münzen hin.

Als Karl das Anwesen verließ, besaß er nur noch die Hälfte des Geldes, das Sascha ihm besorgt hatte, aber er war voll ausgerüstet für die Reise – angefangen von Essen über ein Gewehr bis hin zu einem Wintermantel, den er auch als Decke benutzen konnte.

Er nahm die Karte heraus und betrachtete sie eingehend. Es würde ihn Monate kosten, dem Einwanderertreck auf dem Landweg zu folgen. Er hoffte, dass er Herrn Zweigs Gruppe einholen konnte, bevor sie in Torschok ankam, denn bis dahin würde der Winter angebrochen sein, der den Siedlern schwer zu schaffen machen würde. Ein einzelner Mann konnte schneller vorankommen als eine große Gruppe von Einwanderern. Er lächelte. Die einfache Skizze einer Frau, die neben der Stadt Torschok aufgemalt war, überzeugte ihn davon, dass es tatsächlich Saschas Absicht war, ihn dahin zu führen, wo sich Herrn Zweigs Gruppe und damit auch Elisabeth befand.

Nachdem er außer Sichtweite des Anwesens war, lenkte er sein Pferd südwärts. Große, nasse Schneeflocken trudelten langsam vom Himmel und blieben an seinem Mantel hängen.

Auf dem Schiffsdeck schüttelte Elisabeth das Heu für Gretas Lager auf.

„Weißt du, manchmal bin ich wütend auf Gott wegen Karl, auch wenn ich weiß, dass ich das nicht sein sollte. Was sagst du dazu?"

„Du darfst all deine Gedanken vor Gott aussprechen", meinte Greta.

„Es wäre aber nicht sehr respektvoll zu sagen: ‚Gott, ich bin wütend auf dich, weil Karl mich verlassen hat'", entgegnete Elisabeth.

„Warum willst du Gott gegenüber nicht ehrlich sein? Er kennt ohnehin deine innersten Gedanken und Empfindungen."

„Hmmm. Ich werde es versuchen." Elisabeth half Greta, sich wieder hinzulegen. Der Geruch frischen Heus machte die Ecke auf dem engen Deck beinahe gemütlich.

„Sprich mit ihm so, wie du mit mir sprichst", fügte Greta hinzu. Elisabeth nickte, aber sie wusste, dass sie weiter über das nachdenken musste, was Greta ihr gerade gesagt hatte. So viel war seit ihrer Abreise in ihrem Leben passiert. Aber nicht nur äußerlich hatte sich ihr Leben vollständig verändert. Elisabeth genoss jeden Moment, den sie mit Greta verbringen und mehr über Gott lernen konnte.

An den Abenden, wenn Herr Zweig oder Herr Jäger aus der Bibel vorlasen, saß sie immer ganz vorne, eifrig darauf bedacht,, keins ihrer Worte zu verpassen. Eine ungekannte Freude hatte ihre Seele erfasst. Selbst Sergei, der ihr immer noch ständig mit seinen Blicken folgte, brachte sie nicht mehr so aus der Fassung wie zuvor. Sie lernte eine Zeile aus Psalm 8 auswendig, in der es hieß: „Herr, unser Herrscher, wie herrlich ist dein Name in allen Landen!" An manchen Tagen sagte sie sie immer und immer wieder vor sich hin. So wie das Schiff Stadt um Stadt passierte, sich die Flusswindungen hinaufschlängelte und ihnen hinter jeder Biegung jeden Tag neue Ansichten und Gebiete offenbarte, so bewegte sie sich auf Gott zu, immer Neues entdeckend. In einer Stadt namens Nowgorod befahlen die Seeleute den Kranken, das Schiff zu verlassen. Sie mussten den Winter über dort bleiben. Elisabeth war dankbar, dass Gretas Zustand sich so weit verbessert hatte, dass sie mit ihnen weiterreisen konnte.

Einen Tag darauf hüpfte Hans fröhlich auf Deck hin und her und rief: „Endlich gehen wir von Bord! Wir sind gelandet!"

Elisabeth und Greta lächelten. Hans war nur wenige Schritte von ihnen entfernt. Elisabeth dachte, dass da wohl sein Wunsch stärker als die Fakten wirkte. Dichte Schneeflocken fielen langsam zu Boden.

„Die Welt ist immer dort am hellsten, wo man nicht ist", meinte Frau Dönhof. „Schon bald wirst du dir wünschen, wieder zurück auf dem Schiff zu sein. Hör mit dem Schreien auf, Hans."

Hans schenkte ihr ein einnehmendes Lächeln und hörte auf zu rufen, aber er wollte sich nicht davon abhalten lassen, zwischen den Frauen hin und her zu springen und über die Reling zu spähen, um zu sehen, wie nahe das Boot seinem Ziel war.

Hans' Ankündigung ging schneller in Erfüllung, als Elisabeth erwartet hatte. Kurz nach dem Mittagessen legte das Schiff bei einer kleinen Ansammlung hölzener Schuppen an. Die Hütten sahen so armselig aus, dass man nicht glauben konnte, dass sie auch nur den notdürftigsten Schutz vor den Elementen bieten könnten.

„Deine Mutter wird deine Hilfe brauchen", sagte Elisabeth zu Hans. „Bist du stark genug, ihr zu helfen?"

Er nickte und half Greta behutsam aufzustehen. Langsam verließen die vier den Schoner und gingen an Land. Elisabeth bemerkte, dass die Fuhrwerke, die hinter dem Dock auf sie warteten, wohl eher für die Beförderung von Heu als für die von Personen ausgerüstet waren. Auch wenn sie das Fahren in einem Fuhrwerk nicht gerade liebte, so war Elisabeth doch froh, endlich wieder festen Boden unter den Füßen zu haben, auch wenn dieser Grund wahrscheinlich sehr bald wieder unter Schnee verschwinden würde.

„Frauen und Kinder in die Wagen!", brüllte eine Stimme. Die Männer sollten offensichtlich zu Fuß gehen.

Die Siedlung – wenn man sie überhaupt so nennen konnte – bestand aus notdürftig errichteten Unterkünften, die kaum geeignet schienen, dem Wind zu trotzen. Sie sahen vielmehr so aus, als würden sie jeden Augenblick zusammenbrechen.

Frau Dönhof sagte keuchend: „Sind das Beispiele für russische Häuser? An einem solchen Ort werde ich nicht bleiben!"

„Werden die Fuhrwerke uns zu unserem Haus bringen?", fragte Hans.

Herr Zweig antwortete aus dem Hintergrund: „Nein. Nein. Wir müssen noch eine ganze Wegstrecke über Land zurücklegen. Dann werden wir mit einem anderen Schiff die Wolga entlangfahren."

„Warum sind wir denn nicht mit dem Schiff hier weitergefahren?", fragte Hans. Herr Zweig zuckte die Achseln und wischte sich ein paar Schneeflocken vom Ärmel.

Elisabeth näherte sich dem letzten Wagen, der nichts weiter war als ein schweres hölzernes Gestell mit Seitenwänden, die aus Zweigen geflochten und mit einer Schnur zusammengebunden waren. Zumindest aber hatte es vier dicke, robuste Räder. Elisabeth verstaute ihre Sachen darin und stellte dann Frau Dönhofs und Gretas Bündel neben ihre. Nachdem sie Hans auf das Fuhrwerk gehoben hatte, zog Elisabeth Greta von oben hoch, während Frau Dönhof von unten drückte. Zusammen gelang es ihnen, Greta in den Wagen zu hieven. Dann breiteten sie ihr Winterzeug über ihr aus. Der kurze Weg vom Boot bis hierher hatte Greta schon geschwächt. Ihr Husten meldete sich wieder, aber sie war – wie ihr Sohn – guter Dinge.

„Schau nur, Hans!", rief sie. „Wir haben eine weitere Etappe unserer Reise hinter uns gebracht. Nicht mehr lange, und wir werden in unserem neuen Haus sein!"

Elisabeth half auch Frau Dönhof beim Hinaufklettern, und so saßen sie nun gemeinsam auf ihren Habseligkeiten. Von den vielen Gerüchen und der körperlichen Nähe der Menschen, die so dicht zusammengedrängt um sie herum saßen, wurde Elisabeth ganz elend. Sie wollte am liebsten vom Fuhrwerk springen und nebenherlaufen. Glücklicherweise ließ das merkwürdige Gefühl in ihrer Magengrube bald nach. Da berührte eine Hand ihren Ellbogen. Neben ihrem Fuhrwerk stand Herr Zweig.

„Frau Ebel! Würden Sie mir den Gefallen tun, ein bisschen mit mir zu laufen, sodass wir uns unterhalten können?"

Sie hätte vor Freude am liebsten laut „Aber ja!" gerufen. Herr Zweigs Aufforderung erschien ihr wie die Antwort auf ein unausgesprochenes Gebet. Aber sie sagte nur kurz: „Sehr gerne, Herr Zweig", mit einer Stimme, die niemandes Verdacht erregen würde. Sie hatte sich so danach gesehnt, endlich die Beine auszustrecken und ein bisschen zu laufen. Sie wandte sich an Frau Dönhof, mit der sie Schulter an Schulter saß. „Ich werde mir eine Zeit lang die Beine vertreten."

„Dann wirst du aber deinen Platz verlieren", wandte Frau Dönhof ein.

„Ich weiß, aber ich muss einfach eine Weile frei sein." Mit diesen Worten sprang sie hinunter auf den schneegepuderten Boden.

Als sie Herrn Zweig eingeholt hatte, sagte dieser zunächst nichts, und das war Elisabeth auch recht so. Die Fuhrwerke rumpelten an einer Stadt entlang. Diese war gerade so weit weg, dass Elisabeth sich weder von dem Ort noch seinen Bewohnern ein gutes Bild machen konnte. Doch als sich plötzlich die Nebelwand einmal lüftete, war ihr Gesamteindruck von der Stadt der von Schmutz, Elend und Verkommenheit.

Sie und Herr Zweig ließen die Wagen weiterfahren und fielen ein wenig zurück. Elisabeth hörte das Gezwitscher eines Vogels, sog den Duft ihr unbekannter Pflanzen und Bäume ein und blickte über die dünne Schneedecke auf die Landschaft vor ihr. Der Wald war hier dichter als bei Sankt Petersburg. Es gab auch mehr Arten von Bäumen. Der dichte Wald gab ihr das Gefühl von Schutz und Sicherheit, während die Fuhrwerke die holprigen Pfade entlangfuhren. Jedes Paar Wagenräder folgte einer Furche in der Erde. Dieser erste Schnee hatte den Boden noch nicht aufgeweicht, doch bald würde sich alles in Matsch verwandeln. Elisabeth lächelte. Diese Straße führte in ihr neues Leben, ihre neue Zukunft. Endlich würde sie eine Heimat haben. Sie war aufgeregt und dankte Gott aus ganzem Herzen dafür, dass er sie nach Russland gebracht hatte.

Mitten in diese wirren Gedanken hinein hörte sie Herrn Zweig sagen: „Ich bin ein praktischer Mann."

„Da haben Sie recht", antwortete Elisabeth.

„Es besteht keine Notwendigkeit, viele Worte zu machen, wenn wenige genügen." Er ließ seine Hände zur Seite fallen. „Wir erleben viel Not und Kummer in unserem Leben; manches aufgrund unseres eigenen Tuns, für anderes können wir nichts."

Elisabeth musste an das Sterben von Frau Zweig und Herrn Schulze denken. „Gewiss."

„Es ist klug, wenn wir aus einer schlimmen Situation etwas Gutes zu machen verstehen, wann immer es in unserer Macht steht." Herr Zweig schien keine Antwort auf seine Worte zu erwarten. Er verschränkte seine Arme und ließ sie dann wieder fallen. „Die Familien um uns herum können sich glücklich schätzen: Sie haben einander zum Trost. Was ich damit sagen will, ist Folgendes: Wir sollten unsere jeweilige Lage ganz nüchtern betrachten und das Beste daraus machen."

Elisabeth nickte zustimmend, und Herr Zweig blickte sie seltsam an. Er schien angespannt und erwartungsvoll und anscheinend nicht ganz sicher, was er als Nächstes sagen sollte. Sie gingen ein paar Augenblicke lang weiter schweigend nebeneinander her. Als Elisabeth nichts sagte, fuhr er fort: „Mir fehlt eine Frau. Ihnen fehlt ein Mann. Wir könnten noch heute Abend heiraten und unser Leben gemeinsam als Familie in diesem neuen Land fortsetzen."

Elisabeth hielt unvermittelt inne. „Herr Zweig, mein Mann ist zwar nicht hier, aber er ist am Leben. Ich bin immer noch eine verheiratete Frau!"

Herr Zweig fing an zu stottern: „Es hat da ein paar Gerüchte gegeben ... Ich habe gehört, dass ... vielleicht ..., ohne dass sie es wussten ..., wie soll ich sagen? Einer der Soldaten hat mir gegenüber angedeutet, dass Ihre Heirat vielleicht nicht ... Ich weiß, dass Sie dachten, dass das alles richtig wäre ... aber so etwas kann nun mal einer jungen, hübschen Frau passieren ... Ihr Mann hat Ihnen gesagt, dass Sie verheiratet sind, aber die Heirat war nicht rechtsgültig." Er sprach weiter, ohne Luft zu holen. „Sie waren sehr gut zu mir. Ich würde gerne meine Schuld bezahlen und Ihnen meinen Namen geben."

Elisabeth war entsetzt. „Mein Mann hat mich verlassen, aber wir wurden rechtmäßig getraut. Ich gebe nichts auf das, was andere sagen. Ich bete darum, dass Sie erkennen, dass ich mein Gelübde halten muss, auch wenn mein Mann seines vielleicht nicht hält."

„Natürlich, natürlich", sagte er und versuchte zurückzurudern. „Es ist nur, dass ich dachte, ich könnte Ihnen einen Dienst erweisen ... Ich bin Ihnen ja so zu Dank verpflichtet."

Elisabeth streckte ihm die Hand entgegen. „Ihr Antrag ehrt mich. Ich werde darum beten, dass Sie eine andere Frau finden, die noch nicht gebunden ist und die Ihre Freundlichkeit zu würdigen weiß."

„Ja, danke!", meinte er mit einer flüchtigen Berührung ihrer Hand. Er verschränkte seine Arme und ließ sie dann wieder sinken, als wäre er unsicher, was er mit ihnen anstellen sollte. „Ich sehe gerade, dass die anderen Männer meine Hilfe brauchen. Wenn Sie mich bitte entschuldigen würden ..." Elisabeth nickte und Herr Zweig eilte davon. Sie schickte sich aber nicht an, die anderen Fuhrwerke wieder einzuholen. Sie waren noch nahe genug.

Der Tag hatte eine ganz andere Wendung genommen, als sie erwartet hatte. Herr Zweigs Worte hatten ihre noch frische seelische Wunde geöffnet. Ihr war es peinlich, was andere über sie sagten. Wie sehr wünschte sie sich doch, eine eigene Familie zu haben und stolz darauf sein zu können. Sie trauerte erneut um ihre Eltern und Geschwister, und noch mehr schmerzte ihr das Herz, wenn sie an Karl dachte.

„Oh Herr, wie soll ich mit gebrochenen Herzen weiterleben? Ich habe einfach keine Kraft mehr, noch einen einzigen Schritt vorwärts zu tun." Sie hielt an, setzte sich auf den Boden und legte den Kopf in ihre Hände.

Als sie die Geräusche und Gerüche des Waldes um sich herum wahrnahm, spürte Elisabeth deutlich neue Kraft. Gott war es, der ihre Seele erfrischte. Sie stand auf, wischte Blätter und Zweige von ihren Kleidern und ging langsam weiter. Gott redete zu ihr durch seine Schöpfung. Sie blickte auf die Majestät und Größe der Birken, Kiefern, Fichten und Tannen und sah den erdigen Pfad unter ihren Füßen. Dieser Weg war ihre Sicherheit. Ihr Leben stand auf einem sicheren Fundament. Solange sie sich auf Gottes Pfad befand, würde sie alle Gefahren und Beschwernisse, die ihr begegneten, überwinden.

Die Fuhrwerke kamen nur langsam voran, aber dennoch entfernten sie sich mehr und mehr von Elisabeth. Das kümmerte sie jedoch nicht. Im Stillen brachte sie alle ihre geheimsten Ängste und Wünsche vor Gott zum Ausdruck, all das, was sie bekümmerte. Das Geräusch der raschelnden Blätter, die gelegentlichen Vogelrufe und die kühle Brise, die durch die kräftig duftenden Fichten fuhr und den Geruch der feuchten Erde verstärkten, verliehen ihr neue Zuversicht.

Erst nach einer ganzen Weile wurde Elisabeth bewusst, dass die Wagen um eine Kurve gebogen sein mussten, denn sie waren nicht länger in Sichtweite, und das Knarren der rumpelnden Räder war nicht mehr zu hören. Unbemerkt hatte sich der Himmel zugezogen, und in der Ferne vernahm sie das Geheul von Wölfen. Eilig setzte sie ihren Marsch fort, bis sie Hans ihren Namen rufen hörte: „Frau Ebel! Wo sind Sie! Beeilen Sie sich!“ Hastig bog sie um eine Ecke am Waldsaum – und wäre beinahe mit Sergei zusammengestoßen.

„Sie sind verirrt, Frau?“ Die Kälte in seinen Augen ließ sie erzittern. „So wie Ihr Mann!“ Er sprach das Wort „Mann“ mit so viel Verachtung aus, dass Elisabeth klar war, wer das Geschwätz über ihre Ehe in Umlauf gebracht hatte.

„Ich habe mich nicht verlaufen. Ich verweile nur etwas, um die Schönheit des russischen Waldes zu genießen.“ Sie lief an ihm vorbei und hatte bald die Gruppe eingeholt. Hans half ihr, über die Seitenwände des Fuhrwerks zu klettern.

„Niemand hat deinen Platz genommen“, sagte Frau Dönhof in einem schroffen Ton. Elisabeth umarmte sie herzlich. Auch wenn Frau Dönhof ihre Geste nicht erwiderte, wusste Elisabeth, dass es ihre Gefährtin Mühe gekostet haben musste, ihr den Platz frei zu halten.

„Aus welchem Grund haben die Wagen angehalten?“, fragte Elisabeth. „Ist etwas vorgefallen?“ Sie spähte nach vorne.

„Ein Fuhrwerk im vorderen Tross hat ein Rad verloren und ist umgekippt“, erklärte ihr Frau Dönhof mit leiser Stimme.

Greta ergänzte: „Es heißt, dass Herr Pfeiffer unglücklicherweise unter die Räder gekommen ist.“

Von der Tragödie niedergedrückt errichteten die Reisenden an diesem Ort ihren ersten Lagerplatz und beteten inständig für ihren Mitreisenden. Doch spät nachts kam die Nachricht, dass er gestorben war. Er war der erste aus ihrer Gruppe, der auf dem Weg durch Russland sein Leben verloren hatte. Am nächsten Morgen reiste die Gruppe nach einem kurzen Beerdigungsgottesdienst für Herrn Pfeiffer weiter.

Die Tage verstrichen. Es verging eine, dann zwei Wochen. Die Bäume verloren ihre Blätter, die in einem farbenfrohen Regen durch die Luft segelten und langsam zu Boden fielen. Elisabeth war froh über den warmen Mantel, der ihr zu Beginn der Reise zugeteilt worden war. Bisher wusste sie fast nichts über die Reisegefährten in ihrem Wagen. Doch als die Tage kürzer wurden und sich Männer und Frauen in dem Gefährt enger zusammendrängten, lernte sie alle zwangsweise ein wenig näher kennen.

Außer Elisabeth, Greta, Frau Dönhof und Hans waren neun weitere Personen in dem Wagen. Herr und Frau Kessler waren die Ältesten in der Gruppe. Sie hatten alle ihre sieben Söhne in den Kriegen für ihren Landesfürsten verloren. Herr Neussle war der ruhigste von allen: ein schlaksiger Mann, der die meiste Zeit über in die Gegend starrte oder auf die Hände in seinem Schoß hinunterblickte. Elisabeth fragte sich, ob er Angst vor der Zukunft hatte oder nur ein Gespräch mit seiner Frau vermeiden wollte. Tatsächlich sprach seine Frau auch nur wenig, und wenn sie es tat, zeterte sie. Frau Neussle war klein und schmal, sie hatte dichtes rotes Haar, das sie ständig schimpfend unter ihre Haube strich. Herr und Frau Schlüter und ihr kleiner Sohn Fritz sowie ihre älteren Töchter Helga und Ute befanden sich an der Stirnseite des Wagens und blieben meist unter sich. Herr Schlüter war offensichtlich ein strenger Mann. Eine der Töchter, Ute, lächelte Elisabeth ab und zu schüchtern an, wenn diese zu ihr hinblickte, doch Helga verzog keine Miene. Ihre Mutter war die ganze Zeit über damit beschäftigt, die Mahlzeiten zuzubereiten, zu nähen oder die mitgeführten Bündel umzupacken.

Zuerst fiel Schnee, dann regnete es und dann fiel noch mehr Schnee. Den Reisenden war die meise Zeit über nass und kalt. Jeden Tag kamen sie etwas schlechter voran. Zu Elisabeths

Überraschung schien Greta das Wetter nicht viel auszumachen, im Gegenteil, sie hustete selbst inmitten der Schneestürme nicht mehr. Aber sie blieb schwach.

„Ich habe Herrn Pfeiffers Witwe Nina und ihre kleine Tochter eingeladen, in unserem Wagen mitzufahren. Sie ist nämlich schwanger", verkündete Greta eines Morgens.

Frau Neussle meinte daraufhin sofort: „Wir haben hier schon so keinen Platz! Wir brauchen nicht noch mehr Leute."

„Warum vertrauen Sie nicht dem Herrn? Die Frau hat unsere Hilfe und Freundlichkeit nötig", entgegnete Greta. Auch Elisabeth war es allmählich leid, sich die ständigen Klagen von Frau Neussle über ihre beschwerliche Reise anhören zu müssen. Am liebsten hätte sie die Frau zurechtgewiesen.

„Sie wird uns nur Unglück bringen!", behauptete Frau Neussle und schüttelte ihr graues Haar. „Sie werden schon sehen."

„Immerhin hat sie bisher überlebt, oder nicht? Der Herr hat einen Plan für sie", meinte Greta gelassen. Elisabeths Zorn legte sich bei Gretas nachsichtigen Worten. Sie fügte hinzu: „Außerdem sollten wir daran denken, dass weitere Personen auch mehr Wärme für uns alle bedeuten. Das ist immer willkommen."

„Das wäre auch das einzig Gute daran", murmelte Frau Neussle, während alle im Wagen Platz für die Neuankömmlinge machten. Von da an unterhielten sich Greta und Nina ständig leise miteinander. Ihr geflüstertes Gespräch wurde nur von einem gelegentlichen Schnarchen von Herrn Kessler oder einem Stöhnen seiner Frau unterbrochen, die so tat, als ruhe die Verantwortung für die ganze Welt allein auf ihren knochigen Schultern.

Als sich nach mehreren Tagen Schneefall die Sonne durch die Wolken Bahn brach, fragte Hans Frau Dönhof: „Können wir heute wieder zu Fuß gehen?"

Frau Dönhof nickte, als Fritz sich einschaltete: „Ich will auch laufen. Ich auch, bitte!"

„Nein!", sagte sein Vater mit strenger Miene. Frau Dönhof und Hans sprangen von dem sich langsam vorwärts bewegenden Wagen herunter.

„Warum darf ich nicht mit Hans spielen?", jammerte Fritz, aber er war bald wieder ruhig. Elisabeth beobachtete, wie Frau Dönhof und Hans in dem tiefen Schnee umhersprangen und spielten. Es war schön zu sehen, dass Hans sich einmal wie das Kind verhalten konnte, das er ja eigentlich noch war. Er hatte in seinem jungen Leben schon so viel mitgemacht. Anna, Nina Pfeiffers kleines Mädchen mit dem goldenen Haar, saß ruhig in der Ecke des Fuhrwerks und blickte sehnsuchtsvoll auf die vorbeiziehende Landschaft. Elisabeth hatte Mitleid mit den beiden Kindern. Sie wusste, was es bedeutete, ein Elternteil verloren zu haben.

„Frau Ebel", fragte Anna mit schüchterner Stimme, „soll ich Ihnen einen Geschichte erzählen?"

„Aber natürlich. Sehr gerne würde eine Geschichte von dir hören", antwortete Elisabeth der Vierjährigen.

„Es ist eine Geschichte, die mein Vater mir immer erzählt hat." Anna erzählte mit Feuereifer ihre Geschichte, die ihnen nicht nur die Zeit vertrieb, sondern auch Fritz' Aufmerksamkeit fesselte und schließlich Hans zurück in den Wagen lockte. Elisabeth konnte nur darüber staunen, wie viel Fantasie Gott dem kleinen Mädchen geschenkt hatte. Selbst Frau Neussle hörte mit dem Jammern auf und Frau Kessler mit dem Stöhnen, obwohl die Wagen in dem Matsch immer wieder gezwungen waren anzuhalten.

Als Anna fertig war, näherte sich Herr Zweig ihrem Gefährt.

„Was für Nachrichten bringen Sie uns?", fragte Frau Dönhof ihn.

Herr Zweig schüttelte den Kopf. „Noch ein Wagen ist in einer Schneewehe stecken geblieben. Es ist niemand verletzt, aber es wird Stunden dauern, bis wir weiterfahren können."

„Was wird uns als Nächstes noch treffen?", klagte Frau Dönhof.

Herr Zweig strich ihr unbeholfen über die Hand. „Nur wenige Kilometer von hier entfernt liegt die Stadt Torschok, wo wir den Winter über bleiben können."

„Und wie steht es mit Nahrungsmitteln?“, fragte Frau Dönhof in leiserem Ton. „Wir haben nur noch zwei Kohlköpfe und ein paar Brotkrusten.“

„Wir werden dort weitere Vorräte erhalten“, entgegnete Herr Zweig zuversichtlich.

Am nächsten Abend – vier Wochen, nachdem sie das Segelschiff verlassen hatten – erreichten sie den Stadtrand von Torschok. Torschok war ein kleines, altes Städtchen an der Twersta. Als die Siedler dort eintrafen, wurden sie zu einer kleinen Ansiedlung außerhalb der Stadt gebracht. Dies war aber nicht mehr als eine Reihe von klapprigen Holzhäusern und Hütten, die nicht viel besser aussahen als die Häuser, die sie in der ersten Stadt, an der sie vorbeigekommen waren, gesehen hatten. Soldaten empfingen die Siedler, teilten sie in kleine Gruppen ein und geleiteten sie zu den primitiven Unterkünften.

„Sie kommen mit mir!“, befahl Sergei Elisabeth. Frau Dönhof, Greta, Elisabeth und Hans kletterten, so schnell sie konnten, in ihren nassen Kleidern und mit ihren wenigen Habseligkeiten bepackt aus dem Wagen. Sergei schubste sie zu einer provisorischen Hütte, die so aussah, als hätte sie nicht mehr als einen einzigen Raum. Elisabeth fragte sich, ob der Soldat nicht eine besonders schäbige Unterkunft für sie ausgesucht hatte, weil sie sich seinen Annäherungsversuchen so hartnäckig widersetzte. Als Antwort auf Sergeis lautes Hämmern an die baufällige Tür öffnete ein russischer Mann.

Sergei sagte etwas auf Russisch und wiederholte es dann auf Deutsch. „Befehl der Zarin Katharina: Sie müssen diesen Leuten zu essen geben und ihnen Ihr Haus den Winter über zur Verfügung stellen!“

Der Mann trat wortlos zurück, als die kleine Truppe Neuankömmlinge eintrat. Dann schloss er die Tür. Das Haus bestand tatsächlich nur aus einem Zimmer. Dieses war zwar groß, aber dennoch nicht geräumig genug für so viele Leute, ganz zu schweigen von einem Pferd und einer Ziege, die ebenfalls zum Haushalt gehörten und an der einen Wandseite ihren Platz hatten. Der Geruch von Kot und Ammoniak drehte Elisabeth beinahe den Magen um. Sie half Hans und seiner Mutter dabei, die durchnässten Jacken abzulegen, während der große russische Hausbesitzer und ein junger Bursche sie mit argwöhnischen Blicken beobachteten.

15

Blätter wirbelten auf, als Karl zu dem nahe gelegenen Fluss galoppierte, doch er achtete nicht darauf. Bis jetzt hatte er alle schwierigen Lebenssituationen mit seinem schnellen Verstand und seiner Erfahrung gemeistert. Goralskis Gefängnis war der Ort, an dem er dem Tode bisher am nächsten gekommen war. Obwohl er sich dies nur ungern eingestand, hatte ihm die Erfahrung stark zugesetzt. Er hatte bisher kein gutes Leben geführt; Abenteuerlust und Aussicht auf Wohlstand waren ihm trotz besseren Wissens immer wichtiger gewesen als ein beständiges und langweiliges Leben. Was, wenn er gestorben wäre? Was würde ihn nach dem Tod erwarten? Ewiges Vergessen? Oder etwa – wie seine Mutter es prophezeit hatte – das Gericht Gottes? Der Kampf, der in seiner Seele tobte, lastete schwer auf ihm. Vielleicht war es der Schock zu entdecken, dass er nicht unbesiegbar war, weshalb ihn so viele beängstigende Gedanken bestürmten, die er bisher erfolgreich verdrängt hatte. Seine Gedanken rasten dahin wie sein Pferd im Galopp. Ein Stimme in ihm sagte: „Ich bin der Herr, dein Gott. Es gibt keine anderen Götter. Keine anderen Götter. Keine anderen Götter.“

Die letzten Worte seiner Mutter an dem Tag, an dem er von ihr weggegangen war, kamen ihm ins Gedächtnis: „Vor mir kannst du fliehen, aber Gott kannst du nicht entkommen! Egal, wo du bist oder wie weit du von mir entfernt sein magst, ich werde für dich beten. Eines Tages wirst du die Folgen deiner Entscheidungen zu spüren bekommen. Ich hoffe und bete, dass du den Messias kennenlernst, bevor die Tage deines Lebens zu Ende gehen."

Ein kleiner Zweig schlug Karl ins Gesicht. Genug gegrübelt! Er musste sich jetzt darauf konzentrieren, dem Pfad zu folgen, den Iwanow ihm aufgezeichnet hatte. Er lenkte sein Pferd in den Fluss hinein, und das Tier watete behutsam bis in die Mitte des Flusses. Dieser Trick würde seine Spur verwischen, sollte Goralski versuchen, seine Hunde auf ihn zu hetzen. Es war schon lange nach Mittag. Das Pferd trabte aus dem Fluss auf eine große Wiese, die auf eine zerfurchte Straße in Richtung Süden führte.

Als die Sonne an diesem Abend unterging, hatte Karl eine abgelegene Jagdhütte nicht weit entfernt von Sankt Petersburg ausfindig gemacht und um einen Platz auf dem Fußboden gebettelt. Er war völlig erschöpft. Aber sein Pferd hatte er erst noch sorgfältig abgerieben, und dank der Großzügigkeit des Gutsverwalters hatten sie beide ein warmes Bett aus Heu und erhielten am folgenden Morgen eine herzhafte Mahlzeit.

„Warum bist du so in Eile, mein Freund?", fragte der neugierige Verwalter, während er die blauen Flecken an Karls Handgelenk eingehend musterte.

„Es ist die Eile der Vorfreude", erwiderte Karl. Er krempelte die Ärmel seines Hemdes herunter und entfaltete seine Karte. „Ich überbringe den Freunden meines Herrn gute Neuigkeiten über eine Jagd."

Er spürte ein leichtes Bedauern. Wie kam es, dass ihm jetzt jedes Mal, wenn er log, auch bewusst wurde, dass er log? Wieso war es ihm früher gelungen, Lüge und Wahrheit so geschickt zu vermischen, dass er selbst kaum unterscheiden konnte, was wahr und was falsch war? Karl genoss die Wärme und nahm sich die Zeit, die Landkarte zu betrachten, während er das frische Brot aß, das der Verwalter ihm gegeben hatte. Er überschlug im Geist die Kilometer. Der voranschreitende Winter und damit einhergehende Schnee würden ihm die Reise immer beschwerlicher machen, aber nicht unmöglich.

Er stand auf und nahm seine Sachen an sich. „Ich danke Ihnen für Ihre Gastfreundschaft. Ich werde nicht versäumen, meinem Herrn von Ihrer Freundlichkeit zu berichten."

Karl nahm einen weiten Bogen um die Jagdhütte herum und ritt zunächst westwärts. Dann bog er nach Süden.

„Jetzt kann uns niemand mehr verfolgen, nicht wahr?", fragte Karl sein Pferd. „Da wir ab jetzt viel Zeit miteinander verbringen werden, werde ich wohl einen Namen für dich finden müssen. Wie gefällt dir der Name ‚Hänsel'?" Das Pferd reagierte nicht. „Der Name gefällt dir nicht? Nein, er passt auch nicht zu dir. Wie wäre es mit ‚Peter'?"

Karl erreichte die erste Stadt, die auf der Karte eingezeichnet war. Selbst wenn Goralski ihn bis hierher verfolgte, würde er ihm nicht auf offener Straße auflauern können.

Nachdem Karl auch die zweite Stadt auf der Karte hinter sich gelassen hatte, begann es in großen Flocken zu schneien. „Da wir es nun einmal so weit geschafft haben, werden wir wohl gezwungen sein, bis zum Frühling in Torschok zu bleiben. Du hast doch nichts dagegen, wenn wir unsere Flucht vor der Zivilisation bis zum Frühjahr hinauszögern, oder, Iwan?" Das Pferd schnaubte. „Den Namen magst du auch nicht. Hmm. Wie wäre es mit ‚Sturmwind'?"

Karl brannte darauf, sich an Quentin und Goralski für all die Dinge zu rächen, die sie ihm angetan hatten. Die Blessuren an seinen Hand- und Fußgelenken machten da nur einen kleinen Teil aus. Sein Griff um die Zügel wurde fester. Er würde seinen Rachefeldzug genauer planen, sobald er Torschok erreicht hatte.

Elisabeth wusste nicht, was sie tun sollte. Sie sprach nur deutsch, der Bauer und sein Sohn dagegen nur russisch. Trotz der geschlossenen Tür spürte sie den eisigen Zug, der von draußen durch die Ritzen in der Tür eindrang. Sie sehnte sich nach der Wärme des großen kaminartigen Ofens, der aus viereckigen Ziegeln gebaut war und den kleinen Raum beherrschte.

„Hier stinkt es", flüsterte Hans. Greta bedeutete ihm zu schweigen.

Elisabeth blickte sich um. Das Haus war schmutzig, der hölzerne Boden war abgenutzt und der Raum kaum eingerichtet. Vielleicht aber hatte Gott sie gerade zu diesem bestimmten Haus geführt. Sie blickte in eine Ecke an der Tür. Dort hing eine Figur mit einem Heiligenschein, die huldvoll auf sie herabblickte. Die kleine Statue erinnerte Elisabeth an die Figuren von Heiligen in der Kirche in Lübeck, aber diese hier war vom Stil her anders.

Als der Mann sah, wohin sie ihre Blicke richtete, hob er seine Hand und berührte die Stirn, dann seine Brust und seine Schultern in Form eines Kreuzzeichens, doch er hatte es umgekehrt gemacht.

„Er ist russisch-orthodox", erklärte Greta. Daraufhin bekreuzigte sie sich in der entgegengesetzten Richtung. Der Mann sagte etwas, das Elisabeth nicht verstehen konnte und Greta antwortete mit „Jesus Christus". Der Mann schien zu verstehen. Greta lehnte sich erschöpft an die Wand, als wäre ihr Körper zu schwach, um die Unterhaltung fortzuführen.

Frau Dönhof räusperte sich energisch. „Genug jetzt." Sie nahm einen Topf aus ihrem Bündel heraus und gab ihn Hans. „Geh mit diesem Burschen da sauberen Schnee holen, den wir schmelzen können." Hans nahm den Topf und ergriff dann schüchtern die Hand des größeren Jungen. Zusammen verließen sie die Hütte.

Frau Dönhof wandte sich an Elisabeth. „Steh nicht so nutzlos herum. Wisch den Boden auf und bereite uns einen Schlafplatz vor. Ich werde das Abendessen kochen." Frau Dönhof nahm einen großen Kohlkopf, der sich in ihrem Sack befand, und zeigte ihn dem Besitzer der Hütte. „Da?", fragte sie auf Russisch und ging zum Kamin.

„Da“, antwortete der Mann mit einem dünnen Lächeln.

Elisabeth zog ihren Mantel aus und hängte ihn an einen Haken an der Tür. Sie ergriff einen harten Besen, der an einem tischartigen Gestell neben dem großen Kamin lehnte, und fing an, den geschmolzenen Schnee von ihren Schuhen in Richtung Tür zu kehren. Greta blieb an die Wand gelehnt stehen. Sie hatte die Augen geschlossen. Als Elisabeth fertig war und den Besen unter die Haken an der Tür gelegt hatte, nahm sie die Decken, in die ihre Habe eingewickelt war, und suchte den Raum nach einem Ruheplatz für Greta ab.

In der Nähe des offenen Endes des Ofens standen ein großer hölzerner Tisch sowie ein paar raue Bänke. Das Pferd und die Ziege waren auf der anderen Seite des Raumes untergebracht, aber sie sah nirgends irgendwelche Betten. Schliefen die Russen etwa auf dem Fußboden? Der Gedanke beunruhigte Elisabeth sehr. Mit einem Pferd im Zimmer konnten sie in der Nacht tot getrampelt oder verletzt werden. Als wolle es ihre Befürchtungen bestätigen, flog plötzlich ein Huhn vom Tisch auf und landete auf Frau Dönhofs ausladenden Hüften.

„Freundchen, mach nur so weiter, und du landest im Kochtopf!“, murmelte Frau Dönhof.

Elisabeth breitete die Flickendecke auf dem tischartigen Gestell aus, das an der Seite des Ofens lehnte. Der Besitzer der Hütte musste sie wohl beobachtet haben. Jedenfalls sagte er etwas, was sie nicht verstehen konnte, und zeigte auf einen Bereich oberhalb des Ziegelofens. Er stieg drei Stufen auf der Rückseite hinauf und zog sich dann hoch. Elisabeth gab ihm die Flickendecke. Nachdem er sie ausgebreitet hatte, griff er auch nach den anderen Decken. Begleitet von noch mehr unverständlichen Worten stieg er wieder herunter und bedeutete Elisabeth mit Gesten, dass sie sich den Schlafbereich anschauen sollte. Sie holte Luft und kletterte dann hinauf.

„Hier oben ist es wunderbar warm! Greta, schaffst du es, hier hoch zu kommen?“

„Ich glaube nicht.“ Greta rührte sich nicht.

Eine Plattform, die in die Dachsparren neben dem Ofen eingebaut war, grenzte an den Bereich, wo Elisabeth kniete. Sie nahm an, dass er noch mehr Schlaf- und Lagerraum bot, der vor den Tieren sicher war – außer vor den Hühnern, die hier oben schliefen.

„Eine geniale Konstruktion!" Ihre Flickendecke und die anderen Decken waren immer noch feucht vom Schnee. Daher breitete Elisabeth sie hier zum Trocknen aus. Die Ziegel würden die Hitze speichern und den Bereich über dem Ofen und die Plattform daneben die ganze Nacht über schön warm halten.

Der Eigentümer hatte einen Überwurf auf dem Tischgestell ausgebreitet und bedeutete Greta, näher zu treten. Dann verließ er ohne ein weiteres Wort das Haus.

„Er hat einen Schlafplatz für dich vorbereitet", meinte Elisabeth.

„Meine Knochen sind ganz steif und kalt", sagte Greta. „Ich bezweifle, dass ich mich bewegen kann."

„Komm, ich helfe dir." Elisabeth ergriff Gretas Arm und half ihr zum Tisch hinüber.

„Du musst deine nassen Sachen ablegen." Mit Elisabeths Hilfe zog Greta sich aus und legte sich unter die Decke, bevor die Jungen oder der Mann wiederkamen. Elisabeth spannte die feuchte Kleidung zum Trocknen zwischen den Bettpfosten auf. Sie schirmten Greta ab, so dass sie ihr eigenes kleines Reich hatte. Es dauerte nicht lange, und der Besitzer des Hauses kam zurück.

„Danke schön", sagte Elisabeth.

„Da. Da." Er zeigte auf sich selbst. „Juri Wassiljewitsch Potokow." Elisabeth nickte und versuchte, seinen Namen zu wiederholen. Er lachte nur. „Juri."

„Elisabeth Ebel." Sie zeigte auf Greta. „Greta Schulze." Die Jungen kamen mit einem strahlenden Lächeln und rosigen Wangen zur Tür herein. Elisabeth zeigte mit einem Finger auf den Jungen. „Hans."

Juri nickte und deutete auf seinen Sohn. „Raschko." Er blickte hinüber zu Frau Dönhof, die versuchte, das Feuer in Gang zu halten und eine Kohlsuppe zu kochen.

„Frau Dönhof." Elisabeth war etwas verlegen, dass sie noch nicht einmal den Vornamen ihrer Gefährtin kannte.

Als Frau Dönhof das Essen auftischte, holte Juri eine Flasche hervor, goss jedem etwas ein und verdünnte dann das Getränk mit Wasser. „Kwass", erklärte er, als er Elisabeth eine Tasse hinstellte. Dem Geruch nach zu urteilen handelte es sich um ein gegorenes Getränk. Sie trank es, obwohl ihr das Gebräu aus Roggen und Gerste nicht sonderlich schmeckte.

Nach dem Essen und einer etwas unangenehmen Zeit des Schweigens gab Juri Frau Dönhof und Elisabeth den Platz über dem Ofen zum Schlafen, während Hans, Juri und Raschko die Plattform in den Dachsparren für sich in Anspruch nahmen. Doch bevor sie zu den Dachsparren hochkletterten, knieten Juri und Raschko mit gesenkten Köpfen nieder und sprachen leise miteinander.

„Er hat uns das beste Bett in seinem Haus überlassen", flüsterte Elisabeth Frau Dönhof zu. „Wir können uns in unserer Lage sehr glücklich schätzen. Juri ist ein reicher Mann." Elisabeth drehte sich auf den Bauch und spürte die wohlige Wärme des Ofens unter ihr.

Frau Dönhof blickte sich in der Ein-Zimmer-Hütte um. „Ich würde ihn nicht reich nennen."

„Er besitzt mehr Tiere als andere Bauern, die ich gesehen habe", flüsterte Elisabeth. „Wir werden Ziegenmilch und Eier für den Winter haben."

„Er hält die Tiere im Haus. Er ist nur ein gewöhnlicher Bauer."

Elisabeth drehte sich um und der Geruch frischer Pferdeäpfel stieg ihr in die Nase. „Wenn die Tiere draußen wären, würden sie erfrieren. Wir sind sehr gut dran."

Als Frau Dönhof darauf nichts entgegnete, zog Elisabeth sich ihre Decke übers Gesicht und schlief kurze Zeit später ein.

Am nächsten Tag ging Juri auf die Jagd. Später kamen Hans und Raschko mit strahlenden Gesichtern und einem Sack voller Rüben herein.

„Wo habt ihr die denn her?", fragte Elisabeth.

Hans erklärte: „Ein Soldat war so freundlich und hat uns zu Essen für euch mitgegeben. Sie kennen Frau Ebel. Es ist der, der Sie dauernd beobachtet."

Elisabeth wusste nicht, ob sie erfreut oder aufgebracht reagieren sollte. „Was für ein Unsinn! Er gibt allen Siedlern zu essen."

Hans zuckte mit den Achseln. Frau Dönhof griff nach dem Sack und die Jungen rannten davon zum Spielen. Elisabeth blieb allein zurück und fragte sich, was das Geschenk von Sergei zu bedeuten hatte.

Als Juri drei Tage später mit frischem Fleisch zurückkehrte, hatten Elisabeth und die anderen sich schon an ihr neues Zuhause gewöhnt. Es gab im Haus Rüben, rote Beete, Kohl und Kartoffeln. Hans und Raschko säuberten das Haus jeden Tag von dem Kot der Tiere und holten frischen Schnee zum Schmelzen. Die Frauen kümmerten sich um das Feuer, versorgten die Tiere und bereiteten die Mahlzeiten zu. Einige Male fragte Elisabeth Hans, woher er das Geld hatte, um Vorräte einzukaufen, aber jedes Mal sagte er nur: „Ich bin jetzt das Familienoberhaupt! Ich sorge für alles." Eine Zeit lang glaubte sie sogar, er würde vielleicht stehlen, bis sie eines Tages das Ledersäckchen bemerkte, das sie vorher bei Karl gesehen hatte.

Alle paar Tage nahm Juri die Jungen mit auf die Jagd in den Wald oder zum Eisfischen an den Fluss. Meistens fingen sie Fische oder schossen Hasen oder Eichhörnchen, doch einmal kamen sie mit einem Hirsch heim und ein anderes Mal mit einem Wildschwein. Zusammen mit den Jungen nahm Juri die Tiere aus und lagerte das Fleisch portionsweise in einem Unterstand an der Seite der Hütte.

Frau Dönhof beschäftigte sich fast ausschließlich am Ofen. Ihr Gesicht war immer von der Hitze gerötet, wenn sie die

Mahlzeiten zubereitete, deren Wohlgeschmack alle zu schätzen wussten. Sie hatte sogar gelernt, Sbiten zu brauen, ein Getränk, das aus Wasser, Honig und Gewürzen zubereitet wurde und das man in Russland nach der Abendmahlzeit trank. Juris deutsche Gäste tranken es zu allen Mahlzeiten anstelle des Kwass. Elisabeth war dankbar, dass sie nicht kochen musste. Sie zog es vor, sich um das Haus, die *Isba,* zu kümmern. Den Boden sauber zu halten war eine Herausforderung, aber es ging ihnen im Großen und Ganzen gut. Und doch konnte Elisabeth eine gewisse Rastlosigkeit und das Gefühl unmittelbar bevorstehender Gefahr nicht abschütteln.

Die Berührung von Gretas Hand schreckte Elisabeth auf.

„Was hast du heute morgen nur, meine Liebe?“, fragte Greta besorgt.

Elisabeth bemerkte, dass sie auf ihrem handgefertigten Besen gelehnt und ihren Tagträumen nachgehangen hatte, anstatt zu fegen.

„Ich denke über unsere Situation nach. Von Tag zu Tag werden wir mehr zu einer wahren Familie.“

„Das ist doch eine gute Sache“, meinte Greta.

Frau Dönhof warf ein: „Muss ich dich denn schelten wie deine eigene Mutter, damit du endlich den Boden fertig bekommst?“

Elisabeth fegte weiter und brachte dann das Pferd nach draußen. Sie war froh, Frau Dönhofs schnippischer Art und den beißenden Gerüchen der Isba ein wenig zu entkommen. Tief atmete sie die frische Luft ein. Sie vernahm den Klang von Hans' und Raschkos Gelächter, die zusammen im Schnee spielten.

Plötzlich stampfte Hans mit dem Fuß auf. „Da!“

„Nein“, rief Raschko, der seinerseits mit dem Fuß aufstampfte. Elisabeth lachte. Die beiden sprachen halb russisch, halb deutsch, aber zumindest hatten sie so viel voneinander gelernt, dass sie sich problemlos verständigen konnten.

Nach einem herzhaften Eintopfgericht von Frau Dönhof meinte Greta an diesem Abend: „Hans hat von Raschko erfahren, dass er und Juri an Jesus Christus glauben, so, wie wir es bereits vermutet haben. Raschkos Mutter ist vor nicht einmal vier Wochen gestorben. Er und sein Vater haben gebetet, dass Gott ihnen jemanden schicken würde, der ihnen helfen könnte. Juri wusste nicht, wie er alles alleine schaffen sollte. Er muss nicht nur erst einmal den Tod seiner Frau verwinden, sondern auch sein Kind und die Tiere durch den Winer bringen."

„Aber er ist doch russisch-orthodox!", warf Elisabeth ein.

„Er betet zu dem Vater, dem Sohn und dem Heiligen Geist, genau wie wir das tun. Wir sollten nicht meinen, nur wir allein würden den Weg zu Gott kennen, die wir der Lehre Martin Luthers folgen", erklärte Greta. Sie räusperte sich. „Mir geht es schon wieder viel besser. Heute Nacht kann ich oben auf dem Ofen schlafen."

Selbst Frau Dönhof machte an diesem Abend einen zufriedenen Eindruck. Als Greta langsam die Leiter hinaufkletterte, sagte Frau Dönhof: „Ich werde hinter dir bleiben und aufpassen, dass du nicht herunterfällst. Elisabeth, du hilfst von oben."

Greta hielt an, um Elisabeth vorzulassen. „Ich danke euch beiden für eure Freundlichkeit."

Die hellen Tage gingen nach und nach in die dunkle Jahreszeit über, und der Winter zog ins Land.

„Es gibt hier drinnen nichts zu tun", beschwerte sich Hans während eines besonders langen Schneesturms. „Warum können wir nicht das Haus verlassen?" Als er Gretas strengen Blick bemerkte, lenkte Hans ein. „Es tut mir leid, dass ich mich beklagt habe, Mutter. Ich danke Gott für unsere warme Isba."

„Tiefer Schnee", meinte Raschko. „Gefahr." Er übersetzte die deutschen Worte für seinen Vater ins Russische.

„Da, da!", bestätigte Juri. Mit dramatischen Gesten machte er den anderen deutlich, dass sie in einem so heftigen Schneesturm, wie er draußen tobte, sofort verloren gehen würden, wenn sie das Haus verließen.

„Ich wünschte, ich hätte Wolle“, klagte Frau Dönhof. „Dann könnte ich Decken und warme Kleider für uns und die Jungen stricken. Die Jungen wachsen noch in den Himmel!“ Da das Essen schon fertig war und sie sonst keine Beschäftigung hatte, schritt sie in der Hütte ruhelos auf und ab.

Elisabeth beobachtete, wie Greta und Juri versuchten, sich mit Zeichen zu verständigen und einfache Worte auszutauschen. Juri legte seinen Arm in beinahe väterlicher Weise um Hans' Schultern. Elisabeth ertappte sich dabei, wie sie die beiden anstarrte. Dann wurde ihr bewusst, wie unhöflich sie wirken musste, und sie blickte schnell weg. Juri, Greta und Hans sahen wie eine glückliche Familie aus. Das konnte aber nicht so bleiben, denn Greta und Hans würden mit ihr weiterreisen. Sie zitterte, als ihr schmerzlich bewusst wurde, dass etwas fehlte. Als Frau Dönhof auf die Plattform über dem Ofen kletterte, um sich auszuruhen, und die Jungen beschlossen, den Schweif des Pferdes einzuflechten, ergriff Elisabeth die Gelegenheit, sich in eine Ecke zurückzuziehen, um für sich, Karl und Juri zu beten. Sie war dankbar für Juris Güte und Freundlichkeit, hoffte aber, dass er nicht zu traurig sein würde, wenn sie weiterreisen müssten. „Lieber Herr, warum kann ich dieses beunruhigende Gefühl nicht loswerden? Uns geht es doch allen gut. Ist es Karl, der sich in Gefahr befindet? Bitte beschütze ihn, wo auch immer er sich gerade aufhält!“

Karl ritt weiter durch den tiefen Schnee, der mittlerweile seinen Bart und seine Kleider mit einer Eiskruste überzogen hatte. Er hatte es aufgegeben, sein Gesicht bedeckt halten zu wollen. Der Wind schnitt ihm ungehindert durch die Kleider. Das Pferd schnaubte und arbeitete sich tapfer durch die Schneewehen. Das Tier würde es ohne eine längere Ruhepause nicht mehr lange schaffen. Karl hielt angestrengt Ausschau nach einer Gegend, wo es unter dem Schnee noch altes Gras für sein Tier gab. Die Schneestürme ließen auch in den kommenden Tagen nicht nach, und es war immer weniger Futter zu finden. Zumindest hatten Pferd und Reiter genug Wasser. Karl nahm eine Handvoll Schnee von einem herabhängenden Baumzweig und steckte ihn in den Mund. Die Kälte stach ihm in die Lippen. Er schüttelte sich, als das eisige Wasser seinen Weg durch das Innere seines Körpers nahm. Doch er konnte sich jetzt nicht mehr die Zeit nehmen, anzuhalten und Wasser zum Trinken zu schmelzen. Nach einer weiteren Stunde brachte er das Pferd zum Stehen. In der plötzlichen Stille um ihn her hörte er das leise Rauschen eines Flusses.

„Hier lang, Mitternacht!", rief er. Das Pferd zerrte ungeduldig an den Zügeln „Gib Ruhe. Das ist wohl auch kein passender Name für dich." Karl stieg in der Nähe eines Flusses ab, von dem in dem verschneiten Zustand nur noch ein kleines Rinnsal dahinplätscherte. Er hob einen Stein und ließ ihn auf das Eis fallen. Das Eis brach und gab das darunterliegende Wasser frei. „Hier, trink!", forderte er das Pferd auf, das gehorsam den Kopf neigte. Plötzlich riss das Tier erschrocken seinen Kopf hoch.

„Was ist denn los, mein Guter?", fragte Karl. Das Pferd wich rückwärts vom Fluss zurück. In dem Moment sah Karl am Rand des Waldes einen lauernden Luchs. Auf seinen Samtpfoten schlich das Tier langsam auf sie zu. Mit einer gekonnten Bewegung ließ Karl sein Gewehr aus seiner Satteltasche gleiten und schoss in die Luft. Die Wildkatze sprang davon und war im Nu im Weiß der Umgebung verschwunden.

„Es würde mir um dich sehr leid tun, alter Junge." Karl tätschelte den Nacken des Pferdes und führte es zurück zum Wasser. „Wir müssen bald einen Namen für dich finden, den du auch magst. Wie wär's mit Henry? Das ist ein königlicher Name von den britischen Inseln." Das Pferd schnaubte bloß und schüttelte seine Mähne.

Die Tage wurden immer kürzer und der Schnee immer tiefer. Karls Pferd verlor zusehends an Kraft. Am Rande einer Wiese stieg Karl ab, um dem Tier etwas Ruhe zu gönnen. Plötzlich vernahm er nicht weit entfernt ein Heulen. Wölfe! An den eindringlichen, sich überlagernden Lauten konnte er erkennen, dass es sich um ein großes Rudel handeln musste. Er hielt nach einer Stelle Ausschau, wo er sich und sein Pferd verstecken konnte. Zu allem Unglück konnte er kein Feuer machen, denn es war überall zu nass. Er zog das Tier an den Zügeln hinter sich her zu einem großen Dickicht. Das Wolfsgeheul wurde unheimlicher und schien näher zu kommen. Das Pferd bekam Angst und machte einen Sprung nach vorn. Karl zog den Sattel und das Zaumzeug ab, löste das Halfter und gab dem Pferd einen harten Schlag auf die Kruppe. „Lauf, Blitz!“ Das Pferd galoppierte sofort davon. Karl verlor den Halt auf dem nassen Boden, rutschte aus und schlitterte in eine kleine Schlucht, wobei sein Gewehr in eine Schneewehe fiel. Er hörte ein bedrohliches Knurren direkt hinter sich. Schnell rannte er auf den nächsten Baum zu und kletterte in Windeseile hinauf. Oben angekommen blickte er sich nach allen Richtungen um, aber er konnte nicht sehen, wohin sein Pferd gelaufen war. Er hoffte, dass das treue Tier glücklich entkommen war. Den Tod durch ein jagendes Wolfsrudel hatte es wahrlich nicht verdient.

Den ganzen Abend und die gesamte Nacht hindurch verharrte Karl auf dem Baum. Er war fast vollkommen mit Schnee bedeckt. Seine Hände und Füße waren steif. Während die Wölfe den Baum belagerten und immer wieder versuchten, daran hochzuspringen, war Karl mit seinen Gedanken und Erinnerungen allein. Er fühlte sich benommen. Endlich fiel er in einen unruhigen Schlummer. Er befand sich in einem Wald in Frankreich und sammelte wilde Beeren und Nüsse. Dann war er plötzlich im Haus seiner Mutter und lernte die Zehn Gebote auswendig. „Du sollst Vater und Mutter ehren.“ „Du sollst nicht stehlen ... Du sollst kein falsches Zeugnis reden ... Du sollst nicht begehren ...“ Karl spürte, wie die Schuld ihn niederdrückte. Er riss die Augen auf – er musste wachsam bleiben. Er war allein und blickte wieder einmal, wie schon so oft in seinem Leben, dem Tod ins

Auge. Die Herausforderungen, die sein Leben mit sich brachte, schienen längst nicht mehr so aufregend wie früher, aber vielleicht lag das ja am Alter. Er hoffte immer noch, am Ende über alle Gefahren und Risiken zu siegen, aber dennoch war es nicht mehr wie früher. Schuld daran war Elisabeth. Sie hatte sein Leben verändert. Sie hatte ihn kennengelernt, ihn angenommen und in ihr Leben eingefügt. Und da er nun einmal Teil ihres Lebens gewesen war, war es jetzt schwer für ihn, zu seinem alten Leben zurückzukehren.

Am zweiten Tag, als seine Glieder schon schwer waren und er sich vorkam, als sei er mittlerweile mit dem Baum verwachsen, verschwanden die Wölfe auf einmal so schnell, wie sie gekommen waren. Er wartete noch eine Weile, bis er ganz sicher war, dass sie wirklich fort waren, und ließ sich dann auf den Boden hinuntergleiten. Sein Körper fühlte sich steif und taub an. Der Sturm war mittlerweile vorbei. Von seinen Habseligkeiten war nicht viel übrig geblieben. In dem Wenigen, was er hatte retten können, fand sich ein Stück Schiffszwieback, der irgendwie den gefräßigen Wolfsmäulern entgangen war.

Er vermutete, dass er sich ganz in der Nähe von Torschok befinden musste. Vor sich konnte er bereits die Umrisse eines schneebedeckten Flusses erkennen. Als er mit steifen Gliedern durch die Schneeverwehungen stapfte, schweiften seine Gedanken weiter ab. Warum war er eigentlich nach Russland zurückgekehrt? Er hätte doch in Lübeck ein gutes Leben führen können. Was wollte er tun, wenn er wieder in die Zivilisation kam? Natürlich war selbst ein russischer Winter besser als der Foltertod, den Goralski für ihn geplant hatte. Aber was hatte Sascha nur für eine umständlich lange Reiseroute für ihn aufgezeichnet! Er fragte sich, ob solch ein langer Umweg wirklich notwendig gewesen war. Goralski würde seine Männer sicherlich nicht so weit in die Steppe hinein schicken, nur um Karl aufzuspüren.

Die gedämpfte Stille der weißen Landschaft wurde durch ein entferntes Pferdegewieher unterbrochen. War das Blitz?

Karl spitzte die Ohren. Tatsächlich! Das Pferd hatte den Weg zu ihm zurückgefunden. Unwillkürlich musste er lächeln. Das machte die Sache unendlich viel leichter. Er hatte sich zu leicht entmutigen lassen. Alles würde gut für ihn ausgehen, so wie immer.

Er ging auf das Geräusch zu. Innerhalb weniger Sekunden erschienen auf einmal zwei Pferde mit Reitern am Horizont. Karl ließ sich fallen, aber es war zu spät. Die Männer hatten ihn schon gesehen, und keiner von ihnen sah besonders freundlich aus.

•◆•

Elisabeth erwachte. Die sie umgebende Stille beunruhigte sie, bis sie bemerkte, dass der Sturm vorüber war. Als sie sich an ihre Aufgaben machte, ertappte sie Greta dabei, wie diese sie eingehend musterte.

„Mach dir keine Sorgen!", versuchte sie Elisabeth zu beruhigen. „Warum machst du nicht einen kleinen Spaziergang und sagst dem Herrn, was du auf dem Herzen hast?"

Elisabeth faltete ihre Schürze. „Greta, wie siehst du eigentlich deine Zukunft?"

„Das weiß ich nicht", entgegnete diese. „Es ist nicht an uns, die Zukunft zu kennen. Der Apostel Paulus war auch überall zufrieden, wo er sich aufhielt."

„Aber du wärst doch nicht zufrieden, wenn du hier in Torschok bleiben müsstest, oder?"

Greta antwortete mit einem traurigen Lächeln. „Zumindest werde ich versuchen, überall zufrieden zu sein, wohin Gott mich führt."

„Du willst doch wahrscheinlich wieder heiraten, und zwar einen guten deutschen Mann, wenn du hier in dieser unwirtlichen Gegend überleben willst."

„Ich weiß nicht, was Gott von mir möchte", sagte Greta. „Geh lieber ein wenig spazieren und versuch nicht, meine Zukunft vorherzusagen! Das liegt alles in Gottes Hand."

Elisabeth zog ihren Mantel an und band sich ein wollenes Tuch um den Hals. „Ich möchte, dass meine Freundin bei mir bleibt“, sagte sie im Stillen. Draußen war es sehr kalt. Sie legte sich den Schal vor den Mund, damit die kalte Luft nicht in ihre Lungen gelangte. Die Wolken am Himmel und der Wind, der ihr durch die Kleider fuhr, ließen erahnen, dass ein weiterer Sturm im Anzug war.

Elisabeth lief um die Hütte herum und betete: „Ich wünsche mir Frieden, Herr. Warum fällt es mir so schwer, dir zu vertrauen? Ich habe nicht die Kraft, Karl loszulassen. Nun sieht es beinahe so aus, als ob Greta und Hans hier bei Juri bleiben würden. Alle, die ich liebe, nimmst du von mir. Das verstehe ich nicht. Ich bin müde und will nicht mehr kämpfen. Bitte, Herr, schenk mir Kraft. Was soll ich tun, wenn Greta und Hans hier bleiben? Dann bin ich ganz allein. Herr, verlass mich nicht und hilf mir, auf deinen Wegen zu bleiben!“ Erst als die Kälte so in ihre Kleidung drang, dass es sie es kaum mehr aushielt, kehrte sie zur Isba zurück.

Elisabeth hängte ihren Mantel auf und gesellte sich zu Frau Dönhof an den Ofen. „Brauchst du Hilfe beim Zubereiten des Essens?“

In diesem Moment klopfte es. Juri erhob sich, um zur Tür zu gehen, aber bevor er sie erreichte, wurde die Tür aufgestoßen und ein eisiger Luftzug wehte in die Hütte. Im Türrahmen stand Sergei, dicht hinter ihm zwei Soldaten. Sie zerrten eine leblose Gestalt hinein, die mit blutigem Schnee bedeckt war.

Sergei richtete den Blick auf Elisabeth. „Dein Ehemann!“ Die Fremden ließen den Körper auf den Boden fallen. „Patrouille hat ihn gefunden.“

„Karl?“ Es war nur eine kaum hörbare Frage, und doch war dieses Wort gleichzeitig ein aus der Tiefe ihrer Seele kommender Schrei. Elisabeths Herz klopfte fast zum Zerspringen. Mit einem Satz war sie an Karls Seite, riss seinen Mantel auf und nahm ihm den Hut ab. Sie nahm nicht wahr, wie Sergei und seine Kumpane die Hütte verließen. Sie sah nur noch Karl.

Verzweifelt versuchte sie, seinen Körper warm zu reiben. „Keine Sorge, es geht dir bald besser!“, sagte sie immer wieder zu ihm. „Du bist bei uns!“ Frau Dönhof setzte Wasser zum Kochen auf, Greta und Juri zogen Karls Stiefel aus und rubbelten seine Füße warm, während die Jungen seine Hände rieben.

Langsam schien Karl zu erwachen. Sein trüber Blick blieb auf Elisabeth haften. „Bist du es?“, flüsterte er. „Ou mon ange guardien?“ Die Augen fielen ihm wieder zu.

Elisabeth beugte sich nach vorne. „Schau mich an, Karl! Ich bin's, Elisabeth! Du bist nach Hause gekommen.“

Juri und Raschko halfen Elisabeth, Karl auf den Tisch zu heben, auf dem Greta die ersten Nächte verbracht hatte. Sie zogen ihm die durchnässte Kleidung aus und hüllten ihn in Sachen von Juri. Zunächst weigerte sich Elisabeth, von seiner Seite zu weichen. Aber dann wechselten sich alle dabei ab, Karl warm zu halten und ihm zu trinken zu geben.

Karl erwachte beim Duft der Kohlsuppe. Er fühlte sich angenehm warm, konnte aber nicht klar erkennen, wo sich befand.

„Er ist wach geworden!“

„Hans?“, fragte Karl endlich.

Hans beugte sich über ihn. „Du hast vier Tage hier gelegen wie tot! So erschöpft bist du gewesen!“

„Das war ich auch! Wie bin ich hierher gekommen?“

Elisabeth, Frau Dönhof und Greta scharten sich um ihn. Das Letzte, an was er sich erinnern konnte, war, dass Soldaten ihn geschlagen hatten. Er versuchte, sich von der Stelle zu bewegen, doch seine Muskeln schmerzten und seine Finger und Zehen taten weh. Elisabeth legte eine Hand auf seine Brust. „Bleib liegen!“

„Wir sind wieder eine Familie“, sagte er.

Ein Lächeln erhellte Elisabeths Gesicht. „Ja, wir sind eine Familie.“

Frau Dönhof setzte ein finsteres Gesicht auf. „Wir werden ja noch sehen, ob es etwas Gutes oder etwas Schlechtes zu bedeuten hat, dass Sie wieder hier sind, Herr Müller.“

„Herr Ebel!“, erinnerte sie Karl.

Frau Dönhof räusperte sich. „Ich muss jetzt das Abendessen vorbereiten.“

Greta deutete auf Juri und den Jungen, die zu Karl herüberkamen. „Das sind unsere Gastgeber, Juri und Raschko. Wir können ihren Nachnamen leider nicht aussprechen.“ Karl begrüßte die beiden auf Russisch, und sofort leuchteten ihre Augen auf. Während des Gesprächs warf Karl verstohlene Blicke auf Elisabeth. Äußerlich hatte sie sich kaum verändert, nur war sie vielleicht etwas dünner geworden. Aber dennoch gab es irgendetwas an ihr, das sich verändert hatte.

Elisabeth merkte sehr genau, dass Karl sie gelegentlich anstarrte, und ihr Herz jubelte. Diesmal würde er bestimmt hierbleiben. Schließlich hatte er gesagt, dass sie wieder eine Familie waren.

„Ich danke dir, Gott! Danke!“, konnte sie nur immer wieder im Stillen beten, während sie nach den Tieren sah, Frau Dönhof bei den Hausarbeiten half und wann immer möglich an Karls Seite saß. Der Patient blieb noch nicht lange wach, sondern schlief die meiste Zeit über.

Als Karl wieder einmal in einen solchen tiefen Schlaf der Genesung gefallen war, hielt Elisabeth es nicht länger im Haus aus. Sie musste sich bewegen, bevor sie vor Glück schier platzte. Sie liebte Karl, und dieser erwiderte offenbar ihre Gefühle. Er schien seine Rachepläne aufgegeben zu haben, denn er hatte versucht, sie zu finden. Sie würden ihr Leben gemeinsam verbringen. Natürlich hatte er dies so noch nicht gesagt, dazu hatte er ja auch noch keine Gelegenheit gehabt, aber warum hätte er sonst die weite Strecke zurückgelegt, um ihr zu folgen?

„Ich werde die Pfeiffers besuchen“, verkündete Elisabeth den anderen.

„Dann nimm ihnen das hier mit“, sagte Frau Dönhof, während sie ein Stück Brot in ein Tuch einwickelte. Elisabeth zog ihren Mantel an, nahm das Brot und machte sich auf den Weg zu Ninas und Annas Hütte. Sie fühlte sich als die glücklichste unter allen Frauen. Karl liebte sie so sehr, dass er dem kalten russischen Winter getrotzt hatte, um sie zu finden. Natürlich war sie wütend, dass man ihn so misshandelt hatte, und ärgerte sich über die Soldaten, aber das war vermutlich Sergeis Strafe für Karls Flucht. Elisabeth klopfte an Ninas Tür, wo sie herzlich willkommen geheißen wurde und Nina dankbar das Brot entgegennahm.

„Wie geht es euch?", erkundigte sich Elisabeth.

„Das Baby wird bald kommen."

Anna sprang in Elisabeths Arme. „Frau Ebel! Ich habe zwei neue Geschichten, die ich Ihnen erzählen möchte."

„Die muss ich mir unbedingt anhören." Elisabeth nickte dem älteren russischen Ehepaar freundlich zu, in dessen Haus Nina wohnte, aber die beiden blickten sie nur finster an.

„Deine Situation steht hier nicht zum Besten, wie ich sehe", sagte Elisabeth.

Nina schüttelte den Kopf. „Das Gute ist, dass ich nicht verstehe, was die Frau mit ihrem Gezeter sagen will. Aber ihre Stimme ist laut und schrill und tut mir in den Ohren weh."

„Geschlagen hat sie dich aber nicht, oder?", fragte Elisabeth nach.

„Nein, nein. Dafür hat sie zu viel Angst vor den Soldaten." Nina sah müde aus. „Ich wünschte, das Baby würde bald kommen." Sie tätschelte ihren Bauch. „Das ist das letzte Geschenk meines Ludwigs an mich."

„Was kann ich für dich tun?", fragte Elisabeth. Auf Ninas Anweisung hin schnitt Elisabeth Kohl, während Anna ihr neue Geschichten erzählte, herumhüpfte und dabei den frischen Laib Schwarzbrot auf den Boden fallen ließ.

„Anna, was machst du da bloß?", schimpfte ihre Mutter. „Heb das für Frau Ebel auf!"

„Das war nur ein Versehen", verteidigte Elisabeth die Kleine, die ihr das Brot mit einer Entschuldigung gab und sogleich in ihr Bett über dem Ofen kletterte, wo sie mühsam versuchte, die Tränen zurückzuhalten.

„Ich weiß gar nicht mehr, wie ich mit ihr umgehen soll", gestand Nina. „Was ist nur in mein kleines, süßes Mädchen gefahren?"

„Es sind die ganzen Umstände hier. Sie ist jetzt ohne Vater. Ihr habt beide große Schwierigkeiten zu bewältigen", erklärte Elisabeth. „Vielleicht sollte sie uns besuchen kommen und tagsüber mit Hans spielen, damit sie etwas hat, worauf sie sich freuen kann. Und du könntest dich dann auch besser ausruhen."

Ein Blick der Erleichterung flog über Ninas angespanntes Gesicht. „Das wäre wunderbar!" In einem vorsichtigen Ton fragte sie weiter: „Stimmt es, dass Herr Ebel zurückgekehrt ist?"

„Ja." Elisabeth machte sich fertig zum Heimgehen. „Er hat lange versucht, uns einzuholen." Sie winkte Anna zu. „Ich komme morgen wieder. Was sagst du dazu?"

Auf dem Gesicht des Kindes erschien ein leises Lächeln. „Ich bin gleich nach dem Aufstehen bereit."

Elisabeth lachte. „So früh werde ich wohl nicht da sein können. Ich komme dich nach dem Mittagessen besuchen."

Auf dem Nachhauseweg konnte Elisabeth immer noch kaum ihre Freude für sich behalten. Wie zeigten andere Frauen ihren Männern, dass sie sich auf das Zusammensein freuten? Karl war wirklich und wahrhaftig nach Hause gekommen. Er war ihr gefolgt, weil seine Liebe zu ihr größer war als seine Gier nach Geld. Elisabeth lachte aus vollem Herzen.

16

Elisabeth schlüpfte so schnell wie möglich durch die geöffnete Tür, damit die Kälte nicht in die Isba eindrang. „Anna lässt euch grüßen." Kaum hatte sie das gesagt, hielt sie unvermittelt inne.

Mitten im Raum standen Sergei und zwei Fremde. Juri und Karl standen vor den Männern, flankiert von Hans und Raschko. Alle Männer redeten gleichzeitig auf Russisch aufeinander ein. Frau Dönhof und Greta drückten sich gegen die Wand am Ofen und blickten beunruhigt auf die Gruppe.

Elisabeth eilte auf Karl zu und legte ihren Arm um seine Taille. „Du darfst nicht aufstehen! Du bist noch zu schwach." Er sah tatsächlich sehr blass aus. Elisabeth fürchtete, er könne jederzeit umkippen. Aber er wehrte sich gegen Elisabeths Versuche, ihn zum Bett zu bringen. Als sei es das Natürlichste auf der Welt, legte auch er einen Arm um ihre Schultern, doch sie spürte die Schwere seines Armes auf ihr.

Plötzlich mischte sich Hans mit dem wenigen Russisch ein, das er bisher gelernt hatte. Das einzige Wort, das Elisabeth wiedererkannte, war „Ebel".

Sergei warf ihr einen neugierigen Blick zu. Die anderen Männer sagten etwas und gingen dann zur Tür. Sergei folgte ihnen und warf die Tür hinter sich zu.

Erleichtert drückte Karl Elisabeth kurz an sich und nahm dann seinen Arm von ihrer Schulter. „Gut gemacht, Hans! Du hast mir damit das Leben gerettet!" Er machte einen Schritt auf die Plattform zu, auf der er die letzten Tage verbracht hatte. Elisabeth war sofort an seiner Seite und stützte ihn. „Was hast du mit diesen Männern zu tun?" Karl tat so, als konzentriere er sich ganz darauf, sein Bett zu erreichen.

Greta eilte auf ihren Sohn zu. „Hans, was hast du zu den Männern gesagt?" Leise fügte sie hinzu: „Du hast hoffentlich die Wahrheit gesagt?"

„Manchmal muss man eine Unwahrheit sagen, um einen Freund zu retten." Dabei wich Hans Elisabeths Blick aus.

„Auch wenn wir denen helfen wollen, die wir lieben, dürfen wir nicht die Unwahrheit sagen", erwiderte Greta bedächtig.

Hans wandte den Blick ab. „Habe ich dir schon erzählt, dass Raschko mir heute beibringen will, wie man aus Schnee einen Bären bauen kann?"

Greta seufzte hörbar. „Du wirst erst einmal nirgendwo hingehen, sondern darüber nachdenken, was du getan hast. Hätte Gott dein Handeln gefallen? Hätte es deinem Vater gefallen?"

„Mein Vater hat vielen Menschen geholfen. Er hätte auch Herrn Ebel geholfen."

„Ja, das stimmt. Er hätte versucht zu helfen, aber er hätte es nicht mit einer Unwahrheit getan. Also denk in Ruhe darüber nach."

Hans stapfte zu einer Bank und ließ sich darauf fallen. Greta ging zu ihrem Sohn hin und redete leise weiter mit ihm.

Als Karl das Tischbett erreicht hatte und sich schwer dagegen lehnte, wagte es Elisabeth weiterzufragen. „Wer waren die Männer, die Sergei mitgebracht hat?"

Karl seufzte. „Das waren Soldaten aus Oranienbaum. Sie haben mich verfolgt, weil sie mich gefangen nehmen und dorthin zurückbringen wollten."

„Warum sollten sie das tun?" Elisabeth schlug die Decke zurück, damit Karl sich hinlegen konnte. „Was hat Hans gesagt, dass sie dich schließlich hier gelassen haben?"

Ein müdes Lächeln erschien auf Karls Lippen. „Er sagte, ich sei sein Vater und hätte dich auf dem Schiff geheiratet, nachdem seine Mutter gestorben war. Wenn es Streit gäbe, würde ich euch verlassen, aber ich käme immer wieder zurück. Der Junge ist ein Genie. Er hat dieselbe Geschichte erzählt wie auch im Lager in Oranienbaum. Das hat Sergei überzeugt. Er glaubt, dass ich dir die ganze Zeit gefolgt bin."

Am liebsten hätte sie gefragt: „Und, bist du das etwa nicht?", aber sie biss sich auf die Zunge. Stattdessen fragte sie: „Warum wollten dich diese Soldaten nach Oranienbaum zurückbringen?", obwohl sie die Antwort eigentlich gar nicht wissen wollte. Die Wahrheit würde nur ihr Glück zerstören.

Karl stützte sich auf das Tischbett. „Ich glaube, das bin ich dir schuldig." Er senkte seine Stimme. „Ein Mann namens Goralski hat mich ursprünglich angeheuert, um Einwanderer nach Russland zu begleiten. Er wusste genau, dass ich Jude bin. Er wollte aber trotzdem, dass ich für ihn arbeite, weil ich ein guter Werber war. Für jeden Einwanderer, den ich sicher ablieferte, bekam ich gutes Geld, und Goralski verdiente an mir."

„Ich mag es nicht, wenn du von Menschen wie von einer Ware sprichst." Elisabeth runzelte die Stirn.

Karl legte sich umständlich auf sein Lager und versuchte, seine Gedanken von Elisabeths schönem Gesicht ganz in seiner Nähe abzulenken und lieber auf seine unmittelbare Umgebung zu richten. Es erstaunte ihn, dass die russischen Bauern immer noch wie im 16. Jahrhundert lebten. Hier war alles so rückständig.

Elisabeth wartete darauf, dass er weitersprach.

„Wie schon gesagt, ich machte meine Sache gut, aber Goralski konnte nicht genug bekommen. Als ich einmal eine besonders große Siedlergruppe begleitete, behielt er das Geld, das er mir schuldete, und weigerte sich, es mir auszuzahlen mit der Begründung, ich sei Jude. Wie ich dir schon sagte, ist es in Russland ein Verbrechen, ein Jude zu sein. Kein Russe darf einem Juden Geld oder Land geben. Goralski hatte einen Schiffskapitän, der das Spiel mitgespielt hat, und so bin ich nur mit knapper Not mit dem Leben davongekommen."

Elisabeth zog die Decke über ihn und Karl hüllte sich in die schützende Wärme ein.

„Das war, kurz bevor wir uns kennengelernt haben, nicht wahr?", fragte sie.

Karl versuchte, sich etwas bequemer zu betten. Mit einem Lächeln antwortete er: „Ja, so ist es. Du hast mir geholfen, wieder nach Russland einzureisen, damit ich mir mein Geld von Quentin und Goralski zurückholen konnte. Leider haben sie mich geschnappt, bevor ich Russland wieder verlassen konnte."

Elisabeth wurde kreidebleich. „Wie bist du dann aber nach Torschok gekommen?"

„Ich hatte wohl kaum eine Wahl. Entweder würde es mir gelingen, nach Torschok zu entkommen und mich wieder Herrn Zweigs Auswanderergruppe anzuschließen, oder ich würde hingerichtet werden. Iwanow, der Freund, der mir geholfen hat, kannte die Route, die eure Gruppe eingeschlagen hat. Ich habe euch hier eingeholt, obwohl ich natürlich versucht hatte, euch vor den Schneefällen zu erreichen. Es war ein Glück für mich, dass die Patrouille gerade hier auf mich stieß. Ich hatte die Orientierung verloren, und Goralskis Männer waren mir dichter auf den Fersen, als ich geglaubt hatte."

Der Rauch aus dem brennenden Ofen stach Elisabeth in die Augen. Glück? Karl war also nicht aus Liebe zu ihr zurückgekehrt, sondern aufgrund von Zufällen und der sorgfältigen Planung und Hilfe eines Freundes? Karl hatte das alles so leicht dahingesagt. Wie konnte er ahnen, dass er ihr mit diesen Worten gerade das Herz aus dem Leib gerissen hatte? Sie schüttelte den Kopf. Es fiel ihr schwer, die tiefe Enttäuschung zu verbergen, die sie gerade erlebt hatte. Er war nicht um ihretwillen zurückgekommen, und er würde auch nicht bei ihr bleiben.

„Und wie sind jetzt deine Pläne?" Sie versuchte, sich nichts anmerken zu lassen.

„Ich muss erst einmal wieder zu Kräften kommen." Er strich sich mit der Hand nachdenklich übers Gesicht. „Danach ... muss ich weitersehen."

„Ist das wieder eine von deinen vielen Lügen?" Auch wenn die Strapazen der Flucht ihn geschwächt hatten, so war Elisabeth doch nicht bereit, ihn so leicht davonkommen zu lassen. „Du wirst uns wieder verlassen, stimmt's?"

Karl wandte sich von ihr ab. „Ja, das werde ich wohl tun."

„Wann es dir passt."

Seine Stimme wurde leiser. „Hmm. Ja. Vermutlich im Frühjahr."

„Das heißt also, wir sollen dich aufnehmen, wann immer es dir beliebt, hier bei uns aufzutauchen und dürfen dann die Rolle spielen, die du uns zugedacht hast." Es gelang ihr, ihm diese Worte ruhig und deutlich ins Gesicht zu sagen, auch wenn sie ihn am liebsten angeschrien hätte.

Karl sah ihr nun direkt ins Gesicht. Er streckte ihr eine Hand entgegen und legte sie sanft auf ihren Arm. Diese Berührung machte ihr noch mehr bewusst, wie viel Liebe sie für diesen Mann empfand.

„Mein Leben ist kompliziert", fuhr Karl fort.

Elisabeth wich vor ihm zurück, als sei er gefährlich. „Und voller Unwahrheiten."

„Du hast mich besser behandelt, als ich es verdient habe." Karl schloss die Augen. „Ich kann dir deine Hilfe im Moment nicht vergelten. Ich habe etwas Geld übrig, aber ich bezweifle, dass du Geld von mir nehmen möchtest."

„Da hast du recht. Dein Geld interessiert mich nicht. Ich möchte die Wahrheit."

„In Ordnung. Wenn die Wahrheit dir so viel bedeutet, dann verspreche ich dir, dass ich dir von jetzt an immer die Wahrheit sagen werde – egal, was es mich kostet. Darauf gebe ich dir mein Wort."

„Elisabeth, komm! Ich brauche deine Hilfe!", rief Frau Dönhof, die gerade versuchte, einen schweren Topf vom Ofen zu heben. Elisabeth wandte sich ab und eilte an Frau Dönhofs Seite. Sie war froh, eine Gelegenheit zu haben, sich von Karl zu entfernen. Trotz allem, was Karl für sie getan hatte, wäre Elisabeth froh gewesen, wenn sie die Worte, die zwischen ihnen gefallen waren, hätte ungeschehen machen können.

Sie half Frau Dönhof weiter bei der Essenszubereitung. Diese alltäglichen Hausarbeiten waren ihr Leben. Bis zu Karls Rückkehr hatte ihr diese Monotonie nichts ausgemacht, aber nun wusste sie ganz genau, was sie vom Leben wollte. Sie warf einen flüchtigen Blick auf Karl. Er starrte nachdenklich vor sich hin. Sie seufzte tief. Er konnte so viele Fehler haben wie er wollte, sie wünschte sich nichts sehnlicher, als ihn zu lieben und von ihm als ihrem Ehemann geliebt zu werden. Würde er jemals das für sie empfinden, was sie für ihn empfand?

Frau Dönhof räusperte sich und flüsterte Elisabeth zu: „Mein Mann war auch kein guter Mensch, aber ich liebte ihn."

Elisabeth schaute Frau Dönhof verwundert von der Seite an. Sie war erstaunt über die Ernsthaftigkeit, die in ihrer Stimme lag. Mit dem Messer in der Hand schaute sie auf das Stück Fleisch, das vor ihr auf dem Tisch lag.

Elisabeth rührte weiter im Topf. „Du brauchst mir nichts über ihn zu erzählen, wenn du nicht möchtest."

Frau Dönhof zerteilte das Fleisch mit heftigen Schnitten. Schließlich fuhr sie fort: „Lass mich reden, bevor ich den Mut dazu verliere. Lange Zeit habe ich deine Gegenwart kaum ertragen können, denn du hast mich an die Leute erinnert, die zugesehen haben, als ich großes Unglück erlitt. Elisabeth, ich habe dir großes Unrecht getan."

Elisabeth hörte auf zu rühren. Frau Dönhof zeigte mit der Messerspitze auf sie. „In Lübeck habe ich Schreckliches erlebt. Ich habe zwar schon einiges mitgemacht, aber nichts war so schlimm wie der Moment, als die Soldaten kamen und mich auf diesen Wagen stießen. Mein Leben schien zu Ende. Dann tauchte plötzlich Herr Schulze auf. Er band mich los und schenkte mir die Freiheit."

„Ja, ich habe beobachtet, wie er dich befreit hat", unterbrach Elisabeth sie. „Hans und ich hatten uns in einem Fass versteckt."

„Wenn man dieses Gefühl der Freiheit erlebt, nachdem man sich schon tot glaubte ... nichts ist damit vergleichbar." Langsam wandte sie sich wieder dem Kochtopf zu und legte das Messer daneben. „Kurz danach habe ich Herrn Müller getroffen. Er hatte Beziehungen. Er sagte mir, er hätte die Möglichkeit, mich nach Russland zu bringen, wenn ich vorgeben würde, seine Schwester zu sein. Du siehst also, dass ich tief in seiner Schuld stehe."

Elisabeth legte ihre Hand auf Frau Dönhofs Arm. „Das verstehe ich."

„Nein, das kannst du nicht verstehen", entgegnete Frau Dönhof. „Lass mich ausreden." Mit ein paar geübten Griffen hatte sie das restliche Fleisch fachmännisch zerteilt. „Auf dem Schiff bat Herr Müller mich, an deiner Hochzeit teilzunehmen. Es war ein kleiner Preis für das, was er für mich getan hatte. Als aber nicht der Kapitän, sondern der Erste Offizier kam, um die

Trauung vorzunehmen, bezweifelte ich, ob ich richtig gehandelt hatte."

„Da irren Sie sich." Mit bleiernden Händen nahm Elisabeth wieder den Löffel in die Hand und fing an, die Zutaten im Topf heftig umzurühren.

„Mag sein", fuhr Frau Dönhof fort. Sie wandte sich direkt an Elisabeth. „Aber das war auch nicht mehr wichtig, denn die Trauung wurde gar nicht vollzogen. Sie sind in Ohnmacht gefallen, bevor Sie getraut wurden, und weil ich in Herrn Müllers Schuld stand, habe ich hinterher, als Sie mich fragten, gesagt, dass Sie rechtmäßig getraut worden seien."

„Nein!" Elisabeths Stimme war nur ein Flüstern.

„Hören Sie nicht auf diesen Schurken! Wären Sie nicht in Ohnmacht gefallen, hätte er den Mann dafür bezahlt, die Trauung vorzutäuschen. Glauben Sie mir. Herr Müller ist nicht Ihr wahrer Ehemann."

Je mehr Karl sich erholte, desto stärker fiel ihm auf, dass Elisabeth sich von ihm fernhielt. Es war, als ob sie zwar körperlich anwesend, aber mit den Gedanken woanders war. Sie erfüllte zwar all ihre Pflichten, aber sie schien nicht für ihn verfügbar zu sein. Und er merkte, dass er ihre Aufmerksamkeit vermisste.

Am nächsten Tag kam Anna herüber und baute mit Hans, Anna und Raschko ein Stöckchen-Dorf auf dem Fußboden. Als sie es zum dritten Mal neu aufgebaut hatten, warf Raschkos Hase es über den Haufen.

Anna stand auf und stampfte mit dem Fuß auf. „Raschko, aufhören!" Als keiner der Jungen auf sie hörte, befahl sie: „Hans! Übersetz ihm, was ich gesagt habe."

Karl konnte sich ein Lächeln kaum verkneifen. Was für eine Familie! Erstaunlicherweise belebten ihn die lauten Kinder und das Chaos auf dem engen Raum. Frau Schulze putzte. Frau Dönhof und Elisabeth machten sich an der Feuerstelle zu schaffen und führten dabei anscheinend flüsternd ein kleines Streitgespräch. Er wunderte sich über die seltsame Wandlung ihrer Beziehung seit damals, als er sie verlassen hatte. Die kleine Truppe erschien ihm mehr Familie als Fremde zu sein, die das Schicksal zusammengeführt hatte. Er lehnte sich an den Kachelofen. Hier fühlte er sich sicher. Bis zum Frühling konnte er hierbleiben, und die Tatsache, dass alle glaubten, er sei mit Elisabeth verheiratet, half ihm. Bis dahin musste er sich einen weiteren Fluchtplan ausdenken. Diesmal würde es allerdings schwieriger werden, Sergei davon zu überzeugen, dass er sich nur aufgrund von häuslichen Streitigkeiten von Elisabeth getrennt hatte. Er rieb sich den immer noch wunden Arm. Die russischen Soldaten hatten ihn durch den Schneesturm hinter ihren Pferden hergeschleift. Hätte nicht der Schnee ihn geschützt, hätte er es nicht lebend bis Torschok geschafft. Und doch war er dankbar, dass die Soldaten Goralskis Männern zuvorgekommen waren, denn diese hätten ihn sicherlich sofort umgebracht.

Frau Dönhof blickte zu ihm herüber, als er gerade Elisabeth anschaute, die im Begriff war, ihren Mantel anzuziehen, um das Pferd zu bewegen.

„Wohin gehst du?", fragte er sie.

„Nach draußen." Sie sah ihn dabei nicht an. Sie hatte sich vorgenommen, nicht weiter auf Frau Dönhofs Worte zu hören. Was sie sagte, stimmte einfach nicht. Es konnte nicht stimmen. Elisabeth führte das Pferd nach draußen. Der Wind hatte zwar nachgelassen, aber die Luft war kalt. Sie konnte nicht sagen, wer sich mehr freute, an die frische Luft zu kommen: sie oder das Tier. Sie führte das Pferd durch die niedrigen Schneeverwehungen bis an den Rand des Dorfes.

Die klirrende Kälte weckte ihre Sinne. Aus den Augenwinkeln heraus sah sie, wie Sergei auf sie zu stapfte. Sofort wandte sie sich um, um den Rückweg anzutreten. Da erst wurde ihr bewusst, wie weit sie sich schon von ihrer Hütte entfernt hatte. Sie ging auf die andere Seite des Pferdes, damit es zwischen ihr und Sergei eine natürliche Barriere schaffte.

„Fräulein Ebel!“, begrüßte Sergei sie.

„*Frau* Ebel, bitte schön!“ Sie wünschte, sie könnte ihm sagen, dass er sie ihn Ruhe lassen sollte.

„Fräulein Ebel, ich bin verwirrt.“

Sie ging nicht auf ihn ein, sondern marschierte mit dem Pferd am Halfter weiter.

„Ich weiß von Mann mit Namen Karl Müller, dass er hat gestohlen wertvollen Besitz. Das gehört einem Mann von großer Macht in Oranienbaum. Er ist böse und will Müller tot. Sie kennen Karl Müller? Ist er nicht der Mann, der sagt, er ist Ihr Mann?“

Elisabeth weigerte sich zu antworten.

Sergei kam näher. „Sie sagen, er ist unschuldig?“

Elisabeth wünschte, er würde weggehen. Sie sagte nur: „Ich muss das Pferd wieder nach drinnen bringen.“

Sergei folgte ihr. „Müller muss für Verbrechen bestraft werden. Herr Ebel, wenn so sein Name, muss bleiben bei Siedlern. Welcher ist er?“ Er ging schneller, um mit ihr Schritt zu halten. „Sie sollten nicht mit Kriminellen zusammen sein. Sie sind gute Frau. Sie brauchen guten Mann, der macht gutes Leben für Sie.“

Elisabeth bemerkte eine Spur von Freundlichkeit in seiner Stimme. Sie wurde etwas langsamer, aber als sie nicht antwortete, änderte sich sein Ton.

„Ich will sehen das Logbuch von Kapitän von Ihrem Schiff. Vielleicht die Heirat ist dort nicht eingetragen. Vielleicht Sie überhaupt nicht verheiratet.“

Elisabeth wurde zornig. Eilends öffnete sie die Tür und führte das Pferd hinein. Alles schien friedlich. Frau Dönhof war am Feuer zugange. Gretas Kopf war gesenkt, wahrscheinlich betete sie. Anna, Hans und Raschko saßen am Tisch und hörten Karl zu, der eine Geschichte abwechselnd auf Deutsch und Russisch erzählte. Das war es ja wohl, was er am besten konnte – Geschichten erzählen.

Sergei trat hinter ihr ein und deutete auf Karl. „Zeigt sich, dass Sie nicht verheiratet sind, gebe ich Sie selbst den Wachen.“ Er rückte dichter an Elisabeth heran.

Karl bedeutete den Kindern, zur Seite zu gehen. „Gibt es ein Problem?“ Er baute sich vor Sergei auf. Trotz seines geschwächten Zustandes gelang es Karl, seine Stimme bedrochlich klingen zu lassen.

Elisabeth war Karl dankbar für die Bereitschaft, sie zu beschützen.

„Nein“, erwiderte Sergei. „Noch nicht.“ Als Sergei mit seinen Stiefeln auf dem Boden aufstampfte, fielen kleine Schneeklümpchen auf die Holzbohlen. Dann drehte er sich grimmig um und knallte die Tür hinter sich zu.

„Was wollte er von dir?“, fragte Karl.

Elisabeth deutete Karl an, dass er ihr zur Tür folgen solle. „Karl, sind wir wirklich verheiratet?“, flüsterte sie ihm zu.

Als Karls Gesicht sich verfinsterte, wusste Elisabeth die Antwort. Sie sah, dass er ihr am liebsten gesagt hätte, was sie hören wollte, und auch den inneren Kampf, den es für ihn bedeutete, sein Versprechen zu halten, ihr die Wahrheit zu sagen. Sie schloss die Augen. Ihr Herz, das bei seiner Rückkehr so gejubelt hatte, war nun unsagbar betrübt und zutiefst bestürzt über seinen Verrat.

„Ich habe es nur für dich getan!“, wisperte Karl. „Wir wussten doch beide, dass ich wieder wegehen würde. Ich konnte dich doch nicht zwingen, dein Leben ohne Hoffnung und Zukunft zu verbringen.“

Sie öffnete langsam die Augen. „Aha. Und darum hast du mich auch dem Spott und der Verachtung preisgegeben.“

„Nein. Ich habe dich rein gehalten. Du kannst immer noch aus Liebe heiraten und aus …“

„Das habe ich bereits getan, auch wenn ich es damals noch nicht wusste.“

Die Leere und Kälte, die Karl in Elisabeths Augen sah, trafen ihn mitten ins Herz. Er wünschte, er könnte das Geschehene rückgängig machen. „Ich werde alles wieder gutmachen.“

„Mein Wohlbefinden liegt nicht mehr in deiner Verantwortung“, erklärte sie. Er zuckte zusammen bei diesen harten

Worten. Elisabeth trat an Frau Dönhofs Seite und würdigte ihn keines Blickes mehr.

„Erzählst du uns jetzt die Geschichte zu Ende?", rief Hans. Karl wandte sich wieder den Kindern zu. Er versuchte, die Geschichte mit der gleichen Lebendigkeit zu Ende zu erzählen, mit der er begonnen hatte, aber die Kinder langweilten sich bald und entfernten sich, um etwas anderes zu spielen.

Im nächsten Augenblick flog die Tür der Hütte auf und ein älterer Mann schrie auf Russisch drauflos. Karl und Juri stürzten auf ihn zu. Nach ein paar Wortwechseln übersetzte Karl: „Annas Mutter bekommt gerade ihr Kind." Seine Stimme senkte sich, damit Anna ihn nicht hören konnte. „Es sieht nicht gut aus."

Elisabeth griff sofort nach ihrem Mantel, aber Greta hielt sie auf. „Weißt du denn, wie man ein Kind zur Welt bringt?"

Elisabeth schüttelte verneinend den Kopf. Sie blickte ängstlich zu Karl.

„Du bleibst hier und passt auf Anna und Hans auf!", ordnete Greta an. „Ich werde gehen."

Juri griff ebenfalls nach seinem Mantel und sagte etwas auf Russisch. Karl übersetzte. „Er sagt, er wird mit dir gehen, Greta. Er hat schon geholfen, als Raschko geboren wurde."

Greta wandte sich an Juri. „Ich würde mich über Ihre Hilfe sehr freuen." Karl wusste, dass Juri diese Worte zwar nicht verstehen konnte, aber es sah so aus, als verstünde er ihre Bedeutung sehr wohl. Die beiden gingen eilig nach draußen.

Elisabeth sah erschöpft aus. „Kinder, geht bitte Eier suchen." Elisabeth ging zu Frau Dönhof und half ihr beim Kochen.

Auch wenn ihre Beziehung merklich abgekühlt war, wollte Karl auf jeden Fall verhindern, dass Elisabeth ihn ganz aus ihren Gedanken verbannte. Er hatte keine Ahnung, wie er sich verhalten sollte, aber auf jeden Fall gefiel es ihm überhaupt nicht, wie Elisabeth ihn behandelte.

Er setzte sich auf die Bank neben dem Tisch, wo die Frauen gerade arbeiteten, und dachte über eine Möglichkeit nach, wie er Elisabeth dazu bringen konnte, wieder mit ihm zu reden.

„Könntest du mir bitte Luthers Argumente gegen die Katholiken erklären?" Er wusste, dass Elisabeth sich verpflichtet fühlen würde, darauf zu antworten.

„Martin Luther glaubte, dass die Menschen keinen Mittler brauchen, der für sie vor Gott eintritt. Jesus, unser Herr, war bereits dieser Mittler", fing sie an. Erstaunlicherweise fand er das wirklich interessant. Sie versuchte nicht, ihn zu überzeugen. Sie gab ihm lediglich die Auskunft, um die er sie gebeten hatte.

Als Juri mit ausdruckslosem Gesicht und hängenden Schultern zurückkam, übersetzte Karl seine Botschaft den Frauen. „Anna hat eine neue Schwester."

„Ich habe eine Schwester!", rief Anna erfreut aus.

Frau Dönhof meldete sich. „Ist das alles an Neuigkeiten?"

„Greta hat den Säugling zu einer Frau gebracht, die vor kurzem ein Kind bekommen hat."

Elisabeth und Frau Dönhof blickten einander vielsagend an. Nina hatte nicht überlebt.

Karl legte eine Hand auf Juris Schulter. „Du hast dein Bestes getan."

„Es war aber nicht genug." Er nahm eine Flasche Schnaps von einem Regal neben dem Ofen und nahm einen tiefen Schluck.

Elisabeth versuchte, die Tränen zurückzuhalten, als sie sagte: „Anna, mein Liebes, möchtest du uns nicht eine von deinen Geschichten erzählen?"

Das kleine Mädchen kletterte auf Elisabeths Schoß und begann mit ihrer Geschichte. Karl beobachtete Elisabeth mit dem Kind. Elisabeth hatte ihm gesagt, dass sie aus Liebe geheiratet hatte. War sie wirklich in ihn verliebt? Er musste ihre Worte missverstanden haben. Frauen wie Elisabeth, die nicht nur über äußerliche, sondern auch über innere Schönheit verfügten, gaben sich nicht mit Gaunern wie ihm ab. Vielleicht war die Art, wie sie ihn behandelte, genau die richtige. Er sollte nicht versuchen, ihre Meinung über ihn zu ändern, sondern besser seine

Flucht planen und die frühstmögliche Gelegenheit am Schopf packen, um von hier fortzugehen. Je schneller er aus ihrem Leben verschwand, desto besser für sie beide.

17

Hans gesellte sich zu Elisabeth und legte ihr seinen Arm auf die Schulter – genau wie ihr jüngster Bruder Wilhelm es immer getan hatte. „Wann kommt meine Mutter zurück?"

„Ich weiß es nicht. Sie kümmert sich immer noch um Annas kleine Schwester. Vielleicht sollten wir ein bisschen nach draußen gehen. Es würde dir sicher gut tun, im Schnee herumzutollen."

Hans lächelte, aber es war kein fröhliches Lächeln. Es erinnerte Elisabeth an Karls Lächeln, wenn die Dinge, die er geplant hatte, so liefen, wie er wollte. Wieso dachte sie eigentlich so oft an Karl? Er war nicht ihr Lebensmittelpunkt. Sie betete im Stillen: *„Herr, vergib mir. Immer wieder lasse ich zu, dass Karl meine Aufmerksamkeit von dir ablenkt."* Sie half den Kindern in ihre Mäntel und Schals. Als sie draußen waren, liefen Anna und die Jungen sogleich zur höchsten Schneewehe, die sie finden konnten, und versuchten hinaufzuklettern. Frau Dönhof nahm sich zwar weiterhin der Zubereitung der Mahlzeiten an, aber seit der Nachricht von Ninas Tod war sie kaum von Annas Seite gewichen.

Hans und Raschko hielten Anna in ihrer Mitte an den Händen. „Jetzt geht ihr hier lang!", befahl sie. Sie gehorchten. „Nun zum Baum."

Frau Dönhof kam mit einem Eimer Schmutzwasser, den sie vor dem Haus ausleerte. „Ich kann auf die Kinder aufpassen, wenn du willst."

„Nein, nein. Es geht schon. Du bist diejenige, die zu hart arbeitet."

„Vielleicht fällt es dir schwer, das zu glauben, aber ich liebe Kinder."

„Nein. Ich kann mir das sogar sehr gut vorstellen", erwiderte Elisabeth.

Frau Dönhof wollte sich schon umdrehen und ins Haus zurückgehen, da sagte sie: „Wissen Sie, es ist deine eigene Schuld, wenn dir das Herz bricht."

Elisabeth blickte erstaunt auf die Gefährtin. Ihre Worte hatten ihr einen Stich ins Herz gegeben. Es schmerzte sie, auf ihre Seelenqualen angesprochen zu werden.

„Nein, das glaube ich nicht. *Ich* war es schließlich nicht, die gelogen hat."

„Wenn du zu viel vom Leben erwartest, bringt das nur Kummer und Leid." Frau Dönhof stützte den Eimer auf ihrer Hüfte ab.

„Es ist also besser, seine Seele hinter einer Maske zu verstecken und keinen Menschen an sich herankommen zu lassen?", erwiderte Elisabeth schroff.

Einen Augenblick lang sah Frau Dönhof aus, als hätte man ihr einen Hieb versetzt. Schnell gewann sie jedoch ihre Fassung zurück und richtete sich zu voller Größe auf. „Es gibt vieles, was ich nicht weiß. Aber ich habe dennoch ein gewisses Maß an Weisheit. Schick die Kinder nur herein, wenn du ihrer überdrüssig bist." Sie wandte sich von Elisabeth ab und ging ins Haus zurück.

Elisabeth wischte sich mit dem Arm über die Stirn. Frau Dönhof hatte recht. Sie hatte Karl gewissermaßen zu ihrem Herzensprinzen gemacht, obwohl sie wusste, dass er im Grunde ein Gauner war. Sie hatte hochfliegende Träume gehabt. Aber irgendwann einmal musste sie den Tatsachen ins Gesicht sehen.

Anna schrie: „Lasst mich raus!" Elisabeth blickte suchend auf. Sie sah zwar Hans und Raschko, aber nirgends Anna.

„Anna, wo bist du?", rief nun auch Elisabeth erschrocken.

Hans und Raschko fingen an zu lachen, als Elisabeth so schnell sie konnte durch den tiefen Schnee stapfte. „Anna!“

„Sie ist hier!“, erklärte Hans. „Schrei nur, du kleine Heulsuse. Wenn du uns nicht so herumkommandieren würdest, würden wir dir aus der Schneewehe heraushelfen.“

„Ihr holt mich sofort hier raus!“, zischte Anna. Man konnte hören, dass sie versuchte, ihr Weinen zu unterdrücken.

Raschko streckte seine Hand aus. „Hier, komm! Hör auf zu heulen!“ Elisabeth sah, wie er das Kind langsam aus der Schneegrube herauszog.

„Gib mir deine andere Hand!“, bot sich nun auch Hans an. Gemeinsam zogen sie die Kleine auf den festeren Schnee, wo man stehen konnte.

Anna fing nach ihrer Befreiung erst recht an zu weinen. Elisabeth hielt inne. Sie merkte, wie auch ihr nun die Tränen in Strömen das Gesicht herunterliefen. Der Gedanke, einen weiteren lieben Menschen zu verlieren, war zu viel für sie. Sie war müde. Während Raschko versuchte, Anna zu trösten, konnte auch Elisabeth ihr lautes Schluchzen nicht mehr zurückhalten.

„Jetzt haben wir schon zwei Heulsusen hier!“, kommentierte Hans. „Anna geht es gut, Frau Ebel. Ihr ist nichts passiert.“ Sie brachten Anna zu Elisabeth, und die beiden fielen sich schluchzend in die Arme. Die Jungen ließen sie allein, und schon kurze Zeit später waren sie mitten in eine fröhliche Schneeballschlacht vertieft.

Nachdem ihre Tränen fast versiegt waren, sagte Anna: „Meine Mama ist heimgegangen.“

Elisabeth nickte. „Ich weiß.“

„Vater ist auch heimgegangen“, meinte Anna. „Ich weiß nicht, wie ich für ein kleines Kind sorgen soll.“

„Frau Dönhof und ich werden uns um alles kümmern“, tröstete Elisabeth sie. „Wir werden dir helfen, für deine Schwester zu sorgen.“ Anna nickte, aber fing dann wieder an zu weinen.

Elisabeth umfasste das Gesicht des Kindes mit beiden Händen. „Was gibt es noch?“

Mit stockender und von Schluchzern unterbrochener Stimme stieß Anna hervor: „Und … wer … sorgt … für … mich …?“ Ein Schneeball schwirrte an ihnen vorbei.

Elisabeth umarmte die Kleine herzlich. „Frau Dönhof und ich. Du und deine kleine Schwester, ihr gehört von nun an zu unserer Familie.“

In dieser Nacht weinte sich Anna in den Schlaf. Ihre schmalen Schultern bebten so heftig vom Schluchzen, dass das Kind kaum Luft bekam. Elisabeth legte sich zu ihr und drückte sie liebevoll an sich.

Am nächsten Morgen wollte Hans anscheinend seine Schandtaten vom Vortag wieder gutmachen. Er versuchte, die Kleine aufzuheitern, indem er sie auf den Rücken der Ziege setzte und sie um die Isba reiten ließ. „Macht alle unserer Zarin Anna Platz!“

Anna lachte. Die Ziege lief eine Weile gehorsam herum, befreite sich dann aber ohne Vorwarnung aus Hans' Umklammerung und versetzte ihm mit den Hörnern einen gewaltigen Stoß, wobei Anna vom Rücken des Tieres fiel. Raschko bog sich vor Lachen. Es dauerte nicht lange, und die beiden anderen Kinder stimmten in Raschkos Lachen ein. Sogar Elisabeth mussste lächeln.

Ein paar Tage später kam Greta mit dem kleinen Baby nach Hause, dem Nina den Namen ihrer eigenen Mutter gegeben hatte: Marie.

„Endlich bist du wieder zu Hause!“, rief Hans seiner Mutter zu und rannte ihr entgegen. Elisabeth nahm Greta den Säugling ab, während Hans seine Mutter überschwänglich umarmte. Anna stellte sich auf Zehenspitzen, um einen Blick auf das in Windeln gewickelte Baby werfen zu können. Elisabeth bückte sich und schob die Decke ein wenig zur Seite, damit Anna etwas sehen konnte. „Anna, das ist dein neues Schwesterchen.“

„Hallo, kleine Marie!“, begrüßte Anna ihre Schwester zärtlich. Sachte berührte sie die winzigen Fingerchen des Babys. Anna grinste Elisabeth an. „Sie mag mich.“

„Ja, das tut sie, und du wirst eine wunderbare große Schwester für sie sein." Elisabeth merkte, wie sie innerhalb von wenigen Tagen ihr Lachen wiedergefunden hatte.

Juri zog eine Bank herbei, aus der er ein sorgfältig eingewickeltes Bündel hervorholte. „Raschko!", rief er. Juri breitete das Leinentuch aus, befestigte es mit Schnüren an den Dachsparren der Isba und lächelte zufrieden. Es war eine kleine Hängematte, die als Babywiege dienen konnte.

Frau Dönhofs Augen schimmerten, als sie die Hände nach dem Baby ausstreckte. Elisabeth übergab ihr die kleine Marie und trat einen Schritt zurück. Sie wollte diese Szene in ihrem Gedächtnis bewahren. Sie waren eine Familie. Nur Karl stand allein für sich, weitab vom wärmenden Ofen.

Wenig später ging Karl mit Juri auf die Jagd. Er war froh, der Enge der Hütte entkommen zu können. Ständig auf so engem Raum zu leben, mit Elisabeth in seiner unmittelbaren Nähe, machte ihn nervös. Aus ihrer Freundschaft war Entfremdung geworden. Karl musste an Elisabeths abgezehrtes Gesicht denken. Es erinnerte ihn an seine Mutter. Er hatte es seinem aristokratischen Vater immer übel genommen, dass er seine Mutter ausgenutzt und gedemütigt hatte. Gewiss, er hatte Karl gekleidet, ihn ernährt und ihm eine gute Erziehung angedeihen lassen, aber er hatte auch nie verhehlt, dass sowohl Karl als auch seine Mutter Abschaum für ihn waren. Karl rückte seine Pelzmütze zurecht und spuckte in den Schnee, als spucke er auf das Grab seines Vaters.

Elisabeths Worte von neulich klangen immer noch in seinem Ohr nach. Es war dieselbe Botschaft, die er seinem Vater an den Kopf geworfen hatte, als er ihn zum letzten Mal gesehen hatte. „Was aus mir wird, geht dich von nun an gar nichts mehr an!" Es tat ihm weh, erkennen zu müssen, dass Elisabeth an ihm bemerkt hatte, was ihm selbst entgangen war – dass er selbstbezogen war, Menschen täuschte und die Gefühle anderer völlig missachtete. Er war wie sein Vater geworden.

An diesem Nachmittag, als Juri und er zurückkehrten, sah er Elisabeth mit Sergei und zwei von Goralskis Soldaten an dem grob gehauenen Tisch sitzen. Die Männer machten einen bedrohlichen Eindruck. Greta musste unterwegs sein, um sich um andere Siedlerfamilien zu kümmern, wie sie es oft tat. Frau Dönhof warf ihm einen warnenden Blick zu. Neben ihr standen Herr Zweig und Herr Jäger. Elisabeths Augen brannten vor Wut. Karl hatte sie noch nie so gesehen. Als Karl eintrat, sprangen die Soldaten auf und kamen mit gezogenen Schwertern auf ihn zu.

„Was haben Sie hier zu schaffen?", mischte sich Juri ein, während er die Jagdbeute, einen Hasen, auf den Tisch fallen ließ.

„Herr Müller steht unter Arrest!" Sergei richtete diese Worte an Elisabeth, die er wütend anstarrte.

„Mein Name ist Ebel. Was werfen Sie mir vor?", fragte Karl auf Russisch.

„Ihnen wird zur Last gelegt Diebstahl sowie die Vortäuschung falscher Tatsachen. Sie behauptet, ein Mitglied dieser Siedlergruppe zu sein." Sergei drehte sich langsam zu Karl um. „Wir unverzüglich das Todesurteil vollstrecken." Seine Augen blitzten auf. Auch wenn Elisabeth kein Russisch verstand, war sie sich der Gefahr, in der Karl sich befand, sehr wohl bewusst.

„Verlassen Sie sofort unser Haus und belästigen Sie meine Familie nie wieder!", forderte sie.

Sergei beugte sich zu Elisabeth vor und richtete sein Gewehr auf sie. „Ich bin russischer Soldat mit Autorität von Zarin Katharina. Leute, die Böses tun, ich soll hart bestrafen. Sie beweisen, dass Mann und Siedler gleicher Mann ist, nicht böser Mann gesucht von russische Offiziere. Oder Sie gucken zu, wie er sterben."

„Moment mal! Was soll das denn?", warf Herr Zweig ein. „Ich kann Ihnen versichern, dass Herr Ebel mit uns Lübeck verlassen hat und mit unserer Gruppe eingewandert ist. Ich kenne ihn unter keinem anderen Namen als Ebel. Was die Ehe anbelangt, so sind hier in dieser Wildnis keine Dokumente verfügbar. Warum kann Herr Jäger die beiden nicht ein zweites Mal trauen?

Diese Handlung macht die erste Heirat nicht ungültig und liefert gleichzeitig Ihnen und Ihren gewissenhaften Soldaten den Beweis dafür, dass die Ehe rechtmäßig ist."

Karl beobachtete Elisabeth. Er konnte nicht erkennen, was sie gerade dachte.

„Ich werde meine Frau nicht noch einmal heiraten, nur um Sie zufriedenzustellen." Sofort richtete einer der Soldaten die Spitze seines Schwertes auf Karls Bauch. Karl trat unwillkürlich einen Schritt zurück.

„Aber wenn ich eine zweite Trauung vornehme", sagte Herr Jäger, „haben diese Männer den Beweis, den sie brauchen." Er wandte sich an die Soldaten. „Es gibt keinen Grund, diesen Mann hier zu töten. Es gab weiß Gott schon genug Tote unter den Siedlern."

Herr Zweig fügte hinzu: „Außerdem braucht die Zarin Katharina viele Männer zur Verteidigung der Grenzen ihres Landes."

Frau Dönhof trat neben Karl und legte eine Hand auf seinen Arm. „Herr Zweig hat die Lösung des Problems gefunden. Elisabeth, du musst deinen Mann noch einmal heiraten. Ansonsten wird er auf unserer Türschwelle umgebracht."

Karl hätte über Frau Dönhofs Reaktion nicht überraschter sein können; sie kannte ja seinen Egoismus und seine Unehrlichkeit. Elisabeth ging langsam auf Karl zu. Er versuchte, die Verzweiflung, die er fühlte, zu verbergen. Sein Schicksal lag in der Hand dieser Frau, die er vom ersten Augenblick an ausgenutzt und betrogen hatte. Sie entschied über Tod oder Leben. Er blickte auf die Soldaten. Er konnte nicht entkommen. Der Tod sah ihm bereits ins Gesicht. Er fühlte sich noch nicht bereit zum Sterben, noch nicht bereit, seinem Vater wiederzubegegnen, falls es denn überhaupt ein Leben nach dem Tode gab. Die Warnung seiner Mutter, dass er Gott nie entfliehen konnte, plagte ihn. War Gott ihm sogar bis hierher in diese abgelegene Weite der russischen Steppe gefolgt?

„Lassen Sie ihn los!", forderte Elisabeth erneut. „Bevor ich diesen Schritt tue, möchte ich kurz mit meinem Mann sprechen." Karl atmete auf vor Erleichterung. Das Leben war ihm neu geschenkt worden. Er übersetzte Elisabeths Worte ins Russische, und Juri setzte sich vor den Fremden für Karls Sache ein. Karl war froh über Juris Anwesenheit. Die Soldaten hörten ihm zu und steckten ihre Schwerter weg. Ohne Juris Hilfe hätte Sergei sicherlich nicht die Zustimmung zu so einer Zeremonie gegeben. Elisabeth nahm Karls Hand in die ihre und zog ihn in die am weitesten entfernte Ecke der Hütte. Karl spürte ihre kleine Hand in der seinen, die so viel Wärme und Stärke ausstrahlte. Plötzlich ließ sie seine Hand los und sagte: „Wenn du leben willst, müssen wir heiraten.“ Er schüttelte den Kopf. Sie sollte sich ihm nicht verpflichtet fühlen. Sie fuhr fort: „Stößt dich der Gedanke, mich zu deiner Frau zu nehmen, so ab, dass du sogar lieber den Tod wählen würdest?“

„Nein, aber ich will dich nicht binden …“

Sie winkte mit der Hand ab, um ihn zum Schweigen zu bringen. „Mein Angebot ist nicht ohne Bedingungen. Erstens werden wir jeden glauben machen, dass wir wirklich und wahrhaftig verheiratet sind. Selbst unsere engsten Freunde dürfen nichts merken. Aber in unserem Verhältnis zueinander ändert sich nichts. Wir werden so weitermachen wie bisher.“

Karl starrte zu Boden. Das war eine annehmbare Bedingung. „Einverstanden.“

„Zweitens wirst du Anna und Marie als deine eigenen Töchter annehmen und Greta, Hans und Frau Dönhof beschützen, auch wenn rechtlich gesehen Hans unser Beschützer ist.“

Das war schon schwieriger, aber es würde ja nicht für lange sein. Auch damit erklärte er sich einverstanden.

„Drittens wirst du bei uns bleiben, bis wir unser Land und Haus in Besitz genommen und genug Nahrung für den ersten Winter eingelagert haben.“

„Das wird ungefähr noch ein Jahr dauern.“

„Oder länger“, meinte Elisabeth. Karl nickte zögerlich, und Elisabeth fuhr fort: „Und schließlich wirst du, wenn du uns verlässt, nicht in Russland bleiben. Du wirst dich nicht rächen. Du wirst Russland auf dem kürzesten Weg verlassen.“

„Was ich mit meinen Feinden tue, geht nur mich etwas an."

„Das sind meine Bedingungen." Elisabeth stand aufrecht vor ihm. „Du wirst nicht mehr länger kommen und gehen, wann es dir gerade passt. Wenn du nicht zurückkehrst, um endgültig bei mir zu bleiben, brauchst du gar nicht wiederzukommen."

Karl rieb sich den Nacken. Wenn er zustimmte, hätten seine Feinde gewonnen. Er würde ihnen nicht heimzahlen können, was sie ihm angetan hatten. In diesem Moment bereute er, dass er ihr versprochen hatte, sie nie wieder anzulügen.

„Ich nehme an, aber nur, weil ich keine andere Wahl habe."

„Die habe ich auch nicht", erklärte Elisabeth.

Karl musste trotz seiner misslichen Lage lächeln, denn die Situation amüsierte ihn. „Das nenne ich gegenseitige Hilfsbedürftigkeit. Nicht gerade die beste Grundlage für eine Ehe."

„Gegenseitige Hilfsbedürftigkeit ist immer noch besser als unrealistische Träume! Zumindest wissen wir beide, wo wir stehen." Ihre Worte gruben sich schmerzhaft in Karls Herz, aber er war sich nicht sicher, warum.

„Also gut. Ich gebe dir mein Wort."

„Ich erwarte, dass du es auch hältst."

Karl fuhr ein Schauer über den Rücken bei Elisabeths kühlen Worten und bei dem Gedanken, nur um Haaresbreite seiner Hinrichtung entkommen zu sein. Sie wandten sich der Gruppe zu, wobei Karl absichtlich ein breites Lächeln zur Schau stellte.

„Meine Frau und ich sind übereingekommen, noch einmal zu heiraten." Er zuckte mit den Schultern. „Eine Frau ist fähig, die Meinung eines Mannes zu ändern, auch wenn das sonst niemand kann."

Elisabeth schloss einen Moment lang ihre Augen, als bete sie, bevor sie hochblickte. „Herr Jäger, wir möchten Sie bitten, uns noch einmal zu trauen. Frau Dönhof, würdest du bitte meine Trauzeugin sein?"

Karl sprach auf Russisch mit Juri. Der Mann nickte und stellte sich neben Karl. Sergei stand stramm, ohne dass eine einzige Gefühlsregung in seinem Gesicht zu sehen war, nur in seinen

Augen stand unterdrückter Zorn. Karl fragte sich, ob es jemals eine so überstürzte und unvorhergesehene Hochzeitszeremonie gegeben hatte wie die ihre. Die Trauung ging ohne jede Dramatik vonstatten, ganz im Gegensatz zu den aufregenden Augenblicken vorher.

Nachdem das Ehegelübde gesprochen war, murmelte Sergei auf Russisch: „Mann, sie hat deinen Kopf gerettet! Aber du wirst schon sehen!"

Karl setzte ein breites Grinsen auf, als habe Sergei ihm gratuliert. „Die meisten Männer heiraten ihre Braut nur ein einziges Mal. Ich freue mich, dass ich die meine ein zweites Mal ehelichen kann. Ich danke Ihnen, mein Herr, dass Sie das ermöglicht haben. Ich beglückwünsche Sie zu Ihrer gewissenhaften Pflichterfüllung und will Sie nun nicht länger von eben diesen Pflichten abhalten." Er trat vor Elisabeth, als wolle er sie vor Sergei beschützen. Die folgenden Worte sagte er auf Deutsch, damit Elisabeth ihn verstehen konnte: „Sie tun Ihre Pflicht, mein Herr, und ich versichere Ihnen, ich werde meine tun." Dabei verbeugte er sich mit übertriebener Höflichkeit vor Sergei.

Trotz ihres Vorsatzes, sich nichts anmerken zu lassen, überlief Elisabeth bei Karls Worten ein freudiger Schauer. Er hatte vor allen Anwesenden im Raum deutlich gemacht, dass er sie beschützen würde. Sogleich aber unterdrückte sie ihre Freude. Karl und sie hatten eine rein geschäftliche Vereinbarung, nichts weiter.

Nachdem alle Männer außer Karl und Juri gegangen waren, kehrten die Kinder zurück zu ihrem Spiel und Frau Dönhof stellte sich wieder an den Kochtopf.

Elisabeth nahm Marie und blickte in die unschuldigen Augen des Babys.

„Bedeutet das also, wir haben einen Waffenstillstand?", fragte Karl sie leise.

Elisabeth seufzte. „Es bedeutet, dass wir so tun, als hätten wir beide diesen Ehebund gewünscht. Unsere Freunde sollen sich keine Sorgen machen. Unsere Ehe ist eine reine Zweckverbindung. Aber wir sind die Einzigen, die das wissen."

„Dann werde ich wohl dieselbe Rolle spielen wie damals, als wir uns zum ersten Mal begegnet sind, nur dieses Mal sitzen wir beide im selben Boot." Er versuchte, Elisabeth zum Lächeln zu bringen, aber sie wandte sich ab.

Als Frau Dönhof ihr die kleine Marie abnahm, fing Elisabeth damit an, die Isba sauber zu machen. Im Stillen betete sie: *„Herr, du hast mir so viel vergeben; und es ist mehr als das, was Karl meinem Herzen zugefügt hat. Aber jedes Mal, wenn mir sein Verrat bewusst wird, werde ich wütend. Hilf mir, ihm wahrhaft zu vergeben. Bitte erinnere mich jedes Mal an deine Vergebung, wenn die Wut in meiner Seele hochsteigt. Wenn ich ihm vergebe, wird er vielleicht eines Tages fähig sein, deine Vergebung anzunehmen und ewige Errettung zu erlangen. Hilf mir, Herr."*

Elisabeth war noch nicht mit dem Putzen fertig, als Greta zurückkam.

„Mama!", schrie Hans. „Wo warst du? Herr und Frau Ebel wurden noch einmal getraut, aber dieses Mal habe ich es selbst gesehen."

Greta blickte überrascht zu Karl und Elisabeth. „Ich komme von der Familie Donner. Dort sind alle krank geworden." Gretas Gesicht war gerötet.

Frau Dönhof meinte: „Du solltet besser auf dich aufpassen und nicht überall im Dorf für andere sorgen." Sie half Greta, den Mantel abzulegen. „Du bist ganz heiß vom Fieber. Hans, hol einen Eimer mit Schnee. Wir müssen den Kopf deiner Mutter kühlen." Die Worte waren gleichmütig ausgesprochen, doch Frau Dönhofs Augen verrieten ihre Besorgnis.

•◆•

Am nächsten Morgen wischte sich Elisabeth mit dem Arm über die Stirn. Die Versorgung von Marie war schwere Arbeit. Es schien Elisabeth, als sei sie ununterbrochen am Windelnwaschen. Da Greta zu schwach war, um zu helfen, gab es nun mehr

Arbeit und weniger Hände, die zupackten. Elisabeth seufzte tief.

Karl trat von hinten auf sie zu. „Ein Baby im Haus bringt eine Menge unangenehmer Arbeiten mit sich, nicht wahr?"

„Heißt das, du bietest mir deine Hilfe an? Du kannst gern die Wäsche übernehmen, wenn du willst."

„Nein, danke. Ich gehe lieber weiter auf die Jagd oder angeln. Die Wäsche überlasse ich dir und deinen hervorragenden Fähigkeiten." Er machte eine Pause und sprach dann leise weiter. „Hast du schon gehört, dass das alte Ehepaar Volkers am Fieber gestorben ist? Und auch das Baby der Kunzes?"

Elisabeth spürte einen Stich in ihrem Herzen. „Es gibt kein Haus im Dorf, das nicht die Auswirkungen dieser Epidemie zu spüren bekommen hat."

„Wenigstens hat es bei uns niemandem außer Greta erwischt. Dafür können wir dankbar sein."

„Natürlich sollten wir dankbar sein, aber was ist mit Greta? Wir können sie doch nicht sterben lassen! Hans braucht sie." Elisabeth hob Marie aus ihrer hängenden Schaukel und wiegte die Kleine im Arm.

„Ist es wirklich nur Hans, der sie braucht?"

Elisabeth spürte Unwillen in sich aufsteigen. Karl hatte sie durchschaut. Ja, auch sie brauchte Greta. Sie hatte immer noch so viel über Gott und seine Botschaft zu lernen. Greta war die Person, die ihr alles beibringen konnte.

Als Gretas Gesundheitszustand sich weiterhin verschlechterte, verbrachte Elisabeth mehr und mehr Zeit an ihrer Seite. Wieder setzten Schneefälle ein. Zuerst fiel der Schnee in kleinen Flocken, dann wurden sie größer, bis die Flocken so dicht und schwer waren, dass man nicht mehr unterscheiden konnte, wann der eine Schneesturm aufhörte und der nächste begann. Endlich stieg eines Tages die Sonne höher am Himmel auf und die Eiszapfen, die vom Dach herunterhingen, fingen an zu tropfen. Die Kinder wagten sich nach draußen, um unter Frau Dönhofs Argusaugen zu spielen.

„Es würde dir auch gut tun, ein bisschen frische Luft zu schnappen", sagte Frau Dönhof an Elisabeth gewandt, als sie das Baby mit nach draußen nahm. Karl und Juri waren schon früh am Tag auf die Jagd gegangen, wodurch Elisabeth und Greta allein zurückgeblieben waren – ein Vergnügen, das Elisabeth schon lange vermisst hatte.

Greta setzte sich auf ihrem Lager auf, als Elisabeth ihr einen Teller heiße Suppe brachte. „Du weißt ja, dass Karl und ich noch einmal getraut wurden."

„Ja. Er wird sicher noch einen guten Ehemann abgeben. Dessen bin ich mir sicher." Diese Aussage überraschte Elisabeth. Sie wollte Greta gerade fragen, warum sie sich da so sicher war, als diese wieder einen Hustenanfall bekam. Der Husten kam als ein tiefes Rasseln aus den Bronchien und schien nicht mehr aufhören zu wollen. Als sie wieder Atem schöpfen konnte, fuhr sie fort: „Herr Ebel wird auch meinem Hans ein guter Vater sein."

„Es geht dir aber sicher bald wieder besser! Hans braucht dich sehr. Wir alle brauchen dich. Wie könnte ich ohne deine Weisheit und Stärke, die mir Stütze und Wegweiser sind, weiterleben?"

Greta nahm Elisabeths Hände behutsam in ihre. „Verwechselst du mich da nicht gerade mit Gott? Ist dein Glaube immer noch so klein, dass du ihn so vergisst? Du musst stark sein. Ich werde sterben, und du und Frau Dönhof werdet drei Kinder haben, die ihr versorgen müsst. Ich habe schon mit ihr darüber gesprochen."

„Greta, wie kannst du das alles in solch einer Ruhe sagen? Bist du denn nicht im Geringsten zornig auf Gott? Willst du etwa sterben und Hans allein zurücklassen?"

Tränen traten in Gretas Augen, als sie Elisabeth ernst anblickte. „Glaubst du wirklich, es ist einfach für mich, mein Schicksal zu akzeptieren? Um jeden Atemzug zu ringen und zu wissen, dass ich bald sterben werde und meinen einzigen Sohn zurücklassen muss? Ja, ich spüre manchmal Wut und Trauer darüber, dass ich nicht weiterleben und meinen Sohn selbst großziehen kann.

Aber ich liebe Gott und vertraue ihm. Ich weiß, dass er über Hans wachen wird, so wie er über dich und mich wacht."

Greta musste schon wieder husten, und zum ersten Mal bemerkte Elisabeth Blut auf dem Tuch, das sie sich vor den Mund hielt.

Karl und Juri sahen nach ihren Fallen und fanden darin drei große Hasen. „Heute Abend gibt es etwas Gutes zu essen, da?" Juri klopfte Karl erfreut auf den Rücken.

Als Karl die letzte Falle kontrollierte, sagte er: „Hier ist nichts zu holen." Statt Juris Antwort hörte er plötzlich schwere Schritte hinter sich, dann fühlte er einen heftigen Stoß von hinten. Er kam aus dem Gleichgewicht und fiel zu Boden. Sofort rollte er sich zur Seite, denn er erwartete einen zweiten Schlag. Der Angriff kam aber nicht. Als Karl nach oben schaute, erblickte er ein Pferd, das fröhlich wieherte. Es hatte eine dicke Mähne, war zottig und dünn, machte aber einen gesunden Eindruck.

„Sneg! Bist du das?" Das Pferd wieherte noch einmal. Karl betrachtete es eingehender. „Du bist es tatsächlich! Ich habe dir einen feinen Namen ausgesucht. Sneg. Schnee." Er stand auf und ging an die Seite des Tieres und tätschelte seinen Hals, während er sein Gesicht an ihn drückte. „Wie hast du es bloß geschafft zu überleben?"

„Was haben wir denn da für einen Fang gemacht?", fragte Juri, der hinter einer kleinen Baumgruppe hervortrat.

„Das ist Sneg, das Pferd, das mich von Sankt Petersburg hertrug. Gibt es noch Platz in deiner Isba?"

„Für solch einen treuen Freund werden wir Platz schaffen." Juri streichelte das Pferd.

„Danke!" Karl mochte diesen freundlichen Russen. Er war anders als diejenigen, mit denen er vorher zu tun gehabt hatte. Sein Glaube bestand auch nicht nur aus Ritualen oder Traditionen, wie Karl es bei einigen anderen Männern beobachtet hatte.

Juris Glaubensüberzeugungen und sein Leben waren nicht zu trennen.

Auf dem Heimweg fragte Juri: „Karl, mein Freund, warum schläfst du eigentlich nicht an der Seite deiner Frau?“

„Wir haben da eine geschäftliche Vereinbarung.“

Juri lachte. „Hmm. Vielleicht fing alles ja rein geschäftlich an, aber als du krank warst, wich sie nicht von deiner Seite. Sie gibt dir die größte und beste Portion vom Essen. Das ist Liebe und kein Geschäft!“

„Da irrst du leider, mein Freund. Wir haben nur aus praktischen Gründen geheiratet.“

„Vielleicht ist das der Grund, warum sie ihre Liebe hinter einer Maske der Stärke versteckt“, erklärte er nüchtern. „Du bist ein glücklicher Mann, was die Wahl deiner Frau angeht, wenn ich das sagen darf.“

Karl war verwundert über Juris Worte. Sollte es wirklich wahr sein, dass Elisabeth ihn nach all dem, was er getan hatte, immer noch liebte? Sneg hatte ihn als Herrn akzeptiert und nach ihm gesucht, obwohl er sich allein durch den extrem harten Winter hatte schlagen müssen. Konnte ihm Elisabeth vergeben? Konnte sie wirklich einen Schurken wie ihn lieben?

Er rieb Snegs samtene Nüstern. „Willkommen zu Hause, mein treuer Freund.“

Elisabeth zitterte heftig. Sie erlebten gerade einen Kälteeinbruch. Ein Schneesturm war von Norden her herangefegt, gefolgt von einem zweiten. Der Geruch in der Isba wurde von Tag zu Tag schlimmer, vor allem seit Karl ein weiteres Pferd mitgebracht hatte. Nach zwei Wochen mit frostigen Winden, die jede Ritze der dünnen Wände zu durchdringen schienen, lagen die Nerven aller Hüttenbewohner blank. Besonders Elisabeth wurde unruhig. Sie versuchte, mit Greta zu sprechen, aber die Augen der Frau waren die meiste Zeit geschlossen, und sie schien kaum mehr etwas um sich herum wahrzunehmen. Elisabeth sprach trotzdem zu ihr, denn sie hatte das Bedürfnis danach.

„Hans wird es gut gehen, Greta. Es macht mich froh, dass du mit ihm schon alles besprochen und dich von ihm verabschiedet hast. Sorg dich nicht um Hans! Ich werde mich liebevoll um ihn kümmern und ihn behandeln wie meinen eigenen Sohn, gleichgültig, was auch kommen mag. Du bist so gut zu mir gewesen. Du bist wie eine Mutter für mich, oder wie die Schwester, die ich leider nie hatte. Ich werde dich vermissen."

Anna rief: „Hört auf, mir an den Haaren zu ziehen!"

„Ruhe!", schimpfte Elisabeth. „Ihr stört Frau Schulze mit diesem Krach." Sie warf einen strengen Blick auf Karl, der den Wink verstand und Hans an seine Seite winkte. Karl war momentan der Einzige, der Hans zur Räson bringen konnte.

Frau Dönhof nahm Anna auf den Arm und beruhigte sie, bis sie aufhörte zu weinen. Als sie still geworden war, fuhr Anna mit dem Finger an der Narbe in Frau Dönhofs Gesicht entlang. „Was ist das?", fragte sie.

Frau Dönhof erwiderte freundlich: „Das ist eine Narbe, die mir jemand vor langer Zeit zugefügt hat."

Juri übernahm nun die Wache an Gretas Seite und rieb sachte ihre kalten Hände, wobei er auf Russisch beruhigend auf sie einsprach.

Frau Dönhof, die das beobachtete, wurde wütend und machte Juri Vorwürfe. „Sie wissen genau, dass sie Sie nicht versteht!"

„Doch. Sie versteht mich", entgegnete Juri leise. Frau Dönhof wurde rot, setzte Anna ab und eilte zurück zum Feuer.

Elisabeth half Anna dabei, ein kühles Tuch auf Gretas fiebrige Stirn zu legen. Juris Freundlichkeit hatte Greta die letzten Wochen etwas erträglicher gemacht. Greta hatte das in einem ihrer wenigen lichten Momente selbst gesagt.

Raschko beobachtete alles aus der Distanz. „Wie bei Mama. Genauso hat Papa für Mama gesorgt."

„Er ist ein guter Mann." Frau Dönhof winkte ihn herbei, und Raschko kam zu ihr.

„Sie bleiben nicht bei uns?", fragte er in seinem besten Deutsch.

„Ich kann nicht. Mein Platz ist bei meinen Freunden", erklärte ihm Frau Dönhof. „Ich habe Frau Schulze mein Wort darauf gegeben."

Elisabeth blickte von Frau Dönhof zu Raschko und dann zu Juri. Sie war so sehr mit ihren eigenen Problemen beschäftigt gewesen, dass sie gar nicht wahrgenommen hatte, was um sie herum vorging. Erst jetzt fiel ihr Juris Interesse an Frau Dönhof auf und sie erkannte, dass Raschko sich mit ihr angefreundet hatte. Raschko zog sich in die Ecke zurück und begann, das neue Pferd mit heftigen Bürstenstrichen zu striegeln. Ab und zu wischte er sich mit einem Ärmel über die Augen und blickte auf die Wand, damit niemand seine Tränen sehen konnte.

Zwei Tage später waren die Stürme vorüber, und Greta war tot. Sie war in der Nacht verstorben. Am Morgen deutete Juri auf das sanfte Lächeln auf Gretas Gesicht. In gebrochenem Deutsch sagte er: „Wie meine Tanja. Bei Gott."

Elisabeth versuchte, die Tränen zurückzuhalten, wie sie das im Angesicht des Todes zuvor immer getan hatte. Dann erinnerte sie sich an Gretas Worte: „Er wird bei dir sein, und du wirst nie allein sein. Du wirst nie wieder ohne Schutz sein." Ja, Jesus war immer an ihrer Seite. Sie konnte den Schmerz in ihrer Seele nicht allein tragen. In einem verzweifelten Aufschrei ließ sie endlich ihren Tränen freien Lauf.

Karls Hand berührte ihre Schulter. „Es tut mir leid." Sie wandte sich ihm schluchzend zu. Sie wollte, sie musste stark sein ... aber es gab sonst niemanden, dem sie vertrauen konnte. Als Karl die Arme um sie legte, verlor sie die Fassung und schluchzte hemmungslos an seiner Brust.

Als Elisabeths Tränen versiegten, bemerkte sie, dass Hans gar nicht weinte. Er starrte einfach nur auf die stille Gestalt seiner Mutter, bis Raschko einen Arm um seine Schultern legte und ihn nach draußen führte. Elisabeth machte sich Sorgen um Hans. Er behielt seine Gefühle für sich – so wie sie es immer getan hatte.

Karl erteilte sachliche Anweisungen. „Wir müssen ein Feuer machen, damit wir sie begraben können. Der Boden ist immer noch zu hart gefroren für ein ordentliches Begräbnis. Wir müssen sie im tiefen Schnee begraben, bis das Grab fertig ist."

Die Männer und Jungen trugen Holz zusammen und Karl und Herr Zweig entfachten mit Juris Hilfe ein Feuer im Schnee. Das Feuer musste tagelang in Gang gehalten werden, bis es ein Stück Boden vom Schnee befreien konnte und langsam auftaute. Elisabeth und Hans gingen zusammen immer wieder nach draußen, um den Fortgang der Arbeiten zu überprüfen. Endlich konnten die Männer mit dem Graben anfangen. Hand in Hand schauten Elisabeth und Hans immer wieder in das Loch, das beständig an Tiefe zunahm. Der Ort kam ihnen armselig vor, um eine so wunderbare Frau zur letzten Ruhe zu legen.

Als die Grube groß und tief genug war, stieg Frau Dönhof durch die Schneewehen, um zu Herrn Jäger zu gelangen, der ein Gebet über Gretas Leichnam sprach. Als die Männer die Erde über das Grab schaufelten, nahm Frau Dönhof die Mädchen mit nach drinnen, aber Elisabeth und Hans blieben draußen. Als Herr Zweig, Karl und Juri fertig waren, überließen sie die beiden ihrer schweigenden Trauer.

„Ich kann es nicht ertragen, sie allein hier zurückzulassen", meinte Hans.

„Ich auch nicht." Und so blieben sie noch eine Weile länger und starrten auf den kleinen Grabhügel in einem kalten Wind, der sie nicht mehr betäuben konnte, als es der Anblick der frischen Erde vor ihnen vermocht hatte. Sie hätten sich noch lange nicht von der Stelle gerührt, wenn nicht Karl zurückgekommen wäre, seine Arme um Elisabeths Hüfte und Hans' Schultern gelegt und sie sachte zurück in die Isba geführt hätte.

Juri wollte seinen Gästen etwas mitteilen, und so übersetzte Karl seine Worte: „Das hier ist heiliger Boden. Auch wenn ihr das nicht gewusst habt und man es nicht sehen kann, Greta ist neben Juris lieber Frau begraben."

Elisabeth atmete schwer. Sie war tief bewegt.

Nach Gretas Begräbnis ließ die Kraft des Winters langsam nach. Die Schneedecke über dem Land schmolz. Knarrende, ächzende Laute hallten von der Twersta wider, als das Eis zu krachen und brechen begann. Die Alltagsroutine, die wieder eingekehrt war, wurde nur von Herrn Zweigs häufigen Besuchen, meist zur Essenszeit, unterbrochen.

„Du hast den Weg zu Herrn Zweigs Herzen gefunden – durch seinen Magen", neckte Karl Frau Dönhof.

„Papperlapapp!", erwiderte Frau Dönhof barsch, während sie einen Eintopf mit Rehfleisch aus dem Ofen nahm. „Ich werde doch keinen Mann nehmen, der mich nur wegen meiner Kochkünste haben will."

„Und was ist mit Juri?", fragte Karl weiter. „Er ist in letzter Zeit auffällig oft im Haus geblieben. Es scheint, als könne er seine Blicke nicht von dir abwenden."

Sie drückte ihm heftig einen Eimer gegen den Bauch. „Mach dich lieber nützlich und hol mir einen Eimer Schnee von draußen!"

Als Elisabeth an diesem Abend nach dem Essen abwusch, bemerkte sie, wie Frau Dönhof und Herr Zweig sich leise unterhielten. Frau Dönhofs Gesicht war leicht gerötet.

Elisabeth wischte den letzten Teller aus und wandte sich an Karl. „Schau, wie sie lächelt! Sie sieht so viel jünger aus."

„Sie ist gar nicht viel älter als du. Da siehst du, was ein bisschen Aufmerksamkeit bewirken kann."

„Aufmerksamkeit? Dann muss ich ja so aussehen, als sei ich zweihundert Jahre alt." Elisabeth entfernte sich von Karl und ging auf die andere Seite des Raumes. Sie wusste nicht, warum sie ihm gegenüber so schnippisch war. Wenn sie ehrlich war, musste sie sich eingestehen, dass sie ein wenig eifersüchtig auf Frau Dönhof war, weil Juri und Herr Zweig ihr so viel Aufmerksamkeit schenkten. Wenn doch nur Karl ... Aber sie wollte diesen Gedanken nicht zu Ende denken. Frau Dönhof hatte ein schroffes Naturell, aber je mehr man sie bewunderte, desto weicher wurde sie.

Eines Tages kam Herr Zweig mit der Nachricht, auf die sie alle so lange gewartet hatten. „Wir sollen unsere Sachen packen und uns für die Abreise zu den Siedlungen morgen früh bereithalten."

Karls Gesicht zeigte Erstaunen. „Der Fluss ist aber noch nicht aufgetaut."

„Wir werden auch nicht mit dem Schiff reisen. Unsere Route an die Wolga führt per Wagen über Land."

„Aber der Boden ist noch immer mit einer einen halben Meter hohen Schneeschicht bedeckt!", protestierte Frau Dönhof.

„Wir werden Kufen an unsere Wagen montieren. Die russische Armee stellt uns Pferde zur Verfügung, die die Schlitten ziehen."

So sehr Elisabeth auch eine Bootsfahrt fürchtete, war die Aussicht, über Schnee zu fahren, auch nicht viel besser. Wie leicht konnte ein Wagen auf dem rutschigen Boden umkippen! Sie erinnerte sich noch lebhaft an Herrn Pfeiffers tragischen Tod. „Warum reisen wir denn über Land und nicht per Schiff?", fragte sie.

Herr Zweig lächelte bitter. „Man will uns so schnell wie möglich loswerden. Außerdem habe ich gehört, dass es nicht genug Segelschiffe gibt, die sie uns herschicken können. Wir werden aber auf ein Schiff umsteigen, sobald wir an der Wolga angelangt sind."

An diesem Tag wich Juri kaum von Frau Dönhofs Seite. Elisabeth ertappte Frau Dönhof sogar dabei, wie sie lächelte und über etwas lachte, das Juri sagte. Doch am nächsten Morgen sah sie umso schlechter aus, als sie sich von Juri verabschieden musste.

Karl hatte zunächst vorgehabt, Sneg mitzunehmen, aber dann beschloss er, das arme Tier hier zu lassen. Es hatte genug mitgemacht. „Ich bin froh, dass ich doch noch einen passenden Namen für dich finden konnte", sagte er zu dem Schimmel.

„Juri ist ein netter Mensch. Er wird sich gut um dich kümmern." Karl umarmte den Hals des Pferdes. „Danke für alles, Sneg."

Das Pferd wieherte zum Abschied.

Torschok zu verlassen fiel Elisabeth schwerer, als sie gedacht hatte. Zum letzten Mal schlenderte sie zu dem kleinen Schneehügel, der über dem Grab ihrer Freundin entstanden war. Juri und Karl folgten ihr. Juri nahm ihren Arm und sprach einige herzliche Worte, die Karl übersetzte.

„Er sagt, dass er dafür sorgen wird, dass Blumen auf den Gräbern gepflanzt werden; auf Tanjas und Gretas Grab. Er wird sich gut um sie kümmern."

Elisabeth wandte sich an Juri. „Du bist ein guter Mann. Bol'shoe spasibo. Vielen Dank."

Raschko und Juri halfen dabei, die letzten Sachen auf den bereits überfüllten Wagen aufzuladen.

„Auf Wiedersehen! Dos Vedanja!", rief Hans Raschko immer und immer wieder zu. Elisabeth war froh, dass er so gut gelaunt war, aber trotzdem machte sie sich Sorgen um ihn. Seit dem Tod seiner Mutter hatte Hans weder geweint noch Greta mit einer einzigen Silbe erwähnt. „Gott befohlen! Dos Vedanja!", rief er noch einmal.

Als Torschok außer Sichtweite war, schlug Hans mit der Faust wiederholt gegen die Seitenwand des Wagens.

„Hör auf damit!", befahl ihm Karl. Den Rest des Tages war Hans schweigsam. Anna und Frau Dönhof waren ebenfalls in ihre eigenen Gedanken versunken. Elisabeth hielt die kleine Marie auf dem Arm, froh darüber, dass sie Frau Dönhof den Säugling einmal abnehmen konnte. Drei Kinder! Was für eine Verantwortung! Elisabeth schloss die Augen und hörte dem kratzenden Geräusch der großen, flachen Holzkufen auf dem eisigen Boden zu. Sie waren sehr lang und bewegten das Fuhrwerk genauso schwerfällig wie vorher die Räder, aber zumindest taten sie ihren Dienst auf dem schneebedeckten Weg.

Karl streicelte ihren Arm. „Keine Sorge. Wir werden es schaffen. Du wirst schon sehen." Der Schlitten glitt über eine Bodenunebenheit, sodass das Gefährt gefährlich schwankte. Karl griff nach Hans und Anna und hielt sie fest, damit sie nicht herausfielen.

„Wir fahren viel zu schnell!", beschwerte sich Frau Dönhof. „Sag ihnen, sie sollen das Tempo drosseln, oder wir kommen hier noch alle um."

Elisabeth nickte stumm.

„Wir werden schon nicht umkippen", lachte Karl. „Nicht, solange ich für diese Familie verantwortlich bin." Elisabeth sah ihm zu, wie er auf die Kinder aufpasste, als sie erneut durch eine Bodenwelle fuhren. Wider besseres Wissen vertraute sie Karl. Solange er bei ihnen war, würde alles gut gehen.

18

Karl biss sich auf die Lippen. Was sollte ein Mann noch alles ertragen? Juri und er hatten genug erjagt, um ihren beiden Familien Fleisch für die kommenden Monate zu besorgen, was eine besondere Freude darstellte. Er hatte gedacht, gut für seine Familie vorgesorgt zu haben, doch der tägliche Überlebenskampf und die beständige Nähe der Menschen um ihn her zehrte allmählich an seiner Geduld. Karl wusste, dass er ein Egoist war, aber er hatte bisher nicht gewusst, wie sehr. Wäre da nicht die ständige Präsenz der russischen Soldaten gewesen, die ihn dazu veranlassten, sein Versprechen zu halten, hätte er die Gruppe schon wenige Tage nach ihrer Abreise aus Torschok verlassen.

Ihr Schlitten hüpfte auf dem Weg hin und her, rüttelte ihn durch und erschütterte ihm Mark und Bein. Die Passagiere schnatterten und lamentierten, ohne dass er einen Moment Zeit gehabt hätte, seinen eigenen Gedanken nachzuhängen. Am schlimmsten war Herbert, ein Mann, der erst in allerletzter Minute zu ihnen gestoßen war und nun mit ihnen reisen sollte. Als

Karl in seine Richtung schaute, nahm Herbert die Gelegenheit wahr, ihn anzusprechen.

„Was für ein schöner Tag für eine Ausfahrt in einer unberührten Landschaft!"

„Schön? Sehen Sie nicht die drohenden Gewitterwolken über unseren Köpfen?", entgegnete Karl trotzig.

Herbert spähte in den Himmel, als ob er noch nie zuvor einen solchen Anblick gesehen hätte. „Oh ja, doch. Es ist wirklich ein wunderschöner Tag."

Hans meinte: „Der kalte Wind geht mir durch bis auf die Knochen."

„Ja, ja, aber der Wind erfrischt auch die Seele", erwiderte Herbert.

Karl verdrehte die Augen. Gab es irgendetwas, das Herbert je aus der Fassung bringen konnte? Wenn es schneite, sagte er, das sei gut für die Bäume. Wenn wilde Tiere sich nachts über die Essensvorräte hermachten, war Herbert dankbar dafür, dass die armen Tiere so den Winter überstehen konnten. Karl fragte sich allmählich, ob der Mann noch ganz richtig im Kopf war.

Er blickte zu Elisabeth hinüber. Sie hielt Marie auf dem Arm, tröstete abwechselnd Hans und Anna, die ständig miteinander stritten, und bemühte sich außerdem noch, Hans davon abzuhalten, aufzustehen und aus dem Gefährt zu springen. Frau Dönhof saß neben ihr und döste vor sich hin. Karl fragte sich, woher Elisabeth ihre Kraft nahm. Nie erhob sie die Stimme und sie tat immer das, was gerade zu erledigen war. Sie ertappte ihn dabei, wie er sie anstarrte, und schenkte ihm ein kurzes Lächeln. Ihre Beziehung hatte sich zwar etwas verbessert, aber er fühlte sich immer angespannt, wenn er in ihrer Nähe war. Plötzlich ertönte ein gurgelndes Quäken aus dem Innern der Decke in Elisabeths Armen, wodurch Frau Dönhof aufwachte.

„Marie muss gestillt werden", meinte Elisabeth. Karl nahm ihr Marie ab und übergab sie einer Frau, die an der Hinterwand des Wagens lehnte. Die Frau gab ihren eigenen Säugling Karl, der das zappelnde Bündel unverzüglich an Frau Dönhof weiterreichte.

„Vielen Dank nochmals, Frau Kregel, dass Sie Marie stillen", sagte Elisabeth zu der Frau. „Ohne Ihre Hilfe würde sie wahrscheinlich nicht überleben. Das bisschen Hirsebrei, das ich ihr geben kann, reicht nicht aus."

„Ich freue mich, dass ich helfen kann."

Frau Dönhof schnitt Grimassen und schnalzte mit der Zunge, während sie auf das Kregel-Baby einredete. „Na, na, mein Herzchen! Was bist du nur für eine süße Kleine!" Und es sah so aus, als meinte die Frau es genauso, wie sie es sagte.

Karl verlor die Geduld. „Ich werde mir ein bisschen die Beine vertreten." Hans blickte ihn erwartungsvoll an. Karl hätte lieber Elisabeth gefragt, ob sie ihn begleiten wollte, aber als er Hans' Blick sah, sagte er: „In Ordnung, Hans! Du kannst mitkommen." Elisabeths Gesicht erhellte ein kleines Lächeln, und er fügte hinzu: „Wenn Anna gerade ihr Schläfchen macht, kannst du auch mitkommen."

„Ich passe schon auf Anna auf", erklärte Frau Dönhof. „Geht ruhig und vertretet euch die Beine."

Elisabeths Gesicht hellte sich weiter auf. Karl wusste, dass sie genauso froh war, den Wagen verlassen zu können, wie er. Trotz ihrer Meinungsverschiedenheiten in anderen Dingen waren sie sich auch sehr ähnlich.

Als der Schlitten an einer Wegbiegung ein bisschen langsamer fuhr, kletterten die drei herunter und warteten, bis die übrigen Schlitten vorbeigefahren waren, damit sie in den Furchen laufen konnten, die diese gezogen hatten. Elisabeth fühlte sich gleich viel wohler, sobald ihre Beine auf festem Boden standen.

„Herr Ebel, schauen Sie mal!", schrie Hans. Er rannte zwischen den Schneewehen hin und her und ließ sich in die tiefsten hineinfallen.

„Woher hat er nur diese Energie?", wunderte sich Elisabeth.

Karl lächelte. „Er ist eben ein Junge. Ich war in dem Alter genauso. Die Welt war für mich ein riesiger Spielplatz und ich konnte es nicht erwarten, ihn zu erkunden."

„Und was hast du erkundet?", hakte Elisabeth nach.

„Meistens das Schloss meines Vaters." Karl grinste Elisabeth an.

„Das ist nicht dein Ernst, oder?"

Er zuckte mit den Schultern.

„Bist du etwa ein Prinz oder irgendein anderer hoher Adliger?"

„Mein Vater war ein Herzog. Sein Schloss war zwar nicht groß, aber es war voller Schwerter, Spinnen und geheimer Gänge."

„Geheimgänge? Jetzt übertreibst du aber!"

„Ein Gang verband das Schlafgemach meines Vaters mit der Hintertreppe. Ein weiterer Gang führte vom Hauptkorridor zum Musikzimmer. Ich glaube, ich habe zehn verschiedene Gänge ausfindig gemacht." Karl nahm eine Handvoll Schnee auf und formte ihn zu einer Kugel.

Elisabeth stand eine Minute lang sprachlos da. „Hat sich in deiner Familie denn niemand darüber beschwert, dass du die ganze Zeit von einem Zimmer ins andere geschlüpft bist?", fragte sie.

„Das hätte meine Familie sicherlich getan, wenn sie mich dabei beobachtet hätte. Ich war aber meinem Vater nur eine Last, und so nahm niemand besondere Notiz von mir. Alle waren viel zu beschäftigt mit den zwei jüngeren Kindern meines Vaters."

Elisabeth fragte sich, was Karls Vater wohl gegen ihn gehabt haben mochte, aber sie hielt es für klüger, ihn nicht danach zu fragen. „Was war mit deiner Mutter? Sie hat sich doch sicherlich um dich gekümmert?"

„Das hat sie versucht, aber es hat nicht immer geklappt. Außerdem war sie die meiste Zeit über gar nicht bei mir." Karl bewarf Hans mit dem Schneeball, der vor Vergnügen jaulte und anfing, eine größere Schneekugel zu formen, als er halten konnte, und Karl damit zu treffen.

Elisabeth wollte sich gerade ducken, doch da war der Schneeball schon gelandet, ohne dass er in ihre Nähe gekommen war. „Ich bin mit vier Brüdern in einem Haus mit drei Zimmern aufgewachsen. Bei uns gab es immer Radau und Rangeleien, und oft kam ich nicht einmal zum Nachdenken. Aber trotz all unserer Streitereien haben wir viel gelacht. Mein Vater hat schon dafür gesorgt."

Elisabeth versuchte, sich nicht anmerken zu lassen, wie sehr Karls Enthüllungen sie getroffen hatten. Sie hatte beinahe vermutet, dass er aus einer höheren sozialen Schicht kam, aber sie hätte es sich nie träumen lassen, dass er einer französischen Adelsfamilie entstammte. Obwohl sie sich bemühte, nach außen hin ruhig zu bleiben, schrie ihr Innerstes: „Ich habe einen Adligen geheiratet!"

Karl rannte Hans hinterher, um ihm sein Gesicht mit Schnee abzureiben. Sie lachten und tollten und wurden mit jeder Minute nasser. Elisabeth konnte nicht umhin, sich einzugestehen, dass Karl einen sehr guten Vater für Hans abgeben würde, wenn nur ...

„Passt nur auf, dass ihr euch nicht ganz durchnässt! Es ist nicht leicht, sich dann wieder aufzuwärmen", rief sie ihnen nach. Karl deutete an, dass er sie gehört hatte, rollte sich aber weiter im Schnee herum. Als er aufstand, war er ganz in Weiß gehüllt. Hans machte es ihm nach, und Elisabeth warf ihre Hände verzweifelt in die Höhe, aber insgeheim musste sie selber lachen.

Als die beiden vom Spielen im Schnee müde waren, liefen sie zu Elisabeth zurück.

„Du hattest wirklich vier Brüder?", fragte Hans, als Elisabeth versuchte, ihm den Schnee abzuklopfen.

Elisabeth zog ihre Augenbrauen hoch. „Jawohl, die hatte ich."

„Was machen sie denn jetzt?"

Elisabeth schnaufte vor Anstrengung. „Das weiß ich nicht. Der Fürst unseres Landes hat sie alle geholt, als sie zwölf Jahre alt wurden. Sie sollten Krieg für ihn führen."

„Ich werde auch einmal Soldat!", verkündete Hans.

„Du würdest sicher einen guten Soldaten abgeben", bekräftigte Karl. Diese Worte versetzten Elisabeth einen heftigen Stich in der Brust.

„Nein! Du weißt nicht, was du da sagst. Du bleibst in Russland. Hier wird man dich nicht dazu zwingen, für einen Fürsten in den Kampf zu ziehen. Kein Deutscher soll in den Armeen Russlands dienen müssen, das hat man uns zugesichert. Meine Brüder wurden uns weggenommen, und wir haben nie wieder etwas von ihnen gehört. Ich habe erlebt, wie meiner Mutter die Söhne weggenommen wurden. Jedes Mal ist ein Stück von ihr gestorben."

„Er spricht doch nur von dem Traum eines kleinen Jungen, siegreich zu sein, und nicht von der traurigen Realität des Krieges", erklärte ihr Karl. „Lass ihn doch träumen! Er ist hier bei uns sicher aufgehoben."

Elisabeth nickte. Karl strich ihr über die Schulter, um sie zu beruhigen. Sie beobachtete, wie Hans einen langen Stecken aus dem Schnee zog. „Schaut nur!", rief er und hielt seine Trophäe in die Höhe. Alles, was Elisabeth sehen konnte, war ein vereister Stab, doch Karl meinte: „Das gibt einen guten Wanderstock."

In diesem Moment tauchte Sergei auf seinem Pferd vor ihnen auf. Er war von der vorderen Wagenreihe zurückgeritten. „Ich weiß, was ihr tut! Wieder flüchten, wieder weglaufen!"

Karl grummelte: *„Quel stupide!* Was für ein Idiot!"

Elisabeth versuchte, ein Lächeln zu unterdrücken. Hans ergriff ihre beiden Hände.

„Sie dies Mal nicht von mir fliehen!", bellte Sergei. Er hatte nicht die volle Gewalt über sein Tier. Anstatt das Pferd so an die Kandare zu nehmen, dass es anhielt, bewegte es sich immer weiter auf sie zu, als erkenne es nicht die Gefahr, die es für sie darstellte.

Karl trat sofort vor Elisabeth und schob Hans an ihre Seite. „Sie haben uns erwischt! Sie sind zu intelligent für uns."

Sergei grinste sie an, aber er bekam nun sein Pferd in den Griff. „Meine Augen beobachten euch immer. Vergesst nicht das!“ Der Schlitten vor ihnen hielt an, und Sergeis Pferd bäumte sich. Er fiel in den Schnee.

Hans musste lauthals lachen. Elisabeth versuchte, Hans zum Schweigen zu bringen und ihr eigenes Lächeln zu verbergen, als Sergei sich mühsam aufrappelte.

„Was ist passiert, dass die Schlitten anhalten?“, fragte Karl und biss sich auf die Lippen, um ein Lächeln zu verbergen, aber Elisabeth bemerkte Karls Belustigung sehr wohl. „Warum klettert ihr nicht zurück in den Schlitten, während ich in Erfahrung bringe, was vorgefallen ist?“

Sie eilten an Sergei vorbei nach vorne zum Treck. Elisabeths Magen verkrampfte sich, obwohl sie sich anstrengte, sich das komische Bild von Sergei im Schnee einzuprägen. Jedes Mal, wenn der Tross tagsüber anhielt, bedeutete das etwas Schlimmes.

Sobald Elisabeth und Hans sicher im Schlitten saßen, schloss Karl zu einer Gruppe von Männern auf, die sich abmühten, eine große, ungelenke Schlittenkufe freizubekommen, die in einer Schneewehe feststeckte.

„Wenigstens ist der Schlitten nicht den Hang hinuntergerutscht wie der Wagen vor zwei Tagen“, meinte Herbert.

„Es hat nicht jeder unglückliche Vorfall auch eine gute Seite, Herbert“, meinte ein anderer Mann gereizt. „Behalt deine dummen Sprüche für dich.“ Er beugte sich vor, um weiterzugraben. Karl fand es interessant, dass Herbert mit seiner oberflächlichen Fröhlichkeit auch einigen der anderen Reisenden auf die Nerven fiel.

„Tag für Tag dasselbe! Die Schlitten bleiben stecken und wir müssen graben!“, beklagte sich ein anderer Mann. „Wie viele Tage dauert es noch, bis wir an den Fluss gelangen?“ Keiner antwortete. Sie schaufelten weiter.

Für Karl war das kein Problem. Die Lage war nicht lebensbedrohlich und er hatte es nicht eilig. Er hatte eine Vereinbarung mit Elisabeth, und die musste er sowieso halten. Ihm war es egal, ob sie ihr Ziel heute erreichten oder morgen.

Herbert meinte: „Es ist gut, dass wir frühzeitig zu dieser Reise aufgebrochen sind, trotz dieser kleinen Sorgen und Nöte. Vielleicht werden wir das Siedlungsgebiet so noch rechtzeitig zur Frühlingsaussaat erreichen."

Nachdem sie an diesem Abend das Lager aufgeschlagen und gegessen hatten, schloss sich Elisabeth Karl zu einem Spaziergang an, als er erwähnte, dass er sich eine Weile von der Menge entfernen müsse. Elisabeth empfand genauso. „Es wird schön sein, wenn wir endlich unser Zuhause in der Siedlung haben. Wir können ja ein paar Geheimgänge in unser Haus einbauen", witzelte sie. „Im Ernst: Hattest du denn keine Angst so allein in diesen kalten, dunklen Gängen?"

„Ich war ja gar nicht allein. Spinnen und Mäuse leisteten mir Gesellschaft."

Elisabeth schüttelte es.

„In der Tat waren die Gänge hinter den Schlossmauern mein Geheimnis – mein alleiniges Reich. Hier war ich *le roi* – der König. Niemand verachtete mich. Hinter den Mauern des Schlosses war ich frei und konnte überall hingehen. Ich konnte alles erkunden, was mich interessierte. Ich fand aber auch einige Dinge dabei heraus, von denen ich wünschte, dass ich sie nicht in Erfahrung gebracht hätte."

„Ich bedauere, dass meine Worte bei dir schlechte Erinnerungen wecken."

„Du hast ein Recht, das zu erfahren, da du ja jetzt rechtmäßig meine Frau bist." Er holte tief Luft. „Ich habe gehört, was die Bediensteten sich über mich und meine Eltern erzählten. Als mein Vater erfuhr, dass meine Mutter Jüdin war, ließ er die Ehe für ungültig erklären. Zum Leidwesen meiner Mutter war ich bereits empfangen. So bin ich also nicht nur ein Jude, sondern durch die Annullierung der Ehe obendrein noch ein uneheliches Kind – der uneheliche Sohn eines Herzogs." Er sagte es gleichmütig, so als rede er über das Wetter.

Elisabeth schritt in forschem Tempo voran. Karl war zwar ein Adeliger, aber es gab viele Gründe dafür, dass die Menschen auf ihn herabschauten und ihn verachteten. Das hätte Elisabeth nie vermutet.

„Herr", betete sie leise, „heile Karls Wunden, die er zu verbergen versucht. Es ist immer noch etwas von dem kleinen Jungen in ihm, der von seinem Vater beachtet werden will. Sei du sein wahrer Vater!"

Der nächste Tag war so wie all die anderen Tage. Am Nachmittag blieb noch ein Schlitten stecken, und die Männer gaben alles, um ihn frei zu bekommen. Anna und Marie ruhten friedlich in Frau Dönhofs Schoß. Elisabeth sah zu, wie Frau Dönhof Annas goldenes Haar glatt strich. Frau Dönhof sah das Kind an wie einen außergewöhnlichen Schatz.

„Du sorgst so gut für sie", meinte Elisabeth.

Frau Dönhof lächelte sie zaghaft an. „Ich sorge nicht besser für sie, als du für Hans sorgst."

Die Männer arbeiteten weiter, bis sie die Schlittenkufen freibekommen hatten. Dann kletterte jeder zurück in seinen Schlitten und der Treck setzte die Reise fort. Das Rütteln des Schlittens, als die Männer sich wieder Platz im Gefährt verschafften, weckte Anna und Elisabeth auf. Anna sah aus, als würde sie jeden Moment anfangen zu weinen.

„Anna, möchtest du uns nicht eine Geschichte erzählen?", fragte Elisabeth.

„Nein! Mein Kopf tut weh!"

Frau Dönhof fühlte Annas Stirn. „Kein Fieber."

„Ich kann aber jetzt keine Geschichte erzählen", wiederholte Anna.

„Dann werde ich eine erzählen", warf Hans ein. „Es war da mal ein Schloss, in dem ein kleines Mädchen lebte …"

„Du erzählst das ganz falsch!", verbesserte ihn Anna.

„Und in einem anderen Schloss lebte ein Junge, der gerne eine Krone trug", fuhr Hans fort.

„Du erzählst das ganz falsch!", beklagte Anna sich wieder.

„Dann erzähl du es doch!", sagte er. Er klopfte mit seinem Wanderstock auf den Boden, den er jetzt immer bei sich hatte.

„Das werde ich auch." Anna holte tief Luft. „Erstens musst du deine Geschichte richtig beginnen. Die deutschen Lande haben große Geschichtenerzähler. Mein Vater hat gesagt, dass eine gute Geschichte immer mit ‚Es war einmal …' beginnen muss."

Elisabeth betrachtete eingehend den Wald um sie her, der dicht mit Hartholzbäumen bewachsen war, Wildkirschen und Erlen. Sie hörte Anna nur mit einem Ohr zu. Sie hatte diese Geschiche schon viele Male gehört. Es war eine der Lieblingsgeschichten des Kindes. Sie fuhr durch Hans' zerzauste Haare. Das war ihre Art, sich bei ihm dafür zu bedanken, dass er Anna ablenkte. Er schüttelte ihre Hand ab und hörte der Geschichte mit Genuss zu. Karl und Elisabeth saßen nebeneinander, ohne zu reden, während Anna erzählte und erzählte.

In dem Moment, als sie geendet hatte, stand Hans auf. „Können wir jetzt ein bisschen laufen?"

Karl schüttelte verneinend den Kopf.

„Warum ni…?" Er hielt inne und deutete vor sich auf eine Lichtung in dem dichten Wald.

„Was gibt es denn da?"

„Ich sehe gar nichts", meinte Anna, die angestrengt in die Gegend spähte.

„Setz dich!", befahl Elisabeth.

„Da ist der Fluss! Ich sehe den Fluss!" Elisabeths und Karls Blicke trafen sich. Der Fluss? Waren sie wirklich schon an der Wolga? Karl stand wie alle anderen um ihn herum auf.

„Ja, da hinten ist tatsächlich der Fluss zu sehen!", bestätigte Karl. „Wir sind beinahe dort!" Ein großes Hurrageschrei erhob sich aus ihrem Schlitten, und alle fingen an, zu singen und zu rufen. Keiner konnte seine überschwängliche Freude für sich behalten. Karl ergriff Elisabeths Hand und drückte sie. Elisabeths Herz machte vor Freude einen Sprung. Sie wünschte, dieser Augenblick würde nie enden.

19

Der Fuhrwagen ächzte und knarrte, als er sich seinen Weg über das unebene Gelände suchte. Hans fragte zum wiederholten Mal: „Sind wir endlich da?“ Elisabeth strich ihm über den Rücken. „Der Fluss sah näher aus, als er wirklich ist.“ Die Wagen mussten auf ihrem Weg zum Fluss einige sumpfige Landsenken umfahren, was dazu führte, dass sie beträchtlich langsamer vorankamen als erwartet.

„Das hast du gestern auch schon gesagt!“ Hans reckte sich, so hoch er konnte, um das Wasser in der Ferne zu sehen. „Du hast gesagt, dass wir nicht noch eine Nacht in den Wäldern verbringen müssen, sondern den Fluss heute erreichen, nicht wahr?“

„Der Fluss ist gleich hinter der nächsten Erhebung“, munterte Karl Hans auf. Elisabeth hoffte nur, dass das auch stimmte. Als sie endlich den Fluss vor sich hatten, trafen sie auf immer mehr Stellen, wo der Schnee schon fast vollständig geschmolzen war. Noch vor Einbruch der Nacht musste ein Lager errichtet und die Kufen von den Fuhrwerken entfernt und durch große, wuchtige Wagenräder ersetzt werden. Als sie am darauffolgenden Morgen die Reise fortsetzten, sackten die Räder immer wieder in dem matschigen Untergrund ein, und sie mussten noch häufiger anhalten als zuvor. Elisabeth fragte sich allmählich, ob es nicht besser gewesen wäre, gleich zu Fuß zu gehen.

Frau Dönhof reckte sich nach vorne. Dabei hielt sie Marie fest und hatte einen Arm um Anna gelegt. Während die anderen es kaum erwarten konnten, den Fluss zu erreichen, war Elisabeth gar nicht so erpicht darauf, ans Ziel zu kommen. Sie hatte Angst vor einer weiteren Fahrt auf einem Segelschiff, auch wenn ihr alle versicherten, wie spannend und aufregend diese Überfahrt werden würde. Als die Fuhrwerke die letzte Anhöhe passiert hatten, eröffnete sich vor ihnen der Blick auf die gewaltige, wasserreiche Wolga, den berühmten russischen Fluss, dessen zahlreiche Arme und Nebenarme sich einer Spinne gleich über die russische Steppe ausbreiteten.

„Wir haben es geschafft!", rief Frau Neussle so laut, dass Elisabeth aufschreckte.

„Endlich kommen wir aus diesen Wagen heraus!", rief Frau Kessler. Überall hörte man lautes Lachen und fröhliches Stimmengewirr aus den Fuhrwerken, so als sei das Erreichen des Flusses bereits das Ende ihrer langen Reise. Elisabeth fühlte keine große Freude. Ein ungutes Gefühl beschlich sie, obwohl sie nicht in Worte fassen konnte, was genau sie so sehr fürchtete.

„Aber die Wolga ist immer noch gefroren!", meinte Hans.

In der Mitte des Flusses befand sich ein einsamer Schoner. Offensichtlich war er durch das winterliche Eis an dieser Stelle festgefroren und schien nun in seiner Reglosigkeit ein Mahnmal darzustellen, das vor den Härten und Gefahren des russischen Winters warnen sollte. Der Schiffsrumpf war an einer Seite eingedrückt, und die verbleibenden Teile schaukelten auf und ab, als wären sie mitten auf dem Fluss vertäut. Elisabeths Herz krampfte sich zusammen. Ihr Schoner trieb inmitten von Eisschollen im Wasser am Ufer.

„Können wir nicht einen anderen Weg nehmen? Das Eis schlägt uns noch ein Leck ins Schiff!", bemerkte Hans.

„Diese Eisschollen sind kleiner als Frau Dönhofs Suppentopf!", beruhigte ihn Karl und fasste dabei sanft nach Elisabeths Arm, als wolle er auch sie ermutigen. „Ich werde mich mal erkundigen, wie wir am besten an Bord gehen." Elisabeth blickte Karl nach, der vom Wagen sprang und sich eilig der Schar Männer anschloss, die auf den Fluss zustapften.

Karl fand sich neben Herbert wieder, als die kleine Truppe auf den Beamten zumarschierte, der sie in der Nähe einer Ansammlung von Hütten erwartete.

„Einen guten Tag, Karl", sagte Herbert.

„Einen guten Tag?", frotzelte Karl. „Wie kann der Tag gut sein? Dieses kalte Wetter ist für die Weiterreise auf dem Boot doch schrecklich!"

Herbert lächelte. „Ganz im Gegenteil. Heute ist ein perfekter Tag. Riechst du nicht die frische, reine Luft? Sie belebt die Seele."

„Und was ist mit den Eisschollen auf dem Fluss?", fragte Karl.

„Wir müssen eben den Kapitän dazu bewegen, achtsam bei der Arbeit zu sein", entgegnete Herbert. „Ein Kapitän muss jederzeit Zeit wachsam sein. Außerdem habe ich noch keinen Eisbrocken gesehen, der größer war als mein Hut."

Herr Kessler hatte sie eingeholt. „Ich habe gerade von einem Soldaten gehört, dass viele Boote den Winter über in der Wolga festgefroren sind. Einige davon sind ruiniert."

„Die Russen haben wahrscheinlich bis zum letzten Moment Einwanderer befördert", erklärte Karl. „Vielleicht sind die Schiffe deshalb jetzt so knapp."

Herr Zweig schloss sich ihnen an. Karl fragte ihn: „Wie lange dauert es noch, bis wir an Bord gehen können?"

„Wir haben Glück", meinte Herr Zweig, „Wir sind den Russen lästig. Sie wollen uns so schnell wie möglich loswerden, so wie wir uns wünschen, die Siedlung so schnell wie möglich zu erreichen."

„Jetzt, wo sich unser Traum beinahe erfüllt hat, beneide ich dich, Karl", erklärte Herbert. Karl war überrascht über Herberts Andeutung, dass etwas in seinem Leben nicht vollkommen sein könnte.

Herr Zweig räusperte sich. „Ja, er ist mit der schönsten Frau in dieser Gruppe und drei gesunden Kindern gesegnet. Was könnte sich ein Mann sonst noch wünschen?" Dann richtete er seine Aufmerksamkeit auf die Unterhaltung einer anderen Gruppe in seiner Nähe.

Herbert senkte die Stimme, sodass nur Karl ihn hören konnte. „Ich betrachte dich als glücklichen Menschen, weil du genau weißt, wie du ins Land gelangst und wie du heil wieder herauskommst, wann immer es dir beliebt. Würde ich das probieren, hätte sogleich mein letztes Stündlein geschlagen und ich wäre mausetot wie Herr Schmidt."

„Herr Schmidt? Er ist doch in Torschok am Fieber gestorben?“

Herbert nickte. „Das ist die Geschichte, die man sich erzählt. Ich wohnte mit ihm bei russischen Bauern in ihrer Hütte. Unsere Wirte waren schlimmer als die Wölfe, und Herr Schmidt hat es nicht mehr ausgehalten. Ihn hat das ‚Fluchtfieber‘ gepackt. Er hat versucht zu entkommen, aber man hat ihn kaltblütig erschossen wie ein Stück Vieh.“

Karl legte Herbert eine Hand auf die Schulter, und sie wandten sich von der Gruppe ab, damit niemand sie hörte. „Hör zu. Ich bin ein glücklich verheirateter Mann. Ich werde meine Familie nicht verlassen. Aber ich verrate dir eines: Wenn mir doch einmal der Gedanke käme zu flüchten, würde ich mich über einen Gefährten freuen, der mir vorher schon anvertraut hat, dass er mit der Situation nicht zufrieden ist – einen Gefährten, der schlau und schnell ist.“

Herbert lächelte. „Aber wie du schon sagst, du wirst nicht fliehen, und ich werde auch nicht fliehen. Wir werden zusammen mit unserem Nachbarn Herrn Zweig noch alt und kugelrund werden.“

„Was redet ihr da gerade?“, fragte Herr Zweig.

„Wir haben nur Ihren gesunden Appetit gelobt“, erklärte Karl.

„Aber ja! Ich weiß eben gute Küche zu schätzen ...“, sagte Herr Zweig und strich sich über seinen runden Bauch. „Oh, da ist der Mann, der weiß, wie es weitergeht. Karl, kommen Sie, sprechen Sie mit ihm.“

Karl trat vor. Er fing an, dem Verwalter auf Russisch ihr Anliegen vorzutragen, aber im Geiste dachte er noch über die Worte nach, die er gerade gehört hatte. Herbert stellte sich anders dar, als er wirklich war. Der Mann war schlau und anscheinend auch bereit, einiges aufs Spiel zu setzen. Aber konnte Karl ihm trauen? Das käme ihm gelegen.

Als Karl sich wieder an Elisabeths Seite gesellte, machte sie einen äußerst besorgten Eindruck. „Man wird doch wohl nicht von uns verlangen, dass wir in diese Boote steigen, bevor das Eis ganz geschmolzen ist? Was, wenn wir kentern?"

„Wir haben da leider nichts zu sagen. Wir sind von der Gnade der Russen abhängig." Als Elisabeth ihre Schüsseln aus ihrem Bündel hervorgekramt hatte, goss er sich in eine davon heißen Sbiten – das Getränk, das hier üblich war und dessen Zubereitung Juri Frau Dönhof beigebracht hatte. „Morgen Vormittag beginnen wir mit dem Einladen." Karl nahm danach einen Schluck von dem Honiggebräu, das er auf seinen früheren Reisen nach Russland kennengelernt hatte und das ihm ausgezeichnet schmeckte. Doch entgegen russischer Sitte trank er es gewöhnlich zu den Mahlzeiten, während die Russen Kwass bevorzugten.

Frau Dönhof teilte den Eintopf aus, den sie zubereitet hatte. „Die Schiffsreise wird nicht schlimmer sein, als hier weiter zu warten und irgendwann von den Wölfen aufgefressen zu werden."

„Hier gibt es Wölfe?", fragte Hans mit weit aufgerissenen Augen. Seine Hand umklammerte den Wanderstock.

„Ja", sagte Karl, „aber die sind harmlos. Bevor wir in Torschok ankamen, hatte mich ein Rudel Wölfe zwei Tage lang im Visier. Ihretwegen braucht man sich keine Sorgen zu machen."

Die Gruppe beendete die Mahlzeiten recht einsilbig. Jeder war mit seinen eigenen Gedanken beschäftigt.

Schließlich ergriff Karl das Wort. „Hans, der Raum auf unserem Schiff wird knapp sein." Sein Blick fiel auf den Stock des Jungen. „Du wirst den wohl einem anderen überlassen müssen." Hans machte keine Anstalten, sich von seinem Stock zu trennen.

Als Karl und die Frauen ihr Behelfsquartier errichteten und die Kinder schlafen legten, sagte Elisabeth zu Karl: „Erzähl Hans bitte keine Unwahrheiten. Er muss über die Gefahren der Steppe Bescheid wissen, sei es nun, dass es sich um Wölfe oder um andere Dinge handelt."

„Er muss aber nicht alles auf einmal erfahren. Und vor allem nicht vor dem Einschlafen."

Am nächsten Morgen, als Elisabeth an der Reihe war, in das Ruderboot einzusteigen, das sie zum Schiff bringen sollte, gelang ihr dieser Schritt nur mit äußerster Willenskraft.

„Du siehst aus wie eine entthronte Prinzessin, die ihrer Enthauptung entgegensieht", flüsterte Karl, als sie sich hinsetzte. Elisabeth fragte sich, ob er schon einmal eine Hinrichtung gesehen hatte. Anna und Hans saßen links und rechts von ihm. Frau Dönhof hatte neben Elisabeth Platz genommen und hielt Elisabeth fest.

Die Seeleute manövrierten das Boot zwischen den umhertreibenden Eisbrocken hindurch auf den Fluss hinaus. Eisiger Dampf stieg aus dem Wasser und umhüllte Elisabeth und zog ihr die Wärme aus jeder Pore ihres Körpers. Sie reckte ihr Kinn und konzentrierte sich darauf, das Ächzen des Bootes und das dumpfe Klirren des Eises gegen die Seitenwände zu überhören. Sie fühlte sich, als schließe sich ein Kreis. In Deutschland war sie nur knapp dem Tod entronnen und hatte das Land in einem Ruderboot verlassen. Nun begann die letzte Etappe ihrer Reise, und wiederum befand sie sich auf einem unsicheren Ruderboot. Sie musste an die Schulzes zurückdenken, die diese Reise das Leben gekostet hatte. Sie hoffte, dass ihr Traum nun bald Wirklichkeit werden würde und sie und die anderen Siedler ihr neues Zuhause erreichten.

„Diese da driftet geradewegs auf uns zu!", schrie Hans erschrocken. Elisabeth folgte seinem Blick. Sie sah eine große, scharfkantige Eisscholle, die mitten im von der Frühlingsschmelze angeschwollenen Fluss auf sie zuwirbelte. Die Scholle war bereits bedrohlich nahe. Elisabeths Hals schnürte sich zusammen. Die Seeleute hatten die Scholle anscheinend nicht gesehen, sie konzentrierten sich ganz aufs Rudern. Elisabeth packte Karl am Arm. Er hatte die Gefahr bereits erkannt.

„Ich kann nicht schwimmen!", sagte Elisabeth mit unsicherer Stimme. Karl sah sich um und griff nach dem Wanderstab, den Hans mit ins Boot geschmuggelt hatte. Mit ihm fing er den Eisbrocken ab und stieß ihn dann von der Seite des Bootes weg.

Ein Seemann bemerkte das und rief etwas auf Russisch. Zwei Ruderer unterstützten nun Karl dabei, das Eisstück am Boot vorbeizuleiten.

„Gut gemacht, Hans!“, lobte Karl. Hans setzte sich stolz aufrecht hin und heftete seine Augen weiter auf das Wasser, um weitere Gefahren zu erkennen.

„Da ist noch eine!“ Elisabeth deutete hin, aber die Eisscholle stellte keine Bedrohung dar. „Da ist noch eine! Und da auch!“

Hans blickte mit stolzem Lächeln zu Elisabeth, die sich bei der Begeisterung des Kleinen ein Lächeln auf ihr Gesicht zwang. In Wirklichkeit drehte sich ihr der Magen um bei der ständig drohenden Gefahr im Wasser.

Als sie mit dem kleinen Ruderboot bei dem Schoner ankamen, der sie flussabwärts nach Saratow befördern sollte, fragte sich Elisabeth, wie sie jemals an Bord gelangen sollte, ohne in den Fluss zu fallen. Karl kletterte die Strickleiter hinter Hans und Elisabeth hoch, wobei er mit seinem Körper eine Art Barriere für die beiden darstellte für den Fall, dass sie ausrutschten. Beide schafften es aber ohne Zwischenfall an Deck. Karl stieg eilig wieder hinunter und band die kleine Marie an seinen Körper. Dann half er Anna und Frau Dönhof auf die gleiche Weise. Am Ende hatte Karl mehreren anderen Frauen und Kindern in das Segelschiff geholfen.

Elisabeth schaute ihm zu. Sie war stolz auf seinen Mut und seine Hilfsbereitschaft. Sie selbst konnte kaum mehr tun, als sich an die Reling zu lehnen und zu versuchen, Kraft zu sammeln und sich Mut zuzusprechen, die sie brauchen würde, wenn sie ans Ziel gelangen wollte. Sie fragte sich, warum sie auf diesem letzten Teil ihrer Reise nicht mehr so gespannt war wie vorher. Da sah sie plötzlich Herbert, der von einem anderen Ruderboot aus die Strickleiter zum Schoner hochkletterte. Gerade, als sein Fuß das schmale Boot verließ und er sich mit den Armen am Seil hochhangeln wollte, rutschte er weg und er ins Wasser. Von Panik ergriffen tauchte er unter, um drei Bootslängen entfernt wieder an der Oberfläche zu erscheinen.

„So helft ihm doch!“, waren die einzigen Worte, die Elisabeth herausbrachte. Alle auf dem Boot fingen an durcheinanderzuschreien.

„Das geht nicht. Das Wasser ist zu kalt“, sagte Karl ohne merkliches Gefühl.

„Kannst du ihm denn nicht helfen?“, fragte Elisabeth.

Karl lachte. Urplötzlich schien es Herbert gelungen zu sein, Herr seiner Panik zu werden und mit kräftigen Zügen zurück zum Schiff zu schwimmen, wobei er den umhertreibenden Eisschollen auswich. Karl zog ihn an Bord, und Elisabeth legte ihre Flickendecke um seine breiten Schultern.

„Was ist dir da nur eingefallen?“, fragte Karl in amüsiertem Ton. Elisabeth warf ihm einen wütenden Blick zu.

„Man muss eben alles mal ausprobiert haben.“ Herbert lachte lauthals, aber sein Gesichtsausdruck änderte sich schlagartig, als einige Soldaten auf ihn zustürmten. Er tat so, als sei er halbtot und hätte Todesängste ausgestanden. Elisabeth schüttelte den Kopf und wandte sich ab. Sie hatte Herbert für einen ehrlichen Mann gehalten. Stattdessen hatte er sich soeben – genau wie Karl – als geschickter Lügner entpuppt.

Karl empfand die Zeit an Bord als kaum erträglich. Tag für Tag gab es nichts zu sehen als den Fluss und die Wälder am Ufer. Manchmal sah man Klippen auf der einen Uferseite und flaches Land auf der anderen, manchmal nur flaches Land zu beiden Uferseiten. Teilweise war die Wolga so breit, dass man das Ufer überhaupt nicht erkennen konnte. Hin und wieder kamen sie an einer Siedlung, einem Dorf oder einer Stadt vorbei, aber die Landschaft war nicht annähernd so schön oder ansprechend, wie er sie von der Loire oder Seine in seinem Heimatland Frankreich her kannte. Immer wieder hielt der Kapitän an, um an Siedlungen Vorräte zu laden oder Reparaturen durchzuführen, wobei die Passagiere auf dem Schoner untätig warten mussten. Karl nahm an, dass der Kapitän wie schon die früheren ein habgieriger Mann war, der die Reise in die Länge zog, damit er mehr Proviant an die Reisenden verkaufen konnte. Karls einzige

Abwechslung von der alles beherrschenden Langeweile war die Zeit, die er mit Elisabeth, Hans und Herbert verbrachte, mit dem er sich immer mehr anfreundete.

„Herr Ebel!", schrie Hans, obwohl sie nur einen Schritt voneinander entfernt standen. „Ich habe einen Fisch gefangen, der so groß ist, dass wir jeden an Bord damit satt bekommen könnten."

„Hans!", ermahnte ihn Elisabeth. „Übertreib nicht!"

„Angler spinnen nun mal Seemannsgarn. Sie übertreiben immer", nahm Karl Hans mit einem Grinsen in Schutz.

„Wenn du mir nicht helfen willst", sagte Elisabeth, „dann sag lieber gar nichts."

Karl nahm Hans den Angelstock ab, während Elisabeth dem Jungen eine Eimer Wasser brachte, damit er seinen Fisch säubern konnte. Karl setzte sich hin und warf selbst die Leine aus.

Während das Schiff gemächlich flussabwärts glitt, konnte er beobachten, wie eine Barkasse mit einem Schleppseil flussaufwärts gezogen wurde. Diesen Anblick bekam man jetzt, wo das Eis geschmolzen war und der Fluss sich wieder mit seiner normalen Geschwindigkeit bewegte, häufiger zu Gesicht. Ein paar zerlumpte Jungen zogen an dem Seil, wobei sie sich mit bloßen Füßen auf dem steinigen Ufer abkämpften.

„Ist heute nicht ein großartiger Tag?", meinte Herbert, der sich neben ihn gesetzt hatte.

Nicht für diese armen Tröpfe, die den Schleppkahn ziehen müssen, dachte Karl bei sich. Er wandte sich an Herbert. „Hast du vor, noch mal ein Bad im Fluss zu nehmen?" Herbert grinste, sagte aber nichts. Nahe an Karls Ohr meinte er nach einer Weile leise: „Wenn wir nach Saratow kommen, bitte ich dich, für eine kleine Ablenkung zu sorgen."

„Sei kein Narr!"

„Ich probiere nur das Wasser aus."

„Ich dachte, das hättest du bereits getan." Karl musste über seinen eigenen Witz lachen.

Herbert lachte ebenfalls, stand dann auf und streckte sich. „Ich muss mir eine Witwe suchen, die Lust hat, noch einen Mund zu stopfen." Beim Weggehen bahnte er sich einen Weg zwischen zwei anderen Familien hindurch.

Elisabeth kam zurück und setzte sich neben Karl. Sie hatte die kleine Marie auf dem Arm. „Geht es ihm gut?"

„Wem? Herbert?" Karl nickte. „Und dir?"

Elisabeth seufzte. „Auf diesen Flussfahrten scheint die Zeit stillzustehen."

Karl zog seine Angelleine ein und wickelte sie um den Stock. „Ja, so ist das nun mal. Wo ist denn Hans?"

„Ich habe ihn bei der kleinen Tochter der Lindes gelassen. Die beiden spielen bei den großen Seilrollen auf der anderen Seite des Schiffs. Wenn du aufstehst, kannst du sie sehen. Frau Dönhof ist auch in der Nähe."

„Gut." Sie blickten beide hinaus auf den offenen Fluss. Nach einiger Zeit ergriff Karl das Wort. „Das erinnert mich an die Zeit auf dem Schiff, das uns nach Russland gebracht hat."

„Seitdem ist so viel passiert, so viel!" Elisabeth trat einen Schritt zur Seite, um einer anderen Frau Platz zu machen, und drückte Marie enger an sich. „Eines Tages wird Hans mir Fragen über dich stellen. Ich würde gern wissen, was ich ihm dann sagen soll. Erzähl mir ein wenig mehr von deinem Leben, etwas, was ich vielleicht wissen sollte."

„Zum Beispiel …?"

„Hmmm. Ich weiß nicht … Erzähl mir von deiner Mutter. Was für ein Mensch war sie?"

„Sie war dir recht ähnlich: freundlich, großmütig. Ihr Leben lässt sich mit diesem Fluss zu Frühjahrsbeginn vergleichen – voller gefährlicher Eisschollen, die sie aber ohne Murren und Klagen umschiffte. Mein Vater gab ihr ein kleines Haus am anderen Ende seines großen Anwesens. Ich lebte zwar unter ihrem Dach, verbrachte aber die meiste Zeit im Schloss."

„Und dadurch hast du auch so viele Sprachen gelernt", ergänzte sie.

„Komm, lass mich die Kleine mal halten“, erbot sich Karl und nahm Marie auf den Arm.

„Ich danke dir.“ Elisabeth lächelte ihn an. Vielleicht hatte Greta ja recht. Vielleicht entpuppte sich Karl schließlich doch noch als guter Vater. Karl erwiderte ihr Lächeln, und in diesem Moment spuckte Marie ihm auf die Jacke.

Wie aus dem Nichts tauchte plötzlich Sergei hinter Karl auf. „Was sind deine Pläne jetzt zu gehen?“

„Unser Plan ist es, so schnell wie möglich von diesem Schiff zu entfliehen. Wir laufen über das Wasser, steigen an Land und fliegen dann mit den Vögeln in die Freiheit“, erklärte Karl, während er Elisabeth das Baby übergab und seine Jacke abwischte.

Sergeis Augen blitzten auf. „Keine Respektlosigkeit vor Soldaten der Zarin!“ Er gab Karl einen Schlag auf den Kopf. „Meine Augen sind überall.“ Karl hob nicht einmal den Blick, als Sergei davonmarschierte.

„Du solltest ihn nicht ärgern!“, ermahnte ihn Elisabeth.

„Was soll ich sonst zu meinem Vergnügen tun?“, fragte er.

Ein Aufruhr am Heck des Schiffes erregte Elisabeths Aufmerksamkeit. Die Leute waren in Bewegung. Plötzlich stand Hans vor ihr.

„Frau Ebel, kommen Sie schnell!“ Sein Gesicht war blass und seine Augen weit aufgerissen. „Katharina hat sich den Kopf aufgeschlagen! Sie verblutet! Helfen Sie ihr, Frau Ebel, bitte!“ Er zog Elisabeth an der Hand zum Ort des Geschehens. Karl nahm Elisabeth Marie ab, und beide bahnten sich so schnell sie konnten einen Weg durch die Menge an den Platz, wo die Kinder gespielt hatten.

Als Elisabeth endlich Hans' Freundin erreicht hatte, konnte sie nichts mehr für sie tun. Die Eltern des Mädchens beugten sich weinend über ihren leblosen Körper. Blut hatte die Seile und die Kleider der Eltern durchtränkt, als seien sie neu eingefärbt. Elisabeth fühlte sich wie in einem Albtraum. Ihre Nerven waren schon durch die ganze Reise überstrapaziert, und angesichts eines weiteren Todesfalls spürte sie nur Dumpfheit und Betäubung.

Frau Dönhof berichtete den Eltern gerade unter lautem Schluchzen: „Sie turnte nur so zum Spaß auf den aufgewickelten Seilen herum. Ihr Fuß blieb hängen und sie fiel hin und prallte mit dem Kopf auf die Ketten. Ich ... konnte das Blut nicht stillen. Ich habe es versucht! Kurz vorher wollte ich gerade zu ihnen sagen: ‚Passt auf, Kinder! Das ist gefährlich.' Aber es war zu spät. Ich konnte das Blut nicht stillen." Frau Dönhof sah um Jahre gealtert aus. Ihre Schultern waren von unaussprechlicher Trauer niedergedrückt. Herr Zweig ergriff ihre Hand, die sie umklammerte, als sei sie eine Rettungsleine.

„Oh nein!", sagte Hans halb flüsternd zu Elisabeth. „Ich wollte sie doch nicht töten!"

„Sag doch nicht so etwas!" Elisabeth nahm ihn hoch und bahnte sich ihren Weg zurück durch die Menge. „Du hast niemanden getötet."

„Doch, das habe ich! Ich habe ihr beigebracht, dort herumzuklettern. Aber ich habe vergessen, ihr zu sagen, dass sie auf das lose Seil aufpassen soll."

„Es ist nicht deine Schuld, dass sie gestolpert ist."

„Es ist wie bei meiner Mama und meinem Papa." Er schaute Elisabeth plötzlich ganz entsetzt an. „Bleiben Sie weg von mir!" Er schob sie von sich. „Oder Sie werden auch noch sterben!"

Elisabeth ergriff ihn und hielt ihn fest. „Niemand stirbt wegen dir, Hans. Manchmal sterben Leute eben."

Seine Proteste wurden immer unverständlicher und endeten in einem Wust von Schluchzern und Seufzern. Elisabeth drückte ihn fest an sich und ließ ihn weinen. Sie wusste, dass diese Tränen seinen Schmerz lindern würden. Hans' Körper war angespannt, doch allmählich lösten sich die Krämpfe. Er klammerte sich an Elisabeth, als wolle er sie nie wieder loslassen.

Karl kam auf sie zu. „Ich habe Marie an Frau Dönhof abgegeben. Das Kind schien ihr Trost zu geben. Anna ist auch bei ihr."

„Wann gehen wir für das Begräbnis an Land?", fragte Elisabeth leise. Karl schüttelte den Kopf. „Wir haben schon angelegt."

Sobald das Schiff an der Küste angelegt hatte, stieg eine Gruppe von Männern in ein Ruderboot. Sie trugen Schaufeln. Karl war einer von ihnen. Es dauerte nicht lange, und sie hatten ein tiefes Loch gegraben. Herr Jäger sprach zusammen mit der Familie des Mädchens einige Gebete, während die anderen vom Schiff aus zusahen. Elisabeth stand an der Reling des Schiffes und hielt Hans fest, genauso, wie sie es vor Gretas Grab getan hatte.

„Das ist kein geweihter Boden!“, sagte Frau Neussle. „Das hier ist wirklich ein gottverlassenes Land.“

Elisabeth verstärkte ihren Griff um Hans’ Hand. „Hör nicht darauf, was sie sagt. Deine Freundin ist jetzt bei Gott.“ Sie hatte geglaubt, sie wäre stark genug, um die Härten des Auswandererlebens zu ertragen, aber momentan fühlte sie sich so schwach, dass sie zum ersten Mal verstand, warum ihre Mutter aufgegeben hatte. Elisabeth merkte, dass sie es zwar nicht mehr für sich und ihr eigenes Leben konnte, aber sie musste für Hans kämpfen. Und sie wusste, dass die Hilfe dazu nur von Gott kommen konnte. Sie holte tief Luft und fuhr fort: „Hans, du bist nicht dafür verantwortlich, ob ich lebe oder sterbe. Gott ist es, der mein Leben in der Hand hat. Das weißt du doch, oder nicht?“

„Ich hoffe aber, dass Sie am Leben bleiben“, sagte er leise.

„Das hoffe ich auch“, sagte Elisabeth. „Und ich hoffe, dass du auch lebst.“ Sie drückte ihn an sich, als könne sie ihn vor allem, was noch kommen würde, bewahren.

Stromaufwärts konnte man an manchen Tagen die beiden Küstenstreifen sehen, aber heute war die Wolga so breit, dass Elisabeth das andere Ufer nicht sehen konnte. Der Fluss sah aus wie ein riesengroßer See. Sie zwang sich, ruhig an der Reling stehenzubleiben und zuzusehen, wie Herr Jäger in der Ferne ein Gebet für das verstorbene Kind sprach. Sie wusste zwar nicht, was er genau sagte, aber sie konnte erkennen, dass er versuchte, die trauernden Eltern zu trösten, die herzzerreißend weinten und schluchzten. Das Klagegeschrei der Mutter schallte über das Wasser und stach Elisabeth mitten ins Herz.

Als er kleine Körper von Katharina Linde in das dunkle Loch hinabgelassen wurde, fühlte sich Elisabeth wie betäubt. Der Gedanke, das unschuldige Kind in dem kalten Grab zurückzulassen, war ihr fast unerträglich. Nachdem die Männer Erde über das Grab geschaufelt hatten, errichtete die Familie ein grobes, aus dicken Ästen gefertigtes Kreuz an der Stelle. Dann begleiteten Herr Jäger und Karl die kleine Truppe langsam zum Ruderboot zurück.

Karl sah grimmig und müde aus.

„Die kleine Katharina in einem solch kalten, dunklen Grab! Wie schrecklich!", sagte Elisabeth.

„Ich weiß nicht sehr viel über euren Gott", meinte Karl, „aber es ist doch so, dass ihr glaubt, dass Katharina jetzt bei ihm ist und folglich keine Kälte mehr spürt!"

Elisabeth merkte, wie sie innerlich ruhiger wurde. Seit Gretas Tod hatte sie sich über so viele Dinge den Kopf zermartert und sich so viele Sorgen gemacht, dass sie ganz aus den Augen verloren hatte, wer eigentlich die Kontrolle über ihr Leben hatte. Sie hatte zwar Hans ermahnt, Gott zu vertrauen, aber vielleicht war sie diejenige, die das nicht tat. Elisabeth wandte sich an Karl. Trotz all seines Geredes, dass er nicht an Gott glaubte, hatte sie die Hoffnung, dass Gott an ihm wirkte.

„Genau das glaube ich auch", sagte Hans. „Meine Mama ist bei ihm. Und mein Papa. Vielleicht kümmern sie sich im Himmel um Katharina, bis ihre Familie auch kommt und alle wieder zusammen sind."

„Ja, das tun sie bestimmt", meinte Elisabeth.

Von da an wirkte Hans viel gelassener als vorher. Und doch fühlte sich Elisabeth nicht voll und ganz beruhigt. Erst nach drei weiteren Stopps, in denen andere Mitglieder ihrer Gruppe zu Grabe getragen werden mussten, und viele Tage später, als ihr Schiff schließlich in Saratow andockte, ging es Elisabeth etwas besser. Die Stadt war eine Masse an eintönigen, heruntergekommenen Gebäuden und Hütten, in der wohl mehrere tausend Menschen lebten.

„Hans, bleib bitte an meiner Seite!", sagte Elisabeth an dem Morgen, als sie das Schiff verlassen sollten.

„Ich bin doch kein kleines Kind mehr!", entgegnete Hans gereizt.

Elisabeth musterte ihn genauer. Es stimmte, der Junge war sehr schnell erwachsen geworden und wirkte viel älter, als er tatsächlich war. Doch an seinem Verhalten bei Katharinas Tod hatte man deutlich gemerkt, dass er noch ein Kind war.

„Ich betrachte dich keineswegs als kleines Kind", erwiderte sie. „Aber wir müssen einfach zusammen bleiben, bis wir an Land sind. Saratow ist eine große Stadt und wir kennen uns dort noch nicht aus."

„Wir treffen uns am Ende des Kais."

„Nein, ich habe entschieden, dass wir zusammenbleiben."

„Darf ich wenigstens nach vorn zu Herrn Ebel gehen?", fragte er, stürmte aber bereits los, ohne ihre Antwort abzuwarten. Sie wunderte sich, dass Karl ohne sie von Bord gegangen sein sollte.

Kaum war Hans außer Sichtweite, da kam Karl von hinten auf sie zu.

„Wo ist Hans?", fragte er.

„Er wollte dich auf dem Dock einholen", gab sie zur Antwort. „Wir müssen ihn finden!" Sie ergriff Annas Hand und ging einen Schritt nach vorne.

Karl hielt sie am Arm. „Hans wusste genau, wo ich war. Ich habe, kurz bevor er sich mit dir unterhielt, noch mit ihm gesprochen. Wir werden ihm jetzt nicht nachgehen."

„Aber ...", fing Elisabeth an.

„Wenn Hans nicht die Konsequenzen seines Tuns erfährt, wird er nie dazulernen", sagte Karl. Elisabeth fühlte sich in die Enge getrieben. Sie wusste nichts über Kindererziehung, inbesondere wusste sie nicht, wie sie mit einem Jungen umgehen sollte, der so oft log wie Hans. Frau Dönhof stand stoisch mit Marie auf dem Arm an Karls Seite. Sie stimmte seiner Entscheidung offensichtlich zu.

Elisabeth seufzte. Sie blieb zwar in Karls Nähe, spähte aber beim Verlassen des Schiffs unermüdlich in alle Richtungen. Am liebsten hätte sie Hans gerufen, traute sich aber nicht. Wo war er bloß? Hier in Saratow gab es viel mehr Leute als in allen anderen Orten, an denen sie gewesen waren.

„Herr, beschütze ihn", betete sie und hielt Anna ganz fest an der Hand.

20

Saratow war sogar noch schlimmer, als Karl erwartet hatte. Es nannte sich „Stadt", war aber kaum mehr als eine Siedlung, die das Frühlingstauwetter in eine Schlammwüste verwandelt hatte. Sie gingen die Straße vom Dock entlang und folgten denen, die das Schiff vor ihnen verlassen hatten. Ihre Schuhe wurden immer schwerer vor Matsch, je länger sie gingen, und Karl bemerkte, wie Elisabeths Augen die Menge nach Hans absuchten.

„Er wird uns schon finden, wenn er soweit ist", versicherte Karl ihr. „Er ist durch viele Entbehrungen gegangen, die er verarbeiten muss. Er braucht vermutlich Zeit, um die Veränderungen in seiner Welt zu verstehen." Auch wenn seine Worte zuversichtlich klangen, war auch Karl etwas besorgt. Er hatte das von dem Kind nicht erwartet.

„Ich habe Greta versprochen, dass ich auf ihn aufpasse", meinte Elisabeth. „Er ist doch nur ein Kind. Wir müssen ihn finden."

„Gehen Sie zur Seite!", befahl ein großer Soldat, der Elisabeth, Frau Dönhof und Anna aus dem Weg schob und in eine Schlammpfütze zwang. Karl biss sich auf die Lippen. Als der

Soldat vorbeigestiefelt war, gingen sie wieder auf trockeneren Grund zurück.

„Wohin gehen wir?", fragte Frau Dönhof.

„Das weiß ich nicht", gab Karl zur Antwort. Sie trafen sich mit dem Rest ihrer Gruppe an einem Unterstand für Tiere . Es roch noch so, als sei er bis vor kurzem auch noch als solcher benutzt worden. Aber zumindest war der Untergrund trocken. Und er war groß genug für alle. Es war eine dreiseitige Konstruktion, die zumindest Regen und Wind abhalten würden.

„Herr Zweig hat uns gesagt, dass wir hier warten sollen", sagte ein Mann mit ernstem Gesicht, den Karl nicht mit Namen kannte.

Herbert ging zu Karl. „Können wir nicht etwas tun, während wir hier warten?"

Karl begriff, dass Herbert ihn darum bat, für etwas Zerstreuung zu sorgen. „Wir sind zu lange eingesperrt gewesen", rief Karl aus. „Während die Frauen einen Augenblick zur Ruhe kommen könnten doch wir Männer und Kinder ein Spiel spielen."

„Jawohl, ein Spiel!", rief Herbert, bevor irgendjemand sein Missfallen zum Ausdruck bringen konnte. „Die Kinder sollen die Männer fangen. Es wird nicht gerannt. Ihr dürft nur gehen, und jedes Kind muss den Arm, die Hand oder den Rücken eines jeden Mannes aus unserer Gruppe berühren, bevor es ausscheiden darf." Er nannte ihnen die Grenzlinien und rief dann: „Los geht's!"

Alle lachten, als die Kinder anfingen, ihre Väter und Freunde mit ins Spiel hineinzuziehen. Eine ältere Frau stimmte ein bekanntes deutsches Volkslied an und die anderen Frauen fielen mit ein. Karl sah Elisabeth lächeln und die Lieder mitsingen. Er führte Anna in die Mitte des Kreises. Warum sein Herz in diesem Moment so von Freude erfüllt war, konnte er gar nicht sagen.

Aus den Augenwinkeln heraus sah er, wie Herbert hinter dem Schuppen verschwand. Er lachte aus voller Kehle. Anna berührte ihn und eilte dann weiter, um den Arm von Herrn Kessler abzuschlagen. Karl war sich sicher, dass jetzt nicht der richtige Zeitpunkt zur Flucht war. Die Siedlung war voller Soldaten – ungepflegte Männer, die sich unwahrscheinlich wichtig vorkamen –, doch Herbert war vorsichtig und klug. Er würde das einbezogen haben, und wenn Karl sich nicht vollkommen täuschte, würde er über kurz oder lang von selbst zurückkommen.

Elisabeth schaute dem Spiel lachend zu. Die Männer machten sich einen Spaß daraus, sich von den Berührungen der Kinder loszureißen. Es war für sie alle gut, nach Monaten des Schiffs- und Überlandreisens wieder frei herumzutollen. Es gefiel ihr, in der Stadt zu sein – einer richtigen Stadt. Sie war dreckig, aber es gab immerhin aus Holz gezimmerte Häuser, die sich an den mit Matsch gefüllten Sträßchen aufreihten, und Hunderte und Aberhunderte von Hütten in allen Himmelsrichtungen, die sowohl kleiner als auch größer waren als Juris Behausung. Sie versuchte sich vorzustellen, wie ihr neues Dorf in einigen Jahren aussehen würde. Sie hoffte, dass es geschäftig wie Saratow sein würde, aber doch auch besser organisiert und attraktiver wäre – so wie ihre eigene deutsche Heimatstadt.

Elisabeth war froh, als sie Herrn Zweig zurückkommen sah. Es sah so aus, als würde die Ausgelassenheit der Kinder die Männer ermüden. Als sich Herr Zweig aus einiger Entfernung von der überfüllten Straße her näherte, gingen die Kinder zu ihren Müttern und Großmüttern zurück, und die Männer schlossen sich zusammen, um sich mit ihm zu besprechen.

„Ich fürchte, da stimmt etwas nicht“, sagte Frau Dönhof und übergab Elisabeth die kleine Marie. „Er macht doch sonst nie so ein finsteres Gesicht!“ Sie gesellte sich zu Herrn Zweig. Elisabeth konnte erkennen, dass der Mann wütend aussah und sein Gesicht rot angelaufen war. Frau Dönhof und Herr Zweig sprachen in leisem Tonfall, bis er auf die Menge traf. Dann erhob er seine Stimme.

„Die Russen haben uns angelogen. Wieder einmal!“, brüllte er.

„Was gibt es denn jetzt schon wieder für einen Ärger?“, fragte ein Mann mit zusammengezogenen Augenbrauen.

„Wir werden keine Wagen bekommen, die uns zur Siedlung bringen – nur Holz, Räder, Achsen und Deichseln. Wir werden uns unsere eigenen Fuhrwerke bauen müssen.“

Die Männer stöhnten. „Was ist mit unserem Saatgut? Werden wir denn wenigstens das bekommen, um die Aussaat zu machen?“

„Wir werden Samen für Weizen, Roggen, Gerste und Gemüse bekommen, aber die Pflanzsaison wird schon fast vorbei sein, wenn wir unser neues Zuhause erreichen.“

„Und was ist mit dem Vieh? Wir werden doch die versprochenen Tiere bekommen, oder nicht?“

„Wir können nur hoffen und beten, dass wir sie bekommen werden. Sie haben sich recht vage ausgedrückt in Bezug auf den Viehbestand, der uns zur Verfügung stehen wird. Angeblich haben sie in Pokrowsk einiges an Vieh für uns bereitgestellt, aber wir werden auch noch eine weitere Zuteilung an Geld bekommen, um das zu kaufen, was wir brauchen.“

„Ist unsere Siedlung auf dieser Seite des Flusses oder auf der anderen?“, fragte ein Mann von kleiner Statur.

„Sie befindet sich flussabwärts am anderen Ufer, auf der Wiesenseite“, klärte Herr Zweig auf.

„Warum haben sie uns dann nicht gleich nach Pokrowsk geschickt?“, fragte ein anderer Mann.

„Vielleicht, weil es da irgendwelche Unklarheiten gab, aber ich weiß es nicht“, entgegnete Herr Zweig. „Wir müssen den Fluss nochmals überqueren, um zu unserer Siedlung zu gelangen.“

Elisabeth schreckte zurück. Nicht noch eine Schiffsreise!

„Dann sollten wir also unsere Wagen nicht zusammenbauen, bis wir flussabwärts gebracht wurden“, sagte Karl. „Ich nehme an, dass wir unsere Vorräte hier einkaufen können.“

Herr Zweig nickte. „Ja, zu überzogenen Preisen.“ Er zögerte. „Und wir haben keine Unterkünfte. Wir müssen uns, so gut es eben geht, unter diesem Dach oder unter freiem Himmel arrangieren, solange wir in Saratow sind."

„Ich werde dieses betrügerische Land bei der erstbesten Gelegenheit wieder verlassen", murmelte ein Mann.

„Nur ruhig Blut!", sagte Herbert, der scheinbar wie aus dem Nichts wieder aufgetaucht war. „Das ist keine Art zu reden. Unsere Pilgerreise ist fast zu Ende. In ein paar Tagen werden wir die Verheißung erfüllt sehen, wegen der wir unsere Heimat verlassen haben."

Ein paar Leute beruhigten sich. Andere grummelten untereinander, bis Karl dem Lamentieren ein Ende setzte und zu neuen Taten aufrief. „Da wir nun mal keine andere Wahl haben, zeigen Sie uns, wo wir mit dem Aufbau unserer Zukunft beginnen können."

Die Menge teilte sich in Familiengruppen auf, um die Mahlzeiten zu planen und Vorkehrungen für das Nachtlager zu treffen, während die Männer sich aufmachten, um die Vorräte zu beschaffen, die ihnen zugesagt worden waren.

Als Hans zur Mittagessenszeit nicht zurückgekehrt war und Karl damit fertig war, seine vierte Ladung an Gütern zu ihrer Behelfsunterkunft zu schleppen, sagte Elisabeth: „Bitte, Karl, wir müssen Hans finden. Ich fürchte, ihm ist etwas zugestoßen."

„Ich werde ihn schon finden!", erwiderte Karl. Er wandte sich ab, um zu gehen. „Du bleibst hier und bewachst unsere Sachen."

„Aber Hans ist doch wichtiger als alle Güter dieser Welt. Ich werde mit suchen!"

Karl ging zu Elisabeth zurück und stellte sich vor sie. Seine samtbraunen Augen durchdrangen die ihren. „In dieser Stadt voller Soldaten bist du die Wertvollste von allen. Geh nirgendwo ohne mich hin! Bleib hier bei den anderen!"

Elisabeth spürte bei seinen Worten eine Erregung in sich aufsteigen. Vielleicht …

Aber sie ließ ihre Gedanken nicht in diese Richtung abschweifen. Sie blickte auf die kleine Marie, die zwischen einem großen Sack Winterweizen und einem Sack getrockneter Bohnen schlief.

Karl legte eine Hand auf Elisabeths Arm. „Keine Sorge! Ich werde ihn finden."

„Vielleicht sollten wir Sergei sein Verschwinden anzeigen. Dann könnten die Soldaten uns helfen, nach ihm zu suchen."

„Erzähl dieser Schlange bloß nichts von Hans!" Karl drehte sich um und ging. Während sich Elisabeth an die Aufgabe machte, ihre Vorräte zu sortieren, betete sie im Stillen flehentlich darum, dass Karl den Jungen finden möge.

Elisabeth schreckte auf, als Frau Dönhof und Anna mit einer Gruppe anderer Frauen vom Wäschewaschen zurückkamen. Frau Dönhof ging mit dem Baby auf dem Arm von einer Kiste zur nächsten und rechnete zusammen, welche Mengen von was sie für den nächsten Winter zur Verfügung haben würden. Elisabeth stellte sich neben eine große Rolle Segeltuch, um in den Sack mit dem Weizensaatgut schauen zu können, den sie den ganzen Weg von Lübeck mit hierher gebracht hatten. Nun, da Karls Geheimnis gelüftet war, hatte sein Wert in Elisabeths Augen sogar noch zugenommen. Sie lächelte.

„Schau, wen ich gefunden habe!", meinte Karl bei seiner Rückkehr. Hans war an seiner Seite und sah ganz munter aus.

Elisabeths Gefühle waren zwiespältig. Einerseits hätte sie den Jungen am liebsten angeschrien, weil er ihnen so viele Sorgen bereitet hatte, andererseits wollte sie ihn umarmen. Sie schenkte ihm ein kurzes Nicken und überlegte, wie sie reagieren sollte. Das Kind hatte ein blaues Auge und einen langen Riss im Ärmel seines Hemdes. Letztlich gewann ihre mütterliche Seite die Oberhand „Hast du dich also doch noch darauf besonnen, heimzukommen?!"

Sie breitete die Arme aus, doch Hans schob sie beiseite. „Ich bin hungrig", sagte er. Elisabeth spürte, wie etwas in ihr zerbrach.

„Dann hättest du eben zum Mittagessen hier sein sollen!", erklärte nun Frau Dönhof. Hans fiel die Kinnlade herunter. Elisabeth war froh, als sie sah, wie Anna auf Hans zuging und ihm den Rest Brot reichte, den sie aufgespart hatte. Nach dem Essen lehnte sich Hans gegen die Säcke und schlief ein. Elisabeth ließ ihn gewähren, da sie nicht wusste, was sie sonst hätte tun sollen. Den Rest des Tages sah sie Karl nur dann und wann, wenn er Saatgut, Lebensmittel oder sonstige Vorräte bei ihnen abstellte. Eine Ladung enthielt Werkzeug: eine Harke, eine Sichel, Beile und einen Stangenbohrer. Wie sie all das schleppen sollten, wusste sie allerdings nicht.

Unvermittelt trat eine Frau mit hagerem Gesicht auf Elisabeth zu und warf einen Blick auf die Schätze, die Karl angehäuft hatte. „Wie kommt es eigentlich, dass Sie doppelt so viel haben wie der Rest von uns?"

„Haben wir das? Wenn dem so sein sollte, liegt es vielleicht daran, dass die Kaufleute meinem Mann Vorzüge gewähren, weil er Russisch spricht", entgegnete Elisabeth. „Er kann gute Preise aushandeln."

„Wusste ich es doch!", meinte die Frau. „Sie betrügen uns sogar noch um den Hungerlohn, den sie uns gegeben haben."

Nachdem die Frau gegangen war, konnte Elisabeth Hans' verdrießliche Stimmung nicht länger ertragen. „Du weißt, dass deine Mutter sehr unglücklich über dein Verhalten gewesen wäre. Warum bist du nicht bei uns geblieben? Und wie um alles in der Welt bist du zu dem blauen Auge gekommen? Hast du dich mit jemandem gezankt? Ich bin enttäuscht!"

„Du bist enttäuscht?", fragte er grimmig zurück.

„Ja. Es gibt keine Entschuldigung für dein Betragen."

Tränen stiegen bei diesen Worten in die Augen des Kindes, und seine Lippen fingen an zu zittern. „Du bist nicht meine Mutter! Du hast gar keine Ahnung!" Er wandte seinen Kopf von Elisabeth ab. Sie starrte ihn wortlos an, aber Hans wandte ihr sein Gesicht nicht wieder zu. Wieder einmal fühlte sie sich von Greta im Stich gelassen. Sie wusste nicht, was sie tun konnte, um die Unstimmigkeit zwischen ihnen wieder in Ordnung zu bringen.

In den darauffolgenden Tagen hielt Frau Dönhof Anna gut beschäftigt und verwöhnte die Siedler mit ihren vorzüglichen

Kochkünsten, während Elisabeth versuchte, mit dem immer noch griesgrämigen und äußerst wortkargen Hans auszukommen. Außerdem war die kleine Marie sehr anstrengend. Sie war wohl im Wachstum begriffen, denn sie schien ständig hungrig zu sein. Karl war immer mit irgendwelchen Dingen beschäftigt, selbst nachdem er seine eigentliche Arbeit bereits erledigt hatte.

Von den Siedlern wurde er gern um Rat gefragt. „Herr Ebel, würden Sie mir bei meinen Verhandlungen um eine Kuh behilflich sein?“, fragte ein Mann. Ein anderer bat: „Herr Ebel, sagen Sie diesen Leuten hier bitte, dass sie mir für mein Saatgut zu viel Geld abgeknöpft haben!“ So hatte Karl immer alle Hände voll zu tun. Erst in den Abendstunden, wenn die Kinder eingeschlafen waren und Frau Dönhof, meist in Begleitung von Herrn Zweig, zu einem Abendspaziergang aufgebrochen war, hatte Elisabeth Karl ganz für sich allein.

„Jeden Tag, den wir hier verbringen müssen, ist ein Tag, der uns für die Aussaat verloren geht“, sagte Karl. Eine Decke war auf dem harten Untergrund ausgebreitet, auf dem die Kinder schliefen.

„Nun bist du also unter die Bauern gegangen“, meinte Elisabeth.

„Ich habe schon viele Dinge in meinem Leben getan“, erwiderte Karl mit einem Schmunzeln. „In dieser Saison bin ich eben ein Bauer.“

„Du warst einst ein Adliger.“

„Der uneheliche Sohn eines Adligen! Ich bin auch ein Gelehrter, ich bin ein Mann, der gelernt hat, zu überleben, unter welchen Umständen auch immer, ich bin ein Agent, ich bin …“

„Ein Ehemann und Vater.“

Er drückte ihren Ellbogen und lehnte sich dann an ein Fass. „Ich bin vor allem ein Mann, der immer neue Herausforderungen braucht.“

„Die hast du hier mit Sicherheit.“ Elisabeth zog sich die Flickendecke über die Beine. Die Decke fühlte sich irgendwie leichter an. „Die Herausforderung, in Saratow zu überleben, kommt dir ja dann ganz entgegen."

„Es verschafft mir eine große Genugtuung, wenn ich einen Ladenbesitzer davon überzeugen kann, dass er den richtigen Preis berechnet und nicht das Dreifache des Gegenwertes nimmt. Ich genieße die Herausforderung, für dich und die Kinder zu sorgen, gerade wenn es danach aussieht, als seien wir mit unserem Latein am Ende. Ich habe sogar Freude an den Tricks und Betrügereien unter unseren Leuten."

„Was für Tricks und Betrügereien?", fragte Elisabeth.

Karl blickte um sich, um sicherzugehen, dass ihnen niemand zuhörte, und senkte dann die Stimme: „Herbert plant, sich von unserer Gruppe zu trennen und zurück in die deutschen Staaten zu flüchten."

„Was? Aber warum denn?", fragte Elisabeth entgeistert.

„Pssst!", fuhr Karl sie an. „Sprich doch leise! Was Herbert tut, ist wirklich amüsant. Er ist äußerst einfallsreich. Vielleicht gelingt es ihm ja."

Elisabeth schüttelte den Kopf. „Er hat so viel zu verlieren."

„Oder zu gewinnen!", ergänzte Karl. „Das kommt darauf an, wie man es sieht."

„In meiner Heimat hat man mir alles genommen", sagte Elisabeth. „Aber zurück zum Thema: Du hast von Tricks und Betrügereien gesprochen. Was genau geht hier vor sich?"

„Du weißt doch, was mit Frau Dönhof ist, oder nicht?"

„Frau Dönhof ist doch in keinerlei Intrigen verwickelt!", protestierte Elisabeth. Sie starrte Karl an. „Oder doch?"

Er lachte. Frau Dönhof kam wie auf Kommando um die Ecke gebogen und betrat den Schuppen. Sie setzte sich zwischen sie.

„Sie stellen sich aber auch immer zwischen mich und meine Frau", meinte Karl. „Und das nach all dem Guten, das ich für dich Sie habe."

„Lassen Sie Ihren Charme bei jemand anderem spielen", meinte sie. „Mich jedenfalls beeindruckt er nicht."

„Dann sollten wir vielleicht eher von Herrn Zweig und seinem Charme sprechen", witzelte Karl.

„Passen Sie auf, was Sie sagen, oder Ihre Essensration ist ab morgen gekürzt!" Ihre Stimme klang aber keineswegs so schroff, wie es der Inhalt ihrer Worte erwarten ließ.

Elisabeth musste gegen ihren Willen lächeln. Als sie jedoch in der Ferne Sergei entdeckte, der an einem Gebäude lehnte und sie beobachtete, wich die Heiterkeit augenblicklich von ihr.

„Dieser Gauner!", entrüstete sich Frau Dönhof, die Elisabeths Blick gefolgt war. „Er ist derjenige, der unserem Hans den Ärger beschert hat."

„Was?", riefen Elisabeth und Karl gleichzeitig.

„Hans hat euch die Unwahrheit gesagt. Er ist vorausgerannt, aber er hat am Ende des Kais gewartet, wie er es versprochen hatte", erklärte Frau Dönhof. „Diese Ratte von Sergei hat ihn gepackt und einer Gruppe von Straßenjungen übergeben, die ihn festhielten. Die Burschen haben sich erst aus dem Staub gemacht, als Karl kam und Hans befreite."

„Wie haben Sie das in Erfahrung gebracht?", fragte Elisabeth.

„Herr Zweig hat es gehört."

Elisabeth fühlte, wie sich ihr Herz verkrampfte. „Ich habe wohl nicht sehr viel Erfahrung damit, wie man einen kleinen Jungen erzieht, und noch weniger Weisheit." Sie wandte sich zu Karl um. Dieser schickte gerade einen strengen Blick in Sergeis Richtung. Aber obwohl Karl ihn direkt anvisierte, beobachtete Sergei sie völlig unverhohlen weiter.

„Das war eine gute Lektion für Hans", meinte Karl. „Schließlich hat er keinen Schaden genommen."

Elisabeth war da anderer Ansicht. Eine bittere Wurzel war zwischen ihr und Hans gewachsen. Sie war sich nicht im Klaren, ob ihre Beziehung jemals wieder so werden würde wie früher.

Am nächsten Morgen führte Elisabeth Hans in eine entfernte Ecke der Unterkunft, wo sie miteinander reden konnten, ohne dass jemand anderes zuhörte. Hans schwieg stur, als hätte er sich vorgenommen, kein Wort zu reden.

„Hans", setzte Elisabeth an, „ich weiß jetzt, was sich wirklich zugetragen hat. Es tut mir leid, dass ich dir nicht die Gelegenheit gegeben habe, mir zu erzählen, was los war. Bitte vergib mir." Die Lippen des Jungen entspannten sich. Tränen traten in seine Augen, und eine davon lief in einem großen Tropfen langsam sein Gesicht hinunter. Dann fing der kleine Körper an zu zittern, und Hans begann bitterlich zu weinen.

„Mein lieber Junge!" Elisabeth umarmte ihn herzlich.

Mit erstickter Stimme schluchzte Hans: „Ich habe mich so gefürchtet! Ich hatte Angst, ich würde sterben und nie mehr zurückkommen."

„Du bist jetzt daheim und sicher bei uns." Sie zog ihn auf ihren Schoß. Die Situation erinnerte sie an die Nacht, in der sie den Jungen genauso gehalten hatte, als er die Nachricht vom Tod seines Vaters erhalten hatte. Aus einer zufälligen Bekanntschaft waren Familienbande geworden. „Auch ich habe vor Furcht gezittert."

Er blickte an ihr hoch. „Sie? Vor was hatten Sie denn Angst?"

„Ich hatte Angst, dass ich dich fverloren hätte, und diesen Gedanken konnte ich nicht ertragen."

Hans wischte sich mit seinen Fäusten über die Augen. „Es tut mir leid, dass ich gelogen habe. Und es tut mir leid, was ich zu dir gesagt habe."

„Was denn?"

„Ich wünsche mir, dass du meine neue Mutter bist!"

Elisabeths Herz schwoll vor Freude. „Ich könnte mir nichts vorstellen, was mir größere Freude machen würde, als deine Mutter zu sein."

An diesem Abend war endlich alles bereit, um weiterzuziehen. Die kleine Familie hatte sich ihr Lager bei ihren Vorräten bereitet. Frau Dönhof und die Mädchen waren sofort eingeschlafen.

„Wenn wir nicht bald weiterziehen", flüsterte Karl Elisabeth zu, „wird Saratow unser ganzes Geld auffressen."

„Du hast dich bisher gut mit dem, durchgeschlagen, was wir hatten. Ich wüsste nicht, was wir ... was ich ohne dich getan hätte. Deine Russischkenntnisse haben uns sehr weitergeholfen."

„Es ist nicht mein Russisch, es ist ...", Karl hielt inne.

Elisabeth musterte ihn. „Was auch immer es ist, ich danke dir."

„Diese Russen! Sie bestehlen die Leute ganz offen und treiben sie in Schulden. Wie sollen die Siedler mit dem Hungerlohn leben, der übrig bleibt, nachdem diese Aasgeier sie ausgenommen haben? Fast alles, was die russische Regierung versprochen hat, hat sich als Lüge entpuppt. Die Menschen haben gelitten, gefroren, gehungert und das Zeitliche gesegnet – und das alles wegen einer Lüge! Es beschämt mich, wenn ich daran denke, dass ich Leute dazu überredet habe, ihr Zuhause zu verlassen ... sie dazu gebracht habe, einen Vertrag zu unterzeichnen, nur um sie hierher nach Russland zu bekommen, damit ich meine Provision kassieren konnte."

Hans setzte sich auf. „Diese Leute sind doch genauso wie Sie, Herr Ebel."

„Sprich nicht so! Das ist unhöflich", rügte Elisabeth.

„Die Russen sind anders als ich", sagte Karl. „Ich beraube keine Menschen, die kaum genug haben, um über den Winter zu kommen."

„Aber du sagst doch auch die Unwahrheit!", entgegnete Hans. „So wie sie."

Karls Mut sank. „Das ist etwas anderes. Meine Worte verletzen niemanden. Ich sage, was ich sagen muss, um am Leben zu bleiben."

„Aber du hast doch gesagt, dass du mein Vater bist", meinte Hans. „Das hat niemanden am Leben erhalten."

Karl dachte: *„Oh doch, genau das hat es getan!"*, aber er wusste, dass er das dem Jungen nie erklären konnte, ohne gleichzeitig preiszugeben, wie viele Leute Karl gerne tot gesehen hätten und warum. Deshalb sagte er nur: „Du hast recht. Ich war im Unrecht. Und dafür entschuldige ich mich."

Hans nickte und legte sich wieder hin. „Mir tut es auch leid." Er gähnte.

„Ich möchte immer die Wahrheit sagen. Meine Mutter hat mir gesagt, ich soll nie andere Menschen täuschen. Und es macht meine zweite Mutter auch traurig, wenn ich Unwahres erzähle." Karl warf einen Blick auf Elisabeth, in deren Gesicht er bei Hans' Worten ein unterdrücktes Lachen sah.

„Nun, Hans, du bist ein sehr weiser Junge", bestärkte ihn Karl. „Und meine Frau mag es auch nicht, wenn ich die Unwahrheit sage. Das haben wir also geklärt. Du und ich, wir müssen aufhören, die Unwahrheit zu erzählen. Und wenn wir einmal lügen, müssen wir einander daran erinnern, damit wir es nicht wieder tun. So wollen wir es halten, abgemacht?"

„Ja, so halten wir's", bekräftigte Hans mit müder Stimme, bevor er vom Schlaf übermannt wurde.

Am folgenden Morgen verkündete Herr Zweig: „Unsere Gruppe wird sich mit einer anderen Gruppe zusammenschließen. Wir brechen gemeinsam zur Siedlung auf."

Die beiden Gruppen bestanden zusammen aus ungefähr 40 Personen. Die Männer arbeiteten schwer, um all ihre neuen Besitztümer auf die Frachtkähne zu laden, die sie hinüber nach Pokrowsk bringen sollten. Während des Beladens sah Elisabeth einen Mann von der Straße her auf sie zukommen, der eher wie ein Deutscher als wie ein Russe gekleidet war. Er sah dünn, fast schon hager aus. Er winkte mit den Armen.

Auf Deutsch rief er ihnen zu: „Brüder aus meinem Heimatland! Brüder aus meinem Heimatland!" Als einige aus der Gruppe sich zu ihm umzudrehen begannen, hielten Sergei und andere von der russischen Wachmannschaft den Mann an, doch Elisabeth hörte, wie er rief: „Es waren nur Lügen! Alles nur Lügen!"

„Was geht da vor?", fragte Hans. „Was ruft der Mann uns denn zu?"

Niemand antwortete, doch Elisabeth war sich sicher, dass die anderen das Gleiche vermuteten wie sie, nämlich dass noch mehr Enttäuschungen auf sie warteten. Dennoch ließen sie es mit sich geschehen, wie Vieh auf die Boote getrieben zu werden.

Frau Dönhof und die Kinder hatten bereits das Schiff betreten, als Elisabeth innehielt. „Ich kann nicht schon wieder in einem Boot reisen."

„Das ist das letzte Mal, dass du übers Wasser fahren musst", beschwichtigte sie Karl. „Es ist nicht weit bis zur Ostküste. Und schon bald wirst du dein Land bekommen."

Seiner Worte hoben Elisabeths Stimmung, und seine Hand, die er auf ihre Rücken gelegt hatte, gab ihr neue Kraft. „Mein eigenes Land!"

„Ich weiß etwas, was Sie von Ihrer Angst vor dem Fluss ablenken könnte", bemerkte Frau Dönhof, als sich Elisabeth neben sie setzte.

„Frau Dönhof, ich …", stotterte Elisabeth.

„Hören Sie auf mit diesem Namen!", sagte Frau Dönhof schroff. „Wir sind jetzt eine Familie. Nennen Sie mich Olga. Das ist mein Rufname."

„Olga."

„Und wie soll ich Sie nennen?", fragte Karl.

„Sie können mich auch Olga nennen. Der Name Dönhof gehört in eine andere Zeit und ist mit früheren Dingen verbunden … Nun bin ich einfach die Olga. Was meine Ablenkung betrifft, …"

„Olga, nichts, was du mir sagst, kann mir die Angst vor diesem Ungeheuer von Fluss nehmen!"

„Mal sehen. Also, Herr Zweig und ich werden heiraten", erklärte Olga.

Elisabeth blieb jedes weitere Wort im Hals stecken.

„Schau mich nicht so verwundert an!", mahnte Olga sie mit ernster Stimme.

Elisabeth musste lachen. „Sei nicht böse auf mich. Eine so wunderbare Nachricht habe ich überhaupt nicht erwartet. Oh, meine liebe Olga, ich freue mich ja so für dich!"

Olgas verdrießliche Miene verwandelte sich in ein Lächeln. „Ich danke dir."

„Wann findet das Hochzeitsfest statt?", fragte Elisabeth.

„Noch bevor wir zur Siedlung aufbrechen. Würdest du meine Trauzeugin sein?"

„Aber natürlich! Das wäre mir eine große Freude." Elisabeths Gefühle wandelten sich von Freude für Olga in Enttäuschung. „Ich werde dich vermissen!"

Olga räusperte sich. „Wir werden Nachbarn bleiben." Sie drückte Elisabeths Hand. Olga war nicht so wie Elisabeths Mutter, wie Elisabeth zunächst gedacht hatte. Olga war eine Überlebenskünstlerin – eine Frau, die im Leben viel zu tragen gehabt hatte, aber die immer die Kraft gefunden hatte, ihr Leben zu meistern und weiterzumachen, auch wenn harte Zeiten kamen. Elisabeth hatte noch eine Menge von ihrer kantigen Freundin zu lernen.

Als das Schiff die Küste erreicht hatte, spürte Elisabeth eine große Erleichterung. Ihre Zukunft hatte nun begonnen. Als sie den Segler hinter sich ließen, hielt Hans ihre Hand ganz fest umklammert. Olga trug die kleine Marie und Anna, und die Männer schleppten ihre Habseligkeiten an Land. Das Schiff war ein ganzes Stück von der Stadt entfernt nach Süden getrieben, sodass die Männer nach Pokrowsk laufen mussten, um das versprochene Vieh zu holen. Während die Frauen und Kinder warteten, sprachen Elisabeth und Olga über die Hochzeit und ihre Hoffnungen für die Zukunft. Dann begann Anna jedem eine Geschichte über ihr neues Dorf zu erzählen.

Elisabeth stand mit dem Rücken zum Fluss da und beobachtete, wie die Wildgräser auf der Steppe in der Brise hin und her schwankten. Ihr Schicksal, ihre Zukunft lag in Gottes Hand. Die gespannte Erwartung, die sie spürte, wuchs. Sie war endlich zu Hause angekommen. Elisabeth konnte die Siedlung noch nicht sehen. Sie lag noch mindestens eine Tagesreise entfernt, aber doch nahe genug, dass sie wusste, dass der Wendepunkt in ihrem Leben endlich erreicht war. Sie blickte zurück auf eine

Reise voller Entbehrungen, neuer Freundschaften, Freuden und vielen verzweifelten Momenten, die sich nun ihrem Ende näherten.

21

Karl und die anderen Männer bekamen ohne Vorkommnisse ihr Vieh ausgehändigt. Die höhnisch klingenden Grüße der Russen, die die Siedler mit der abwertenden Bezeichnungen „Nemzy" titulierten, ärgerten Karl, aber er hielt es für besser, ihre Beleidigungen zu überhören. Es bereitete ihm wie auch den anderen Männern jedoch auch eine gewisse Genugtuung, die Russen im Gegenzug mit der gleichen lächelnden Miene „Dummköpfe" zu nennen.

Mit vereinten Kräften gelang es den Männern, das Vieh um die sumpfigen Gebiete entlang der Küste herum dorthin zu bringen, wo die Frauen und Kinder warteten.

Die heimischen Kalmücken-Ponys waren besonders problematisch. Im Gegensatz zu den zahmen Pfernden, die ihnen bisher untergekommen waren, waren sie störrisch und eigenwillig.

Als sie bei den Frauen ankamen, ballten sich Karls Hände unbewusst zu Fäusten. Er merkte, dass Sergei wieder dabei war, Elisabeth zu bespitzeln. Der Mann ließ sie einfach nicht in Ruhe. Karl wünschte, er könnte diesen russischen Beamten sowie die acht anderen der Wachmannschaft für immer vertreiben. Stattdessen drängte er sich zwischen die Soldaten und Elisabeth und versperrte Sergei so die Sicht.

Das Ausladen der Habseligkeiten, das Zusammentreiben der Tiere und das Errichten des Lagers hatte den größten Teil des

Tages in Anspruch genommen. Karl fühlte sich erschöpft. „Du warst mir heute eine große Stütze, Hans, aber du solltest nun damit aufhören, jedermann zum Narren zu halten. Du bist gar nicht so klein, wie du tust. Du musst mindestens fünfzehn sein. Du hast wahrscheinlich schon dein ganzes Leben mit Tieren gearbeitet." Hans musste bei dem Kompliment grinsen.

Elisabeth stand neben ihren neuen Ponys. „Sind sie nicht ein schönes Gespann?!" Sie deutete mit dem Kopf in Richtung ihrer zwei Kühe. „Obendrein haben wir bald auch Milch."

Karl war froh, dass er es geschafft hatte, jeweils weibliche und männliche Tiere zu kaufen. „Ja. Es wird nicht lange dauern", pflichtete er bei. Sowohl die Kuh als auch die Ponystute war trächtig.

Er wünschte, er hätte die Energie, noch heute Abend ihren Wagen zusammenzubauen, aber das würde bis morgen warten müssen. Er blickte über den Fluss hinüber auf das gegenüberliegende Ufer, die „Bergeseite", wo die Hügel zu einer entfernten Baumgrenze führten. Er suchte mit den Augen die Küste nach guten Landegebieten ab. Tiefe Schluchten bildeten einen Einschnitt in die steilen Klippen flussabwärts. Welch ein Gegensatz bestand zwischen den beiden Flussufern! Auf ihrer Seite des Flusses konnte er nichts als silbrige Grasbüschel erkennen, die wie Wellen im Wind hin und her peitschten, sowie ein paar verkümmerte Bäume in den tiefer gelegenen Gebieten. Er würde ihre Landung gut planen müssen, wenn es so weit war.

Elisabeth wandte sich ihm zu. Ihr vom Wind zerzaustes Haar umspielte ihr hübsches Gesicht. „Wir sind fast zu Hause."

Bevor die Gruppe sich an diesem Abend auf dem harten Untergrund schlafen legte, versammelten sich alle, um die Hochzeit von Herrn Zweig und Olga zu feiern. Elisabeth konnte kaum glauben, um wie viel jünger Olga als Braut aussah.

„Lieber Gott", betete Elisabeth, „segne meine Freundin! Schenke ihr die Freude, die sie verdient. Und hilf mir, mich für sie zu freuen."

Von Anfang an war sie davon ausgegangen, dass Olgas Leben traurig verlaufen würde, und nun war es ihre eigene Zukunft, die düster aussah – nicht durch Olgas Anwesenheit, sondern durch die bevorstehende Trennung von ihr.

Elisabeth blickte auf Karl. Er hielt die kleine Marie auf dem Arm und Anna und Hans standen artig neben ihm. Irgendwie würde sie es schaffen, allein mit allen drei Kindern fertig zu werden.

Als die Zweigs gleich nach der Trauung zu ihrem neuen Land aufbrachen, fing Anna an zu schreien: „Ich will meine Mutter! Ich will meine Mutter!"

Elisabeth blickte zuerst auf Karl und dann wieder auf das Kind. „Anna …", setzte sie an, doch sie wusste nicht, was sie sagen sollte. Anna hatte seit Torschok nicht mehr nach ihrer Mutter geschrien. Was hatte sie nun dazu veranlasst?

Karl nahm Anna auf den Arm. „Vielleicht ist es die Veränderung in den Familienverhältnissen, die das ausgelöst hat."

Als wolle sie dem Beispiel ihrer Schwester folgen, fing Marie zu allem Überfluss auch noch an zu weinen.

„Und du auch noch, meine Kleine!", wehrte Elisabeth ab, wobei sie versuchte, sie zu trösten. Im Grunde fühlte sie sich aber völlig hilflos und wusste nicht, was sie tun sollte.

In diesem Moment tauchte Olga aus der Dunkelheit auf. „Psst! Was soll denn der ganze Krach?"

„Wir haben alles im Griff!", beschwichtigte Elisabeth. „Geh nur wieder zurück!"

Olga räusperte sich und wandte sich dann an Anna. „Möchtest du heute Nacht bei mir schlafen, mein Liebes?"

„Ja!", stieß das Mädchen unter Schluchzern hervor und streckte ihre Hand nach Olga aus.

„Nein!", mischte sich Elisabeth ein. „Nicht heute. Das ist doch eure Hochzeitsnacht!"

Olga winkte ab, als würde sie eine lästige Fliege abschütteln. „Das Kind wird mit Sicherheit in kürzester Zeit eingeschlafen sein."

Elisabeth verlagerte Marie auf ihre andere Schulter und versuchte, sie zu beruhigen, aber das Jammern des Kindes nahm nur noch zu.

„Was ist mit Marie?“, fragte Anna. „Sie soll auch mitkommen!“ Ein Schluckauf begleitete den Wunsch des Mädchens.

„Marie könnte doch gar nicht einschlafen ohne ihre größere Schwester!“, erklärte Olga und streckte ihre Arme nach dem kleinen Mädchen aus.

Elisabeth protestierte. „Aber Herr Zweig wird sicherlich nicht wollen …“

„Oh doch, er will!“, entgegnete Olga. „Herr Zweig weiß, wie sehr ich die beiden Mädchen mag. Er war es, der mich geschickt hat, sie zu holen.“ Sobald Marie in Olgas Armen lag, hörte sie auf zu wimmern. „Kommt mit, Mädels!“ Olga nahm Annas Hand, und fast augenblicklich waren alle drei in der Dunkelheit verschwunden.

Elisabeth blieb verwirrt und verwundet über den Zerfall ihrer Familie zurück. Ein kleiner Teil von ihr fühlte sich aber auch erleichtert. Hans saß neben ihr und hob den Kopf, um in ihr Gesicht zu blicken. Dann schlang er seine dünnen Ärmchen um ihren Hals.

„Ich werde bei dir bleiben!“, versuchte er sie zu trösten. Sie wandte sich ihm zu und schloss ihn mit einem sanften Kuss in ihre Arme.

„Ich auch!“, verlangte Karl, der sich auf Elisabeths andere Seite gestellt hatte. „Bekomme ich auch einen Kuss?“ Hans und Elisabeth fingen beide gleichzeitig an zu lachen.

„Ihr stinkt gewaltig nach Pony!“, beschwerte sie sich und schob beide von sich weg. Hans lächelte, als hätte sie ihm ein Kompliment gemacht. Karl zuckte mit den Schultern.

„Ich werde heute Nacht die Tiere hüten“, kündigte er an. „Schlaft gut, meine Familie.“ Damit verschwand er in der Schwärze der Nacht. Elisabeth wusste, dass Karl nicht nur Wache hielt, um die Tierezu hüten, sondern auch um Hans und sie zu beschützen. Wie sehr genoss sie seine Gegenwart! Nein, sie liebte sie. Sie blickte auf die glitzernden Sterne am nächtlichen Himmel. Auch wenn sie in einem dunklen Meer dahinschwebten, funkelten sie vor Freude – genau wie sie.

„Wo soll ich denn schlafen?", unterbrach Hans sie in ihren Gedanken.

Elisabeth breitete die Flickendecke aus. Hans wickelte sich darin ein und schlief ein, ohne sein Abendgebet zu sprechen. Elisabeth hob eine andere Decke auf und lief in die Richtung, in die Karl gegangen war, wobei sie sich ihren Weg vorsichtig durch einige schlafende Kolonisten bahnen musste. Es dauerte nicht lange, bis sie ihn fand.

„Was ist das denn?", fragte er.

„Du darfst dich nicht erkälten."

„Danke." Er nahm ihr die Decke ab und legte sie um seine Schultern. „Schläft Hans schon?"

„Ja." Elisabeth setzte sich neben ihn und schaute auf die Tiere vor dem Hintergrund des Nachthimmels.

„Ich bin froh, dass Olga die Mädchen genommen hat", sagte er. „Ich hatte mir schon gedacht, dass die Mädchen sie vermissen würden und sie die Mädchen. Es war nur eine Frage der Zeit."

„Wirklich?"

„Ja, aber ich hätte nicht gedacht, dass es schon so bald wäre, und schon gar nicht in ihrer Hochzeitsnacht." Er machte eine Pause. „Was ist, wenn die Zweigs Anna und Marie aufziehen wollen? Was denkst du darüber?"

„Meinst du, dass sie sich das wünschen?" Elisabeth blickte ihn an. Der Glanz seiner dunklen Augen verzauberte sie.

„Ja, sicher!", erwiderte er.

Sie musste sich richtiggehend anstrengen, um den Blick von ihm zu wenden. „Ich würde sie schrecklich vermissen, aber ehrlich gesagt wäre ich auch erleichtert. Es war gut, dass Olga die Mädchen mitgenommen hat."

„Ich glaube, Marie und Anna haben Frau Zweig schon als ihre Ersatzmutter akzeptiert. Du wirst sie immer noch sehen können. Es wird so sein, als seist du ihre Lieblingstante."

Elisabeth musste bei diesem Gedanken lächeln. Sie, die keine Geschwister mehr hatte, konnte immer noch Tante sein. „Ich danke dir, Herr!", betete sie im Stillen. Zu Karl gewandt sagte sie: „Ich muss zu Hans zurück. Er ist eingeschlafen, beinahe bevor sein Kopf die Decke berührte, aber man weiß nie, wann Kinder wieder wach werden. Ich möchte nicht, dass er allein ist und sich fürchtet, wenn er aufwacht."

Karl gab ihr einen sanften Schubs. „Angenehme Träume!"

Während sie mit wachsamem Auge nach Sergei Ausschau hielt, eilte Elisabeth zurück zur Unterkunft und schlief dann fast augenblicklich neben Hans ein. Am nächsten Morgen war Olgas Abschied von ihrem Haushalt für alle ein trauriger Augenblick. Bei der Zubereitung des Morgendmahls hatte sich Elisabeth zwar alle Mühe gegeben, doch trotzdem war der Brei klumpig und schmeckte so unappetitlich, wie er aussah.

Hans flüsterte Karl etwas zu, der leise antwortete: „Nein, Hans! Du wirst das jetzt aufessen oder du darfst mir nicht bei den Tieren helfen. Frau Ebel kann deine Nörgelei nicht gebrauchen, nachdem sie sich so bemüht hat, unser Frühstück zuzubereiten." Nachdem sie die Mahlzeit beendet und ihre Siebensachen neu gepackt hatten, fingen die Männer an, die Fuhrwerke zusammenzuzimmern. Elisabeth machte sich auf den Weg zu Olga.

„Frau Ebel!", rief Anna ihr schon entgegen und rannte in ihre offenen Arme, als hätte sie sie tagelang nicht zu Gesicht bekommen. Elisabeth umarmte das Mädchen herzlich.

„Olga! Ich brauche deine Hilfe. Bitte verrate mir deine Kochgeheimnisse."

Olga lachte. Das Lachen kam von Herzen. „Stimmt. Ich habe probiert, was du gekocht hast." Sie bemühte sich, kein Schmunzeln zu zeigen. „Ich bedaure, dass meine Hochzeit dir Unannehmlichkeiten verursacht hat. Dir das Kochen beizubringen ist das Mindeste, was ich tun kann."

Die beiden Frauen verbrachten den Morgen damit, Kochrezepte durchzusprechen und verschiedene Wurzeln und Kräuter zu sammeln, mit denen man die Speisen geschmacklich verbessern konnte. Elisabeth vermied es, über die Mädchen zu sprechen, und auch Olga erwähnte sie mit keinem Wort. Die Entscheidung war auch ohne Worte gefallen. Als die Zeit für das Mittagsmahl gekommen war, schaute Hans drein, als wolle er sich beschweren. Doch ein Blick von Karl genügte, und seine Bemerkung blieb ihm im Hals stecken. Elisabeth lächelte, als sie den Eintopf, den sie mit Olgas Hilfe gekocht hatte, in die Teller schöpfte. Hans nahm widerwillig seinen Löffel und schob ein wenig Brühe in seinen Mund. Zuerst verzog er das Gesicht, doch nach wenigen Augenblicken erschien ein Lächeln, und er steckte seinen Löffel zurück in die Schüssel, um noch mehr aufzuschöpfen. Karls Reaktion auf die Verbesserung war nicht ganz so offensichtlich, aber Elisabeth erkannte an dem leichten Nicken seines Kopfes, dass auch er die Kochlektionen von Olga schätzte.

Es kostete die Männer zwei Tage, um alle Fuhrwerke wieder fahrtüchtig zu machen. Am Morgen des dritten Tages versuchten sie, ihre Kalmücken-Ponys an die Wagen zu spannen. Doch einige von ihnen bockten und scheuten. Andere traten aus, bis sie die Fuhrwerke beschädigten, die sie eigentlich ziehen sollten. Die Männer mussten noch einige Stunden mehr als erwartet damit verbringen, die Schäden zu reparieren, bevor sie sich zur Siedlung aufmachen konnten. Schließlich gelang es einigen, die sich auf Pferde verstanden, die Ponys zum Ziehen zu bewegen. Sobald das klappte, brach die Einwanderergruppe mit viel Gesang und fröhlicher Unterhaltung auf zu ihrer Siedlung. Während der Fahrt richteten Elisabeth und ihre Reisegefährten ihre Blicke gepannt auf den Horizont. Jeder wollte der Erste sein, ihr neues Zuhause erspähte.

„Ich bin schon neugierig darauf zu sehen, wie unser Haus ist“, meinte Hans. „Ich hoffe, es sieht so aus wie das von Raschko.“

Am frühen Nachmittag befahl der anführende Soldat: „Stoi! Halt!“ Die Wagen kamen zum Stillstand.

„Warum halten wir?“, wollte Hans wissen.

„Vielleicht, um die Pferde rasten zu lassen.“ Elisabeth war überrascht, als die Soldaten sie anwiesen, ihr Gepäck abzuladen.

„Was hat das zu bedeuten?“, rief ein Mann. „Wo sind die Häuser, die man uns versprochen hat?“

„Ihr bekommt Zimmerleute geschickt“, antwortete ein Soldat.

„Und wo sollen wir bis dahin leben?“

„Ihr müsst euch eben behelfen, so gut es geht.“ Der Soldat blieb in sicherer Entfernung von der aufgebrachten Menge. Die anderen Offiziere folgten und hielten ihre Schusswaffen bereit.

Weitere Lügen! Elisabeth wurde klar, dass sie dem Wind, der Sonne, dem Regen und den Tiere gnadenlos ausgesetzt sein würden, wenn sie nicht schon bald eine Unterkunft bauen konnten. Außer ein paar Bäumen nahe eines Baches, der in der Nähe verlief, gab es nichts außer Steppe, so weit das Auge reichte. Wie sollten sie ohne Holz bloß Häuser bauen?

Die Männer taten sich zusammen, um zu besprechen, was sie tun sollten. Karl war müde, als er dorthin zurückkam, wo Elisabeth und Hans bei ihren Habseligkeiten warteten.

„Was habt ihr beschlossen?“, fragte sie. Er wünschte, sie wäre bei ihm gewesen, um all das Gezänke und Gezeter unter den enttäuschten Kolonisten beruhigen zu helfen, während sie stundenlang ihre Lage besprachen.

„Heute Abend und wahrscheinlich noch viele weitere Nächte werden wir in unserem Wagen schlafen müssen. Wenigstens sind wir nur zu dritt!“

Hans wandte ein: „Anna hat mir gesagt, dass sie auf dem Boden unter dem Fuhrwerk schlafen würden.“

„Das ist Herrn Zweigs Entscheidung“, erklärte Karl. „Morgen werden wir den Frauen helfen, ihre *Semljanskis* zu graben. Das sind Erdhöhlen. Auch für die Tiere werden wir solche machen. Es ist einfacher, diese Höhlen am Flussufer oder entlang steiler Hügel zu graben. Ansonsten müssen wir eine Grube im Boden ausheben, was länger dauern würde. Und dann werden wir damit anfangen, die Felder zu räumen und urbar zu machen. Ansonsten gibt es keine Hoffnung, dieses Jahr noch eine Ernte einzubringen.“

Elisabeth schaute ungläubig drein. „Graben? Heißt das, wir müssen in Erdlöchern hausen?“

„Für den Augenblick ja. Du sagtest, du wolltest Land. Na ja, dann hast du dein Land über dir, um dich herum und unter deinen Füßen. Das ist viel mehr, als du dir jemals erträumt hast, oder?“ Er grinste. „Von jetzt an, meine liebe Frau, nimm dich in Acht, was du dir wünschst.“

Elisabeth fing an zu lachen, als ob die Absurdität ihrer Situation nicht länger durch Worte ausgedrückt werden könnte. Hans stimmte in ihr Lachen ein. Immer noch lachend fingen sie an, ihre Sachen im Wagen umzustellen, um Schlafplätze vorzubereiten. Karl entschied, dass sie so viel wie möglich im Wagen behalten sollten, um wilden Tieren keine Gelegenheit zum Diebstahl zu geben. Sie machten eine Ecke des Fuhrwerks für Elisabeth zurecht, die gegenüberliegende Ecke war für Karl bestimmt.

„Hans“, sagte Karl, „du kannst in der Mitte des Wagens liegen – weit weg von allem, was dir lästig werden könnte.“

Als er im Einschlafen begriffen war, konnte Karl das Rauschen eines Frischwasserbrunnens und das Plätschern eines Flusses hören. Am nächsten Tag würde er eine Stelle finden, die etwas weiter weg vom Fluss lag, wo er mit dem Bauen anfangen konnte. Vielleicht konnte er einen steileren Hügel im Land finden. Ihre Behausung wäre eher eine Art Erdkeller als ein Zuhause, aber damit würden sie durch diesen ersten Winter kommen, bis sie sich anständige Häuser bauen konnten. In Gedanken begann er mit der Planung einer Untergrundbehausung, die den Regen und den Wind abhielt.

Am darauffolgenden Morgen servierte Elisabeth Haferbrei, der viel schmackhafter und weniger klumpig war als der am ersten Tag. Karl bedankte sich für die gute Mahlzeit, und Hans folgte seinem Beispiel.

Karl wischte seine Hände an seiner Hose ab und stand auf. „Nun wollen wir damit beginnen, unser Haus auszugraben.“

„Aber warum können wir nicht ein Haus über der Erde haben?“, fragte Hans.

„Eines Tages werden wir das auch haben“, sagte Elisabeth, „aber momentan haben wir nicht das Bauholz, das wir dafür brauchen.“

„Wer will schon eine überirdische Hütte, wenn man eine unterirdische haben kann?“, witzelte Karl. „Für uns wird das ein Abenteuer sein.“ Hans lächelte ihn an. Karl war froh, dass Hans so reagierte, denn ihm fiel es schwer, die Nörgeleien des Jungen zu ertragen. Sie erinnerten ihn nur an seine eigenen Sorgen.

Sie holten ihre Habseligkeiten aus dem Wagen und hielten Ausschau nach einer Stelle, an der sie eine Höhle in dem kniehohen Grasland eine Höhle bauen konnten. Andere Siedler hatten bereits damit begonnen, den Boden auszuschachten. Die Zweigs waren dabei, nicht weit vom Fluss entfernt in einer trockenen Rinne ihre Behausung auszugraben.

„Auf diese Weise haben wir es nicht weit zum Wasserholen“, erklärte ihnen Herr Zweig.

„Hmm. Das gefällt mir nicht. Ich baue lieber auf höheren Boden“, erwiderte Karl.

„Seht ihr? Unser Zuhause liegt gen Süden, das heißt, wir haben so mehr Sonnenwärme. Es wird ein nettes Häuschen“, sagte Herr Zweig voller Stolz.

Karl und Elisabeth wählten sich einen günstigen Flecken Land aus, der nah an einem glucksenden Bach lag, jedoch nicht so nahe, dass sie eine Überschwemmung fürchten mussten. Es gab eine leichte Erhebung, aber sie würden immer noch tief graben müssen. Hans eilte davon, um den Grundriss des Hauses, das er bauen wollte, zu markieren. Karl stand neben Elisabeth und fing den zarten Duft ihres Haares ein, der noch durch die nach frischem Gras riechende Brise verstärkt wurde.

„Das Haus muss groß genug für uns drei sein, wir brauchen Platz zum Kochen und Schlafen“, sagte er. „Wir werden für die Tiere noch eine weitere Höhle graben, die an unsere angrenzt. Ich bezweifle, dass russische Zimmerleute je den Weg in diese Einsamkeit finden werden. Wir werden mit der Höhle anfangen, und später, nächsten Sommer, bauen wir uns ein richtiges Haus."

Karl nahm eine Sichel und machte sich daran, das hohe Gras zu mähen. Hans kam ihnen rennend entgegen. „So groß will ich es haben!" Er zeigte auf die Markierungen, die er festgelegt hatte. „Ich habe ein Schloss gesehen, das noch größer war, aber ich glaube, ein Haus wie dieses wird für uns reichen."

Karl lachte. „Hans, weder du noch ich könnten ein solch großes Haus vor dem Winter fertigstellen. Wir können uns schon glücklich schätzen, wenn wir eine Höhle halb so groß wie Juris' Isba zustande bringen."

Die drei wechselten sich beim Graben durch die dicke Grasschicht und die schwere, kastanienbraune Erde ab.

„Wir müssen tief gehen", meinte Karl.

Elisabeth nickte, aber er konnte erkennen, dass sie sich fragte, wie er wohl das große Loch abdecken wollte, sodass Regen und Schnee abgehalten würden. „Mach dir keine Sorgen!", versicherte er ihr. „Wir werden ein gutes, starkes Dach anfertigen."

„Dich bringt wirklich nichts aus der Fassung, oder?"

„Ich denke, das ganze Leben ist eine einzige große Herausforderung."

„Das werde ich mir merken." Elisabeth blickte über ihren Grund und Boden. Solange es noch Sommer war, konnten die Tiere im Freien leben, und wohl auch noch einen Teil des Herbstes, aber sobald der erste Schnee kam, müssten sie sie mit in die Höhle nehmen. Es wäre schön, noch einen zweiten Raum oder eine zweite Höhle zu haben, dachte sie und lächelte. Dann wären die Tiere vor der Kälte geschützt und würden von der Glut ihrer Feuerstelle profitieren, ohne durch ihr Haus zu trampeln. Ja, zwei nebeneinander liegende Höhlen – eine für sie und eine für die Tiere – für die Wintermonate zu haben, wäre fürs Erste eine sehr gute Sache.

Elisabeth half den ganzen Tag lang beim Graben, während Karl Zweige von einem Hain in Flussnähe heranschleppte und sie auf die nötige Größe zurechtschnitt. Während der Arbeit erklärte er Hans, dass es von nun an seine Aufgabe sei, auf die Tiere aufzupassen und für ihr Futter zu sorgen. „Siehst du das geschnittene Gras?"

Hans nickte.

Karl fuhr fort: „Wenn es trocken ist, mache Bündel daraus und binde sie mit langen Grasstängeln zusammen. Mach pro Tag so viele Grasbündel, wie du kannst. Wenn unser Heim fertig ist, werden wir deine Bündel in der zweiten Grube lagern, damit unsere Tiere genug Futter für den Winter haben. Wir brauchen alle Garben, die du binden kannst."

„Ja, das werde ich schon schaffen", meinte Hans.

„Es wird sicher noch eine ganze Weile dauern, bis wir diese Höhle ein Zuhause nennen können", sagte Elisabeth. „Ich werde sofort einen Gemüsegarten anlegen. Wenn das getan ist, werde ich am Haus weitergraben, bis es fertig ist."

Karl erklärte ihr, dass die Männer, bevor sie mit dem Pflügen anfangen konnten, die spärlichen Wälder nach Holz absuchen mussten, das hart genug für Pfluggriffe war. Erst dann könnten sie ihre Pflüge aus den Werkteilen zusammenbauen, die sie bekommen hatten. Karl und die anderen Männer fingen unverzüglich mit der Suche an.

Die Sonne schien warm und hell. Elisabeth empfand Dankbarkeit dafür, dass sie es noch rechtzeitig zur Aussaat zu ihrem Land geschafft hatten. Nach all der harten Arbeit, dem Umgraben der Grasschicht, dem Aussäen der in Saratow gekauften Samen und dem Zubereiten der Mahlzeiten war Elisabeth jeden Abend froh, sich endlich zum Schlafen hinlegen und die Augen schließen zu können. Wenigstens konnten sie sich in ihrem Wagen schlafen legen, ohne sich darum kümmern zu müssen, erst noch Leinenzelte aufzubauen, wie so viele andere Siedler das tun mussten. Aber auch nachts plagten sie unruhige Träume von der rauen Gegend und den vielen Insekten, mit denen sie sich tagsüber herumschlagen musste. Die Nacht verging so schnell, dass sie bei Sonnenaufgang das Gefühl hatte, gerade erst die Augen geschlossen zu haben.

Sie beklagte sich aber nicht. Sie wusste, dass alle anderen genauso hart arbeiten mussten wie sie. Am folgenden Tag, als sie sich gerade mit einer besonders störrischen Wurzel abmühte, trat Karl auf sie zu.

„Schau! Ich habe jetzt meinen eigenen *Socka.*“ Stolz führte er ihr seinen Pflug vor. „Nun bin ich ein echter Bauer.“ Um seine Augen spielte ein zufriedenes Lächeln.

An diesem Nachmittag setzte Karl zum ersten Mal seine Kalmücken-Ponys zum Pflügen ein, aber er kam nur schwer voran. Der Untergrund war so hart, dass er, Herr Zweig und einige andere Männer ihre Pferde und Ochsen zusammenspannen mussten, um die zähe Erdschicht zu durchbrechen. Elisabeth konnte bei dieser Nachricht nur den Kopf schütteln. Was immer sie auch anpackten, überall gab es unverhoffte Härten und Widerstände.

Als der Garten endlich angelegt war und die Männer emsig dabei waren zu pflügen, plagten Elisabeth leise Gewissensbisse, dass sie bisher nicht versucht hatte, Anna und Marie von Olga zurückzuholen. Eines Tages, nachdem Karl zur Arbeit auf dem Feld aufgebrochen war, nahm sie Hans an der Hand und ging zu dem Platz, an dem Olga und ihr Mann ihr Haus ausgruben. Hans und Anna rannten sofort zusammen weg.

„Ich müsste zwar weiter helfen, unser Haus auszugraben“, sagte Elisabeth, „aber ich glaube, wir müssen endlich einmal über die Mädchen sprechen.“

Olga nahm kein Blatt vor den Mund. „Du kannst sie gern bei mir lassen. Sie sind mir und meinem Mann inzwischen ans Herz gewachsen wie unsere eigenen Kinder.“

Elisabeth umarmte sie dafür. „Ich wäre keine gute Tante, wenn ich sie nicht in der Obhut der besten Mutter lassen würde, die sie haben können.“

Olgas Augen schwammen in Tränen, als sie Elisabeths Umarmung erwiederte. „Ich danke dir! Ich hatte schon Angst, dass ich sie wieder hergeben muss.“

Nachdem Elisabeth wieder zu dem Erdloch zurückgekehrt war, das bald ihr Heim sein sollte, verbrachte sie den Rest des Tages mit Graben, während Hans auf die Tiere aufpasste, Grasbündel für sie band und die ausgehobene Erde wegschleppte. Die Sonne hatte Elisabeths Haut gerrötet und ihr Rücken schmerzte. Insgeheim hatte sie Angst vor der intensiven Sonne und dem trockenen Wind aus dem Süden, die gnadenlos auf sie und ihre Pflanzen einbrannten. Beim Weiterarbeiten betete sie für ihr Land und für alle, die um sie herum waren. Am Ende des Tages hatte sie Frieden. Sie wusste, dass sie mit ihren eigenen Händen an ihrer Zukunft baute.

Als der Abend dämmerte, kehrte Karl zurück. Er sah so abgearbeitet aus wie sie. „Nachdem wir den Weizen, Roggen und die Gerste angebaut haben, haben wir die Landparzellen für jeden zu gleichen Teilen aufgeteilt. Ich werde dir deinen Teil bei Tagesanbruch zeigen."

In dieser Nacht konnte Elisabeth kaum schlafen, auch wenn sie sich körperlich völlig erschöpft fühlte. Am Morgen nahm Karl nach einem schnellen Frühstück Elisabeth und Hans an die Hand und begleitete sie über eine Anhöhe zu den Feldern, die endlos schienen. „Du stehst hier auf deinem Land."

Elisabeth drückte fest seine Hand. Ein Gefühl des Stolzes durchflutete sie. Sie war endlich zu Hause.

„Das alles gehört uns?", fragte Hans, als er seine Augen vor der Sonne abschirmte und auf den weiten Horizont blickte.

Karl lachte und schwang ihn auf seine Schultern. „Nein, nicht alles. Du wärst doch nie in der Lage, all das alleine zu bearbeiten!"

Mehrere Tage lang arbeiteten die Männer von morgens bis abends draußen auf den Feldern. Die Kinder passten auf das Vieh auf, das an dem jeweiligen Tag nicht zur Feldarbeit gebraucht wurde, und die Frauen gruben ihre Behausungen aus. Es war eine einsame und eintönige Arbeit. Elisabeth vermisste Olgas und Karls Gesellschaft. Doch ihre Grube wurde von Tag zu Tag größer, bis sie endlich so groß war wie nötig. Von da an machte es sich Karl zur Gewohnheit, morgens auf die Felder zu gehen, aber nach dem Mittagessen bei Elisabeth zu bleiben, um ihr zu helfen, mit Ästen und Zweigen ein Dach zu bauen, die er von den Bäumen entlang des Flusses abriss. Sobald das Gerüst angelegt war, traten Elisabeth und Karl zurück und begutachteten ihr Werk. Die Mitte ragte höher empor als die Enden, und der untere Dachvorsprung war nur einige wenige Zentimeter vom Boden entfernt. Sie konnten sich glücklich schätzen, dass sie ihr *Semljanski* in eine leichte Steigung gebaut hatten.

Elisabeth sagte: „Es scheint ein gutes Haus zu sein, aber dieses Dach wird den Regen nicht abhalten. Und selbst wenn es dies könnte, gibt es noch ein anderes Problem: Regen und Schnee werden sich vor dem Haus sammeln und hineinfließen und unser Heim überschwemmen."

„Dann werden wir eben das Haus so bauen, dass kein Regen eindringen kann", meinte Karl. Sie blickte ihn mit einem sonderbaren Gesichtsausdruck an, befolgte aber seine Anweisungen. Er vermischte Lehm und trockenes Gras und strich die Mischung über die Äste und Zweige, die das Dach bildeten. An jedem Abend schienen Elisabeths Nacken und Rücken vom Arbeiten mit den schweren Materialien mehr zu schmerzen.

Nach einigen Tagen sagte Karl: „Ich muss zu den Feldern zurück, aber das Dach ist ja fast fertig. Der letzte Schritt wird sein, das Dach mit noch einer weiteren Schicht Lehm zu verputzen und danach mit Ästen und Unterholz zu bedecken."

„Woher weißt du denn so genau, wie man das alles macht?", fragte Elisabeth.

Karl lachte. „Im Haus meines Vaters hatte ich einen Lehrer, der in den meisten Familien nicht gern gesehen gewesen wäre. Er war mit Zigeunern und Nomadenstämmen umhergereist, bevor er in die zivilisierte Welt zurückkehrte. Von ihm habe ich Sprachen, Etikette und Überlebenstechniken gelernt. Er hat mich beschäftigt, sodass ich Ruhe gab, und das war alles, was mein Vater wollte. Deshalb habe ich sozusagen eine interessantere Ausbildung genossen als die meisten französischen Adligen."

Elisabeth meinte vorsichtig: „Vielleicht hat Gott ihn dazu benutzt, dich auf diesen Tag vorzubereiten."

Er lächelte nur. „Während du unser Haus fertigbaust, werde ich einen Entwässerungsplan ausarbeiten."

Von diesem Augenblick an verbrachte Karl jeden Augenblick, den er erübrigen konnte, damit, ein Drainagesystem für ihr Haus zu entwerfen. Da die Höhlung in einen Hang hineingebaut war, konnte er das Wasser von der Öffnung der Höhle wegleiten, indem er einen Entwässerungsgraben aushob. Er grub vor dem Eingang ein großes Loch und füllte es mit vielen großen Steinen, die er und Hans von den Äckern herbeischleppten. Dann legte er Holz von einer Kiste über die Steinbrocken, damit man darüber gehen konnte. Karl betrachtete sein Werk und bemerkte, dass Elisabeth seine Konstruktion mit einem fragenden Blick bedachte.

„Wenn es regnet, wird das Wasser seitlich vom Dach in unser Haus rinnen und es überfluten, es sei denn, es kann irgendwo anders abfließen", erklärte ihr Karl. „Aber wenn Hans und ich den Graben fertig ausgehoben haben, wird es vom Haus weg zum Bad hinunter fließen."

Elisabeth sagte immer noch nichts.

„Bist du besorgt?"

Elisabeth schaute auf ihr Haus mit seinem kleinen Eingang, der einige Handbreit über dem Graben eingerichtet war. „Du bist ja so klug!"

Karl musste lächeln. „Wenn du meinst, ich sei klug, dann warte erst mal ab, bis wir ein Schwein schlachten. Wir werden die Schweinsblase nehmen, trocknen und aufspannen, und schon haben wir ein Fenster." Er blickte sich in ihrem Bauwerk um. „Wie mir scheint, sind wir fast fertig zum Einzug."

„O nein!", rief Elisabeth. „Nicht bevor wir das Leinentuch an der Decke befestigt haben."

Karl lächelte sie an. „Wozu soll der Leinenstoff denn gut sein?"

„Er soll Insekten und Erdkrümel von unserem Essen fernhalten", meinte sie. Karl half ihr bei diesem Vorhaben. Es dauerte einige Zeit, bis er herausfand, wie er den Leinenstoff, den sie in

Saratow gekauft hatten, anbringen konnte. Er war froh, dass die Konstruktion groß genug geworden war. Er würde lange Zeit nicht da sein, und für ihn wäre es deshalb nicht schlimm, wenn er beim Eintreten in die Behausung etwas den Kopf einziehen musste. Nachdem Karl sich einen Plan gemacht hatte, schafftenHans und er noch mehr Äste von dem Gebiet flussabwärts herbei, um das Tuch an Ort und Stelle zu befestigen. Elisabeth sah zufrieden aus, als alles fertig war. Karl machte sich nicht viele Gedanken um das Leinen, war jedoch dankbar, dass die Höhle nach dem Arbeiten in der ständigen Sonnenglut schön kühl war.

In den nächsten Wochen arbeiteten Elisabeth, Karl und Hans den ganzen Tag und häufig bis in den späten Abend hinein gemeinsam daran, ihr Haus und ihr Land für den Winter bereit zu machen. Am Morgen standen sie bei Dämmerung auf, und am Abend waren sie so müde, dass es den Anschein hatte, als erwachten sie, ohne tatsächlich geschlafen zu haben.

Eines Nachts lag Karl da und lauschte in die Stille. Es war nur Elisabeths und Hans' leises Atmen war am anderen Ende des Raumes zu hören. Er verschränkte die Arme unter seinem Kopf. Seine Gedanken kreisten immer wieder um die Sorge, den Weizen womöglich zu spät ausgesät zu haben. Außerdem machte er sich Gedanken darüber, dass der kleine Gemüsegarten vielleicht nicht rechtzeitig ausreichend Nahrung für den Winter liefern würde. Selbst die Sonnenblumen schienen nicht so groß zu sein, wie sie zu dieser Zeit des Jahres hätten sein sollen, obwohl Elisabeth und Hans Wasser von dem naheliegenden Strom herbeitrugen und sie regelmäßig gossen.

Der Sommer erwies sich als extrem trocken, und die Sonne schien unerbittlich. Überall waren Mäuse, die die Saat auffraßen und sich an die Vorräte machten. Manchmal dachte er, er höre selbst in seinen Träumen noch ihr scharrendes Kratzen. Wie lange würde es dauern, so fragte er sich, eine Speisekammer mit Nahrungsmitteln zu füllen? Vielleicht müsste er noch ein ganzes weiteres Jahr hierbleiben. Er wunderte sich, dass er darüber gar nicht so frustriert war, wie er angenommen hatte. Wenn er so ihr Land überblickte und die Ähren, die im Wind wogten, betrachtete, kam es ihm manchmal nicht mehr so unglaublich vor, dass eine Hand, die weit größer war als die seine, dies alles geschaffen haben musste. Wie lautete der Vers noch einmal? „Am Anfang schuf Gott Himmel und Erde." Manchmal fragte er sich, warum er sich weigerte, an Gott zu glauben, und dann erschien immer wieder das Bild seines Vaters vor seinem geistigen Auge, und er schob alle Gedanken über Gott weit von sich.

An einem Tag, als Karl die Pferde nicht brauchte, fuhren Elisabeth und Hans mit ihrem Wagen zum Ufer des kleinen Flusses. Von krummen alten Bäumen pflückten sie Äpfel, Pflaumen und Birnen von geringer Qualität, die man aber wenigstens dörren konnte.

„Für den Winter brauchen wir auch einen großen Vorrat an Brennstoff", meinte Elisabeth und stapelte im Wagen einige Bündel Reisig und einen getrockneten Fladen Kuhmist. Glücklicherweise würden die Wäldchen entlang des Flusses genügend Feuerholz für die Siedler liefern. Als Karl zum Abendessen zurückkehrte, hatten sie den Anfang für einen kleinen Stapel an Winterbrennmaterial gelegt.

„Sobald ich kann, werde ich eine Stelle ausgraben, wo wir das Gesammelte lagern können", sagte er.

Elisabeth kam nicht umhin festzustellen, was für einen großartigen Mann sie doch geheiratet hatte. Sie hatte den Eindruck, dass er alles anpacken und bewerkstelligen konnte. Gretas Worte hatten sich bewahrheitet. Karl gab tatsächlich einen guten, tüchtigen Ehemann ab – und einen guten Vater für Hans. Wenn er das doch nur einsehen könnte! Wenn er doch nur seine Abenteuerlust – oder was auch immer es war, wonach er suchte – aufgeben könnten und nicht mehr weglaufen würde!

In jedem freien Moment, den sie hatten, arbeiteten sie daran, eine zweite Höhle neben ihrem Haus für die Tiere zu graben sowie eine dritte für die Vorräte. Beide Höhlen waren viel kleiner als ihr Heim. Sie waren durch eine drei Fuß dicke Wand miteinander verbunden, die eine Öffnung aufwies. Da sie beide Räume gleichzeitig aushoben, kamen sie nur langsam voran.

Elisabeth sammelte kleine Äste und Schilfrohr und fertigte daraus einen Besen. Beim Fegen sagte sie zu sich selbst: „Ich will kein dreckiges Haus haben, auch wenn der Boden nur aus Erde besteht."

Im Haus war es so dunkel wie bei Nacht. Die Männer konnten nicht aufrecht darin stehen, doch das *Semljanski* war ihr Zuhause. Elisabeth war froh, dass Karl daran gedacht hatte, in Saratow so viele Kerzen zu kaufen. Wer hätte geglaubt, wie sehr sie diese einmal nötig haben würden?

Karl beeilte sich, vom Feld nach Hause zu kommen. „Ein Sturm kommt auf und zieht in unsere Richtung. Es sieht nach einem schlimmen Unwetter aus. Ein Blitz hat ein Grasfeuer verursacht. Noch ist niemandes Feld betroffen, aber wir müssen die Tiere hereinbringen."

„Hier herein?", grübelte Hans.

„Sie müssen solange hier bleiben, bis wir die Höhle neben dieser fertiggestellt haben", sagte Karl. „Der Himmel ist schwarz. Ich befürchte, dass es auch Hagel gibt. Wenn die Hagelkörner dick sind, können sie die Tiere verletzen." Kaum hatten Elisabeth, Karl und Hans alle Tiere hereingebracht, entluden die dicken Wolken ihre nasse Last über ihnen.

Von ihrem Eingang aus blickten sie auf den Himmel und sahen zu, wie der Regen sich in Strömen auf das Land ergoss. „Zumindest wird so jedes durch den Blitz entstandene Feuer gelöscht", meinte Hans.

Elisabeth befühlte ihr sonnenverbranntes Gesicht. Es tat weh, aber dennoch dankte sie im Stillen Gott, dass er ihnen gutes Wetter zum Säen und Bauen gegeben hatte und dass sie nun geschützt in ihrem eigenen Heim mit ihrem Mann und Kind sein konnte.

Das auf sie herabstürzende Wasser wurde tatsächlich von Karls Drainage aufgefangen und durch den Graben in tieferen

Grund abgeleitet. Elisabeth hörte das Rauschen des Wassers, das über die Felsbrocken lief und gegen das Behelfsdach schlug.

„Glaubst du, dass es Anna gut geht?", fragte Hans. „Sie hat solche Angst vor Gewittern." Elisabeth bemerkte, dass seine Stimme bebte.

„Ich zittere auch manchmal vor Angst", erklärte Karl. Er legte seinen Arm um den Jungen.

Der Sturm bescherte ihnen einen so heftigen Regen, dass Elisabeth unwillkürlich an den Abend zurückdenken musste, an dem sie und Hans zusammengekauert in der Kirche gesessen hatten. Sie sah wieder die Gesichtszüge des gütigen Priesters vor sich. Plötzlich verzog sich der Sturm so schnell, wie er gekommen war.

Elisabeth, Karl und Hans verließen langsam ihren Unterschlupf und führten ihre Tiere hinter sich hinaus. Das Entwässerungssystem hatte funktioniert. Das Dach hatte sie vor dem Regen geschützt. Nicht weit entfernt von ihnen sahen sie eine durchnässte Olga, eine schluchzende Anna, eine triefnasse Marie und Herrn Zweig mit hochrotem Gesicht.

„Wir haben alles verloren! Wir haben nur noch die Tiere und das, was wir bei uns tragen", klagte Herr Zweig. Er zog seine Bibel unter dem Mantel hervor. „Alles andere hat uns der Fluss genommen."

22

Ein Regenbogen erschien am Himmel, als Elisabeth mit vom Schlamm immer schwerer werdenden Schuhen vorwärts eilte. An ihrer Seite waren Hans und Karl.

„Meine armen Kleinen!", rief Elisabeth aus und nahm Olga Marie ab. Die triefnassen Kleider der Sechsjährigen durchnässten augenblicklich Elisabeths handgesponnenes braunes Kleid. „Kommt, lasst uns schnell hineingehen, wo ihr euch abtrocknen könnt."

Anna weinte, versuchte aber, ihre Tränen herunterzuschlucken, als Hans ihren Arm ergriff und fragte: „Warum weinst du denn jetzt so?"

„Das Wasser hat mich erschreckt", gab Anna zur Antwort.

Karl legte eine Hand auf Herrn Zweigs Schulter, als sie in Richtung Haus gingen. „Was ist vorgefallen?"

Anna platzte heraus: „Der Fluss ist in unser Haus gekommen und hat versucht, mich wegzutragen." Olga nickte, und Elisabeth spürte den Schrecken, den ihre Freunde empfunden haben mussten, obwohl Olgas Gesicht jetzt nichts mehr davon erkennen ließ. Elisabeth war sich sicher, dass Olga hinter ihrer harten Fassade wirklich Angst verspürte.

Elisabeth führte die anderen hinunter in ihr Haus. „Es ist gut, dass ihr zu uns gekommen seid."

Karl fügte hinzu: „Ihr werdet natürlich bei uns bleiben, bis ihr ein neues Heim gebaut habt. Keine Widerrede!"

Herr Zweigs Augen wurden feucht. „Ich danke dir!" Als er seine wenigen verbleibenden Habseligkeiten absetzte, meinte er: „Ich hätte nicht gedacht, dass es in der Nähe des Flusses so gefährlich ist. Das Wasser schien so friedlich. Ich hätte euren Rat befolgen und auf höher gelegenes Land bauen sollen!"

Karl öffnete ihre Tür ganz weit, um so viel Licht wie möglich hereinzulassen. „Ja. Mir schien die Böschung, die ihr ausgesucht habt, viel zu nahe am Fluss."

„Ich wünschte, ich hätte auf dich gehört", sagte Herr Zweig noch einmal. Er blickte zu Olga, in deren Gesicht tiefe Sorgenfalten zu sehen waren.

„Hier drinnen ist es schön warm, Mama", meinte Anna. Elisabeth lächelte. Sie wartete, bis sich ihre Augen an die Dunkelheit gewöhnt hatten.

Karl zündete eine der Kerzen an, die er in Saratow gekauft hatte. „Wir müssen untersuchen, ob es auf den Feldern Schäden gegeben hat." Sein Blick fiel auf Hans. „Willst du nicht mitkommen?" Hans versuchte, sein Lächeln zu verbergen, aber man konnte deutlich sehen, dass er stolz darauf war, dass Karl ihn bei dieser wichtigen Aufgabe dabei haben wollte.

„Es ist wohl am besten, das gleich zu machen", meinte Herr Zweig. Er wandte sich an Olga. „Bist du damit einverstanden, Liebes?"

„Ja, ja, geht nur. Wir bleiben hier und kümmern uns um alles andere. Nur zu!"

Nachdem die Männer gegangen waren, zogen Olga und Anna ihre nassen Kleider aus und Elisabeth hängte sie über das Geländer des Wagens, auf den die Sonne mit ihren kräftigen Strahlen bereits wieder herabbrannte. In der Ferne sah Elisabeth, wie Hans den Männern zu folgen versuchte, die schon dabei waren, die Wetterschäden an ihren Getreidefeldern zu überprüfen. Als Elisabeth zum *Semljanski* zurückkehrte, hatte Olga ihre Kleidung gewechselt und Elisabeths Nachthemd angezogen. Sie machte sich schon nützlich mit der Essenszubereitung. Marie saß aufrecht auf einer ausgebreiteten Decke und hatte überhaupt nichts an. Anna, die Hans' Nachtgewand angezogen hatte, saß neben ihr.

„Es ist schön, euch wieder bei uns zu haben", meinte Elisabeth. „Oh! Seit wann kann Marie denn alleine sitzen?"

Olga hielt in ihrer Arbeit inne und blickte das Kind an. „Seit wann? Seit gerade eben." Die Frauen lächelten sich an.

„Hallo!", rief eine Stimme von draußen. Olga ließ sich nicht unterbrechen. Anscheinend war es ihr gleichgültig, wer da Einlass wollte. Es war Herbert, der in diesem Moment seinen Kopf zur Tür hereinsteckte. „Alle meine Sachen wurden fortgeschwemmt. Hättet ihr vielleicht noch Platz für eine Person mehr? Meine Tiere habe ich auch mitgebracht."

„Aber natürlich!", entgegnete Elisabeth. „Karl ist mit Herrn Zweig auf den Feldern."

„Dann werde ich mich ihnen anschließen." Er tippte sich an den Hut, winkte ihnen zum Abschied kurz zu und ging fort. Elisabeth war froh, dass das Unwetter eingetreten war, solange noch Zeit war, um alles wiederaufzubauen.

„Herbert scheint ein freundlicher Mann zu sein", meinte Olga.

„Ja", sagte Elisabeth, die sich vorgenommen hatte, ihre Vorbehalte ihm gegenüber nicht zum Ausdruck zu bringen.

Ein weiteres „Hallo" schallte von oben her ins Haus.

„Der Fluss hat also auch Ihre Sachen zerstört?", fragte Elisabeth den Mann, der an der Tür auftauchte. Wie sie sogleich bemerkte, war es Herr Krause, dessen Familie auch zu ihrer Siedlertruppe gehörte.

„Wir haben zwar nicht ganz so viel Schaden gehabt wie andere", erklärte Herr Krauss, „aber bei uns steht das Wasser kniehoch. Dürfen wir unsere trockenen Sachen hier bei euch abstellen? Wir müssen zusehen, noch ein paar von unseren Habseligkeiten zu retten."

„Natürlich", meinte Elisabeth wiederum. „Sie und Ihre Familie können auch gern bei uns übernachten, bis Sie eine neue Unterkunft gefunden haben. Es wird zwar eng werden, dafür ist es aber warm."

„Ich danke Ihnen herzlich, Frau Ebel", sagte Frau Krause, und sie fingen an, ihre wenigen Besitztümer in dem Raum zu verteilen. Elisabeth sah sich in ihrem kleinen Ein-Zimmer-*Semljanki* um. Es würde tatsächlich sehr eng werden, aber irgendwie würde es schon gehen.

Nachdem Olga sich ihre mittlerweile trockenen Kleider wieder angezogen hatte, gestand Elisabeth ihr: „Ich weiß, dass ich über euren Verlust mehr Traurigkeit empfinden sollte. Aber ich bin so dankbar, dass ihr wieder bei uns seid."

Olga ließ sich bei der Essenszubereitung nicht unterbrechen, schenkte Elisabeth aber für ihre herzlichen Worte ein freundliches Lächeln.

Als Olga sich anschickte, Wasser holen zu gehen, drehte sie sich noch einmal an der Tür um. „Es freut mich wirklich, dass zwischen dir und deinem Mann alles gut ist. Wie du siehst, kann aus einer schlimmen Situation auch Gutes entstehen."

Elisabeth starrte noch lange auf die Tür, nachdem Olga bereits gegangen war. Niemand wusste, wie es in ihr aussah. Ihr und Karl war es gelungen, selbst Olga über ihre Beziehung zu täuschen. Sie hatte Schuldgefühle, doch schlimmer als das war die innerliche Leere.

Die erste Nacht mit so vielen „Gästen" in der Behausung wäre fast zur Katastrophe geworden, hätte Karl nicht gleich das Problem erkannt und gelöst. „Ihr Frauen legt euch dort drüben zur Ruhe und wir Männer schlafen auf dieser Seite." Schließlich trennte nur ein winziger Streifen auf dem Boden die Männer von den Frauen, aber Elisabeth war froh über diese Lösung. Als sie sich bei ihm bedankte, zwinkerte Karl ihr gutmütig zu.

Die heimatlosen Familien verbrachten den gesamten nächsten Tag damit, aus ihren Häusern zu retten, was zu retten war, und ihr Hab und Gut aus dem Fluss herauszufischen. Elisabeth hatte alle Hände voll damit zu tun, sich um die Kinder zu kümmern. Jetzt waren auch noch die vierjährigen Krause-Zwillinge dazugekommen. Obwohl ihr Heim im Vergleich zu anderen geräumig war, war es für vier Familien doch deutlich zu klein. Ständig kamen sie sich in die Quere. In der zweiten Nacht beschlossen Karl, Herbert, Herr Krause und Herr Zweig, unter freiem Himmel zu schlafen, wo sie wenigstens ihre Gliedmaßen völlig ausstrecken konnten. Die Frauen waren dankbar für den zusätzlichen Raum drinnen.

Am darauffolgenden Morgen hatten Herbert und die Krauses einen Platz gefunden, wo sie ihr neues Haus graben wollten. Sie hatten genug von ihren durchweichten Habseligkeiten retten können, um allein weiterzumachen. Nur die Zweigs blieben noch bei den Ebels.

„Es tut mir leid, dass wir euch so lange belästigen müssen", entschuldigte sich Olga.

„Kein Wort mehr!", entgegnete Elisabeth. „Ich freue mich doch über jeden Tag, den ihr hier seid. Wir arbeiten gut zusammen, und eure Gesellschaft tut uns gut."

„Immer wieder erkläre ich meinem Mann, welche Vorzüge dieser oder jener Platz hat, aber er findet immer ein Haar in der Suppe. Die Tatsache, dass er uns alle beinahe verloren hätte, setzt ihm mehr zu, als er zugeben will. So ist er mit keinem neuen Platz zufrieden. Nur hier weiß er uns sicher." Olga wischte sich schnell eine Träne aus dem Gesicht.

„Und du tust mehr als deine Pflicht", bekräftigte Elisabeth. „Wir haben Kartoffeln, Wassermelonen, Kräuter ... Im Winter wird mehr als genug für unsere beiden Familien da sein. Hab keine Angst! Herr Zweig wird schon ein gutes Heim für euch bauen."

„Ich hoffe, du hast recht." Olga wandte sich ab.

An diesem Abend schickte Olga Elisabeth nach draußen, um die Männer zum Abendessen hereinzurufen. Elisabeth liebte diese Zeit des Tages, wenn die Arbeit fast getan war und es kühler wurde.

Hans rannte auf sie zu. „Können wir jetzt essen?", fragte er.

„Wir essen dann, wenn du die Männer gerufen und dein Gesicht und die Hände gewaschen hast. Du bist ja so schmutzig, dass ich kaum erkennen kann, wer da eigentlich vor mir steht."

Hans rannte sogleich zu Karl und Herrn Zweig zurück. „Abendessen!" Dann drehte er wieder um und eilte zu Elisabeth zurück. „Ich bin gewaschen, bevor du noch einen Schritt ins Haus gesetzt hast!" Mit diesen Worten rannte er voraus.

Herr Zweig hatte es fast so eilig wie Hans. Elisabeth aber wartete auf Karl, der in Ruhe seine Arbeit beendete und sein Werkzeug zusammenpackte. Sie nahm ihm einige kleine Teile ab, und sie gingen gemeinsam zurück zum Haus.

Als Elisabeth Karl verstohlen von der Seite anblickte, stellte sie fest, dass er das Gleiche tat. Sie mussten beide lächeln.

„Das Wetter ist heute Abend wunderschön", begann Elisabeth.

„*Du* bist wunderschön", entgegnete er. Elisabeth sog den Duft der Felder ein und dachte über Karls Worte nach. Bevor sie ins Haus eintraten, nahm er ihr das Werkzeug ab.

Nach dem Abendessen nahm Herr Zweig seine Bibel in die Hand und las ihnen daraus vor, wie er es seit der Flut bisher jeden Abend getan hatte. „Das ist ein Wort aus dem Epheserbrief, Kapitel sechs: ‚Ihr Kinder, seid gehorsam euren Eltern in dem Herrn; denn das ist recht …'"

Karl musste sich anstrengen, um nicht einzuschlafen. Was bedeuteten diese Worte? Warum hätte er seinem verachtenswerten Vater gehorchen sollen? Der Gott, an den Elisabeth glaubte, verlangte wirklich zu viel.

Er hörte, wie Herr Zweig mit monotoner Stimme weitersprach: „Und ihr Väter, reizt eure Kinder nicht zum Zorn, sondern erzieht sie in der Zucht und Ermahnung des Herrn …"

Karl nickte. Er wünschte, sein Vater hätte diese Worte hören können. Das war genau das, was ihm einmal jemand hätte sagen müssen. Vielleicht war ja doch nicht alles, was in der Bibel der Christen stand, reiner Unsinn. Karl lehnte sich nach vorne und hörte Herrn Zweig aufmerksam zu.

Am darauffolgenden Tag schien die Sonne wieder hell und warm. Elisabeth und Olga gingen nach draußen, um im Garten Unkraut zu jäten, während die Kinder draußen toben und spielen konnten. Olga hatte Marie auf ihren Rücken gebunden, und schon bald wurde die Kleine durch Olgas rhythmische Bewegungen in den Schlaf gewiegt.

Um sich abzulenken und nicht immer wieder über Karls Kompliment nachdenken zu müssen, fragte Elisabeth: „Bist du mit deinem neuen Leben zufrieden?"

„Ja. Herr Zweig ist immer gut zu mir." Olga zog eine lange Unkrautwurzel heraus. „Mein erster Gatte war ein grausamer Mann."

„Wie lange warst du denn mit ihm verheiratet?" Elisabeth sah einem Hasen nach, der aus ihrem Garten davonsprang.

„Lange genug, dass er die Möglichkeit hatte, meine Kinder umzubringen", sagte sie leise wie zu sich selbst.

Elisabeth spürte, wie sich ihr die Kehle zuzog. „Er hat deine Kinder umgebracht? Wie schrecklich!"

Olga seufzte. „Ich spreche nicht gern davon, aber du bist für mich wie eine Schwester, und deshalb sage ich es dir. Mein Mann hat immer gern getrunken und mich dann im Rausch geschlagen. Damit hat er aber auch meinen vier ungeborenen Kindern in meinem Körper Gewalt angetan, sodass keines von ihnen je lebend zur Welt kam. Als ich versuchte, seinem Zorn zu entkommen, verpasste er mir das hier." Sie zeigte auf die Narbe auf ihrer Wange. „Auch wenn ich einerseits Scham empfinde, ist es doch eine gewisse Genugtuung, dass er sich mit dem Trinken schließlich selbst umgebracht hat."

„Ich hoffe, dass deine Zukunft nur noch Gutes für dich bereithält, Olga." Elisabeth meinte es genau so, wie sie es sagte. Im Stillen bat sie Gott um Frieden für Olga.

„Vielleicht wird Gott dir noch mehr Kinder schenken."

„Vielleicht. Aber ich habe ja bereits zwei wunderbare Mädchen. Das ist mehr, als ich je erhofft habe. Aber ich danke dir für deine freundlichen Worte." Sie wischte sich die Hände an einem Tuch ab. „Nun müssen wir uns aber an die Arbeit machen. Du musst endlich lernen, deinem Mann ein gutes Essen zu kochen."

Nachdem sie ihre Arbeit auf den Feldern beendet hatten, ging Karl hinter Herrn Zweig her, der ein Stück Land auf der anderen Seite von Karl und Elisabeths Haus inspizierte. „Sie müssen sich endlich entscheiden, Herr Zweig, und sich irgendwo niederlassen. Das hier ist ein sehr gutes Stück Land, sogar noch besser als das, auf dem ich gebaut habe."

Herr Zweig fasste sich ans Kinn. „Hmm. Es macht einen guten Eindruck, aber es ist nicht so nahe am Wasser wie unser alter Platz."

„Diese Annehmlichkeit hat Sie doch gerade Ihr Haus gekostet!" Karl hob einen Steinbrocken auf und warf ihn weit weg.

„In Ordnung. Morgen können wir anfangen zu graben."

„Wir haben immer noch drei Stunden Tageslicht", erwiderte Karl und reichte Herrn Zweig eines der Werkzeuge, das er mitgebracht hatte. „Wir werden sofort beginnen."

Herr Zweig blickte Karl durchdringend an. Aber nach einer kleinen Weile tat er es Karl nach, der seine Schaufel schon mit kräftigen Schwüngen in den Boden stieß und losgrub. Ein paar Stunden später, als die Männer den Heimweg antraten, bemerkte Karl, dass Herr Zweig aufrechter ging und seine Schultern nicht mehr unglücklich herabhingen. Da wusste er, dass Herr Zweig wieder neuen Mut gefasst hatte.

An diesem Abend las Herr Zweig wie gewohnt laut aus der Bibel vor. „Selig sind, die reinen Herzens sind; denn sie werden Gott schauen ...“*

Wenn das wahr ist, dann ist meine Sache hoffnungslos, dachte Karl. *Ich werde Gott nie schauen.* Er stellte fest, dass Elisabeth sehr gerne der Bibellesung zuhörte. Sie und Olga hatten die Kinder auf dem Schoß oder sie stopften bei dem schwachen Kerzenlicht ihre Kleider. Seine Mutter hätte Elisabeth gemocht.

Herr Zweig fuhr fort: „Selig sind, die um der Gerechtigkeit willen verfolgt werden; denn ihrer ist das Himmelreich.“

Karl rieb sich das Kinn. Einiges, was in der Bibel stand, war durchaus logisch und akzeptabel. Ihm gefiel es, dass Gott fair zu sein schien, auch wenn er ziemlich viel von einem forderte. Er hatte schon viele Argumente für den christlichen Glauben gehört, aber er hatte sich nie mit der Bibel selbst beschäftigt. Sicher, als Junge hatte er Bibelverse auswendig gelernt. Aber sie hatten ihm nichts bedeutet. Er lehnte sich nach vorn und hörte noch aufmerksamer zu.

Während die Zweigs die Kinder für die Nacht fertigmachten, fragte Karl Elisabeth, ob sie mit ihm nach draußen gehen wolle. Elisabeth schien die Möglichkeit willkommen, die enge Begrenzung ihres *Semljankis* hinter sich zu lassen. Vom Mondlicht beschienen, stand sie so nahe bei ihm, dass er die Wärme ihres Körpers spüren konnte.

„Die Luft riecht so frisch und gut im Freien. Ich kann den Weizen und die Gräser heraus erkennen“, meinte Elisabeth. Sie wider-

* Matthäus 5,8

stand dem Wunsch, sich an ihn zu lehnen, und stellte sich aufrecht hin. Karl ließ seine Arme steif an der Seite herunterhängen, um sich daran zu hindern, Elisabeth mit all der Leidenschaft, die er spürte, zu umarmen. Er musste vernünftig sein und sich zwingen, seine Gedanken auf andere Dinge zu richten. Schließlich sagte er: „Olga hat sich mit dem Eintopf heute Abend selbst übertroffen."

Elisabeth schien erfreut. „Olga? *Ich* habe den Eintopf gekocht."

„Du hast das Abendessen gemacht?"

„Du scheinst sehr überrascht!", meinte sie lächelnd. „Olga hat mir schon viel beigebracht."

„Dann habe ich überhaupt nichts dagegen, dass sie noch länger hier bleibt!"

Die momentane Gefahr war zwar vorüber, aber Karl wusste, dass bald etwas geschehen musste. Elisabeth war für ihn viel mehr als eine Weggefährtin. Wenn er bei klarem Verstand bleiben und sich an seine Pläne halten wollte, musste er neue Abmachungen treffen.

In den nächsten Tagen halfen Elisabeth und Hans Olga und Anna dabei, das Haus für die Zweigs auszugraben, während die Männer weiter die Feldarbeit erledigten. Karl plante, die angrenzende Höhle für ihre Tiere fertigzustellen, nachdem die Zweigs in ihr neues *Semljanki* eingezogen waren. Es tat ihm leid, dass er erst nach dem Abendessen beim Graben helfen konnte. Die Frauen hatten mit dem Beaufsichtigen der Kinder, dem Bewirtschaften der Gärten, dem Zubereiten der Mahlzeiten und dem Graben alle Hände voll zu tun.

Das Haus der Zweigs war nicht so groß wie das der Ebels, aber es wurde genauso schön. Nachdem Karl und Herr Zweig das Drainagesystem angelegt, das Dach fertiggestellt und ein Leinentuch aufgehängt hatten, um die Dreckbröckchen aufzufangen, die von der Decke fielen, konnten alle mit dem Werk zufrieden sein.

Nur Elisabeth sah traurig aus. Als Herr Zweig ihnen zum letzten Mal vor dem Umzug in das neue Zuhause aus der Bibel vorlas, schwirrten viele Gedanken in Karls Kopf herum. Auch er würde die Gesellschaft der Zweigs vermissen, aber er wollte auch die wenige Zeit, die er seiner Familie widmen konnte, für sie allein haben. Ihm war klar, dass er den Abschied von Elisabeth am meisten bedauern würde. Er ertappte sich dabei, wie er sich in Gedanken ausmalte, wie es wohl sein würde, für immer Elisabeths Ehemann zu sein. Als er Elisabeths Lächeln auffing, die ihn beobachtete, fragte er sich, wie sehr er sie wohl vermissen würde. *Genug davon!*, ermahnte er sich selbst. Er lenkte seine Gedanken bewusst von Elisabeth weg zu dem hin, was er gerade hörte. Herr Zweig sprach über Jesu Worte an seine Jünger. „Ihr sollt nicht meinen, dass ich gekommen bin, das Gesetz oder die Propheten aufzulösen; ich bin nicht gekommen aufzulösen, sondern zu erfüllen. Denn wahrlich, ich sage euch: Bis Himmel und Erde vergehen, wird nicht vergehen der kleinste Buchstabe noch ein Tüpfelchen vom Gesetz, bis es alles geschieht."* Karl zog seine Augenbrauen hoch und beugte sich gespannt vor. Es schien ihm, als würde Gott direkt zu ihm über die Erfüllung des jüdischen Gesetzes sprechen.

Als die Zweigs in ihr neues Haus einzogen, war Karls Kopf voller neuer Gedanken über Jesus und seine Lehren.

•◆•

Elisabeth schien das Haus leer und öde, nachdem die Zweigs ausgezogen waren, besonders weil sich Karl und Herr Zweig mit einer Gruppe von Männern zu einer einwöchigen Reise nach Pokrowsk aufgemacht hatten, das die Deutschen jetzt „Kosakenstadt" nannten. Sie hatten ihr Dorf unter strenger Bewachung verlassen, um in der Stadt die Vorräte einzukaufen, die ihnen noch fehlten, um den Winter zu überstehen. Elisabeth war dankbar dafür, dass Sergei mit den Männern mitgegangen war. Sie hatte nicht viel von ihm zu sehen bekommen, seit sie angekommen waren, aber der Gedanke, dass Karl weit weg und Sergei in ihrer Nähe war, gefiel ihr nicht. In Karls Abwesenheit verbrachte sie die meiste Zeit damit, den Unterstand für die Tiere und einen Entwässerungsgraben dafür weiter auszugraben.

* Matthäus 5,18

Ein Trost für sie war es, wenigstens Hans bei sich zu haben. Dennoch zog sich für Elisabeth jeder Tag endlos hin. Würde es immer so sein, wenn Karl – falls er sich wirklich zum Gehen entschloss – weggegangen war? Bisher hatten sie zwar keine richtige Ehe geführt, aber sie hatte die Freundschaft, die sich zwischen ihnen entwickelt hatte, wirklich genossen.

Als Karl endlich von der Reise zurückkehrte, hüpfte Elisabeths Herz vor Freude. Sie konnte nicht aufhören zu lächeln, wenn Karl in ihrer Nähe war. Sie machte zwar genauso weiter, wie es ihren täglichen Gewohnheiten entsprach – sie kümmerte sich um Hans, sie putzte, wusch, versorgte den Garten und sammelte Vorräte für den bevorstehenden langen Winter –, doch man konnte ihr die Freude deutlich anmerken.

„Man hat uns versprochen, unserer Siedlung im Frühling Bauholz zuzuteilen", sagte Karl. „Ich hoffe, dass das auch wahr ist."

„Das hoffe ich auch!", seufzte Elisabeth.

Karl hatte in der Stadt alle Zutaten besorgt, die sie und Olga brauchten, um Käse, Pökelfleisch und viele andere Nahrungsmittel für den Winter zuzubereiten. Die Aufgaben, die Elisabeth in ihrer Jugend im Rheinland gehasst hatte, wie beispielsweise Seife zu sieden, machten ihr jetzt sogar Spaß. Während sie die Seifenstückchen zum Trocknen auslegte, betrachtete sie mit Freude das junge Fohlen und das Kälbchen, die fröhlich auf dem Grundstück herumhüpften. Sie dachte auch an die Erweiterung ihres Heimes, an dem sie jeden Abend ein bisschen weiterarbeiteten. Bald würden sie eine kleine Speisekammer haben, und in der Höhle der Tiere einen Trog für die Ponys und eine Stange für die neuen Küken, die Karl mitgebracht hatte. Mit den vielen Vorbereitungen für den Winter flogen die Tage nur so vorüber. Elisabeth dachte mit Dankbarkeit über alles nach, was sie hatte: ein Zuhause, einen Mann, einen Sohn, Freunde, ein eigenes Stück Land und ganz besonders den Herrn. Das Leben konnte nicht schöner sein.

Karl aß den letzten Bissen von dem köstlichen Mahl, das Elisabeth zubereitet hatte. Insgeheim war er Olga für ihre Kochlektionen dankbar. Er hatte auf der Reise die Mahlzeiten seiner Frau sogar sehr vermisst. In diesem Moment stellte Hans eine Frage, die Karl unangenehm aus seinen Gedanken riss:

„Die Kirgisen haben schon so oft Siedlergruppen angegriffen. Werden sie uns auch angreifen?"

„Nein", erwiderte Karl. „Wir sind zu weit weg und zu gut geschützt." Er wollte sich nicht mit Hans auf ein Gespräch über die Kirgisen einlassen, und schon gar nicht die Gerüchte erwähnen, die im Umlauf waren. Der Nomadenstamm hatte tatsächlich bereits mehrere Siedlungen überfallen, kleine Kinder getötet, Frauen als Sklavinnen verschleppt und alles zerstört, was sie nicht mitnehmen konnten. Elisabeth sollte von den schrecklichen Vorkommnissen nichts erfahren.

„Ich habe aber auch gehört, dass sie eine Siedlung angegriffen und die meisten Siedler getötet haben", mischte sich Elisabeth ein. „Wie sollen wir uns denn vor ihnen schützen?"

„Vor allem mit der massiven Tür, die ich für uns gemacht habe. Sobald du siehst, dass sich Reiter nähern, gehst du mit Hans ins Haus und verriegelst die Tür."

„Sie könnten sich doch aber auch einen Weg durchs Dach graben", warf Hans ein.

„Wir haben das Haus von oben mit einer sehr dicken Lehmschicht verputzt. Die Kirgisen machen immer Überraschungsangriffe und setzen auf Schnelligkeit. Sie werden sich nicht mit langem Graben aufhalten. Die deutschen Siedler in den Dörfern, die angegriffen wurden, lebten in Häusern über dem Boden. Wir sind auf unsere Weise viel sicherer."

Elisabeth lächelte. „Und wir dachten, die Häuser, die uns versprochen waren, wären besser."

Karl lächelte ebenfalls erleichtert darüber, dass er das Gespräch über die feindlichen Kirgisen zu einem Ende gebracht hatte.

Als die Ernte begann, gingen Elisabeth und Hans täglich mit Karl auf die Felder und halfen mit, so gut sie konnten. Sie arbeiteten Tag für Tag gemeinsam daran, das Korn einzubringen. In den Abendstunden unternahm Karl lange, einsame Spaziergänge entlang des Flusses, aber Elisabeth störte das nicht.

Eines Morgens, als die Ernte endlich ganz eingebracht war, rührte Elisabeth in einem Topf mit Hirsebrei. Hans schlief noch. Sie blickte auf Karl, der vom Tierehüten kam, wobei er seinen Kopf beim Eintreten einziehen musste. Seine Haare waren vom Wind zerzaust. Ihr gefiel seine Silhouette, die sich gegen die Strahlen des Tageslichtes abhob, die durch den Eingang ins Innere der Höhle hereinfielen. Die Tage wurden allmählich kürzer, und sie bemerkte, dass Karl sehr viel zu grübeln schien. Sie versuchte herauszufinden, wann das angefangen hatte. War es das, nachdem die Zweigs ausgezogen waren, und vermisste er vielleicht ihre Gesellschaft? Sie rührte gedankenverloren weiter. Dann kam ihr ein neuer Gedanke: Karl fehlten Olgas Kochkünste!

Als ob Karl ihre Gedanken gelesen hätte, kam er zu ihr und berührte sanft ihre Schulter. „Olga war eine gute Lehrerin, und du bist eine gute Schülerin. Die Mahlzeiten, die du für uns kochst, sind immer sehr schmackhaft."

Elisabeth durchzuckte bei diesem Kompliment und Karls Berührung ein Gefühl der Freude. Sie verstand Karl oft nicht. Aber es war, als ob sie tatsächlich eine Familie geworden waren. Doch das würde sich alles ändern, wenn Karl ginge. Und sie würde ihn gehen lassen müssen, wie sie es ihm versprochen hatte. Wenn er sich doch nur dazu entschließen könnte zu bleiben!

Karl sog den Duft der Wildblumen ein, die Elisabeth sich ins Haar geflochten hatte. „Du erinnerst mich immer mehr an meine Mutter."

Elisabeth gefiel das. „Du vermisst sie wohl sehr. Wie ist sie gestorben?"

Karl setzte sich abrupt auf. „Sie ist nicht tot; wenigstens weiß ich nichts davon. Aber für mich ist sie wie tot."

Elisabeth hielt mit dem Rühren inne. „Was meinst du damit?“

Karl stand auf und fing an, hin und her zu laufen. „Schuld daran ist mein Vater und sein letzter Wunsch, den er auf dem Totenbett geäußert hat. Er hat meine Mutter jahrelang ignoriert, aber als er krank wurde, verbrachte sie plötzlich jeden Tag an seiner Seite. Mit seinem Tod habe ich sie beide verloren. Er ist wirklich gestorben, und sie habe ich verloren an ...“ Er hielt inne und schaute Elisabeth an, als ob er sich gerade erst jetzt wieder an ihre Anwesenheit erinnert hätte. „Ich gehe Hans wecken.“

Elisabeth zog den Topf gerade noch rechtzeitig vom Feuer, bevor der Brei anbrannte. *Ich habe eine Schwiegermutter,* dachte sie verwundert. *Irgendwo in Karls Heimat habe ich eine Verwandte.* Bei diesem Gedanken wurde ihr warm ums Herz.

Die Herbstbrise blies Karl und Hans um die Ohren, während sie im Fluss die Angeln auswarfen. Das Haus war fertig und die Ernte eingebracht. Sie hatten ausreichend Vorräte, um den Winter zu überleben, und es gab außerdem genug Saatgut zum Anpflanzen für das nächste Jahr. Damit hatte Karl seinen Teil der Abmachung eingehalten.

Was ihm zu schaffen machte, war Elisabeths Nähe. Ihr herzliches, sanftes Wesen war zu viel für ihn. Wenn er den ganzen Winter über mit ihr in dem engen Haus verbringen würde, würde er wahrscheinlich sein Versprechen nicht halten können, nur formell mit ihr verheiratet zu sein.

Er sah, wie Hans einen Fisch aus dem Wasser zog.

Mit der Zeit wird er schon zum Mann heranwachsen und alle Aufgaben erfüllen, die er erfüllen muss, dachte Karl. Der Winter würde bald einsetzen. Sie hatten bis spät in den Herbst hinein gutes Wetter gehabt, was ungewöhnlich war, und so war die Ernte besser ausgefallen als erwartet. In Saratow hatte er von anderen Bauern gehört, deren Ernte von der Sonnenglut verbrannt worden war. Sie konnten sich über ihr Land wirklich glücklich schätzen. Vermutlich war ihre Siedlung die einzige in diesem Jahr, die nicht auf russische Hilfe angewiesen war, um den Winter zu überstehen.

„Ich hab ihn!“ Hans zog den Fisch ans Ufer, der im Gras herumzappelte und verzweifelt versuchte, sich wieder in den Fluss zurückzukatapultieren. „Nein, du entwischst mir nicht.“ Hans ging auf die Knie bei dem Versuch, den Fisch einzufangen, der ihm immer wieder aus den Händen glitt. Als er ihn schließlich gepackt hatte, nahm er einen Stein und schlug dem Fisch auf den Kopf, so wie Karl es ihm beigebracht hatte. „Da, schau! Jetzt haben wir aber genug zum Abendessen!“ Er grinste Karl an. Die Zufriedenheit strahlte aus seinem Gesicht. Karl spürte, wie sein Herz vor Stolz einen Freudensprung machte.

An diesem Abend bemerkte Elisabeth, dass mit Hans etwas nicht stimmte. Er benahm sich merkwürdig, aber er wollte auch nicht, dass sie sich um ihn kümmerte. „Ich bin alt genug“, meinte er. „Ich bin jetzt ein russischer Mann.“ Elisabeth wollte Karl auf Hans' gerötetes Gesicht aufmerksam machen, aber der schien beschäftigt zu sein. Grübelte er wieder über seine Eltern nach? Oder war es die viele Arbeit, die noch auf ihn wartete? Dichter Regen prasselte bereits seit Stunden auf ihr Dach nieder, doch Elisabeth nahm ihn schon gar nicht mehr wahr. Karl konnte seine Arbeit erst fortsetzen, wenn die Erde wieder trocken war.

Am besten störe ich ihn nicht. Er hat schon genug Sorgen, dachte sie bei sich.

Als sie Hans an diesem Abend half, sich fürs Bett fertig zu machen, fühlte er sich fiebrig an, seine Augen waren jedoch klar.

„Hast du gesehen, wie groß mein Fisch war?“, fragte Hans.

„Ja, das habe ich.“

„Das war doch der beste Fisch, den wir je gegessen haben, oder?“

„Ja, das war er", bestätigte sie. Sie traute sich nicht, noch einmal mit der Hand seine Stirn zu fühlen. „Lass uns beten und schlafen. Morgen kannst du mir noch ein bisschen mehr von deinem Fisch erzählen." Eine Maus lugte aus dem Heu heraus und huschte quer durch den Raum.

Sie betete mit Hans, nahm dann die Kerze in die Hand und ging zu Karl auf die andere Seite des Raumes. „Irgendetwas scheint dir Sorgen zu bereiten."

„Sorgen? Nein, mein Kopf ist einfach voll mit vielen Dingen. Hat Sergei dich in letzter Zeit belästigt?"

Elisabeth lachte und schüttelte verneinend den Kopf. „Ich habe ihn seit unserer Ankunft kaum mehr gesehen." Seit Tagen quälte sie eine Frage, die sie Karl gern stellen wollte. Jetzt war der richtige Augenblick. „Darf ich dich etwas fragen?"

Er blickte sie mit zusammengezogenen Augenbrauen verwundert an. „Sonst fragst du mich doch auch nicht bei solchen Sachen um Erlaubnis."

„Ich hoffe einfach, dass du nicht annimmst, ich würde meine Nase ohne Grund in deine Privatangelegenheiten stecken. Ich würde nur so gern wissen, was mit deiner Mutter geschehen ist."

Karls Gesicht verfinsterte sich. „Das kannst du bestimmt nicht verstehen."

„Aber ich würde es gerne verstehen." Sie stand aufrecht vor ihm.

Er warf ihr erneut einen forschenden Blick zu. Lag in ihrem Blick echte Anteilnahme?

„Was auch immer du mir erzählen wirst, ich werde ernsthaft versuchen, es zu verstehen", erklärte sie.

Er rutschte auf seinem Sitz hin und her und starrte dann auf den Tisch, begann schließlich aber langsam zu sprechen. „Als mein Vater auf dem Sterbebett lag, bat er darum, sowohl meine Mutter als auch mich noch einmal zu sehen. Ich habe das abgelehnt. Mir wurde erzählt, dass er eine große innere Umkehr erlebt hätte. Ich nahm an, dass er uns um Vergebung bitten wollte. Meine Mutter ging zu ihm, und sie hat ihm alles vergeben. Damit hat sie mich, unser jüdisches Volk und alles, wofür wir in all den Jahren der Demütigung gelebt haben, verraten." Er blickte unsicher zu Elisabeth und fuhr dann fort: „Sie beugte sich den Wünschen meines Vaters und schloss sich genau der Gruppe von religiösen Menschen an, die sie ihr ganzes Leben über abgelehnt hatten." Er zögerte wiederum und brachte dann finster hervor: „Sie ist eine von Martin Luthers Anhängerinnen geworden. Sie wurde Christin!"

Elisabeth hätte ihn am liebsten umarmt und ihm gesagt, dass sie ihn liebte, dass Gott ihn liebte und dass alles gut werden würde, wenn er vergeben könnte. Stattdessen stand sie stumm da und betete im Stillen um Weisheit. Ruhig erwiderte sie: „Aber Karl, weißt du denn nicht, dass Jesus der Messias der Juden ist?"

Er erstarrte. „Ich hatte nicht erwartet, dass du mich verstehen würdest."

Elisabeth hatte genug gesagt. Sie ging zum Feuer und goss ihm eine Tasse heißen *Sbiten* ein. „Der Wind pfeift um unsere Behausung." Sie stellte die Tasse vor ihm ab. „Glaubst du, dass noch einmal ein Sturm aufkommt?"

„Hmm. Der Geruch von Schnee liegt in der Luft."

Elisabeth blieb neben ihm stehen. Sie war seine Frau, seine Helferin und seine Freundin. Und doch spürte sie eine innere Distanz zwischen ihnen. Er war wie ein Boot, das an einer Leine angebunden war, die sie in ihrer Hand hielt, das aber immer weiter von ihr wegdriftete. Sie wollte das Boot flussaufwärts zu sich ziehen und hineinsteigen, aber sie wusste nicht, wie sie das bewerkstelligen sollte. „Karl, ich weiß nicht, was für ein Kampf sich in deiner Seele abspielt."

„Da gibt es keinen Kampf", erklärte er kurz angebunden.

„Ich will damit sagen, dass ich den Schmerz bedauere, den deine Mutter dir zugefügt hat." Karl schien sich innerlich zurückgezogen zu haben, da er ihr nicht antwortete. Elisabeth zitterte plötzlich vor Kälte. Der Wind drang zwar durch die dicken

Wände hindurch, aber sie empfand auch noch eine innere Kälte. „Ich werde jetzt zu Bett gehen."

Karl fuhr fast erschrocken auf. „Nein, nein, warte! Bring mir die Flickendecke."

Als sie ihm die Decke gab, öffnete er geschickt die letzten drei Quadrate. Sie enthielten Goldmünzen und ein paar Juwelen.

„Was ist denn das?", fragte sie.

„Ich möchte, dass du weißt, dass wir den Kaufleuten in Saratow und Kosakenstadt nichts schuldig sind, weil ich noch das Geld hatte, das ich hier in diesem Quilt versteckt hielt. Das ist ein Drittel der Summe, die mir mein Auftraggeber Goralski schuldete. Ich versteckte es hier drinnen, als wir nach Oranienbaum kamen."

„Deshalb war die Decke also so schwer!", sagte sie. „Ist das der Grund, warum wir so viel mehr kaufen konnten als die anderen in unserer Gruppe? Ich dachte, es hätte mit deinen Kenntnissen der Landessprache zu tun."

„Was ich jetzt sagte, bleibt mein Geheimnis und ist nun auch deines. Ich habe einen Teil des Geldes auch dazu benutzt, um diese Betrüger in Saratow zu bestechen, damit unsere Mitreisenden nicht so viele Schulden bei ihnen machen müssen."

„Du bist ein guter und anständiger Mann", lobte ihn Elisabeth mit einem warmen Ausdruck in der Stimme, und in ihren Augen brannten ungeweinte Tränen.

Karl verstaute die Münzen und Juwelen aus zweien der Quadrate in dem Versteck, in dem sie auch ihr anderes Geld aufbewahrten, und ersetzte den Rest des Geldes im letzten Flickenquadrat.

„Ich wünsche dir eine gute Nacht. Und ich danke dir dafür, dass du mich in dein Geheimnis eingeweiht hast." Sie verspürte den Drang, sich nach vorne zu beugen und ihm einen Kuss zu geben, aber sie hielt sich zurück. Es war merkwürdig, dass sie ihrem eigenen Ehemann gegenüber solche Scheu empfand. Sie nahm wortlos ihre Decke und legte sich in ihr Bett aus wildem Gras.

Während sie langsam in einen unruhigen Schlaf glitt, jagten ihr merkwürdige Bilder von einem abdriftenden Boot durch den Kopf. Karl und sie hatten sich gestritten, aber danach hatte er ihr sein tiefstes Geheimnis anvertraut. Sie trauten einander wie Mann und Frau, und jeden Tag wuchsen sie ein wenig enger zusammen. Sie hatte in seinen Augen schon viele Male gesehen, dass er sie am liebsten in den Arm genommen und an sich gedrückt hätte. Wusste er, dass sie sich heimlich dasselbe wünschte? Ihre Beziehung war längst viel mehr als eine Geschäftsvereinbarung. Karl liebte sie, so wie sie ihn liebte, und sie war ganz sicher, dass er sich wünschte, für immer bei ihr zu bleiben. Sie fragte sich, wann er ihr das sagen würde. Elisabeth wurde bei dem Gedanken ganz warm. Wenn Karl doch nur auch die Freude kennenlernen würde, die es bedeutete, Jesus gefunden zu haben. Dann würden sie eine richtige Ehe führen können. Sie betete für ihn und schlief dann mit einem Lächeln auf ihren Lippen ein.

Irgendwann in der Nacht schreckte Elisabeth aus dem Schlaf hoch. Irgendetwas stimmte nicht. Sie musste nach Hans sehen. Sie tastete sich ihren Weg aus dem Bett bis an die Stelle, wo Hans schlief. Dann streckte sie die Hand aus, um ihn zu berühren, aber sie fühlte nichts außer dem Wildgras, das das Lager bedeckte. Er musste ein Stück weiter gerutscht sein. Sie tastete alles um das Bett herum ab. Vielleicht war er wach geworden und hatte Karl gefragt, ob er bei ihm schlafen konnte.

Sie ging an die Stelle, wo Karl schlief. Das Haus schien ungewöhnlich ruhig. Sie hielt an und lauschte. Nichts bewegte sich. Niemand atmete. Es war kein Geräusch zu hören, weder drinnen noch draußen. Plötzliche Panik erfasste sie. War sie denn ganz allein im Haus?

„Karl!", rief sie leise. Als er nicht antwortete, versuchte sie es noch einmal, dieses Mal etwas lauter. „Karl!" Sie entzündete eine dünne Kerze an der schwelenden Glut der Feuerstelle. In dem trüben Licht konnte sie erkennen, dass Karls Bett leer war. Die Flickendecke, die sie ihm zurückgegeben hatte und die er als Decke benutzen wollte, war verschwunden. Die plötzliche Erkenntnis erschütterte sie durch Mark und Bein. Karl hatte sie wieder verlassen.

Aber wo war Hans? „Hans!“, rief sie aus, während sie sich verzweifelt nach ihm umschaute. Die Tür zu ihrer Höhle war nicht verriegelt. Sie öffnete sie und spähte in die Nacht hinaus.

„Karl? Hans?“, rief sie, aber es war nur das Heulen des Windes zu hören, der in stürmischen Böen durch das hohe Gras wehte, und das eisige, leise Prasseln des Schnees, der auf den Boden niederfiel. Elisabeth schloss die Tür wieder. Sie konnte die Erschütterung, die Karl mit seinem letzten Verrat bewirkt hatte, kaum aushalten. Er hatte sie verlassen und ihren kostbaren Jungen mit sich genommen. Sie zog ihr Nachtgewand aus und streifte sich eilig ihre Kleider über. Auf das Haarekämmen verzichtete sie, zog sich den schweren Schaffellmantel an und eilte los. Sie würde diesen Betrüger ausfindig machen und Hans zurückholen, koste es, was es wolle.

23

Karl lies einen leisen Pfiff ertönen, der für Herbert das Signal war, aus seiner Höhle heraus ins Mondlicht zu klettern. Der Schneeregen hatte aufgehört, aber eine dichte Wolkendecke hing immer noch am Himmel.

„Nimm nur das mit, was du auch tragen kannst“, riet Karl ihm. Als Antwort hielt Herbert sein Bündel mit Proviant hoch, das in eine Decke eingewickelt war.

Ohne ein weiteres Wort gingen die beiden Männer am äußeren Rand der Siedlung entlang. Wenn sie an eine Stelle kamen, von dem aus Karls und Elisabeths Haus zu sehen war, zwang Karl sich, nicht hinzuschauen. Was er ihr über seine Eltern erzählt hatte, kam ihm nun selbst nicht mehr sehr überzeugend vor. Er weigerte sich, an Gott zu glauben, weil er in seiner Kindheit verletzt worden war. Er schüttelte den Kopf. Hatte er vielleicht noch so manches andere in seinem Leben auf eine kindliche Sichtweise der Dinge gegründet? Er merkte, wie er dabei war, sich Elisabeth, Hans und vielleicht sogar Gott gegenüber zu verändern. Das allerdings bereitete ihm Unbehagen, da er nicht mehr die Kontrolle über alles hatte. Wollte er sich denn überhaupt verändern? Diese Fragen konnte er einfach nicht beantworten, obwohl sie sich ständig in sein Bewusstsein drängten.

Er war froh über seinen Weggefährten. So hatte er jemanden, der ihn von dem zuckenden, quälenden Schmerz in seinem Herzen ablenkte. Herbert berührte ihn am Arm und ließ sich auf den Boden fallen. Karl tat es ihm nach, wobei er das grobe Gras unter seinem Gewicht knacken hörte. Die vom Frost umhüllten Halme wiegten sich im Herbstwind und verbargen die Männer vor dem russischen Wachposten, der kaum einen Steinwurf entfernt an ihnen vorbeischritt. Es missfiel Karl, dass die patroullierenden Russen jeden Einwanderer am Verlassen der Siedlung zu hindern versuchten, aber wenn Angreifer die Siedlung überfielen, würden sie sich vermutlich in Saratow in Sicherheit bringen oder einfach wegschauen.

Nachdem der Wachposten vorbeigegangen war und sich die beiden Männer weiter von der Siedlung wegbewegt hatten, fragte Herbert: „Wie sieht dein Plan aus?"

„Das Floß, das ich in meinen Abendstunden gebaut habe, liegt einige Werst flussabwärts von der Siedlung im Schilf versteckt." Karl blickte auf einen einsamen Stern am Himmel, der durch die dichten Wolken blitzte. Er hoffte, dass das Wetter hielt, bis sie den Fluss überquert hatten.

Herbert ergriff Karl am Arm. „Willst du allen Ernstes auf einem Floß den ganzen Weg die Wolga hinabsegeln?"

„Nein, ich brauche das Floß nur, um den Fluss zu überqueren. Ich habe den Plan, flussabwärts zu segeln, aufgegeben. Die Männer, die mir nachstellen, glauben bestimmt, dass ich diese Route nehme. Ich werde wohl zu Fuß in die Zivilisation zurückkehren müssen."

„Ich marschiere gerne. Das ist ein guter Plan." Herbert hielt seine Nase in die Luft. „Die Luft riecht bereits nach Schnee." Wie auf Kommando wehte der Wind ein paar Schneeflocken an ihren Gesichtern vorbei. Ungefähr auf der Mitte des Weges waren sie bereits von einem Wirbel fallenden Schnees umgeben, der so aussah, als wollte er sie von ihrem Ziel abbringen.

„Wenn wir noch einen Monat gewartet hätten, hätten wir vermutlich zu Fuß über die Wolga gehen können", sagte Karl.

„Aber das hätten die Soldaten dann auch tun können", gab Herbert zu bedenken. Sie stapften vorwärts, während der Schnee mit seiner eisigen Schärfe in ihre Wangen schnitt. „Sie werden es nicht schaffen, uns hier aufzuspüren."

Als sie in dem normalerweise träge dahinplätschernden Flüsschen, das sich in die Wolga ergoss, das Floß heftig auf- und abschaukelnd vorfanden, hatte der Wind an Kraft zugenommen. Im Schilf fand Karl die beiden Ruder, die er aus Harz hergestellt hatte. Die Männer ließen ihre Bündel auf das Floß fallen und kletterten.

„Ist das Floß auch zuverlässig?", fragte Herbert, der auf das raue Wasser hinausblickte.

„Das werden wir merken", erwiderte Karl mit einem Grinsen.

Herbert lachte. „Na, diese Fahrt wird bestimmt ein Abenteuer!"

Als sie das Seil losbanden, glaubte Karl, jemanden seinen Namen rufen zu hören. Entgegen seinem Vorsatz schaute er in die Richtung seines früheren Hauses, doch der dichte Schnee verhüllte ihm die Sicht. Vielleicht war es ja auch bloß die Stimme seines Gewissens. Endlich stießen sie vom Ufer ab.

Karl war überrascht, wie heftig sie gegen den kleinen Fluss kämpfen mussten, doch bald arbeiteten die beiden Männer wie ein eingespieltes Team zusammen und manövrierten ihr schwimmendes Gefährt rudernd in die strömungsärmere Wolga. Obwohl die Oberfläche des Flusses relativ ruhig schien, war auch hier die Strömung erstaunlich stark und rüttelte das kleine Boot ungestüm hin und her.

Die Männer folgten dem kurvigen Verlauf des Flusses, wobei sie die Strömung nutzten, um sich quer in Richtung des gegenüberliegenden Flussufers vorantreiben zu lassen.

„Wir haben schon über die Hälfte des Flusses hinter uns!", rief Herbert.

„Immer ein Optimist!" Karl konnte trotz des Mondlichts durch den herabfallenden Schnee nicht das Geringste sehen. Sie hatten sich auf eine gefährliche Reise begeben. Aber dennoch genoss er auch wieder das Gefühl des Abenteuers und des Kampfes gegen die eisige Umarmung des Flusses. Auf diese Sachen verstand er sich. Der Fluss wollte sie töten, sie aber wollten überleben. Das waren klare und einfache Wahrheiten. Es ging um Leben und Tod, nicht um Liebe und Verantwortung. Und doch kreisten seine aufgewühlten Gedanken auch um Elisabeth, Hans und den Gott, den seine Mutter angenommen hatte, und erneut spürte er Ärger und Groll.

Das Floß blieb an einer Sandbank hängen, doch dann wurden sie plötzlich vorwärtsgeschleudert. Karl brachte sein Ruder in Stellung, um das Floß besser zu kontrollieren, aber es war zu spät. Die Strömung rammte es gegen einen Felsbrocken, der unter der Oberfläche verborgen lag. Der hintere Teil des Floßes hob sich in die Luft.

„Halt dich fest!" Karl versuchte, sich an den Holzplanken festzuklammern, aber seine Hände glitten ab, und er versank mit all seinen Besitztümern in der Wolga. Das Wasser schoss ihm in Mund und Nase, als er versuchte, nach Luft zu schnappen. Die langsame, aber unaufhaltsame Strömung zog ihn weiter nach unten. In seiner Panik sah er das Gesicht seiner gütigen Mutter vor sich, die ihm zurief, er solle seinen Feinden vergeben, so wie sie seinem Vater vergeben hatte. Er wand sich aus seinem dicken Pelzmantel heraus und versuchte mit aller Kraft, an die

Oberfläche vorzustoßen. Seine Beine kamen ihm ungewöhnlich schwer vor. Er strampelte verzweifelt, aber irgendetwas Schweres hatte sich an seinem Stiefel verfangen. Er griff nach unten und riss die Flickendecke ab, die seine Habseligkeiten enthielt. Bei seinem Kampf gegen das eisige Wasser und den Versuchen, sich nach oben zu bewegen, war er sich plötzlich nicht mehr sicher, in welche Richtung es nach oben ging. Er stieß sich heftig mit den Beinen ab. Aber anstatt an die Wasseroberfläche zu gelangen, stieß er mit dem Kopf an etwas Hartes. Sogar in diesem konfusen Zustand wurde ihm klar, dass er sich unter dem Floß befand und vor allem keine Luft bekam!

„Ich bin noch nicht zum Sterben bereit!", durchzuckte es ihn, bevor Dunkelheit ihn zu übermannen drohte. Plötzlich drang eine Erkenntnis in sein Halbbewusstsein. Nur eine Macht konnte ihn jetzt noch retten. Es war der Gott, der vor dem jüdischen Volk das Rote Meer geteilt hatte.

„Gott, so hilf mir doch!", schrie er, wobei sein Mund sich erneut mit Wasser füllte. „Bitte!"

Elisabeth lief, als ginge es um ihr Leben. Sie drückte in ihrem schnellen Lauf die Wildgräser um, als ob sie Schuld an ihrer Lage hätten. „Hans! Hans!" Wahrscheinlich hätte sie andere Leute aufwecken und um Hilfe bitten sollen, oder ihren abwesenden Mann bei den Offizieren melden, aber sie würde auch jetzt Karl nicht verraten.

Sie verbrachte den größten Teil der Nacht mit der Suche nach Hans, wobei sie sich immer weiter von der Siedlung entfernte. Während sie lief und betete, merkte sie, dass sie langsam in die Nähe des Flusses kam. Der Schnee hatte die ganze Landschaft wie mit einer Zuckerdecke überzogen, und die Hügel im Gelände waren kaum noch zu erkennen.

Als sie das weiße Schneemeer vor sich absuchte, sah sie plötzlich etwas Schwarzes aus einem Erdhügel hervorstehen. Es war ein Schuh. „Hans?" Sie eilte hastig darauf zu. „Bitte Gott, lass ihn am Leben sein!“ Sie bürstete den eisigen Schneeschleier von der Erhebung. Es war tatsächlich Hans! Sie fühlte nach seinem Pulsschlag. Er war am Leben! Schnell zog sie ihren Mantel aus und wickelte ihn um den leblosen Jungen. Mit einer ungeahnten Stärke trug sie ihn zurück zu ihrem *Semljanki.*

Als sie dort angekommen war, wachte sie unaufhörlich bei ihm. Hans lag regungslos da und atmete kaum merklich. Er schien Fieber zu haben, denn sein Kopf fühlte sich von Minute zu Minute heißer an. Elisabeth hielt ein Tuch bereit, das sie in geschmolzenen Schnee tauchte und auf seine Stirn legte. Dieses wechselte sie in regelmäßigen Abständen aus, während sie versuchte, den restlichen Teil seines Körpers mit Decken aufzuwärmen.

„Hans, so wach doch auf!“, stieß Elisabeth durch ihre ausgetrockneten Lippen hervor. Hans stöhnte. Schweißperlen bedeckten sein Gesicht.

Sie hatte so viele Fragen, aber es war niemand da, dem sie sie stellen konnte. Sie fühlte sich so hilflos, aber nicht ganz allein. Sie erinnerte sich an Gretas Worte. „Du wirst nie mehr allein oder schutzlos sein.“

„Herr! Ich weiß nicht, warum Karl Hans auf offenem Feld liegen ließ, aber wenn Hans sterben sollte, werde ich bestimmt keine Vergebung und Gnade in meinem Herzen für ihn finden.“

Selbst während sie das noch sagte, spürte sie, wie Gott zu ihr zu reden schien und sie bat zu vergeben. Ihr Herz sträubte sich. „Aber ich habe ihm doch schon so viel vergeben! Wie viel denn noch? Wie viel noch?“

„Wie viel habe ich dir vergeben?“ Ihr Geist nahm diese Worte wahr, aber sie ignorierte sie. Hans brauchte jetzt ihre ganze Aufmerksamkeit.

Während der Sturm draußen weitertobte, kämpfte Elisabeth nicht nur gegen Hans’ Fieber, sondern auch gegen ihre eigenen Gefühle. Als sein Körper endlich aufgewärmt war, wurde er so heiß wie seine Stirn. Alle paar Stunden kroch Elisabeth aus der

Höhle und füllte einen Eimer mit Schnee, damit sie Hans' Gesicht und Körper abkühlen und ihn am Leben erhalten konnte. Nur einmal ließ sie ihn allein, um die Tiere zu füttern und in die angrenzende Höhle zu bringen. Der Winter hatte eingesetzt. Ihr Überleben lag in ihrer Hand. Sie hielt inne. Nein. Ihr Überleben lag in *Gottes* Hand.

Nachdem sie einen kleinen Topf Suppe gekocht und versucht hatte, Hans etwas von der Brühe einzuflößen, wachte sie weiter an seiner Seite. Sie betete für seine Genesung, aber es war ihr, als würden ihre Gebete von den dicken Mauern der Höhle verschluckt. Sie fühlte sich, als sei etwas in ihrer Beziehung zu Gott kaputt gegangen.

Nächte und Tage vergingen, aber Zeit spielte für Elisabeth keine Rolle mehr. Verzweiflung war an die Stelle von Freude getreten und Hoffnungslosigkeit hatte ihren Glauben zerstört. Sie sehnte sich nach dem Trost, den sie bei Herrn Zweigs Bibellesungen empfunden hatte. Damals war sie im Kreise einer Familie gewesen.

„Wo bist du, Herr?", betete sie. „Ich brauche dich!"

Als Antwort kam ihr ein Vers aus der Bibel in den Sinn: „Und betrübt nicht den heiligen Geist Gottes, mit dem ihr versiegelt seid für den Tag der Erlösung. Alle Bitterkeit und Grimm und Zorn und Geschrei und Lästerung seien fern von euch samt aller Bosheit. Seid aber untereinander freundlich und herzlich und vergebt einer dem andern, wie auch Gott euch vergeben hat in Christus."*

Tief in ihrem Herzen wusste Elisabeth, dass sie Karl vergeben musste. „Ich kann es aber nicht!" Sie lehnte ihren müden Kopf an die Wand. Plötzlich vernahm sie Schritte draußen vor der Tür.

„Karl?", rief sie fragend, aber ihre Kehle fühlte sich trocken an. Sie vergewisserte sich, dass Hans immer noch atmete, und eilte zur Tür.

* Epheser 4,30

Olga trat herein. Schnee bedeckte ihre Kleider und das Tuch auf ihrem Kopf. „Was ist denn passiert?"

Elisabeth blickte an sich hinunter. Ihre Haare waren nicht gekämmt, und die Kleider hatte sie auch nicht gewechselt, seit sie Hans gefunden hatte.

„Hans!", war alles, was sie hervorbringen konnte.

Olga legte das Bündel ab. Entsetzt warf Elisabeth einen Blick darauf. Es war Karls Bündel mit der Flickendecke, die um seine Sachen gebunden war. Es war nass und schlammig, aber es war eindeutig seines.

„Ich werde mich um Hans kümmern. Du ruhst dich erst einmal aus!", befahl Olga.

Elisabeth nickte, aber anstatt zu ruhen, kniete sie nieder und berührte die Flickendecke.

Olga legte einen Arm um ihre Schulter. „Mein Mann war an der Wolga auf die Jagd. Er hat das im Fluss gefunden"

Elisabeth machte sich daran, den nassen Inhalt der Decke herauszuholen. Karls Reservehemd. Sein Kamm. Eine Tagesration an Proviant. Sein Messer. Allmählich quollen Tränen aus ihren Augen hervor. Das Einzige, was noch schlimmer war als die Tatsache, dass Karl sie verlassen hatte, war das Bewusstsein, dass er diese Welt verlassen hatte und dass es somit keine Möglichkeit mehr für ein Wiedersehen gab.

„Warum, Herr, warum? Warum hast du ihn von mir genommen? Ich brauche ihn lebendig! Nun gibt es keine Hoffnung mehr, dass er zu mir zurückkehrt. Und ich werde auch nie mehr die Gelegenheit haben, ihm zu vergeben!" Elisabeth wusste nicht mehr, wie sie es von der Tür bis zu ihrer Schlafstelle geschafft hatte. Erinnerungen an ihre Zeit mit Karl – sowohl gute wie auch schlechte – blitzten durch ihren Kopf, während sich Gefühle der Zärtlichkeit und der Wut in ihrem Innersten abwechselten. Warum war er so verrückt, die Wolga während eines Sturms überqueren zu wollen? Warum hatte er nicht wenigstens bis zum Frühjahr gewartet? Warum ließ Gott das alles zu? Irgendwann fiel sie in einen traumlosen Schlaf.

Als sie die Augen aufschlug, glaubte sie, überhaupt nicht geschlafen zu haben.

„Ich habe das Essen für dich auf den Tisch gestellt", sagte Olga.

Elisabeth nahm sich die Zeit, sich die Haare zu kämmen und sorgfältig wieder aufzustecken. Sie ging zum Tisch und versuchte zu essen, aber selbst Olgas ausgezeichnete Küche konnte ihren Appetit nicht anregen. Es war ihr, als sei sie gestorben, aber sie wusste, dass sie am Leben war. Karl war es, der tot war und Hans lag im Sterben. Was blieb ihr noch?

„Ich bin …", hörte sie eine Stimme tief in ihrem Innern. „Bin ich nicht genug?" Sie schüttelte den Gedanken ab. „Wie geht es Hans?", fragte sie Olga.

„Nicht gut. Aber jeder Atemzug gibt uns wieder einen kleinen Funken Hoffnung."

Elisabeth stellte sich an seine Seite. Jegliche Farbe war aus seinem Gesicht gewichen. Seine Atmung war weiterhin unregelmäßig und flach. „Wenn du zu den Kindern zurück musst, geh nur. Ich kann mich um Hans kümmern."

„Immer mit der Ruhe!", gab Olga zurück. „Herr Zweig hat sich bereit erklärt, auf die Kinder aufzupassen, damit er dir nicht die schlechte Nachricht von Karl überbringen muss. Ich werde noch ein bisschen bei dir bleiben."

„Ich danke Gott, dass du gekommen bist." Elisabeth wrang ein Tuch aus und tauchte es in kaltes Wasser.

Stunden später, als Elisabeth nach draußen ging, um noch mehr Schnee einzusammeln, war sie erstaunt zu sehen, wie Herr Zweig auf ihren Höhleneingang zuschlitterte.

„Wo sind die Kinder?", fragte Elisabeth, aber er ließ sie einfach stehen und rief in die Höhle:

„Olga! Olga! Komm! Beeil dich!"

Elisabeth folgte ihm nach drinnen.

Olga blickte auf. „Was ist denn?"

„Marie." Sein Blick war entsetzt, und er hatte denselben Gesichtsausdruck wie an jenem Tag, als seine Frau auf dem Schiff auf der Ostsee gestorben war. Elisabeth hielt ihre Hände fest an ihren Brustkorb gedrückt. Noch mehr schlechte Neuigkeiten! Viel mehr konnte sie wirklich nicht ertragen.

„Was ist mit Marie?", fragte Olga. „Sag mir sofort, was mit ihr los ist!"

„Ich kann sie nicht wach kriegen. Ihre Atemzüge sind ganz flach. Sie liegt wahrscheinlich im Sterben. Unser kleines Mädchen liegt im Sterben!"

Karl spürte, wie er immer tiefer nach unten gezogen wurde. Ihm wurde es schwarz vor Augen. Dann schreckte er auf und wurde wach. Es war fast Morgen. Er war auf festem Boden. Was war geschehen?

Er schaute zur Seite auf Herbert, der neben ihm schlief. Herbert musste ihn gerettet haben. Dann erinnerte er sich an die beiden starken Arme, die ihn auf das Floß gezogen hatten. Alles, was Herbert gesagt hatte, war: „Ich dachte schon, du wärst hinüber. Ich habe für dich gebetet. Und glaub mir, es ist schon lange her, seit ich das letzte Mal gebetet habe."

Irgendwie hatten sie beide es geschafft, an die Küste zu kommen. Die Erinnerung an die vorangegangene Nacht hatte Karl im Schlaf verfolgt – nicht nur deshalb, weil er fast gestorben wäre, sondern auch, weil er selbst Gott um Hilfe gebeten hatte und Herbert ihn im nächsten Moment gepackt hatte. Karl hatte noch nicht einmal eine Erkältung davon getragen, obwohl er nichts hatte, was ihn hätte warm halten können. Warum sollte Gott ausgerechnet ihm, der ihn den größten Teil seines Lebens über abgelehnt hatte, helfen? Konnte er dem himmlischen Vater etwa vertrauen? Dann war er auf jeden Fall ganz anders als sein irdischer Vater. Karl fröstelte. Er bedauerte, dass er und Herbert alles im Fluss verloren hatten, was sie besaßen. Er brauchte einen warmen Mantel zum Überleben. Es war ein Segen, dass das Wetter etwas wärmer geworden war, aber er musste bald einen Mantel auftreiben.

Karl hörte eine Bewegung aus der Richtung des nahe gelegenen Nomadenlagers. Er rüttelte Herbert wach, und legte einen Finger an den Mund, um ihm zu bedeuten, er solle sich ruhig verhalten. Leise machten sie sich auf, dem Zug des kirgisischen Stammes zu folgen, den sie zwei Tage zuvor gesichtet hatten. Karls Magen knurrte. Wenn sie doch bloß nicht all ihren Proviant im Fluss verloren hätten!

Die Nomaden, die bereits so viel Schaden angerichtet hatten, hatten offensichtlich vor kurzem ein Dorf geplündert, denn sie waren schwer beladen mit vielen zusammengeschnürten Bündeln und führten zusätzliche Ponys mit sich. Während die Krieger durch den Schnee stapften, waren nicht einmal die Hufe ihrer Pferde zu hören. Karl und Herbert waren ihnen gefolgt, seitdem sie das westliche Ufer des Flusses erreicht hatten. Auch wenn sie von ihrer Siedlung aus gesehen den Fluss überquert hatten, machte Karl der Gedanke zu schaffen, dass die Kirgisen viel zu nah an Elisabeth und Hans waren.

Nach einigen Stunden gab Karl Herbert durch ein Kopfnicken zu verstehen, dass er mehr nach rechts laufen sollte. Herbert kam der Aufforderung sofort nach. Karl staunte darüber, wie er einen Gefährten hatte finden können, der so praktisch veranlagt, so begabt und risikobereit war und der Karl fast ohne Worte verstand. Als sie sich der Kriegergruppe näherten, wurde ihm klar, dass ihnen eine noch schrecklichere Gefahr bevorstand als der Fluss.

Der letzte Mann im Treck der Kirgisen hatte am Tag zuvor drei der Ponys zurückgelassen. Merkwürdig war, dass nicht einmal letzte Nacht, als die Nomadengruppe ihr Lager zum Kampieren aufgeschlagen hatte, jemand von ihnen die Ponys suchen ging. Es sah beinahe so aus, als ob die Männer so viel Beute zusammengerafft hatten, dass es ihnen nichts ausmachte, ein paar überflüssige Ponys zu verlieren. Nun waren die Ponys gut zwei Werst hinter dem Treck und dabei, eine andere Richtung einzuschlagen. Gut! Wenn der Stamm die Tiere nicht länger haben wollte, dann sollten sie Karl gehören. Um die Mittagszeit war klar, dass die Krieger nicht mehr die Absicht hatten, nach den Tieren zu suchen. Karl und Herbert ließen sich unmerklich zurückfallen und schlugen dann den Weg zu den schwer beladenen Tieren ein. Als sie die Ponys eingeholt hatten, scharrten die Tiere mit der Schnauze im Schnee, um von dem hohen Gras zu fressen, das sich unter der Last des Schnees niedergebogen hatte.

„Nur ruhig, mein Junge!“, sagte Herbert fachmännisch, als ob es zu seinen täglichen Aufgaben gehörte, herumstreunende Tiere zu fangen. Es dauerte nicht lange, dann hatten sie beide je ein Pony gefasst. Die dicken Taschen, die an den Seiten der Tiere herunterhingen, waren bis oben gefüllt mit Pelzen, Decken und Nahrungsmitteln. Welch ein Glück! Die beiden Männer aßen etwas Zwieback und Trockenfrüchte und hüllten sich dann in Pelze ein, die sie mit Stoffstreifen um sich banden.

Als sie fertig waren, ritten sie bedächtig in die entgegengesetzte Richtung wie die Kirgisen. Der Schnee war an den meisten Stellen weniger als einen halben Meter tief. Zu ihrer Überraschung folgte ihnen niemand. Das machte Karl argwöhnisch. Warum hatten die Nomaden die Ponys laufen lassen?

„Wir können uns glücklich schätzen“, sagte Herbert später an diesem Abend, als sie eine kleine Mauer aus Schnee als Schutzschild vor dem Wind errichtet hatten. „Gott scheint seit dem Erlebnis am Fluss mit uns zu sein.“

„Vielleicht hatten die Krieger es einfach zu eilig, um die Tiere wieder einzufangen“, überlegte Karl, aber er war selbst nicht ganz überzeugt von dem, was er sagte.

Als sie sich zum Schlafen hinlegten, versuchte Karl vergeblich, alle Gedanken an Elisabeth und Hans weit von sich zu schieben.

„Er ist noch so jung“, schimpfte Karl mit sich selbst. „Wie konntest du eine so große Last auf seine schmalen Schultern legen? Dein eigener Vater hat dich im Stich gelassen, und nun hast du einen Jungen allein gelassen, der viel eher ein Sohn für dich ist, als du es deinem Vater je warst.“ Er hoffte, dass Hans dadurch nicht auf Abwege kommen würde und dieses Ereignis ihn nicht davon abhalten würde, ein gutes und rechtschaffenes Leben zu führen. Karl setzte sich auf. „Ist das nicht genau das, was ich getan habe?", fragte er sich. Ja, das hatte er. Er hatte seinen Vater als Ausrede benutzt, um sich von Gott abzuwenden – dem Gott seiner Kindheit, dem Gott Israels. Durch seinen eigenen Stolz hatte er sich seines Erbes, seiner Kultur, seiner Tradition, seines Glaubens berauben lassen.

Karl lehnte sich an einen Baum und sog die nach Tannen duftende Luft ein, während die Dunkelheit allmählich einsetzte. Unzählige Sterne erhellten den Himmel und warfen ihre glitzernden Strahlen auf den Schnee. Diese erinnerten ihn an Gottes Verheißung an Abraham, seine Nachkommen so zahlreich wie die Sterne werden zu lassen. Er dachte daran, wie seine Mutter immer wieder von dieser Verheißung gesprochen hatte. Auch seine kindliche Antwort auf die Aussagen der Mutter kam ihm wieder in den Sinn: „Ich bin einer von diesen Nachkommen. Und du auch, Mama."

In der Erinnerung drängte sich noch eine andere Stimme auf: die von Herrn Zweig beim Vorlesen der Bibel. „Abraham, euer Vater, wurde froh, dass er meinen Tag sehen sollte, und er sah ihn und freute sich." „Jesus sprach zu ihnen: Wahrlich, wahrlich, ich sage euch: Ehe Abraham wurde, bin ich."*

„Ich bin" – das war der Name, den Gott Mose offenbart hatte. Es hatte Karl immer geärgert, dass Jesus sich selbst Gott nannte. Elisabeth hatte ihm widersprochen und ihm gesagt, dass Jesus Mensch gewordener Gott war, der auf die Erde gekommen war, um sein Leben für die Sünden der ganzen Welt zu opfern. Um für alles zu bezahlen, was Karl getan hatte. Konnte so etwas möglich sein? Der Prophet Jesaja sagte, dass Gott der Retter Israels war. Das „Shema Israel" (Höre Israel) – der Wachruf an Israel – kam ihm wieder in den Sinn. „Höre, Israel. Ich bin der eine und einzige Gott."**

* Johannes 8,58

** Jesaja 48,12; GNB

Wenn Gott Gott ist, wie konnte er dann einen Sohn haben? Karl hatte sich die gleiche Frage schon als junger Mann gestellt, als er die Prophezeiung von Agur, dem Sohn des Jake, in einem der Sprichwörter Israels* gelesen hatte: „Wer ist hinaufgefahren zum Himmel und wieder herab? Wer hat den Wind in seine Hände gefasst? Wer hat die Wasser in ein Kleid gebunden? Wer hat alle Enden der Welt bestimmt? Wie heißt er? Und wie heißt sein Sohn? Weißt du das?" Die Worte gingen ihm im Kopf herum.

Herbert sah seine innere Unruhe und fragte: „Was ist los mit dir? Kannst du nicht schlafen?"

„Meine Gedanken verhindern, dass ich einschlafen kann." Um sich abzulenken, fragte Karl Herbert: „Aus welchem Grund willst *du* eigentlich Russland verlassen?"

„Als ich in dieses Land kam, ließ ich meine Eltern, meine Geschwister und die junge Frau, die ich liebte, allesamt zurück, weil ich nach Wohlstand und Abenteuer suchte. Ich war ein Narr. Nun möchte ich nach Hause zurückkehren."

„Wir sind alle Narren."

„Und warum hast du dich zur Flucht entschlossen?", fragte Herbert zurück.

„Ich gehöre nicht hierher. Ich bin ein Jude unter Lutheranern."

Wenn Herbert über Karls Geständnis erstaunt war, dann verstand er es gut zu verbergen. „Du bist wie alle hier Einwanderer. Das ist alles, was zählt."

Karl warf ihm einen überraschten Blick zu. Was war das nur mit diesen Einwanderern und ihrer Fähigkeit, ihn zu akzeptieren? Er hatte eine solche bedingungslose Annahme nirgendwo sonst erfahren.

Herbert bohrte weiter: „Bist du als Jude geboren oder bist du praktizierender Jude?"

„Meine Mutter war Jüdin."

„Du bist also jüdisch von deiner Nationalität her. Aber wie steht es mit deinem Glauben? Das ist die Frage, die du beantwor-

* Sprichwörter 30,4

ten musst. Ich bin bisher nicht auf Gottes Wegen gegangen, aber ich habe vor, das zu ändern. Dass ich beinahe mein Leben im Fluss verloren habe, hat mich dazu gebracht, über mein bisheriges Leben nachzudenken. Ich bin kein guter Mensch, und die Last meiner Sünden ist für mich wie ein schwerer Ballast, den ich auf meinem Rücken trage." Herbert legte sich bald darauf wieder schlafen.

Auch Karl empfand es so, als ob ein ungeheures Gewicht auf seinen Schultern lastete. Er hatte nie darüber nachgedacht, wie viele Sünden er begangen hatte. Während er wach lag, zog in Gedanken sein ganzes bisheriges Leben an ihm vorbei. Geld, Erfolg, Rache und sein Stolz hatten immer an erster Stelle gestanden. „Du sollst keine anderen Götter haben neben mir."* Er musste daran denken, wie er als Kind die Zehn Gebote auswendig gelernt hatte. Als er jedes dieser Gebote jetzt noch einmal durchging, kamen ihm die vielen Male in Erinnerung, bei denen er Gott nicht gehorcht hatte. Zum ersten Mal in seinem Leben erkannte er, dass Gott heilig und dass er, Karl, ein Sünder war. Er schauderte bei dem Gedanken, was mit ihm geschehen würde, wenn Gott ihm das zuteil werden ließe, was er tatsächlich verdiente. Er bedeckte sein Gesicht mit seinen Händen und schrie aus der Tiefe seiner Seele: „Gott, hab Erbarmen mit mir!"

Auf einmal fühlte er sich müde und erschöpft. Er war es leid, immer kämpfen zu müssen, immer versuchen zu müssen, die Oberhand zu behalten, immer allein zu sein. Worte Jesu, die ihn immer beschäftigt hatten, seit er sie zum ersten Mal gehört hatte, kamen ihm nun wieder ins Gedächtnis. „Kommt her zu mir, alle, die ihr mühselig und beladen seid; ich will euch erquicken."** Karl war aufgewühlt. Das waren die Worte des jüdischen Messias. Oh, wie sehr wünschte er, sie wären wahr! Er brauchte Gewissheit.

* 2. Mose 20,3
** Matthäus 11,28

„Karl!“, hörte er plötzlich eine Stimme. Er drehte sich um. „Karl!“ Wieder hörte er seinen Namen. Er war versucht, sich die Ohren zuzuhalten, was ihn wiederum an die Geschichte von Samuel erinnerte. Konnte Gott Karl rufen, so wie er Samuel gerufen hatte? „Karl, hör mir zu!“

„Ich höre!“, sagte er leise zu der inneren Stimme, die ihn nicht in Ruhe lassen wollte.

„Du sollst dich nicht rächen. Die Rache ist mein!“

Karl kannte diese Worte von seinem früheren Studium der Gesetze und der Propheten. An dem von Sternen übersäten Himmel tauchten die Gesichter von Goralski, von Quentin und seinem Vater auf. Er fühlte langsam Wut in sich hochsteigen, versuchte sie aber zu unterdrücken. Ein tiefer Seufzer entrang sich ihm. „Ich will nicht länger meine Rache verfolgen. Gott, dir übergebe ich meine Feinde!“, sagte er in seinem Herzen, und eine riesige Last schien von ihm abzufallen. Plötzlich war sein Geist angefüllt mit Worten der Propheten und mit Bibelversen, die seine Mutter ihn als Kind hatte auswendig lernen lassen, und solchen, die er von den Lutheranern gehört hatte.

„Mit großer Barmherzigkeit will ich dich sammeln, spricht der Herr, dein Erlöser.“*

Konnte er es wagen, zu glauben, dass Gott ihn so sehr liebte, dass er ihm alles vergab, was er falsch gemacht hatte?

„Aber er ist um unsrer Missetat willen verwundet und um unsrer Sünde willen zerschlagen.“** So, wie Herr Jäger sagte, hatte der jüdische Propheten Jesaja diese Worte geschrieben. Aber wen hatte Jesaja damit gemeint? Wer war verwundet? Karl erinnerte sich an die Zeit, als die Zweigs bei ihnen gewohnt hatten und sie jeden Abend in der Bibel gelesen hatten. Er entsann sich der Worte, der Wunder, des Lebens, des Todes und der Auferstehung Jesu. Niemand anders konnte damit gemeint sein. Karl setzte sich auf. Ja, wahrhaftig! Jesus war der Messias, Gottes Sohn!

* Jesaja 54,7 f.

** Jesaja 53,5

Karl wäre am liebsten aufgesprungen und hätte vor Freude laut gerufen, aber er hielt sich zurück. Etwas lag in der Luft. Er wusste nicht, ob es ein Duft, ein Klang oder nur seine Intuition war, aber es war klar, dass irgendeine Gefahr drohte. Ein Gedanke wurde immer deutlicher, bis er förmlich klar vor ihm stand: Was, wenn es *zwei* Gruppen kirgisischer Krieger gab? Die erste Gruppe hatte die Ponys laufen lassen, weil sie wusste, dass die zweite Gruppe folgen und sie auflesen würde. Irgendjemand, er konnte sich nicht mehr erinnern, wer, hatte erzählt, dass die Kirgisen so etwas häufig taten.

Herbert öffnete die Augen und schaute sich nach allen Seiten um, als ob auch er die Gefahr witterte. Er setzte sich auf. Plötzlich stand ein kirgisischer Krieger direkt vor ihnen. Karl und Herbert sprangen beinahe gleichzeitig auf. Ein weiterer Krieger sprang von hinten auf sie zu und ein dritter griff von der Seite an. Es waren insgesamt nur drei. Karl war erleichtert.

Karl riss seine Hand hoch, um sich gegen den ersten Angreifer zu verteidigen, und versetzte dem Mann einen Schlag ins Gesicht. Er wusste, dass es hier um sein Leben ging. Er bekam einen Hieb ab, rollte in den Schnee, sprang aber sofort wieder auf und holte erneut aus.

Herbert wich einem dicken Knüppel aus, den einer der Angreifer schwang, während Karl einen heftigen Rippenstoß einstecken musste. Er taumelte und stieß dabei gegen Herbert, der damit einem tödlichen Schlag entging. Den nächsten Schlag bekam Karl in die Seite, aber er wehrte sich mit einem kräftigen Hieb gegen seinen Angreifer. Er stellte einem Mann, der gerade zu einem Schlag auf Herberts Kopf ausholte, ein Bein und duckte sich, um dem Gegenschlag zu entgehen. Karl lächelte. Er fürchtete sich nicht länger vor dem Tod, denn er gehörte jetzt Gott.

Plötzlich merkte Karl, dass jemand ihn von hinten angriff. Er drehte sich blitzschnell zu ihm um, doch zu spät. Der Riese versetzte ihm einen so heftigen Schlag, dass die Welt um ihn herum versank.

24

Olga zog ihre Schürze aus und legte den Kochlöffel hin. „Ich muss jetzt gehen. Du verstehst das doch, oder?"

Elisabeth nickte, auch wenn weder Olga noch ihr Mann ihre lautlose Zustimmung sehen konnten.

„Hast du unsere Mädchen allein gelassen?", fragte Olga ihren Mann. Elisabeth stützte Hans' fiebrigen Kopf und träufelte langsam ein paar Tropfen Brühe in seinen Mund.

„Nein, natürlich nicht!", erwiderte Herr Zweig. Seine Stimme wurde immer leiser, nachdem er die Tür hinter sich geschlossen hatte. „Unser Nachbar ..." Hans hustete alles wieder aus, was er gerade geschluckt hatte.

Elisabeth sah sich in dem leeren Raum um. Sie würde die Tür verriegeln müssen, sobald sie noch einen Eimer voller Schnee geholt hatte. Gerade wollte sie das tun, als sich die Tür öffnete. Weil sie glaubte, dass Olga oder Herr Zweig aus irgendeinem Grund zurückgekommen waren, brauchte sie einen Augenblick, um zu begreifen, wer da vor ihr stand. Es verschlug ihr den Atem und der Raum erschien ihr plötzlich wie ein Gefängnis.

Es war Sergei, der im Eingang stand. Seine Silhouette hob sich scharf von dem weißen Schnee ab, der sie blendete. Im nächsten Moment hatte er die Tür hinter sich geschlossen.

„Frau Ebel!", begann er mit leiser Stimme. Er trat auf sie zu. „Ihr Mann ist wohl schon wieder weg?"

Sie musste sich schnell eine Antwort überlegen. „Es ist gut, dass Sie unter diesen Umständen gekommen sind", sagte sie. Ihre Worte ließen ihn innehalten. Sie wusste, dass er nicht erwartet hatte, dass sie ruhig blieb. Sie musste irgendwie an den langen Stecken herankommen, den sie zum Feuerschüren benutzte. Wo war er bloß?

„Ich denke, ich bin nicht willkommen hier", sagte er.

Da war er ja, neben dem Ofen. „Freunde sind immer willkommen." Elisabeth tat so, als wolle sie ihr Gewicht verlagern, und machte dabei einen kleinen Schritt in Richtung Ofen.

„Ich wünschen nicht nur Freundschaft", sagte er langsam und mit einem nervösen Lachen. „Ich besser für Sie sorgen als Mann, der nicht gut ist. Ich zeige Liebe zu Ihnen und Sie sind nicht allein."

„Er ist immer noch mein Mann, sei er nun gut oder schlecht", entgegnete sie und hoffte, dass ihre Stimme fest klang. Sergei kam einen weiteren Schritt auf sie zu. Sie fuhr schnell fort, wobei sie sich zwang, leise zu sprechen. „Es erstaunt mich, dass Sie unter unser Dach gekommen sind, wo doch der Tod hinter unserer Tür wohnt." Sie trat etwas näher auf den Ofen zu.

Sergei stutzte. „Was für ein Trick ist das?"

Wie auf Kommando wurde Hans' Atmung auf einmal wieder keuchender. Die Furcht, Hans zu verlieren, übertraf ihre Angst vor Sergei. Elisabeth ließ den Eimer fallen und eilte an Hans' Seite. Sie würde den Tod mit der gleichen Vehemenz bekämpfen, wie sie Sergei bekämpfen würde, falls er ihr noch näher kommen sollte.

„Ich brauche Schnee, um das Fieber zu senken!", befahl Elisabeth, und die Panik war deutlich in ihrer Stimme zu hören. Hans' Gesicht fühlte sich unter ihrer Berührung schrecklich heiß an. Sie hörte, wie die Tür hinter ihr zuschlug, und stieß einen Seufzer der Erleichterung aus. Schnell hastete sie zur Tür, um sie zu verriegeln, aber noch bevor sie sie erreicht hatte, stand Sergei schon mit einem Eimer Schnee vor ihr. Er übergab ihn ihr und trat dann einen Schritt zurück.

„Wenn Schnee brauchen Sie, stellen Eimer vor die Tür", sagte er mit barscher Stimme. Er schloss die Tür hinter sich. Elisabeths Augen weiteten sich. Sergei, der Mann, vor dem sie sich am meisten gefürchtet hatte, war gerade dabei, ihr zu helfen. Sie nahm den Schnee und steckte ein wenig davon in ein Tuch, mit dem sie Hans über Stirn und Körper wischte. Sie musste das Fieber senken. Die ganze Nacht über holte Sergei Elisabeth

Schnee von draußen. Sie verstand zwar nicht, warum Sergei ihr plötzlich so viel Freundlichkeit angedeihen ließ, doch sie dankte Gott von ganzem Herzen für seine Fürsorge. Jedes Mal, wenn er einen neuen Eimer mit Schnee hereinholte, wunderte sie sich über Sergei. Es sah so aus, als ob Sergei sich wirklich um sie kümmern wollte. Steckte unter Sergeis rauer Schale tatsächlich ein guter Kern?

Als sich die Sonne langsam am Himmel erhob, war Elisabeth vor Erschöpfung ganz schwindelig. Erst jetzt wurde ihr klar, wie es in ihrem Leben aussah. Sie hatte Karl verloren, und sie würde auch Hans verlieren. Endlich war der Zeitpunkt gekommen, von dem sie so lange geträumt hatte: sie war endlich frei und konnte ein Stück Land in Russland ihr Eigen nennen. Und doch war es nicht das, was sie eigentlich wollte. Ihr Herz hing an ihrer neuen Familie, und diese war zerbrochen. Warum hatte Gott sie ihr weggenommen? Nein. Ihr wurde klar, dass Gott alles war, was ihr noch blieb. Sie sehnte sich nach seinem Trost. Warum hatte sie nicht an ihn gedacht, als sie ihn am meisten brauchte?

„Ich fühle mich so elend. Herr, bitte vergib mir!", flüsterte sie. „Du hast mir schon so viele Sünden vergeben, und doch habe ich mich geweigert, als du von mir verlangtest, dass ich Karl vergeben sollte. Und nun ist es zu spät. Ich weiß nicht, wie ich ihm alles Herzeleid hätte vergeben können, das er über mich gebracht hat, aber weil du es wolltest, hätte ich es tun sollen. Bitte hilf mir, Herr, dir wieder nahe zu sein."

Die Tür öffnete sich und Sergei erschien erneut. Elisabeth stellte sich mühsam auf die Beine, um ihm zu danken, aber dieses Mal hatte er keinen Schnee mitgebracht. Wen er hereinschleifte, war Karl.

Ein schriller Schrei entfuhr Elisabeths Lippen. Träumte sie etwa? „Karl? Du lebst!"

„Mann sollen Arbeit für Sie tun", sagte Sergei.

Elisabeth trat einen Schritt vor, aber sie konnte keinen klaren Gedanken fassen. Täuschten sie ihre Sinne? Karl war doch tot!

Sie hatte das Gefühl, als ob sich der Boden unter ihr bewegte, und sie bekam plötzlich keine Luft mehr.

Karl stürzte sich nach vorne, um Elisabeths Fall aufzufangen. Er hielt ihren schlaffen Körper in seinen Armen und schimpfte auf sich selbst, dass er alles falsch anpackte.

„Nächstes Mal du versuchen zu fliehen", drohte Sergei, „ich dich töten!" Er blickte zu Elisabeth. „Du verdienst nicht so gute Frau." Er schlug die Tür hinter sich zu.

Karl bettete Elisabeth liebevoll auf das Lager aus Wildgras. Als er auf sie herabblickte und sich fragte, wie er ihr am besten erklären konnte, was in den letzten Tagen passiert war, hörte er Hans' krächzenden Atem. Was war seit seinem Weggang hier geschehen? Er eilte an die Seite des Kindes und fühlte seine Stirn. Hans glühte vor Fieber.

Elisabeth stöhnte.

„Alles wird gut!", sagte er mehr zu sich selbst als zu Elisabeth.

„Bist du ein Geist?", fragte sie, die Hände an ihren Kopf gepresst.

„Nein. Ich bin heimgekommen", erklärte er ihr.

Elisabeth entwich ein bitteres Lachen. Ihre ganze Entschlossenheit, ihm zu vergeben, war von ihr abgefallen. „Du und deine Lügen! Wie viele Monate habe ich Gott angefleht, dich dazu zu bewegen, bei uns zu bleiben!" Sie schloss die Augen wieder.

„Wie kommt es, dass Hans so krank geworden ist?"

„Er muss dir gefolgt sein. Ich fand ihn ganz mit Schnee bedeckt. Karl! Du hast uns zum letzten Mal betrogen! Du hast dir Hans' Zuneigung ergaunert und ihn dann allein gelassen. Nun wird es ihn das Leben kosten, und du bist Schuld daran, dass ich das einzige Familienglied verliere, das ich noch habe ... Wir brauchen deine Betrügereien und deine Hilfe nicht mehr. Geh und komm nie wieder!"

Karl wusste, dass er diese Worte verdient hatte, aber die Dinge hatten sich geändert. Er wollte Elisabeth nicht mehr verlassen. Nie mehr! Irgendwie musste er ihr das verständlich machen.

„Du bist müde“, sagte er. Obwohl es lange her war, dass er sich ausgeruht hatte, fühlte er sich lebendiger denn je. „Ruh dich aus! Ich werde mich um Hans kümmern.“

„Sagen Sie mir nicht, was ich zu tun und zu lassen habe!“, erwiderte Elisabeth trotzig mit blitzenden Augen. „Sie haben nicht das Recht dazu. An dem Tag, als Olga mir Ihre Sachen gebracht hat – die, die Herr Zweig am Fluss gefunden hatte -, ist Karl Ebel für mich gestorben!“

Karl hatte noch nie eine solche Bitterkeit aus Elisabeths Mund vernommen. Dieser letzte Schaden, den er ihrer Beziehung zugefügt hatte, war vielleicht nicht mehr gutzumachen. Aber dieses Mal ging es für ihn um alles. Er schloss die Augen. Er musste sie zurückgewinnen. Es mochte Jahre dauern, aber er wollte alles daran setzen, dass sie zu der Familie würden, die er und Elisabeth sich wünschten.

„Was willst du, dass ich tun soll?“, fragte er sie mit leiser Stimme.

„Ich will, dass Sie das tun, was Sie am besten können. Ich will, dass Sie gehen!“ Elisabeth rieb sich die Stirn. Sie war so müde. Sie wollte dieses Gespräch jetzt nicht führen. Sie fühlte sich ausgelaugt, schwach und unendlich müde. „Ich habe Ihnen doch gesagt, dass Sie nie mehr zurückkommen brauchen, wenn Sie mich noch einmal verlassen. Sie haben mir versprochen, dies nicht zu tun. Und doch haben Sie mich wieder angelogen. Sie haben keinen Platz mehr in meinem Haus!“

„Das war nur ein Teil meines Versprechens“, entgegnete Karl. Hans’ röchelndes Atmen beunruhigte ihn. „Elisabeth, ich bedauere, dass ich nicht das tun kann, worum du mich gebeten hast. Zum einen werde ich für Hans sorgen, und dann hoffe ich, dass ich dich irgendwie davon überzeugen kann, dass du mich nicht einfach so loswirst.“

Sie ging zur Tür und legte ihren Umhang um ihre Schultern. „Natürlich werden Sie jetzt noch nicht gehen. Nicht mitten im Winter. Ich wünsche Ihnen nicht den Kältetod. Aber sobald es Frühling wird, gehen Sie ein für alle Mal!“ Sie öffnete die Tür.

„Hans ist dem Tode nahe und die kleine Marie auch. Wenn Sie bei Hans bleiben, gehe ich mich von meiner Nichte verabschieden."

„Ich bleibe hier." Die Tür wurde zugeschlagen.

Karl versuchte, seine Gedanken zusammenzunehmen. Er durfte nicht an Elisabeth denken. Er musste Hans retten, und dann würde er für Elisabeth tun, was er konnte. Karl versuchte verzweifelt, sich daran zu erinnern, was seine Mutter in seiner Kindheit bei Fieberkrankheiten getan hatte. Sie hatte Kräuterumschläge gemacht. Er konnte sich zwar nicht mehr an die Namen oder das Aussehen der meisten Pflanzen erinnern, wohl aber an ihre Gerüche. Ihm kam wieder in den Sinn, wie er jeden Tag Wickel für seinen sterbenden Vater hatte machen müssen. Ja, das war es. Wenn er doch nur die richtigen Zutaten finden könnte! „Bitte, Gott Abrahams, zeig mir, wo ich sie bekommen kann!", betete er, als er anfing, Elisabeths Vorräte durchzuschauen.

Elisabeth klopfte an Olgas Tür, die sogleich geöffnet wurde.

„Elisabeth! Was …?", entfuhr es Olga mit Bestürzung: „Hans ist doch nicht etwa …"

„Mein Mann ist von den Toten auferstanden", erklärte Elisabeth. „Sergei hat ihn gefunden und ihn nach Hause gebracht. Er kümmert sich gerade um Hans."

„Du gütiger Himmel!", rief Herr Zweig aus. „Hier, setzen Sie sich. Marie ist momentan ganz ruhig, sie schläft tief und fest. Ich werde nach unseren Tieren sehen. Dann könnt ihr euch von Frau zu Frau unterhalten." Bevor Elisabeth ihm noch danken konnte, war er bereits verschwunden.

Die Frauen setzten sich an den groben Tisch der Zweigs. Elisabeth lehnte sich nach vorne und stützte den Kopf in ihre Hände.

„Ich weiß nicht, was ich tun soll!" gestand sie.

„Es ist nicht schwierig, jemandem sein Heim zu öffnen", meinte Olga. „Aber es erfordert wahren Mut, sein leidgeprüftes Herz zu öffnen."

„Ich dachte, ich könnte ihm vergeben. Als ich dachte, dass er tot sei, sehnte ich die Gelegenheit herbei, ihm vergeben zu können, aber als ich ihn dann sah …“ Sie setzte sich aufrecht hin. „Ich werde nicht … Ich kann ihm nicht noch einmal mein Herz öffnen“, klagte sie. Sie ließ ihre Arme auf den Tisch fallen. Plötzlich erinnerte sie sich daran, warum sie eigentlich gekommen war. „Wie geht es Marie?“

„Sie ist erkältet. Nichts weiter. Mein Mann hat nur Angst bekommen.“ Olga stellte Elisabeth eine dampfende Tasse mit Brühe hin. „Trink das! Du bist müde und hast dich nicht genug um deine eigenen Bedürfnisse gekümmert.“

Tränen strömten an Elisabeths Gesicht herunter, als sie an der wohltuenden Flüssigkeit nippte. Die Fürsorge und das Getränk wärmten sie innerlich auf.

Olga fuhr fort: „Es ist natürlich eine große Erleichterung, dass Marie nicht ernsthaft krank ist. Herr Zweig hat mir gesagt, dass er ihr Grab ausheben und es mit einem schön gemeißelten Stein verzieren würde, wenn es soweit wäre. Er ist ein liebevoller Ehemann. Ich habe alle vier Gräber für meine Kinder selbst gegraben; und mit jeder Schaufel Erde habe ich meinen ersten Ehemann mehr gehasst. Aber mein Hass hat ihn nicht getroffen. Anstatt ihn zu verletzen, habe ich mir selbst Schaden zugefügt.“

Olga stand auf und ging im Raum hin und her. Sie vermied es, Elisabeth direkt anzuschauen. Endlich atmete Olga tief durch und drehte sich zu Elisabeth um. Olgas Augen schwammen in Tränen und ihre Worte klangen erstickt und gezwungen. „Elisabeth, ich klammerte mich an meine Bitterkeit, als hätte ich ein Recht darauf. Aber ich hatte nicht den Frieden Gottes, weil ich mich weigerte zu vergeben. Nun zeigt mir Herr Zweig Gottes Liebe. Sein Beispiel beschämt mich, und ich bat Gott um Hilfe, damit ich Jan vergeben konnte für all den Schmerz, den er mir und meinen Kindern angetan hatte. Nun bin ich frei und ich empfinde wahre Freude. Elisabeth, lass keine Wurzel der Bitterkeit in dir wachsen.“

„Ich fühle mich momentan zu schwach zum Denken“, antwortete Elisabeth. Sie stand auf. „Ich muss zu Hans zurück.“

Olga packte sie am Arm. „Nein. Zuerst musst du dich ausruhen." Sie führte sie zu einer Matte, und Elisabeth protestierte nicht. Obwohl ihre wirren Gedanken sie nicht losließen, war sie augenblicklich eingeschlafen.

Es war Abend, als Elisabeth erwachte. Olga bestand darauf, dass sie etwas aß, und dann begleitete Herr Zweig sie nach Hause. Sie sprachen kein Wort miteinander, aber sein leichtes Armtätscheln sollte wohl ausdrücken, dass er sich Sorgen um sie machte. Es war fast, als ob Elisabeth einen ihrer verschollenen Brüder dabei gehabt hätte.

Elisabeth atmete tief durch und trat in die Wohnhöhle. Es roch merkwürdig. Karl kümmerte sich um Hans und legte gerade irgendetwas auf seine Brust. Hans fing an zu husten, und sie konnte erkennen, dass das trockene, tiefe Rasseln einem befreienden leisen Husten gewichen war.

„Atmet er wieder leichter?", fragte Elisabeth. Sie vergaß, dass sie sich selbst geschworen hatte, nicht mehr mit Karl zu reden.

„Es geht ihm noch nicht besonders gut", meinte Karl, „aber schon besser."

Elisabeth schaute Karl an. Seine Augenlider waren schwer.

„Ich habe mich ausgeruht", sagte sie. „Leg du dich jetzt schlafen. Ich werde mich um Hans kümmern."

„Zuerst müssen wir reden." Karl gähnte.

„Meine einzige Sorge ist jetzt Hans", meinte Elisabeth. „Am besten sparst du dir deine Worte und schläfst ein bisschen." Karl starrte sie einen Moment lang an, legte sich dann aber gehorsam nieder. Elisabeth atmete erleichtert aus. Sie hatte nicht gemerkt, wie sehr sie hatte an sich halten müssen. Sie war noch nicht zur Aussprache bereit. Leise betete sie: „Vergib mir, Herr. Hilf mir."

Hans' Augen öffneten sich flatternd und schlossen sich wieder. „Wasser!", stöhnte er mit rauer Stimme.

Elisabeth gab ihm schnell etwas zu trinken. Er wälzte sich auf dem Lager hin und her und sank dann in einen tiefen Schlaf. Sie berührte seine Stirn. Das Fieber war gesunken. Tränen traten ihr in die Augen. Hans würde am Leben bleiben!

Die ganze Nacht über war sie hellwach, und Verstand und Gefühl rissen sie hin und her. Konnte sie jemals jemandem vergeben, der sie und Hans so sehr verletzt hatte? Sie nickte. Ja, das musste sie. Gott hatte ihr vergeben. Sie musste Karl auch vergeben. Aber welche dummen Pläne hatte er dieses Mal wieder? Würde er sie wieder anlügen? Wie konnte sie ihm jemals vertrauen? Wie sollte sie es überleben, wenn er sie abermals verlassen sollte?

Gegen Morgen war sie vollkommen erschöpft. In dem Moment, in dem Karl aufstand, sagte sie: „Ich muss jetzt gehen ... Wir brauchen Reisig."

Er nickte, obwohl sie wusste, dass er ihre Ausrede durchschaut hatte. Karl breitete die ausgefranste Flickendecke auf dem Tisch aus und befühlte das Symbol in dem mittleren Quadrat. „Das Familienwappen meines Vaters!", sagte er. Elisabeth schlüpfte in ihren Schaffellmantel, während Karl weiterredete. „Mein Vater gab vor seinem Tod das hier meiner Mutter, nachdem sie ihm seine Grausamkeit ihr gegenüber vergeben hatte. Meine Mutter hat es mir an dem Tag mitgegeben, als ich das Haus meines Vaters verließ."

Elisabeth war versucht zu warten und mehr von dem zu hören, was Karl zu sagen hatte, aber sie ging zur Tür hinaus. Sie brauchte Zeit zum Nachdenken. In schnellem Schritt entfernte sie sich mehr und mehr von der Siedlung. Sie war sich selbst nicht darüber im Klaren, wo ihre Schritte sie hinlenkten, bis sie sich schließlich in der Nähe des Flussufers wiederfand. Sie stand da und lauschte auf Gottes Stimme in ihrem Herzen. Doch sie hörte nichts.

„Hilf mir!", betete sie noch einmal. „Herr, wenn du möchtest, dass ich ihm noch einmal vertraue, musst du mir zeigen, wie. Hilf mir, ihm für immer und ewig zu vergeben."

„Frau Ebel!", ertönte eine tiefe Stimme an ihrem Ohr.

Elisabeth schreckte auf und trat einen Schritt zurück. Es war Sergei. „Hallo!"

„Guten Tag." Er lächelte.

„Ich danke Ihnen für Ihre Freundlichkeit gegenüber Hans." Elisabeth schenkte ihm ein kurzes Lächeln.

„Ich nicht tun für Hans", entgegnete er. „Ich tun für Sie. Sie gute Frau."

Sie lächelte. „Danke. Es war sehr freundlich von Ihnen, die ganze Nacht aufzubleiben, um uns zu helfen."

Sergei trat noch einen Schritt vor. „Warum Sie behalten Mann, der Sie nicht lieben?" Seine Worte schienen widerzuspiegeln, was sie selbst noch wenige Momente zuvor gedacht hatte. „Er Sie nicht verdienen." Sergei kam näher, und als Elisabeth in seine Augen sah und die Härte darin bemerkte, erkannte sie ihren Fehler. Dieser Mann war nicht ihr Freund.

„Er ist mein Ehemann", sagte Elisabeth. „Ich habe versprochen, bei ihm zu bleiben." Sie trat zurück. „Mein Herr, ich muss jetzt gehen."

Sie wandte sich zum Gehen, aber er packte sie am Arm und zog sie an sich.

Sergeis Blick war wild entschlossen. „Ich bin Mann von großer Geduld. Meine Zeit zu warten ist vorüber."

Elisabeth blickte sich verstohlen um. Niemand war in der Nähe.

„Ich würde Liebe Ihnen zeigen. Ich würde nicht Sie verlassen." Sergei riss sie an sich, wobei er einen Arm um ihre Hüfte schlang. „Ich muss haben Sie."

Elisabeth schrie auf, als er versuchte, sie zu küssen.

Sein Gesicht verzog sich vor Ärger. „Sie stellen ihn über mich?" Mit seiner freien Hand riss er ihren Mantel auf.

Elisabeth setzte sich zur Wehr, so gut sie konnte. In diesem Moment war alles ganz klar. Plötzlich wusste sie, was sie im Leben wollte: Sie wollte Karl und Hans. Sie waren nicht perfekt, aber sie wollte Hans und Karl als ihre Familie. Und sie wollte von diesem Verrückten wegkommen, der sie fest umklammert hielt.

Als der Stoff ihres Kleides zu reißen begann, hörte Elisabeth Karls tiefe Stimme sagen: „Lass sie sofort los!" Sergeis Hände hielten inne, und Elisabeth entwand sich ihm, wobei sie ihren Mantel mit einem Ruck zurückzog.

„Sie haben vergessen, wer Autorität sein hier", sagte Sergei, aber seine Stimme klang nicht mehr so sicher.

„Sie vergessen, dass sie meine Frau ist!", fuhr Karl ihn an. „Das macht mich zur letzten Autorität über sie. Elisabeth, geh nach Hause." Der Zorn in Kalrs Stimme hätte sie trösten sollen, aber sie hatte ihn noch nie so wütend gesehen. Sie wusste, dass er Sergei töten würde, wenn sie ihn jetzt mit ihm allein ließ.

„Ich werde heimgehen, mein Mann", sagte sie, „wenn du mich begleitest." Sie wollte Sergeis Blut nicht an ihren Händen kleben haben, egal, was für ein abscheulicher Kerl er war.

Schweigen.

„Karl, bitte!"

„Gut!", erklärte Karl. Elisabeth gab einen Seufzer der Erleichterung von sich.

„Dumme Deutsche Sie." Sergei zeigte auf Elisabeth. „Sie, Frau, warum Sie wollen Lügner und Dieb?" Dann richtete er seinen Zeigefinger auf Karl. „Und Sie, dummer Mann. Nach Flucht über Wolga Sie hierher zurückkommen, Nemzy. Wegen Frau? Wegen dummer, dummer Frau?"

Bevor Sergei weitersprechen konnte, versetzte Karl ihm mit seiner Faust einen heftigen Schlag ins Gesicht. Der Mann fiel mit einem dumpfen Geräusch auf den schneebedeckten Boden. Blut tropfte aus seiner Nase.

„Wenn du meine Frau noch einmal anrührst oder schlecht von ihr oder meinem Kind sprichst", drohte Karl, „dann wird noch nicht einmal das gnädige Herz meiner Frau mich von meinem Zorn auf dich abbringen!"

Karl war froh, dass Sergeis Antwort auf Russisch gesprochen war, sodass Elisabeth ihn nicht verstehen konnte. „Wenn du glaubst, dass du diesen Kampf gewonnen hast, dann hast du dich getäuscht! Ihr werdet alle hier draußen verrotten, allesamt! Eure Siedlung wird verschwinden wie die anderen vor euch. Ihr werdet sterben durch das Wetter oder Plünderer oder eure eigene Dummheit. Ihr seid verloren, Ebel! Ihr seid verloren und wisst es noch nicht einmal."

Karl nahm Elisabeth am Arm, und die beiden ließen den weiter heftig auf Russisch fluchenden Sergei im Schnee liegen.

Elisabeths Herz weitete sich vor Glück. Sie blickte Karl von der Seite an. „Du wurdest also gar nicht gefangen genommen? Bu bist aus freien Stücken zu mir zurückgekehrt?"

„Ja." Karl räusperte sich. „Herbert hat einen kirgisischen Krieger getötet, der dabei war, mich zu töten. Als der Mann und seine Gefährten zu Boden fielen, war uns beiden klar, dass wir heimgehen sollten. Herbert zog weiter nach Westen, und ich ritt die ganze Nacht hindurch und überquerte heute Morgen den Fluss, weil ich zu dir und Hans zurückkehren wollte. Ich konnte gar nicht schnell genug herkommen. Ich wollte bei dir sein – bei dir, meiner geliebten Frau. Du bist alles, was ich in meinem Leben will."

Elisabeth hoffte, dass er die Wahrheit sagte. Genau diese Worte hatte sie immer hören wollen. Aber jetzt wusste sie nicht, was sie davon halten und ob sie ihm glauben sollte.

Unbeholfen versuchte sie, die Zeit zu überbrücken, während sie alles durchdachte: „Ich danke dir für deine Hilfe. Du hast mich schon viele Male gerettet, seit wir uns das erste Mal begegnet sind." Sie atmete plötzlich heftig ein. „Oh nein! Wenn du hier bei mir bist, ist ja Hans allein geblieben."

„Olga kam, kurz nachdem du gegangen warst." Karl schien etwas befangen zu sein. „In dem Moment, als sie kam, wusste ich, dass ich dich suchen musste. Ich spürte, wie der Geist Gottes mich drängte, mich zu beeilen und dir schnell zu Hilfe zu kommen."

„Gott?"

Karl nahm Elisabeths Hände. „Elisabeth, ich spürte, wie er zu mir sprach, der Gott Abrahams. Und noch etwas ist passiert dort draußen am Fluss. Ich habe den tiefen Wunsch, Gott kennenzulernen ... und seinen Sohn, den Messias."

Elisabeth öffnete den Mund, aber die Worte blieben ihr im Halse stecken. Es gab so vieles, was sie ihn fragen wollte, zu viele

Hoffnungen, die in den Tiefen ihres Seins schlummerten, zu viel Liebe, die sie in ihrem Herzen spürte.

„Als ich ging", fuhr Karl fort, „habe ich dich und Hans mitgenommen. Hier." Er berührte sein Herz. „Mir wurde bewusst, dass wir immer eine Familie sein würden, ob wir zusammen sind oder nicht. Als Herbert und ich uns trennten, nahm er eine Botschaft der Liebe und Versöhnung für meine Mutter mit, und ich kam, um meine Botschaft an dich persönlich zu überbringen. Elisabeth, bitte vergib mir alles, womit ich dich verletzt habe. Ich liebe dich!"

Elisabeth schloss die Augen. Sie erinnerte sich daran, wie sie Karl zum ersten Mal gesehen hatte. Er war ein Mann, der eine Gefängnisstrafe riskiert hatte, um ihr zu helfen, sich in einem Fass zu verstecken. Was seitdem alles passiert war! So viel von dem, wofür sie gebetet hatte, war eingetroffen. Sie würde dem Herrn auch den Rest anvertrauen. Sie lehnte sich an Karl.

Er legte seine Arme um sie. „Wenn ich mein Leben ohne dich, Elisabeth, leben sollte, wäre es ein Leben, das nur halb gelebt wäre. Willst du meine Frau werden, meine wahre, geliebte Frau, bis zum Tode?"

Elisabeth spürte eine glühende Röte in ihre Wangen aufsteigen. Sie nickte.

Karls braune Augen schienen Elisabeths Herz zu durchdringen. Er senkte seinen Kopf zu ihrem, und ihre Lippen berührten sich zum ersten Mal. Gleichgültig, welche Schwierigkeiten sie noch erwarteten, Elisabeth war sicher, sie würden sich hier mit der Hilfe Gottes zusammen ein neues Leben aufbauen, hier in den Steppen an der Wolga.

Anmerkung der Autorinnen

Obwohl die Angriffe der Kirgisen auf die deutschen Siedler erst ab 1771 einsetzten, haben wir sie in diese Geschichte mit aufgenommen, um ein vollständigeres Bild von den Schwierigkeiten zu vermitteln, die die Russlanddeutschen in der ersten Generation erfahren mussten.